SWANTJE NIEMANN

# DRÚDIR

## DAMPF & MAGIE

EDITION ROTER DRACHE

**1. Auflage Oktober 2017**


Edtion Roter Drache, Holger Kliemannel, Haufeld 1, 07407 Remda-Teichel
edition@roterdrache.org; www.roterdrache.org

Titel- und Umschlagbild: Jörg Schlonies, www.dojoerch.de
Buch- und Umschlaggestaltung: Holger Kliemannel
Lektorat: Anne-Cathrin Rost
Gesamtherstellung: Wonka Druck, Deutschland



**ISBN 978-3-946425-36-6**

# BUCH I:

# TOD EINES UHRMACHERS

In jedem Winkel, dunkel, unselig,
An allen Sümpfen und Pfuhlen unzählig,
Wo die Geister hausen –
Trifft der Wandrer mit Grausen
Verhülltes Volk aus dem Totenlande,
Erinnerungen im Leichengewande,
Weiße Gestalten der Schatteninseln,
Bleiche Schemen aus toten Zeiten,
Die verzweiflungsvoll stöhnen und winseln,
Wie sie am Wandrer vorübergleiten.

Für das Herz, dessen Schmerzen Legionen,
Sind dies friedvolle, milde Regionen;
Für den umnachteten, dunklen Geist
Sind es himmlische, selige Auen.
Doch der Pilger, der es durchreist,
Darf es nicht unverhüllt erschauen.
Unergründlich bleibt es für jeden,
Dieses geheimnisvolle Eden –
Das ist des finstern Königs Willen –
Und der Wandrer, von ungefähr
Dorthin verschlagen, erblickt es daher
Nur durch verdunkelte, matte Brillen.

Auf einem Wege traurig und einsam,
Mit bösen Engelschaaren gemeinsam,
Schritt ich jüngst heim durch Sümpfe und Pfuhle
Aus diesem öden, entlegenen Thule …

Aus: Edgar Allan Poe – *Traumland* (Übersetzung: Hedwig Lachmann)

# *Kapitel 1*

# Drúdir

Quietschend kam die Straßenbahn zum Stehen und entließ eine kleine Traube von Passanten auf die dämmrigen Straßen. Mit hochgeschlagenen Mantelkrägen, runden Schultern und verkniffenen Gesichtern huschten sie wie mürrische Gespenster durch die Lichtkegel der Straßenlaternen, unter denen der Regen in goldenen Schnüren hing.

Knarzend und ratternd setzte sich der komplizierte Mechanismus, der die drei Wagons antrieb, wieder in Bewegung. Die Bahn nahm rasch Fahrt auf und verschwand um die Ecke eines Verwaltungsgebäudes, während die Fahrgäste in verschiedenste Richtungen davonhasteten. Gedankenverloren blickte Drúdir einem Zwerg in abgerissener Kleidung und ohne Hut nach, der gewiss ohne Fahrkarte unterwegs war. Er hielt sich eine Zeitung über den Kopf. Die fettgedruckten Runen der Schlagzeile – natürlich ging es um den rätselhaften Absturz des Luftschiffes *Bergfalke* – verliefen allmählich.

Bereits nach wenigen Schritten musste Drúdir seine Hutkrempe mit einem Finger herabdrücken, um das Regenwasser ablaufen zu lassen. Ein eisiger Windstoß nach dem anderen trieb ihm fingernagelgroße Tropfen ins Gesicht. Der Zwerg glaubte sogar zu spüren, wie die eine oder andere Schneeflocke auf seiner Haut schmolz. Doch obwohl die Feuchtigkeit in der Luft die Kälte selbst durch seinen gefütterten Ledermantel dringen ließ, verlieh sie jedem Atemzug einen ungewohnt sauberen Geschmack. Selbst hier im Stadtzentrum, wo die ruhelosen Fabrikschlote der weitläufigen Außenbezirke ein gutes Stück entfernt standen, war die Luft sonst rauchgeschwängert. Man hatte es nicht umsonst aufgegeben, für die Wände der Häuser hellen Putz zu verwenden. Sonst wären sie bereits nach wenigen Monaten von grauen Schlieren überzogen gewesen.

Dennoch war die heute vom Rauch gereinigte Luft nicht annähernd ausreichend, um Drúdir mit dem Rinnsal eisigen Wassers zu versöhnen, das inzwischen einen Weg in seinen Mantelkragen gefunden hatte. Er bereute, seinen Schal vergessen zu haben. Eigentlich erstaunlich … Man könnte meinen, dass der Unmut über ein Regenrinnsal in Verlust, Zorn und Verwirrung unterginge. Für eine Weile erlaubte Drúdir es sich, dieser Überlegung nachzuhängen, doch der Grund für seine Anwesenheit in Nordkrone kehrte wieder und wieder in seine Gedanken zurück. Und damit die Gewissheit, dass was auch immer am Ende seines Weges lag, alles andere als erfreulich sein würde.

Er umrundete eine Pfütze und bog, ohne nachdenken zu müssen, in eine schmale Gasse ein. Seit er das letzte Mal hier gewesen war, waren Jahre vergangen und wie so viele Zwergenstädte war auch Nordkrone seit der industriellen Revolution im stetigen Wandel begriffen. Aber Drúdir war diesen Weg früher so oft gegangen, dass seine Füße ihn auch jetzt noch beinahe ohne sein Zutun fanden.

Pfützenwasser spritzte unbeachtet um seine Stiefel auf, als er jäh zum Stehen kam. Der Anblick des kleinen Hauses – wie so viele Zwergenbauten gedrungen, mit kleinen Fenstern dicht unter dem überhängenden, gewölbten Dach – traf ihn wie ein Schlag. Es sah genauso aus wie an dem Tag, an dem er die Stadt verlassen hatte, um den Erwartungen Fragars und dem beängstigenden Erbe, mit dem dieser ihn vertraut gemacht hatte, zu entkommen.

Und nun war er wieder hier. Bereit, die Fähigkeiten einzusetzen, deren Existenz er am liebsten geleugnet hätte.

Fragar hätte hinter seinem altmodischen Bart gelächelt – wenn nur nicht ausgerechnet seine Ermordung seinen Lehrling hergeführt hätte.

Drúdir presste die Lippen aufeinander. Sein Inneres fühlte sich rau an. Jeder Schritt kostete ihn Überwindung, aber Umkehren war keine Option. Er würde keinen Frieden finden, ohne zumindest versucht zu haben, der Wahrheit auf die Spur zu kommen. Gewiss, die Stadtwache untersuchte den Mord. Aber sie hatten nicht die Möglichkeiten, über die er verfügte.

Er brachte die letzten Schritte hinter sich und trat unter das überhängende Dach. Fragar hatte sich geweigert, den Zweitschlüssel anzunehmen, den Drúdir ihm hatte zurückgeben wollen. *Du weißt, dass du jederzeit zurückkommen kannst, Drúdir. Und wenn du das tust, will ich nicht, dass du eine verschlossene Tür vorfindest.* Fragar hatte nicht nur alles gewusst, was es über die Vergangenheit der Zwerge zu wissen gab, auch seine scharfsinnigen Prognosen für die Zukunft waren in der Regel zutreffend gewesen. Doch die genauen Umstände von Drúdirs Rückkehr hatte sich keiner von ihnen vorstellen können. Wieso auch? Wer sollte Fragar ermorden, sein Haus und seine Werkstatt auf den Kopf stellen, dabei aber sowohl die Ersparnisse als auch die kostbaren Werkzeuge des alten Uhrmachers ignorieren? Der Mord war nicht nur tragisch, er entbehrte auch jedweder Logik.

Drúdir schob den Schlüssel ins Schloss, drehte ihn und schob die Tür auf. Alles in einer einzigen hektischen Bewegung; als versuchte er, seinen Zweifeln zuvorzukommen.

Dunkelheit umfing ihn, und ein vertrauter Druck legte sich auf seine Schläfen. Seine Hände und Füße verwandelten sich in eisige Fremdkörper am Ende seiner Gliedmaßen und ein feines, schneidendes Surren klang in seinen Ohren. Oh ja, hier war jemand gestorben.

Wahrscheinlich gab es genug seltsame Gestalten, auf die der Schauplatz eines Mordes eine morbide Faszination ausübte, aber Drúdir gehörte gewiss nicht dazu. Dafür sorgte seine unwillkommene Begabung. Wann immer er an die Zeit dachte, in der er sie noch nicht hatte unterdrücken können, zuckte er innerlich zusammen.

Mittlerweile gab es viele, für die Magie beinahe ein Mythos war; eng verwoben mit der präindustriellen Zeit, in der – was einige gerne vergaßen, während andere kaum an etwas anderes zu denken schienen – die magisch unterdurchschnittlich begabten Zwerge immer wieder Opfer von Invasionen und Unterdrückung gewesen waren. Auch Drúdir hatte sich mit der langen, wechselvollen Geschichte kiarvanischer Magie beschäftigt und für ihn war sie vor allem eines: Der Grund für Stagnation. Beinahe zwei Jahrhunderte lang hatten Technik und Wissenschaft auf demselben Stand verharrt. Wieso auch nicht? Diejenigen, deren Bildung und Lebensumstände es gestattet hätten, an irgendeinem Fortschritt mitzuwirken, waren nicht darauf angewiesen gewesen. Schließlich hatten sie die Dienste eines Magiers in Anspruch nehmen können.

Als man die Magie nach den Magierkriegen geächtet hatte, hatte dies vielerorts Zusammenbrüche von Kultur und Gesellschaft nach sich gezogen – aber auch der industriellen Revolution den Weg geebnet, die vor einem halben Jahrhundert begonnen hatte. Der Großteil der Kiarvaner war euphorisch gewesen, gebannt von der Vision eines Kontinents, auf dem nicht der gesellschaftliche Stand und die magische Begabung zählten, sondern was man mit seinem Geist und seinen Händen vollbringen konnte. Eine Zeit des unaufhaltsamen Fortschritts, aus der sie alle reicher und zufriedener hervorgehen würden.

Drúdir hatte diese ersten Jahre nicht miterlebt, aber genug ältere Zwerge von ihnen erzählen hören, um die damalige Begeisterung nachvollziehen zu können – und traurig zu belächeln. Gewiss, es gab Zwerge und Menschen, denen es gelungen war, binnen kürzester Zeit sagenhaft reich zu werden. Viele der Besitzer der Walzwerke und Baumwollspinnereien oder Luftschiffffluglinien waren in den präindustriellen Jahren noch kleine Geschäftsleute und Handwerker ohne reelle Chancen auf Aufstieg gewesen. Mittlerweile jedoch bildeten sie eine verschworene Clique – und der Gedanke, dass andere ihre Erfolgsgeschichten wiederholen könnten, behagte ihnen ganz und gar nicht. Reichtum und Zufriedenheit für alle … Drúdir konnte sich gut vorstellen, welche Antwort ein Fabrikarbeiter ihm darauf geben würde.

Dennoch: Drúdir mochte ein Skeptiker sein, der mit offenen Augen und einem Hang zum Zynismus durchs Leben ging, aber auch er war von der rasanten Transformation des Kontinents durch die neuartigen Maschinen und die bisher ungeahnte Vernetzung fasziniert. Er wollte nur zu gerne sehen, wo diese Entwicklung die Völker Kiarvas hintrug. Und vor allem hielt er jeden, der gegen den Fortschritt wetterte und sich die alten Zeiten zurückwünschte, für einen ausgemachten Dummkopf.

Umso peinlicher, dass Drúdir selbst sich als ein Relikt dieser Ära herausgestellt hatte. Ausgerechnet in ihm, einem zwergischen Feinmechaniker, waren ohne jede Anleitung magische Kräfte erwacht. Noch vor zweihundert Jahren hätte die Natur seiner Begabung ihn zu einem Mann gemacht, der gleichermaßen gefürchtet und geehrt wurde. Heute jedoch war er nur ein wütender Zwerg, der Tag und Nacht geistige Barrieren aufrecht erhielt, um sich vor seinen Fähigkeiten abzuschirmen. Seine erste Begegnung mit ihnen hatte seiner früheren Faszination für Zauberei ein jähes Ende gesetzt und ihn dazu gebracht, auf Abstand zu Fragar und seinen merkwürdigen Freunden zu gehen. Es handelte sich bei ihnen um ein sonderbares Netzwerk aus Magiern und denjenigen, die sie unterstützten, sei es aus persönlichen Gründen, fehlgeleiteter Nostalgie oder wissenschaftlicher Faszination für Magie und ihre Möglichkeiten, wie in Fragars Fall. Selbst Drúdir wäre ihnen willkommen gewesen. Allerdings hatte er sehr deutlich gemacht, dass das umgekehrt nicht galt.

Drúdir hatte nie etwas anderes als ein Mechaniker und Kunstschmied, maximal ein Erfinder sein wollen. Der heutige Abend änderte nichts daran. Er würde seine Fähigkeiten einmal und nie wieder einsetzen. Zumindest war das der Plan. Aber ein Teil von ihm fragte sich bang, ob er die Tür, die er damit aufstieß, wieder würde schließen können.

Entschieden drängte er seine Zweifel zur Seite und öffnete sich den Eindrücken, die er sonst Tag und Nacht in einer mittlerweile nahezu unbewussten Anstrengung verdrängte. Er wusste nicht, was ihn mehr beunruhigte: das verschlungene Netz von Magielinien, das sich ihm offenbarte, oder das Gefühl der Vertrautheit, welches seiner Ablehnung so entgegenstand. Er runzelte die Stirn. Waren die Muster heller und deutlicher geworden? Strebten sie mehr zu ihm hin?

Die Magie, die in schimmernden Schleiern über allem lag, reagierte auf jeden seiner Gedanken, schmiegte sich an ihn und schlang komplizierte Knoten um jedes Objekt, das er bearbeitete – und ließ es natürlich nicht unverändert.

Was er gerade aus der Tasche zog, war ein gutes Beispiel dafür: Ein etwa faustgroßes Metallobjekt, das sich, sobald er es mit einem kleinen Schlüssel aufgezogen hatte, wie ein Blütenkelch öffnete. Verschnörkelte, goldene Flügel entfalteten sich surrend und auf der kleinen, von ihnen getragenen Platte begann eine winzige, aber helle Glühbirne zu leuchten. Flatternd erhob sich die filigrane Konstruktion in die Luft und verharrte neben seiner Schläfe; die Flügel nur ein metallisches Flirren. Drúdir fischte zwei weitere schwebende Lichter aus seinen Taschen und zog sie auf. Schließlich wagte er sich, von den Lampen wie von seltsamen Monden umkreist, in die dämmrige Werkstatt.

Drúdir war ein außergewöhnlich guter, erfindungsreicher Handwerker. Es gab jedoch viele Zwerge, die ihn an Geschick bei weitem übertrafen. Jeder von ihnen hätte solche schwebenden Lichter konstruieren können. Aber nur Drúdir konnte sie mit seinen Gedanken durch den Raum lenken. Nur Drúdir konnte Lampen schaffen, deren Flügel sie nach den Gesetzen der Physik eigentlich unmöglich in der Luft halten konnten. Die Spuren, die sie durch die Schleier der Magie zogen wie eine Hand über eine Wasseroberfläche, belegten, dass es bei ihrer Erschaffung nicht ganz mit rechten Dingen zugegangen war.

Eigentlich hätte er ihr Licht nicht gebraucht. Durch eines der Fenster fiel der schwache Widerschein einer Straßenlaterne. Einem Menschen wäre es zu dunkel gewesen, doch die Nachtsicht der Zwerge übertraf selbst die der so oft gerühmten Elfenaugen. Doch das, was er vorhatte, wollte er nicht im Dunkeln tun. Auch musste er die vertrauten Räume noch einmal bei Licht sehen. Ihr Anblick würde schmerzen, aber er konnte nicht anders.

Drúdir ließ den kleinen Vorraum – irgendjemand hatte Fragars Schuhe und Mantel aus der Garderobe entfernt – hinter sich und schob die angelehnte Tür zur Werkstatt auf. Holzdielen knarzten unter seinen Füßen. Selbst dieses Geräusch war ihm nur zu vertraut. Er erinnerte sich daran, wie sie noch leise unter seinem damals viel leichteren Gewicht geknarrt hatten, als er als Kind in Begleitung seines Vaters zum ersten Mal hier hereingekommen war und sich auf die Zehenspitzen gestellt hatte, um die faszinierenden Gerätschaften und halb beendeten Uhrwerke auf den Werkbänken näher in Augenschein zu nehmen. Das Knarzen war bereits deutlicher vernehmbar gewesen, als er als Jugendlicher hereingekommen war, um die Lehrstelle bei Fragar anzutreten. Und er erinnerte sich an das empörte Quietschen der Dielen, als er an jenem Morgen in die Werkstatt gestürmt war, verstört vom Tod seiner Eltern. Verstört von den Stimmen und Bildern und Empfindungen, die durch seinen Kopf jagten, von den schimmernden Schleiern, deren Muster auf seltsame Weise zu ihm sprachen - Kokons aus Leere und Scherben.

Fragar hatte ihm gelauscht und ihm schließlich, als er sich etwas beruhigt hatte, schweigend seine erste Schwebende Lampe, die er erst vor wenigen Tagen beendet hatte, entgegengehalten und ihn gebeten, die Flügel auszumessen und ihre Tragfähigkeit auszurechnen. *Deine Fähigkeiten sind nicht neu, Drúdir. Sie waren immer schon ein Teil von dir und du hast sie genutzt, ohne es zu wissen.*

Die nächsten Monate waren schrecklich gewesen, aber Fragar hatte ihm zur Seite gestanden. Hatte ihn zu nichts gedrängt und ihm geholfen, nicht nur mit dem Verlust seiner Eltern umzugehen, sondern auch, eine Welt zu begreifen, die von dem seltsamen Leuchten der Magie durchdrungen war.

Drúdirs Augen brannten. Er hatte es sich nicht eingestehen wollen, aber mit Fragars Tod hatte er zum zweiten Mal seinen Vater verloren. Nun gut, einen Vater, mit dem er tagelang gestritten und den er zuletzt monatelang nicht gesehen hatte. Aber trotz allem war Fragar sein Freund und Mentor gewesen. Er hoffte nur, dass der ältere Zwerg das gewusst hatte.

Bestimmt hatte er das. Und wahrscheinlich würde er – selbst in Anbetracht der Umstände – triumphierend grinsen, wenn er Drúdir jetzt sehen könnte.

Drúdir bewegte sich durch die Werkstatt wie durch einen unheimlichen Traum. Eine feine Staubschicht hatte sich auf allem niedergelassen, seit die Stadtwache hier gewesen war, alles untersucht und offenbar auch mitgenommen hatte. Weder von Fragars fertigen Uhren, noch von angefangenen Projekten, noch von seinen Werkzeugen war eine Spur zu sehen. Nur die beiden langen, wuchtigen

Arbeitstische und die vier kleinen Hocker standen noch da. Daneben registrierte Drúdir aus dem Augenwinkel eine Kreidespur – und einen dunklen Fleck, wo eigentlich schimmernde Magie sein sollte.

Er drehte sich um, trat an eine der Werkbänke – wie oft hatte er selbst hier gesessen und unter Fragars kundiger Anleitung mechanische Geräte auseinandergenommen und zusammengesetzt? – und spähte darüber hinweg. Ja, da waren vergessene Kreidestriche auf dem Boden. Drúdir hätte nicht seine magische Sicht gebraucht, in welcher gewaltsam vergossenes Blut von einem purpurnen Glühen umgeben war, um sich zusammenzureimen, dass sie einmal zum Umriss einer liegenden Gestalt gehört hatten.

Hier war Fragar gestorben.

Das leise Surren in seinem Hinterkopf hatte sich zu einem schrillen Pfeifen gesteigert. Und da war es: Ein Raum ohne Magielinien wie ein zwergengroßer, dreidimensionaler Schatten, durch den scharfkantige Scherben trieben. Bei näherem Hinsehen offenbarten sie sich als Ornamente aus feinsten, unglaublich dichten Fadenstrukturen. Allerdings begannen die Ränder des Schattens bereits leicht auszufransen und viele der Scherben zu verschwimmen. Nur einige wenige glühten noch immer hell und klar umrissen.

Trotz eines beschämenden Anflugs der Faszination für die komplexen Strukturen der komprimierten Magie hätte Drúdir sich am liebsten abgewendet. Er hatte von menschlichen Scharlatanen gehört, die entweder vorgaben oder tatsächlich glaubten, mit den Toten kommunizieren zu können. Sie führten ihre Kunden auf Friedhöfe oder an die Stätten des Todes ihrer Angehörigen und lullten sie mit Erzählungen von guten, über sie wachenden Geistern und ewigem Frieden ein. Drúdir wusste nicht, ob er darüber zornig sein oder bitter lachen sollte. Die Toten hatten den Lebenden nichts zu geben außer schmerzhaften Erinnerungen.

Er umrundete den Tisch, als drei Lichter urplötzlich neben ihm aus dem Halbdunkel ploppten, zusammen mit einer humanoiden Gestalt. Der Zwerg fuhr zusammen und wich zurück, erkannte dann jedoch, was ihn hatte zurückschrecken lassen: Ein Spiegel, den Fragar sich wohl in den letzten Monaten angeschafft hatte. Es war ein guter Spiegel, der jedes Detail glasklar wiedergab; selbst die teilweise offenliegenden Zahnräder und Drähte, die die schwebenden Lampen bewegten. Er sah auch sein eigenes bleiches, müdes Gesicht; jede regendunkle Haarsträhne, die ihm an den Wangen klebte.

Selbst für ein erleichtertes Aufatmen zu angespannt, ließ er sich auf die Knie sinken, direkt neben dem schattenhaften Umriss, den Fragars gewaltsamer Tod dem magischen Gefüge eingebrannt hatte. Es würde Monate dauern, bis er wieder schwand. Mit leichter Verzögerung folgten Drúdirs Lampen seiner Bewegung.

Beim Gedanken an das, was kommen würde, spürte Drúdir Übelkeit in sich aufsteigen. Doch so groß seine Angst und sein Ekel auch sein mochten, er zögerte keinen Moment mehr. Noch ein tiefer Atemzug, dann tauchte er seine Hände in Fragars Schatten. Sofort wurde ihm eiskalt, und das hatte nichts mit seiner klammen Kleidung zu tun. Er sog scharf die Luft ein, als sich die feuchten Fußspuren, die er auf dem Werkstattboden hinterlassen hatte, in Ovale aus schimmerndem Reif verwandelten.

Drúdir zwang sich, erneut den Blick zu senken. Er fischte nach der Scherbe, die ihm mitteilen würde, was er wissen musste, und ließ auch die letzten der mühsam errichteten Wälle um sein Bewusstsein fallen.

Die hellste und scharfkantigste der Scherben glitt auf seine Finger zu. Ihre Farbe erinnerte ihn an weißglühendes Metall, doch ihre Berührung versengte ihn nicht. Stattdessen jagte ein kribbelnder Impuls seinen Arm hinauf und ließ jeden Muskel in seinem Körper verkrampfen. Eine Woge fremder Erinnerungen und Emotionen spülte über ihn hinweg, bis er nicht mehr wusste, wer er war.

Drúdir krümmte sich keuchend. Für gewöhnlich lagen die Erinnerungen der Toten, mit denen er versehentlich in Berührung kam, wie Spiegelungen auf einer Glasscheibe über der realen Welt. Aber diesmal hatte er sich ihnen mit voller Absicht geöffnet. Die nächtliche Werkstatt, das Holz der Dielen unter seinen Knien, seine regennasse Kleidung … all das war verschwunden. Stattdessen saß er in einer der wenigen sonnigen Stunden, die Nordkrone im Frühherbst zu bieten hatte, an einer der Werkbänke. Mit einer Lupenbrille über den Augen studierte er ein Uhrwerk, während er sich mit den Fingern der freien Hand nachdenklich über den altmodischen, beinahe gürtellangen Bart strich.

*Fragars Atem stockte, als sich eine Hand auf seine Schulter und eine Klinge an seine Kehle legte. Zuerst war da nur Überraschung. Dann kam erstickende Panik, die keinen klaren Gedanken mehr zuließ.*

*„Was hat er dir gesagt?“ Die Worte wurden von einem leichten Druck der Klinge gegen Fragars Hals begleitet. Der Uhrmacher musste den Fremden nicht fragen, wen er meinte.*

*Er dachte an den Ausdruck von Schuld auf Kargans glattem, gutaussehendem Gesicht, seine unnötig scharfen, ausweichenden Antworten …*

*„Nichts." Es war die Wahrheit.*

*„Und in seinen Briefen?"*

*Erst kam die Verblüffung, dann der Zorn. Und schließlich noch größere Angst.*

*„Auch nichts. Ich habe nicht mal eine Vermutung, woran er gearbeitet hat", versicherte Fragar.*

*Kargans Fragen hatten immer nur Details der magischen oder technischen Praxis und Geschichte betroffen. Sie hatten gerade genug preisgegeben, um Fragar misstrauisch werden zu lassen, aber nicht mehr.*

*„Und du erwartest tatsächlich, dass ich dir glaube?"*

*Fragar keuchte auf, als der Fremde ihm einen flachen Schnitt zufügte.*

*„Frag Kargan! Er wollte mir kein Wort sagen!"*

Verdammt, Kargan, du Idiot! Dein Ehrgeiz könnte mich umbringen und dabei verstehe ich noch nicht einmal, worum es eigentlich geht!

*„Womöglich stimmt das …", räumte der Fremde ein. Der Druck der Klinge ließ nach. „Hast du jemandem von Kargan erzählt?"*

*„Wovon denn? Alles, was ich über Kargans seltsames Projekt weiß, ist, dass ich ein ungutes Gefühl dabei habe! Ich habe niemandem ein Wort gesagt", beteuerte er.*

*„Ja, du scheinst die Wahrheit zu sagen …"*

*Fragar erlaubte sich einen Moment der Erleichterung. Umso größer war der Schock, als seine Kehle sich in eine Explosion aus gleißendem Schmerz verwandelte. Er konnte nicht mehr atmen. Alles verschwamm vor seinen Augen*

*„… aber man hat mir befohlen, kein Risiko einzugehen." Fragar hörte nur noch gedämpft, wie der Fremde seinen Satz beendete. Ebenso spürte er die Kollision seiner Wange mit dem Boden wie aus weiter Ferne. Ein Paar schwarzer Stiefel mit verschnörkelten Silberschnallen bewegte sich mit langen, ruhigen Schritten aus seinem stetig kleiner werdenden Sichtfeld.*

*Sein letzter Gedanke war seltsamerweise Überraschung, dass der Fremde sich ihm trotz seines schweren Schuhwerks so leise hatte nähern können.*

Drúdir wollte nach seiner brennenden Kehle greifen und erwartete, ein blutgetränktes Hemd zu finden. Stattdessen berührten seine Finger regennasses Leder. Der Schmerz in seiner Kehle flaute rasch ab. Dafür begann es in seinen Schläfen zu hämmern. Ganz zu schweigen von den Bildern in seinem Kopf, die partout nicht verblassen wollten. Es gab Angenehmeres, als Erinnerungen nachzuempfinden, die alle tröstlichen Lügen von einem schnellen, schmerzlosen Tod entlarvten.

Vornübergebeugt, die Hände auf den Boden gestützt, kauerte Drúdir da. Die drei Lampen hatten sich auf den Dielen niedergelassen und schlugen matt mit ihren mechanischen Flügeln.

Neben Fragars Erinnerungen pulsierte auch die aufgenommene Magie durch seinen Körper, denn nichts anderes waren die Erinnerungsscherben: Magie, durch Fragars heftige Emotionen während seines Todes verdichtet und in eine Form gebracht, die Drúdir aus irgendeinem Grund in die ursprünglichen Eindrücke zurückzuübersetzen vermochte.

Drúdir war noch ganz in den albtraumhaften Bildern gefangen. So fiel ihm erst jetzt auf, dass es neben den Flügelschlägen und dem leisen Surren und Ticken der Lampen noch ein anderes Geräusch im Raum gab: Den schnellen, rauen Atem eines angsterfüllten Zwerges.

Er hob den Kopf. Seine Bewegung ließ feine Eiskristalle von seinem Mantel zu Boden rieseln.

Dort, eine matt leuchtende Lampe in der einen, eine Steinschlosspistole in der anderen Hand, stand eine blonde Zwergin. Sie starrte ihn unverwandt an. Allmählich wich das Entsetzen in ihrem Gesicht unverhohlener Abscheu und der auf seinen Kopf gerichtete Lauf der Waffe hörte auf zu zittern.

Noch immer von Fragars Erinnerungen mitgenommen und verzweifelt bemüht, die Magie zu kontrollieren, die aus ihm herausbrechen wollte, war Drúdir für einen Moment wie gelähmt. Er wusste nur eines: Die Wahrscheinlichkeit, dass die notorisch unzuverlässige Pistole tatsächlich eine Kugel in Richtung seines Kopfes senden würde, mochte zwar unter fünfzig Prozent liegen, aber sie war ihm immer noch entschieden zu hoch.

Die Zwergin öffnete den Mund, um etwas zu sagen, aber Drúdir kam ihr zuvor. Er kniff die Augen zusammen und konzentrierte sich auf die schimmernden magischen Fäden, die ihn mit seinen Lampen verbanden. Ihm war schlecht bei dem Gedanken, diese verhasste Macht zu nutzen. Doch es war definitiv der falsche Moment, um wählerisch in der Wahl seiner Mittel zu sein.

Die drei Glühbirnen tauchten den Raum in gleißendes Weiß, bevor sie durchbrannten. Drúdir konnte es selbst hinter seinen geschlossenen Augenlidern sehen. Ein heller Aufschrei und das Geräusch taumelnder Schritte verrieten ihm, dass die Unbekannte geblendet und desorientiert war. Klirrend schlug ihre Lampe auf dem Boden auf.

Drúdir öffnete die Augen, sprang auf und sprintete zur Tür. Noch vor wenigen Augenblicken hätte er geschworen, dass allein das Aufstehen ihn vor eine Herausforderung stellen würde, aber die Panik verlieh ihm ungeahnte Kräfte.

Er stieß die Zwergin zur Seite, hechtete aus der Werkstatt, durch den Vorraum und schließlich in den Regen hinaus. Rutschend und schlitternd hetzte er die Straßen entlang, bis seine Beine ihm den Dienst versagten.

# *Kapitel 2*

# Drúdir

Mit der Nacht endete auch der strömende Regen. Drúdir stand am Rand eines leergefegten Platzes und sah zu, wie das bleiche, eisige Licht der Dämmerung allmählich über den Himmel kroch. Selbst der Qualm der Fabrikschlote kringelte sich in dünnen, verzagten Fäden über den noch immer tropfenden Dächern, als fühle er sich in dem weiten, farblosen Himmel verloren.

Drúdir starrte mit steifem Nacken in die Leere hinauf. Ungebeten legte sich seine beinahe bis ins Unerträgliche geschärfte magische Sicht darüber. Schimmernde Energiebahnen waberten über den Dächern wie breite Seidenbänder durch Wasser. Dort oben waren die Muster einfacher und runder, die Bewegungen der Magie langsamer.

Nach Stunden der Flucht und der Suche nach Ablenkung in heruntergekommenen Bars, die in seiner Erinnerung zu einem einzigen rauchverhangenen, alkoholdunstgeschwängerten Raum verschwammen, hatte er schließlich resigniert und sich ganz diesen neuen Eindrücken ergeben.

Er sah die Magie nicht nur, sondern spürte sie auch auf schwer fassbare Weise. Drúdir musste nicht in die entsprechende Richtung sehen, um die unsteten Ströme und Knoten der Energie zu kennen.

Und auch sein eigenes Eingeflochtensein in das ständig halb im Entstehen, halb in Auflösung begriffene Gewebe der Magie war ihm noch nie so bewusst gewesen. Jeder seiner Gedanken, jede seiner Empfindungen wurde zu einem schimmernden Ornament, einem komplizierten Knoten oder einer scharfen Krümmung. Wo auch immer er sich hinbewegte, bogen sich die Magiebahnen zu ihm hin, um sich mit seiner Aura zu verflechten – weit mehr, als sie es bei jedem anderen Objekt oder Lebewesen taten, das ihm je begegnet war. Sein Leben lang hatte Drúdir sich eingeredet, er wäre wie jeder andere Zwerg, aber auf dieser anderen Ebene der Sicht trug er das Stigma seiner Begabung wie eine finstere Standarte.

Da waren nicht nur die breiten Lichtbänder und verschlungenen Knoten, die er bisher gesehen hatte. Nein, jedes einzelne Band war aus unzähligen feineren Fäden gewoben, die ihrerseits aus komplexen Verflechtungen und Knoten haarfeiner Fasern bestanden. Drúdir konnte sie alle so klar und detailliert sehen wie nie zuvor. Und so sehr ein Teil von ihm sich auch wünschte, in einer Welt zu leben, in der der Platz nur aus rußgeschwärzten Häusern unter einem grauen Himmel bestand, konnte er doch nicht umhin, über die Komplexität und Anmut der Magiebewegungen zu staunen. Sie fühlten sich auf schwer fassbare Weise fremdartig an, als würden sie halb in eine andere Welt gehören, aber zugleich wirkten sie in ihren Bewegungen und Mustern so vollkommen und organisch, dass Drúdir nicht anders konnte als innerlich all denen zu widersprechen, die Magie als widernatürlich und böse verfluchten.

Dennoch verstand er ihre Angst. Jeder einzelne dieser Stränge trug so viel Macht, so viele Informationen, so großes Potenzial zur Zerstörung in sich … und mehr Rätsel, als ein Zwerg je würde lösen können.

Auch das war einer der Gründe gewesen, warum er dem Netzwerk den Rücken gekehrt hatte: Zu viele seiner Mitglieder waren allzu begierig darauf, mit Kräften zu spielen, die sie nicht einmal ansatzweise verstanden.

Diese Überlegung brachte die Erinnerung an Fragar zurück. Auch er hatte die Magie sehen können … allerdings wahrscheinlich nie mit derselben Schärfe, mit der Drúdir sie jetzt wahrnahm. Beinahe bedauerte er das. Er wusste, wie viel seinem Meister dieser ehrfurchtgebietende Anblick bedeutet hätte.

Als hätte dieser Gedanke etwas in ihm gelöst, gelang ihm plötzlich mühelos, worin er bisher versagt hatte: Sein Zweites Gesicht gehorchte endlich seinen Wünschen, und als er den Kopf senkte, fiel sein Blick auf regennasses Pflaster. Er rollte die Schultern, um seine verkrampften Nackenmuskeln zu lockern, und blickte wieder auf. Noch immer war er aufgewühlt. Die Flucht vor der unbekannten Zwergin, die quälende Vision von Fragars Tod und das sonderbare Bedürfnis, nach den allgegenwärtigen Magiefäden zu greifen und sie zu einem neuen Muster zu verweben … nichts war mehr, wie es zuvor gewesen war.

Und zu allem Überfluss würde die Suche nach Fragars Mörder ihn wahrscheinlich tiefer in die verworrenen Strukturen des Netzwerks führen, als ihm lieb war. Drúdir seufzte.

Dann straffte er den Rücken und setzte sich mit langsamen, aber entschiedenen Schritten in Bewegung.

Es war an der Zeit, seine Suche zu beginnen. Und er wusste auch schon, wo.

Zweieinhalb Stunden (und einige Flüche über knapp verpasste Straßenbahnen) später klopfte er an eine altersdunkle Tür irgendwo in den Ausläufern der Stadt. Sie gehörte zu einem im traditionellen zwergischen Stil erbauten Gebäude: Gedrungen und langgestreckt, mit einem gewölbten Schieferdach und mit kunstvollen, geometrischen Mustern versehenen Metallbeschlägen an Türen und Fensterläden.

Ein sorgfältig poliertes Messingschild wies jeden, der nahe genug kam, um die winzigen Buchstaben zu entziffern, darauf hin, dass dieses Gebäude die „Sprakar-Godwis-Historig-Rúnhalar“ beherbergte – die Bibliothek für Sprachen, Theologie und Geschichte. Ein etwas später angebrachtes Schild bat um Spenden, um die Bewahrung unschätzbar wertvollen Wissens für spätere Generationen zu gewährleisten. Es hatte bereits hier gehangen, als Drúdir die Bibliothek zum ersten Mal betreten hatte und er konnte sich gut vorstellen, dass es heute ebenso wenig Wirkung erzielte wie damals.

Die Tür schwang auf und Drúdir fand sich Auge in Auge mit Wisdrin Halison. Der letzte Bibliothekar, wie er sich gelegentlich selbstironisch nannte, sah müde aus. Unter seinen Augen lagen dunkle Ringe und sein Haar war mittlerweile vollkommen weiß. Den Gehstock mit dem silbernen Knauf hatte er bereits vor zehn Jahren immer bei sich gehabt, aber nun schien er tatsächlich Gewicht darauf zu verlagern. Trotzdem hielt er sich kerzengerade und duldete Nachlässigkeit in seiner Erscheinung ebenso wenig wie früher. Drúdir ließ seinen Blick über Wisdrins perfekt gebügeltes Hausjackett, das blütenweiße Hemd und die polierten Schuhe gleiten und schüttelte innerlich den Kopf. Trotzdem vermied er es, an sich selbst herabzublicken. Etwas an Wisdrin vermittelte einem das plötzliche, unerklärliche Bedürfnis, korrekt auszusehen.

„Drúdir …“

Es war eines der wenigen Male, dass er Wisdrin überrascht erlebte. Was sich jedoch nicht verändert hatte, war der leichte Akzent des älteren Zwerges, den Drúdir immer mit einer gewissen, altmodischen Kultiviertheit assoziierte.

„Hallo, Wisdrin.“

Wisdrin zögerte für einen Moment und vollführte ein paar seltsame, unvollendete Bewegungen, als erwöge er, Drúdir zu umarmen, beschied sich dann jedoch mit einem verblüffend kräftigen Händedruck und dem kurzen Aufflackern eines warmen Lächelns.

„Ich habe deinen Abschied bedauert.“

„Natürlich“, bemerkte Drúdir mit einem halben Lächeln. „Unbezahlte Gehilfen sind nicht allzu leicht zu finden, nehme ich an.“

„Du hast keine Vorstellung.“ Wisdrins Gesicht wurde ernst. „Es tut mir leid um Fragar. Er war einzigartig. Sein Tod … das hätte nicht geschehen dürfen.“

Drúdir nickte ernst. Unwillkürlich kniff er die Augen zusammen, als die Bilder der letzten Nacht jäh auf ihn einhämmerten. Es kostete ihn mehr Beherrschung, als er sich selbst zugetraut hätte, sich nicht mit beiden Händen an die Kehle zu fahren und im Anschluss dem unbekannten Mörder noch einmal leidenschaftlich Rache zu schwören.

Mit einiger Mühe brachte er sein Gesicht unter Kontrolle und konzentrierte sich ganz auf Wisdrins Miene. Die hellblauen Augen des alten Zwerges begegneten den seinen. Er las Melancholie darin, Mitgefühl, aber auch eine scharfe Intelligenz, die hinterfragte und kalkulierte … und sich angesichts von so viel unverhüllter Emotion vor Verlegenheit wand. Nach einem langen, sezierenden Blick wandte sich Wisdrin von Drúdirs Schmerz ab wie ein pietätvoll Trauernder von einem offenen Grab.

„Am besten, du kommst herein. Darf ich dir eine Tasse Tee anbieten? Ich schätze viele Aspekte dieser neuen Zeit nicht besonders, aber die neuen Teeklipper wiegen einiges davon auf. Man könnte ein paar Lieferungen tatsächlich als frisch bezeichnen.“

Drúdir folgte Wisdrin nach drinnen. Das Foyer der Bibliothek war ebenso makellos gepflegt wie Wisdrins Kleidung, aber die allgegenwärtige Sauberkeit hob eher noch hervor, dass es, ebenso wie die Bibliothek selbst, nur ein Schatten seiner selbst war. Die kunstvollen Wandteppiche, die in dramatischen Bildern Begebenheiten der zwergischen Geschichte und Mythologie festhielten, waren bereits vor Jahren verkauft worden. Nur noch ein paar Zeichnungen und Landkarten hingen an den Wänden. Noch immer verlief ein Teppich über die Stufen, die zum Hauptsaal hinaufführten, aber man erahnte sein einstiges Grün eher, als dass man es tatsächlich sah, so ausgeblichen war er mittlerweile.

Wisdrin schob einen der langen, ebenso verblichenen Vorhänge zur Seite, die an jeder Seite der Treppe bis zum Boden hingen. Es knarrte leise und Drúdir wusste, dass Wisdrin die Tür eines der Zimmer aufschob, die einst als Lagerräume für Werkzeug und Putzutensilien gedient hatten und von denen der Bibliothekar nun eines zum Kochen und eines zum Schlafen nutzte.

„Geh doch nach oben, während ich Tee koche", rief Wisdrin. Er war vielleicht nicht der einzige Zwerg, der sich nichts aus starkem, dunklem Bier machte, aber womöglich der einzige, der es offen zugab.

Drúdir stieg die Stufen hoch und fragte sich, ob seinem Gastgeber jetzt Staub auf den Kopf rieselte. In Wisdrins Jugend hätte wohl niemand gedacht, dass er eines Tages so leben würde. Bevor Grüntal mit seiner Hauptstadt Nordkrone ein Bundesstaat der Union wurde, war es, obwohl nominell eine direktdemokratische Republik, dennoch von einer Handvoll aristokratischer Familien und der Priesterschaft des Lohi regiert worden. Als Nachkomme einer der reichsten Adelsfamilien und geweihter Priester des größten Lohi-Tempels hatte der auffallend intelligente Wisdrin mit einer rosigen Zukunft rechnen können – bis die Magierkriege und das darauffolgende Verbot der Magie und der Abschaffung des institutionalisierten Glaubens alles verändert hatten. Wisdrin war neutral geblieben, während seine Familie sich auf die falsche Seite geschlagen hatte. Dadurch wurde er der Alleinerbe eines bemerkenswerten Vermögens, welches er bis zum letzten Gulder in die Erhaltung der Tempelbibliothek steckte.

Drúdir schob eine schwere Eichentür auf. Die filigranen Verzierungen an der Messingklinke und die eckigen Knotenmuster, die in das Holz geschnitten waren, kündeten von vergangener Pracht, aber die offensichtliche Kunstfertigkeit ihres Schöpfers hatte Drúdir nie so beeindruckt wie das, was dahinter lag.

Kaum hatte er die Bibliothek betreten, umfingen ihn samtige Stille und der Geruch unzähliger Bücher. Zu beiden Seiten des langgestreckten Raumes erhoben sich deckenhohe Regale, auf denen sich ein ledergebundener Buchrücken an den anderen reihte. Eine verschnörkelte Wendeltreppe führte auf den Dachboden, wo sich die Regalreihen, wie er wusste, fortsetzten, auch wenn viele von ihnen mittlerweile leer waren. Zwischen den Regalen standen mit Schnitzereien verzierte Lesepulte. Zwei von ihnen wurden von Käfigen aus kunstvoll ineinander verschlungenen Eisenstangen vom Rest der Bibliothek abgeschnitten – hier hatten sich jene einschließen müssen, die die wertvollsten und gefährlichsten Werke studiert hatten. Bücher, die im allgemeinen Chaos nach den Magierkriegen gestohlen worden waren. Wisdrin hatte diesen Verlust nie so ganz verwunden.

Drúdir stellte sich vor, wie es hier einst zugegangen sein musste: Gelehrte aus allen Ecken der heutigen Union, die sich gedämpften Schrittes durch den Lesesaal bewegten und mit gesenkten Stimmen diskutierten. Studenten und Novizen des Tempels, die ehrfürchtig an den Regalen aufblickten oder sich an den Lesepulten Notizen machten, Bibliothekare, die mit Argusaugen über die Schätze der Bibliothek wachten, Zwerge, die von langen Reisen zurückkehrten, um der Sammlung weitere, wertvolle Bände hinzuzufügen, die gelesen und diskutiert werden wollten …

Fast schon glaubte er, die Dielen unter behutsamen Schritten knarren und vielstimmiges Wispern erklingen zu hören. Goldener Glanz schimmerte am Rand seines Sichtfelds und beinahe instinktiv wechselte er in seine magische Sicht.

Was er sah, raubte ihm den Atem. Es war nicht das schreckliche Versprechen der Totenscherben, nicht der beinahe unerträgliche Glanz und das unstete Flackern der Magieströme der Stadt. Die Magie, die der Bibliothek innewohnte, war wunderschön in ihrer Subtilität. Kaum sichtbare Bänder verbanden Bücher, die einander beeinflusst hatten, zu einem feinen, schimmernden Netzwerk. Wieder andere Bände pulsierten in dem Rhythmus, in dem wissbegierige Finger einst ihre Seiten umgeblättert hatten. Natürlich. All der Aufwand, der in jedes einzelne Buch geflossen war, hatte Magie darin konzentriert, die wiederum mit den Mustern interagierte, die die Gedanken und Gefühle der Leser woben. Drúdir wäre der Letzte gewesen, der Büchern ihre ganz eigene Magie absprach, aber obwohl es ihm im Nachhinein betrachtet als vollkommen logisch erschien, hätte er nie gedacht, dass dies so wörtlich zu verstehen war.

„Ich hatte mich schon gefragt, wann du es auch sehen wirst“, sagte Wisdrin hinter ihm. Drúdir wirbelte herum – und fragte sich, was ihn mehr überraschte: Das Geschick, mit dem der ältere Zwerg knarrende Dielen vermieden hatte (ein Kunststück auf diesem Boden), die Offenbarung, die sich in seinen Worten verbarg oder der sanfte Ausdruck auf seinem Gesicht.

„Auch?“

Stumm und ohne Eile schälte Wisdrin sich aus seinem Jackett, das er akribisch faltete und auf einem Lesepult ablegte. Dann öffnete er seine Manschettenknöpfe und schob die Ärmel seines Hemdes bis weit hinter die Ellenbogen zurück. Seine Unterarme waren nahezu haarlos und blass wie die Haut der unterirdischen Zwerge von einst. Umso deutlicher traten die geschwungenen Ornamente und winzigen Runen hervor, die man ihm mit dunkler Tinte unter die Haut gestochen hatte.

„Du warst … bist ein Praktizierender des Tempels?"

Wisdrin nickte. „Warst. Ich habe immer nur gerade genug Magie beherrscht, um stets das richtige Buch zu finden und das eine oder andere Experiment durchzuführen. Als Alchemist oder Beschwörer hätte ich vielleicht größere Macht erlangen können, aber ich hatte andere Prioritäten." Seine Stimme war sachlich und sein Gesicht spiegelte nichts als freundlichen Gleichmut – der in krassem Gegensatz zu seinem durchdringenden Blick stand. „Allerdings sind meine Fähigkeiten nach wie vor ausreichend, um zu erkennen, wenn jemand jüngst Magie gewirkt hat. Du bist ein magisches Leuchtfeuer, Drúdir – noch mehr als sonst. Und ich glaube auch zu wissen, warum du deine Vorbehalte vorübergehend ignoriert hast."

Drúdir nickte ruckartig. Er mied Wisdrins Blick. „Du vermutest ganz richtig, schätze ich. Und deshalb bin ich hier."

Statt sofort auf seine Antwort einzugehen, brachte Wisdrin seine Kleidung mit derselben Sorgfalt in Ordnung, mit der er sich ihrer entledigt hatte. „Ich glaube, der Tee ist fertig. Begleitest du mich ins Foyer?"

Stumm folgte Drúdir ihm. Wisdrin wies auf einen der beiden Stühle, die an einem kleinen, runden Tisch am Fuß der Treppe standen und verschwand kurz hinter einem der verblichenen Vorhänge, um dann mit einem Tablett zurückzukehren. Er goss ihnen mit der zurückhaltenden Eleganz eines elfischen Teemeisters grünen Tee ein, dessen Duft und kräftiger Smaragdton Drúdir beinahe ein müdes Lächeln entlockten. Für einen Mann, der in einem Schrank lebte, hatte Wisdrin einen kostspieligen Geschmack.

Schließlich setzte der Bibliothekar seine Tasse ab. Er schien nach einem behutsamen, eleganten Einstieg gesucht zu haben und kläglich gescheitert zu sein. „Also, was hast du gesehen, Drúdir?"

Wisdrins Direktheit ließ ihn zusammenzucken. Er antwortete so sachlich, wie er konnte: „Fragars letzte Minuten."

Wisdrin lehnte sich nicht vor, aber ein harter, kalter Ausdruck trat in seine Augen und etwas Gebieterisches in seine Stimme. „Hast du seinen Mörder gesehen?"

„Er stand hinter Fragar. Alles, was ich habe, ist der Anblick seiner Schuhe, der Klang seiner Stimme und ein Name." Drúdir senkte die Stimme, als wären sie

Darsteller in einem Zwei-Kupfrir-Drama. Das half ihm, die Bilder auf Distanz zu halten. „Kargan“, raunte er nach einer Kunstpause.

Unglauben flackerte in Wisdrins Miene auf, gefolgt von Misstrauen und Wut. „War er es?“

„Zumindest ist der Mörder losgeschickt worden, weil jemand glaubt, Kargan könnte Fragar etwas über ein Projekt verraten haben, an dem er gearbeitet hat. Fragar hatte keine Ahnung, was genau es war, aber Kargans Fragen und Andeutungen haben gereicht, um ihn misstrauisch werden zu lassen.“

Drúdir schwieg. In seinem Inneren klangen die Empfindungen nach, die Kargans Name in Fragar ausgelöst hatte. Besorgnis, Bedauern … und Enttäuschung.

Wisdrin schüttelte leicht den Kopf. Es war bemerkenswert, wie viel Verachtung er in eine Geste legen konnte, die kaum mehr als eine Andeutung war. „Ja, das klingt ganz nach Kargan.“

Drúdir wartete auf eine Erläuterung. Sie kam nicht. Schlafmangel und emotionale Erschöpfung erlangten mühelos den Sieg über Wisdrins mäßigenden Einfluss. „Wer beim Abgrund ist Kargan?“, verlangte er schließlich zu wissen und weigerte sich, angesichts des Widerhalls seiner Stimme Verlegenheit zu empfinden.

Wisdrins Augenbrauen wanderten in die Höhe. „Ich dachte, das wüsstest du. Kargan war so etwas wie dein Vorgänger als Fragars Lehrling.“

„Augenblick. Das Gesicht, das Fragar vor Augen hatte, gehörte einem Menschen.“

„Ich bezweifle, dass dies Fragar entgangen ist. Kargan hat bei ihm auch keineswegs gelernt, Uhrwerke zusammenzubauen.“

„Du klingst missbilligend.“

„Ich war Kargan nicht gerade zugetan. Ich habe unter den Praktizierenden des Tempels zu viele Leute getroffen, denen er in seiner Einstellung allzu ähnlich war.“

„Leute, wie die, denen wir die Magierkriege und das Magieverbot verdanken?“

Wisdrins Lächeln war bitter und ein wenig boshaft. „Nein, Drúdir. Die verdanken wir eher Leuten wie dir.“

Weder die Enthüllungen über Fragars Tod noch Drúdirs bohrender Blick brachten den ehemaligen Priester aus der Ruhe. Genüsslich lehnte Wisdrin sich zurück und ließ seine Worte wirken. Erst, als die Stille beinahe unerträglich wurde, schenkte er ihnen Tee nach und begann mit der unterdrückten Freude eines Mannes, der viel zu selten Gelegenheit erhielt, sein Wissen zu teilen, zu erzählen: „Du hattest immer gewisse Vorbehalte, dich mit deiner Begabung auseinanderzusetzen und ich konnte mich des Eindrucks nicht erwehren, dass du es vorgezogen hättest, wenn jeder andere sie ebenso ignoriert hätte. Unnötig zu sagen, dass mir nichts fernerlag." Ein kaum merkliches, selbstironisches Lächeln spielte um seine Lippen. „Ich habe also ein paar Recherchen angestellt – mit interessanten Ergebnissen. Deine Begabung, Drúdir, ist unglaublich selten. Und sie hat eine Eleganz, die ich bewundern muss."

In seiner Erinnerung fand sich Drúdir auf dem Boden einer dunklen Werkstatt wieder, die Hände um seine Kehle gekrampft und vergeblich nach Luft schnappend, während ihm Fragars warmes Blut über die Finger rann. Eleganz, gewiss doch.

Wisdrin war ein Meister darin, Andeutungen und subtilste Zeichen zu lesen ... in literarischen Werken. So fuhr er fort, ohne Drúdirs Gesichtsausdruck weiter Beachtung zu schenken. „Aber so selten sie auch sind, sind doch einige Fälle von anderen Halirúnir – Menschen würden sie als Nekro..."

Drúdirs Blick brachte Wisdrin zum Verstummen. Der ältere Zwerg seufzte. „Herrje, Drúdir. Ich habe mir die Terminologie nicht ausgedacht. Jedenfalls gab es einige Magier mit deiner Begabung. Diejenigen, die unfähig waren, sie zu kontrollieren, können wir getrost außer Acht lassen, aber die, die wahre Meisterschaft darin erlangten ... das ist eine andere Geschichte. Sie tendierten dazu, außergewöhnliche Leben zu leben. Aber danach fragst du besser jemand anderen. Ich habe immer eher die Natur der Magie erforscht, als die Geschichte ihrer Anwendung."

Es war leicht zu durchschauen, was Wisdrin beabsichtigte. Und es funktionierte. Er hatte Drúdir am Haken. „Wen?"

„Rúnwis Jalrisson. Du wirst ihn sowieso bald aufsuchen."

„Wieso das?"

„Weil Kargan das vor gerade einmal vier Monaten getan hat. Oh, und Drúdir?"

„Ja?"

Wisdrin beugte sich vor. Blanker Hass brannte in seinen hellen Augen und seine Stimme klang eine Oktave tiefer. „Lass nichts unversucht, um Fragars Mörder zu finden."

# *Kapitel 3*

# Badyn

Das Luftschiff *Eule* glitt mit der Lautlosigkeit seiner Namensvetterin über die Wälder hinweg. Nur einmal, als die Morgendämmerung einsetzte, drehten sich mit einem leisen Knistern die unzähligen kleinen Schuppen, die die beiden Kabinen und den Ballon bedeckten, in ihren filigranen Fassungen. Statt des matten Dunkelgraus, das das Luftschiff bei Nacht tarnen sollte, präsentierte es nun eine diffus blaugraue Oberfläche.

Badyn, die mit ihren Mitverschwörern in der hinteren Kabine saß, sah nichts davon, aber sie wusste um die Effizienz, mit der der komplizierte Mechanismus seine Arbeit verrichtete und empfand eine tiefe Befriedigung. Es gab niemanden, der den Zwergen das Wasser reichen konnte, wenn es um Technik ging. Noch.

Noch sonnten sie sich in ihrer Überlegenheit, aber so gerne die Zwerge es sich auch einredeten, waren die Menschen keine Narren. Sie mochten vielleicht nicht auf das Geschick, die Erfahrungen und den reichhaltigen Schatz wissenschaftlicher Erkenntnisse zurückgreifen können, die die zwergischen Erfinder und Ingenieure unvergleichlich machten, aber sie waren fest entschlossen, den Entwicklungsstand der Union einzuholen – oder sich ihm zumindest so weit anzunähern, dass sie sich mit Gewalt nehmen konnten, was sie wollten. Sie hatten ebenso wenig wie die Zwerge der Union vergessen, wie lange diese unter menschlicher Herrschaft gestanden hatten.

Und nun, wo die Elfen ihre freiwillige Isolation aufgaben und mit aller Macht die Magie, seit je her der Fluch der Union, zurückkehrte … Badyns Augenbrauen zogen sich grimmig zusammen. Sie hatte in den letzten Monaten an kaum etwas anderes gedacht. Die bloße Anwesenheit der anderen vier Passagiere bezeugte, wie ernst sie ihre Befürchtungen nahm.

Ihr Blick glitt zu Angrin hinüber. Der rothaarige Zwerg in seiner von altzwergischer Mode inspirierten Kleidung saß kerzengerade auf seinem Stuhl und dachte wohl gerade über seine nächste Ansprache nach. Rücksichtslos und geltungssüchtig wie er war, war der Politiker weit davon entfernt, Badyns Sympathie zu genießen. Die meisten seiner Ansichten hielt sie für ein groteskes Zerrbild ihrer eigenen Werte. Aber dennoch verfolgten sie dieselben Ziele. Und ohne Angrin würden sie sich kaum verwirklichen lassen.

Ein anderer ihrer Mitverschwörer schien bemerkt zu haben, wie sie Angrin musterte. Er stellte Blickkontakt her und grinste ihr hinter dem Rücken des Politikers zu, als teilten sie einen boshaften Scherz. Badyns Gesicht blieb ausdruckslos. Es widerstrebte ihr bereits, eine geräumige Luftschiffkabine mit dem kleinen, teuer gekleideten Zwerg zu teilen, dessen Verhalten ihr gegenüber stets zwischen betonter Geringschätzung und anbiedernder Vertraulichkeit schwankte.

Von all ihren Mitverschwörern achtete sie ihn am geringsten. Sie mochte Angrins politische Ideen für dumm und gefährlich halten, aber zumindest war er selbst davon überzeugt, ehrenwerte Ziele zu verfolgen. Bei dem Zwerg, der nun mit einem trotzigen Blick auf Badyns Zurückweisung reagierte, konnte davon nicht die Rede sein. Sie waren gerade dabei, eine neue Ära der kiarvanischen Geschichte einzuleiten und alles, woran er dachte, waren der Reichtum und die Macht, die er dadurch erringen würde. Wenn der Plan, dem Badyn widerstrebend zugestimmt hatte, erst in die nächste Phase eintrat, würden sie alle von dem Fabrikbesitzer abhängig sein. Badyn wäre dann die hochrangigste Offizierin der Union und Angrin – zumindest in seiner Vorstellung – eine Kombination aus Präsident und Priesterkönig. Eldrir würde den straff organisierten Verwaltungsapparat einer wirklich vereinigten Union unter sich haben. Und all das wäre nichts gegen die Macht, die der Fabrikbesitzer in Händen halten würde.

Was hatte sie nur dazu gebracht, diesem Irrsinn zuzustimmen? Ach ja: Die Angst um die Sicherheit der Union.

Und wenn diese es nicht erfordern würde, den Fabrikbesitzer bei Laune zu halten, hätte Badyn wahrscheinlich den Revolver aus ihrer Handtasche gezogen und ihm eine Kugel ins Knie gejagt. Mindestens. Offenbar schien er zu ahnen, was ihr durch den Kopf ging. „Du wirkst mürrisch, Badyn. Wieso? Unser Experiment war ein voller Erfolg. Und du siehst heute wirklich gut aus, beinahe feminin. Du solltest öfter Zivil tragen."

Sie starrte ihn aus verengten Augen an. „Ich glaube, wir haben Wichtigeres zu besprechen als meine Garderobe. Zum Beispiel, was dich auf den Gedanken gebracht hatte, die … Waffe im *Bergfalke* zu testen."

Er lehnte sich nur zurück und strich sich in einer affektierten Geste das Haar aus der Stirn. „Ich dachte, die bedauernswerten Passagiere hätten ohnehin auf deiner schwarzen Liste gestanden. Und wir mussten wissen, ob alles funktioniert. Zwei Fliegen mit einer Klappe geschlagen. Nein, drei. Wenn man die Zeitungen liest und sich auf den Straßen so umhört, war Angrins Propaganda ein voller Erfolg."

*Unter den stumpfsinnigen Trotteln vielleicht, die alles glauben, was die Zwerge als starke und edle Opfer heimtückischer Verschwörungen darstellt,* dachte Badyn. „Nicht alle sind empfänglich dafür. Es ist zu offensichtlich, dass an den Gerüchten nichts dran ist. Was hätten die Elfen oder Menschen davon, ausgerechnet das Luftschiff zu sprengen, auf dem die wichtigsten Fürsprecher des Handelsabkommens, des Akademieaustauschs und des großen Vertrages saßen? Nebenbei bemerkt: Es waren Zwerge, die womöglich auf unsere Seite gewechselt wären und uns gute Dienste geleistet hätten. Es war zu früh."

„Bist du es nicht, die sonst immer von Präventivschlägen redet?", mischte sich Angrin ein, der ihr die Abwertung seiner Propaganda zu verübeln schien. „Sonst kann es dir nie schnell genug gehen. ‚Tötet sie alle, bevor sie uns erwischen' und so weiter."

„Ja, aber das heißt nicht, dass wir alle Vorsicht außer Acht lassen dürfen. Wenn irgendjemand von unseren Plänen erfährt, sind wir tot und die Union international geächtet", mischte sich der vierte Passagier mit ruhiger Stimme ein. Eldrir: ein freundlicher Regierungsbeamter in mittleren Jahren, dem es irgendwie gelang, die Besessenheit, die ihn antrieb, in ruhige, bedachte Handlungen zu kanalisieren. Er mochte ein organisatorisches Genie sein, aber im Moment bestand sein Hauptverdienst um ihre Verschwörung darin, das ungleiche Quartett zusammenzuhalten.

Er wandte sich an Badyn und wechselte das Thema. „Hast du eigentlich Nachricht aus Nordkrone erhalten?"

„Fragar ist tot und die Briefe sind sichergestellt." Innerlich schüttelte sie den Kopf. Sie hatte in den Magier- und Einigungskriegen gelernt, Opfer zu bringen, wenn der Sieg davon abhing. Das hieß jedoch nicht, dass sie diesen vermeidbaren Tod nicht bedauerte. Wenn Kargan sich bloß die Mühe gemacht hätte, selbst zu forschen … andererseits: waren nicht sie es gewesen, die darauf bestanden hatten, dass keine Sekunde vergeudet wurde? Und letztlich war Fragar eines Todes gestorben, um den ihn die ersten Opfer beneidet hätten.

Angst und Ekel ließen Badyns Kehle eng werden, als sie an diese sechsundzwanzig Zwerge dachte. Aber sie vermengten sich auch mit kribbelnder Erregung.

Sie mochte den vorzeitigen Einsatz ihrer Waffe an Bord des *Bergfalke* zutiefst missbilligen, aber wenn der Fabrikbesitzer nicht übertrieben hatte, würde sie ihrer Sorgen um die Sicherheit der Union bald ledig sein. Wer würde es wagen, ein Land anzugreifen, das mit dieser Macht zurückschlagen konnte?

Als hätte es auf ihre Gedanken reagiert, ging das *Eule* über einem kahlen Hügel in Sinkflug. Einst hatte hier ein Wald aus uralten Baumriesen gestanden, aber mittlerweile waren sie alle an die unersättlichen Brennöfen der nahen Fabriken verfüttert worden. Ein Schienenstrang wand sich wie eine bronzeschimmernde Schlange durch die Landschaft und verschwand im Hügelinneren.

Das Luftschiff sank tiefer und wurde von den unten wartenden Zwergen vertäut, die ihnen jedoch alle den Rücken kehrten, bevor sie aussteigen konnten. Nur ein Zwerg blieb: Der Kutscher des Fabrikbesitzers, der geduldig wartete, bis alle vier Passagiere festen Boden unter den Füßen hatten und dann ehrerbietig auf eine von einem stämmigen Pony gezogene Lore auf den Schienen deutete. Sie stiegen ein und auf ein Zeichen des Fabrikbesitzers hin setzte sich das Gefährt in Bewegung.

Warme, nach Kohle, Chemikalien und heißem Metall riechende Luft blies ihnen die Haare aus den Gesichtern, als sie in den lampenerleuchteten Gang einfuhren.

Immer tiefer ging es hinab, vorbei an den Eingängen von dämmrigen Lagerkavernen oder Fabrikhallen, in denen sich riesige Räder und Kolben bewegten wie die Gliedmaßen stählerner Drachen. Arbeiter in Schutzanzügen huschten zwischen den Maschinen umher wie seltsame Insekten. Das geschmolzene Metall, das die Rinnen im Boden füllte, tauchte sie in rötliches Licht.

Alles war in Bewegung und das rhythmische Stampfen und Rattern, Zischen und Dröhnen sowie die Rufe tiefer Zwergenstimmen, die sich gelegentlich darüber erhoben, vermengten sich zu einem Lärm, der jeden klaren Gedanken erstickte.

Schließlich ließen sie die letzte Halle hinter sich und Kutscher und Gefährt zurück, um dem Fabrikbesitzer den schmalen Gang entlang zu folgen. Sie mussten ein wenig warten, während er die letzte gepanzerte Tür aufschloss, doch schließlich wies er mit triumphierender Geste in den Raum, in dem ihre beinahe vollendete Waffe auf sie wartete.

Sie alle hatten die Baupläne gesehen, aber niemand von ihnen hätte mit der schrecklichen Erhabenheit dessen gerechnet, was sie nun erblickten. Selbst der Fabrikbesitzer schien aufs Neue zu staunen.

Typischerweise war es Eldrir, der als Erster das Wort ergriff.

„Es sind nur zwölf."

„Keine Sorge, Nummer dreizehn kehrt schon noch zurück."

# *Kapitel 4*
# Findra

Die fünf in schwarz gewandeten Zwerge mit ihren hohen Zylindern standen reglos in den Ecken des Saales. Noch zehn Jahre zuvor wären sie in dunkelblaue Kapuzenroben gehüllt gewesen, doch sie brauchten die schweren Zeremoniengewänder nicht, um schwermütige Würde auszustrahlen.

Mit gravitätischen Schritten betrat der Sechste den Raum, einen bronzenen Gong in der Hand. Langsam umrundete er den Sarg auf dem Sockel in der Raummitte, bevor er schließlich seinen Platz in der sechsten Ecke einnahm. Er schlug den Gong.

Einige der Versammelten, die auf Bänken entlang der Wände saßen, zuckten zusammen. Dabei war der Klang nicht einmal besonders laut – nur auf sonderbare Weise durchdringend. Der Nachhall schien ewig unter der runengeschmückten Kuppel des unterirdischen Saales zu hängen, und sie alle lauschten atemlos. Als er fast verklungen war, nahm der erste Zwerg mit klarer Stimme den Ton auf und hielt ihn scheinbar endlos lange. Ein zweiter Sänger stimmte einen anderen Ton an, ein dritter einen wieder anderen. So ging es hin und her. Fünf der Totensänger sangen einen Akkord nach dem anderen, nahezu unmöglich tiefe Töne, die man ebenso sehr zu spüren wie zu hören glaubte. Dann erhob der Sechste seine Stimme zu einer zugleich einfachen und erhabenen Melodie. Er sang auf Altzwergisch die erste Strophe der traditionellen Totenklage. Die anderen Sänger setzten erneut ein und zusammen vollendeten sie die anderen beiden Strophen.

Findras Blick glitt über die Reliefs an den Säulen. Sie zeigten Götter und Dämonen, deren offizielle Kulte mit dem Sturz der neun Orden, in denen Magie und Religion untrennbar verflochten gewesen waren und die die Menschen und Zwerge in Unwissenheit und Aberglauben hielten, ein Ende gefunden hatten. Mittlerweile waren die Tempel und Kathedralen von einst Festsäle und Lagerhallen und niemand würde öffentlich einem Gott huldigen. Dennoch … Wenn Findra sich die stilisierten Figuren und archaischen Symbole ansah, während die uralten Totengesänge der Zwerge ihre Knochen zum Vibrieren brachten, verstand sie, wieso der Glaube nie so ganz verschwunden war. Wieso die Skulpturen in jedem säkularisierten Tempel unberührt dastanden, umgeben von einem unsichtbaren Kreis, in dem niemand Dinge abzustellen oder wegzuwerfen wagte. Warum zu beinahe jedem Festmahl verstohlene Trankopfer gehörten, noch immer Drudenfüße Fensterbretter schmückten und bei Einbruch der Nacht Bruchstücke alter Verse ausgetauscht wurden, die so gar nicht in diese so aufgeklärte Zeit passen wollten …

Kaum hatten die Sänger geendet, senkten sie die Köpfe wieder und versanken in scheinbar vollkommener Passivität. Nur der Zwerg mit dem Gong trat einen Schritt vor. Er ließ seinen Blick über die Versammelten schweifen und Findra widerstand dem Impuls, den Kopf einzuziehen. Sie kannte die Anwesenden nur aus Zeugenbefragungen und das einzige Mal, als sie Fragar begegnet war, hatte er in einer Lache aus allmählich gerinnendem Blut gelegen. Dennoch hatte sie in den letzten Tagen so viel Zeit damit verbracht, das Leben des alten Zwerges zu erkunden, dass sie sich ihm nun vielleicht näher fühlte, als gut für sie war. In ihren Jahren bei der Nordkroner Polizei hatte sie zwar nicht alles gesehen, was von Zorn, Gier oder gelegentlich auch schierer Dummheit erfüllte Zwerge einander antun konnten, aber sie hatte doch eine repräsentative Auswahl betrachten können. Sie hätte nicht gedacht, dass ein Tod wie der Fragars sie noch berühren konnte. Die Besessenheit, mit der sie sich in diesen Fall stürzte, belehrte sie jedoch eines Besseren. Sie konnte sich selbst nicht so ganz erklären, was Fragar Brarison aus der langen Reihe der Toten hervorhob, mit denen sie es zu tun gehabt hatte.

Womöglich war es das absolute Fehlen brauchbarer Spuren; das Gefühl, dass etwas Größeres und Komplexeres hinter diesem Mord steckte, als sie ahnten – und die besorgniserregende Bestätigung, die sie vor wenigen Tagen dafür erhalten hatte. Vielleicht waren es auch all die Andeutungen über die seltsamen Zirkel, in denen Fragar sich bewegt hatte, ein in mystisches Dunkel gehülltes Netz von Gruppierungen und Beziehungen, das sie nicht einmal ansatzweise durchschaute. Und gewiss spielte auch noch mit hinein, dass sie Fragar mochte.

Bereits als sie ihn am Tatort gesehen hatte, hatte sie einen Stich trauriger Sympathie gefühlt. Sie wusste, dass das erschlaffte Gesicht des Toten wohl kaum seine Gefühle im Moment des Sterbens wiederspiegelte, aber der Ausdruck grenzenloser Enttäuschung auf seinem einst wohl offenen und freundlichen Gesicht, die stille Würde, die er trotz seines blutbesudelten Bartes ausstrahlte … Es gab Tote, bei deren Anblick einen das Gefühl überkam, dass man Zeuge des Unvermeidlichen geworden war, aber der Schnitt in Fragars Hals und das Chaos in seiner

Werkstatt wirkten wie Teile einer anderen Geschichte, die durch einen entsetzlichen Fehler eingefügt worden waren – dort, wo eigentlich lange, ereignislose Kapitel hingehört hätten.

Ja, etwas an diesem Mord beschäftigte sie. So sehr, dass sie lieber ihre Karriere aufs Spiel setzte, als die Akte Fragar für immer zu schließen, wie man es ihr nahegelegt hatte. Der Versuch, sie in ihren Ermittlungen zu stoppen, machte sie nur noch entschlossener, Fragars Mörder ins Licht zu zerren. Und herauszufinden, wieso ihren eigenen Vorgesetzten nicht daran gelegen war.

Und deshalb hob sie trotzig den Kopf, als der Blick des Zeremonienmeisters sie streifte. Es mochte sein, dass sie Fragar zu Lebzeiten nicht gekannt hatte, aber sie hatte dennoch jedes Recht, hier zu sein. Ohne mit der Wimper zu zucken, ertrug sie die Blicke der anderen Trauernden, die sie vergeblich einzuordnen versuchten. Froh über den dichten Schleier aus schwarzer Spitze, der ihr Gesicht verhüllte, war sie trotzdem. Ihre Gründe mochten sie selbst überzeugen, aber sie zweifelte daran, dass es den anderen Zwergen im Raum ähnlich erging. Vor allem, da sie, bei aller halb eingestandenen Sympathie für den Toten, nicht primär hier war, um Fragar ihren Respekt zu erweisen. Deshalb lauschte die junge Ermittlerin den Worten des Zeremonienmeisters, der Fragars Verdienste auflistete, nur mit halbem Ohr.

Findra war hier, weil sie auf jemanden wartete.

Als er schließlich hereinkam – er glitt nahezu lautlos auf den letzten freien Platz auf einer der Bänke, aber natürlich bohrten sich trotzdem unzählige strafende Blicke in seinen Rücken – war sie zunächst nicht sicher, ob sie tatsächlich den gefunden hatte, den sie suchte. Wie auch? Alles, woran sie sich erinnerte, waren Eiskristalle, die von einem Ledermantel rieselten und ein Paar weißglühender Augen, die sich aus dem Schatten einer breiten Hutkrempe auf sie richteten. Die unsteten Schatten, die die fliegenden Lampen warfen, hatten es noch zusätzlich erschwert, seine Züge zu erkennen.

Der Zwerg, der nun mit starrer Miene zwischen zwei Cousinen Fragars saß, die ihn keines Blickes würdigten, war jung; vielleicht Anfang vierzig. Findra glaubte in seiner Haltung einen Trotz wahrzunehmen, der dem ihren nicht unähnlich war. Sein Gesicht zwischen dem Zylinder und dem steifen Kragen seines Hemdes war bleich und von Schlafmangel gezeichnet, wie sie aufgeregt feststellte.

Trotz seiner grimmigen, verschlossenen Ausstrahlung war der Fremde – sie hatte einen begründeten Verdacht, was seinen Namen betraf, aber da endeten ihre Kenntnisse bereits – kein unattraktiver Mann. Das dunkle Haar, das ihm sorgfältig gekämmt bis auf die Schultern fiel, war voll und glänzend und seine offensichtliche Erschöpfung konnte die Intelligenz in seinen bernsteinbraunen Augen nicht verschleiern. Obwohl er in seiner steifen, altmodischen Trauerkleidung (die ihm halbwegs, aber keineswegs perfekt passte) eine durchaus elegante Erscheinung abgab, vermutete Findra, dass man ihn weitaus häufiger zerzaust und in informeller Kleidung antraf. In einem schlammbespritzen Ledermantel über einem zerknitterten Hemd vielleicht … Und was war das für ein Flackern in seinem Blick, als er sie ansah? War er nur wie die anderen Trauernden unfähig, sie einzuordnen, oder steckte mehr dahinter?

Findra versuchte, diesen abweisenden, doch gepflegten Mann mit dem dunklen Magier der letzten Nacht in Einklang zu bringen. Es ließ sich nicht ausschließen, aber sie war weit davon entfernt, sicher zu sein. Vielleicht, dachte sie selbstkritisch, war es aber auch nicht der Spott nach einer falschen Beschuldigung, den sie fürchtete. Was sie gesehen hatte, hatte sie mehr erschüttert, als sie sich selbst einzugestehen wagte. Von Kindheit an hatte sie gelernt, dass Magie etwas Widernatürliches war, ein Werkzeug der Machtgierigen, vor allem aber Gegenstand von Geschichten und Teil der Vergangenheit. Zu spüren, wie mitten in Nordkrone diese unnatürliche Kälte nach ihrem Herz griff und in ein paar glühende Augen zu blicken, hatte sie zunächst an ihrem Verstand zweifeln lassen.

Wären die fliegenden Lampen nicht gewesen, hätte sie die ganze Begebenheit vielleicht für eine aus verunreinigter Luft geborene Halluzination gehalten. Aber als sie nach ihrer vergeblichen Jagd in die verlassene Werkstatt zurückgekehrt war, hatten diese filigranen, beinahe unheimlich organisch anmutenden Meisterwerke der Mechanik wie eine sonderbare Kreuzung aus Blüte, Insekt und Uhr auf dem Boden der verlassenen Werkstatt gelegen.

Und Findra hatte sich an das beinahe schluchzende Keuchen des Fremden erinnert. Und daran, wie er sie umgestoßen hatte. Ihre Hand hatte sein Gesicht gestreift – kühle, regennasse Haut.

Und er war geflohen, statt sie anzugreifen. Sie hatte also Grund, in dem unheimlichen Zwerg, der wabernde Schatten um sich herum hatte aufsteigen lassen, mehr als einen der skrupellosen Magier aus den Geschichten ihrer Eltern zu vermuten. Deshalb wagte sie die Suche nach ihm. Aber wollte sie ihn tatsächlich finden? Die Vorstellung, ihm von Neuem gegenüberzustehen, rührte an ein tief verwurzeltes Unbehagen … Unbehagen? Nein, mehr als das. Was sie spürte, war Angst. Angst vor dem, was er tun konnte, aber auch davor, was seine bloße Existenz für ihr Weltbild bedeutete.

Doch sie beabsichtigte keineswegs, ihrer Furcht nachzugeben. Wenn dieser Fremde beabsichtigte, sich ihr bei ihrer Suche nach der Wahrheit über Fragars Tod in den Weg zu stellen, würde er feststellen, dass Findras geballte Entschlossenheit seiner Magie mindestens ebenbürtig war. Zumindest redete sie sich das ein.

Die wohlklingende Stimme des Zeremonienmeisters verstummte beinahe, ohne dass sie es bemerkte – so fixiert war sie auf das Gesicht des jungen Zwerges. *Bist du es?*, fragte sie ihn in Gedanken und kam sich dabei ein wenig lächerlich vor.

Ein großes Scharren und Rascheln setzte ein und Findra beeilte sich, es den anderen Trauernden nachzutun und sich zu erheben, als Fragars Sarg unter den Klängen eines weiteren langsamen Liedes aus dem Raum getragen wurde. Für einen Moment überlagerte der schwermütige Zauber dieser alten, einfachen Melodie Findras ruhelose Gedanken. Sie stellte sich vor, dem gewaltigen Chor all derer zu lauschen, die dieses Lied in den letzten Jahrhunderten gesungen hatten.

Dann richtete sie ihren Blick wieder auf den dunkelhaarigen Zwerg. Kaum hatte das Lied geendet und die Trauergesellschaft sich in kleinen, gedämpft miteinander sprechende Grüppchen zum Gehen gewandt, strebte er – mit einem kleinen Umweg über die Garderobenhaken, von denen er einen kurzen, dunklen Wollmantel fischte – in Richtung Ausgang.

Findra eilte ihm in unziemlicher Hast hinterher. Sie kurvte um Trauernde herum, eilte den kurzen Gang entlang und die Treppe hinauf, die in die Vorhalle des säkularisierten Tempels führte. Dort erhaschte sie einen Blick auf ihn, wie er die schwere Tür aufstemmte. Er hielt dabei jedoch instinktiv kurz inne, um die kürzlich polierten Messingbuchstaben auf der Innenseite zu lesen, die im Licht der Gaslampen an der Decke schimmerten:

„MEMENTO MORI“

Sein bitteres, schmerzerfülltes Lachen war leise, aber der Schall in dem weitläufigen Vorraum trug es bis zu Findra hinüber und jäh wusste sie, dass sie ihren Magier gefunden hatte.

Sie hechtete durch die zufallende Tür in die kühle, von Fabrikqualm und Feuchtigkeit gesättigte Luft hinaus und eilte ihm mit klackenden Absätzen nach.

„Drúdir Skadirson!“, rief sie gebieterisch.

Instinktiv reagierte er auf seinen Namen – sie hatte wohl richtig geraten - und ihre Schritte dicht hinter sich. Allein schon in der Bewegung, in der er sich jäh zu ihr umdrehte, lag Ablehnung, aber in seinem starren Gesicht spiegelte sich diese um ein Vielfaches heftiger.

Findra schob das Revers ihrer Jacke zur Seite, damit er das schimmernde Abzeichen sehen konnte, das an ihre streng geschnittene, schwarze Bluse geheftet war. „Mein Name ist Findra Ramnasdottir. Ich arbeite für die Stadtwache.“

Jetzt erst wurde ihr wieder bewusst, dass sie ihn durch ein dünnes Netz verschwommener, schwarzer Blüten betrachtete. Sie zog die lange Nadel aus ihrem Hut, die den Schleier fixierte. Mit Händen, die, wie sie hoffte, nicht zitterten, nahm sie ihn ab und sah Drúdir unverwandt in die Augen. „Ich bitte Sie um ihre Hilfe bei der Aufklärung des Mordes an Fragar Brarison.“

Der wachsame, abweisende Ausdruck auf seinem Gesicht vertiefte sich noch, aber er nickte ruckartig. „Na schön. Was wollen Sie wissen?“

## *Kapitel 5*

# Drúdir

Jede Bewegung war ein Kampf gegen seine vor Panik verkrampften Muskeln. Immer wieder spähte Drúdir zu der Zwergin hinüber. Bereits ihre Aura hatte ihn vermuten lassen, wer ihm da im Gewölbe gegenübersaß – und nun, da er ihr Gesicht gesehen hatte, gab er jede Hoffnung auf, unerkannt geblieben zu sein. Zwar war in der Nacht wenig vom Gesicht des Eindringlings zu erkennen gewesen, aber was er gesehen hatte, deckte sich mit Findras Zügen.

Wäre Drúdir nicht so entsetzt darüber gewesen, dass sie sein Geheimnis kannte, hätte er sie wahrscheinlich sogar attraktiv gefunden. Ihr honigblondes Haar war streng hochgesteckt und verschwand zum Teil unter ihrem schwarzen Hut, aber die Dicke der Flechten ließ vermuten, dass es ihr offen bis zur Taille fallen würde. Ein paar Strähnen hatten sich gelöst und umrahmten in sanften Wellen ein rundes Gesicht. Die weichen Linien der leichten Stupsnase, des Kiefers und der schön geschwungenen Lippen standen im Kontrast zu den markanten Wangenknochen und ihren auffallend dunklen Augenbrauen, unter denen eindringliche, braun-grüne Augen schimmerten. Ihr leicht gebräunter Teint war makellos, und wären die Umstände anders und ihr Blick weniger hart gewesen, hätte Drúdir den weichen Kurven, die sich deutlich unter ihrer Trauerkleidung abzeichneten, wahrscheinlich mehr Aufmerksamkeit gewidmet.

Im Augenblick jedoch fragte er sich lediglich, was diese hübsche, junge Zwergin mit ihrem verhängnisvollen Wissen anfangen würde. Natürlich … im Grunde genommen hatte sie ihm nichts vorzuwerfen. Aber wenn er noch immer in Fragars Testament erwähnt wurde – was, wie ihm jetzt bewusst wurde, gar nicht so unwahrscheinlich war – machte ihn das zum Verdächtigen. Und da würde das Misstrauen, das seine Gabe weckte, wohl kaum dazu beitragen, seine Situation zu verbessern. Und selbst wenn sich herausstellte, dass er über jeden Verdacht erhaben war: Wenn erst durchsickerte, dass er Magie praktizierte, war nicht nur ein saftiges Bußgeld fällig. Heutzutage nahm niemand das Magieverbot besonders ernst, aber das hieß noch lange nicht, dass diese Kunst in hohem Ansehen stand; im Gegenteil. Sein Ruf wäre ruiniert und das bedeutete viel unter Zwergen. Die Isolation, in der er seit der Entdeckung seiner Andersartigkeit gelebt hatte, wäre zementiert. Ganz zu schweigen davon, dass kaum ein Uhrmachermeister einen Zwerg wie ihn als Partner akzeptieren würde.

„Machen Sie sich keine Sorgen.“ Findra schien seine Gedanken erraten zu haben. „Ihr Geheimnis ist bei mir vorerst sicher. Sie haben mich wahrscheinlich ebenfalls in der Hand.“

„Wie das?“

Statt einer Antwort zog sie nur eine nervöse Grimasse, die wohl ein Lächeln sein sollte, und beschleunigte ihren Schritt. Er folgte ihr und staunte, dass sie sich nicht der nächsten Straßenbahnstation näherten. „Ist der Weg zum Präsidium nicht etwas zu weit zum Laufen?“

„Wir gehen nicht dorthin.“

„Wohin dann?“

„Dahin zum Beispiel.“ Sie deutete auf eine kleine Garküche. „Ich lade Sie ein.“

Drúdir hatte keine Ahnung, wie Zeugenbefragungen normalerweise abliefen, aber er ahnte, dass solche Einladungen nicht zum üblichen Prozedere gehörten.

Wenn es Findras Absicht gewesen war, ihnen eine Gelegenheit zu verschaffen, sich unbelauscht zu unterhalten, hatte sie eine gute Wahl getroffen. Die Preise waren niedrig genug, um zahlreiche Arbeiter aus den nahen Fabriken anzuziehen. Offenbar war gerade eine Schicht zu Ende gegangen und nun beugten sich zahlreiche schäbig gekleidete Zwerge über Schalen mit Eintopf und Spieße mit Fleisch zweifelhafter Herkunft.

In dem vom weichen, gelben Licht weniger Gaslampen erhellten Raum vermengten sich die Gerüche von Bier, deftigem Essen und verschwitzter Körper mit dem Rauch unzähliger Pfeifen zu einem so intensiven Dunst, dass Drúdir staunte, wie wenig Zeit er dennoch brauchte, um sich daran zu gewöhnen.

Mit der sonderbaren Klarheit, die extreme Anspannung manchmal verlieh, registrierte der Zwerg Details wie den anthrazitfarbenen Staub, der sich unter den Fingernägeln und in den Falten der ungesund blassen Gesichter einiger Kunden gesammelt hatte. Wahrscheinlich waren sie für die Weiterverarbeitung und das Umladen der Kohle verantwortlich, die aus den nahen Bergen geliefert wurde. Ihre leisen Unterhaltungen füllten den Raum mit dem Gemurmel tiefer, müder Stimmen. Im Gegensatz zu der mit Fremdwörtern gespickten, überartikulierten Sprechweise der Oberschicht sprachen sie das mit verballhornten hochkiarvanischen Wörtern durchsetzte Zwergisch der unteren Schichten: Lang gezogene Vokale, K-Laute, die zu G, und T-Laute, die zu D wurden, was ihren gedämpften Gesprächen eine sonderbar melodische Qualität verlieh.

Gelegentlich mischte sich eine Stimme in das allgemeine Gemurmel, die so tief und dröhnend war, dass die schweren Bierkrüge auf den Tischen vibrierten. Drúdir wandte den Kopf und sah eine Art grotesk geformten Berg in der dämmrigsten Ecke der Gaststube sitzen: ein Troll. Im Laufe der Zeit hatte es einige der grauhäutigen Hünen in die nördlicheren Städte der Union verschlagen. Nun, zwei Jahrzehnte, nachdem die ersten von ihnen Arbeit in den Fabriken oder auf den riesigen Feldern der Großbauern gefunden hatten, begannen die Zwerge allmählich, sie zu akzeptieren – zumindest die Zwerge, die tagtäglich Seite an Seite mit ihnen schufteten. Diejenigen, für die Drúdir Uhren und filigrane mechanische Kunstwerke anfertigte, sahen selten einen Troll aus der Nähe und legten großen Wert darauf, dass es dabei blieb.

Drúdirs Blick kehrte zu Findra zurück. Sie hatte sich von seiner Seite gelöst und war zum Tresen geschlendert. Sie bewegte sich hier mit einer Selbstverständlichkeit, die in verblüffendem Gegensatz zu der steifen Eleganz ihrer Garderobe stand. Was durchaus Sinn ergab, wenn er bedachte, dass sie für die Nordkroner Polizei arbeitete. Von Töchtern reicher Industrieller oder Adliger wurde nur erwartet, einen angenehmen Anblick zu bieten, sich in jeder Gesellschaft elegant zu bewegen und eine angemessene Ehe einzugehen. Die Zwerge der Mittelschicht bemühten sich, dasselbe zu tun. Eine arbeitende Tochter oder Schwester galt als Eingeständnis finanzieller Probleme. Ausnahmen waren nur statusträchtige Betätigungen wie Wissenschaft oder traditionelle zwergische Kunst. Drúdir fand das lächerlich, aber immerhin waren die Zwerge in solchen Dingen immer noch etwas vernünftiger als die Menschen in den Ländern südlich der Union.

Mit zwei kleinen tönernen Bierkrügen in den Händen kehrte Findra zurück und führte ihn zu einem kleinen Tisch, der in der eisigen Zugluft zwischen der Tür und einem offenen Fenster stand und daher bisher leer geblieben war. Drúdir hatte kein Problem damit. Die Müdigkeit machte sich bei ihm bemerkbar und hinter seinen Augen pulsierte ein feiner, stechender Schmerz. Der belebende, kühle Luftzug, der ihm um die Schläfen strich, war ihm nur recht.

Für einige Sekunden, die sich ins Endlose zu dehnen schienen, saßen sie nur da und sahen einander misstrauisch über ihre Krüge hinweg an. Findra holte tief

Luft. Drúdir war sicher, dass sie etwas sagen würde, aber stattdessen beugte sie sich zur Seite und kramte in ihrer geräumigen Umhängetasche. Als ihre kräftigen Hände – sechsfingrig, wie es gerade hier im Norden häufig vorkam – wieder zum Vorschein kamen, waren sie um etwas Metallenes gewölbt, als hielte sie einen verletzten Vogel. Behutsam und ohne Eile holte Findra eine fliegende Lampe nach der anderen aus ihrer Tasche und setzte sie auf den Tisch. Greifbarer Beweis ihrer Begegnung in der letzten Nacht, belastend und zugleich ein Friedensangebot.

„Beinahe traurig, dass sie durchgebrannt sind", sagte sie.

„Ich kann die Glühbirnen austauschen", entgegnete Drúdir vorsichtig und widerstand dem Drang, die Lampen in seinen Taschen verschwinden zu lassen. Noch immer war ihm beinahe übel vor Anspannung. Doch etwas an dem Respekt, mit dem Findra diese kleinen Maschinen behandelte, auf deren Konstruktion er so viel Zeit verwendet hatte und deren Verbindung zu ihm im magischen Spektrum als breiter Faden aufschimmerte, nahm ihm ein wenig von seiner Beunruhigung. Ein wenig, wohlgemerkt.

„Ich möchte mich entschuldigen", sagte sie. „Ich habe Sie in der Nacht … tun sehen, was Sie getan haben, und bin wohl ein wenig in Panik geraten. Ich wusste nicht, wie Sie auf meine Anwesenheit reagieren würden, und bin auf Nummer sicher gegangen. Selbstverständlich hätte ich nur im äußersten Notfall geschossen."

Natürlich konnte sie es sich leisten, sich großmütig zu entschuldigen, dachte Drúdir grimmig. Sie war es nicht, die am Schauplatz eines Mordes bei einem obskuren magischen Ritual ertappt worden war. Er wusste noch nicht einmal, was für einen schaurigen Anblick er geboten haben mochte, während sich die Magie in Schattenranken um ihn herum manifestierte und Eiskristalle seinen Mantel überzogen. Und hatte er nicht aus dem Augenwinkel zwei geisterhaft bläulich-weiße Punkte gesehen? Waren das etwa seine Augen im Spiegel gewesen? Götter, er konnte froh sein, dass sie nicht sofort geschossen hatte! Angesichts des angsterfüllten Aberglaubens, der Magie im Allgemeinen und jeden Zauber, der mit den Toten zu tun hatte im Besonderen umgab, musste sie eine sehr mutige Frau sein, um sich auf diese Konfrontation mit einem vermeintlich mächtigen Magier einzulassen.

„Ich hätte vermutlich ganz ähnlich reagiert", gestand er ein, jedoch ohne die abweisende Maske fallen zu lassen, zu der sein Gesicht geworden war. Sie hatte vielleicht seinen Respekt verdient, aber bis auf Weiteres weder Vertrauen noch übermäßige Freundlichkeit. „Wollen Sie mir vielleicht sagen, warum wir hier sind?“, fragte er.

Findra seufzte. „Glauben Sie es oder nicht, aber ich bin wirklich interessiert daran, herauszufinden, warum Fragar sterben musste. Und wenn Sie getan haben, was ich glaube, dass Sie getan haben, geht es Ihnen ganz ähnlich.“

Drúdir beschloss, sie auf die Probe zu stellen. „Was glauben sie denn, was ich getan habe?“

Findra biss sich auf die volle Unterlippe. „Äh … Nekromantie?“ Wahrscheinlich kam sie sich gleichzeitig kühn und lächerlich dabei vor, es auszusprechen.

Drúdir widerstand mühevoll dem Drang, den Kopf auf die zerkratzte Tischplatte zu hämmern. Er hasste dieses Wort. Es weckte vollkommen falsche Vorstellungen … oder gar keine, wenn er in Bezug auf Findra richtig vermutete. Höchstwahrscheinlich ahnte sie, dass sein Zauber etwas mit dem Zwerg zu tun hatte, der an jener Stelle gestorben war und konnte dies mit einem in einem Groschenroman oder schlechten Historiendrama aufgeschnappten Wort in Verbindung bringen. Doch da würden ihre Kenntnisse schon enden.

„Der Begriff bereitet Ihnen Unbehagen“, bemerkte sie.

Drúdir seufzte. „Wenn Sie ‚Nekromant‘ hören, denken Sie wahrscheinlich an einen Verrückten in schwarzer Kutte, der auf Friedhöfen herumschleicht und leise vor sich hin kichert, während er perverse Experimente oder die Ergreifung der Weltherrschaft plant.“

„Und das trifft nicht zu?“ Natürlich wollte sie ihn mit diesen Worten provozieren. Und natürlich schaffte sie es.

„Wenn Sie das glauben, was die Autoren dieser Groschenheftchen Ihnen weismachen wollen, staune ich, dass man Ihnen einen Mordfall übertragen hat“, fauchte er.

Sie hob eine Augenbraue. „Wie sieht die Realität denn aus?“

Wieder stürzten die Erinnerungen an Fragars Tod auf ihn ein. Und die an die Tode seiner Eltern. Und die an den des unbekannten Unfallopfers, dessen Erinnerungen er versehentlich in sich aufgenommen hatte. Und die an die überfahrene Katze. Und natürlich an all die wunderschönen, gefährlichen Ornamente aus Schmerz und Tod, die wie scharfzackige Sterne in der Magie um ihn herum schwebten. Fragar und seine Freunde hatten in ihrer mit unbeholfenem Mitgefühl kaschierten Begeisterung nie begriffen, was Drúdirs Gabe wirklich bedeutete.

„Unangenehm“, sagte er knapp.

Dann brach es aus ihm heraus: „Sie fragen sich, warum ich über das MEMENTO MORI gelacht habe? Weil ich nun wirklich der Letzte bin, der diese Erinnerung braucht. Ich sehe den Tod überall, vor allem, wenn er überraschend und qualvoll kommt. Ich habe Fragars Tod erlebt, als wäre er mein eigener! Falls Sie geschichtlich bewandert sind, kennen Sie vielleicht die eine oder andere Geschichte über die Macht der Nekromanten von einst. Glauben sie sie nicht! Welche Macht auch immer in den Fragmenten ermordeter Seelen liegt: Wer bereit ist, den Preis dafür zu zahlen, ist nicht bei klarem Verstand!“

„Oh …“ Sein Ausbruch ließ sie verblüfft und verlegen zurück, was ihm eine gewisse Befriedigung verschaffte. Natürlich nicht genug, um seine Scham zu überdecken, oder auch nur das Erstaunen über sich selbst. Der nächste Moment der Überraschung folgte auf dem Fuß. Zuerst spiegelte ihr Gesicht Distanz und Ablehnung, aber dann trat auch so etwas wie aufrichtiger Respekt in ihre Augen. „Ich bin beeindruckt, dass Sie das für Fragar auf sich genommen haben.“

„Ich war es ihm schuldig.“

Sie nickte. „Auch ich schulde Fragar etwas.“

„Tun Sie nicht so, als würde er Ihnen etwas bedeuten.“

Nun war sie es, die ihn anfauchte: „Er bedeutet mir genug, um meinen Beruf für ihn zu riskieren. Und wenn Sie irgendetwas über meine Situation wissen würden, wüssten Sie, was das heißt.“

Ihre Feindseligkeit erleichterte Drúdir auf sonderbare Weise. Sie stellte die Distanz wieder her, die er mit seinem Eingeständnis so jäh verringert hatte.

Eine Weile starrten die beiden Zwerge einander mit ausdruckslosen Gesichtern an, dann griff Findra nach ihrem Bierkrug und nahm einen langen Zug. „Haben Sie etwas gesehen, was mir bei den Ermittlungen weiterhelfen könnte?“

Drúdir hob eine Augenbraue. „Mir?“

„Haben Sie etwas gesehen?“ Ihre Stimme war halb ungehalten, halb flehend.

Drúdir seufzte. „Zuviel. Und gleichzeitig kaum etwas Nützliches.“ Es war die Wahrheit – so viel davon, wie er im Augenblick zu teilen bereit war. Es widerstrebte ihm zutiefst, Findra ins Vertrauen zu ziehen, umso mehr, da es hier nicht nur um ihn ging.

Seine Nachforschungen würden ihn tief in das verworrene Beziehungsgeflecht des Netzwerks führen. Und obwohl er viele Standpunkte seiner Mitglieder nicht teilte, wünschte er keinem von ihnen – na schön, fast keinem – den Besuch der nicht gerade für ihr Feingefühl bekannten Nordkroner Polizisten. Zwar war niemand von ihnen je so dumm gewesen, sich beim Praktizieren von Magie ertappen zu lassen, aber zum Netzwerk gehörten auch hochrangige Politiker und Zwerge wie Wisdrin, die es sich nicht leisten konnten, mit Magie in Verbindung gebracht zu werden. Zu lebendig war die Erinnerung daran, wie diese während der präindustriellen Zeit und der Magierkriege missbraucht worden war.

Auch Findra stieß gereizt die Luft aus. „Hören Sie zu, Hexerei ist nicht die Methode meiner Wahl, aber wenn Sie ihren … Zauber schon einmal gewirkt haben, machen Sie das Beste daraus, indem Sie mir erzählen, was Sie gesehen haben. Sie können etwas Gutes bewirken, wenn Sie der Polizei helfen."

„Als ob irgendjemand die Hilfe eines Nekromanten akzeptieren würde. Sie erinnern sich: Kutten und Gekicher. Viel Spaß dabei, das Ihren Kollegen zu verkaufen."

„Ich frage nach Ihrer Hilfe – und biete meine an. Und wenn Fragar Ihnen wirklich am Herzen lag – und angesichts dessen, was Sie auf sich genommen haben, um etwas darüber herauszufinden, bin ich davon überzeugt – werden Sie sie annehmen. Sie werden bei all ihren Fähigkeiten nicht weit kommen, ohne die Hilfe von jemandem, der weiß, wie man eine Mordermittlung führt."

„Sie sprechen auffallend oft nur von sich. Was ist mit der ganzen Nordkroner Polizei, die eigentlich dabei hinter ihnen stehen sollte?"

Findra presste die Lippen zusammen und in ihren Augen glomm Zorn, der sich ausnahmsweise nicht gegen ihn richtete. „Sagen wir es so: Die gesamte Nordkroner Polizei – oder zumindest der Mann, dem sie untersteht – nimmt ihre Pflichten, was diesen speziellen Fall betrifft, nicht sehr ernst."

„Mit Ausnahme von Ihnen?"

„Genau. Mit Ausnahme von mir, die ich, nebenbei gemerkt, für dieses bisher ziemlich unergiebige Treffen ein verdammt hohes Risiko eingehe."

„Und genau das verstehe ich nicht. Ich habe gehört, bei Ihnen stapelten sich die Akten ungelöster Fälle. Warum gehen Sie nicht einem von denen nach?"

„Haben sie mir nicht zugehört? Wahrscheinlich bin ich aus irgendeinem Grund besessener von Fragars Tod, als mir guttut, aber es geht hier nicht nur um ihn. Wenn ich herausfinde, warum er gestorben ist, weiß ich auch, was meinen Vorgesetzten – einen bisher als absolut integer bekannten Zwerg – dazu bringt, durch nahezu komplett unterlassene Ermittlungen womöglich einen Mörder davonkommen zu lassen … und mir mit einer Versetzung in ein Kaff an der Grenze zu den Trollländern zu drohen, wenn ich mich weiter damit beschäftige."

Drúdir beugte sich vor. „Das heißt …"

„Fragar wurde womöglich mit dem Segen von jemandem ganz oben getötet."

„Aber … warum?" Drúdir hätte sich am liebsten auf die Zunge gebissen, als er den quengeligen Klang seiner Stimme hörte.

Findra zuckte die Achseln. „Das werde ich wohl nie herausfinden, wenn Sie mir nicht verraten, was Sie wissen."

Drúdirs Schultern sackten nach unten, als er eine Entscheidung traf. Wahrscheinlich war es ihre Isolation, die ihn für sich einnahm, obwohl sich in jedem ihrer Blicke all die Ablehnung und Angst zu spiegeln schienen, die sich die Magier Kiarvas in Jahrhunderten der Gewaltherrschaft erarbeitet hatten. Und der Fakt, dass sie recht hatte. Allein würde er nicht weit kommen. „Ihr arbeitet doch mit den Paranoikern von der Spionageabwehr zusammen, oder?"

Findra biss sich auf die Lippen – diesmal eher verlegen. Die Spionageabwehr der Union hatte ein gewichtiges Problem: Es konnte bei ihr nicht von einer Organisation die Rede sein, sondern vielmehr von unzähligen regionalen Vereinigungen, die einander fast noch mehr misstrauten als den Ausländern, auf die sie eigentlich ein Auge haben sollten. Informationen wurden widerstrebend und unvollständig weitergegeben … oder nur über die Lecks, die sich trotz der Geheimhaltungsbemühungen häuften. Die misstrauischeren Zwerge gingen beinahe alle davon aus, dass es irgendwo noch eine wirklich ernstzunehmende Organisation gab, der die Stümperei der offiziellen Spionageabwehr als Tarnung diente.

„Vor vielleicht fünfzehn Jahren ist ein gewisser Kargan hergekommen und hat hier fünf Jahre lang als Lehrling bei Fragar gearbeitet. Es wäre vielleicht keine schlechte Idee, herauszufinden, ob es eine Akte über ihn gibt."

# *Kapitel 6*
# Phandrael

Phandrael war sich der Augen bewusst, die ihm durch die hohen Gänge folgten. Höflinge – oder Abgeordnete, wie sie neuerdings hießen, aber letztlich waren sie doch nur Shideris' Marionetten – wandten die Köpfe, als er vorbeiging. Der hochgewachsene Elf konnte sich ihre Mienen gut vorstellen, die plötzliche, angespannte Missbilligung, die in ihre Züge trat. Er war anders als sie und dachte keinen Augenblick lang daran, das zu verbergen, nur um ihnen ihr vergeblich von Verachtung kaschiertes Unbehagen zu nehmen.

Statt sie oder die ihn umgebende Pracht auch nur eines Blickes zu würdigen, hielt er die Augen auf den schmalen, hochaufgerichteten Rücken der Dalanah gerichtet, die ihn führte. Jedes Mal, wenn sie eines der wunderschönen Buntglasfenster passierten, wurde ihr blütenweißes Gewand von farbigem Licht übergossen. Es war so lang, dass es hinter ihr einen Schritt weit über den Boden schleifte und ihre Bewegungen darunter waren so fließend, dass sie auch ein paar Millimeter über dem Boden hätte schweben können. Im Gegensatz zu der nachlässigen, übernatürlichen Anmut von Phandraels Bewegungen war die zurückhaltende Eleganz ihres Ganges genauso Ergebnis eiserner Disziplin wie die Makellosigkeit ihrer Kleidung und Frisur.

Es dauerte Jahre, zu einem Dalanon der Königin zu werden. Aus gutem Grund. Diese von einer Aura unnahbarer Perfektion umgebenen Elfen waren keineswegs einfache Diener, sondern Sekretäre, Leibwächter, Boten und teilweise sogar enge Vertraute der Königin. Diskret, effizient und, sollte es nötig werden, absolut tödlich. Im Gegensatz zu den meisten war Phandrael von diesem letzten Aspekt nicht weiter eingeschüchtert. Die Pagen waren ihm aus einem anderen Grund unheimlich: Mit ihren langen, makellosen Gewändern, den einstudierten Bewegungen und tadellosen Umgangsformen wirkten sie wie einer anderen Zeit entsprungen – jener Zeit, in der der gesamte Palast erstarrt schien.

Gewiss, die Elfen Cirdayas mochten die Entwicklungen auf dem Festland voller Aufmerksamkeit verfolgen, aber sie weigerten sich, darauf zu reagieren. Ganz so, als wollten sie nicht wahrhaben, dass ihre seit Jahrtausenden überlieferte

Kultur keinen Platz in diesem neuen Kiarva hatte. Ihre selbstgewählte Isolation war nichts weiter als ein Versuch, das Unvermeidliche aufzuhalten.

Phandrael und die Dalanah passierten ein Paar vollkommen regloser Dalanai. Auch sie trugen weiße Gewänder mit breiten Schärpen, nur fielen ihnen diese gerade einmal bis zu den Knien. Die breiten, schwarzen Gurte, die je einen Dolch, ein Kurzschwert und ein Zwillingspaar Pistolen hielten, hoben sich deutlich von dem makellosen Weiß ab. Ihre Gesichter verschwanden unterhalb der Augen unter dunkelroten Schleiern, die im Nacken kunstvoll mit ihrem Haar verschlungen waren.

Keiner von ihnen machte Anstalten, sie aufzuhalten. Gewiss hatte Shideris sie angewiesen, ihn passieren zu lassen. Ob ihnen dies gefiel, war eine andere Frage. Er machte bereits Elfen nervös, die es nicht gewohnt waren, in jedem Neuankömmling eine potenzielle Gefahr zu sehen. Phandrael verkniff sich ein Grinsen bei der Vorstellung, sie anzugreifen. Er hatte es so selten mit echten Herausforderungen zu tun …

Während die Dalanah, die ihn hergebracht hatte, an die geschlossene Tür am Ende des Ganges klopfte und ihn mit leiser, melodischer Stimme ankündigte, glättete er seinen Frack. Er mochte die menschliche Mode, die – von der traditionellen Kleidung der Palastangestellten einmal abgesehen – mit einigen Veränderungen ihren Weg selbst nach Cirdaya gefunden hatte. Es war die Kleidung von Geschöpfen, die entschlossen waren, diese neue, schnelle Welt mit ihren Maschinen und Telegrafenmasten, Eisenbahnschienen und neuen Regierungsformen mitzuformen.

„Ihr könnt nun eintreten, Sir Phandrael“, sagte die Dalanah. Schlanke, weiße Finger wiesen auf die geöffnete Tür. Phandrael deutete ein Nicken an und folgte ihrem Wink.

Das Spiegelbüro trug seinen Namen zu Recht. Über den brusthohen Aktenschränken waren die Wände zu beiden Seiten mit grauer, von filigranen, dunkleren Ornamenten geschmückter Seide überzogen, auf der winzige Spiegel schimmernde Akzente setzten. Die zierlichen Möbel – organisch wirkende Strukturen aus Holz und Metall, die Glasplatten oder seidenbezogene Polster trugen – setzten das an winterliche Zweige erinnernde Motiv fort. Doch jeder Gedanke an die Einrichtung war vergessen, als er die Elfe ansah, die ihn schweigend erwartete. Das Licht, das hinter ihr durch das große, weiße Rosettenfenster strömte, ließ sie zunächst nur als schmale Silhouette erkennen.

Shideris – ihr Name weckte beinahe mehr Ehrfurcht als ihr königlicher Titel – war eine bemerkenswert schöne Frau. Ihre großen Augen waren so schwarz, dass es unmöglich war, die Linie zwischen Iris und Pupille zu erkennen – ebenso unmöglich, wie in ihnen so etwas wie Emotion zu lesen.

Phandrael verneigte sich mit seiner üblichen Theatralik, in die man allzu leicht Ironie hätte hineindeuten können. Dabei ergriff ihn bei ihrem Anblick tatsächlich Ehrfurcht. Für die meisten Elfen war Shideris die Frau, die Cirdaya durch eine Mischung aus großem politischen Geschick und verblüffender Rücksichtslosigkeit zu einem reichen, friedlichen Land gemacht hatte. Auch Phandrael respektierte sie dafür. Aber aus einem anderen Grund noch mehr.

„Majestät", grüßte er.

„Phandrael." Ihre Stimme war erstaunlich tief für eine so kleine Frau. Für einen Moment stand sie nur da und sah ihn an. Prüfend? Missbilligend? Oder auch nur in Gedanken versunken, die gar nicht ihn betrafen? Phandrael war gut darin, all die Emotionen und Motive zu erkennen, die andere sogar vor sich selbst verbargen, doch was die Königin dachte und fühlte, war ihm immer ein Rätsel geblieben. Glücklicherweise ersparte sie es ihm, den Grund für seine Anwesenheit erraten zu müssen. Shideris kannte das komplizierte Protokoll des elfischen Hofes – und sämtlicher Institutionen aller anderen Staaten – bis ins kleinste Detail, aber im Gespräch mit ihm brachte sie alles direkt und ohne Verzögerung zur Sprache. So brach sie auch jetzt ihr versonnenes Schweigen, indem sie ein Blatt Papier vom Schreibtisch griff und ihm zeigte. „Erinnerst du dich an diesen Mann?"

Phandrael studierte die Bleistiftskizze. Das meisterhaft ausgeführte Portrait zeigte einen jungen Elfen mit schulterlangem, hellem Haar und intelligenten Augen. In seinem Blick lag etwas, das jeden Betrachter auf Distanz hielt. Ein Mann ohne besondere Kennzeichen. Nur, dass Phandrael diesen speziellen Mann ohne besondere Kennzeichen kannte. Zumindest oberflächlich.

„Valedas, nicht wahr?", fragte er, obwohl er sich des Namens sicher war.

„Ja, Valedas. Einer deiner Drasirai-Brüder, und doch deutlich mehr als das."

„War er ein Naturtalent?" Phandrael hielt seine Stimme bewusst neutral.

„Genau. Seine Begabungen sind durch die Initiation nur verstärkt worden. Aber ich fürchte nicht seine Magie, sondern die Informationen, über die er verfügt. Seine Intelligenz und seine Überzeugung, besser als jeder andere zu wissen, was zu tun ist – und notfalls andere zu ihrem Glück zu zwingen. Ganz zu schweigen davon, dass er die eine oder andere unselige Allianz geschlossen haben könnte."

Es dauerte ein wenig, aber als Phandrael die Wortwahl der Königin auffiel, blickte er beinahe erschrocken auf. Hatte Shideris gerade tatsächlich „fürchte" gesagt?

„Wo ist er jetzt?"

„Ich weiß es nicht." Shideris sprach mit der Lässigkeit einer Herrscherin, die wusste, dass sie sich dieses Eingeständnis leisten konnte. Es geschah selten, dass sie etwas nicht wusste. „Aber", fuhr sie fort, „es gibt gewisse Hinweise auf seinen Aufenthaltsort. Ich möchte, dass du ihn findest. Dass du herausfindest, was er tut, warum und für wen. Und dass du, sollte es unseren Interessen zuwiderlaufen, dafür sorgst, dass es ein Ende findet. Dauerhaft."

Phandrael konnte nicht verhindern, dass sich seine Lippen zu einem Lächeln verzogen. Valedas hatte ihm nie Grund zur Abneigung gegeben, aber das bereitete ihm keinerlei Gewissensbisse. „Ich soll also einen Drasirai-Bruder mit angeborenen Kräften jagen, ausspähen und notfalls töten?"

„Das waren meine Worte."

Die Augen des Drasiron leuchteten auf.

„Wenn auch nur ein Bruchteil dessen, was ich befürchte, wahr ist, kann ich nicht riskieren, dass du scheiterst. Du wirst eine weitere Drasirah mitnehmen. Kyrai."

Phandrael neigte den Kopf, obwohl ihm der Gedanke missfiel. Er kannte diese Kyrai nicht, aber viele seiner Brüder und Schwestern waren entsetzlich konservativ. Seine Einstellung machte ihn selbst unter seinesgleichen zu einem Außenseiter. Aber noch mehr als die Frage, wer ihn wohl begleiten würde, beschäftigte ihn, wie vage Shideris geblieben war. Mit Sicherheit würden er und seine Gefährtin alle Details erfahren, die sie brauchten, um ihre Mission zu vollenden. Aber über die Hintergründe informierte Shideris sie meist im direkten Gespräch. Wenn sie nun schwieg, würde sie es wohl für immer tun. Es würde ihn nicht um den Schlaf bringen, doch er hätte gerne mehr gewusst.

Shideris wandte sich ab. Die Königin blickte aus dem Fenster, als habe sie seine Anwesenheit vollkommen vergessen. Der tiefe Rückenausschnitt ihres Kleides offenbarte viel blasse, makellose Haut, und – nur eine Nuance dunkler – ein verschlungenes Symbol auf ihrem linken Schulterblatt. Es bog die Magielinien nicht, wie die Tätowierungen einer Drasirah es tun würden, aber es war zweifellos ein Dryadenmal – das allererste Zeichen des Bundes, den die Königin eingegangen war, um denen, die den Preis dafür zu zahlen bereit waren, die Magie von einst zu erschließen … oder zumindest einen erbärmlichen, aber dennoch berauschenden Rest davon.

Er fragte sich, wieso Shideris für die Audienz gerade dieses Kleid gewählt hatte und ihre Tätowierungen nicht wie sonst verbarg. War dies eine Botschaft an ihn? Eine Mahnung, dass er seine Macht und Stellung ihr verdankte? Oder aber war es ein Zeichen ihrer Verbundenheit zu den Drasirai? Ein Bekenntnis zu der Magie und den Ideen, die sie gemeinsam verteidigten?

Noch eine dieser Fragen, über die er nachdenken konnte, oder auch nicht. Viele unterstellten ihm, ein Mann ohne Moral zu sein, der nur an sein eigenes Vergnügen dachte, aber das stimmte nicht. Was er im Dienst der Königin tat, stand im Einklang mit seiner Idee eines Cirdaya, das seinen Weg in das Zeitalter der Technik fand, ohne etwas von seiner Macht oder Kultur einzubüßen. Eines Leuchtfeuers, das den anderen Kiarvanern einen Weg wies, sich von den einzigen beiden Dingen zu befreien, die Phandrael als Sünden gelten ließ: Stumpfsinn und Hässlichkeit. Soweit seine Ideale.

Aber Phandrael war auch ein ehrlicher Mann. Er mochte über den Kontext seiner Missionen nachdenken, aber er leugnete nicht, dass für ihn vor allem eines zählte: Die Herausforderung und das vielschichtige Vergnügen, was er daraus bezog. Der Rausch, den er als einer von wenigen Elfen zu umarmen wusste.

Als habe sie sich plötzlich an seine Anwesenheit erinnert, reichte Shideris ihm einen dicken, versiegelten Umschlag, den Phandrael umgehend in seiner Innentasche verschwinden ließ. „Du dürftest Kyrai um diese Zeit bei ihr zu Hause finden“, sagte sie.

Kein Wort der Entschuldigung dafür, dass sie ihn minutenlang ignoriert hatte. Wieso auch? Natürlich maß sie dem Gedanken, der sie gerade abgelenkt hatte, mehr Bedeutung zu als seinem Höflichkeitsempfinden.

Phandrael deutete eine Verbeugung an und zog sich zurück. Erneut drehte Shideris ihm den Rücken zu, um aus dem Fenster zu sehen. Aber diesmal erhaschte er einen Blick auf ihr Gesicht, während sie es tat. Und zum ersten Mal seit langem spiegelte sich unverkennbar ein Gefühl darauf: Sorge.

Kyrai wohnte am Stadtrand, in einem der hohen, schmalen Häuser, die sich hier eng aneinanderschmiegten. Große Fenster blickten wie dunkle Spiegelaugen aus den hellen Fassaden.

Phandrael zog an der Klingelschnur. Die meisten Drasirai der Hauptstadt kannte er zumindest vom Sehen, aber einer Kyrai war er noch nie begegnet. Gerüchteweise sollte es eine weitere Akademie an der Nordküste geben. So verbunden die Drasirai sich durch ihre Gaben auch fühlen mochten, tauschten sie sich doch nur wenig untereinander aus. Als nach seinem Klopfen zunächst nichts geschah, zog Phandrael den Umschlag, den Shideris ihm ausgehändigt hatte, aus der Tasche und überflog die eng beschriebenen Seiten darin. Mit dem Code war er so vertraut, dass er sie mühelos lesen konnte. Die Suche nach Valedas könnte noch interessanter werden als ursprünglich gedacht.

Ohne dass das Geräusch von Schritten sie angekündigt hätte, schwang die Tür nach innen auf und gab den Blick auf Kyrai frei. Phandrael nahm sich einen Moment Zeit, um sie zu betrachten. Die Drasirah war nicht besonders groß, wahrscheinlich noch etwas kleiner als Shideris, mit silbrig-blondem Haar, das sie zu einem schlichten Knoten geschlungen hatte. Zwei sehr glatte Strähnen hatten sich daraus gelöst und rahmten ihr beinahe durchscheinend blasses Gesicht mit den nachdenklichen, dunkelgrauen Augen ein. Die obersten Knöpfe ihrer silbergrauen Seidenbluse waren offen und eine Seite des Kragens gerade weit genug zur Seite gerutscht, um den Blick auf ein Flechtwerk zartblauer Adern und ein feingeschwungenes Schlüsselbein freizugeben, das sich als scharfer Grat unter ihrer Haut abzeichnete. Dazu trug sie dunkle Hosen, aber keine Schuhe. Auf den Spann von jedem ihrer Füße war eine hellgraue Glyphe tätowiert.

Bei den meisten Frauen hätte Phandrael diese Aufmachung auf subtile Weise aufreizend gefunden, aber wie der Zufall es so wollte, begegnete er heute bereits der dritten Elfe, die in ihrer Anmut so steif und kontrolliert wirkte, dass ihr Anblick ein rein ästhetisches Vergnügen bot.

„Willkommen“, sagte sie und deutete einen formellen Knicks an. Ohne einen Rock, der sich dabei dramatisch auffächerte, sah die Bewegung bei aller Eleganz seltsam aus.

„Ich nehme an, du hast mich erwartet. Ich bin Phandrael“, stellte er sich vor.

Sie lud ihn mit einer Handbewegung ins Innere ihres Hauses ein. „Dann haben wir wohl einiges zu besprechen.“

Jedes Mal, bevor sie das Wort ergriff, hielt sie kurz inne, gerade lang genug, dass es einem sehr aufmerksamen Zuhörer auffallen konnte. Als würde sie sich jede Äußerung verbieten, die sie zuvor nicht noch einmal überdacht hätte.

Phandrael unterdrückte ein Seufzen. Vielleicht würde sie ihn noch positiv überraschen – amüsanterweise waren es immer die besonders beherrscht wirkenden Drasirai, deren Kontrollverlust, wenn er stattfand, absolut war. Doch er ahnte bereits jetzt, dass es kein Spaß werden würde, mit ihr zusammenzuarbeiten.

„Wollen wir vielleicht in meinem Atelier miteinander sprechen? Es ist der größte und hellste Raum."

Sie deutete eine schmale Treppe hinauf. „Ich komme gleich nach."

Neugierig stieg er die Stufen empor. Ihr Atelier befand sich direkt unter dem Dach, ein großer Raum mit schrägen Wänden und großen Fenstern, durch die breite Lichtbahnen ins Innere fielen. Auf niedrigen Regalen an den Wänden standen bemalte oder noch weiße Porzellanskulpturen, Teller und Medaillons. Ein breiter Tisch in der Mitte war mit Pinseln, Paletten und im Entstehen begriffenen Werken bedeckt; ein weites, von Farbflecken bedecktes Hemd über eine Stuhllehne geworfen.

Sie war Porzellanmalerin? Phandrael wollte bereits die Augen verdrehen, aber dann sah er sich Kyrais Kunstwerke genauer an. Sie hatte feine Pinsel benutzt, um auf den ersten Blick idyllische Szenen auf den schimmernden Untergrund zu bannen. Wenn man jedoch genauer hinsah, gab es in beinahe jedem ihrer Bilder eine fremdartige, beunruhigende Komponente. Manchmal nur durch einen einzigen Pinselstrich, der dem Lächeln einer Figur etwas Wissendes, Grausames verlieh oder einem Schatten die Andeutung von etwas, das sich darin verbergen konnte. Bei anderen Figuren hingegen wurde der harmlose Anschein auf spektakuläre Weise durchbrochen. Phandrael hob eine Porzellanfigur an, um sie näher zu betrachten. Schwer, glatt und kühl ruhte sie auf seiner Handfläche, während er sie langsam drehte und die unglaubliche Präzision von Kyrais Arbeit bewunderte. Eine beinahe kindlich aussehende Frau, an deren weißem Kleid über der linken Brust eine große, dunkelrote Blüte steckte, hielt die Arme anmutig angewinkelt. Ihre Finger formten eine Schale, deren Inhalt sie mit distanziertem Interesse aus vollkommen schwarzen Augen betrachtete. Die Rätselhaftigkeit ihres angedeuteten Lächelns lenkte beinahe davon ab, dass es sich bei der dunkelroten Form auf ihrer Brust doch nicht um eine Blume handelte, sondern dass sie mit belustigter Distanz ihr eigenes Herz studierte.

*Interessant,* dachte Phandrael. *Und eigentlich nicht weiter überraschend.* Ein Drasiron zu sein, bedeutete, sich ständig mit eigentlich Unerträglichem auseinanderzusetzen. Wahrscheinlich zeugten zahlreiche mehr oder weniger gelungene Kunstwerke von den Schlachten, die seine Kollegen in ihren Köpfen austrugen. Phandrael hatte nie das Bedürfnis danach gehabt. Vielleicht, weil er nie versucht hatte, sein wahres Wesen zu verleugnen.

Seine Kunst entstand anderswo.

Kyrai tauchte wieder auf, ein Tablett mit einer Wasserkaraffe und zwei Gläsern in Händen. Ihr Blick blieb kurz an der Figur hängen, die Phandrael betont langsam und beiläufig absetzte, aber sie sprach ihn nicht darauf an. Stattdessen stellte sie das Tablett ab. Unaufgefordert ließ Phandrael sich auf dem Stuhl nieder, ein Bein ausgestreckt, das andere mit darum verschränkten Armen an die Brust gezogen. Sein Kinn ruhte auf seinem Knie.

Wenn Kyrai Anstoß an seiner nachlässigen Haltung nahm, ließ sie es sich nicht anmerken. Sie nahm eine ähnlich lässige Pose ein, halb stehend, halb auf der Tischkante sitzend. Keiner von ihnen rührte sich, aber es war die Bewegungslosigkeit der Drasirai: Vibrierend mit dem Potenzial von plötzlicher, schneller und destruktiver Bewegung.

„Zwerge", sagte Phandrael unvermittelt. Er mochte das – einen Gesprächspartner mit einer scheinbar vollkommen aus dem Zusammenhang gerissenen Bemerkung wie dieser aus dem Konzept zu bringen. Doch Kyrai hatte dieselben Informationen erhalten wie er. Sie erwiderte seinen Blick ohne das geringste Anzeichen von Verwirrung. Da war nur kühle, gelassene Aufmerksamkeit. „Du glaubst, dass wir ihn in Nornírwatar finden werden?" Sie sprach den mittlerweile ungebräuchlichen Namen aus, wie es die Zwerge vor hundert Jahren getan haben mochten: Norrnírrrwadaarr.

Phandrael war jung für einen Elfen. Viel zu jung, um sich an die Kämpfe der Elfen mit den Zwergenfürsten von einst zu erinnern – den verheerenden Krieg, in dem eine junge Heerführerin namens Shideris zur Königin aufstieg und das Reich der Zwerge verwüstet und uneinig zurückließ. Sie hatte es den menschlichen Invasoren, denen es für Jahrhunderte tributpflichtig sein würde, beinahe geschenkt.

Dennoch rief dieses „Nornírwatar" etwas in Phandrael wach. Den Klang tiefer Stimmen und herunterfahrender Hämmer unter der Erde. Meißel auf Stein und hallende Hörner. Und – neuerdings – das Stampfen und Fauchen der Eisenbahn und das Ticken von Uhrwerken. Kein Elf würde es zugeben, aber die mächtigen Elfen mit all ihrer Magie und mühelosen Überlegenheit hatten sich immer davor gefürchtet, dass die berüchtigte Sturheit der Zwerge diesen irgendwann ein Mittel verschaffen würde, an der Vorherrschaft der Elfen zu kratzen. Und nun war ihnen bewiesen worden, dass sie nur zu richtig gelegen hatten, wenn auch auf unerwartete Weise. Die Zwerge hatten das Leben in ganz Kiarva unwiderruflich verändert, es geradezu schwindelerregend beschleunigt. Und damit – so beiläufig, dass es Phandrael manchmal amüsierte, manchmal mit den Zähnen knirschen ließ (immerhin waren es nur Zwerge!) – das Ende Cirdayas eingeläutet.

Vielleicht würden die Elfen der Insel noch für Jahrzehnte abgeschottet ihren narzisstischen Kult um Schönheit und Tradition fortsetzen, aber früher oder später würde die neue Technologie, die neue Lebensweise herüberschwappen. Sei es, weil die Menschen oder Zwerge bereits jetzt anfingen, mit der Eroberung neuer Kolonien zu liebäugeln und die Hände irgendwann unwiderruflich nach dem ressourcenreichen Cirdaya ausstrecken würden. Sei es, weil die Elfen, um ihnen zuvorzukommen, selbst zur Industrienation werden würden.

Und all dies hatte in Nornírwatar begonnen. Dem einstigen Sitz der Zwergenkönige und Stadt der Tempel, die sich von ihrem magisch-religiösen Erbe losgesagt hatte, um zu dem Ort zu werden, an der die Dampfmaschine entwickelt wurde, der mechanische Webstuhl, der Tunnelbohrer, die Eisenbahn, das Fließband … vor wenigen Tagen erst hatten sie von dem neuen Großprojekt der Union erfahren: Einem Netz, das Städte überall in der Union mit Elektrizität versorgen würde. In Nornírwatar – Schwarzspiegel, wie die Zwerge es nun nannten, da die mythologischen Wurzeln des ursprünglichen Namens ihnen Unbehagen bereiteten – war die heutige Union geboren worden.

Ob die Zwerge dort Elfen willkommen heißen würden? Phandrael bezweifelte es.

„Es ist die beste Spur, die wir haben“, entgegnete er.

Eine Weile schwiegen sie, dann sprach Kyrai: „Ich kannte Valedas“, sagte sie leise. „Wenn es einen Elfen gibt, der keinerlei Sympathien für die Zwerge hegt, dann ist er es. Was sollte er in Nornírwatar wollen?“

Für einen Moment erwiderte Phandrael ihren Blick vollkommen ernst. Er erinnerte sich an die Sorge in Shideris‘ Blick. „Wir werden es herausfinden.“

# *Kapitel 7*
# Findra

Es gab keine Akte über Kargan. Ein Fakt, der aufschlussreicher war, als ein ganzer Karton voller Papier es hätte sein können und Findra obendrein die Lektüre unzähliger langweiliger Observationsberichte ersparte. Aber vielleicht hatte die Unlust, die sie bei dem Gedanken überkam, sich durch eine öde Aufzeichnung nach der anderen zu arbeiten, sie etwas übersehen lassen. Langsam ging sie den schmalen Gang zwischen den deckenhohen Schränken zurück und zwang sich, jedes Kürzel auf den Schubfächern zu lesen.

Das Labyrinth der mumifizierten Ängste – oder, weniger poetisch, das Archiv der Spionageabwehr – war ein sonderbarer Ort. Es füllte drei unterirdische Hallen mit Reihen akribisch beschrifteter Schränke, zwischen denen der Staub tanzte. An der Decke pendelten elektrische Lampen im ständigen Luftzug hin und her. Sie tauchten die Gänge mal in stechendes Licht, mal in tiefen Schatten. In den Rohren, die sich wie offenliegende Eingeweide unter der Decke umeinander wanden, sangen und seufzten Wasser und Luft, die in verschiedene Räume des darüber gelegenen Gebäudes transportiert wurden. Unheimlich … als könnten sich die Schubladen jeden Augenblick quietschend öffnen, um eine unbarmherzige Armee von Kriegern aus eng beschriebenem Papier in die Welt zu entlassen, bereit, auf jeden niederzufahren, der es wagte, vom Prozedere der Spionageabwehrbürokratie abzuweichen …

Vielleicht war ihr Führer ja auch einer der Geister dieses Ortes. Naudhiz028 hatte sich ihr mit diesem Codenamen wahrscheinlich in der Hoffnung vorgestellt, gefährlich und mysteriös zu wirken. Tatsächlich wirkte er vor allem leicht angestaubt. Seine Haut war blass und trocken und auch seine wenigen nicht ergrauten Haarsträhnen wirkten in ihrem stumpfen Dunkelblond farblos. Allerdings hatten sich, sobald Findra das Archiv betrat, seine hängenden Schultern gestrafft und der Ausdruck vager Resignation, der seinen Zügen alle Schärfe nahm, war offener Missbilligung über den Eindringling gewichen.

„Haben Sie die Akte Kargan entfernt?", fragte Findra, ohne sich zu dem Zwerg umzudrehen, der ihr mürrisch über die Schulter spähte.

„Ich weiß nicht, von welcher Akte Sie reden."

Wahrscheinlich wusste er es wirklich nicht. Bei der schieren Menge der hier gelagerten Akten wäre es ein Wunder, wenn er sich an eine spezifische Akte erinnern könnte. Andererseits: War seine Antwort nicht etwas zu schnell gekommen? Findra bedauerte, dass sie sich nicht die Mühe gemacht hatte, ihm ins Gesicht zu sehen. „Es geht um eine Reihe Observationsberichte über den Zeitraum von 1444 bis zum 1451. Sie betreffen einen Menschen namens Kargan, wahrscheinlich als mittelverdächtig eingestuft. Ich habe alle Schubladen für diesen Zeitraum durchsucht …“

„Das ist mir nicht entgangen“, sagte er spitz. „Ich hoffe, Sie konnten ihre Neugier befriedigen.“

Findra wusste nicht, ob sie ihn für seine mangelnde Kooperation verfluchen oder dafür auslachen wollte, dass er glaubte, irgendetwas an diesen Akten würde ihre Neugier wecken. Stattdessen atmete sie tief ein und aus und drehte sich mit einem breiten Lächeln zu ihm um. „Nun, das konnte ich tatsächlich. Ich bin in einer der Schubladen auf ein zwischen die Akten gerutschtes Einlegeblatt mit der Markierung Menschl.-Obj.-K.-Obs.-23.07.1444-07.03.1451-Hagalaz078-Wiesel? ohne eine dazugehörige Akte gestoßen. Im Verzeichnis befindet sich kein solcher Eintrag. Haben Sie eine Idee, was es damit auf sich haben könnte?“

„Moment mal … Sie haben sich das gesamte Aktenzeichen gemerkt? Sie haben die Schubladen doch allesamt nur kurz durchgesehen.“

Findra zuckte die Achseln. „Können Sie sich einen Reim auf das Fehlen der Akte machen?“

Er schüttelte den Kopf. „Wir werden dem nachgehen und Sie informieren, wenn wir etwas finden. Wir würden Sie bitten, unsere Antwort abzuwarten.“

Aha. Man warf sie hinaus und wollte sie bis zum Erhalt einer offiziellen Antwort – auf die sie wohl ewig warten würde – nicht mehr wiedersehen. Aber das spielte keine Rolle. Findra verließ das Archiv mit weitaus mehr Informationen, als sie es betreten hatte. Natürlich brachten diese sie keinen Schritt näher an die Lösung des Falles Fragar, sondern warfen noch mehr Fragen auf, aber trotzdem war sie froh, hier gewesen zu sein. Was sie Naudhiz028 gegenüber nicht erwähnt hatte, war eine Auffälligkeit des Verzeichnisses, die ihr sofort ins Auge gefallen war. Alle anderen Blätter in dem schmuddeligen Ordner waren abgegriffen und zerknickt gewesen. Mit Ausnahme des Blattes, auf dem die Akte, in der sie die Informationen über Kargan vermutete, verzeichnet hätte sein sollen. Das Papier war makellos, die Tinte nicht annähernd so ausgeblichen, wie sie es angesichts des Datums auf dem oberen Seitenrand hätte sein müssen.

Natürlich konnte es sein, dass man die Seite aus anderen Gründen kopiert hatte, um sie zu bewahren. Aber warum dann nur diese und nicht das kaffeefleckige Blatt fünf Seiten vorher, das kaum noch zu lesen war? Findra konnte nur eines schlussfolgern: Jemandem war daran gelegen, dass Informationen über Kargan nicht allzu leicht zugänglich wurden. Es musste jemand sein, der Einfluss auf zumindest einige Mitarbeiter der Spionageabwehr hatte. *Hm, das grenzt es ein*, dachte sie sarkastisch. Aber wer auch immer es war, er hatte für sein Geld lausige Arbeit bekommen. Und nun eine wirklich entschlossene Findra am Hals.

Ja, sie war sich bewusst, dass sie womöglich einer falschen Spur folgte. Aber immerhin war es eine. Mit energischen Schritten stapfte sie die Metallgitterwendeltreppe hinauf, einen langen, deprimierenden Flur entlang und schließlich auf die aufschwingende Tür des Gebäudes zu. Der Umriss eines breitschultrigen Zwerges zeichnete sich scharf vor dem einströmenden Sonnenlicht ab. Einen Augenblick später war er eingetreten und Findra konnte sein Gesicht sehen – ein Anblick, bei dem ihr selbst ein wenig die Züge entglitten. Niemand anderes als Baidur, Präsident der Nordkroner Polizei, starrte die Zwergin eisig an, die er soeben dabei ertappt hatte, seinen persönlichen Anweisungen zuwiderzuhandeln.

Baidur war selbst für einen Zwerg ungewöhnlich klein – ein Umstand, der ihm sehr bewusst war. Im Gegensatz zu anderen versuchte er nicht, mit dicken Stiefelsohlen darüber hinwegzutäuschen. Stattdessen hatte er eine Reihe von Gesten und Verhaltensweisen entwickelt, die deutlich machte, dass er nicht duldete, dass irgendjemand auf ihn herabblickte. „Findra, ich hätte Sie nicht hier erwartet", sagte er kalt. „Ich muss nur ein paar Worte mit … jemandem wechseln. Warum warten Sie nicht auf mich und begleiten mich dann ein Stück, um mir auf dem Weg zu erklären, was Sie hier zu suchen hatten?" Er wandte sich dem Zwerg von der Spionageabwehr zu. „Führen Sie mich nach hinten, Bildrin."

Findra hörte ein leises Seufzen hinter sich. Offenbar gefiel es dem Archivar nicht, wenn sein lächerlicher Deckname so demonstrativ ignoriert wurde. Nun, auf ihr Mitleid musste er wohl verzichten. Sie brauchte es für sich selbst.

„Wie Sie meinen", brachte sie heraus.

Die beiden Zwerge zogen sich zurück. Findra blickte ihnen nach. Bildrin musste sich beeilen, um mit Baidur mitzuhalten, der mit langen Schritten vorausstampfte. In Kombination mit seiner geringen Größe ließen seine breiten Schultern Findras Vorgesetzten beinahe quadratisch wirken. Eine Belagerungsmaschine mit Zylinder …

Für einen Moment verharrte Findra in einer linkischen Haltung, dann ließ sie ihren angehaltenen Atem entweichen und sich an der Wand herabgleiten. Sie zwang sich, das Ganze logisch zu betrachten. Letzten Endes wollte Baidur sie nicht loswerden, er wollte nur, dass sie den Fall Fragar vergaß. Das hieß, wenn sie ihm ihre bisherigen Ergebnisse verschwieg und ihm irgendwie weismachen konnte, dass sie tatsächlich aufgegeben hatte, musste diese Begegnung keine allzu üblen Konsequenzen für ihre Karriere haben.

Findra versuchte, in Gedanken möglichst viele Gesprächsverläufe durchzuspielen, aber es machte sie letztlich nur nervös, ohne ihr irgendwie weiterzuhelfen. Die Zeit zog sich hin. Wahrscheinlich zog Baidur sein Treffen mit wem auch immer absichtlich in die Länge, um sie warten zu lassen. Sie beschloss, ihm einen Strich durch die Rechnung zu machen, und zog ein sorgfältig in einen alten Schal gewickeltes Buch aus ihrem Rucksack.

Findra nahm sich erst einmal einen Moment Zeit, den Geruch des Papiers einzuatmen. Als eines von vielen Kindern einer Familie, die nach der unionweiten Reform der Landwirtschaft gezwungen gewesen war, auf der Suche nach Arbeit nach Nordkrone zu ziehen, hatte sie jahrelang selten mehr als Zeitungen gelesen, die jemand hatte liegen lassen. Die meisten Zwerge der Oberschicht – wahrscheinlich selbst solche wie Drúdir, der immer Zugang zu Fragars Sammlung, der Gildenbibliothek der Uhrmacher und wahrscheinlich sogar Geld für ein paar eigene Bücher gehabt hatte – würden es kaum nachvollziehen können, aber eine von Findras ersten Assoziationen, wenn sie das Wort „Luxus“ hörte, war der Geruch von Papier, Leder und Druckerschwärze.

Findra verwendete kein Lesezeichen, aber sie fand die Seite, auf der sie zu lesen aufgehört hatte, auf Anhieb. Sie vergaß nie eine Seitenzahl. Einen Moment später war sie so in ihre Lektüre vertieft, dass sie die bevorstehende Auseinandersetzung vollkommen vergessen hatte.

Auf Drúdirs Rat hin hatte Findra die „Sprakar-Godwis-Historig-Rúnhalar“ aufgesucht und sich von dem Bibliothekar – einem überheblichen Kerl, der sie mit kaum verhohlener Skepsis angesehen hatte – ein Grundlagenwerk zur Magie ausgeliehen. In den vergangenen Tagen hatte sie die ersten Kapitel trotz des trockenen, theoretischen Stils geradezu verschlungen.

Oh ja, sie verstand die Faszination, die Zauberei auf Fragar und seine Freunde ausgeübt hatte. Aber auch die Ängste all derer, die daran beteiligt gewesen waren, Magie durch Technik zu ersetzen. Eine gewaltige, unerklärliche Macht, die einigen zu Diensten und für andere unsichtbar war … Gewiss konnten unzählige Zwerge ruhiger schlafen, seit sie wussten, dass da draußen keine Magier mehr die Herrschaft für sich forderten. Findra erinnerte sich nur zu gut an Drúdir, wie er auf dem Boden kniete, während um ihn herum Eiskristalle über den Boden wucherten und dieses unirdische, blausilberne Licht in seinen Augen glomm. Sie würde es nicht zugeben, aber dieser Anblick verfolgte sie bis in ihre Träume.

Es war merkwürdig: Jahrelange Berufserfahrung hatte sie gelehrt, selbst hinter den unschuldigsten Fassaden Zwerge zu erwarten, die zu ungeheurer Brutalität und Hinterlist fähig waren. Doch es wollte ihr trotzdem kaum gelingen, die beiden Drúdirs, die sie kennen gelernt hatte – den jungen Uhrmacher, hinter dessen abweisender Haltung sie tiefe Unsicherheit erahnte, und den Hexer aus der Werkstatt – als ein und dieselbe Person zu betrachten. Die Magie, die sie gesehen hatte, war einfach zu fremd. So etwas sollte es nicht geben. Sie konnte mit Magie in der Vergangenheit oder in fernen, exotischen Ländern leben, aber sie in ihr eigenes Leben einbrechen zu sehen, war verstörend. Es hätte sie erleichtert, wenn sie wenigstens eine klare Antwort darauf hätte finden können, was Magie eigentlich war. Wozu sie befähigte, wie man sie maß und – vor allem – was man ihr entgegensetzen konnte. Doch sie war enttäuscht worden. Zwar gab es große Überschneidungen darin, wie verschiedene Magier diese sonderbare Kraft beschrieben, aber ihre Wahrnehmungen waren selten identisch. Es ließ sich nicht klar berechnen, wie mächtig ein Zauber sein würde und welche Faktoren das beeinflussten. Tatsächlich hatte noch niemand eine Erklärung dafür finden können, wie das magische Fadenwerk überhaupt funktionierte und warum einige Geschöpfe es manipulieren und damit mühelos Gesetze der Physik aushebeln konnten.

Wahrscheinlich war es ein Glück, dass ihre eigenen Gedanken sie von der Lektüre abgelenkt hatten, denn so hörte sie Baidur bereits aus weiter Ferne kommen. Sorgfältig verstaute sie das Buch in ihrem Rucksack und richtete sich auf. Nervös glättete sie ihren Rock.

„Gehen wir!“ Der bullige Zwerg hielt kaum inne, um nach seinem schweren Mantel und seinem Hut zu greifen. Er drehte sich nicht nach ihr um. Er wusste, dass sie ihm folgen würde.

Ein eisiger Windstoß fegte ihnen entgegen. Der Regen der letzten Tage war einer klirrenden, trockenen Kälte gewichen. Der Wind drückte den Rauch der Fabrikschlote aus den Außenbezirken in die Straßen der Innenstadt hinab, sodass ganz Nordkrone am Husten und sich Räuspern war.

Findra zog ihren Schal enger und beeilte sich, Baidur zu folgen. „Sie wollten mit mir sprechen?“, fragte sie vorsichtig.

Er nickte grimmig. „Ich kann mich nicht erinnern, Sie in die Archive geschickt zu haben.“

„Ich wusste nicht, dass dazu eine Aufforderung nötig ist.“

„Ist sie auch nicht. Wäre aber vielleicht besser.“

Findra hob eine Augenbraue. Dabei hatte sie gedacht, Baidur würde im Großen und Ganzen Eigeninitiative befürworten und es mit den Hierarchien nicht allzu genau nehmen – natürlich nur, solange niemand seine Autorität in Frage stellte.

Er wies mit einem Daumen über die Schulter. „Da drinnen sind Informationen über das Leben unzähliger Zwerge. Niemand sollte nach Belieben darin herumschnüffeln können.“

Findra kniff angesichts dieser offensichtlichen Scheinheiligkeit die Lippen zusammen. Sie wusste von mehreren hochrangigen Politikern und Polizeioffizieren, die die Spionageabwehr gelegentlich als Privatdetektive missbrauchten, um Geschäftskonkurrenten oder Ehepartner ausspähen zu lassen. Wenn Baidur deren Verhalten missbilligte, dann auf sehr diskrete Weise. Und das, obwohl er es sich hätte leisten können, sie in ihre Schranken zu verweisen.

„Ich hatte gute Gründe.“

„So? Welches Interesse könnten Sie an einem Niemand namens Kargan haben?“

„Er hat mit Fragar korrespondiert. Ich dachte, man könnte vielleicht seine aktuelle Adresse ausfindig machen und ihm telegrafieren. Vielleicht hätte er uns etwas Nützliches über Fragar verraten können.“

„Ich dachte, ich hätte mich klar ausgedrückt: Der Fall Fragar ist aussichtlos. Konzentrieren Sie sich lieber auf die Fälle, die sie lösen können. Sie helfen niemandem, wenn Sie zu eitel sind, um sich einzugestehen, dass Sie hier nichts bewirken."

Er blieb so jäh stehen, dass sie beinahe in seinen breiten Rücken hineingerannt wäre, und drehte sich zu ihr um. Sie standen so nahe voreinander, dass sie jedes einzelne Haar seiner buschigen, drohend zusammengezogenen Augenbrauen sehen konnte. „Ich habe es Ihnen schon einmal gesagt und werde es nicht noch mal wiederholen: Ich gebe Ihnen eine Chance, zu beweisen, dass Sie fähig sind, nicht auf Teufel komm raus Ihren eigenen Kopf durchzusetzen, sondern Ihre verdammte Arbeit zu machen. Wenn Sie das nicht können, sind Sie hier falsch und ich werde Sie irgendwohin schicken, wo Sie keinen Schaden anrichten können."

Findra hatte gedacht, sie würde eingeschüchtert sein, aber stattdessen ertappte sie sich bei dem Gefühl, dass etwas an seiner donnernden Standpauke nicht ganz stimmig war. Abgesehen von seiner völlig unverhältnismäßigen Reaktion an sich. Baidur sprach, als hätte er sich die Worte zuvor zurechtgelegt und das passte nicht zu ihm. Und er sah ihr nicht in die Augen. Er erinnerte sie an einen Schauspieler, der sich in seiner Rolle nicht wohlfühlte.

Interessant. Wahrscheinlich hatte man ihn eher bedroht als bestochen, sie notfalls hinauszuwerfen, falls sie sich als zu hartnäckig erwies.

Findra starrte ihn wütend an, ließ den Ärger in ihrem Gesicht dann aber langsam einem Ausdruck der Resignation und Scham weichen. „Ja, ich nehme an, Sie haben recht. Ich habe diese ganze Fragar-Sache zu persönlich genommen. Ich war regelrecht besessen." Abgesehen von der Vergangenheitsform war sie sogar gar nicht mal so weit von der Wahrheit entfernt – dieser Fall war zutiefst persönlich geworden. „Wahrscheinlich tut es mir gut, etwas Abstand davon zu bekommen", fügte sie an. Hatte sie zu schnell eingelenkt?

Wenn er nach Anzeichen für Lügen gesucht hätte, wäre Baidur sicher fündig geworden, aber es war ihr Glück, dass er sich in dieser Situation kaum wohler fühlte als sie. Noch vor wenigen Wochen hatte er ihr seiner Hochachtung versichert. Vermutlich hätte er seine Drohung, sie zu entlassen oder zu versetzen, nur ungern wahrgemacht.

„Wahrscheinlich würde Ihnen ein wenig Abstand wirklich guttun", sagte er. Seine plötzliche Freundlichkeit stand in auffälligem Kontrast zu seinem Ausbruch von gerade eben. „Wissen Sie was: Ich beurlaube Sie. Verschwinden Sie für drei

Wochen aus der Stadt." Seine Stimme machte deutlich, dass der letzte Teil eher Warnung als Scherz war.

Findra musste ihr verwirrtes Lächeln nicht vortäuschen. „Äh … danke. Ab wann?"

„Ab sofort."

„In Ordnung …"

Er tippte an seine Hutkrempe und drehte sich ohne ein weiteres Wort um. Ein jäher Windstoß wirbelte ein einsames Herbstblatt, das es irgendwie in die weitgehend baumlose Stadt verschlagen hatte, hinter seiner kompakten Gestalt her, als er in eine Gasse abbog.

Findra blieb stehen. Das verwirrte Lächeln auf ihrem Gesicht verwandelte sich in ein aufrichtiges, als sie in Gedanken den Preis für zwei Zugfahrkarten nach Schwarzspiegel ausrechnete.

Sie mochte Vorbehalte gegen Drúdir haben, aber sie hatte ihm ihr Wort gegeben, ihn in ihre Nachforschungen einzubeziehen. Außerdem hatte sie ohne ihn nicht die geringste Chance, Zugang zu dem sonderbaren – und zutiefst verdächtigen – Netzwerk von Magieinteressierten zu finden, von dem er ihr berichtet hatte.

# *Kapitel 8*

# Kyrai

Die Byrianel-Haine Cirdayas waren zu jeder Jahreszeit schön, aber im Herbst waren sie atemberaubend. Obwohl bereits ein dicker, orange-goldener Teppich aus Herbstlaub den Waldboden bedeckte, boten die Baumkronen noch immer einen majestätischen Anblick. Die gezackten Blätter an den gewundenen, fast schwarzen Zweigen sahen aus wie erstarrte Flammen.

Ein jäher Windstoß ließ weitere Blätter herabstieben und wirbelte die am Boden liegenden auf. Die Byrianel-Bäume beugten sich in der heftigen Böe. Nur die schmale Gestalt, die sich zielstrebig zwischen den Stämmen bewegte, behielt ihren ruhigen, gleitenden Gang bei. Einen Gang, dessen scheinbare Ruhe in heftigem Gegensatz zu dem Aufruhr in ihrem Inneren stand.

Kyrai zog ihren Mantel enger um sich. Es war halb Versuch, den schneidenden Wind abzuwehren, halb nervöse Geste. Die Drasirah war sich nicht sicher, ob es ein Fehler war, hierherzukommen. Vielleicht würden die Dryaden ihre Bitte ablehnen. In dem Fall hätte sie lediglich ihre Zeit verschwendet. Wäre das nicht sogar das Beste? Sie tat ihre Zweifel als Produkt ihrer Angst ab und verdrängte den unangenehmen Gedanken, dass es eine andere, tiefer gehende Angst war, die sie hergeführt hatte … Sofern sie noch von Angst sprechen konnte. Zu den zweifelhaften Segnungen, die sie in diesem Wald bereits erhalten hatte, gehörte, dass sie seit Jahren keine echte Angst mehr empfunden hatte. Ebenso wenig wie intensive Wut, Trauer oder Freude. Es war sicherer so.

„Es wird einen Sturm geben“, sagte eine Stimme hinter ihr. Leise und rau, von einem sonderbaren, kratzigen Rascheln unterlegt. Kein Zweifel. Kyrai hatte die Dryaden gefunden. Oder umgekehrt.

Langsam drehte sie sich um. Niemand würde je eine Dryade als Freund bezeichnen, aber die Elfen – vor allem die Drasirai – betrachteten sie als Verbündete. Tatsächlich war Kyrai dabei, ihr Leben in die Hände eines dieser sonderbaren Geschöpfe zu legen. Dennoch drehte sie sich um wie zu einem potenziellen Gegner.

Die Nymphen waren die Ersten gewesen, die gespürt hatten, dass das Zeitalter der Magie zu Ende ging. Als die klügeren unter den Elfen das zu begreifen begannen, hatten sie sich bereits in die Tiefen ihrer Wälder, Berge und Seen zurückgezogen. Mittlerweile kannten die meisten Menschen sie nur noch aus den Geschichten, die sie einander erzählten. Geschichten, die sich mit jedem Jahr weiter von der Wahrheit entfernten.

Die Gestalt, die reglos an einen Baum gelehnt dastand, hatte wenig mit den bezaubernden Frauen aus den Lagerfeuermärchen gemein: Sie war hochgewachsen, dabei aber so dünn, dass ihr Körper in die Länge gezogen wirkte, mit knotigen, zu zahlreichen Gelenken, sodass sich ihre Arme und Beine an sonderbaren Stellen bogen. Eine uralt aussehende, schwarze Hose bedeckte drei Viertel ihrer Beine. Die bloßen Füße unter den ausgefransten Säumen endeten in sieben wurzelartigen Zehen. Ein ebenso ausgefranstes, schwarz-grün gemustertes Tuch war kunstvoll um ihre Brust geschlungen. Ein Großteil der grünlichen, von verschlungenen Tätowierungen bedeckten Haut der Dryade war den eisigen Herbstwinden ausgesetzt. Nicht, dass es die Nymphe gestört hätte. Soweit Kyrai wusste, konnten weder Hitze noch Kälte solchen Wesen viel anhaben.

Die Dryade trug ihr langes, grün-braunes Haar offen. Es rahmte ein auffällig schmales Gesicht ein, das ein wenig elfisch anmutete, wenn auch grotesk überstei-gert. Ihre Wangenknochen waren irritierend hoch und ausgeprägt und was bei den meisten Elfen ein beinahe unmerklicher Knick im oberen Rand ihrer Ohrmuscheln war, waren bei der Dryade handlange, schräg nach hinten weisende Spitzen. Ihre Nase war klein und schmal, die Augen unter den hoch geschwungenen Brauen groß wie die eines nachtaktiven Tieres. Sie bestanden nur aus sonderbar ausgefransten Pupillen inmitten eines Meeres aus intensivem, schillerndem Malachitgrün. Als sie lächelte, kamen hinter ihren blassen, geschwungenen Lippen nadelspitze Zähne zum Vorschein.

Kyrai versuchte, das Lächeln zu deuten, aber das Gesicht der Dryade war einfach zu fremd.

„Ich hätte nicht gedacht, dass du wiederkommen würdest, Drasirah. Was willst du?“

„Ihr habt mir selbst gesagt, dass mein volles Potenzial noch nicht erreicht ist. Ich wollte Euch um weitere Glyphen bitten.“ Ein einfacher Satz, dessen Tragweite nur eine Drasirah begreifen konnte.

„Was für Glyphen?“

„Welche auch immer Ihr für passend haltet“, entgegnete Kyrai. Die Glyphen, die sie am liebsten auf ihrer Haut wissen würde – Zeichen, die ihr die Angst und die bohrenden Selbstzweifel, die stets am Rande ihres Bewusstseins lauerten, für immer aus dem Kopf brennen und einen undurchdringbaren Wall gegen ihre zerstörerischen Leidenschaften errichten würden – existierten nicht.

Die Dryade lachte leise. Zumindest schloss Kyrai das aus ihren gehobenen Mundwinkeln. Das Geräusch, das sie von sich gab, hätte auch ein Fauchen sein können.

„Du willst also noch weitergehen … du hast keine Ahnung, worum du da bittest, kleine Drasirah.“

„Seid Ihr bereit, mich zu zeichnen?“

Die Dryade legte mit einem Geräusch wie dem Knarzen von Zweigen den Kopf schief. Sie musterte Kyrai mit distanziertem, belustigtem Interesse. „Du hast keine Ahnung“, wiederholte sie.

„Ich weiß genug, um diese Entscheidung zu treffen.“

„Du kennst vielleicht den Preis, den ich fordere, aber du hast keine Ahnung, was mit dir geschehen wird.“

Kyrai biss sich auf die Lippen, bevor ihr Dialog in ein würdeloses ‚Nein-Doch-Nein …‘ ausarten konnte.

„Dennoch werde ich dich zeichnen. Aber ich wiederhole es noch einmal: Noch nicht einmal, wenn du die Glyphen auf deiner Haut trägst, wirst du begreifen, in was du dich verwandeln wirst. Erst sehr viel später. Und vielleicht nicht einmal dann …“

Kyrai hob ihr Kinn. Sie war nicht in der Stimmung für Dryadenrätsel. „Wann soll ich wiederkommen?“ Was unter Elfen eine unverzeihliche Unhöflichkeit gewesen wäre, bedeutete einer Dryade nichts.

„Ich habe es gespürt, als du den Hain betreten hast. Es ist alles vorbereitet.“

Wieder lächelte die Dryade. Es war trotz ihrer Nadelzähne ein schönes Lächeln, aber kein Freundliches. Ganz und gar nicht. Kyrai kam der Gedanke, dass sie wahrscheinlich Angst haben sollte. Sie lauschte in sich hinein und fand nur eine sonderbare Distanz zu sich und der Situation.

Die Nymphe sah sie noch eine Weile aus ihren brunnentiefen Augen an, sie hatte noch immer dieses Lächeln auf den Lippen. Dann wandte sie sich ab und winkte der Elfe, ihr zu folgen. Bei jedem Schritt bogen sich ihre langen, dünnen

Beine an mehreren Gelenken. Kyrai war weit darüber hinaus, dergleichen irritierend oder unheimlich zu finden. Ihr Staunen galt nur noch der Eleganz, mit der die Dryade sich bewegte.

Der Drasirah kam der Gedanke, dass sie Menschen und sogar vielen anderen Elfen ganz ähnlich erscheinen musste, wie die Dryade ihr: Anmutig, vage bedrohlich und sehr, sehr fremd. Gemäß einem Gesetz, das nach dem Ende der Magierkriege und dem Magieverbot in zwei Menschenstaaten ratifiziert worden war, war sie keine den Menschen gleichgestellte Kiarvanerin mehr, sondern ein zufälligerweise humanoides, magisch kontaminiertes Es, das dementsprechend von keinem Gesetz beschützt wurde. Sie lächelte bitter. Dann war es wohl ihr Glück, dass sie dank der Modifikationen, die sie ihrer eigenen Spezies entfremdet hatten, in der Lage war, selbst für ihre Sicherheit zu sorgen.

Sie blickte gedankenverloren auf das schwingende Haar der Dryade und fragte sich zum wiederholten Mal, was sie eigentlich hierher getrieben hatte. Der Wunsch, gewappnet zu sein? Oder einfach nur das Gefühl der Befriedigung, das sie dabei empfand, sich selbst zu etwas anderem umzuformen – etwas, das stark, leidenschaftslos und kontrolliert war?

Wie jedes Mal bemühte sie sich, nicht allzu ausführlich darüber nachzudenken. Zwar neigte Kyrai seit jeher zur Introspektion, hinterfragte und erforschte jede ihrer Entscheidungen – aber zugleich war ihr stets bewusst, dass diese Überlegungen natürlich ausgesprochen anfechtbar waren. Ihr fehlte der Abstand, sich objektiv von außen zu bewerten … und die Nähe und Akzeptanz, um einfach sie selbst zu sein. Der Blick nach innen war allzu oft eine gefährliche, schmerzhafte Angelegenheit.

Sie roch den See, bevor sie der Dryade aus einer kleinen Senke folgte und ihn sah: Nicht besonders groß und aufgrund der Schatten, die die hoch aufragenden Bäume um ihn herum warfen – selbst jetzt, wo die Abenddämmerung gerade erst begann –, tiefschwarz. Ein leichter Geruch nach faulenden Pflanzen lag in der Luft. Er vermengte sich mit dem halb würzigen, halb beißenden Aroma des Rauches, der ihr in dünnen Fingern entgegenkroch.

Der Boden unter ihren Füßen war sumpfig geworden und ihre schmalen Stiefel lösten sich bei jedem Schritt mit leisem Schmatzen daraus. Die vielfach verdrehten, knorrigen Byrianel-Bäume sahen hier anders aus; mit hohen, schlanken Stämmen, zwischen denen sie sich geschickt hindurchschlängelte. Sie bewegte sich mit der lautlosen Gewandtheit einer Elfe und Drasirah, aber sie wusste, dass sie nie an das Geschick der Dryade heranreichen würde, deren langer Körper sich immer wieder an den verblüffendsten Stellen bog, um tiefhängenden Zweigen auszuweichen. Kyrai versuchte, einige der Glyphen auf dem nackten unteren Rücken der Nymphe wiederzuerkennen, aber sie scheiterte. Bereits die Zeichen an sich waren sehr viel komplexer als die Tätowierungen der Drasirai und die Elfe wagte gar nicht erst, über ihre Wechselwirkungen zu mutmaßen. Wie alles, das auch nur entfernt mit Magie zu tun hatte, war auch die Kunst, sie durch Runen und Glyphen zu manipulieren, eine unsichere, von der Intuition des Bannzeichners abhängige Angelegenheit. Und niemand kam, was diese Kunst anging, auch nur annähernd an die Nymphen heran.

Kyrai fragte sich müßig, wie diese Geschöpfe die Magie der Glyphen wohl entwickelt hatten. Und was sie taten, wenn sie gerade nicht Drasirai zeichneten. Niemand begegnete einer Dryade, wenn diese es nicht wollte. Tatsächlich wusste niemand genau, wie viele von ihnen in den Wäldern Cirdayas lebten. Wie ihre Gesellschaft aufgebaut war, wenn sie keine vollkommenen Einzelgänger waren. Oder wie weit ihre Verwandtschaft mit Bäumen ging. Wenn Kyrai an die spitzen Zähne der Dryade und das, was sie anrichteten, dachte, konnte sie sich kaum vorstellen, dass sie üblicherweise von Mineralien und Sonnenlicht lebte.

Sie umrundeten ein letztes Dickicht und fanden sich auf einer glatten, moosüberwucherten Felsenplatte wieder, die zum See hin leicht abfiel. Kyrai war bereits dreimal hier gewesen, aber wie jedes Mal war sie überrascht. Der Weg, den sie gegangen waren, hatte so gar nichts mit ihren Erinnerungen gemein. Wahrscheinlich handelte es sich um eine subtile Magie, die ihre Gedanken und Wahrnehmung manipulierte. Magie … dass sie außerhalb Cirdayas – und selbst innerhalb der Elfenstaaten – kaum noch praktiziert wurde, lag keineswegs nur am Trauma der Magierkriege. Die magischen Linien waren bereits seit Jahrzehnten am Verblassen gewesen, die Zahl derjenigen, die sie manipulieren konnten, stetig am Sinken. Mittlerweile strömte die Magie mit aller Kraft nach Kiarva zurück, aber noch war sie nirgendwo auch nur annähernd auf dem Niveau, wie in den Byrianel-Hainen. Diese uralten Bäume mit ihren messerscharfen Blättern waren nicht nur malerisch anzusehen, sie filterten und konzentrierten auch Magieströme. Über die Jahrhunderte war dieser Ort so zu einem magischen Fokus geworden. Wenn Kyrai jetzt auf den schwarzen See im Zentrum des Waldes herabblickte, der sich wie ein dunkler Spiegel vor ihnen erstreckte, und ihr ein Schauer über den Rücken lief, tat sie wahrscheinlich gut daran, ihrer intuitiven Vorsicht zu trauen. Wer wusste schon, was unter der Oberfläche lebte? Oder ob nicht vielleicht sogar der See selbst eine Art Intelligenz entwickelt hatte?

Die Dryade hatte keinerlei solche Bedenken. Ihr grünbraunes Haar fiel als seidiger Vorhang über ihr fremdartiges Gesicht, als sie niederkniete und sorgfältig ihre langfingrigen Hände wusch. „Leg deine Kleidung ab und mach es dir bequem."

Kyrais Augenbrauen wanderten angesichts der unfreiwilligen Ironie in die Höhe, aber sie gehorchte schweigend und ließ sich neben der Feuerschale auf dem moosigen Stein nieder. Bewundernd ließ sie ihre Augen über die filigranen Muster wandern, die den Rand der Schale schmückten. Aus nächster Nähe war der Geruch der Harze und Kräuter, die die Dryade verbrannte, überwältigend und ließ alles um sie herum verschwimmen, wenn sie den Kopf zu schnell bewegte. Dass sie in der Erwartung, sich im Anschluss an das Ritual heftig zu übergeben, nichts gegessen hatte, half auch nicht gerade.

Auch ihre Empfindungen veränderten sich. Geräusche und Gerüche wurden plötzlich deutlicher und ihre magische Sicht flackerte hin und wieder ungebeten auf, während sie die Kälte weit weniger intensiv wahrnahm. Die Dryade wandte sich zu ihr um. Diesmal konnte Kyrai ihr Lächeln deuten: Es war durch und durch bösartig.

Die meisten Drasirai standen in dem Ruf, sich irgendwo auf einer Skala anzusiedeln, die bei „psychisch labil" begann und bei „völlig gestört" aufhörte. Er war übertrieben, doch aus verschiedenen Gründen nicht vollkommen unverdient. Aber selbst unter diesen magiebegabten Elitekämpfern war es ausgesprochen unüblich, die Dryaden freiwillig ein zweites Mal aufzusuchen. Zum vierten Mal um neue Zeichen zu bitten … das war, soweit Kyrai wusste, beispiellos. Wenn sie genauer darüber nachdachte, würde sie wohl nicht umhinkommen, sich mit der einen oder anderen unangenehmen Frage über sich selbst konfrontiert zu sehen.

Glücklicherweise war die Zeit zum Nachdenken ein für alle Mal vorüber, denn nun goss die Dryade eine dunkle Flüssigkeit in eine flache Schale und kam auf sie zu. Sie kauerte sich vor Kyrai nieder, die sich langsam nach hinten sinken ließ. Das Moos unter ihrem nackten Rücken war kühl, rau und ein wenig feucht.

Die Nymphe beugte sich über sie und hob die freie Hand. Kyrai sah Magiefäden um ihre Finger flackern und sich zu immer engeren Schlaufen und Knoten verschlingen. Ein sonderbares, feuchtes Knirschen erklang. Die schmalen, grünen Finger verformten sich, bis sie in langen, bösartig aussehenden Dornen endeten.

„Entspann dich“, flüsterte die Dryade, ihr Gesicht unangenehm nahe an Kyrais. Ihr Atem roch nach feuchtem Holz und frischem Blut. Erneut musste die Elfe beinahe kichern. Es kostete sie bereits genug Mühe, nicht aufzuspringen und auf dieses Wesen einzuschlagen, das wie eine übergroße Gottesanbeterin halb neben ihr, halb über ihr kauerte. Entspann dich – aber natürlich!

Kyrai zwang sich, ruhiger zu atmen. Es war ohnehin zu spät.

Die brunnentiefen, schillernden Augen des Geschöpfes glitten über Kyrais Körper. Puppenhaft zierliche, von Gänsehaut bedeckte Gliedmaßen, so blass, dass sich die eintätowierten Glyphen trotz ihres eigentlich dezenten Graus deutlich davon abhoben. Eine silbrige Narbe über der linken Brust und Augen, die trotz ihres Ringens um Beherrschung vor Angst geweitet waren. Wie schwach sie aussehen musste! Und genau deshalb war sie hier.

Noch einmal holte sie tief Luft, hielt den Atem an und ließ ihn dann langsam entweichen. Sie sah zu der Dryade auf.

„Wenn es unerträglich wird, schrei einfach.“

Kyrai hob eine Augenbraue. „Und dann hört Ihr auf?“

Die Dryade schüttelte lächelnd den Kopf. „Nein. Ich dachte nur, es entspannt dich vielleicht.“

Kyrai seufzte. „Schon eine Idee, was genau die neuen Zeichen bewirken werden?“

Erneut ein von einem beunruhigenden Lächeln begleitetes Kopfschütteln. „Lassen wir uns überraschen“, sagte sie mit ihrer kratzigen, zischenden Stimme.

Und schlug Kyrai ihre nadelspitzen Zähne in den Hals.

Welche fremdartige Droge auch immer in der Feuerschale verbrannte – sie war viel zu gering dosiert. Das Brennen war intensiv genug, um Kyrai ein schrilles Kreischen zu entlocken … das ihr jedoch sogleich in der Kehle stecken blieb. Das lähmende Gift der Nymphe tat seine Wirkung und alle ihre Muskeln erschlafften. Ihre Augäpfel brannten, aber sie war unfähig, die Augen zu schließen.

Sie sah den Kopf der Dryade als verschwommenen Fleck am Rand ihres Sichtfelds, wie sie ihn hin und her schüttelte, um die Wunde zu vergrößern und gierig daraus zu trinken.

Der nächste Biss war nicht weniger schmerzhaft.

Kyrai hätte nicht sagen können, wie viel Zeit vergangen war, als der Dryade auffiel, dass sie noch immer mit offenen Augen ins Leere starrte. Zwei hellgrüne Fingerspitzen füllten ihr gesamtes Sichtfeld aus, bevor das Wesen ihre Augenlider herabdrückte wie bei einer Toten.

Dann erst spürte sie zum ersten Mal die tintengetränkten Dornen unter ihrer Haut. Hinter ihren geschlossenen Lidern explodierte ein Netzwerk glühender Linien, beinahe zu hell um erträglich zu sein. Die Byrianel-Bäume waren Säulen aus gleißendem Licht, die Dryade eine weißglühende Gestalt, deren Aurafäden sich immer wieder in spiralförmige Dornen und Haken verwandelten, die unter Kyrais Haut versanken, Magiefäden aus ihrer Aura rissen und zu komplexen Knoten verschlangen. Sie spürte, wie sie sich veränderte, für einen Moment selbst zu einem magischen Fokus wurde. Ihre chaotischen Kräfte, die sie zu fürchten gelernt hatte, wurden gebündelt. Sie fühlten sich stärker an als je zuvor, doch zugleich wie von ihr abgeschnitten.

Dann wieder nahm die Elfe jäh die Geräusche und Gerüche der physischen Welt war, das Blut, das warm und klebrig über ihre klamme Haut rann und sich mit einer anderen, kälteren Flüssigkeit vermengte. Hatte es zu regnen begonnen? Ja, da waren das Pladdern von Tropfen auf der Seeoberfläche und ferner Donner.

Dann wieder überlagerten ihre magischen Sinne alles andere. Ihr wurde schlecht.

Kyrais letzter Gedanke, bevor ihr Bewusstsein in Dunkelheit versank, war die Frage, wie sie nur freiwillig hatte hierherkommen können.

Als Kyrai erwachte, war sie panisch und desorientiert. Sie zitterte am ganzen Körper, obwohl die Dryade sie mit ihrem schweren Mantel zugedeckt hatte. Erst allmählich kehrte das Wissen zurück, wer und wo sie war. Verwirrt blinzelte sie zu dem dämmergrauen Himmel hinauf. Es konnte doch nicht so spät sein, oder?

„Das war unerwartet", sagte eine raschelnde Stimme neben ihr. Kyrai verkrampfte sich. Die plötzliche Anspannung ließ die dumpfen Schmerzen in ihrem ganzen Körper explodieren.

„Was?“, krächzte sie und hievte ihren Kopf zu der Dryade herum, die sie mit distanziertem Interesse musterte. Vor jedem anderen Geschöpf hätte Kyrai sich ihrer Hilflosigkeit geschämt, aber dieses Wesen war so fremd, dass es ihr nichts ausmachte.

„Sieh selbst.“

Schwungvoll zog sie den Mantel beiseite. Kyrai blickte an ihrem Körper herab. Kühn und dunkel hoben sich die verschlungenen Glyphen von ihrer Haut ab. Als sie sie in der magischen Sicht betrachtete, weiteten sich ihre Augen. Sie hatte sich etwas Machtvolles gewünscht. Etwas, das sie verwandelte. Wie es schien, hatte sich ihr Wunsch erfüllt.

Sie blickte zu der Dryade auf. Dunkle Adern waren unter ihrer hellgrünen Haut erschienen und das Grün ihrer Augen war dumpfer geworden. Sie mochte sich von Kyrais Blut und Stärke genährt haben, aber die Magie, die in die Tätowierungen geflossen war, hatte auch von ihr einen hohen Preis gefordert.

„Vadrýa“, sagte die Nymphe unvermittelt.

„Wie bitte?“

„Vadrýa. Das ist mein Name. Ich dachte, du solltest ihn kennen.“

# *Kapitel 9*

# Drúdir

Drúdir hatte gedacht, die Blicke, die Fragars Freunde und Verwandte ihm bei der Beerdigung zugeworfen hatten, wären unangenehm gewesen, aber sie waren kein Vergleich zu dem, was ihn bei der Testamentseröffnung erwartete.

Allein schon der Weg dorthin erwies sich als anstrengend. In den Straßen Nordkrones herrschte hektische Aktivität, die die Unruhe im Inneren der Stadt wiederspiegelte. Zwerge in den wuchtigen Stiefeln und dunkelgrauen Hemden von Arbeitern verteilten Flugblätter oder diskutierten hitzig miteinander. Hier und da sah Drúdir die silbergrauen Armbinden der „Hammerschwinger", einer radikalen Splittergruppe der GUU – der „Partei für gerechte Umverteilung unionweit" -, die ihren Forderungen nach sozialer Gerechtigkeit gerne physischen Ausdruck verliehen; vorzugsweise gegenüber Zwergen, von denen sie keine ernsthafte Gegenwehr zu erwarten hatten.

Doch noch zahlreicher waren die orangefarbenen Bänder oder altzwergisch inspirierten Kleider der „Expansionisten", des rechten Flügels der ZSK – „Zwergische Stärke für Kiarva". In der Regel eher dem Mittelstand oder sogar den oberen Schichten zugehörig, plädierten diese Zwerge entschlossen für eine aggressive Ausweitung des Machtbereichs der Union und einen Ausbau ihrer wirtschaftlichen Stärke um jeden Preis. Einer ihrer Lieblingssprüche war „die großen Völker sind der Feind", aber wenn ein kopfschüttelnder Drúdir sie nun mit den Hammerschwingern aneinandergeraten sah, war davon wenig zu merken.

Vielleicht lag es an seiner magischen Begabung, vielleicht an seinem Charakter. Jedenfalls betrachtete Drúdir seine Landsleute meist mit den Augen eines Außenstehenden und hatte sich nie so recht mit irgendeiner der zahlreichen Parteien identifizieren können, die sich in den Länderparlamenten zankten oder sich im Unionsparlament einredeten, tatsächliche Macht in den Händen zu halten. Aus einem vagen Gefühl der Verantwortung heraus und weil es kein wirklicher Aufwand war, gab er bei jeder Wahl seine Stimme für die Partei ab, die er gegenwärtig für das geringste Übel hielt.

Drúdir umrundete einen johlenden, stampfenden Ring aus breiten Rücken, in dessen Mitte offenbar zwei Zwerge ihre politischen Differenzen mit Fäusten und

Kopfstößen austrugen. Er schüttelte den Kopf. Wahrscheinlich würde es bei Anbruch der Dämmerung nicht mehr nur um Arm gegen Reich, Expansionisten gegen Reformatoren gehen, sondern auch um die typischen Auseinandersetzungen zwischen alteingesessenen Nordkronern und Einwanderern aus anderen Staaten. Die Union war nur dem Namen nach eine solche.

Drúdir hatte ursprünglich geplant, sich nach der Testamentseröffnung in der nächstbesten Kneipe zu betrinken, aber angesichts dessen, was sich gerade zusammenbraute, beschloss er, sich mit ein paar Flaschen in das kleine Pensionszimmer zu verziehen, wo er gegenwärtig wohnte.

Endlich erreichte er das halb im Boden versenkte Backsteingebäude. Wie der zylinderförmige Bau, der Krematorium und Trauersaal beherbergte, handelte es sich bei dem Notarsbüro um einen säkularisierten Tempel. Wenn man so wollte, war es nach wie vor ein Ort von spiritueller Bedeutung. Zwerge nahmen Erbschaften sehr ernst.

Er glitt durch die schlichte, schwarze Tür und ließ sich von einer überkorrekt gekleideten Zwergin den Weg zu dem kleinen Raum weisen, in dem bereits einige von Fragars Freunden und Verwandten saßen. Wieder versetzte es ihm einen Stich, dass Zwerge, mit denen er einst vertraut gewesen war, ihn nun lediglich kühl musterten. Glaubten sie etwa wirklich, dass nur die Hoffnung auf ein reiches Erbe ihn zurückgebracht hatte?

Drúdir zupfte seinen steifen, weißen Kragen zurecht und versuchte, sich sein Unbehagen nicht allzu sehr anmerken zu lassen. Ein Blick auf seine Taschenuhr verriet ihm, dass er trotz des Aufruhrs auf den Straßen überpünktlich war. Er sah sich vergeblich nach Wisdrin um, konnte den Bibliothekar jedoch nirgendwo entdecken.

Er unterdrückte ein Seufzen und ließ sich auf eine der harten Bänke fallen, die im Halbkreis um das kleine Rednerpult standen und blickte aus einem der kleinen, runden Fenster, die direkt über der Straße lagen. Er sah ein rennendes Beinpaar in dreckverkrusteten Stiefeln mit rostigen Schnallen. Der Anblick brachte die Erinnerung an ein anderes Stiefelpaar zurück: Makellos poliert und verblüffend leise auf den knarrenden Dielen einer nächtlichen Werkstatt.

Übelkeit wallte in ihm auf und er musste den Impuls unterdrücken, seinen Kragen zu lockern und sich zu vergewissern, dass er nicht Fragar war, nicht in seinem Blut erstickte … Ob diese Erinnerungen je aufhören würden, ihn heimzusuchen?

„Guten Tag, Drúdir“, begrüßte ihn eine dunkelblonde Zwergin in eleganter Trauerkleidung. Briris – eine weit entfernt lebende Cousine Fragars und die einzige seiner Verwandten, die seine Interessen geteilt und in ständigem Kontakt mit ihm gestanden hatte. Eine hässliche Brandnarbe, die ihren gesamten linken Unterarm bedeckte, legte Zeugnis von ihrer Faszination für experimentelle Alchemie ab. Sie hob die Hand zu einem merkwürdigen, verlegenen Winken. Aber ihr Lächeln war aufrichtig und Drúdir entspannte sich ein wenig.

„Guten Tag, Briris. Ich glaube, ich habe dich bei der Beerdigung nicht gesehen.“

„Es gab Streiks in den Bergwerken und die Eisenbahn hatte nicht genug Kohle. Ich bin einen Tag zu spät angekommen.“

„Das tut mir leid. Genau wie …“

Drúdir musste seinen Satz nicht beenden.

Briris nickte mit zusammengepressten Lippen. „Ich werde ihn vermissen.“

„Ich auch.“

Sie warf ihm einen scharfen Blick zu. Natürlich hatte auch sie seine jahrelange Abwesenheit nicht vergessen.

„Wir haben einander geschrieben“, entgegnete Drúdir ruhig auf ihren unausgesprochenen Vorwurf. *Und ich habe immer gewusst, dass er da war. Glaub es oder glaub es nicht, aber das hat mir viel bedeutet*, fuhr er in Gedanken fort, aber er sprach die Worte nicht aus. Er war ihr dankbar, dass sie die eisige Stille zwischen ihm und Fragars anderen Angehörigen gebrochen hatte, aber das bedeutete noch lange nicht, dass er ihr seine Gefühle anvertrauen würde.

Dennoch musste seine Miene einiges davon verraten haben, denn Briris‘ Anspannung wich traurigem Mitgefühl. „Tut mir leid, Drúdir. Ich hatte vergessen, wie nahe ihr euch gestanden habt, bevor …“

Sie brach ab, als der Notar hereingeschlurft kam. Es handelte sich um einen dünnen, hochgewachsenen Zwerg, dem jedoch mit seiner Jugend auch seine aufrechte Haltung abhandengekommen zu sein schien – was auch sein beinahe grotesk hoher Zylinder nicht zu verbergen vermochte. Er warf einen Blick auf seine Taschenuhr. „Gerade rechtzeitig“, murmelte er. Während er seinen Platz hinter dem kleinen Rednerpult einnahm und seiner abgeschabten Aktentasche eine versiegelte Mappe entnahm, ließ er müde, graue Augen über die Versammelten schweifen.

Nach einem trockenen Räuspern begann er mit einer verblüffend kraftvollen Stimme zu sprechen: „Liebe Versammelte, ich möchte Euch mein Beileid zu Eurem Verlust aussprechen. Ich fühle mich geehrt, dass Fragar – möge er in Frieden ruhen – mir seinen letzten Willen anvertraut hat, den ich nun verlesen werde."

Es war so still, dass das Knacken, mit dem er das Siegel brach, im ganzen Raum zu hören war. Mit ruhigen Handbewegungen schlug er die Mappe auf – ein Priester der letzten Gottheit, an die moderne Zwerge glaubten: Eigentum.

Er verlas Datum und Einleitung, dann räusperte er sich von Neuem, bevor er fortfuhr. „... meine Werkstatt und mein Geld, abgesehen von den Ausnahmen, die ich noch erwähnen werde, vermache ich meiner Schwester, eine Summe von 800 Gulder und sämtliche Bücher sollen an die Sprakar-Godwis-Historig-Rúnhalar gehen, mit Ausnahme folgender Bände ..."

Es folgte eine lange Auflistung der Bücher, die er in den Händen bestimmter Freunde wissen wollte. Fragar spendete seine Kleidung an eine Wohltätigkeitsorganisation und diverse obskure Gerätschaften, die mit seinen Forschungen zu tun hatten, entweder ausgewählten Freunden oder ebenfalls Wisdrins Bibliothek. Schließlich hielt der Notar inne. Drúdir glaubte schon, er sei am Ende angelangt. Viele der Versammelten schienen ebenfalls davon auszugehen. Erleichterung spiegelte sich auf ihren Gesichtern, denn häufig waren Fragars Erbstücke mit einigen persönlichen Worten einhergegangen, die die Erben aufgewühlt zurückließen. Allerdings waren sich viele von ihnen nicht zu fein, Drúdir einen triumphierenden Blick zuzuwerfen, hatte er doch ihrer Meinung nach bekommen, was er durch seine Zurückweisung Fragars und seiner Ziele verdient hatte. Ungeduldig warteten sie darauf, dass die trübselige Veranstaltung zu Ende ging

Doch der Notar beugte sich noch einmal zu seiner Tasche herab und fischte eine kleine Wasserflasche heraus. Nachdem er sich einen langen Zug genehmigt und die Flasche sorgfältig wieder verstaut hatte, blätterte der ältliche Zwerg ein letztes Mal um. „Dir, Drúdir", sagte er, „vererbe ich meine sämtlichen Werkzeuge und ein weiteres Erbstück, das in der Rúnhalar Nornírwatara auf dich wartet. Wende dich an Rúnwis, wenn du dich bereit fühlst, es entgegenzunehmen. Ich hoffe sehr, dass du eines Tages dein wahres Potenzial erkennen wirst. Aber selbst wenn nicht, warst du in vieler Hinsicht der begabteste meiner Lehrlinge und egal, wann du diese Worte hörst, wird es immer noch zu früh sein, denn ich hätte gerne noch länger Anteil an deinem Leben genommen."

Drúdir schluckte.

Fragars Worte hatten ihn so tief erschüttert, dass ihm erst einige Sekunden später klar wurde, dass er den Namen Rúnwis bereits zum zweiten Mal in wenigen Tagen hörte.

Einige Unterschriften und angespannt höfliche Wortwechsel später konnte er endlich ins Freie entkommen. Seine Abschrift des Testaments hing wie ein totes Tier in seiner Hand – angesichts des eisigen Regens, der ihn draußen empfing, verstaute er sie jedoch eilig in einer Tasche seines Mantels. Und natürlich hatte er gerade heute seinen Hut vergessen. Aber so widerwärtig es auch sein mochte, erfüllte das Wetter heute wahrscheinlich viele Bewohner Nordkrones – vor allem die Polizisten – mit Dankbarkeit, hatte es doch die aufgebrachten Zwerge, die am Nachmittag die Straßen unsicher gemacht hatte, verlässlich in ihre Häuser vertrieben.

Die Hände in den Manteltaschen vergraben und die Schultern den Herbstböen entgegengestemmt, ignorierte Drúdir die nahe Straßenbahnstation und stapfte mit entschlossenen Schritten los.

Er wollte nicht riskieren, dort mit Fragars Freunden zusammen warten zu müssen und sich entweder ihren vorwurfsvollen Blicken auszusetzen oder aber ihre hoffnungsvollen Fragen zu ertragen, ob er sie nicht doch wieder in ihren Studien unterstützen würde. Die genaue Natur seine Begabung war nur Fragar und Wisdrin bekannt gewesen, aber Fragar hatte genug Andeutungen über sein magisches Talent fallen lassen, um das Interesse seine Freunde zu wecken.

Um die Erinnerungen an seinen Mentor aus seinem Kopf zu vertreiben, lenkte Drúdir seine Gedanken auf die Zukunft.

Schwarzspiegel. Er war noch nie dort gewesen, kannte die Stadt aber aus Zeitungsartikeln, Geschichtsbüchern und nicht zuletzt den Erzählungen Fragars und Wisdrins, die beide ehrfürchtig von der Unterstadt geschwärmt hatten, von der berühmten Universität der Stadt und den technischen Wunderwerken, die es dort zu bestaunen gab. Drúdir hatte schon immer dort hinreisen wollen, aber er hätte sich nie träumen lassen, dass es unter solchen Umständen geschehen würde.

Wieder staunte er über den merkwürdigen Zufall, dass sowohl Fragars Erbe als auch Kargans Spur ihn in die berühmte Universitätsbibliothek der unterirdischen Stadt führten. Doch angesichts dessen, dass Wisdrin, Kargan und Fragar lange in denselben Kreisen verkehrt hatten, war es wahrscheinlich kein Wunder, dass sie alle den Professor kannten. Rúnwis Jalrisson … Wisdrin hatte ihm einiges über ihn erzählt und Drúdir an ein paar aufgeschnappte Gespräche aus seiner Zeit mit Fragars Freunden erinnert. Unter diesen war Rúnwis eine umstrittene Figur, Kopf eines kleinen, exklusiven Zirkels von Gelehrten, der gerüchteweise magische Experimente durchführte, die er selbst vor dem Rest des Netzwerks geheim hielt. Er stand in dem Ruf, ein schroffer Einzelgänger mit einem Hang zur Geheimnistuerei zu sein; genial, aber wenig geneigt, sein Wissen zu teilen.

Drúdir konnte sich nicht vorstellen, dass der Wissenschaftler ihm ohne Weiteres verraten würde, was Kargan zu ihm geführt hatte. Aber darum würde er sich kümmern, wenn es so weit war. Im Moment wusste er nur eines: Er würde nicht aufgeben, bis er Fragars Mörder gefunden hatte. Und dann … Was dann? Seine Art der Recherche förderte nicht die Art Beweis zutage, die er einem Gericht vorlegen konnte. Was würde er also tun, wenn er Fragars Mörder gefunden hatte? Eine weitere Frage, die er zur späteren Betrachtung in einem abgelegenen Winkel seines Bewusstseins wegschloss.

Als er schließlich in die schmale Gasse einbog, in der seine Pension lag, waren sein Haar und der nicht von seinem Mantel geschützte Hemdkragen klatschnass. In der Dämmerung und im Regen sah der schmale Spalt zwischen zwei Häusern, die man in den letzten Jahren beide um je zwei improvisiert aussehende Stockwerke erhöht hatte, noch düsterer und trübseliger aus als sonst. Die quietschend in ihren Halterungen pendelnden Gaslampen, die über einigen Türrahmen hingen, waren größtenteils außer Betrieb. Nur eine von ihnen warf ihr trübes Licht auf das regennasse Pflaster und eine Masse neben seiner Haustür, die ihn an einen überdimensionalen Pilz erinnerte.

Bei seinem Anblick richtete der Pilz sich auf und verwandelte sich in eine ihm wohlbekannte Zwergin mit Regenschirm.

„Endlich!“, rief Findra. „Ich habe Neuigkeiten.“

# *Kapitel 10*

# Die Automate

Das Surren und Klicken der einrastenden Zahnräder, die die künstlichen Augen dem dunkelgelben Dämmerlicht anpassten, war nahezu lautlos. Die Kreatur, die sich in der Mitte des Salons auf ein Knie hatte sinken lassen, nahm es trotzdem wahr. Immerhin sandte es ein sanftes Vibrieren durch das Innere ihres Kopfes und verschob die exakten Rhythmen der Mechanik. Obwohl die kaum wahrnehmbaren Vibrationen und Geräusche ihren feinen Sinnen nicht entgehen konnten, schenkte sie ihnen keinerlei Beachtung. Sie waren Teil ihres Lebens gewesen, seit sie sich erinnern konnte. Nicht, dass dies eine lange Zeit wäre, aber doch lange genug, um sich daran zu gewöhnen.

Aus ihren schwarzen Linsenaugen sah sie die beiden Gestalten an, die sich das ausladende Sofa vor ihr teilten. Der schwere Rahmen war mit üppigen Polstern bestückt, deren goldgelber Überzug das Muster der Seidentapete wiederspiegelte. Der Goldene Salon trug seinen Namen nicht nur aus dem offensichtlichen Grund. Weder der Teppich, noch die schweren, sorgfältig zugezogenen Vorhänge, noch die seidenen Lampenschirme wichen von dem Farbschema ab. Es war offensichtlich, dass dieser Raum vor allem einem Zweck diente: Den Besucher daran zu erinnern, dass der Hausherr – der Meister – Gold im Überfluss besaß.

Derselbe, ein Zwerg von wenig beeindruckender Statur, saß breitbeinig auf dem Sofa, die Arme auf der Lehne ausgebreitet. Er lag mehr in den Polstern, als dass er saß, das Kinn in die Höhe gereckt. Ein teures Sortiment antiker Waffen, das im Halbkreis an der Wand hinter ihm hing, umrahmte sein unscheinbares Gesicht wie ein martialischer Heiligenschein.

Die Haltung der beiden anderen Männer war weniger raumfüllend. Ein hochgewachsener, dunkelblonder Mann mit scharfen Zügen hatte seinen langen Menschenkörper in einer Sofaecke zusammengefaltet. Wenn die Automate seine Körpersprache richtig las, hielt er bewusst Abstand zu ihrem Meister. Er starrte sie aus zusammengekniffenen Augen an, eine Mischung aus Stolz, Angst und Gier im Blick.

Der Blick des Mannes, der auf der anderen Seite des Meisters neben dem Sofa stand, verriet Misstrauen, wenn auch ein Misstrauen der harten, selbstbewussten

Sorte. Eine seiner kräftigen, von kleinen Narben bedeckten Hände lag auf der Sofalehne, die andere ruhte auf dem Kopf einer massiven, runenverzierten Axt. Der Faltenwurf seiner Jacke verriet der Kreatur, dass er darunter zwei schwere Pistolen trug.

In ihrem Kopf spielte sich rasch eine Reihe möglicher Szenarien ab, was geschehen würde, falls der Meister ihr befahl, die beiden Männer zu töten. Erneut surrte es leise in ihrem Kopf und ein Gewirr wabernder, goldener Linien legte sich über den Salon. Linien, die um die Hände und eine Tasche des Menschenmannes ungewöhnlich intensiv waren und ein charakteristisches Muster formten. So, er gebot also über Magie. Nicht, dass es ihm irgendwie helfen würde. Die Kreatur musste sich selbst nicht sehen können, um zu wissen, wie sie auf dieser Ebene aussah: Ein Geschöpf aus purem Licht, umgeben von einem Raum ohne jede Magie, da sie jeden Zauber auflöste und absorbierte.

Ganz anders hingegen sah es mit der Axt des stehenden Zwerges aus. Die Automate hatte nur ein intuitives Verständnis von Magie, doch die vielfach versiegelten Strukturen der Zauber um die Axtklinge ließen ein vages Unbehagen in ihr aufsteigen. Es musste ein altes Artefakt sein. Zwar mochte die Magie allmählich zurückkehren, aber bei einem Zauber wie diesem konnte es sich nur um ein Relikt aus der Werkstatt eines alten zwergischen Runenschmiedes handeln.

Natürlich war auch diese Waffe kein Grund zur Besorgnis. Die Automate wäre bei dem Zwerg, bevor er sie auch nur heben könnte, geschweige denn, fallen lassen, um nach einer seiner Pistolen zu greifen.

Aber der Meister befahl ihr nichts dergleichen und betrachtete sie nur selbstzufrieden. Das Maschinenwesen erwiderte seinen Blick ausdruckslos.

„Du hast lange gebraucht, hierher zurückzukommen“, stellte er schließlich fest.

Tatsächlich hatte die Automate sich Zeit gelassen, beschäftigt damit, eine sonderbare Erfahrung zu verarbeiten. Wie der Meister es befohlen hatte, war sie, exakt siebenundvierzig Minuten und dreißig Sekunden nachdem das Luftschiff sich in die Luft erhoben hatte, aus einer der Kisten im Lagerraum hervorgebrochen und hatte mit ruhiger Effizienz ihr Zerstörungswerk begonnen. Einige Zwerge hatten mit verblüffender Geistesgegenwart Widerstand geleistet, ihr aber letztlich nichts entgegenzusetzen gehabt. Dennoch hatte sie plötzlich innegehalten, als es erneut in ihrem Kopf surrte und knackte und ein neues, seltsam chaotisches Element sich ihrer sorgfältig abgemessenen Kognition zugesellte.

Anfangs hatte es nur die Befehle des Meisters, die scharfe Wahrnehmung ihrer Umwelt und die Liste der Aktionen, die es auszuführen galt, gegeben. Natürlich war sie sich ihres Körpers bewusst gewesen, aber auf eine vage, unpersönliche Weise, gerade genug, um ihre Gliedmaßen koordinieren und zu wissen, was sie ihnen zumuten konnte. Da waren präzise Berechnungen von Kräften und Winkeln gewesen, aber keine Gedanken darüber, wer oder was sie war. Keine Fragen, woher das Wissen stammte, auf das sie mit solcher Selbstverständlichkeit zurückgriff.

Doch aus irgendeinem Grund war die Automate sich ihrer selbst plötzlich bewusst geworden und hatte begonnen, sich zu fragen, wer das Geschöpf aus teilweise zerfetzter Haut über einem Gerüst aus Stahl war, das da in einem Luftschiff voller toter und sterbender Zwerge stand. Welche sonderbaren Umstände es dazu brachten, den Befehlen des Meisters zu folgen, ohne sie je zu hinterfragen. Und wieso es plötzlich ein irrationales Unbehagen angesichts dessen empfand, dass es nichts über sich selbst wusste. Keine Vorlieben oder Antipathien, keine Überzeugungen, keine Erinnerungen … es kannte noch nicht einmal sein eigenes Gesicht.

Die Kreatur hätte wohl eine ganze Weile weitergegrübelt, hätte der Teil in ihr, der dem Meister mit unvergleichlicher Effizienz gehorchte, nicht die Kontrolle übernommen und verhindert, dass sie beim Absturz des Luftschiffs zu großen Schaden nahm. Aber dieser andere Teil, der nachdachte und hinterfragte und sich vielleicht irgendwann zu einer Persönlichkeit entwickeln würde, hatte keineswegs aufgehört, zu existieren. Er war noch immer da, ein Flüstern unter dem Schnurren und Ticken ihrer Gedanken.

Jetzt betrachtete dieser Teil die drei Männer mit fremdartigen, irrationalen Regungen, die die Kreatur als „Gefühle“ klassifizierte. Da waren Anflüge von Angst und Wut und Wiedererkennen … zumindest beinahe, schränkte sie ein. Sie hatte diese drei schon einmal gesehen, aber da waren sie nicht zu dritt gewesen. Eine Erinnerung – untypischerweise eine, der sie weder Zeit noch Ort zuordnen konnte – tauchte in ihren Gedanken auf: Ein viertes Gesicht, von langem Haar umgeben, das sich durch die Luft bewegte wie durch Wasser. Die perfekte Symmetrie und die feinen Kurven und Winkel seiner Züge machten es schwer, zu glauben, dass es aus demselben organischen Material bestand, demselben Grundbauplan folgte wie die Züge der Zwerge. Nur der verzerrte Ausdruck wollte nicht zu der kühlen Makellosigkeit passen. Die Kreatur konnte auf eine reichhaltige

Sammlung von Daten über Gesichtsausdrücke zurückgreifen, aber dennoch wusste sie nicht, ob diese Grimasse Schmerz oder Verzückung ausdrückt hatte.

Aber keiner der drei Anwesenden schien den vierten in der Runde zu vermissen. Alle fixierten sie die Automate und warteten auf ihre Antwort.

„Ich hatte Schwierigkeiten, das Luftschiff zu verlassen, habe bei dem Absturz Schaden genommen und brauchte Zeit, um mich zu regenerieren", sagte sie. Die Wahrheit – aber nicht die ganze.

Der Meister nickte. Er wandte sich an den Menschen zu seiner Linken und deutete stolz auf die Kreatur. „Bist du zufrieden mit deiner Arbeit? Ich bin es."

„Ich kann wohl kaum behaupten, dass es nur meine Arbeit ist", entgegnete der Mann angespannt. „Und letztlich wissen wir noch nicht, was tatsächlich auf dem Luftschiff geschehen ist."

„Ausgezeichneter Punkt. Berichte!", forderte der Meister die Automate auf.

Mit monotoner Stimme begann die Automate, zu erzählen, was auf dem Luftschiff geschehen war und ließ nur die Veränderungen in ihrem Inneren aus. Der Gesichtsausdruck des stehenden Zwerges spiegelte widerwilligen Respekt, aber der Mensch wurde blass. Er presste die Lippen zusammen und ein Flackern trat in seinen Blick. Offenbar bereiteten die Schilderungen von messingglänzenden Klingen in weichen Zwergenkörpern ihm Unbehagen. Mit vagem Interesse registrierte die Kreatur ihre eigene Überraschung und den bitteren Spott, der ihr auf der Zunge lag. Doch so sorgfältig sie auch die Daten ihres Bewusstseins durchforstete, sie konnte keinen Grund dafür entdecken. Funktionen, die sich ihrer Betrachtung entzogen? Interessant und beunruhigend.

Natürlich war ihr keiner dieser Gedanken anzumerken, als sie in ihren Schilderungen fortfuhr. Nachdem sie geendet hatte, trat zunächst Stille ein. Selbst der Meister schien nachdenklich geworden. Aber schließlich nickte er und wiederholte an den Menschen gewandt: „Ja, ich glaube, wir können zufrieden mit uns sein."

Der Zwerg mit der Axt nickte ruckartig in Richtung der Automate. „Bist du sicher, dass es unter Kontrolle ist?", fragte er.

Der Meister runzelte unwillig die Stirn. Vielleicht weniger wegen des Einwandes als vielmehr wegen der Art, wie er vorgebracht worden war. Gewisse Verhaltensmuster deuteten darauf hin, dass er großen Wert auf Demonstrationen des Respektes legte.

„Denkst du, ich würde so etwas“, der Meister winkte nachlässig in Richtung des Maschinenwesens, „bauen und auf die Welt loslassen, wenn ich nicht wüsste, dass ich es beherrschen kann?“

Der Zwerg schien nicht überzeugt. „Du steckst nicht in diesem Kasten. Wer sagt, dass der verdammte Elfenhexer nicht seine eigenen Pläne hat? Er hat ein Wesen aus dem Abgrund gerufen. Für so jemanden ist Verrat eine Kleinigkeit.“

Der Mensch schaltete sich ein. „Welche Pläne er auch immer hatte, jetzt sind sie null und nichtig und alle Dreizehn voll unter unserer … deiner Kontrolle.“

Er schien den Meister besser zu kennen und schmeichelte ihm mit einem Nicken, das beinahe eine angedeutete Verbeugung war. Dennoch hielt er nach wie vor – vielleicht unbewusst – Abstand. Die Kreatur ließ ihre Linsenaugen wieder über sein Gesicht gleiten; spulte in Gedanken noch einmal seine Stimme ab. Nein, er fürchtete den Meister nicht, glaubte sich zumindest ebenbürtig. Was ihn auf Abstand hielt war schlicht und einfach Abneigung. Angesichts der engen Zusammenarbeit der beiden, von der sie mittlerweile ausging, musste er wohl gute Gründe haben, um dem Meister wieder und wieder aufrichtigen Respekt und vielleicht sogar Zuneigung vorzuheucheln.

Sowohl ihre Überlegungen, als auch das Gespräch der drei Männer wurden von aufgeregtem Klopfen an der Tür des Salons unterbrochen. Der Meister warf der Kreatur einen raschen Blick zu. „Tarne dich!“, befahl er knapp.

Die Automate nickte und erhob sich in einer fließenden Bewegung. Ihr Sichtfeld verengte sich, als sich ihre Linsenaugen bis auf das kleine Guckloch einer üblichen Pupille einfärbten. Mit vor dem Körper gefalteten Händen und leicht gesenktem Kopf stellte sie sich neben das Sofa, so dicht an dem Menschenmann, dass sie nur leicht den Oberkörper hätte zu Seite neigen müssen, um seinen Kopf mit dem Ellenbogen zu zerschmettern. Er schien sich dessen bewusst zu sein, denn sein Atem beschleunigte sich. Als die Kreatur ihre Infrarotsicht einschaltete, bemerkte sie die ungewöhnliche Wärme von Gesicht und Gliedmaßen. Hätte sie genauer hingehört, wäre ihr wohl auch ein beschleunigter Herzschlag aufgefallen. Dieser Mann mochte wissen, dass er keinen Grund hatte, mit einem Angriff zu rechnen, aber das änderte nichts daran, was er in ihrer Gegenwart fühlte.

Die Kreatur gönnte ihm seine Angst aus vollem Herzen. Der Meister wirkte im Gegensatz zu ihm vollkommen entspannt. Interessiert registrierte sie ihr leises Bedauern. Sie hätte ihn gerne angsterfüllt und ohnmächtig gesehen … der

Gedanke erinnerte sie aus irgendeinem Grund an ein Konzept der Menschen und Zwerge: Gerechtigkeit.

„Herein", rief der Meister schroff.

Die Türen schwangen auf und ein rundlicher Zwerg mit mausbraunem Haar stolperte herein. Er musste sich beeilt haben, herzukommen, denn sein Atem ging fliegend. Auch war ihm die Krawatte halb aus der Weste gerutscht und bildete eine abstehende Schlaufe vor seiner Brust. Seinen Hut hielt er in den Händen und drehte ihn unaufhörlich, die Schultern hatte er wie in Erwartung eines Schlages hochgezogen.

„Was gibt es?", fragte der Meister.

Der Neuankömmling blickte auf. Er schien sich zu sammeln und der Blick seiner bebrillten Augen wurde ruhiger. Argwöhnisch streifte er über den Axtträger, den Menschen und das Maschinenwesen hinweg. „Kann ich offen sprechen, Sir?"

Der Meister bedeutete ihm mit einer Geste, fortzufahren.

Der Zwerg atmete tief durch. „Ich habe Ihnen von den Drohungen Grihins erzählt", sagte er schließlich. „Wie es scheint, hat er sie wahr gemacht."

„Was ist passiert?"

„Vor einer halben Stunde haben sie eine Leiche in der Messinggasse gefunden. Sie konnten sie nur anhand des Tascheninhaltes identifizieren. Ich bin so schnell wie möglich gekommen, um Sie zu informieren. Es tut mir leid, Sir, aber Ihr Sekretär ist tot."

„Bist du sicher, dass es Grihins Bande war?", fragte der Zwerg mit der Axt.

„Man hat ihm sein Geld gestohlen, aber seine Papiere wieder in die Tasche gestopft. Wer auch immer es war, wollte, dass er identifiziert wird. Und, wenn ich mir ein Urteil erlauben darf, die Verletzungen deuten darauf hin, dass die Verantwortlichen ein Zeichen setzen wollten."

Stille stellte sich ein. Die Kreatur schielte zu ihrem Meister hinüber. Der dunkelhaarige Zwerg hatte eine Hand in einer nachdenklichen Geste ans Kinn gehoben, als der Neuankömmling zu sprechen begann, aber nun presste er die Fingerknöchel so fest an seine Lippen, dass sie fast so weiß geworden waren, wie sein versteinertes Gesicht. Man konnte seinen Gesichtsausdruck leicht für den eines ängstlichen Mannes halten, der um Kontrolle rang, aber ein Blick mit dem zweiten Gesicht verriet der Kreatur, dass er vor Zorn zitterte.

„Danke, Aisrir", sagte er. „Das muss ein unerfreulicher Anblick gewesen sein. Hol dir etwas zu trinken."

Verwirrt zog sich der Überbringer der schlechten Nachricht zurück und ließ die Tür dabei unbeabsichtigt laut ins Schloss fallen. Dem dumpfen Laut folgte eine spannungsvolle Stille.

Schließlich trat der Zwerg mit der Axt einen Schritt vor. „Soll ich mich um Grihin kümmern? Wir könnten unser eigenes Zeichen setzen."

Seine kräftigen Finger strichen liebkosend über eine Ausbeulung seiner Jacke.

„Ich könnte mich der Sache … diskreter annehmen", offerierte der Mensch, was ihm einen verächtlichen Seitenblick des Zwerges eintrug. Gerade setzte dieser zum Sprechen an, als eine scharfe Handbewegung des Meisters sie beide unterbrach.

„Wir werden ein Zeichen setzen", sagte er. „Eines, das nicht nur Grihin klar macht, dass niemand mich bedroht. Eines, das so schnell niemand vergessen wird."

Seine Augen wanderten zu der Kreatur hinüber, die noch immer reglos dastand.

„Ist das klug?", fragte Kargan. „Ich meine, ohne Rücksprache mit den anderen? Hattet ihr euch nicht auf absolute Geheimhaltung geeinigt?"

„Scheiß auf die anderen!", knurrte der Meister. „Wenn sie erst gesehen haben, wozu diese Wesen fähig sind und wie ich sie kontrolliere, werden sie sowieso nicht mehr wagen, mir irgendwie reinzureden!"

Er bedeutete der Kreatur, ihm erneut gegenüberzutreten.

„Geh", sagte er. „Finde Grihin und seine ganze Bande." Es folgte eine lange Reihe von Instruktionen, die dem Zwerg mit der Axt gelegentlich ein Stirnrunzeln, gelegentlich ein anerkennendes Nicken entlockten.

Die Kreatur neigte den Kopf. „Ich habe verstanden", sagte sie in ihrer angenehmen, wenngleich emotionslosen Stimme.

Der Meister nickte knapp. „Lass es ungewöhnlich aussehen. Ungewöhnlich und abschreckend", forderte er die Automate auf. „Und jetzt geh."

„Ich habe verstanden", wiederholte sie und entfernte sich mit Schritten, die verblüffend lautlos für all das schwere Metall in ihrem Körper waren.

Auf dem Weg hinaus passierte sie ein Hausmädchen, das sie neugierig musterte, unfähig, diesen Gast einzuordnen. Ob es wohl schreiend hinausstürmen würde, wenn es die Wahrheit erführe?

Die Kreatur marschierte vorbei, ohne auch nur den Kopf zu wenden.

*Warum tue ich das?*, fragte sie sich.

Aber es war ein leiser Gedanke, der eher Befremden als Zögern auslöste. Der Teil ihres Selbst, der ganz dem Meister untertan war, begann bereits, Wahrscheinlichkeiten zu berechnen und Pläne auszuarbeiten.

# *Kapitel 11*

# Findra

Ratternd und stampfend fraß die Dampflokomotive mit ihrem langen Schwanz aus Waggons Meile für Meile. Findra blickte versonnen aus dem Fenster. Am Morgen hatte sich dichter Nebel herabgesenkt. Er vermengte sich mit dem Rauch, der von der Lokomotive zu ihnen herantrieb. Geisterhaft zeichneten sich die Silhouetten hoher Nadelbäume vor den Fenstern ab. Hin und wieder schabten Zweige wie dürre Finger über das Glas. Dennoch war die Zwergin froh über ihren Fensterplatz. Wenn sie nach draußen blickte, konnte sie für einen Moment vergessen, wie beengt die Waggons der dritten Klasse waren.

Ja, wegsehen half. Wenn auch nicht gegen die stickige Luft. Sie schielte zu Drúdir hinüber, um zu sehen, ob er auch unter der Enge litt, aber der dunkelhaarige Zwerg war eingeschlafen, sein Kopf gegen die Scheibe gesackt. Wahrscheinlich würde er bald mit heftigen Nackenschmerzen erwachen, aber im Moment wirkte sein Gesicht entspannt. Das diffuse, weiße Licht des nebligen Morgens verlieh ihm eine kränkliche Blässe. Zum ersten Mal fielen Findra die purpurnen Schatten unter seinen Augen auf. Als er heute Morgen aus dem schäbigen Schlafsaal der Bahnhofsherberge in Grabenstadt gestolpert war, hatte er etwas über schnarchende Mitreisende und unbequeme Betten gemurmelt, aber Findra glaubte sich zu erinnern, dass er bereits an den beiden Tagen, die es sie gekostet hatte, ihre Reise zu arrangieren, permanent müde ausgesehen hatte. Findra schielte auf das Schimmern seiner Uhrenkette. Sie wünschte, sie könnte ihn nach der Zeit fragen. Es konnte nicht mehr lange dauern, bis sie zum letzten Mal umsteigen mussten. Wenn der Name Schwarzspiegel fiel, dachten die meisten Zwerge an die Stadt unter dem Berg, aber tatsächlich handelte es sich dabei nur um ihr kaum bewohntes Zentrum. Das eigentliche Schwarzspiegel erstreckte sich teils überirdisch auf dem Hang des Schwarzspiegelberges und seines Nachbarn, Kupferkrone. Im Gegensatz zu der unterirdischen Altstadt – es gab kaum einen zwergischeren Ort – war das überirdische Schwarzspiegel aufgrund seiner Lage an einem der Pässe, die zu den Menschenländern im Süden führten, ein lebendiges Handelszentrum, in dem auch Menschen, Trolle und Gnome ihre Viertel hatten. Sogar einige Elfen hatten sich dort niedergelassen, geduldet wegen ihres Reichtums und ihrer guten

Handelsverbindungen. Dank seiner günstigen Lage beherbergte Schwarzspiegel den größten Bahnhof und Luftschiffflughafen der Union – beinahe zumindest. Der Boden um die Stadt herum war zu uneben, weshalb deren Gelände vielleicht eine Stunde entfernt lag. Aber von dort aus fuhren jede Stunde Züge ins Zentrum Schwarzspiegels.

Ein Schaffner quetschte sich durch eine halb von einem gigantischen Koffer blockierte Tür in das Massenabteil. Das dunkle Rot seiner Uniform biss sich mit dem Karottenton seines Haares. Er hob eine Trillerpfeife an die Lippen. Der gellende Pfiff sicherte ihm die Aufmerksamkeit aller Fahrgäste. Drúdir wurde unsanft aus dem Schlaf gerissen und stieß einen derben Fluch aus, der in der markerschütternden Ansage „Nächster Halt: Bahnhof und Flughafen Hangstadt", unterging.

„Wir müssen aussteigen." Findra musste beinahe schreien, um sich über das Rattern des Zuges und die Aufzählung der Anschlusszüge hinweg Gehör zu verschaffen.

„Ich weiß", entgegnete der soeben erwachte Drúdir mürrisch und zog eine Grimasse, als er den Kopf wandte. Die Ellenbogen angezogen, um sie nicht gegen die Scheibe oder seinem Nachbarn ins Ohr zu rammen, massierte er sich den Nacken mit beiden Daumen. Dann stand er seufzend auf und griff nach oben ins Gepäcknetz. In einer Geste spöttischer Galanterie reichte er Findra ihren Koffer herab – und stieß ihn ihr versehentlich gegen die Schienbeine, als der Zug ruckartig verlangsamte. Dann zerrte er seine eigene, unförmige Reisetasche herab. Allein den Koffer mit Fragars Werkzeugen hob er sorgfältig herunter. Sie hätten bereits einen Tag früher abreisen können, aber Drúdir hatte warten wollen, bis die Nordkroner Polizei alle potenziellen Beweisstücke freigab und er die Werkzeuge seines Meisters in Empfang nehmen konnte. Angesichts seines unsteten Lebensstils konnte er nicht wissen, wann er wieder in die Stadt zurückkehren würde und obwohl die Post zuverlässig war, konnte Findra verstehen, dass er das kostbare Erbstück lieber bei sich behielt. Dennoch war es ihr schwergefallen, zu warten. Als wandernder Uhrmacher und Feinmechaniker, dessen ausgezeichnete Referenzen es ihm erlaubten, beinahe überall Arbeit zu finden, hatte Drúdir keinerlei Pflichten, die ihn an irgendeinen Ort banden, aber Findra war sich nur zu bewusst, dass ihr unerwarteter Urlaub mit jedem Tag weiter zusammenschnurrte.

Und sie wollte nicht riskieren, Baidur zu verärgern. Ganz abgesehen davon, dass sie ihren Lohn brauchte.

Schließlich kam die Bahn ganz zu stehen und in einem einzigen mürrischen, schwer bepackten Gedränge strebten die Passagiere nach draußen. Im Türbereich wurde das Drücken und Schieben so heftig, dass Findra für einen Moment nicht mehr atmen konnte – sie war froh, dass sie für die Reise darauf verzichtet hatte, ihre Röcke modisch aufzupolstern – aber endlich schafften es alle nach draußen und verteilten sich auf dem Bahnsteig, gierig nach frischer Luft und Bewegungsfreiheit.

Der Bahnsteig roch beißend nach dem Qualm der eingefahrenen Bahn, aber war bemerkenswert großzügig angelegt. Trotzdem war er nicht annähernd so beeindruckend wie die zentrale Halle, in die sie von der Menge der Passagiere geschwemmt wurden.

Es handelte sich um ein beeindruckendes Denkmal für den Wohlstand Südlands, des mit Abstand reichsten Staates der Union. Mosaiken schmückten die Wände, die Steinplatten des Bodens glänzten wie graue Spiegel und Gaslampen in kunstvollen Messinghalterungen tauchten die Szenerie in helles Licht. Zwerge in den dunkelblauen Uniformen der Wuthri-Linien, des größten Bahnunternehmens der Union, eilten hin und her, kurze Leitern hoch über die Köpfe gehoben. Hier und da stellten sie sie ab und kletterten daran empor, um die Schiefertafeln an den Wänden zu aktualisieren, die über ankommende und abfahrende Züge informierten. Unzählige Reisende bewegten sich zielstrebig hin und her.

Es waren vor allem Zwerge, aber wenn man genauer hinsah, erkannte man hier und da den watschelnden Gang und die olivfarbene Haut von Gnomen oder die kleinen, flinken Gestalten und unverkennbaren Fledermausohren von Kobolden. Leichter auszumachen waren die Menschen, die die Zwerge allesamt um mindestens einen Kopf überragten. Die Vielfalt an Teints, Kleidungsstilen und Frisuren verriet, dass sie aus allen Winkeln des Kontinents kamen.

Ein elegant gekleidetes Paar kam direkt auf Findra zu. Der dunkelhaarige Mann war selbst für einen Menschen groß und sehr schlank. Er trug einen meisterhaft geschneiderten Gehrock und einen hohen Zylinder auf dem offenen, dunklen Haar. Die meisten Zwerge und Menschen hatten es angesichts der verschmutzten Luft aufgegeben, Weiß zu tragen und bevorzugten daher Schwarz, Dunkelblau oder die intensiven Herbstfarben, die neuerdings so billig chemisch produziert werden konnten. So fiel der Mann in seinem makellos weißen Hemd umso mehr auf.

Als er noch ein paar Schritte näherkam, erkannte Findra, dass er auch anders gekleidet Blicke auf sich gezogen hätte: Sein schmales, perfekt symmetrisches Gesicht mit den hohen Wangenknochen und fein geschwungenen, zu einem spöttischen Lächeln verzogenen Lippen machte seine elfische Herkunft so unverkennbar wie seine kaum merklich spitz zulaufenden Ohren und der säuerliche Gesichtsausdruck des Zwerges, der einen Wagen mit seltsam geformten Gepäckstücken hinter ihm und seiner Begleiterin herschob. Auch seine weißblonde Begleiterin war nach der Mode der zentralkiarvanischen Menschen gekleidet, in ein mauvefarbenes Reisekostüm mit ausladendem Reifrock. Das Korsett, das sie zweifellos unter der Jacke trug, übersteigerte ihre natürliche Schlankheit ins Groteske. Trotz ihrer restriktiven Kleidung bewegte sie sich mit derselben fließenden Eleganz wie ihr Begleiter. Als die beiden an ihr und Drúdir vorbeirauschten, hörte sie die Elfe in nahezu perfektem Zwergisch fragen: „Erreichen wir den Zug nach Schwarzspiegel Zentral noch?“

„Keine Sorge“, entgegnete der Gepäckträger, „Sie haben noch eine Viertelstunde. Mehr als genug Zeit, um zum Gleis zu gelangen.“

„Danke“, entgegnete sie mit ihrer hellen, kühlen Stimme.

„Die wollen auch zum Zug ins Zentrum“, meinte Findra an Drúdir gewandt und deutete auf das Paar. „Am besten, wir gehen einfach hinterher.“

Die beiden Zwerge schulterten ihr Gepäck und folgten dem Zylinder, der hoch über den Köpfen der Zwerge entlangtanzte.

„Die beiden haben einen ziemlich ungünstigen Zeitpunkt erwischt, um nach Schwarzspiegel zu reisen“, bemerkte Drúdir.

Ein über die Schulter eines Mitreisenden halb gelesener Zeitungsartikel fiel Findra ein. „Wegen des Parteitages der ZSK?“

Drúdir nickte. „Ja, ich habe gehört, dass viele Elfen, Menschen und Kobolde die Stadt für die Woche verlassen. Du erinnerst dich sicher an den letzten Parteitag in Nordkrone.“

„Oh ja.“ Bei der Erinnerung lief es Findra kalt den Rücken hinunter. Es war zwei Jahre nach ihrem Dienstantritt gewesen und sie erinnerte sich noch gut daran, wie sie, einen metallverstärkten, wattierten Harnisch über der Uniform und einen etwas zu großen Helm auf dem Kopf, zitternd in der dünnen Reihe von

Polizisten gestanden hatte, die die radikalen Expansionisten und die Hammerschwinger trennten.

Die Expansionisten, die das Überleben des Stärkeren und den natürlichen Herrschaftsanspruch der Zwerge predigten, jagten ihr abwechselnd entweder Angst ein oder weckten in ihr den Wunsch, ein paar Straßenlaternen mit den Köpfen gewisser Zwerge einzubeulen. Aber was sie wirklich deprimierte, waren die Hammerschwinger. Sie hatte am eigenen Leib erfahren, wie hart das Leben für die Zwerge sein konnte, die nie wussten, ob sie eine Fabrik mit allen Fingern verlassen würden – und trotzdem froh waren, dort eine Anstellung gefunden zu haben. Aber es würde sich ihr wohl nie erschließen, wie einige dieser Zwerge Veränderungen dadurch herbeizuführen hofften, dass sie Fabriken sprengten oder brutale Raubüberfälle auf reichere Zwerge unternahmen.

Etwas in ihrem Gesichtsausdruck musste ihre Gefühle verraten haben, denn Drúdir war stehengeblieben und sah sie aufmerksam an.

„Ich war dabei“, murmelte sie.

Der Uhrmacher nickte nur, als wäre damit alles erklärt. Was es auch war. „Ich bin froh, dass ich nicht da war. Wisdrin hat mir darüber geschrieben. Um ein Haar wäre die Bibliothek gestürmt worden.“

„Entzündet Kochfeuer mit den unnützen Büchern der Tyrannen“, zitierte Findra bitter. Dann wandte sie sich mit einem halben Lächeln an Drúdir. „Ihr Glück, dass sie es nicht geschafft haben. Wisdrin wäre in all seinem Zorn über sie gekommen.“

Drúdir schüttelte mit einem schiefen Grinsen den Kopf. „Wisdrin in all seinem Zorn? Du unterschätzt die Macht eisiger Verachtung.“

Doch sie beide wurden schnell wieder ernst. Die Geschehnisse auf den Straßen der Union waren in ihrer schieren grotesken Unvernunft durchaus komisch – aus sicherer Entfernung betrachtet.

„Ich könnte mir vorstellen, dass es dieses Jahr noch hässlicher für alle Nichtzwerge wird“, fuhr Drúdir fort. „Mit all der *Bergfalke*-Hysterie.“

Findra verzog das Gesicht zu einer Grimasse widerwilliger Zustimmung. Selbst ein ausgesprochen dummer Zwerg würde nach fünf Minuten unvoreingenommenen Nachdenkens zu dem Schluss kommen, dass keine ausländische Regierung Interesse an einem solchen Sabotageakt haben könnte.

Allerdings war ein ausgesprochen dummer Zwerg eine Sache. Eine Menge ausgesprochen dummer Zwerge war eine völlig andere, konnten sie einander doch in ihrem Irrglauben bestätigen.

Als wollte er ihre pessimistischen Ansichten über die Welt im Allgemeinen bekräftigen, rief ein Zeitungsjunge in einiger Entfernung die Schlagzeilen aus. Findra fing nur ein „Brutaler … Schwarzspiegel schockiert … Polizei vor Rätsel“ auf.

Sie schoben sich hinter dem Gepäckträger des Elfenpaares auf eine Treppe, die sich knarzend in Bewegung setzte und sie nach oben trug. Findra hatte bisher nur von diesen Rolltreppen gehört und sah staunend zu, wie das Gewusel der Halle immer weiter nach unten glitt.

„Bemerkenswert“, murmelte Drúdir, für einen Moment von seinen düsteren Gedanken abgelenkt. Findra konnte ihm nur zustimmen.

Wenig später saßen sie in dem schwarzen, mit blitzendem Kupfer beschlagenen Zug, der sie in die Innenstadt bringen würde. Ursprünglich hatten sie wieder in der dritten Klasse reisen wollen, aber diese Waggons waren bereits bis auf den letzten Stehplatz vollgestopft, sodass Findra widerwillig Drúdirs Angebot akzeptierte, ihnen Karten für die zweite Klasse zu kaufen.

Findra gestand es sich nur ungern ein, aber sie war froh darüber. In den letzten Tagen hatte sie genug überfüllte Bahnwaggons gesehen und genoss es nun aus vollen Zügen, dass sie und Drúdir in einem abgeschlossenen Sechspersonenabteil saßen. Es gab sogar einen Ventilator, der sich träge an der Decke drehte.

Erst nachdem ein gellender Pfiff die kurz bevorstehende Abfahrt angekündigt hatte, füllte sich das Abteil mit anderen Gästen. Zuerst kam eine matronenhaft wirkende Zwergin, die an einem langen, dunkelblauen Schal strickte. Als nächstes ließ sich ein Geschäftsmann mit dunklen Ringen unter den Augen auf einen Sitz fallen und schlief beinahe sofort ein. Zuletzt schob sich eine junge, ungewöhnlich große Zwergin ins Abteil, die so merkwürdig aussah, dass Findra sie verstohlen musterte. Findra konnte sich nicht entscheiden, ob die Unbekannte auf exotische Art und Weise attraktiv oder eher mit seltsamen, schlecht zueinander passenden Zügen geschlagen war. Allem Anschein nach beides – je nach Lichteinfall und Blickwinkel. Wahrscheinlich hätte Findra sich nicht bemühen müssen, ihre Aufmerksamkeit zu verbergen, denn die Fremde war ganz auf das Klemmbrett in ihrer Armbeuge fixiert, auf dem sie unablässig in rasender Geschwindigkeit herumkritzelte. Was wahrscheinlich nur gut war, andernfalls wäre ihr nämlich Drúdirs Blick nicht entgangen. Offenbar fiel sein Urteil positiv aus.

Ruckend setzte sich der Zug in Bewegung und sie tauchten in die Dunkelheit des Tunnels ein. Samtige Schwärze hüllte sie ein. Findra runzelte die Stirn. Von der Matrone kam ein ärgerliches „Tsts, typisch!“

Drúdir neben ihr bewegte sich ein wenig und stieß in einem leisen Seufzen den Atem aus. Gegenüber hörte Findra eine leise, kultivierte Stimme einen Fluch ausstoßen. Das war dann wohl die Frau mit dem Klemmbrett.

Wenig später – es war schwer zu sagen, wie viel Zeit vergangen war –, glitt schabend die Abteiltür auf. „Verzeihen Sie bitte“, sagte eine Männerstimme, der man die Unsicherheit unter der Oberfläche einstudierter Professionalität anhörte, „aber das Beleuchtungssystem in diesem Waggon hat sich leider soeben als nicht funktionsfähig erwiesen. Bitte bewahren Sie Ruhe, die Fahrt wird wie geplant fortgesetzt. Im Namen der Wuthri-Linien möchte ich mich für alle entstehenden Unannehmlichkeiten entschuldigen. Selbstverständlich können Sie auf dem Bahnhof Schwarzspiegel Zentral die Rückerstattung des halben Fahrtpreises fordern. Legen Sie nur ihre Fahrkarten vor. Ich wünsche ihnen eine angenehme Fahrt.“

Mit einem scharfen Knall fiel die Abteiltür zu. Raschelnd und stöhnend erhob sich jemand. „Ich gehe in einen Waggon, in dem die Lichter funktionieren“, erklärte die Zwergin mit dem halb gestrickten Schal.

„Jaja“, murmelte eine ungeduldige, schlaftrunkene Männerstimme. Der Geschäftsmann. Seine Stimme ging in lautem Rascheln aus der Richtung der Frau mit dem Klemmbrett unter. Wenig später verstummte auch dieses, sodass nur noch das Stampfen und Zischen des Zuges und das leise Schnarchen des Geschäftsmannes zu hören war. Er musste sofort wieder eingeschlafen sein. Findra zollte ihm Bewunderung.

Mit einem Zischen erwachte eine rötliche Flamme zum Leben. Die Zwergin im roten Mantel hatte ihr Klemmbrett zur Seite gelegt und ein Streichholz angerissen, das sie nun an eine dicke, halbabgebrannte Bienenwachskerze hielt, wie sie früher in den Tempeln gebrannt hatten. Das also hatte sie raschelnd in ihrem Koffer gesucht. Das wilde Flackern der Flamme warf unstete, merkwürdige Schatten über ihr Gesicht und verzerrte ihre Züge zu einem Tanz fremdartiger Masken.

Schließlich gelang es ihr, die Kerze anzuzünden und das Flackern wich einem weichen, goldenen Licht. In der vollkommenen Dunkelheit, die sie umgab, strahlte die Kerze wie ein Leuchtfeuer. Aber offenbar nicht so hell, dass die Fremde ihre Arbeit fortsetzen konnte. Resigniert richtete sie ihren Blick stattdessen auf die beiden Zwerge, die ihr gegenübersaßen.

Ohne Umschweife streckte sie die kerzenfreie Hand aus. „Svalris."

Drúdir ergriff sie. „Drúdir."

Auch Findra stellte sich vor. „Sind Sie auch in das unterirdische Schwarzspiegel unterwegs?", fragte sie.

Svalris nickte. „Ich studiere an der Universität. Mathematik."

Drúdir hob anerkennend die Brauen.

„Aber jetzt", fuhr die Zwergin fort, „bin ich aus anderen Gründen dahin unterwegs."

Das Kerzenlicht machte es schwierig, ihr Gesicht zu lesen, aber ihr Mienenspiel erregte dennoch Findras Aufmerksamkeit. Überhaupt weckte die Zwergin ihr Interesse. Zum einen ihr Gesicht. Wenn Findra sich nicht täuschte, musste irgendwie ein Mensch in Svalris' Ahnenreihe geraten sein. Dann ihr Akzent: Das leise, überakzentuierte Zwergisch der Oberschicht, das man selten in Kombination mit so ungeziertem Verhalten wie dem Svalris' antraf.

„Weswegen?", hakte Findra nach.

Svalris lehnte sich zurück und zog den linken Fuß auf ihren rechten Oberschenkel, ohne darauf zu achten, dass sie damit ihren Rock etwas hochzog. Ihr Gesicht verschwand im Schatten. „Neben meinem Studium arbeite ich als … nun ja, man könnte mich wohl als Journalistin bezeichnen, wenn auch eine spezielle Sorte. Ich sammle urbane Mythen und Geschichten über Magie."

„Magie, Mythen und Mathematik. Eine interessante Kombination", bemerkte Drúdir ein wenig spöttisch.

„Wenn die Magier von einst sich in etwas weniger mystisches Dunkel gehüllt und ernsthafte Forschungen betrieben hätten, wäre Magie heute eine Wissenschaft wie jede andere", gab Svalris in streitlustigem Ton zurück, aber gleich darauf wurde ihre Stimme wieder sanfter. „Aber es ist nicht die Magie selbst, die wir erforschen, sondern die Geschichten. Wie sie entstehen, sich verbreiten und sich verändern." Die Kerzenflamme spiegelte sich doppelt in ihren geweiteten Pupillen, als sie sich vorbeugte, um Drúdir zu fixieren. „Sie haben nicht zufällig eine solche Geschichte zu erzählen, Drúdir?"

Findra wahrte ihren neutralen Gesichtsausdruck nur mit Mühe. Verstohlen schielte sie zu Drúdir hinüber, der sein bitteres Lachen gerade noch mit einem Husten kaschieren konnte. Svalris' Augen verengten sich. Ohne jede Verlegenheit sah sie ihn unverwandt an.

Gerade als Drúdir zu einer, wie Findra vermutete, scharfen Bemerkung ansetzte, fuhr Svalris fort. „Ich bin momentan hinter einer ganz bestimmten Geschichte her – einer ziemlich tragischen und widerwärtigen, wenn ich ehrlich sein soll."

„So?", fragte Findra.

„Haben Sie noch nicht vom Tiefufer-Massaker gehört?"

Drúdir schüttelte den Kopf.

Svalris seufzte. „Nun ja, sie haben die Leichen erst heute im Morgengrauen gefunden. Die Zeitung hat in Windeseile ein Extrablatt gedruckt."

„Leichen?"

„Grihin, ein stadtbekannter Verbrecher, und siebzehn weitere Männer. Niemand hat damit gerechnet. Auch wenn niemand es zugegeben hätte, war Grihin einer der mächtigsten Männer der Stadt. Zumindest einer der reichsten. Schmuggel, Schutzgelderpressung und Sabotage – nur drei der Gebiete, auf denen er tätig war – müssen wohl einträgliche Geschäfte sein. Auf jeden Fall unterstanden ihm mehr oder weniger alle Verbrecher der Stadt. Das letzte Mal, dass jemand versucht hat, ihn zu stürzen, ist eine ganze Weile her … aber die Leute erinnern sich immer noch daran. Grihin wusste, wie man ein Exempel statuiert. Über Jahre hat niemand gewagt, ihn anzugreifen."

„Sie sind gut informiert", bemerkte Findra.

„Ich komme mehr herum und mit mehr Leuten in Kontakt, als man vermuten würde", entgegnete Svalris achselzuckend.

„Also eine rivalisierende Bande hat mit Grihin abgerechnet", sagte Drúdir gedehnt. „Kaum ein interessantes Thema für eine Magieforscherin."

Svalris' Seitenblick war eher amüsiert als verärgert. „Nun, wie Sie gleich erfahren werden, deutet einiges auf einen … übernatürlichen Faktor hin."

„Wie das?"

„Die Leichen wiesen allesamt – mit einer Ausnahme – tiefe Schnitte wie von schweren Klingen auf. Tatsächlich müssen einige Hiebe mit unglaublicher Wucht erfolgt sein. Das Lagerhaus, in dem das Ganze stattgefunden hat, war völlig blutgetränkt. Das ist schon an sich bemerkenswert – wer zerlegt angesichts der gepriesenen Fortschritte der Rüstungsindustrie", - sie verdrehte die Augen – „seine Gegner noch mit dem Schwert oder der Axt?"

„Jemand mit einer kranken Vorstellung von Spaß?", schlug Drúdir vor.

„Worauf ich hinauswill", unterbrach ihn Svalris, „ist Folgendes: Das Lagerhaus war perfekt gesichert. Es hatte einen einzigen Eingang, von einem von innen verschlossenen Fluchttunnel einmal abgesehen. Diese Zwerge – nebenbei bemerkt schwer bewaffnete, erfahrene Kämpfer, viele Veteranen der Vereinigungskriege – haben ihren Gegner kommen sehen müssen. Und hätten fliehen können. Aber sie haben es nicht getan. Und die Berichte von Zeugen aus der Gegend deuten darauf hin, dass das Gemetzel weniger als drei Minuten gedauert hat. Grihins Tod etwas länger, aber das tut hier nichts zur Sache. Und dann ist da noch etwas: Da sind blutige Fußspuren, die in den nahen Kanal führen. Der Täter ist wohl weggeschwommen."

„Der Täter?"

„Genau. Das ist das Unglaubliche. Es scheint nur ein einziger Mann gewesen zu sein."

Schweigen stellte sich ein. Svalris hatte die Begebenheit in sachlichem Ton nacherzählt, aber die unterschwellige Mischung aus Abscheu und morbider Faszination in ihrer Stimme und vor allem die beiden tanzenden Flammen in ihren Augen und die unheimlichen Schatten, die das Kerzenlicht auf ihre Haut warf, ließen Findra an ihre Jugend denken. An nächtliche Streifzüge mit Freunden und Schauergeschichten im Laternenschein. Vor allem aber sprach der Bericht die Ermittlerin in ihr an. „Könnten sich Grihins Männer nicht gegeneinander gewandt haben?", fragte Findra.

Svalris schüttelte den Kopf. „Unwahrscheinlich. In dem Fall hätten sie wohl zu ihren Schusswaffen gegriffen – die die meisten von ihnen nicht einmal ziehen konnten, bevor es sie erwischt hat. Übrigens wurde keine einzige Waffe sichergestellt, die als Tatwerkzeug in Frage kommt."

Wieder ein Moment, in dem sie nur das Stampfen der Bahn hörten. „Jedenfalls", sagte Svalris, als das Schweigen zu drückend werden drohte, „bin ich jetzt auf dem Weg in die Stadt. Bitte glauben Sie nicht, dass ich mich über den Tod von Zwergen – selbst solchen wie diesen – freue, aber ich komme doch nicht umhin, zu bemerken, dass es eine dieser Situationen ist, in denen Schauergeschichten für spätere Generationen geboren werden. Ich will mich ein bisschen in den Kneipen der Umgebung herumtreiben und den Gerüchten lauschen."

Sie wandte sich an Findra. „Ihr Begleiter scheint eher abgeneigt zu sein, aber vielleicht haben ja Sie eine gute Geschichte über Magie oder übernatürliche Wesen auf Lager? Ein paar Freunde und ich geben als eine Art Hobby ein Magazin heraus. Es ist verblüffend erfolgreich, offenbar hungern viele Zwerge in dieser ach so rationalen Zeit insgeheim nach Geschichten über Götter, die Dämonen des Abgrunds und Zauberei. Und authentische überlieferte Geschichten haben einen Zauber, den die fiktiven Erzählungen, die wir neuerdings häufig veröffentlichen, einfach nicht imitieren können."

Findra schüttelte den Kopf. „Tut mir leid." Dann fiel ihr etwas ein. Magie war ihr unheimlich, doch es lag nicht in ihrer Art, Dinge zu ignorieren, die ihr unangenehm waren. Sie wollte mehr darüber wissen. Und in Svalris hatte sie vielleicht eine ergiebigere Quelle gefunden als in dem diesbezüglich sehr verschlossenen Drúdir. „Sie müssen sich gut mit Magie und ihrer Geschichte auskennen."

Drúdir warf ihr einen warnenden Seitenblick zu.

Svalris nickte selbstbewusst. „Das tue ich."

„Wie der Zufall es so will, interessiere ich mich brennend für das Thema. Wenn Sie auch in Schwarzspiegel leben, könnte ich Sie vielleicht demnächst auf ein Bier einladen und Sie teilen Ihr Wissen mit mir?"

„Gerne." Svalris griff nach ihrem Klemmbrett, krakelte etwas auf eine Ecke des obersten Blattes und riss sie ab, um sie dann Findra zu reichen. „Das ist meine Adresse. Kommen Sie doch einfach mal vorbei. Ich habe auch sämtliche Ausgaben des *Nachtspiegels* – so heißt unser kleines Projekt – bei mir herumliegen. Vielleicht fällt Ihnen oder Ihrem Begleiter ja doch etwas ein, das Sie mir erzählen können."

Sie schenkte Drúdir, der im Moment jedoch vollauf damit beschäftigt war, Findra gegen das Schienbein zu treten, ein lauerndes Lächeln.

Findra runzelte die Stirn. Ahnte diese Zwergin, was Drúdir war?

In diesem Moment verlangsamte sich der Zug. Der Geschäftsmann schreckte blinzelnd hoch und alle anderen zogen Grimassen, als die Bremsen aufkreischten. Gleich darauf kniffen sie geblendet die Augen zusammen, als sie in den sonnenbeschienenen Bahnsteig einfuhren. Sie alle hatten vollkommen vergessen, dass draußen gerade einmal später Nachmittag war.

Mit einem weiteren schrillen Quietschen kam der Zug zum Stehen. Svalris verstaute die ausgeblasene Kerze und das Klemmbrett in ihrer voluminösen Reisetasche und stand auf. „Ich hoffe, wir sehen uns bald wieder.“ Mit einem fröhlichen Winken in Findras Richtung und einem herausfordernden Grinsen, das an Drúdirs Adresse ging, verließ sie das Abteil und reihte sich in den Strom der Zwerge ein, die zu den Wagontüren drängten. Auch Findra und Drúdir erhoben sich. Sie wechselten einen kurzen Blick, und auch wenn die Begegnung Drúdir verärgert oder beunruhigt zu haben schien, schien er Findras Erleichterung und Aufregung zu teilen.

Sie waren angekommen.

# *Kapitel 12*

# Drúdir

Als sie von der Menge der Reisenden aus dem Zug geschwemmt worden waren, verharrte Drúdir erst einmal einige Atemzüge lang auf der Stelle. Noch immer hatten seine Augen sich nicht zur Gänze an das Sonnenlicht gewöhnt. Ganz zu schweigen davon, dass ihn die Begegnung mit Svalris aufgewühlt hatte. Ihr unterhaltsamer kleiner Bericht über das Tiefufer-Massaker ging ihm unbehaglich nahe. Er hatte es sich gestattet, sich die letzten Minuten der Toten auszumalen und das umgehend bereut. Es erinnerte ihn allzu sehr an all die fremden Erinnerungen, die ihn bis in seine Träume verfolgten.

Aber auch Svalris' wissende Blicke hatten ihn durcheinandergebracht. Natürlich, Wisdrin hatte ihn kurz vor seiner Abreise in seiner Wahrnehmung bestätigt, dass die Magie wieder stärker wurde. Der Bibliothekar hatte zu berichten gewusst, dass mehr und mehr Kiarvaner magische Begabungen an sich entdeckten oder lernten, das schimmernde Netz zu sehen. Doch mit einem der wenigen anderen Zwerge mit dem zweiten Gesicht in einem Eisenbahnwaggon zu landen, wäre ein allzu unwahrscheinlicher Zufall. In ihrer Aura hatte er außerdem keinen Beweis für übernatürliche Kräfte gefunden. Allerdings wusste er auch nicht, wonach es Ausschau zu halten galt. Zum ersten Mal bereute er, sich nie mit seiner magischen Wahrnehmung auseinandergesetzt zu haben.

Er wandte sich an Findra. „Du willst sie doch nicht wirklich aufsuchen?"

Seine Begleiterin sah ihn an. „Wieso nicht? Es klingt, als wüsste sie so einiges über Magie und vor allem über Schwarzspiegel. Ihre Kontakte könnten nützlich sein."

Drúdir seufzte. Er konnte schlecht widersprechen.

Wieder betraten sie eine Bahnhofshalle, diesmal kleiner, aber genauso prachtvoll und überfüllt wie die am Hauptbahnhof. Drúdir stellte sich auf die Zehenspitzen, um über das Meer aus Hüten und Haarschöpfen hinwegzublicken, bis er ein Schild über einem Tunneleingang entdeckte. „Hier lang", sagte er und setzte sich in Bewegung.

Findra folgte ihm. Der Tunnel war lang und abschüssig. Gaslampen in verschlungenen Halterungen hingen von der Decke und tauchten ihn in ein sanftes, gelbliches Licht. An den hier und da von Metalladern durchzogenen Steinwänden liefen riesige Ketten entlang, alle dreißig Meter von einem gigantischen Zahnrad unterbrochen, dessen knirschende Drehung die Ketten in Bewegung hielt. Andere Reisende, die mit der Vorrichtung vertraut schienen, griffen nach den stabilen, hakenversehenen Körben, die sich am Tunneleingang stapelten und hakten sie in die Kettenglieder ein, bevor sie ihr Gepäck hineinfallen ließen, das von dem System im Schritttempo neben ihnen hergetragen wurde. Alles, was sie zu tun hatten, war rechtzeitig vor jedem Zahnrad ihren Korb auszuhaken, bevor sie ihn dahinter wieder befestigten.

Findra betrachtete die Maschinerie mit offensichtlichem Misstrauen. „Was ist?“, fragte Drúdir.

„Ich habe mal jemanden einen Fuß in einer Maschine verlieren sehen“, antwortete sie. „Seitdem machen mich solche Dinger nervös.“

„Aber du hast eine Pistole auf mich gerichtet, die mit fünfzigprozentiger Wahrscheinlichkeit in deiner Hand explodiert wäre“, bemerkte er.

„Das ist etwas anderes. Abgesehen davon war ich nicht besonders scharf darauf, tatsächlich abzudrücken.“

„Das beruhigt mich.“ Drúdir wandte sich ab und schnappte sich einen Korb.

„Hast du gehört, dass Wuthri angeblich Pistolen entwickelt hat, die sechs Schuss hintereinander zuverlässig in Richtung des Zieles abfeuern?“, fragte Findra, offenbar durch das Logo des Fabrikmagnaten auf einem der Zahnräder auf den Gedanken gebracht. Der hier in Schwarzspiegel ansässige Unternehmer besaß nicht nur einen Großteil des Bahnsystems der Union, er stellte auch alle anderen Arten von Maschinen her. Sein Steckenpferd waren jedoch nach wie vor Waffen.

„Klingt lukrativ“, murmelte Drúdir missbilligend. „Ich mag die alten Dinger mehr. Leute denken nach, bevor sie schießen.“

Findra lachte bitter auf. „Leute denken nach, bevor sie andere umbringen?“, wiederholte sie spöttisch. „Ein paar Jahre Erfahrung lassen mich dem widersprechen.“

Drúdir nickte. „Du hast vollkommen Recht, aber meiner Erfahrung nach ist die Skala zwergischer Dummheit und Unbedachtheit nach oben offen.“

Diesmal war es an Findra, grimmig zu nicken. Wahrscheinlich wusste sie besser als er selbst, wovon er redete. Aber Drúdir hatte genug Zeit in den Kneipen diverser Städte verbracht, um radikale Vertreter verschiedenster Parteien erlebt zu haben. Zwerge, bei denen eher die Ideologie zur Gewalt als die Gewalt zur Ideologie zu kommen schien. Er wollte sich lieber nicht vorstellen, wie sie sich verhalten würden, wenn nicht mehr jeder Schuss mit der Gefahr einherging, dass ihnen ihr selbstgerechter Zorn um die Ohren flog.

Trotz der Worte über ihr Unbehagen griff Findra nach einem der Körbe und so machten sie sich, in dem gemächlichen Schritt, den die Maschine vorgab, auf den Weg ins Herz Schwarzspiegels.

Vielleicht zwanzig Minuten später verschwand die Kette in einem Loch in der Wand und der Tunnel weitete sich zu einer Halle, so hoch, dass die Decke von gigantischen Steinsäulen gestützt werden musste. Drúdir schloss für einen Moment die Augen, sog den Geruch nach feuchtem Stein und das Gemurmel unzähliger, tiefer Zwergenstimmen in dieser majestätischen Kaverne in sich ein. Mittlerweile wohnte nur noch ein winziger Anteil der Zwerge der Union unterirdisch. Aber wahrscheinlich spürten sie alle diese Ehrfurcht und Vertrautheit, wenn sie Hallen wie diese betraten – Gefühle, geboren aus über Jahrhunderte überlieferten Geschichten und Liedern über die steinernen Paläste von einst.

Drúdir hatte diese halb historischen, halb mythischen Geschichten geliebt. Vor allem die über die Runenschmiede. Ja, es hatte eine Zeit gegeben, in der er von Magie fasziniert gewesen war und insgeheim gedacht hatte, dass die Union ärmer geworden war, als sie die Götter und Helden von einst gegen Beamte und Maschinen eingetauscht hatte. Er lächelte, eher verlegen als bitter, als er an sein jüngeres Selbst dachte. Für den kleinen Drúdir war Magie ein Synonym für Romantik und Abenteuer gewesen.

Auch Findra war beeindruckt, aber sie fing sich schneller. Drúdir beeilte sich, ihr zu folgen. Weiter hinten in der Halle waren zwischen den Säulen kunstvoll verschlungene Metallgitter errichtet worden, die nach oben hin in den Schatten unter der Hallendecke verschwanden. Über dem Erdboden hingegen besaßen sie zahlreiche kleine Türen, von denen drei geöffnet waren. Vor ihnen hatten sich Schlangen verschiedener Länge gebildet, die sich an den Einreiseschaltern hinter den Türen vorbeischoben. Eine Schlange für Einheimische, eine für Zwerge aus anderen Staaten der Union, eine für Besucher aus anderen Ländern.

Findra und Drúdir stellten sich vor ihrem Schalter an und stellten fest, dass es zwar langsam, aber stetig voranging. Drúdir war noch nicht fertig damit, die

Halle zu bewundern, als sie bereits das Tor durchschritten und dem zerzausten Zwerg hinter dem Schalter ihre Papiere zeigten. Er nahm ihre Einreisegebühr in Empfang, stellte ihnen Passierscheine für den nächsten Monat aus und winkte sie weiter. Es war ein ungewöhnlicher Empfang, doch Zentralschwarzspiegel war auch ein ungewöhnlicher Ort – und seine Erhaltung teuer.

Die Halle verengte sich wieder zu einem breiten Tunnel, der einen scharfen Knick beschrieb. Die beiden Zwerge umrundeten ihn und blickten endlich auf die Stadt unter dem Berg herab.

Schwarzspiegel raubte ihnen beiden den Atem.

Natürlich hatten sie von den unglaublichen Ausmaßen des hohlen Berges gehört, aber die gewaltige Höhle zu sehen, deren Wände und Decke sich in Schwärze verloren, war etwas vollkommen anderes. Der See, dem die Stadt ihren Namen verdankte, erstreckte sich schwarz und rätselhaft unter ihnen – ein makelloser Spiegel für die Lichter der Stadt, die die Zwerge an seinen Ufern errichtet hatten und die sich mittlerweile beinahe bis in seine Mitte erstreckte.

Paläste und Lagerhallen, Wohnblöcke und Marktplätze, Schulen und Werkstätten, sie alle erhoben sich stolz auf den in den Seegrund getriebenen Pfählen und natürlichen Steinsäulen, verbunden durch ein komplexes Netzwerk aus Brücken. Einige davon wirkten so filigran, als könnten sie kaum einen einzigen Zwerg tragen, andere boten gleich mehreren Fuhrwerken Platz oder waren sogar mit kleinen Häusern bebaut worden. Viele von ihnen konnten über komplizierte Systeme aus Ketten und Zahnrädern hochgeklappt werden, um die vereinzelten Dampfschiffe, deren Schaufelräder das schwarze Wasser aufwühlten, passieren zu lassen. Zwischen diesen einsamen Giganten glitten stille, wendige Gondeln umher.

Schimmernde Rohre liefen wie ein Adergeflecht an den Hauswänden entlang oder wanden sich um die Brücken. Teilweise waren sie sogar raffiniert in die Reliefs integriert, die diese schmückten. Schließlich vereinten sie sich zu einem einzigen, gewaltigen Strang, der nahe des Plateaus, auf dem Findra und Drúdir standen, an der Höhlenwand verankert war – zweifellos, um die Abgase der Stadt nach draußen zu transportieren.

See und Berg mochten eine erhabene Stille ausstrahlen, aber Schwarzspiegel summte von unzähligen Stimmen, vom Plätschern des Wassers und dem Summen der riesigen Ventilatoren, die frische Luft von außerhalb in den Berg trieben.

Aus anderen Tunnelöffnungen führten Stahlstränge in die Tiefe, an denen Förderkörbe entlangglitten.

Im Zentrum der Stadt, hinter dem offenliegenden Uhrwerk an der Spitze eines hochaufragenden Turmes, verkündeten Glocken die volle Stunde.

Drúdir blickte in die Höhe. Weit oben öffnete sich der Berg zum Himmel, sodass durch eine Art natürlichen Oculus ein bleicher Finger aus Tageslicht hinabtastete, aber ein Großteil der Stadt lag in ewigem Schatten. Nicht, dass man dort unten etwas davon merkte. Unzählige Laternen beleuchteten die Straßen, hingen an Masten, von Hauswänden oder unter den Brücken. Ihr meist honigfarbener, aber oft auch bunter Schein wurde von all dem blitzenden Metall und dem stillen, schwarzen Wasser verdoppelt. Beides zusammen reflektierte das künstliche Licht in bewegten, verzerrten Mustern.

Von Drúdirs und Findras erhöhter Position aus schienen die Bewohner der Stadt nichts als puppengroße Gestalten mit verschwommenen Gesichtern zu sein, aber trotzdem glaubte Drúdir, etwas Besonderes in ihren Bewegungen zu erkennen. Ihr Schritt war zielstrebig, jedoch nicht gehetzt, und ihre Haltung drückte Stolz aus. Ja, die Stadt mochte im Vergleich zu dem gewaltigen Berg, in dessen Inneren sie gebaut war, winzig sein, aber in ihrer Aktivität lag dieselbe Würde wie in der Stille des Sees, der ihre Lichter zurückwarf.

Drúdir schloss die Augen. Als er sie wieder öffnete, sah er die Stadt mit seiner magischen Sicht: Ein dichter, wunderbar komplexer Knoten, ein Ornament des Lebens. Und ein Zentrum der Magie. Sie lag hier dichter unter der Oberfläche. Und warum auch nicht? Wies nicht der alte Name der Stadt auf magische Geschöpfe hin? Und hatten hier nicht vor zwei Jahrhunderten die berühmten Runenschmiede praktiziert?

Er wechselte wieder in seine normale Sicht. Noch immer bereitete es ihm Unbehagen, die Welt auf diese Weise zu sehen. Insbesondere, da er auch hier die Erinnerungen der Toten wie gleißende Scherben spürte.

„Das ist unglaublich“, sagte Findra leise. „Ich habe Zwerge von Schwarzspiegel erzählen hören, aber das hier ist … großartiger.“

„Oh ja.“

Sie standen noch eine Weile am Rand des Plateaus, dann riss Findra sich von dem Anblick los. „Sehen wir es uns aus der Nähe an.“

Sie griff nach ihrem Koffer und marschierte energisch in Richtung der Aufzüge, die Reisende in die Stadt hinab oder auf das Plateau hinauftrugen, das, wie Drúdir jetzt erst bemerkte, länger war, als er zunächst gedacht hatte. Es trug sogar selbst eine Reihe von Gebäuden. Zahlreiche dunkle Tunnelöffnungen spien immer neue Zwerge und seltsame, mit gewagten Kistenstapeln beladene Gefährte aus oder verschluckten sie. Jetzt, wo er genauer hinsah, sah er hier und da weitere in den Fels gehauene, bebaute Terrassen, und in der Ferne schimmerten stecknadelkopfgroße Lichtpunkte wie Schwärme von Glühwürmchen.

Er wäre gerne noch länger stehen geblieben, doch zugleich war er begierig, Schwarzspiegel aus der Nähe zu sehen. Und Findra schien keine allzu große Lust zu haben, zu warten. Also folgte er ihr auf eine der Aufzugsplattformen. Bereits wenige Minuten später schloss ein uniformierter Zwerg die Tür aus Drahtgeflecht und Drúdirs Magen vollführte einen Satz, als ihr Drahtkäfig herabzufahren begann.

Doch rasch wich sein Unbehagen kribbelnder Aufregung. Endlich war er in Schwarzspiegel, bereit, der Spur zu folgen, die ihn zu Fragars Mörder führen mochte.

Drúdir richtete sich auf und sah den Lichtern der unterirdischen Stadt entgegen.

# BUCH II

# STADT DER MASKEN

„Sie könnte für schön gelten, wenn ihr Blick nicht so ganz ohne Lebensstrahl, ich möchte sagen, ohne Sehkraft wäre. Ihr Schritt ist sonderbar abgemessen, jede Bewegung scheint durch den Gang eines aufgezogenen Räderwerks bedingt. (…) Es war uns, als tue sie nur so wie ein lebendiges Wesen und doch habe es mit ihr eine eigene Bewandtnis."

Aus: E.T.A. Hoffmann – *Der Sandmann*

# *Kapitel 13*

# Phandrael

Der lange, schlanke Rumpf der Gondel schnitt durch die Seeoberfläche und sandte unzählige Wellen durch das Spiegelbild der mehrstöckigen Häuser, die sich auf ihren Steinsäulen aus dem Wasser erhoben.

Die Form der viel zu weichen Sitze zwang die Passagiere, eher in ihnen zu liegen als zu sitzen. Die passive Haltung machte Kyrai offenbar nervös. Ihr modischer Hutschleier mochte einen Großteil ihrer Züge verbergen, aber Phandrael war mittlerweile lange genug mit ihr unterwegs, um seine Schlüsse aus ihren aufeinandergepressten Lippen und der leichten Anspannung ihrer Schultern zu ziehen. Sie hielt den Kopf verkrampft aufrecht. Es fiel ihm jedoch schwer, zu sagen, ob Kyrais Unbehagen tiefere Ursachen hatte als die erzwungene Entspannung.

Phandrael hingegen hatte sich zurücksinken lassen – eine Haltung, die seinen Blick automatisch nach oben lenkte. Der Kopf des Zwerges, der sie geschickt voran stakte, war ein Schattenriss vor den erleuchteten Fenstern und Laternen der Stadt. Hoch über ihnen wölbte sich die Kuppel aus schwarzem Stein, und da war auch die unregelmäßige Öffnung, durch die das Tageslicht hereinfiel, um sich rasch in der gewaltigen Schwärze unter dem Berg zu verlieren. Von allen Seiten strömten die Geräusche der Stadt auf sie ein.

Phandrael hätte lieber den offenen Himmel über sich gewusst, aber die Betriebsamkeit der Stadt sprach ihn zutiefst an. Die Bewohner Schwarzspiegels waren nicht zufrieden damit, ihre Tage mit Selbstbetrachtung und der Konservierung des Bestehenden zu verbringen. Die Stadt hatte nie aufgehört, der Motor der industriellen Revolution zu sein, und nach der Haltung ihrer Bewohner zu schließen war ihnen das sehr bewusst. Natürlich waren es größtenteils nur Zwerge, aber wenn es etwas gab, womit Phandrael sich über Speziesgrenzen hinweg identifizieren konnte, war es dieser wilde Stolz und der uneingeschränkte Glaube an die eigene Fähigkeit, die Welt zu verändern.

Fast war er Valedas dankbar, ausgerechnet hierher geflohen zu sein. Zugleich gab die Entscheidung des Drasiron ihm Rätsel auf. Viele Elfen würden wahrscheinlich auf die berüchtigte Unberechenbarkeit der Drasirai verweisen, aber das war keine annähernd befriedigende Erklärung, obwohl Phandrael den

Geschichten um ihn und seine Kollegen einen wahren Kern nicht absprechen konnte. Natürlich hatte man versucht, der Öffentlichkeit das Wissen um die Labilität der von den Dryaden gezeichneten Elitekämpfer zu ersparen - ein verständliches, aber zum Scheitern verurteiltes Unterfangen. Wenn ein Drasirai sich gehen ließ, dann keineswegs auf unauffällige Art und Weise. Phandrael war einmal Zeuge geworden, wie einer von ihnen – eine junge Frau mit Dryaden-Malen, die im gleichen Rot wie ihre Haare schimmerten – ein Gebäude dem Erdboden gleichgemacht hatte. Am nächsten Tag hatte er seine Bewerbung eingereicht.

Phandrael schielte zu Kyrai hinüber. Endlich hatte auch sie es aufgegeben, den Kopf krampfhaft aufrecht zu halten. Ihr Schleier zeichnete die Linie ihrer Nase nach und bewegte sich mit jedem ihrer Atemzüge leicht. Doch obwohl sie eine lässigere Haltung eingenommen hatte, war da noch immer diese unterschwellige Anspannung, die weit über die gewöhnlicher Drasirai hinausging.

Phandrael wusste, dass es in ihren Reihen auch Elfen von makelloser Selbstbeherrschung und Pflichtbewusstsein gab. Felsen in der Brandung der Kräfte, mit denen sie operierten. Er ahnte – hoffte – jedoch, dass Kyrai nicht dazu gehörte.

Er ließ seinen Blick über die Linien ihres Profils und Halses gleiten und fragte sich, wie es wohl wäre, sie atemlos lachen oder auch schreien zu hören – was auch immer es brauchte, um diese reservierte Maske von ihren Zügen zu reißen.

Geschickt wendete der Gondoliere ihr Gefährt, um in einen Seitenkanal einzubiegen, den Phandrael übersehen hätte. Die feuchten Hauswände waren sich so nahe, dass er sie mit ausgestreckten Armen hätte berühren können. Nach oben hin wurde der Spalt zwischen ihnen sogar noch enger. Wäscheleinen waren von Fenster zu Fenster gespannt. Die elektrischen Laternen, die hier und da hinter den trocknenden Kleidungsstücken hingen, ließen sie halb wie Lampions, halb wie Gespenster aussehen.

Die Luft in dem kleinen Kanal roch abgestanden, die Gerüche nach Algen, Seewasser und Chemikalien vermengten sich mit den unverkennbaren Aromen der gebratenen Zwiebeln und starken Gewürze der zwergischen Küche. Glücklicherweise öffnete sich der Wasserweg kurz darauf zu einem etwas breiteren Kanal, auf dem auch andere Gondeln verkehrten.

Obwohl es Phandrael schwer fiel, sich dem Zauber Schwarzspiegels zu entziehen, fragte er sich zugleich, wie die Zwerge die allgegenwärtige Enge aushielten. Selbst die weniger wohlhabenden Elfen wohnten in großzügig angelegten Räumen mit großen Fenstern, die Gärten oder zumindest breite Straßen überblickten. Schwarzspiegel mochte mit seinen Lichtern, Kanälen und Reliefs prachtvoll sein, aber selbst die Palazzi in den besten Bezirken wirkten, als seien sie in Ermanglung größerer Grundfläche unnatürlich in die Höhe gewachsen. Häuser drängten sich stellenweise so eng zusammen, dass man in einigen Gassen oder Kanälen nicht einmal die Arme ausbreiten konnte, und ließen die winzigen Räume in ihrem Inneren erahnen. So entstand mancherorts ein Eindruck beklemmender Beengtheit, an dem auch die perfekte Symmetrie und exakten Winkel der Zwergenarchitektur nichts ändern konnten.

Phandraels gelassene Miene verriet nichts dergleichen, aber er staunte angesichts eines Gefährtes, das ihnen auf dem Kanal entgegen kam und welches ganz aus schimmernder Bronze bestand. Es trug eine geschlossene Kuppel aus dickem Glas, die den Passagier von aufspritzendem Wasser abschirmte. Eine gute Idee. Der unter Wasser verborgene Mechanismus, der das Boot mit verblüffender Geschwindigkeit den Kanal entlangtrug, grub eine tiefe Furche in das schwarze Wasser und schleuderte unzählige Tropfen in die Luft. Die Zwergin hinter der Scheibe saß konzentriert über ein Armaturenbrett mit verschiedenen Hebeln und einem Steuerrad gebeugt, die Augen hinter einer Schutzbrille verborgen. Sie warf ihnen einen betont abschätzigen Blick zu, als sie sie mühelos überholte, fuhr jedoch so gut es ging einen Bogen, um sie davor zu bewahren, nassgespritzt zu werden.

Natürlich war sie nicht allzu erfolgreich und der Gondoliere fluchte leise. Kyrai hingegen zuckte mit keiner Wimper.

„Sind solche Gefährte hier üblich?“, erkundigte sich Phandrael neugierig.

„Nö, zumindest nicht so schnelle“, entgegnete der Zwerg. „Das ist Wyndra Garidottir, eine von diesen verrückten experimentellen Ingenieuren. Ist, glaub ich, gerade bei einer der Wuthri-Firmen unter Vertrag. Hoffe für sie, dass ihr Boot diesmal nicht explodiert. Das letzte war ein teurer und gefährlicher Reinfall. Angeblich will sie, wenn es läuft, eine Variante bauen, mit der man unter Wasser fahren kann.“

Phandrael und Kyrai wechselten Blicke. Die Vorstellung von Zwergen, die sich mit Unterseeboten Cirdaya näherten, war alles andere als beruhigend.

„Was machen Sie eigentlich in Schwarzspiegel?“, fragte der Zwerg.

„Geschäfte“, entgegnete Phandrael knapp.

Wahrscheinlich zu knapp, denn nach einem brüsken „Nun ja, Ihre Sache", wechselte der Gondoliere kein weiteres Wort mit ihnen, bis sie den Quai vor der säulenverzierten Fassade der elfischen Botschaft erreichten. „Sie haben sich angemessen registriert?", erkundigte er sich.

„Natürlich", seufzte Phandrael. Sie hatten die Grenze zum Land der Union illegal, mit gefälschten Einreisepapieren überquert, um einer genaueren Untersuchung ihres Gepäcks zu entgehen. Die Zwerge an der Stadtgrenze waren also davon ausgegangen, dass sie bereits sämtliche Kontrollen durchlaufen hatten. Trotzdem hatte es diverser Formulare und Bestätigungen bedurft, bis man ihnen endlich Zutritt in die innere Stadt gewährte. Das erste, was sie in dieser Nacht tun würden, war, Wege auszukundschaften, wie sich das auch unbürokratischer bewerkstelligen ließ.

„Und Sie kennen die Regeln?"

Phandrael nickte knapp. „Zutritt zu allen Gebieten außerhalb des Händlerviertels nur in Begleitung eines Einheimischen und zu Industriegeländen und der technischen Fakultät nur mit Sondergenehmigung. Man hat uns seit unserer Ankunft an die sechs Mal darüber informiert."

„Nehmen Sie es sich zu Herzen", riet der Zwerg. „Sie haben von dem bevorstehenden Parteitag gehört. Viele von Angrins Anhängern wären nur zu froh, Elfen bei einer Übertretung zu erwischen. Vor allem nach dieser Luftschiffsache. Einige von ihnen sind ziemlich schlecht auf … Nichtzwerge zu sprechen. Seien Sie am besten selbst dann vorsichtig, wenn Sie sich an die Regeln halten."

Er wirkte nicht gerade, als würde die Vorstellung eines wütenden Mobs auf ihren Fersen ihm das Herz brechen, aber wahrscheinlich war ihm bereits die Warnung hoch anzurechnen.

„Seien Sie unbesorgt", schaltete sich Kyrai mit ihrer zarten, kühlen Stimme ein. „Wir können auf uns aufpassen."

Der Gondoliere ließ seinen Blick über ihre schmalen, behandschuhten Hände und ihre zerbrechliche Taille schweifen und verkniff sich eine Bemerkung.

„Aber wir beabsichtigen nicht, irgendjemandem Schwierigkeiten zu verursachen", fügte sie hinzu.

Er nickte und stakte mit einem knappen Gruß von dannen.

Phandrael und Kyrai nahmen ihre Koffer auf. Noch bevor sie die Botschaft erreicht hatten, schwang die Vordertür auf und eine Elfe kam ihnen entgegen.

Sie musste sich leicht ducken, um es durch den Türrahmen zu schaffen, denn das Gebäude war offenbar für Zwerge errichtet worden. In ihrem cremefarbenen, im cirdayanischen Stil geschnittenen Kleid wirkte sie in Schwarzspiegel, dieser zwergischsten aller Städte, fehl am Platze.

„Willkommen", sagte sie und vollführte einen formvollendeten Knicks. „Mein Name ist Varyntai Ralaidán. Man hat mir Ihre Ankunft angekündigt. Ich freue mich, Sie in der Botschaft willkommen heißen zu dürfen. Räume und Bäder sind bereits vorbereitet, und es wäre mir ein Vergnügen, mit Ihnen zu speisen, wann auch immer Ihnen der Sinn danach steht."

Ralaidán. Als Drasiron zweifelhaften Rufs hatte Phandrael es weder für aussichtsreich noch nötig gehalten, sich weiter mit den Intrigen des Hofes zu beschäftigen, aber selbst er erkannte den Namen der mächtigen Adelsfamilie.

Auch Kyrai knickste. „Mein Name ist Asande Kyrai Tanataira und das ist mein Begleiter Phandrael. Wir fühlen uns von Ihrer Gastfreundschaft geehrt. Natürlich ist das Vergnügen vollkommen auf unserer Seite."

Ihre formelle Vorstellung enthielt gleich zwei interessante Informationen. Zum einen würden sie ihre Identität als Drasirai fürs Erste geheim halten. Zum anderen war Ralaidán nicht der einzige gewichtige Name in dieser Vorstellungsrunde. Tanataira … damit war Kyrai womöglich unter den ersten dreißig in der Thronfolge! Auch wenn in Cirdaya hohe Ämter keineswegs dem Adel vorbehalten waren, war die die Zugehörigkeit zu einer der alten, hochherrschaftlichen Familien des Landes war nichtsdestotrotz ein bedeutender Faktor, wenn es um Einfluss, Reichtum und Perspektiven ging. Carvathrel, Ralaidán, Morvonai, Tanataira – diese Häuser hatten einiges gemeinsam: Sie waren mächtig genug, als dass Shideris nur dank ihrer notorischen Uneinigkeit regieren konnte. Und sie brachten ausgesprochen selten Drasirai hervor. Phandrael beschloss, bei nächster Gelegenheit zu sehen, was sich über Asande Tanataira herausfinden ließ.

Varyntai und ihr kleiner Stab von Mitarbeitern hatten ihr Bestes getan, um das Innere der Botschaft dem elfischen Geschmack anzupassen. Sie hatten die dunklen Holzvertäfelungen und wuchtigen Schränke, die Sessel und Schreibtische, die Zwerge in offiziellen Gebäuden bevorzugten, gegen helle, mit subtilen Ornamentmustern verzierte Seidentapeten und filigrane Möbel ausgetauscht. Bodenlange Vorhänge aus weißem Leinen verlängerten die Fenster optisch und färbten das mal gelblich, mal grünlich oder orange scheinende Licht der Laternen draußen heller. Aber die Elfen hatten nichts gegen die bedrückend niedrigen Decken tun können. Andere Aspekte ihres Quartiers hatten sie offenkundig nicht verändern wollen. Da waren die schönen Mosaikböden und die ausgeklügelte, elektrische Beleuchtung, die im Kontrast zu der leicht heruntergekommenen Fassade des kleinen Palazzo standen.

„Habt ihr herausgefunden, wie die elektrischen Lichter funktionieren?“, fragte Phandrael.

Varyntai schüttelte den Kopf. „Leider nein. Wir kennen einige grundlegende Prinzipien, wie der Strom geleitet wird und wie die Glühbirnen funktionieren, aber wie die Zwerge Elektrizität generieren, ist uns noch immer ein Rätsel. Sie bewachen das Kraftwerk, als wäre es eine Festung – oder die Kraftwerke. Wir wissen noch nicht einmal genau, wie viele es sind. Wir haben den Verdacht, dass sie sowohl Kohle, als auch unterirdische Flüsse nutzen. Aber wir waren bisher noch nicht fähig, das irgendwie zu bestätigen.“

Phandrael machte sich eine weitere mentale Notiz. Was Shideris ihm erzählt hatte, war Grund genug, der Suche nach Valedas die höchste Priorität zuzuweisen, aber es könnte durchaus auch der Mühe wert sein, den Geheimnissen der zwergischen Ingenieure nachzuspüren.

Er dachte an die Zwergin in ihrem Motorboot und blickte dann zu Varyntai hinüber. Die Botschafterin hätte mühelos als allegorische Figur für klassische Eleganz herhalten können. Es war schwer, sie sich vorzustellen, wie sie, die langen, dichten Wimpern hinter einer Schweißerbrille verborgen, an einer Maschine herumschraubte, um eine gewagte Theorie zu beweisen. Oder wie sie jahrhundertealte Traditionen verwarf, um einem neuen, auf wirtschaftlichen Fortschritt ausgerichteten Staat Platz zu machen. *Und genau das*, dachte Phandrael, *ist das Problem*.

Einige Stunden später war er mit Kyrai allein in einem der Räume, die man ihnen zugewiesen hatte. Wenn man nicht nach oben, auf die viel zu niedrige Zimmerdecke blickte, hatte man das seltsame Gefühl, aus dem Fenster eines Palastes in Xaravyra, der Hauptstadt Cirdayas, auf die Kanäle und wuchtigen, geometrischen Bauten der weit entfernten, unterirdischen Seestadt zu blicken.

Phandrael lag mehr in einem der Lehnstühle, als dass er saß, ein Bein hatte er über die Armlehne gelegt. Kyrai hingegen saß auf ihrem Bett, wie sie es eben noch auf dem Stuhl an Varyntais makelloser Tafel getan hatte: Den schmalen

Rücken hoch aufgerichtet, die Hände im Schoß gefaltet und einen unlesbaren Ausdruck auf den scharf gemeißelten Zügen.

„Was hältst du von der Stadt?“, fragte sie. Ihr Tonfall machte deutlich, dass sie die Frage als Drasirah stellte. Sie wollte nicht wissen, ob ihm die Architektur gefiel, sondern wie er Verstecke, Fluchtwege und die Gewaltbereitschaft der Bevölkerung einschätzte.

„Ich habe zu wenig gesehen, um mir ein Urteil bilden zu können. Schwarzspiegel könnte sich als Herausforderung erweisen.“

Sie nickte. „Genau wie Valedas“, sagte sie.

„Du sagtest bereits, dass ihr euch vor ein paar Jahren näher kanntet. Was kannst du mir über ihn erzählen?“

„Valedas ist ein kluger, bedachter Mann mit einem großen, magischen Potenzial und einem verblüffenden Ausmaß an Kontrolle über seine Kräfte. Er wurde häufig auf Missionen geschickt, die absolute Präzision erforderten. Er neigt nicht zu dramatischen Auftritten und großen Gemetzeln, sondern geht still und effektiv vor.“

War das etwa eine Anspielung?

„Das stand auch in Shideris‘ Bericht“, unterbrach Phandrael. „Was mich interessiert, ist seine Persönlichkeit.“

„Es hat ihm alles bedeutet, ein Drasiron zu sein“, sagte sie schließlich. „Ich glaube, er hat es für eine Art heilige Pflicht gehalten. Umso mehr wundert es mich, dass er sich von uns abgewendet hat …“

„Ja – und Dokumente gestohlen, die so brisant sind, dass nicht einmal wir etwas über ihren Inhalt wissen dürfen“, warf Phandrael ein.

„Genau. Es passt nicht zu ihm. Er hat mehr als einmal sein Leben für die Sache der Königin riskiert. Andererseits …“ Kyrai zögerte, bevor sie fortfuhr. „Er hat auf mich immer wie ein zutiefst unzufriedener Mann gewirkt. Rastlos. Und ich hatte – ich weiß nicht, wieso – immer das Gefühl, dass da etwas unter seiner kontrollierten Maske schwelt. Und ich glaube auch, dass das, was er den Zwergen und ihrem technischen Fortschritt gegenüber empfindet, über Missbilligung hinausgeht. Der Valedas, den ich kannte, hätte Schwarzspiegel und alles, wofür es steht, verabscheut.“

„Und trotzdem ist er hier.“

„Und trotzdem ist er hier“, bestätigte sie. „Wahrscheinlich zu Ungunsten der Einheimischen.“

„Aber wie passen die Dokumente hinein? Ein Drasiron – vor allem einer, der sich nicht um seine eigene Sicherheit schert – kann nach Herzenslust töten und sabotieren, ohne dafür irgendwelche uralten mystisch-magischen Texte zu brauchen."

Kyrai biss sich auf die Unterlippe. „Genau darüber habe ich die ganze Zeit nachgedacht. Bevor er sich auf den Weg gemacht hat, hat Valedas mit den Gelehrten der Akademie gesprochen. Über das Anschwellen der Magie. Über Wege, sie zu nutzen. Und über den … Abgrund und seine Dämonen."

Phandrael hob eine Augenbraue. „Du glaubst, er jagt einem Mythos nach?"

Kyrai zuckte die Achseln. „Ich weiß nicht, was ich glaube. Aber wenn er findet, was er sucht, bevor wir ihn finden, werden wir es mit Sicherheit bemerken. Ich habe es noch nie erlebt, dass einer von Valedas' Plänen nicht den maximalen Effekt erzielt hat."

„Hast du Angst?", fragte Phandrael unverblümt.

Sie erwiderte seinen Blick aus seltsam flach wirkenden, grauen Augen. „Wenn Valedas uns erwartet, ist es gut möglich, dass keiner von uns die Stadt lebend verlässt – oder dass Shideris uns eliminiert, weil wir im Laufe unserer Mission zu viel erfahren. Oder dass wir versehentlich einen Krieg auslösen." Ihre Lippen spannten sich unter einem kleinen, ironischen Lächeln. „Nichts, was eine emotionale Reaktion rechtfertigen würde."

In diesem Moment klopfte es leise an der Tür. Auf Kyrais' „Herein" glitt Varyntai in den Raum. „Man hat mich soeben über eine interessante Begebenheit informiert", sagte die Botschafterin und umriss knapp das Geschehen, das als „Tiefufer-Massaker" zweifellos seinen festen Platz in den ungeschriebenen Annalen der Stadt finden würde.

Phandrael und Kyrai wechselten einen bedeutungsvollen Blick.

# *Kapitel 14*

# Die Automate

Die Automate kauerte auf einem Dach hoch über den Straßen und Kanälen Schwarzspiegels. Sie machte sich keine Sorgen um eine mögliche Entdeckung. Keiner der Zwerge, die unter ihr umherwuselten, blickte nach oben – und selbst wenn sie es getan hätten, wären sie unfähig gewesen, ihre Silhouette von denen der Skulpturen auf dem Dach zu unterscheiden. Wenn die Automate sich konzentrierte, konnte sie dem geschäftigen Treiben im Haus unter sich lauschen. Ob diese Zwerge wohl auch so gelassen wären, wenn sie wüssten, was da auf ihrem Dach hockte?

Die Kreatur wusste, dass sie nicht hier sein sollte. Der Meister hatte sie nicht explizit aufgefordert, nach getaner Arbeit umgehend zu ihm zurückzukehren. Aber wahrscheinlich nur, weil er sich nicht vorstellen konnte, dass sie aus eigenem Antrieb länger fernbleiben könnte. Doch sie brauchte Zeit zum Nachdenken. Zeit, um diese Zwerge zu beobachten, die so anders waren als sie und über die sie doch verblüffend viel wusste.

Alles, was die Automate sah, löste eine Flut von Gedanken und Empfindungen aus, die ihr seltsam vertraut erschienen, obwohl sie sich nicht erinnern konnte, sie je zuvor gedacht und gefühlt zu haben. Sie wusste, was Verwirrung war, was Trauer und was Zweifel, ohne dass jemand es ihr hatte erklären müssen. Und sie wusste auch, dass es durchaus normal war, keinen präzisen Begriff für das zu haben, was sie bewegte – zumindest nicht für alles. Für die Emotion, die der Meister in ihr auslöste, schien „Abneigung“ durchaus angemessen.

Die Kreatur hatte begonnen zu begreifen, dass er – und damit sie – Teil eines größeren Planes war und sie ahnte, was ihn motivierte. Und etwas ließ sie seine Gründe fragwürdig finden, vor allem die Gier, die sie für seinen Hauptantrieb hielt. Sie verstand sie nicht. Wie auch? Sie war über die Bedürfnisse sterblicher Geschöpfe erhaben. Nun gut, fast. Es gab Dinge, die sie begehrte. Freiheit, zum Beispiel. Und Wissen. Wissen darüber, wer sie war. Was sie war. Warum sie auf den Befehl des Meisters hin Hinrichtungen wie die inszenierte, die sie gerade vollzogen hatte.

Sie erinnerte sich an das Entsetzen, mit dem der letzte noch lebende Zwerg sie angestarrt hatte. Und an die Resignation in seinem Blick, als sei er überzeugt, dass ein Geschöpf aus Stahl und Magie kein Mitleid zeigen könnte. Vielleicht lag es aber auch daran, dass er ihr wenig Grund gegeben hatte, Gnade walten zu lassen, als er sie noch für ein hilfloses, organisches Wesen hielt. Wie verwirrt er ausgesehen hatte, als die Verletzungen, die sie dem scheinbaren Zwerg zufügten, nicht bluteten … Und wie überrascht, als ihre Klingen und Kugeln unter der verletzlichen Haut auf Stahl stießen.

Sie blickte auf ihre Hände hinab. Es waren schöne, schlanke Hände, aus Metallsegmenten gefügt wie die Panzerhandschuhe einer Rüstung. Wenn sie genau hinsah, konnte sie das Wellenmuster des vielfach gefalteten Stahls sehen.

Darunter surrten und klackten Drähte und Zahnräder, verbunden mit Überresten von lebendigem Fleisch. Sie bewegte sie, vergewisserte sich zum wiederholten Mal, dass kein getrocknetes Blut die inneren Mechanismen verklebte. Segmente glitten zurück, erlaubten es ihr, die Klingen zu inspizieren, die sie herausschnellen lassen konnte.

Ihr makelloser Zustand erfüllte sie nach wie vor mit einer irrationalen Überraschung. Da war so viel Blut gewesen … Man könnte meinen, dass es eine dauerhafte Spur hinterließe. Einige Zwerge würden ihre Tat wohl als gerecht bezeichnen – Zwerge, die nicht wussten, dass die Toten im Lagerhaus für den verletzten Stolz des Meisters gestorben waren und für seinen Wunsch, die Macht seiner neuen Waffe zu demonstrieren.

Die Kreatur fühlte sich milde besorgt angesichts dessen, was sie wohl noch im Dienst des Meisters tun würde. Denn sie wusste, dass all diese neuen, unabhängigen Gedanken und Empfindungen noch zu schwach, zu fremd waren, um seiner Kontrolle viel entgegensetzen zu können.

Aber sie würde die Zwerge weiter beobachten. Vielleicht sogar einen von ihnen ansprechen. Und womöglich würde sie von ihnen lernen, wie man dachte und fühlte wie ein lebendes, unabhängiges Wesen.

# *Kapitel 15*

# Drúdir

Mordermittlungen, fand Drúdir, waren gar nicht so unangenehm. Zumindest, solange sie darin bestanden, von einer altehrwürdigen Bibliothek zur nächsten geschickt zu werden. Und die Bibliothek der Universität Schwarzspiegels, die berühmte „Rúnhala-Nornírwatara" übertraf die Nordkrones bei Weitem. Es handelte sich um ein mehrstöckiges Gebäude mit vier gedrungenen Türmen und kunstvollen Buntglasfenstern. Die beiden Zwerge traten voller Ehrfurcht ein und starrten zu der hohen Decke der zentralen Halle hinauf, die sich über alle Stockwerke erstreckte. Über ihnen erhoben sich säulengestützte Balustraden. In jede Säule war das Standbild eines Zwerges oder einer Zwergin in einer langen Robe gemeißelt. Sie hielten Bücher, Kerzen oder wissenschaftliche Instrumente in ihren steinernen Fingern und blickten mit stolzen Mienen auf die Bibliotheksbesucher herab.

Die Decke wölbte sich zu einer Kuppel, von deren Mitte in einem kunstvoll verschlungenen Netz aus Stahlseilen ein Tropfen aus Glas herabhing. Er erinnerte Drúdir ein wenig an einen riesigen Destillierkolben und war mit einer klaren Flüssigkeit gefüllt, auf deren Oberfläche eine Flamme tanzte. Die Seile, die ihn hielten, setzten sich bis zum Boden fort, wo sie in einer kreisförmigen Öffnung verschwanden. Das dadurch entstehende Bild war eindrucksvoll. Drúdir fühlte sich an einen Wassertropfen erinnert, der an einem Spinnenfaden entlangglitt.

Aber da war auch etwas Beunruhigendes an der Skulptur – nein, weniger an der Skulptur, als vielmehr an diesem Ort an sich. Etwas am Rande seines Bewusstseins, das seine Sinne zum Schwingen brachte wie ein nasser Finger ein Wasserglas. Es zerrte an den Nerven des ohnehin angespannten Uhrmachers und zwang ihn, sich stärker als sonst von seinem zweiten Gesicht abzuschotten. Nach allem, was er bei seinem ersten Blick auf die Stadt gesehen hatte, stellte dieser altehrwürdige, erhabene Ort des Wissens einen gigantischen Knoten magischer Energien dar. Sehr passend und sehr, sehr lästig.

Ihre Ankunft in Schwarzspiegel lag mittlerweile eine Nacht zurück, in der weder Drúdir noch Findra trotz ihrer Erschöpfung sonderlich gut geschlafen hatten. Die kleine Pension, in der sie sich eingemietet hatten, mochte zwar im unterirdischen Zentrum Schwarzspiegels liegen, aber diese zentrale Lage war auch der einzige Vorteil, mit dem sie aufwarten konnte. Die uralten, unbequemen Betten und der eisige Luftzug, der durch die Zimmer fegte, blieben selbst hinter Drúdirs niedrigen Standards weit zurück.

„Die ewige Flamme", bemerkte Findra, die seinem Blick in die Höhe gefolgt war. „Sie symbolisiert den Triumph der Wissenschaft über das dunkle Zeitalter von Religion und Magie."

Da fühlte Drúdir sich doch gleich willkommen.

„Apropos Wissenschaft und Magie", fragte Findra in einem so betont gleichmütigen Tonfall, dass Drúdir alarmiert aufschaute, „ich habe nie so ganz verstanden, wie deine Fähigkeiten funktionieren."

Sie wirkte, als wäre sie nicht sicher, ob sie es wissen wollte.

Das Unbehagen und die latente Ablehnung, die sich in ihre Neugier mengten, ärgerten Drúdir. Sie sah ihn an wie einen Fremden – nein, nicht wie einen Fremden. Eher wie den Angehörigen einer anderen Spezies.

„Oh, ich bringe ein Blutopfer, tauche in eine höllenartige Unterwelt ein und zerstöre die Seelen der Toten, deren Erinnerungen ich lese. Daraufhin verwandeln sie sich in dämonische Geister, die in Leichen fahren, welche sich dann mit zu Klauen verlängerten Fingern und glühenden Augen auf die Lebenden stürzen."

Findra verschränkte die Arme. „Nicht lustig."

Drúdir schüttelte den Kopf. „Nein. Das ist es nicht. Ganz amüsant ist aber, dass viele Zwerge das tatsächlich geglaubt haben und glauben."

Findra sah ihn scharf an. „Und die Wirklichkeit?"

„Ich habe keine Ahnung, wie ich das richtig beschreiben soll", gestand er ein. „Wenn ich die Welt mit meinen magischen Sinnen sehe, sieht sie anders aus. Von Magie in Form von wabernden Bändern und Schleiern durchdrungen. Sie reagieren auf Lebewesen oder von intelligenten Lebewesen bearbeitete Objekte, formen Muster, Knoten und zahlreiche stabile Formen. Je komplexer und stärker die Gedanken und Emotionen, desto komplexer und stabiler das magische Muster. Jedes intelligente Lebewesen – und die Magie schließt hier Zwerge ein, denen ich diesen Status nur widerwillig zuerkenne – ist von einem relativ stabilen Kokon aus Fäden umgeben. Sie weben noch immer in jeder Sekunde neue Muster, aber eine gewisse Grundstruktur bleibt erhalten."

Findra runzelte die Stirn. „Also eine Aura."

Drúdir seufzte. „Aura klingt so esoterisch."

„Entschuldigung, aber du bist es, der davon redet, dass die Gefühle von Zwergen als glitzernde Fäden in der Luft zu sehen sind?“ Die Leichtigkeit in ihrem Tonfall klang gezwungen.

Drúdir fuhr fort. „Also jedenfalls sind da diese Auren, die teilweise über Magiestränge mit anderen Auren verbunden sind, mal temporär, mal permanent. Permanent, wenn es sich um die Aura einer Person oder eines Objektes handelt, mit dem du vertraut bist und auf das du irgendwie emotional reagierst, aber das nur am Rande.“

Findra unterbrach ihn. „Das heißt, du kannst sehen, wie Leute sich fühlen oder zueinander stehen?“

Drúdir schüttelte den Kopf. „Ich kann sehen, dass sie fühlen und denken und dass es eine Beziehung zwischen ihnen gibt, aber ich kann die Muster vom Hinsehen allein nicht deuten. Abgesehen davon, dass jeder Magiefaden aus unzähligen kleineren Fäden besteht, die ihrerseits Muster formen. Und selbst die scheinen aus mehreren ineinander verdrehten Fasern geformt zu sein … komplizierte Angelegenheit.“

„Also kein Gedankenlesen, sehen, wann jemand lügt oder jemand anderen liebt oder hasst“, seufzte Findra. „Wäre dann und wann ganz nützlich.“ Sie schauderte. „Und sonst ausgesprochen unheimlich.“

„Angeblich gab es einige wenige Magier, die es im Aurenlesen zur Meisterschaft gebracht haben, aber meine Fähigkeiten sind etwas anders. Ich kann Objekte über die Fäden, die zu ihnen führen, beeinflussen und ich kann die Scherben der Toten lesen.“

„Die Scherben?“

„Wenn du jemanden tötest, bricht seine Aura zusammen – oder vielleicht wäre es besser zu sagen, dass ein Teil sich auflöst und die Überreste in unglaublich dichte Knoten zusammenschnurren, die bestimmte Erfahrungen repräsentieren – darunter wahrscheinlich die letzten Minuten. Und aus irgendeinem Grund bin ich in der Lage, diese magische Repräsentation zu lesen – und die konzentrierte Magie in mich aufzunehmen und zu nutzen.“

Findra starrte ihn an. Sie bemühte sich um einen neutralen Gesichtsausdruck, aber Drúdir spürte die Kluft, die seine Worte zwischen ihnen aufgerissen hatten. Findra war zweifellos mit Zwergen aufgewachsen, die ihr beibrachten, dass Magie eine fremdartige, bedrohliche Macht war. Und die Geschichte war voll von

Beispielen für ihren Missbrauch. Er selbst hatte Magie aus diesen Gründen abgelehnt, aber er hatte sie – abgesehen von der schmerzhaften Berührung der Totenscherben, die in ihm aufgingen – nie gefürchtet. Dazu war sie viel zu vertraut. Für Findra hingegen sah es anders aus. Sie wusste wahrscheinlich nicht einmal, ob sie ihm glauben konnte, entzog sich die Magie doch ihrer Wahrnehmung und jeder logischen Betrachtung. Und er wusste auch nicht, was für einen Anblick er in Fragars Werkstatt geboten hatte, als er die Scherben der Totenaura las.

„Sieht es sehr beunruhigend aus, wenn ich Scherben lese?“, fragte er zögerlich.

Findra verschluckte ein bitteres Lachen. „Glühende Augen. Schattenranken. Das volle Programm.“

„Aha“, sagte Drúdir. Und wiederholte es, weil ihm nichts Besseres einfiel. Irgendwie wollte es ihm nicht gelingen, den Totenbeschwörer mit den glühenden Augen und der machtvollen Scherbenmagie in den Fingerspitzen in Einklang mit seiner Vorstellung von sich selbst zu bringen. Nach Findras Gesichtsausdruck zu schließen, hatte auch sie damit ihre Probleme. Sie war sogar unwillkürlich einen Schritt zurückgewichen, als er sie an die Begegnung erinnert hatte. So, wie es wahrscheinlich auch jeder andere Zwerg getan hätte – von Fragars magiebegeisterten Freunden einmal abgesehen, denen jedoch der Zwerg hinter den Begabungen völlig egal war. Aber womöglich gab es selbst unter ihnen einige, die gegen diese spezielle Art Magie voreingenommen waren.

Drúdir fühlte sich plötzlich sehr einsam. Vor allem, da er Findra den wirklich beunruhigenden Teil verschwiegen hatte. Die Erinnerungen und Gefühle all der Toten, die er in sich aufgenommen hatte – seine Eltern, die bei einem vermeidbaren Arbeitsunfall gestorben waren, die achtlos überfahrene Katze, der mitleidlos gemeuchelte Fragar – vermengten sich mit seinen eigenen Erinnerungen, Gedanken und Emotionen, bis er sie kaum mehr davon zu trennen vermochte. Und die Macht, die mit ihnen kam, brachte seine Fingerspitzen zum Kribbeln, als wollte sie um jeden Preis genutzt werden. Drúdir spürte, wie ihn das veränderte. Er wollte gar nicht wissen, wie Findra mit diesem Wissen umgehen würde.

Um sich von diesem beunruhigenden Gedanken abzulenken, sah Drúdir sich von Neuem in der Bibliothek um. Natürlich hatte die Ewige Flamme anfangs seine ganze Aufmerksamkeit auf sich gezogen, aber was in ihrem Schein sichtbar wurde, war ebenso beeindruckend wie sie selbst: Hinter den eleganten Geländern dreier zur zentralen Halle hin offener Etagen zeichnete sich Reihe um Reihe deckenhoher Regale ab. Wenn Drúdir den Grundriss des Gebäudes richtig einschätzte, musste es hinter diesen Regalreihen unzählige Türen und Durchgänge geben, die zu Lesesälen und weiteren Räumen und Gängen voller Bücher führten. Die schiere Menge an Büchern wäre selbst dann atemberaubend, wenn nicht einige der ältesten und seltensten Bände der Union darunter wären.

Drúdir hatte am Vortag viele der Universitätsgebäude von innen und außen gesehen – nur um nach einer gefühlt ewigen Suche zu erfahren, dass Professor Rúnwis keine Zeit hatte, ihn aber gern heute gegen Mittag in der Bibliothek treffen würde. Jede Fakultät, jedes Labor, jedes Wohngebäude war mit dem klaren Ziel entworfen worden, den Betrachter in Staunen und Ehrfurcht zu versetzen, aber keines kam auch nur annähernd an die Bibliothek heran.

„Früher war das ein Tempel", überraschte Findra ihn erneut mit ihrem Wissen.

„Welcher Gott?"

„Varhamúl."

„Wer sonst?"

„Genau."

Drúdir hätte es sich denken können. Natürlich würde es in einer Stadt namens Nornírwatar – Nornenwasser – einen Tempel für den Herrn des Todes und der Zeit und seine dreigesichtigen Diener geben. Jetzt, wo er darauf achtete, fielen ihm zahlreiche Details auf, die von dem früheren Zweck des Gebäudes kündeten. Der Lichtstrahl aus dem Oculus in der Gewölbedecke – direkt unter der Öffnung, durch die Tageslicht in den Berg fiel – wäre, hätte die Ewige Flamme nicht so viel heller gebrannt, auf altertümliche, in die Kuppel oder den Boden gemeißelte Stundenmarkierungen gefallen und hätte so die Tageszeit angezeigt. Und der Künstler, der das Bodenmosaik entworfen hatte, hatte sich kühn gegen die allgemeine, antireligiöse Stimmung gestellt, sodass die unzähligen kleinen Steine die Zahnräder eines gigantischen Uhrwerks formten. Wenn Drúdirs fachkundiger Blick ihn nicht täuschte, musste der Künstler sich streng an eine tatsächlich funktionierende Vorlage gehalten haben, denn Proportion und Position jedes einzelnen Rades schienen perfekt.

„Was mich ein wenig wundert", bemerkte Findra schließlich, „ist allerdings, wieso sie die Stadt überhaupt nach den Nornen benannt und Varhamúl geweiht haben. Barud oder Súrún wären viel naheliegendere Schutzpatrone gewesen."

Drúdir nickte. Der Herr des Wassers und die Königin in der Tiefe waren tatsächlich die Gottheiten, die einem als erstes in den Sinn kamen, wenn man sich den erhabenen unterirdischen See ansah. Allerdings konnte er dennoch mit einer Antwort aufwarten. „Nun, die ältesten Geschichten berichten von einer Norne, die hier gelebt hat und von den allerersten Zwergenkönigen aufgesucht und um Rat gebeten wurde“, erklärte er und zitierte: „‘Der hohe Herrscher traf in der Tiefe / Magische Macht und wissende Weisung / Anmut und Ahnung vereinte die Verborgene.‘ Das ist natürlich nur eine armselige Übersetzung aus dem Altzwergischen, bei der der Großteil des Metrums verloren geht.“

Findra sah ihn überrascht an. Drúdir zuckte die Achseln. „Fragar hat Mythen und Legenden über magische Geschöpfe geliebt“, sagte er entschuldigend und verschwieg bewusst, wie lange er diese Leidenschaft geteilt hatte.

Sie wirkte nicht zufrieden mit seiner Antwort. „Aber warum berichten die Geschichten von einer Norne und nicht von einer Nixe oder Oreade? Die sind alle gleich mythisch und letztere würden besser passen.“

„Mythologie eben“, entgegnete Drúdir, „ein Schreibfehler in einem Dokument, ein paar falsch erinnerte Namen in einer mündlichen Überlieferung … und schon hast du eine völlig andere Geschichte. Ist dasselbe wie bei Geschichtsschreibung und Religion – nur dass bei Religionen in der Regel aufgrund dessen dann ein unnötiger, blutiger Krieg ausbricht.“ Dennoch schloss er nicht aus, dass die Mythen einen wahren Kern hatten. Er glaubte zwar nicht an Götter und Wesen, die geschaffen worden waren, um ihnen zu dienen, aber er hatte Wisdrin und Fragar einmal Theorien über eine von Dämonen bewohnte Parallelwelt, auf der die Mythen über den höllenartigen Abgrund basieren mochten, diskutieren und sie über von Magie durchdrungene Geschöpfe sprechen hören. Sie hatten sogar darüber spekuliert, dass es in Cirdaya womöglich tatsächlich Dryaden gab.

„Danke für diese optimistischen Worte“, meinte Findra sarkastisch.

Bevor Drúdir antworten konnte, eilte eine Zwergin mit einem turmartigen Bücherstapel in den Händen auf sie zu.

„Professor Rúnwis schickt mich“, ratterte sie herunter und hängte ein unausgesprochenes, aber deutlich wahrnehmbares ‚Als ob ich nichts Besseres zu tun hätte!‘ an. Vielleicht hätte sie es sogar ausgesprochen, wäre es nicht ein Bruch mit der stichpunktartigen Effizienz ihrer Worte gewesen. „Er kann Sie jetzt empfangen. In seinem Büro. Nordturm und die Treppe rauf bis ganz oben.“

Mit diesen Worten hastete sie auch schon von dannen, während Drúdir und Findra sich auf den Weg machten.

Nachdem sie einen zerzausten Zwerg nach dem Nordturm gefragt hatten, war der Rest einfach. Lange, von Regalen gesäumte Korridore und eine scheinbar endlose Wendeltreppe später standen sie vor einer Tür aus poliertem Holz. Drúdir klopfte.

„Herein“, erklang eine angenehme Stimme von drinnen. Sie traten ein. Drúdir hatte holzgetäfeltes Chaos erwartet, aber das Büro machte einen verblüffend organisierten Eindruck. Hier herrschte nicht die Sorte Ordnung, die entstand, wenn der Bewohner eines Raumes Dokumente und Krimskrams schnell in der nächstbesten Kiste verstaute, sondern die Art Aufgeräumtheit, die nur an Orten existierte, wo jedes einzelne Objekt seinen festen Platz hatte und gleich nach Gebrauch dorthin zurückkehrte. Drúdir war beeindruckt. Er gab es ungern zu, da geordnete Arbeitsplätze in erster Linie fantasielosen Langweilern zugeschrieben wurden, aber tatsächlich fühlte er sich deutlich besser, wenn seine Umgebung einen angenehmen Kontrast zum Chaos seiner Gedanken bildete.

Rúnwis selbst, der hinter einem ausladenden Schreibtisch saß, war ein mittelgroßer, bebrillter Mann mit scharfen Zügen und einigen wenigen, tiefen Falten. Sein noch immer üppiges, dunkles Haar wies einen schmeichelhaften Schnitt auf und war wohl noch vor wenigen Stunden sorgfältig gekämmt gewesen. Allerdings schien der Gelehrte die Angewohnheit zu haben, sich mit den Fingern hindurchzufahren, denn es stand nun in alle Richtungen ab, was einen sonderbaren Kontrast zu seinen würdevollen Zügen bildete.

„Es freut mich, Sie kennen zu lernen, Drúdir und …“

„Findra“, stellte Findra sich vor.

„Findra.“ Rúnwis nickte freundlich, aber da war etwas Misstrauisches, Distanziertes in seinem Blick – oder zumindest glaubte Drúdir das zu erkennen, bevor der Professor nach unten sah, um eine goldene Taschenuhr zu studieren. „Ich hoffe, Sie mussten nicht zu lange warten.“

„Oh nein“, wehrte Drúdir höflich ab. „Abgesehen davon lädt die Bibliothek dazu ein, weitaus mehr als ein paar Minuten darin zu verbringen. Allein schon das Foyer.“ Er lächelte breit und ließ sich nicht anmerken, welche Überwindung es ihn kostete, freundlich vor sich hinzuschwafeln, obwohl er vor Neugier brannte. Jede Stunde, die sie auf der langen Reise in den Süden verbracht hatten, war von der bangen Frage begleitet worden, ob seine Nachforschungen irgendetwas zutage fördern würden. Jetzt würde sich herausstellen, ob er den Weg umsonst auf sich genommen hatte.

Rúnwis lächelte, aber es war ein nervöses Lächeln und er sagte mit seltsamem Nachdruck: „Ja, diese Bibliothek ist zweifellos etwas ganz Besonderes. Wir schätzen uns sehr glücklich, dass der alte Tempel in unsere Hände übergegangen ist. Manche Relikte aus der Vergangenheit gehören nur in die Hände derjenigen, die sie zu würdigen und schützen wissen.“

Er lehnte sich im Stuhl zurück. „Wie geht es meinem alten Freund Wisdrin?“

„Gut. Er hat alle Hände voll zu tun, seine Bibliothek am Leben zu erhalten, aber andererseits glaube ich, dass ihm die Aufgabe enorme Befriedigung verschafft. Hat er Ihnen nicht kürzlich geschrieben?“

Rúnwis nickte ernst. „Ja, das hat er. Mein Beileid zu Ihrem Verlust. Ich habe Fragar nur zwei oder drei Mal getroffen, aber ich kenne viele Zwerge, die sich voller Hochachtung an ihn erinnern.“

„Wisdrin hat angedeutet, Sie wüssten etwas über einen ehemaligen Schüler Fragars ...“

Rúnwis Miene verdüsterte sich. „Ich nehme an, Sie sprechen über Kargan.“

Drúdir nickte. „Ja ... Er war kürzlich hier, nicht wahr?“

„Ja, er hat vorbeigeschaut. Wieso?“

„Oh, ich würde gerne Kontakt zu ihm aufnehmen. Sie haben nicht zufällig eine Adresse?“

„Wir haben uns nicht im Guten getrennt“, entgegnete Rúnwis ausweichend. „Aber sicher wollen Sie, wenn Sie schon hier sind, auch auf andere Weise von der Bibliothek profitieren. Wisdrin hat ein paar Andeutungen über Ihre Interessengebiete fallen lassen. Sicher haben Sie von unserer Sammlung historischer Texte gehört ... Natürlich wird nicht jedem Zutritt gewährt, aber Wisdrin hat sich für Sie verbürgt. Vielleicht können Sie auch etwas Zeit entbehren, um mir und einem Zirkel von Freunden ihre Ansichten zu der einen oder anderen Frage mitzuteilen. Es könnte für beide Seiten vorteilhaft sein.“

Drúdir sah den älteren Zwerg an. Ihm war klar, worauf es hinauslief. Rúnwis würde ihm erzählen, was er wusste – im Austausch gegen Informationen. Wahrscheinlich ging es um seine Fähigkeiten. Was hatte Wisdrin seinem alten Freund geschrieben? Was war das für ein Erbstück, auf das er Rúnwis laut Fragar ansprechen sollte? Und warum sah Rúnwis so schuldbewusst aus, wenn Kargans Name fiel?

# *Kapitel 16*

# Svalris

Wer das majestätische, unterirdische Schwarzspiegel zum ersten Mal besuchte, würde kaum glauben, dass es in dieser Stadt eine derart schäbige Kneipe gab. Nun, wo Svalris sich bemühte, nicht mit der klebrigen Oberfläche des zerkratzten Tisches vor ihr in Kontakt zu kommen, wünschte sie sich, diese Illusion zu teilen. Sehnsüchtig dachte sie an das „Eulennest", das berühmte Künstlerlokal mit seinen Buntglaslampen, die den Rauch der unzähligen Wasserpfeifen in vielfarbige Schleier verwandelten, und seinem Geruch nach frisch gemahlenem Kaffee aus den Kolonien. Svalris mochte ethische Vorbehalte gegen Kolonialherrschaft haben, aber sie hoffte sehr, dass die Befreiung der Gnome von der zwergischen Unterdrückung nicht bedeutete, dass die Kaffeelieferungen abrissen.

Die Halbzwergin seufzte und blickte auf den gesprungenen Tonkrug hinab, den der mürrische Barmann ihr auf den Tresen geknallt hatte. Das Bier darin war durchaus annehmbar – kein zwergischer Wirt würde es sich gestatten, minderwertiges Bier auszuschenken –, aber irgendwie fiel es ihr schwer, es zu genießen. Was unter anderem an den schiefen Blicken lag, die man ihr zuwarf. Sie hatte ihren eleganten, dunkelroten Mantel gegen ein unförmiges, graues Cape und einen Schlapphut eingetauscht, die sowohl ihre fremdartigen Züge als auch ihre schlaksige Gestalt verbargen. Und doch hob sie sich immer noch markant von den anderen Gästen ab, die mit gekrümmten Rücken an ihren Tischen saßen: Zwerge und Zwerginnen in den grob gewebten, blauen Hemden und beinahe hüfthohen Stiefeln der Dockarbeiter. Einige trugen das Logo des Handelshauses, für das sie die Lastschiffe be- und entluden, auf die Ärmel gestickt. Svalris wusste, dass allein schon die Art, wie sie dasaß, sie aus der Menge heraushob: Aufrecht, die Ellenbogen dicht am Körper. Von ihrem Akzent ganz zu schweigen. Allerdings war es ihr im Augenblick ganz lieb, dass niemand ihre Nähe suchte. So konnte sie in Ruhe nach dem Zwerg Ausschau halten, auf den sie wartete.

In einer Ecke machte sie schließlich eine kleine Gruppe von Zwergen in schwarz-grauen Hemden, Lederjacken und wuchtigen Stiefeln aus. Arbeiter aus dem nahen Kraftwerk. War Kigri vielleicht einer von ihnen? Bei ihrer ersten Begegnung hatte der Zwerg ihr gesagt, wo er arbeitete, aber sie hatte es schon wieder vergessen. Wahrscheinlich hatte es sich seitdem ohnehin wieder geändert. Zwerge wie Kigri, die keine besondere Qualifikation und ein paar Finger zu wenig aufzuweisen hatten, mussten sich ständig nach neuer Arbeit umsehen.

Als hätten sie ihre Gedanken gelesen, begannen einige Zwerge in ihrer Nähe, wütend ebendieses Thema zu diskutieren. Von da kamen sie schnell auf die Kompromisse, die die GUU eingegangen war und die zur Abspaltung der Hammerschwinger geführt hatten, mit deren Zielen sie sich offenbar identifizierten. Eines dieser Ziele war, Angrins Expansionistenanhängern ihren Parteitag in Schwarzspiegel so unangenehm wie möglich zu machen. Svalris seufzte. Sowohl Angrin als auch Dagri, der Rädelsführer der Hammerschwinger (und nach Meinung einiger auch der Drahtzieher hinter Brandanschlägen und Sabotageakten auf Fabriken) hatten mittlerweile eine beträchtliche Anhängerzahl hinter sich versammelt, die stetig weiter wuchs. Leider gab es bei ihrer Kompromissbereitschaft kein vergleichbares Wachstum. Noch waren die Hammerschwinger eine radikale, aber letztlich doch sehr kleine Minderheit und die Expansionisten durch den Einfluss der Konservativen gemäßigt, aber es fiel Svalris nicht schwer, sich eine Zukunft vorzustellen, in der kein Parlament in der Union mehr entscheidungsfähig war – abgesehen vom zentralen Parlament vielleicht, das dank der ausgeprägten Autonomie der Teilstaaten von niemandem ernstgenommen wurde.

Ihre Überlegungen wurden von dem kreischenden Scharren unterbrochen, mit dem jemand den Stuhl neben ihr zurückzog. Svalris blickte auf. Der Zwerg, der sich ihr gegenüber niederließ, war nicht besonders groß und eher hager, aber mit breiten Schultern. Zerzaustes Haar fiel ihm in das beinahe jugendlich wirkende Gesicht mit den großen, unstet hin und her huschenden Augen hinter einer billigen, schlecht sitzenden Brille, die ihm immer wieder die Nase herabrutschte. Ein ausgestopfter Handschuh verbarg die fehlenden Finger an seiner rechten Hand.

*Endlich*, dachte sie. Kigri war eine ergiebige Quelle für ihr Magazin und auf eine tollpatschige, verschrobene Weise ein liebenswerter Zeitgenosse, aber in dieser speziellen Nacht die weniger interessante Verabredung. Wäre er noch später gekommen, hätte sie womöglich gehen müssen, ohne ein Wort mit ihm gewechselt zu haben.

„Hallo Kigri“, sagte sie freundlich. „Kann ich dir etwas bestellen?“

„Ein Bier, eine Schale Eintopf mit zusätzlichem Speck und eine Wurst“, ratterte er herunter. Svalris stand auf und schlängelte sich zwischen den Tischen zum Tresen hindurch. Als Svalris, Krug und Schale behutsam in den Händen balancierend, zurückkehrte, stellte sie fest, dass ihr Gast ihren Stuhl usurpiert hatte. Sie hob eine Augenbraue.

„Tschuldigung, Sval, alte Gewohnheit", sagte er und angelte nach dem mitgebrachten Essen. „Du weißt, dass ich mich wohler fühle, wenn ich die Tür im Blick habe."

„Weißt du, was Paranoia ist, Kigri?", fragte sie.

„Jepp. Und sag mir nicht, dass ich keinen Grund habe, paranoid zu sein. Vor allem jetzt." Die letzten Worte wisperte er dramatisch und beugte sich zu ihr vor. „Ich habe von Dingen gehört, die gewisse Zwerge sicher lieber gerne verschleiern wollen."

„Lass mich raten … Es reicht bis in die höchsten Kreise hinauf?", entgegnete sie. Kigri war immer auf dem Laufenden, was politische und wirtschaftliche Entwicklungen, das Treiben diverser halblegaler Organisationen und die neuesten Gerüchte betraf, aber er reicherte all das nur zu gerne mit seinen eigenen Verschwörungstheorien an. Svalris versuchte schon lange nicht mehr zu ergründen, an wie viel davon er tatsächlich glaubte.

„Möglich. Und das bringt mich dazu, warum meine Paranoia nur zu begründet ist." Er lehnte sich wieder zurück und begann in selbstzufriedenem Ton zu erklären: „Also: Ich bin paranoid und habe eigentlich keinen Grund dazu. Die Regierung – oder zumindest jemand, der so reich ist, dass er entweder zur Regierung zählt oder sie beeinflusst – ist in zweifelhafte Aktionen verstrickt, von denen die Öffentlichkeit nichts erfahren soll. Also hat sie allen Grund dazu, um ihre Sicherheit und Geheimnisse zu fürchten. Abgesehen davon ist sie immer noch von Veteranen der Unabhängigkeits- und Vereinigungskriege durchsetzt, und du weißt ja, wie die ticken. Also können wir wahrscheinlich davon ausgehen, dass diverse Leute in hohen Positionen genauso paranoid sind wie ich. Und wenn Regierungen paranoid werden, gründen sie verdeckt operierende Organisationen und deshalb könnten wir genau jetzt von einem Spion belauscht werden, der nur darauf wartet, den schwer bewaffneten, schwarz gekleideten Zwergen auf dem gegenüberliegenden Hausdach ein Zeichen zu geben, das eine Kette von Ereignissen in Gang setzt, an deren Ende zwei Leichen – das sind wir – in den Kanälen treiben." Er zuckte die Achseln. „Sicher, dass du hören willst, was ich dir zu erzählen habe?"

„Wenn ich in den nächsten Tagen dafür sterben werde, mich hier mit dir getroffen zu haben, will ich wenigstens, dass es sich lohnt. Schieß los.“

Kigri machte eine Kunstpause, bevor er begann: „Die Sache ist die: Der Freund eines Bekannten von mir ist ein Lastkahnstaker. Und er stakt nicht immer nur Lasten, die legal in die Stadt gelangt sind. Also hat er einige Erfahrung damit, sich unauffällig auf dem Wasser zu bewegen. Er hat sich ziemlich erschrocken, als er von einem Fremden angesprochen wurde, der alles über seine Umtriebe zu wissen schien. Aber statt ihn zu verraten, hat dieser Fremde ihn rekrutiert.“

„Rekrutiert? Wofür?“

„Für den Transport eines großen, schweren, rechteckigen Objekts, das unter einer schwarzen Plane verborgen blieb. Er hat es in einem Lagerhaus in der Stadt entgegengenommen und durch einen versteckten Tunnel auf den Himmelspiegel hinausgestakt. Es wurde von maskierten“ – Kigri sprach das Wort geradezu genüsslich aus – „Zwergen auf sein Boot gehievt. Es sind dann auch weitere Zwerge an Bord gegangen. Der Schmuggler hat sie meinem Freund gegenüber als Verlierer beschrieben – du weißt schon: Diese hageren, verzweifelten Zwerge, die jede Arbeit annehmen, die es ihnen erlaubt, die nächste Schnapsflasche zu bezahlen. Mit einer Ausnahme. Eine sehr nervös wirkende Zwergin. Die plötzlich mitten während der Fahrt einem anderen Zwerg ein Messer stahl und begann, an der Plane herumzusäbeln. Der Auftraggeber des Schmugglers, der mit an Bord gegangen war, hat sie, ohne einen Moment zu zögern, niedergeschlagen. Hässliche, brutale Angelegenheit. Resultierte in einer großen Blutpfütze unter ihrem Kopf. Er hat ihren Puls überprüft, aber wahrscheinlich hätte es ihn nicht weiter interessiert, wenn er ihr versehentlich den Schädel eingeschlagen hätte.“

Kigri unterbrach sich, um einen langen Schluck aus seinem Krug zu nehmen. Svalris warf verstohlen einen Blick auf ihre Taschenuhr und wünschte sich, er würde zum Punkt kommen. Sie wollte ihn nicht mitten in seiner detailreichen, enthusiastischen Erzählung unterbrechen, worum auch immer es letztlich gehen mochte, aber wenn er sich nicht bald kurzfasste, würde sie eine einmalige Gelegenheit verpassen.

„Und weshalb glaubst du an eine riesige Verschwörung?“

„Dazu wollte ich gerade kommen. Das kleine Handgemenge fand direkt unter den Augen einer Seepatrouille statt. Die natürlich herangekommen ist, um das Boot zu überprüfen.“ Kigri machte eine Kunstpause. „Tja, der Zwerg mit dem

Hut hat ihnen ein Dokument gezeigt und sie haben abgedreht, ohne sich um das verhüllte Objekt oder die Zwergin, die da das Deck vollgeblutet hat, zu scheren. Einer von ihnen hat sogar salutiert. Würde mich sehr interessieren, wer dieses Dokument ausgestellt hat. Aber jetzt kommt der wirklich interessante Teil: Es ist dem Hutzwerg nicht aufgefallen, aber es war der Zwergin tatsächlich gelungen, einen Teil des Objekts freizulegen."

„Und, was war es?"

Kigri beugte sich leicht vor. „Ein Sarkophag", raunte er, „oder zumindest ist das das Wort, das der Schmuggler gewählt hat, um das Ding zu beschreiben. Groß, schwer, aus Messing und mit einer Art Glasfenster an der Seite, durch das er zu erkennen glaubte, dass jemand darin lag. Jemand Großes, Blasses, auch wenn er in dem Licht nicht viel sehen konnte. Da waren auch seltsame Geräte, Zahnräder und Röhren. Und Gravuren. Viele, komplexe Gravuren. Darunter diese hier."

Svalris zuckte zusammen, als sie plötzlich Kigris behandschuhte Finger unter der Tischplatte fühlte. Verstohlen presste er einen zerknitterten Zettel in ihre Hand.

„Nun, danach ging es einen langen Kanal rauf – einen von jenen, auf denen sie tagsüber Kohle transportieren – und schließlich an eine Anlegestelle an der Straße, wo der Sarkophag mitsamt seinem Inhalt auf ein Pferdefuhrwerk gehievt wurde. Zusammen mit der bewusstlosen Zwergin. Die Versagerzwerge sind hinterhergezuckelt, genau wie der Hutzwerg, der dem Schmuggler gesagt hat, er solle das Fahrzeug an einer bestimmten Stelle abgeben und sich am nächsten Morgen in einer bestimmten Kneipe seinen Lohn abholen. Nun … etwas an dieser Angelegenheit muss sich wohl zutiefst falsch angefühlt haben, denn der Fährmann hat lieber darauf verzichtet und ist, wie er es sowieso geplant hatte, in eine andere Stadt weitergereist, nachdem er meinem Bekannten die Geschichte erzählt und die Gravur aufgezeichnet hat."

Er lehnte sich zurück. „Am besten, du wirfst jetzt einen vorsichtigen Blick auf den Zettel und sagst mir dann, ob es sich gelohnt hat, mich zu treffen."

Svalris senkte den Blick auf den schmuddeligen Zettel und entfaltete ihn. Sie musste ihn drehen, damit das krakelige Objekt Sinn ergab, aber als sie es schließlich erkannte, blickte sie ungläubig auf. „Das ist ein Scherz, oder?"

Kigri schüttelte breit grinsend den Kopf. „Das ist die Siegelrune der Runenschmiede von Hammerhall“, verkündete er in einem aufgeregten Flüstern, als ob Svalris das nicht selbst wüsste. „Ich konnte es selbst kaum glauben. Und, was machst du aus dieser Geschichte?“

„Das weiß ich noch nicht“, gestand sie ein. Nun, wo sie das uralte Symbol gesehen hatte und zumindest in Erwägung zog, dass weder Kigri noch seine überspannte Fantasie ihr einen Streich spielten, begann die Sache, sie zu interessieren.

Trotzdem hatte sie ihre andere Verabredung alles andere als vergessen. Wieder blickte sie auf die Uhr. „Vielen Dank, Kigri“, sagte sie. „Ich sag dir Bescheid, wenn wir wieder jemanden brauchen, um die nächste Ausgabe zu verkaufen.“

Er nickte und grinste breit. „Dich zu sehen – wenn auch nur unter diesem Hut – war das Risiko wert.“

Oh ja, die Scharfschützen auf dem Nachbardach. „Hoffen wir, dass du es etwas überschätzt hast“, grinste sie und stand auf.

Draußen ließ der Qualm der in nächster Nähe ankernden Dampfschiffe Svalris husten, aber selbst das war um Längen besser als die stickige Luft im Inneren der Kneipe. Die Journalistin war nur zu erleichtert, diesem Treffpunkt entronnen zu sein. Einen Vorteil hatte er jedoch. Svalris hatte von hier aus keinen langen Weg zu ihrem anderen Ziel für diese Nacht: Dem Ort, der als Schauplatz des Tiefufer-Massakers traurige Berühmtheit erlangt hatte.

# *Kapitel 17*
# Badyn

Natürlich hatte Badyn nicht erwartet, dass ihr Mitverschwörer sich herausreden konnte, aber ein winziger Zweifel war doch da gewesen. Schließlich konnte niemand so dumm und unvorsichtig sein! So war sie, als der kurz geratene Zwerg sich das strähnige braune Haar aus der Stirn wischte und alles mit einem trägen Grinsen eingestand, zunächst zu überrascht, um wütend zu werden. Aber der Zorn ließ nicht lange auf sich warten.

„Ich glaube es nicht!“, stieß sie hervor. „Ich bin dabei, ein Land auf den Kopf zu stellen und in den Krieg zu führen … mit dem größten Idioten Kiarvas an meiner Seite! Ich muss verrückt sein.“

Seine Augen verengten sich bei der Beleidigung. Er war rasch in seinem Stolz gekränkt, wie so viele Zwerge, die sich mühevoll hochgearbeitet hatten und von der alten Elite dennoch mit Verachtung gestraft wurden. Wahrscheinlich hätte Badyn damit rechnen sollen, dass er eine Kränkung wie die, die Grihin ihm mit der Ermordung seines Sekretärs zugefügt hatte, nicht hinnehmen würde. Aber wie hätte sie ahnen können, dass er die gefährlichste Waffe des Landes für seine Zwecke nutzen würde, ohne auch nur eine Sekunde lang über die Konsequenzen nachzudenken?

Die Generalin starrte diese jämmerliche Gestalt mit ihrer betont aufrechten Haltung und der etwas zu grell gemusterten Weste an. Er hatte sie in seinem „goldenen Salon“ empfangen, wie er es bevorzugte, zurückgelehnt auf dem ausladenden Sofa, den Kopf eingerahmt von Waffen, die er wahrscheinlich kaum hochheben konnte. Kaum zu glauben, dass dieser Zwerg der mächtige Gebieter über die Automaten war – wenn man bei den von Dämonenmagie animierten Wesen überhaupt noch von Automaten sprechen konnte, ausgefeilt und mechanisch verfeinert, wie sie waren.

Eine besonnenere Zwergin, als Badyn es war, hätte wahrscheinlich über die Macht nachgedacht, die die Kontrolle über die Maschinenwesen ihrem Gegenüber verlieh und hätte es sorgsam vermieden, ihn zu reizen. Aber Badyn war es gewohnt, dass man ihren Befehlen und Ratschlägen sorgfältig Folge leistete und hasste es, wenn Dinge außer Kontrolle gerieten. Und dieser Zwerg erwies sich als unmöglich zu kontrollieren.

Ihre Gefühle mussten sich deutlich auf ihrem Gesicht gespiegelt haben, denn der Schatten des kleinen Fabrikbesitzers, ein grimmiger Zwerg mit markanten Zügen, stoppelkurzem Haar und breiten, narbigen Händen, die sich nie weit von den Ausbeulungen in seiner Jacke entfernten, trat einen Schritt vor. Wahrscheinlich eine gute Idee.

Badyn spielte in Gedanken kurz durch, wie sie den kleinen Revolver aus ihrer Handtasche zog und ihrem Mitverschwörer eine Kugel in das offenbar nur eingeschränkt funktionsfähige Hirn jagte. Aber bei ihrer Waffe handelte es sich um eines der alten Modelle. Badyn war nicht sicher, ob sie überhaupt feuern würde. Ebenso sehr zweifelte sie an ihrer Treffsicherheit. Und da er so etwas in der Art zu erwarten schien, war es gut möglich, dass der Leibwächter ihr zuvorkam.

Aber vielleicht war es sogar ihre Pflicht, es trotz allem zu versuchen. Als der mächtigste Mann der Union konnte und würde der Zwerg vor ihr mit Sicherheit einigen Schaden anrichten. Aber mehr Schaden als elfische Invasoren? Sie bezweifelte es. Ohne ihn waren die Zwerge bei aller technischen Überlegenheit schutzlos, wenn die Magie tatsächlich mit aller Macht zurückkehrte. Sie entspannte sich.

„Apropos verrückt", sagte ihr Mitverschwörer. „Unser fremdartiger Freund hat uns mitgeteilt, dass zwei Personen mit interessanten Auren die Stadt betreten haben. Drasirai."

Badyn zuckte zurück, als hätte er sie geschlagen. Bilder, die sie am liebsten aus ihren Erinnerungen gelöscht hätte – jene Bilder, die sie dazu gebracht hatten, sich an diesem verrückten Plan zu beteiligen – flackerten in ihren Gedanken auf. Begleitet von der vertrauten, Übelkeit erregenden Angst. Angst, die sie über die Jahre in Wut zu verwandeln gelernt hatte. Wie konnte er diese Bedrohung nur so abtun? Hatte er ihr in all den Monaten nie zugehört?

Sie wollte bereits zu einer Tirade darüber ansetzen, dass gewiss die Tiefufer-Eskapade ihres Mitverschwörers dafür verantwortlich war, als ihr Verstand sich endlich in Bewegung setzte. Man konnte diesem Zwerg einiges vorwerfen, aber hierfür trug er gewiss nicht die Verantwortung. Shideris musste schon sehr viel früher Verdacht geschöpft haben, wenn die Drasirai bereits eingetroffen waren. Aber das hieß noch lange nicht, dass ihr Gegenüber ungeschoren davonkam:

„Ich wusste gar nicht, dass du so viel Sympathie für Elfen hegst. Bestimmt kommen sie vorbei, um sich für deinen netten Hinweis auf unsere magischen Umtriebe zu bedanken."

„Sollen sie es nur versuchen", bemerkte der Leibwächter gelassen. „Ich weiß mich um Ihre Sicherheit zu kümmern", versicherte er seinem Schutzbefohlenen.

Badyn stieß ein wenig damenhaftes Schnauben aus.

Der Leibwächter sah sie an und hob fragend eine Augenbraue. „Gerade Sie sollten keine abergläubische Angst vor Elfen haben. Das sind keine Dämonen, sondern Wesen, die bluten und sterben wie andere auch – nur kreischen sie etwas höher als wir."

„Sprechen Sie nicht von Dingen, von denen Sie nichts verstehen", fuhr Badyn ihn an. „Wir sprechen hier von Drasirai."

„Was sind Drasirai?"

In einer etwas anderen Stimmung hätte Badyn gewiss Anerkennung dafür empfunden, dass er ihren beleidigenden Ton ignorierte, und die Fragen stellte, für die er Antworten brauchte, um die Sicherheit seines Klienten zu gewährleisten.

Dennoch blieb ihr Gesichtsausdruck eine steinerne Maske der Missbilligung. Sie erklärte mit sachlicher Stimme: „Die Drasirai sind ... man könnte sie als eine Art Spezialeinheit bezeichnen, auch wenn das nur eingeschränkt zutrifft. Sie unterstehen direkt der Elfenkönigin und sind bekannt dafür, nicht nur furchterregende Kämpfer zu sein, sondern auch außergewöhnlich mächtige Magier. Angeblich haben sie irgendwelche Rituale, um ihre Kräfte zu stärken. Das heißt, dass sie jetzt, in einer Zeit, in der die meisten anderen keine Zauber wirken können, immer noch über ein wenig Magie verfügen. In der Vergangenheit wurden sie gelegentlich in offenen Schlachten eingesetzt – mit verheerenden Konsequenzen –, aber in erster Linie waren sie Spione, Saboteure und Attentäter, bekannt für ihren Fanatismus und ihre Unberechenbarkeit. Es gibt ein Sprichwort, demzufolge Drasiron weniger eine Berufung als vielmehr eine Diagnose ist – sie stehen in dem Ruf, sich gleichermaßen ihres Verstandes, ihres Selbsterhaltungstriebes und jeder Anwandlung von Gnade entledigt zu haben."

Badyn wollte nicht daran denken, aber natürlich kehrten ihre eigenen Erfahrungen, die ihre Worte nur zu gut bestätigten, in ihre Gedanken zurück. Sie erinnerte sich, wie sie, gerade erst volljährig, neben ihrem Onkel gestanden hatte, als er die elfischen Diplomaten empfing – elegant gekleidete Männer und Frauen mit Gesichtern wie aus Porzellan, die leise sprachen und sich bewegten, als hätten sie ihr Leben lang geübt, eine Teetasse auf korrekte Weise zu heben. Sie hatten sogar ausgesucht höflich reagiert, als man ihnen nahelegte, das Land zu verlassen, bevor wütende Zwerge diesem Anliegen mit Äxten und Musketen Nachdruck verliehen. Wer hätte gedacht, dass die hageren, lachenden Dämonen, die wenige Minuten später inmitten unzähliger Toter und Sterbender tanzten, derselben Spezies angehörten?

Die Stimme des Automatenmeisters riss sie aus ihren Gedanken. „Ich verstehe ja, dass du schlecht auf Drasirai zu sprechen bist, Badyn, aber sein wir realistisch. Es geht um zwei Elfen in einer feindseligen Stadt. Eldrir kontrolliert die Polizei, du kontrollierst die ein paar Meilen entfernt stationierten Grenztruppen und den Silberwurm – vorausgesetzt, er trifft demnächst ein."

Badyn konzentrierte sich auf den letzten Teil seiner Worte, um die gewagte Untertreibung und die offensichtliche Fehleinschätzung der Situation fürs Erste zu ignorieren. „Ja, das Schiff dürfte in ein paar Tagen einlaufen."

„Gut."

Der Silberwurm war eine Einheit, die sich halb aus Soldaten, halb aus Söldnern im Dienst der Firmen, die in den Kolonien Rohstoffe abbauten, zusammensetzte. Sie war in den letzten fünfundzwanzig Jahren ausschließlich in den Kolonien im Einsatz gewesen, auch, da sie letztlich niemand im Land der Union haben wollte. Diese Zwerge waren nicht nur eine lebende Erinnerung daran, dass der Kolonialisierungsprozess nicht halb so zivilisiert ablief, wie die Zeitungen es darstellten. Sie schafften es auch, überall, wo sie stationiert waren, Ärger zu verursachen.

Offiziell unterstanden sie Badyn, doch wenn die Generalin sich die politische Einstellung der meisten Soldaten vor Augen hielt, war es wahrscheinlich Angrin, der im Zweifelsfall den größeren Einfluss auf sie hatte. Oder der Zwerg vor ihr, da vielleicht ein Drittel der Soldaten von ihm bezahlt wurde. Ein Grund mehr, die beiden widerlichen Zeitgenossen bei Laune zu halten.

Badyn unterdrückte ein Seufzen. Zuerst hatte sie geglaubt, das Schlimmste an ihrer Verschwörung sei, unschuldige Zwerge zu opfern und einen Pakt mit einem elfischen Überläufer und dunklen Mächten einzugehen. Aber all das verblasste vor der Notwendigkeit, mit diesen Leuten zusammenzuarbeiten. Gewiss, Badyn blickte auf eine lange Geschichte erfolgreicher Kooperationen zurück – aber in der Regel hatten diese darin bestanden, dass ein Partner zu allem nickte, was sie befahl.

Sie drängte diese Gedanken beiseite und konzentrierte sich darauf, dem Automatenmeister zu widersprechen: „Dass es sich nur um zwei Elfen handelt, bedeutet, dass sie beweglich und unauffällig sind. Und um die Feindseligkeit der Zwerge müssen die sich keine Sorgen machen. Sie haben ihre Mittel und Wege, um nicht gesehen zu werden. Und wir können nicht nach ihnen fahnden lassen, ohne eine wasserdichte Geschichte zu haben. Andernfalls würde sich die Botschafterin und über sie Shideris einschalten und dann könnte es hässlich werden. Und wir sollten keine Minute lang so tun, als ob es sich bei ihnen um normale Spione handele. Wir wissen nicht, wozu genau sie in der Lage sind, aber wir sollten davon ausgehen, dass sie ihre eigene Sicherheit hintenanstellen.“ Sie warf dem Leibwächter einen bedeutungsvollen Blick zu. „Eine lästige Eigenschaft bei Attentätern.“

Der Fabrikbesitzer zuckte die Achseln. „Trotzdem. Sie werden sich sicher nicht an die Regeln halten und allein unterwegs sein. Ich sehe nicht ein, wieso sie nicht einem nach dem *Bergfalke*-Unglück aufgebrachten Mob von Angrins Anhängern begegnen sollten. Vielleicht können wir ihnen sogar das Tiefufer-Massaker in die Schuhe schieben. Entweder erledigen Angrins Anhänger sie oder die Elfen richten so viel Schaden unter ihnen an, dass wir guten Gewissens nach ihnen fahnden können. Und wer wird uns Vorwürfe machen, wenn sie solchen Widerstand leisten, dass wir sie erschießen müssen.“ Er warf ihr einen spöttischen Blick zu. „Soweit ich weiß, sind Drasirai sterblich.“

„Das sind sie zweifellos“, entgegnete sie und zwang sich, nicht die Fäuste zu ballen. Er machte sich über eine Angst lustig, die er nicht einmal ansatzweise verstehen konnte. Er war ein halbes Jahrhundert jünger als sie, aufgewachsen in einer Zeit, in der Technik über die erbärmlichen Überreste der Magie triumphierte. Er hatte nie erleben müssen, wie hilflos man sich im Angesicht eines Feindes mit unerklärlichen, unberechenbaren Kräften fühlte. Und – kleingeistiges, gieriges Ärgernis, das er war – verstand er nicht, dass sie im Gegensatz zu ihm nicht für ihren Profit, sondern die Freiheit kämpfte. Nie wieder sollten menschliche oder elfische Zauberweber das Land der Union beherrschen!

„Ich werde mit Angrin sprechen“, sagte er.

Badyns Schultern sackten herab. „Tu das“, entgegnete sie. „Doch rechne damit, dass Angrin ein paar Anhänger verliert … aber er hat ja genug.“

Er nahm keine Notiz von ihrem Sarkasmus. „Jeden Tag mehr, wenn die Zahlen, die er uns präsentiert, nicht allzu übertrieben sind. Natürlich helfen meine Spenden an die Zeitungen. Und ich kann nicht verstehen, wieso dich das zu stören scheint. Wenn du einen Krieg beginnst, solltest du dich freuen, wenn ihre Leute an das Land glauben, für das sie kämpfen."

„Diese Zwerge glauben nicht an die Union – sie glauben an eine Union, der die Herrschaft über ganz Kiarva zusteht."

Der Meister der Automaten zuckte die Achseln. „Wieso auch nicht. Die Herrschaft gehört dem, der sie sich nimmt. Und mit meinen neuen Spielzeugen gibt es nichts, was außerhalb unserer Reichweite liegt."

„Ich schlage vor, du gehst in Zukunft etwas verantwortungsvoller mit deinen neuen Spielzeugen um", sagte Badyn eisig. Ohne sich zu verabschieden, wirbelte sie herum und wandte sich zum Gehen, nur, um an der Tür wieder stehen zu bleiben. „Ich erwarte, dass du mir mitteilst, wenn Nummer Dreizehn zurückgekehrt ist, damit Eldrir und ich es in Augenschein nehmen und uns von seinem Zustand überzeugen können."

Dann ließ sie die Tür hinter sich ins Schloss fallen und marschierte mit Schritten, die all ihre unterdrückte Wut verrieten, den langen Korridor entlang.

# *Kapitel 18*

# Svalris

Vielleicht lag es daran, dass Svalris die Geschichte des Lagerhauses am Tiefufer kannte, aber beim Anblick des langgestreckten Gebäudes mit seiner abblätternden Farbe und den winzigen, vergitterten Fenstern beschlich sie der Wunsch, schleunigst umzukehren. Und das nicht nur, weil sie einen Einbruch plante.

Beim Gedanken, das Gebäude zu betreten, fühlte sie sich wie ein Kind, das sich zu einer Mutprobe in einer verfluchten Höhle oder einem Spukhaus hatte überreden lassen – und sowohl Zwerge, als auch Menschen erzählten sich gerne Geschichten über jene, die nicht wieder hinauskamen.

Wenn es jemanden gab, der jede dieser Geschichten kannte, war es wahrscheinlich Svalris. Teilweise in Schwarzspiegel, teilweise bei entfernten Verwandten ihrer halbmenschlichen Mutter aufgewachsen, hatte sie einen Großteil ihrer Kindheit und Jugend in den Dormitorien diverser Eliteschulen in Skanvien, dem südöstlichen, mehrheitlich von Menschen bewohnten Nachbarstaat der Union, verbracht. Wann immer die jungen Zwerginnen oder Menschenmädchen des Lästerns müde wurden, hatte jemand eine Kerze angezündet und mit unheimlicher Stimme eine wahre Geschichte angekündigt.

Svalris lächelte schief. Man konnte meinen, dass sie als erwachsene Frau, die solche Erzählungen erforschte, über abergläubische Angst erhaben war, aber wenn ihre Beschäftigung mit Magie sie eines gelehrt hatte, dann dass viele unheimliche urbane Mythen ihren Ursprung in wahren Begebenheiten hatten.

Und nun hatte sie die Chance, den Schauplatz einer solchen Begebenheit zu erkunden. Sie war so gut wie sicher, dass Magie involviert gewesen war. Magie, wie die des dunkelhaarigen Zwerges im Zug, die Svalris' Schatten eines Talents weit übertraf.

Gelegentlich fragte Svalris sich, ob die Götter, an die die Zwerge einst geglaubt hatten, nicht vielleicht doch existierten, denn die merkwürdige Gabe, mit der sie zur Welt gekommen war, hätte gut einer ihrer bösartigen Scherze sein können: Svalris war unfähig, die Fäden der Magie zu sehen oder zu beeinflussen. Aber sie spürte sie wie ein schrilles Pfeifen in ihren Ohren – und lebte mit der Gewissheit, dass überall, knapp unter ihrer Wahrnehmungsschwelle, eine andere Welt verborgen lag. Die mit dem Zweiten Gesicht begabten Zwerge, mit denen sie während ihrer diesbezüglichen Recherchen in Kontakt gekommen war, hatten sie mit ihren farbenfrohen Beschreibungen in dem Gefühl des Verlustes noch bestärkt.

*Fast geschafft*, dachte Svalris bitter. Wie so oft. Und wie so oft in einer Sache, auf die sie letztlich keinen Einfluss hatte. Sie war beinahe eine Zwergin, beinahe eine Zauberin, beinahe eine Verlegerin ... sie würde sich diesen Titel nicht anmaßen, solange ihr kleines Zeitungsprojekt nur durch das Geld ihres Vaters am Laufen gehalten wurde. Geld, mit dem er sich ihr Schweigen über seine Beziehung zu ihrer Mutter Sylra erkaufte. Das Bekanntwerden seiner Affäre mit der schönen, skandalumwitterten Halbzwergin würde der Karriere des konservativen Politikers kaum guttun. Und das, obwohl Sylra bei aller Missbilligung, die gerade die langweiligeren Vertreterinnen der besseren Gesellschaft gerne bekundeten, auch einigen Respekt genoss. Sie war nicht nur eine klassische, zwergische Schönheit, deren Charme jeden in ihren Bann zog und in deren Salon einige der reichsten, mächtigsten und begabtesten Zwerge der Union verkehrten, sondern auch eine der intelligentesten Frauen, die Svalris kannte. Und auch zu vielen von denen, die sich öffentlich nicht mit ihr sehen ließen, hatte Sylra einen guten Draht. Sie verstand es, die richtigen Zwerge miteinander in Kontakt zu bringen, und es gab mehr als einen Künstler oder Politiker, dessen Aufstieg ohne sie undenkbar gewesen wäre.

Wäre Svalris' Vater – vielleicht einer der bedeutendsten Männer der Union – willens und in der Lage gewesen, Sylra zu heiraten ... Die beiden hätten das Land regieren können wie die Hochkönige der Vergangenheit!

Mit leiser Bitterkeit dachte Svalris, dass alles, was diese gegensätzlichen, herausragenden Zwerge ihr mitgegeben hatten, eine wache, rastlose Intelligenz war - und das Gefühl, eine Enttäuschung zu sein. Ein wandelndes ‚Beinahe'.

Svalris straffte den Rücken, ging mit zielstrebigen Schritten auf den Eingang des Lagerhauses zu und tadelte sich für ihr Selbstmitleid. Sie mochte keine volle Zauberin sein, aber was sie jetzt tun würde – sich davon zu überzeugen, ob es wirklich Magie gewesen war, die Grihin und seine Bande getötet hatte – war dennoch etwas, wovon gewöhnliche Zwerge nicht einmal träumen konnten. Und diejenigen unter den Lesern ihrer Zeitung, die wirklich Bescheid wussten, würden es zu schätzen wissen. Svalris war stolz darauf, dass einige Mitglieder jener Zirkel magieinteressierter Zwerge das Magazin für sich entdeckt und untereinander weiterempfohlen hatten, sodass sie nun über ein weitmaschiges, aber ausgedehntes Abonnentennetz verfügte.

In den Tagen unmittelbar nachdem das Verbrechen bekannt geworden war, hatte es in der Gegend nur so von Schaulustigen gewimmelt und noch immer kamen kleine Grüppchen, um sich den Schauplatz des berüchtigtsten Mordes in der Stadtgeschichte anzusehen. Um drei Uhr morgens hatten die meisten von ihnen jedoch Besseres zu tun. Auch Svalris hätte eine andere Zeit vorgezogen, aber der Tatort wurde schließlich nicht ständig von Polizisten bewacht, die ihr einen Gefallen schuldeten.

Svalris reckte den Hals. Auf einem Hocker neben dem Haupteingang – einem breiten, zweiflügeligen Tor, das sich zum Kanal hin öffnete – saß eine zusammengesunkene Gestalt in dem vertrauten dunkelgrauen, doppelreihigen Uniformmantel. Der Kopf des Zwerges war nach vorn gesackt, sodass der breitkrempige Hut sein gesamtes Gesicht überschattete. Einen bangen Moment lang fragte Svalris sich, ob er tot war. Dann schalt sie sich für diesen unsinnigen Gedanken. Was war nur los mit ihr? Sie hatte schon immer eine lebhafte Fantasie besessen, aber auch einen scharfen, nüchternen Verstand, der diese für gewöhnlich gut ausbalancierte. Vielleicht lag es an seiner schlaffen Haltung, vielleicht an dem Eingang hinter ihm, der ihren Blick wie magisch anzog.

Das Tor bestand aus dickem, eisenbeschlagenem Holz, um potenzielle Einbrecher abzuhalten. Theoretisch hätte es auch die Person aufhalten sollen, die von innen hindurchgebrochen war und ein etwas mehr als zwergengroßes Loch hinterlassen hatte.

Man hatte von innen Bretter aus hellerem Holz vor das klaffende Loch genagelt, aber die gezackten Ränder und verbogenen Nägel legten beredtes Zeugnis von der Gewalt ab, der die Tür ausgesetzt gewesen war. Wahrscheinlich war es dieses Wissen, dass sich etwas da draußen befand, dem nicht einmal Holzbohlen und Stahl etwas entgegenzusetzen hatten, das ihren Nacken kribbeln und ihre Fantasie zu Hochtouren auflaufen ließ.

Natürlich war der Wachtposten nicht tot, sondern lediglich eingeschlafen. Ein leeres Lagerhaus zu bewachen, Tatort hin oder her, war schließlich kaum eine Aufgabe, die einen Zwerg nach Mitternacht wachhielt.

Allerdings blieb die Identität des Wachmanns eine Frage, die sich auf die Entfernung nicht beantworten ließ. Die Wahrscheinlichkeit, dass es sich um Jinri handelte, war groß, aber er konnte genauso gut kurzfristig für eine andere Aufgabe eingeteilt worden sein. Falls es ein anderer Zwerg war, würde er nicht sehr glücklich darüber sein, von ihr geweckt zu werden oder sie überhaupt in der Nähe des Lagerhauses zu sehen. Die Kombination aus öffentlicher Aufmerksamkeit und der vollkommenen Abwesenheit irgendwelcher Ermittlungsergebnisse ließ die Beamten noch empfindlicher als sonst auf jede Andeutung journalistischen Interesses reagieren.

Svalris seufzte. Sie musste es so oder so riskieren. „Jinri?“, rief sie. Er reagierte nicht. Sie trat näher und spähte unter seinen Hut. Es war tatsächlich Jinri. Aber ihr Blick wurde sofort vom Gesicht des Zwerges abgelenkt, denn nun fiel ihr etwas anderes auf: Das Vorhängeschloss, das die schweren Ketten zusammenhielt, mit denen die geflickte Tür gesichert worden war, hing offen in einem Kettenglied.

Svalris beschloss, den Polizisten weiterschlafen zu lassen, und schob mit wild klopfendem Herzen die Tür auf. Die Ketten klirrten dumpf und ihre Arme schmerzten von der Anstrengung; aber schließlich hatte sie es geschafft, die Tür einen Spalt breit zu öffnen, ohne dass Jinri sich in seinem Schlummer geregt hätte. Sie atmete tief durch und schob sich in die stickige Dunkelheit. Das raue, harzklebrige Holz der geflickten Bretter entglitt ihren zittrigen Fingern und die Tür fiel mit einem dumpfen Schlag ins Schloss.

Erneut musste Svalris einen Anflug von Panik niederkämpfen, aber ihre Neugier setzte sich rasch wieder durch. Langsam gewöhnten ihre Augen sich an das schwache Laternenlicht, das durch die winzigen, vergitterten Fenster fiel und die gestapelten Kisten in Schattentürme verwandelte. Da war auch eine hoch aufragende, gezackte Form wie ein grotesk verdrehter, mehrfach gebrochener Drachenhals.

Svalris griff in ihre Umhängetasche und zog eine kleine Lampe hervor. Beim dritten Versuch gelang es ihr, sie zu entzünden, sodass flackerndes Licht den Raum erfüllte. Der Drache stellte sich als Kran heraus und das Lagerhaus als sehr viel kleiner und beengter, als sie es sich vorgestellt hatte, da mehr als ein Drittel von deckenhohen Kistenstapeln ausgefüllt wurde. Der freie Raum wurde von zwei langen Tischen und vier Bänken eingenommen, drei davon umgeworfen, eine vollkommen zersplittert.

Erneut bemühte sich Svalris, ihren fliegenden Atem zu beruhigen. Nicht nur das Wissen, dass sie, sollte sie erwischt werden, leicht vor Gericht landen konnte, machte sie nervös. Es war auch der Raum an sich. Bei den menschlichen Verwandten ihrer Mutter aufgewachsen, konnte sie die berüchtigte zwergische Gleichgültigkeit gegenüber dunklen Räumen nicht ganz teilen.

Schon gar nicht bei dunklen Räumen wie diesem, der ihren sonderbaren Sinn für Magie auf eine ihr bisher völlig unbekannte Art und Weise zum Schwingen brachte. Während ihre Wahrnehmung magischer Kräfte oder Rückstände sonst eher einem schrillen, gleichmäßigen Sirren in ihren Ohren glich, war es hier eher wie das Äquivalent einer flackernden Lampe – unstet und entnervend.

Dann senkte Svalris den Blick und machte unwillkürlich einen Satz zur Seite. Sie stand auf einem Kreideumriss. Dem Kreideumriss eines einzelnen Armes. Der dazugehörige Körper hatte wohl einige Meter entfernt gelegen, und obwohl der Boden alles andere als sauber war, war der große dunkle Fleck, der sich wie der Körper einer monströsen Amöbe zwischen den beiden Umrissen ausstreckte, unverkennbar.

Svalris hob die Lampe. Da waren noch mehr Umrisse. Teilweise weit voneinander entfernt, teilweise eng zusammengedrängt. Da waren Zwerge, die lang hingestreckt gestorben waren, wahrscheinlich bei dem Versuch, zu fliehen. Andere waren zusammengerollt wie Embryos getötet worden, wenn sie die Umrisse richtig las. Und wieder andere hatte man allem Anschein nach in Einzelteilen gefunden.

Da waren auch Kreideumrisse in hellem Grün. Sie markierten blutige Fußspuren, die sich, teilweise in kleinen, teilweise in beinahe unmöglich weiten Abständen, zwischen den weißen Umrissen bewegten. Die Spuren des Mörders? Er hatte zierliche Füße für jemanden, der es mühelos mit vierzehn Zwergen aufnahm. Gerade als Svalris sich über eine der deutlicheren Spuren beugen wollte, ließ ein Knarren und Klirren von der Tür sie zusammenfahren.

Sie sah sich hektisch nach einem Versteck um. Eine sargartige Sperrholzkiste mit einem halb zersplitterten Deckel – offenbar war sie im Laufe des Kampfes beschädigt worden – erregte ihre Aufmerksamkeit. Schneller als sie es sich je zugetraut hätte, löschte Svalris ihre Lampe und hechtete hinein. Sie landete weich auf einem stoffgefüllten Sack. Lumpen, um Kisten mit empfindlicher Fracht auszupolstern? Egal. Es zählte nur, dass sie außer Sicht war.

Wieder der dumpfe Schlag und das Zusammenschlagen der Ketten, mit denen die Tür ins Schloss fiel. Und dann Stille. Als schließlich nur wenige Schritte von ihr entfernt Stimmen erklangen, zuckte Svalris zusammen. Die Sprecher mussten sich vollkommen lautlos durch den Raum bewegt haben. Und sie sprachen Cirdayanisch.

Svalris hatte die Elfensprache seit ihrer Schulzeit nur selten gehört, aber die fast überdeutliche Artikulation der beiden machte es ihr leicht, sie zu verstehen.

„Was siehst du?" Eine angenehme Männerstimme. Allem Anschein nach war die gute Laune des Sprechers ungetrübt von der Umgebung. Weiches, gelbes Licht fiel durch die Ritzen zwischen den Kistenbrettern. Einer der beiden musste eine Lampe tragen.

„Das ist … interessant." Diesmal sprach eine Frau. Ihre Stimme erinnerte Svalris an das Plätschern eines eisigen Baches. „Sieh dir das an: Da sind die Auren der Toten – ich wünschte, ich könnte diese Scherben lesen! Und diese Spuren zwischen ihnen …"

*Sie sehen Magie*, dachte Svalris aufgeregt.

„Als ob etwas alle Magiefäden ausgelöscht hätte. Ein wenig wie die Totenauren." Das war wieder der Elf.

„Ja, aber ohne jegliche Scherben."

„Faszinierend. Heißt das, was auch immer hierfür verantwortlich ist, ist toter als tot?"

„Möglich. Mit Sicherheit hockt aber jemand sehr Lebendiges in dieser Kiste da."

„Oh, wirklich? Wie interessant." Der männliche Sprecher wechselte in Zwergisch; den Hauch eines melodischen Akzents und ein böses Grinsen in der Stimme. „Ich wäre Ihnen sehr verbunden, wenn Sie ihr Versteck verlassen würden, unbekannter Zwerg."

Svalris tat wie geheißen. Zitternd erhob sie sich aus der Kiste und blinzelte ins Lampenlicht der beiden hochgewachsenen Gestalten, die im dämmrigen Raum standen. Ein dunkelhaariger Mann in Gehrock und Zylinder (er hatte seine Lampe neben sich auf einen Kistenstapel gestellt) und eine geisterhaft blasse Frau in einem taillierten, dunkelgrauen Brokatmantel mit Stehkragen. Ihre gekreuzten Arme verschwanden unterhalb ihrer Taille unter den Schößen ihres Mantels. Lagen sie auf Messer- oder Pistolengriffen?

Svalris hob die leeren Hände. „Ich gehe einmal davon aus“, begann sie mit einer eisigen Ruhe, die ihr rasender Puls Lügen strafte, „dass Sie genauso wenig hier zu suchen haben wie ich und daher kein Interesse daran, dass jemand uns hier findet.“

Der dunkelhaarige Mann lächelte. Während seine Begleiterin anmutig, aber völlig reglos dastand, das Gesicht wie eine Maske aus Porzellan, war seine Miene in ständiger Bewegung. Etwas an ihm vermittelte Svalris das Gefühl, als könnten seine makellose Haut und seine symmetrischen Züge jederzeit zusammenschmelzen, um einer grinsenden Dämonenfratze dahinter Platz zu machen.

Es war nicht direkt unattraktiv, wirkte er doch um ein Vielfaches lebendiger als die Elfe an seiner Seite. Nur eben auch sehr, sehr beunruhigend.

„Machen Sie sich keine Sorgen, verehrte Zwergin. Der Polizist am Eingang schläft tief und fest und die Frühschicht der hiesigen Arbeiter beginnt erst in zwei Stunden. Wir sind allein.“

Sein Lächeln wurde breiter und unheimlicher.

„Ist das ein Wir-werden-unbehelligt-unserer-Wege-ziehen-Allein oder ein Niemand-wird-dich-schreien-hören-Allein?“, fragte Svalris und versuchte sich selbst von der Ironie in ihrer Stimme zu überzeugen. Was nicht ganz leicht war. Diese Elfen hatten etwas an sich, das in ihr den Wunsch weckte, auf dem Absatz herumzuwirbeln und davonzurennen. Dumm nur, dass der einzige Ausgang hinter den Neuankömmlingen lag. Zumindest der einzige, dessen Lage sie kannte.

Der Elf strahlte. „Ausgezeichnet!“, lobte er. „Ich liebe es, wenn Leute gute Fragen stellen.“

„Ich liebe es, wenn Leute gute Fragen beantworten“, gab Svalris zurück.

„Ich würde sagen“, mischte seine Begleiterin sich ein, „das hängt ganz von Ihnen ab.“

Auch sie lächelte, als wäre Svalris‘ Frage scherzhaft gewesen. Im spärlichen Licht konnte die Zwergin den Ausdruck ihrer Augen nicht lesen, aber etwas ließ sie vermuten, dass das Lächeln nicht bis zu ihnen hinaufreichte.

Ein Moment angespannten Schweigens verstrich, unterbrochen nur von dem schnellen Rhythmus, den der Elf mit den Fingern auf eine Kiste trommelte. Es war keine nervöse Geste, eher ein sehr unelfischer Ausdruck überschüssiger Energie.

Dann kamen neue Geräusche hinzu und jäh änderte sich alles. Schwere Schritte und raue Stimmen erklangen. Das dicke Holz der Tür dämpfte sie so sehr, dass Svalris kein Wort verstand. Die Elfen schienen dabei mehr Erfolg zu haben, denn sie wechselten alarmierte Blicke und sprinteten auf die Tür zu.

Zu spät. Rasselnd wurden die Ketten wieder vorgelegt. Der Schein der Lampe der beiden Neuankömmlinge wurde plötzlich von einer immer größer werdenden Pfütze öliger Flüssigkeit reflektiert, die sich vom Türspalt aus über den Boden ausbreitete. Glasflaschen flogen zwischen den Gitterstäben vor den Fenstern hindurch und zersplitterten auf dem Boden. Die Kreideumrisse verschwammen, als noch mehr von der Flüssigkeit über sie hinwegspülte. Ein scharfer, chemischer Gestank verbreitete sich.

„Weißfeuer!", stieß der Elf hervor.

Seine Begleiterin bedachte ihn mit einem Seitenblick. „Ich bin überrascht, dass du kein hingerissenes ‚Wie Aufregend!' hinzufügst", bemerkte sie gelassen. Aber ihre Augen huschten hektisch hin und her und ihr Kopf ruckte von links nach rechts wie der eines nervösen Vogels.

Svalris hatte gerade erst verstanden, was geschah, als die nächsten Flaschen hereinflogen. An diesen waren brennende Lappen befestigt. Sie malten feurige Bögen in die dämmrige, stickige Luft, bevor sie auf dem Boden aufschlugen und die Pfützen in Brand setzten.

Sie hatte mit Flammen gerechnet. Aber nicht mit den blendenden, beinahe schon bläulich weißen Feuersäulen, die umgehend brüllend in die Höhe schossen.

„Der Fluchtweg!" Die helle Stimme der Elfe ging beinahe im Tosen der Flammen unter. „Die Berichte erwähnen einen Fluchtweg!"

Svalris sah sich hektisch um und entdeckte einen Kreideumriss, der nicht zu den anderen passte. Sie hatte ihn in dem Wirrwarr aus Linien zuerst übersehen, aber nun, da sie hinschaute, konnte es sich nicht um den Umriss einer organischen Form handeln. Und ja, es ergab Sinn. Natürlich würden die Ermittler den Fluchtweg markieren, der mysteriöserweise nicht genutzt worden war.

„Da, ein Pfeil", rief Svalris.

Die beiden Elfen folgten ihrem Blick zu dem auf den Boden gekrakelten Pfeil, der auf einen an der Wand lehnenden Kistenstapel wies. Sie sprinteten hinüber. Die leeren Kisten gaben bereits nach dem ersten Stoß nach und verteilten sich über den Boden, um eine kleine, verriegelte Seitentür freizugeben.

Hinter ihnen brüllten und tobten die Flammen in ihrer unnatürlichen Hitze und Helligkeit. Der Rauch kratzte und brannte in Svalris' Kehle, aber sie befürchtete, dass die Flammen sie erreichen würden, noch bevor sie erstickte. Es sei denn natürlich, sie entkämen durch diese Tür.

Es sah nicht gut aus. Der Riegel war schnell gehoben, aber die kleine Pforte schien von außen blockiert zu sein. Die Elfen warfen sich gegen die Tür. Svalris hätte ihnen gerne geholfen, aber sie war viel zu beschäftigt damit, sich in einem Hustenanfall zu krümmen.

Wieder und wieder stemmten sie ihre Schultern gegen die Tür oder traten dagegen. Und endlich, endlich öffnete sie sich einen Spalt breit. Schließlich stand sie so weit offen, dass sie sich hindurchzwängen konnten.

Svalris bildete das Schlusslicht. Sie stolperte über den Felsbrocken, der die Tür offensichtlich blockiert hatte, und landete hart auf Händen und Knien, doch sie rappelte sich auf, ohne den Schmerz zu registrieren. Der Gang, in dem sie sich wiederfanden, war stockdunkel und grob in die Bergwand gehauen. Sie hastete ihn entlang, die Arme zu beiden Seiten ausgestreckt, sodass ihre Fingerspitzen an den feuchten, unregelmäßigen Steinwänden entlangglitten.

„Halt", erklang es aus der Dunkelheit vor ihr. Die Warnung bewahrte sie davor, in die Elfen hineinzurennen. „Hier ist wieder eine verriegelte Tür."

Es scharrte leise. Dann wurde die vollkommene Dunkelheit von weichem, gelbem Licht ersetzt. Sie waren nicht lange genug in dem Tunnel gewesen, um sich an die vollständige Schwärze zu gewöhnen. Daher war keiner von ihnen zu geblendet, um zu erkennen, dass sie nicht allein auf dem hinter einer Felsnase verborgenen Quai waren, auf den sich der Tunnel öffnete. Eine Gruppe kräftiger, schwer bewaffneter Zwerge starrte ihnen grimmig entgegen.

„Ich sagte doch, ich habe Licht gesehen!", sagte einer von ihnen triumphierend.

„Na und? Hätten wir sie eben mitgeröstet. Weniger Arbeit für uns jetzt."

„Elfen? Was machen die denn hier?"

„Nicht mehr viel, wenn wir fertig sind. Dreckige Spione!"

„Ich muss zugeben, dass Sie mich etwas verwirrt sehen", sagte die Elfe mit einem entwaffnenden Lächeln. „Ich frage mich, wie Zwerge von begrenzten Mitteln und noch begrenzterer Intelligenz an eine komplexe alchemistische Substanz wie die kommen, mit der sie das Lagerhaus angezündet haben."

Svalris räusperte sich. „Ähem … Sind Sie sicher, dass Sie die Situation begriffen haben?“, fragte sie fassungslos. „Diese Zwerge halten Sie für Spione.“

„Ein bedauerlicher Fehler“, erklärte der dunkelhaarige Elf grinsend und trat einen Schritt vor. Zwei bösartig gezackte Messer, eine Art Machete, ein altmodisches Gewehr und drei schwere, aber durchaus handliche Eisenstangen richteten sich auf ihn. Unbeeindruckt von den Waffen fuhr er fort: „Das wird uns nicht annähernd gerecht. Sehen Sie mal …“

Er wandte sich an den ihm am nächsten stehenden Zwerg. Beinahe so groß wie ein klein gewachsener Mensch und mit einschüchternd breiten Schultern sah dieser aus, als könnte er den Kopf des Elfen zwischen seinen Händen zerdrücken – wenn er nur bereit wäre, lange genug den Griff seines Messers loszulassen. Der Elf wirkte nicht im Geringsten beunruhigt, sondern griff in eine Tasche seines Gehrocks. Ein Zucken ging durch den Halbkreis aus Zwergen. Aber als seine Hand wieder zum Vorschein kam, lag ein Kartenspiel in seinen langen, blassen Fingern, das er in aller Seelenruhe zu mischen begann, bevor er es dramatisch auffächerte und dem Zwerg vor ihm hinhielt.

„Ziehen Sie eine Karte.“

„Ich bin doch nicht verrückt und lass mein Messer fallen, Spitzohr! Ich weiß nicht, was das soll, aber wenn du glaubst, dass …“

„Dann wähle ich für Sie, wenn es recht ist.“

Die nächste Bewegung des Elfen war zu schnell, als dass Svalris ihr bewusst hätte folgen können. Scheppernd fiel die Waffe des Zwerges zu Boden, als er die Hände hoch an seine Kehle riss, wo sich ein roter Spalt öffnete. Der Elf stand da, nonchalant wie eh und je; aufgefächerte Karten in der einen Hand, eine einzige, leicht blutbefleckte Karte zwischen Daumen und Zeigefinger der anderen. Gelassen sah er zu, wie der Zwerg, gurgelnde Laute von sich gebend, zu Boden sackte.

„Glücklicherweise“, lächelte er, „bin ich verrückt.“ Dann schien er sich der einzelnen Karte in seiner linken Hand zu erinnern und er zeigte sie den Zwergen. „Pik sieben. Eine ziemlich banale Wahl, finden Sie nicht?“

# *Kapitel 19*

# Kyrai

Wenn es je eine Chance auf einen eskalationsfreien Ausgang dieser Begegnung gegeben hatte, war sie mit dem Zwerg gestorben. Wahrscheinlich war das genau, was Phandrael beabsichtigt hatte. Und so wenig Kyrai das auch gutheißen mochte, musste sie nun erst einmal lange genug überleben, um ihrer Missbilligung Ausdruck zu verleihen.

Brennend und kribbelnd erwachten ihre Dryadenmale zum Leben. Die Magielinien flammten gleißend hell um sie herum auf und verbanden sich dort, wo das Baumwesen sie gezeichnet hatte, mit ihrer Haut. Da waren scharfe, kleine Impulse, wo sie ältere Male berührten und gedämpftere bei den neuen Zeichen, die ihre Kraft noch nicht voll entfaltet hatten. Kyrai spürte, wie ihre Gedanken sich beschleunigten und die wunderbare Klarheit der Magie über sie kam. Im Gegensatz zu Phandrael, dem seine Drasirai-Tätowierungen keineswegs zu mehr Ruhe und Kontrolle verholfen zu haben schienen, ließ Kyrais Magie alle Zweifel, alle aufgewühlten Emotionen verschwinden. Da waren nur noch ein rationales Bewusstsein, das leise Befriedigung angesichts seiner eigenen Funktionalität empfand, und das reine, ästhetische Vergnügen, die wunderschönen Bögen und Knoten der Magiefäden zu betrachten.

Kyrai spürte sie wie Wasserströmungen, als sie mit langen, schnellen Schritten nach vorn und hinter den Zwerg glitt, der das Gewehr hielt. Phandraels kleine Demonstration beiläufiger, gut gelaunter Gewalt schien ihn schockiert zu haben.

Er zitterte. Kyrai beschloss, ihm beim Zielen zu helfen. Bevor er auch nur begriffen hatte, was für ein Fehler es gewesen war, sie für einen Augenblick aus den Augen zu lassen, lagen schmale, blasse Finger wie Stahlklauen über seinen Händen. Ein anderer Zwerg drehte sich nach ihnen um – und taumelte gleich darauf nach hinten. Schrot war für Kyrais Geschmack zu unpräzise, aber auf kurze Distanz zweifellos verheerend.

Sie entwand dem verständnislosen Zwerg die Waffe und ließ sie mit aller Kraft auf seinen Kopf niederfahren, als sie an ihm vorbeiwirbelte. Benommen, aber allem Anschein nach noch nicht bewusstlos, sackte er zu Boden, woraufhin sie ihm den Gewehrkolben in den Solarplexus rammte. Sein Kopf krümmte sich Kyrais in die Höhe schnellendem Fuß entgegen.

Mühelos wich die Drasirah einem Schlag aus. Die Absicht des Trägers hatte die geplante Bahn in das Netz gezeichnet, bevor er auch nur ausgeholt hatte. In rascher Folge wirbelten Kyrais Mantelschöße und der lange Dolch, den sie gezogen hatte, durch die Luft, nur kurz gebremst vom Gesicht des Zwerges.

Kyrai lächelte angesichts der Muster, die ihre Bewegungen im magischen Netz woben. Fließende Bögen und Spiralen, Radien und Fächer aus Licht, angenehm kontrastiert von der Dunkelheit zusammenbrechender Auren und den markanteren, eckigeren Formen ihrer Scherben.

Kyrai tänzelte weiter, zog die mit ihrer Haut verschmolzenen Magiefäden wie Seidenbänder hinter sich her. Das scharfe Brennen, das ihren Körper durchzuckte, als die neuen Dryadenglyphen vollends zum Leben erwachten, war nur von kurzer Dauer; beinahe sofort überlagert von der faszinierenden Ahnung, wozu sie nun fähig sein mochte.

Sie wandte sich den drei verbliebenen Zwergen zu, doch wie es schien, würden ihre neuen Fähigkeiten fürs Erste nicht zum Einsatz kommen, denn im Augenblick machte niemand Anstalten, aufeinander loszugehen. Die drei überlebenden Zwerge hielten nach wie vor ihre Waffen – ein Zwillingspaar Messer und die beiden Eisenstangen. Auch Phandrael, der lässig inmitten verstreuter Spielkarten dastand, hatte mittlerweile eine lange, dünne Klinge aus dem Ärmel geschüttelt. Kyrai staunte, dass ihr Gefährte noch immer seinen Zylinder trug. Was sie über ihn wusste und aus den Augenwinkeln gesehen hatte, deutete auf eine ganze Reihe von Bewegungen hin, die jeden Kampfausbilder dazu gebracht hätten, ihn anzuschreien. Wahrscheinlich würde der Elf nie mit ein paar gradlinigen Schlägen erledigen, was sich mit leichtsinniger Akrobatik bewerkstelligen ließ. Kyrai fragte sich, wie der Drasiron jahrzehntelang hatte überleben können. Was Shideris bewogen hatte, gerade ihn auf eine Mission von solcher Wichtigkeit zu schicken. Und was Phandrael nun eigentlich vorhatte.

Im Augenblick schien der Elf ganz davon gebannt, seiner eigenen Stimme zu lauschen. Der Zylinder war ihm zwar nicht vom Kopf geflogen, jedoch etwas nach vorne geglitten, sodass die obere Hälfte seines Gesichts im Schatten lag. Nur gelegentlich glitzerten seine arktisch blauen Augen auf, als er in aller Seelenruhe seinen Satz beendete: „...weil wir uns das Lagerhaus näher angesehen haben, oder bringt ihr einfach willkürlich Elfen auf den Straßen um?“

Phandrael war der einzige Mann, den sie kannte, der eine solche Frage vollkommen ehrlich klingen lassen konnte.

„Habt ihr das *Bergfalke* vom Himmel geholt, weil wichtige Männer darin saßen und ihr den Triumph zwergischer Technologie nicht ertragen könnt, oder bringt ihr einfach willkürlich Zwerge um?“, schoss einer seiner Angreifer zurück. Es klang ein wenig nasal, da Blut aus seiner gebrochenen Nase seinen ohnehin dreckigen Hemdkragen tränkte.

„Seit ein paar Jahrzehnten nicht mehr“, entgegnete Phandrael gelassen. „Keine Ahnung, wie ihr darauf kommt, dass wir etwas mit dem *Bergfalke*-Unglück zu tun haben können.“

Kyrai unterdrückte ein Stöhnen.

„Keine Ahnung ... und das sagt einer der Elfen, die vor ein paar Tagen Zwerge regelrecht auseinandergenommen haben?“

„Augenblick. Ihr macht uns auch noch für das Tiefufer-Massaker verantwortlich? Das ist ziemlich rassistisch.“ Sein geschmeichelter Ton widersprach seinen Worten.

Kyrai schlich sich behutsam an die Zwerge heran, von denen keiner sich die Mühe machte, nach ihr Ausschau zu halten. Wahrscheinlich waren sie zu gebannt von Phandraels Mischung aus Mordlust und überdrehter Fröhlichkeit gewesen, um mitzubekommen, was mit ihren Freunden geschehen war. Angesichts des breiten, beunruhigenden Grinsens unter dem Schatten der Zylinderkrempe war es nur zu verständlich, dass sie eine Elfe, die aussah, als könnte sie jederzeit in der Mitte durchbrechen, vorübergehend vergaßen. Das war die Sorte Fehler, aus der zu lernen sie keine Chance haben würden.

„Leugne es nicht!“

„In der Gesellschaft von Zwergen, die mich zuerst in einem brennenden Gebäude einschließen und dann in Einzelteile zerhacken wollten, habe ich keine Geheimnisse. Schließlich sind wir uns darin, was wir tun, sehr ähnlich, nur, dass ich besser darin bin ...“

Einer der Zwerge beschloss, dass genug geredet worden war und stürzte sich auf Phandrael. Kyrai stimmte ihm aus vollem Herzen zu, was jedoch nichts daran änderte, dass die jähe Attacke trotz ihrer verblüffenden Geschwindigkeit

Selbstmord war. Phandrael sprang über die Eisenstange, die ihm andernfalls die Schienbeine zerschmettert hätte, hinweg. Seine Messerhand vollführte einen untypisch knappen, gradlinigen Stich unter die Schädelbasis des Angreifers.

Die übernatürlichen Fähigkeiten der Drasirai waren keinesfalls identisch und es galt als unhöflich, allzu direkt danach zu fragen, aber Kyrai vermutete, dass Phandrael mit einer Kombination aus beschleunigten Reaktionen, perfektem Gleichgewicht und womöglich noch erhöhter Schnelligkeit und Stärke gesegnet war. Ähnlich wie ihre Fähigkeiten … zumindest die, die sie bereits kannte.

Phandraels Klinge mochte ihr Ziel gefunden haben, aber sie blieb auch dort. Das brachte den Elfen, der offenbar damit gerechnet hatte, sie herausziehen und sich dem nächsten Zwerg zuwenden zu können, für einen Moment aus dem Gleichgewicht. Lange genug, dass einer der anderen Zwerge einen Treffer landen konnte. Phandrael riss reaktionsschnell den Kopf zur Seite, aber er konnte nicht verhindern, dass die Stange ihm den Zylinder vom Kopf fegte und seinen Kopf streifte. Angesichts der Funken, die das Metall auf der Felswand hinter ihm schlug, musste selbst ein Bruchteil der Wucht des Schlages in Benommenheit resultieren. Kyrai konnte von Glück sagen, dass der Drasiron nicht gleich zu Boden ging.

Ein rascher Handkantenschlag Kyrais setzte den Zwerg außer Gefecht, bevor er nachsetzen konnte. Dann war schon der letzte der Angreifer unangenehm dicht heran. Zwei Magiebögen hingen in der Luft zwischen ihnen, dicht gefolgt von den silbrigen Linien, die die beiden gezackten Messer des Zwerges in die Luft malten. Er war gut. Doch Kyrai war eine Drasirah – der Kampf war entschieden. Sie fing einen seiner Arme zwischen ihrem Oberarm und Körper ein. Ihre andere Hand schoss vor und traf zielsicher sein Handgelenk. Ein Messer fiel zu Boden. Kyrai packte seinen Daumen und drehte. Kurz bevor sie ihm den Finger brach, gab der Zwerg nach und sank in einer merkwürdig verdrehten Haltung auf ein Knie. Kyrai wollte gerade auch ihn bewusstlos schlagen, als etwas sie um Haaresbreite verfehlte und in der Stirn des Zwerges landete. Phandrael war offenbar nicht so gründlich außer Gefecht gesetzt, wie sie gedacht hatte.

Aber dafür hatten sie nun ein anderes Problem: Ganz in der Nähe erklang das stetig lauter werdende Stampfen und Keuchen eines Schiffsmotors. Und die Zwergin, die sie in dem Lagerhaus gefunden hatten, war nirgendwo zu sehen.

## *Kapitel 20*

# Drúdir

Wahrscheinlich war es nicht weiter ungewöhnlich, sich durch einen Raum voller Fremder zu bewegen, als steckte man in einer der neuartigen Taucherglocken aus zentimeterdickem Glas, die vor einigen Wochen Schlagzeilen gemacht hatten. Was Drúdir jedoch deprimierte, war, dass diese Empfindung ihn streng genommen sein Leben lang begleitet hatte. Und nicht nur im Kontakt mit Fremden. Tatsächlich empfand er es in diesem Augenblick als seltsam tröstlich, dass ihn nichts mit den Zwergen hier verband und er das nagende Gefühl der Isolation auf diesen Umstand schieben konnte. Er fragte sich, ob Findras Anwesenheit es hätte lindern können, glaubte aber nicht wirklich daran. Wenn sie ihn ansah, sah sie glühende Augen und Schattenranken. Das mit den glühenden Augen hatte Drúdir überrascht – und ein Teil von ihm genoss das Drama. Der Teil, der nicht seinen kläglichen, teilweise von ihm selbst sabotierten Versuchen nachtrauerte, irgendwo Anschluss zu finden. Irgendwie hatte die Idee ihren Reiz, sich mit seiner – noch immer wehrte Drúdir sich gegen das Etikett „Nekromantie" – Magie zu identifizieren und ein für alle Mal mit der Welt gewöhnlicher, vernünftiger Zwerge abzuschließen. Wenn eine magische Verbindung zu den Toten einem nicht das Recht zu grimmigem Eigenbrötlertum gab, was dann?

Gerade als Drúdirs Augen zu dem offenen Getränkekabinett hinüberwanderten, verließ Rúnwis den Zirkel aus Zwergen, mit denen er sich zuvor ebenso angeregt wie gedämpft unterhalten hatte. Interessiert stellte Drúdir fest, dass er nicht die einzige angespannte, deplatziert wirkende Person im Raum war. Gewiss, mit seinem langen, zerzausten Haar, dem zerknitterten Hemd und der abweisenden Haltung mochte Drúdir selbst optisch herausstechen, und er war der einzige der Gäste, der zum ersten Mal hier war. Aber Rúnwis schien sich kaum wohler zu fühlen als er. Man könnte fast meinen, es wäre nicht der Professor gewesen, der eine kleine Gruppe alter Freunde in das anheimelnde Raucherzimmer der Geschichtsfakultät eingeladen hatte.

Nicht alle der Anwesenden wirkten wie die Akademiker, die man an solchen Orten erwarten würde. Drúdir entdeckte einen breitschultrigen Zwerg mit narbigen Händen und einem etwas zu formellen Anzug mit abgewetzten Ellenbögen, der nicht so ganz zu den vier Wissenschaftlern und Studenten in ihrer nachlässigen Garderobe passen wollte, selbst wenn man berücksichtigte, dass experimentelle Ingenieure und Maschinenbauer sich selten zu fein waren, selbst Hand anzulegen und ihre Prototypen eigenhändig zusammenzubauen. Ebenso sehr stach ein beinahe feingliedriger Zwerg mit einer blonden Haarmähne, die offenbar unfrisiert aussehen sollte, und einem halboffenen Hemd unter einer runenverzierten Weste aus der Gruppe heraus. Alles an ihm schrie ‚exzentrischer Künstler'.

All diese Zwerge die Köpfe zusammenstecken zu sehen, ließ selbst bei Drúdir die Verschwörungswarnglocken läuten. Die Barrieren zwischen den verschiedenen Schichten und Professionen mochten in den Ländern der Union nicht so unüberwindlich sein wie bei den Menschen, aber diesen Grad an Vertrautheit fand man nur, wenn Zwerge von einem höheren Ziel vereint wurden. Beispielsweise einem ungesunden Interesse an Magie, das sich jedoch deutlich anders als das Fragars und seiner Freunde äußerte. Während jene sich geradezu überschlagen hatten, um Drúdir in ihrer Mitte willkommen zu heißen, warf diese kleine Versammlung ihm Blicke zu, in denen sich Misstrauen spiegelte. Wieder war Rúnwis die Ausnahme. Er wirkte beinahe schuldbewusst. „Drúdir. Ich freue mich, dass Sie kommen konnten."

„Danke. Wollen Sie mir nicht Ihre Freunde vorstellen?"

„Oh, ja natürlich …" Bevor Rúnwis seinen Worten Taten folgen lassen konnte, nahmen die Versammelten ihm das ab. Die junge Zwergin, die in der Bibliothek einen Bücherstapel an Drúdir vorbeibalanciert hatte, hob den Kopf. „Esdis", stellte sie sich vor und rückte ihre Brille zurecht. Sie deutete auf den Künstlerzwerg, der gerade tief Luft holte, wahrscheinlich in Vorbereitung auf einen dramatischen Auftritt. „Und das ist Albin. Rennen Sie weg, wenn er auf seine Theaterstücke zu sprechen kommt." Zufrieden, ihm den Auftritt verdorben zu haben, warf sie Albin ein kleines, triumphierendes Lächeln zu. Er revanchierte sich mit einem Ellenbogen in ihre Seite, woraufhin Esdis ihn mit einem verächtlichen Blick bedachte, es aber nicht schaffte, sich ein Grinsen zu verkneifen. Die Mienen der anderen „Verschwörer" schalteten von ernster Besorgnis auf strenge Missbilligung um.

„Drúdir", stellte Drúdir sich vor. „Aber das wissen Sie sicher schon."

Der Uhrmacher fragte sich, was sie noch wussten. Aber angesichts ihrer Geheimnistuerei würde er sich das wohl noch ein wenig länger fragen. Netzwerk war nicht gleich Netzwerk, erinnerte er sich. Es gab viele dieser kleinen Zirkel, die mehr als froh waren, Informationen von anderen Magieinteressierten zu empfangen … und nicht im Geringsten daran dachten, selbst welche zu teilen. Deswegen wunderte es Drúdir ein wenig, dass Wisdrin seine Fähigkeiten Rúnwis gegenüber erwähnt hatte.

In rascher Folge stellten sich auch die drei anderen Zwerge vor, womit der einfache Teil ihrer Versammlung zu Ende war. Nervöse Blicke flogen hin und her.

„Bist du sicher?“, fragte der breitschultrige Zwerg an Rúnwis gewandt.

Albin vollführte eine affektierte Geste, als verscheuche er eine gigantische Mücke. „Bitte, Brúnir! Soweit ich weiß, stehen auf der heutigen Agenda nur ein paar harmlose Fragen an unseren Gast.“

Drúdir verschränkte die Arme. „Beinhaltet sie vielleicht auch, dass die harmlosen Fragen des Gastes beantwortet werden?“

Rúnwis hob beschwichtigend die Hände. „Alles zu seiner Zeit, Meister Drúdir. Die Sache ist die … Die Dinge sind etwas komplizierter, als Sie als Außenstehender wissen können, und wir haben unsere Gründe, gewisse Dinge im Verborgenen zu lassen …“

„Ich will nicht wissen, ob ihr heimlich ein paar magische Feuer heraufbeschwört, ich wüsste nur gerne, warum und wohin sich Kargan verabschiedet hat!“

„Magische Feuer!“ Albin schnaubte.

„Nun … Kargans Abschied ist gewissermaßen Teil der Komplikationen. Wir haben schlechte Erfahrungen damit, unser Wissen allzu freizügig zu teilen, schließlich tragen wir eine große Verantwortung. In den falschen Händen könnten unsere Kenntnisse fatale Folgen haben. Ich hoffe, Sie haben Verständnis, dass wir Sie nicht sofort einweihen. Wenn Fragar und Wisdrin es nicht empfohlen hätten, nicht sogar darauf gepocht hätten, dass es Ihnen zusteht, wären Sie nicht hier.“

„Fragar hat Ihnen meinen Besuch angekündigt?“

Wieder musste Drúdir an die Testamentseröffnung und Fragars mysteriöse Worte über ein Erbstück denken, das in dieser Bibliothek auf ihn warten sollte. Allerdings hatte Rúnwis es bisher nicht erwähnt und Drúdir fragte sich, ob es sich dabei nicht um das verquere, magische Wissen handelte, das diese Zwerge offenbar hüteten. Falls dies der Fall war, gingen Fragars und Rúnwis‘ Meinungen darüber, ob es ihm zustand, wohl ein wenig auseinander.

„Ja, auch wenn wir es erst sehr spät verstanden haben. Kargan kam mit einem Brief Fragars, in dem von einem Lehrling die Rede war, dem Zugang zu“, er zögerte, „dem inneren Bereich der Bibliothek gewährt werden sollte. Nachdem er gegangen war, habe ich mir den Brief einmal genauer angesehen. Er war echt, mit Ausnahme des Namens des Lehrlings. Kargan hatte Ihren Namen, Drúdir, mit seinem eigenen überschrieben. Fragar wollte, dass wir Ihnen etwas zeigen, wozu wir anderen erst Zugang gewähren, nachdem wir uns über Jahre von ihrer Verlässlichkeit und ihrem Anrecht darauf überzeugt haben. Ziemlich bemerkenswert dafür, dass Sie ihm und der Magie den Rücken gekehrt haben“, fügte er in schneidendem Tonfall hinzu.

Drúdir schloss für einen Moment die Augen und zählte innerlich bis zehn, als in seinen Gedanken die Bilder aus seinen Visionen und den Albträumen, die ihn Nacht für Nacht hochschrecken ließen, aufblitzten – gefolgt von Bruchstücken mehrerer, von schlimmstem Gossenzwergisch durchsetzter Tiraden, die er gerne ablassen würde. Er war es so satt, dass Zwerge, die nicht die geringste Ahnung von seiner Bürde hatten, ihm erklärten, was er mit seinen Fähigkeiten anstellen sollte.

Als er die Augen wieder öffnete, war Rúnwis einen Schritt zurückgewichen. Drúdir wusste, dass sein wütendes Gesicht – ein leerer, versteinerter Ausdruck mit unlesbaren Augen, die sich jäh zu verdunkeln schienen – ziemlich eindrucksvoll war, aber die Reaktion des Professors erschien ihm dennoch überzogen. Er musste an sein Gespräch mit Wisdrin denken: „Nein, Drúdir, die Magierkriege und das Magieverbot verdanken wir Leuten wie dir.“

Es war Drúdir nach wie vor ein Rätsel, wieso seine Fähigkeiten viele Zwerge so nervös machten. Natürlich, sie waren wie jede Magie, unerklärlich, unberechenbar und nicht ganz von dieser Welt. Und ja, sie schlugen unsichtbare, aber nicht weniger schmerzhafte Wunden – allerdings nur einer einzigen Person. Und so, wie Drúdir den Rest der Welt kannte, war sein Ringen mit Albträumen, die sich die meisten nicht einmal vorstellen konnten, nichts, was mehr als einen mitleidigen Blick und ein Schulterzucken gerechtfertigt hätte.

Konnte es sein, dass diese Zwerge abergläubischen Vorstellungen über die Halirúnir anhingen? Oder waren diese Vorstellungen gar nicht so abergläubisch? Entschieden lenkte Drúdir seine Gedanken auf das Gespräch zurück.

„Kann es sein, dass wir über zwei verschiedene Dinge reden? Sie wollen – oder wollen eher nicht – dass ich etwas Bestimmtes sehe. Mir ist das ziemlich egal, ich will nur wissen, ob Kargan irgendetwas gesagt hat, das mit Fragars Tod zusammenhängen könnte."

Wieder diese verlegenen Blicke. Schließlich erkundigte sich Esdis. „Warum sind Sie so überzeugt davon, dass Kargan etwas mit Fragars Tod zu tun hat?"

Drúdir biss sich auf die Unterlippe. Nach einem Moment des Überlegens überwand er schließlich sein Widerstreben. „Ich nehme an, Sie haben gehört, dass ich das bin, was man vor einigen Jahrhunderten als Halirúnar bezeichnet hätte?"

Unsicheres Nicken, Überraschung, Skepsis.

„Nun … es ist wahr. Ich habe Fragars Erinnerungen gelesen. Ich konnte seinen Mörder nicht identifizieren, aber er hat sich explizit danach erkundigt, was Kargan Fragar erzählt hatte. Fragar selbst hatte nur eine sehr vage Vorstellung, wovon die Rede war. Er wusste jedoch, dass Kargan an einem Projekt arbeitete, das ihn aus irgendeinem Grund mit Besorgnis erfüllt hat. Laut Wisdrin war Kargan einer von euch, jemand mit einem Interesse an Magie und Kontakten zu vielen, die dieses Interesse teilten, nur, dass er ein wenig extremere Ansichten hatte als die meisten. Er strebte danach, Zauberei in ihrer alten Stärke zurückzubringen. Aber das ist schon alles, was ich über ihn weiß – abgesehen davon, dass er ein Mensch ist. Ich hatte gehofft, dass Sie mir weiterhelfen können. Und ich hoffe sehr, dass Sie jetzt einen verdammt guten Grund dafür haben, es nicht zu tun, denn es geht hier darum, den Mord an einem der besten Männer aufzuklären, die ich je gekannt habe!"

Erneut flogen Blicke hin und her. Sehr besorgte Blicke. „Dann hat er also womöglich nicht gelogen …", murmelte Rúnwis.

„Wer? Wann? Worüber?"

„Sag es ihm doch!", forderte Esdis. „Nicht alles, aber den Teil mit Kargan. Darum ist er ja hier – wir wollen wissen, wie viel Wahrheit in Kargans Drohungen gesteckt hat. Ja, schön, vielleicht willst du nicht über deine Fahrlässigkeit reden, aber soweit ich informiert bin, stellt unsere kleine Gesellschaft den Schutz … unserer Aufgabe über dergleichen! Und außerdem ist er vielleicht unsere einzige Chance, *ihr* von Angesicht zu Angesicht zu begegnen. Das war es, was Fragar wollte, als er ihm seine Position vererbt hat! Nicht, dass ich ihn voreilig ins Vertrauen ziehen würde."

Rúnwis funkelte sie an, aber seine Schultern sackten herab. Schließlich wandte er sich Drúdir zu und wies auf einen Halbkreis abgeschabter Polstersessel um die Feuerstelle. „Warum setzten wir uns nicht alle?“

Die Zwerge folgten seinem Wink und wenig später saßen sie um das prasselnde Kaminfeuer herum. Einige der Zwerge zogen Pfeifen aus ihren Taschen und entzündeten sie. Bald waren sie alle von dem aromatischen Qualm des Flügelkrautes eingehüllt. Rúnwis‘ Blick glitt unstet durch den Raum, als er zu erzählen begann: „Kargan kam vor vielleicht einem Jahr hierher. Sie wissen es vielleicht nicht, aber er hat sowohl in den Menschenstaaten, als auch in der Union einen Ruf als herausragender Wissenschaftler. Ich nehme an, Sie besitzen ein mit künstlichen Farbstoffen gefärbtes Kleidungsstück? Die Chance besteht, dass er an der Entwicklung der Farbe beteiligt war. Er war einer der wenigen Menschen, der Zugang zu den Laboren der Universität hier in Schwarzspiegel erhielt. Und natürlich begegneten wir uns dort. Ich wusste, dass er eine Zeitlang mit Fragar zusammengearbeitet hatte und allein das war schon eine Empfehlung. Wahrscheinlich sind Sie der beste Beweis dafür, dass der alte Fragar ein Auge für Zwerge – und Menschen – mit Begabungen hatte. Kargan war ein Alchemist.“

Drúdir hob die Augenbrauen. Es gab die Möglichkeit, magische Muster zu erzeugen und mithilfe bestimmter Substanzen zu konservieren, um sie später mit einem absoluten Minimum an Magie zu aktivieren oder aber an Objekte binden zu können – ein komplizierter Prozess, der eine präzise Wahrnehmung des schimmernden Netzes, aber wenig reine Stärke erforderte. Gewiss, man kam auch mit Abmessen und Rechnen zurecht, aber würde so nie die Ergebnisse erzielen, die ein Alchemist mit wirklichem Talent bewirken konnte.

„Kein herausragender Alchemist“, schränkte Rúnwis ein. „Zumindest nicht nach den Standards des Zeitalters der Magie. Aber wenn man den Maßstab unserer Zeit anlegt, waren seine Begabungen ein Wunder. Und noch mehr sein Geschick, das Beste aus der geringen Magiekonzentration und hohen Instabilität des Netzes zu machen …“ Angesichts Drúdirs ungeduldiger Miene kam er hastig auf den Punkt. „Seine Fähigkeiten weckten unser Interesse, und obwohl wir ihm nicht vollends vertrauten – schließlich war er ein Mensch – tauschten wir uns doch gerne mit ihm aus. Er hat unseren Forschungen wertvolle Impulse gegeben. Aber mit der Zeit wurde er gierig, schnüffelte herum. Wir hatten sogar den Verdacht, dass er unser Kommen und Gehen beobachtete, weil er ahnte, dass wir mehr als eine Gruppe von Zwergen waren, die das Wesen der Zauberei erforschen wollten."

Drúdir verkniff sich die Frage, ob „das Wesen der Zauberei erforschen" eine Umschreibung für die Suche nach Möglichkeiten war, ihre persönliche Macht mithilfe der Magie zu steigern. Er hatte Fragar und Wisdrin geglaubt, dass das Streben nach Wissen ihr alleiniger Antrieb war – und sei es nur, weil Wisdrin das tatsächliche Ausüben magischer Macht bereits hinter sich hatte. Aber die Motive vieler ihrer Freunde hatte er stets hinterfragt. Was ihn im Moment jedoch mehr interessierte, war dieses Geheimnis, auf das sie immer wieder anspielten. So, wie jeder einzelne der Versammelten sich anspannte, wann immer die Rede darauf kam, konnte es sich um keine Kleinigkeit handeln. Oder vielleicht doch. Viele der Zwerge, die sich mit Magie beschäftigten, strebten nach Macht. Andere nur nach etwas Drama und Geheimnis.

„Als ich feststellte, dass einige sehr alte, sehr wertvolle und sehr brisante Dokumente verschwunden waren, begann ich misstrauisch zu werden", fuhr Rúnwis fort. „Natürlich wollte ich nicht glauben, dass Kargan sie gestohlen hatte, aber es ließ sich nicht ausschließen. Es war nicht nur ein herber Verlust für uns. Es ist auch einer der Gründe, warum niemand von uns mehr ruhig schlafen kann. Das Wissen in diesen Dokumenten … Sie sind zu jung, um die Magierkriege miterlebt zu haben, aber ich vermute, Sie kennen die Geschichte gut genug, um zu wissen, dass es eine schreckliche Zeit war. Was nur wenige Gelehrte wissen, ist, dass sie sehr viel schrecklicher hätte werden können. Die Runenschmiede von Hammerhall haben Forschungen betrieben … Shideris hat dafür gesorgt, dass sie sie nie vollenden konnten – und nebenbei die Erfahrung von Jahrhunderten vernichtet", sagte Rúnwis bitter, fuhr aber dann in gemäßigterem Ton fort, „aber ich bin fast geneigt, ihr zu verzeihen. Allein schon das wenige, was von den Ansätzen überliefert ist, die die Runenschmiede verfolgt haben, ist besorgniserregend. Die Vorstellung, dass deren Texte Leuten in die Hände gefallen sind, die nicht über unser Verantwortungsbewusstsein verfügen … Ich hoffe nur, dass Kargan oder wer auch immer sie sonst gestohlen hat, sie an einen reichen Sammler verkauft hat, der sich nicht um den Inhalt schert. Immerhin, dank Angrin und dieser kleinen Nationalismus-Mode gehören ein paar altzwergische Relikte einfach dazu, wenn man Geld und Status zeigen will."

„Kargan", erinnerte Drúdir. Natürlich war es gleichermaßen beunruhigend und faszinierend, was Rúnwis erzählte, aber er war nicht durch das ganze Land gereist, um einem Historiker zuzuhören, der verlorenen Dokumenten nachtrauerte. Darüber hinaus ließ die Miene des Zwerges vermuten, dass er mehr als eine unangenehme Überraschung in petto hatte.

„Nun, mir ist nichts anderes übrig geblieben, als Kargan mit den Vorwürfen zu konfrontieren. Und ihm mitzuteilen, dass er in der Bibliothek nicht länger willkommen ist."

„Wie hat er es aufgenommen?"

„Zuerst hat er zwar alles abgestritten, aber uns seines Verständnisses versichert. Es schien ihm viel zu bedeuten, weiter Zugang zur Bibliothek zu haben. Als ich ihm den verweigerte, wurde er wütend. Sehr, sehr wütend. Es ist mir eiskalt den Rücken hinuntergelaufen, wenn ich ehrlich sein soll. Er war … nicht er selbst. Keine Spur von dem bedachten, freundlichen Mann, den wir alle zu schätzen gelernt hatten." Rúnwis hielt kurz inne. „Und dann begann er, Drohungen auszustoßen. Er sprach von mächtigen, einflussreichen Freunden, davon, dass er bald selbst mächtig sein würde und es sehr dumm sei, ihm in den Weg zu treten. Er behauptete, unser Geheimnis zu kennen und forderte Zugang zu … Dingen. Es ist nicht der Rede wert, dass ich ihn aufforderte, mein Büro zu verlassen und seine geistige Gesundheit überprüfen zu lassen. Er ist aus dem Raum gestürmt."

Wieder machte Rúnwis eine Pause. Als er weitersprach, war sein Blick auf seine Hände gerichtet, als bereite es ihm Mühe, den Kopf aufrecht zu halten. „Vielleicht eine Woche später sind wir uns zufällig auf dem Bahnhof wiederbegegnet. Ich war froh ihn dort zu sehen, glaubte ich doch, er würde abreisen. Aber dann hat er mich erkannt … und fing an, zu lächeln – auf eine kalte, böse, aber sehr zufriedene Weise. Er meinte, er sei nicht länger wütend – denn ihm sei bewusst geworden, dass er doch alles von uns bekommen habe, was er sich nur wünschen könne. Und dass wir es merken würden, wenn er sein Ziel erreicht und uns alle in seinen Forschungen übertroffen hätte. Und dass es nicht einer gewissen Ironie entbehre, dass ein Mensch Zwergen das Potenzial von Maschinen erklärte. Wie beiläufig hat er auch erwähnt, dass wir mit niemandem über ihn und die verlorenen Dokumente sprechen sollten – seine einflussreichen Freunde würden sonst verhindern, dass wir jemals wieder sprechen würden. Es sei nicht leicht, einem Zwerg zu entkommen, dem die halbe Stadt gehört. Einem Zwerg, dem er bald die Gelegenheit zu einem besonderen Gespräch verschaffen würde – und es war klar, was er damit meinte, zumindest für uns Eingeweihte. Kargan kennt unser Geheimnis, und das ist vielleicht das Schlimmste. Aber auch seine Bemerkung über die Maschinen war beängstigend."

Kargans Kommentar über einflussreiche Freunde ließ Drúdir an Findras Bericht darüber denken, wie offenbar jemand Druck auf ihren Vorgesetzten ausgeübt hatte, um Ermittlungen zu Fragars Tod zu verhindern. Darüber, wie Kargans Akte auf mysteriöse Art und Weise verschwunden war. Offenbar war er hier auf ein Komplott gestoßen, das komplexer und weitreichender war, als er es sich hätte träumen lassen.

Rúnwis unterbrach seine Überlegungen, indem er, nach einem trockenen Räuspern, fortfuhr. Zum ersten Mal, seit sie einander begegnet waren, sah er Drúdir direkt an, Sorge und Schuld in den klugen Augen. „Sie sitzen womöglich jemandem gegenüber, der eine Mitverantwortung für das Tiefufer-Massaker trägt."

# *Kapitel 21*

# Svalris

Schlotternd stolperte Svalris die Straße entlang. Ihre durchweichte Kleidung klebte ihr klamm am Körper und ihre Zähne klapperten wie wild, aber die Halbzwergin nahm all dies kaum wahr. Ihr für gewöhnlich so verlässlicher, so leistungsfähiger Verstand taumelte den Ereignissen hilflos hinterher. Wer waren diese Elfen? Wer die Zwerge, die ihnen aufgelauert hatten? Und vor allem: Warum? War sie Zeugin einer Auseinandersetzung von Agenten verschiedener Regierungen geworden? Der dunkelhaarige Elf hatte zumindest nicht geleugnet, ein Spion zu sein. Wobei sich Svalris nicht an den genauen Wortlaut erinnerte. Der Anblick, wie er einen Zwerg mit einer Spielkarte – einer Spielkarte! – und einem breiten Lächeln ins Jenseits befördert hatte, überlagerte die meisten Details des vorangegangenen Dialogs.

Svalris schüttelte den Kopf. Es war ihr Beruf, alles über die schrecklichen Dinge herauszufinden, die anderen Leuten zustießen, aber nichts hätte sie darauf vorbereiten können, selbst etwas dergleichen zu erleben.

War sie noch immer in Gefahr? Auch das hing davon ab, mit wem sie es zu tun gehabt hatte. Falls tatsächlich eine oder mehrere Regierungen ihre Finger im Spiel hatten, war es nur eine Frage der Zeit, bis jemand sie sah und wiedererkannte. Sie war in gewissen Kreisen – Kreisen, auf die die Regierung wahrscheinlich ohnehin ein wachsames Auge hatte – keine Unbekannte. Sie drückte sich die Hutkrempe tiefer ins Gesicht.

Drehten sich Leute nach ihr um?

Natürlich taten sie das. Wie oft sah man schon eine voll bekleidete Zwergin aus einem Kanal klettern und tropfend von dannen hasten? Warum nur musste sie sich in dem rund um die Uhr von Laternen beleuchteten Schwarzspiegel befinden, wo die Tageszeiten draußen in vielen Vierteln keinerlei Einfluss auf den Lebensrhythmus der Einwohner hatten? In keiner anderen Stadt wären um diese Zeit so viele Zwerge auf den Straßen. Andererseits war das vielleicht gar nicht so schlecht. Schließlich gab es so viele Zeugen, falls ihr etwas zustoßen sollte.

Svalris atmete tief durch. Wenn sie jetzt anfing, wie Kigri zu denken, würde das unweigerlich in einer Panikattacke enden. Und das wiederum wäre ausgesprochen kontraproduktiv. Wer auch immer diese Elfen und ihre zwergischen Gegenspieler waren, sie würden Zeit brauchen, um ihre Identität und ihren Wohnort zu ermitteln. Zeit genug für Svalris, nach Hause zurückzukehren, rasch zusammenzusuchen, was sie brauchte, und unterzutauchen.

Aus den Augenwinkeln sah sie eine bronzeschimmernde, sehr schlanke Gondel mit einem unförmigen Aufbau im Heck vorbeifahren. Eine der Dampfgondeln, die die Nainrar-Werkstätten neuerdings produzierten. Soweit Svalris wusste, war bisher noch keine explodiert, also winkte sie dem Gondoliere – einem Zwerg, dessen Gesicht beinahe unter einem Zylinder mit dem Zahnrad-Signum der Werkstätten und einer großen Schutzbrille verschwand. Zu ihrer Erleichterung ließ er sich nicht von ihrer einfachen, tropfenden Kleidung abschrecken.

„Universitätssteg“, sagte sie, und ließ sich erleichtert in die weichen Polster fallen, die sich umgehend mit dem Seewasser aus ihrer Kleidung und ihrem Haar vollsogen – was dem Gondoliere nicht entging. Dank seiner stielaugenartigen Schutzbrille hatte Svalris das Gefühl, sich einer missbilligenden Meereskreatur gegenüberzusehen. „Sie bekommen eine Entschädigung für die nassen Polster“, versprach sie.

Er nickte und legte einen Hebel um, auch wenn er die ganze Zeit über mürrisch und wortkarg bleiben sollte. Die beiden kleinen Schaufelräder setzten sich in Bewegung und sie glitten stampfend und spritzend auf das Stadtzentrum zu. Im Allerinnersten Schwarzspiegels gab es keine Kanäle mehr, sondern nur noch glatte, steinerne Straßen, aber der Universitätssteg lag nahe genug an ihrer kleinen Wohnung.

Schlotternd vor Kälte und nervöse Blicke nach allen Seiten werfend, blieb Svalris nichts anderes übrig, als sich in dem zügigen, aber nicht gerade berauschenden Tempo der Dampfgondel ihrem Ziel entgegentragen zu lassen. In ihrem Kopf bewegten sich Gedanken wie rasend rotierende Zahnräder, die einfach nicht richtig ineinandergreifen wollten.

Statt weiter ihre Ängste und offenen Fragen zu wälzen, konzentrierte sie sich auf die vorbeigleitenden Hauswände. Ein Zwerg ließ sich in einem Geschirr von einem Dach herab, um ein großes Plakat an einer Wand anzubringen. Noch war er nicht fertig, sodass nur drei Viertel von Angrins Gesicht, ein halbes brennendes Luftschiff und die Worte: „Wollt ihr, dass sich das wiederho…“ zu sehen waren.

Svalris blickte sich um. Sie waren in einem Viertel, das in erster Linie von wohlhabenden Handwerkern bewohnt wurde, was die Überlebenschancen des Plakates beträchtlich erhöhte. In Hammerschwinger-Terrain wäre es binnen Stunden verunstaltet worden. In dem Viertel wiederum, wo ihr Vater seine Wohnung und ihre Mutter ihren Salon hatte, wäre es vollkommen sicher. Angrins Expansionisten waren mittlerweile so einflussreich, dass niemand es riskierte, ihnen allzu laut zu widersprechen. Zwar mochten viele Angehörige der alteingesessenen, elitären Parteien auf diese Partei der Neureichen und Mittelständler herabblicken, aber das bedeutete nicht, dass sie es sich mit diesen Zwergen verscherzen wollten. Insbesondere angesichts der *Bergfalke*-Katastrophe war es gut möglich, dass sie bald die Mehrheit im Parlament stellen würden.

Svalris machte sich eine mentale Notiz, noch ein paar Theorien über das Unglück zu sammeln. Es war eines der Lieblingsthemen ihrer Verschwörungstheoretikerfreunde und sollte somit einen Großteil der nächsten Ausgabe des Nachtspiegels füllen. Und das war bitter nötig, hinkte sie doch mit den Artikeln und Kurzgeschichten, die sie hätte schreiben oder sammeln sollen, weit hinterher. Die Abschlussprüfungen der Universität und ihre Recherchen zu dem Tiefufermassaker hatten nicht gerade dazu beigetragen, den Berg aufgeschobener Aufgaben zu reduzieren. Jäh wurde ihr wieder bewusst, dass sie weitaus größere Sorgen hatte.

Erneut rauschten die Ereignisse im Lagerhaus an ihrem inneren Auge vorbei. Wenn sie irgendwie herausfinden könnte, was dahintersteckte, würde sie sich wohl kaum Sorgen um die Verkaufszahlen des Nachtspiegels machen müssen. Zeitungsleser jeder Art mochten Artikel, in denen sich Neues und Schockierendes mit den Dingen vermengte, die sie ohnehin erwarteten. Und es gab wohl keinen Zwerg, der nicht tief in seinem Inneren davon ausging, dass die Elfen irgendetwas planten.

Die Häuser um sie herum wurden vertrauter, die Kanäle schmaler. Sie waren im Universitätsviertel mit seinen leicht heruntergekommenen Wohnheimen, bunten Laternen und beeindruckenden Bibliotheksbauten angekommen. Der Gondoliere verpasste den richtigen Moment, um den Motor abzuschalten, sodass die Gondel ihre Passagiere durchschüttelte und eine kleine Delle im Holz des Steges hinterließ.

„Zwei Silbrar", forderte der Gondoliere und sah sie scharf durch seine Brillengläser an. Wieder musste Svalris an eine mürrische Krabbe mit Zylinder denken und unterdrückte ein Kichern, das sich zweifellos schnell in hysterisches, mit

Zähneklappern gemischtes Lachen verwandelt hätte. Sie wühlte in ihren tiefen Taschen und bedauerte, dass sie immer wieder vergessen hatte, sie auszuleeren. Als ihre Hand wieder zum Vorschein kam, türmten sich darin nicht nur Münzen, sondern auch Kekskrümel, Büroklammern, ein Kohlestift und ein völlig durchnässtes Stück Papier, dass sie behutsam mit den Fingern von den Münzen lösen musste, woraufhin es an ihrem Handrücken kleben blieb. Fahrig zählte sie den Fahrtpreis ab, ohne ihn herunterzuhandeln. Dann sprang sie aus der Gondel und machte sich auf den Weg zu ihrem Wohnheim.

Unterwegs zupfte sie das Papier von ihrer Haut und wollte es gerade wegwerfen, als ihr einfiel, was die Tintenlinien darauf dargestellt hatten, bevor sie bis zur Unkenntlichkeit verlaufen waren. Das Siegel der Schmiede von Hammerhall. Die Geschichte, die Kigri ihr erzählt hatte – lag das wirklich nur wenige Stunden zurück? – kam ihr in den Sinn. Ein Sarkophag aus der Zeit der Runenschmiede, der aus der Stadt geschafft wurde, und nun magiebegabte Elfenspione, die sich Gefechte mit genauso mysteriösen Zwergen lieferten … Kigri würde gewiss einen Zusammenhang vermuten. Allerdings vermutete Kigri überall Zusammenhänge. Diesmal jedoch würde sie nicht so schnell über ihn lachen.

Was war mit ihrem Leben passiert?

„Svalris!“

Sie zuckte zusammen, als jemand ihren Namen rief. Erst nach einem Moment des Schreckens erkannte sie in dem übermüdeten Zwerg, der ihr zuwinkte, ihren Kommilitonen Finri. Wahrscheinlich war er gerade aus der Bibliothek gekommen, wo er sich bis tief in die Nacht auf die Wiederholung seiner gescheiterten Abschlussprüfung vorbereitet hatte.

„Was ist denn mit dir passiert?“ Plötzlich hellwach, ließ er seinen Blick über ihre tropfende Kleidung schweifen.

„Lange und peinliche Geschichte. Erzähl ich dir später, versprochen. Aber jetzt will ich nur aus den nassen Sachen raus“, sagte sie und hoffte, dass ihr verlegenes Lachen nicht zu gekünstelt klang.

Finri schien jedoch darauf hereinzufallen. „Verständlich. Aber ich komme darauf zurück.“

Sie nickte ihm zu und eilte weiter, bis sie endlich am Fuß eines mehrstöckigen Gebäudes ankam, das von Laternen in verschiedenen Grüntönen beleuchtet wurde. Mit seinen Säulen und klaren Formen war das Wohnheim einst von minimalistischer Eleganz gewesen und noch heute ließ sich viel davon erkennen. Allerdings hatten bröckelnder Putz, eine nicht zur Gänze abgewaschene Kritzelei an der Fassade und zerkratzte Fensterläden ihm einiges von seiner Pracht genommen. Dennoch hatte Svalris das Gefühl, nach Hause zu kommen.

Svalris schloss die Tür auf und eilte die Treppen hinauf, wobei sie routiniert die knarrenden Stufen vermied, bis sie schließlich im obersten Stock ankam. Leise knarzend schwang die nächste Tür auf und offenbarte das vertraute Zimmer unter der Dachschräge. Da waren ihr Bett, der Kleiderschrank, das Regal mit ihren Büchern und allen bisherigen Ausgaben des Nachtspiegels und die große Korkwand voller Bilder, Zeitungsartikel und gekrakelter Notizen. Und das vertraute Chaos, von dessen Epizentrum auf ihrem Schreibtisch sich Ausläufer bis in die entferntesten Zimmerecken erstreckten.

Zwei umeinander gewundene Rohre erhoben sich in der Mitte des Raumes wie eine Säule aus lebendigem Stahl und strahlten angenehme Wärme ab. So dicht wie möglich an diesem Heizkörper entledigte Svalris sich ihrer klammen Kleidung und genoss das Gefühl weicher, trockener Baumwolle auf der Haut, als sie in eine frische Bluse und einen langen Rock schlüpfte. Sie war erleichtert, dass ein Großteil ihrer Garderobe der informellen Kleiderordnung der Universität entsprach, die sich dem von der menschlichen Mode beeinflussten Trend zu Korsetts und Krinolinen entgegenstemmte. Vielmehr galt es in den altehrwürdigen Labors und Vorlesungssälen als angemessener, auszusehen, als wäre man am Morgen zu sehr mit den Rätseln des Universums beschäftigt gewesen, um darauf zu achten, wie man seinen Körper verpackte.

Nun, wo sie nicht mehr vor Kälte schlotterte, fühlte Svalris sich gleich etwas zuversichtlicher – obwohl es nach wie vor keine Option war, einfach so zu tun, als wäre nichts geschehen. Zumindest wollte sie einen Teil ihrer Besitztümer an einen Ort bringen, wo sie darauf zugreifen konnte, ohne ins Wohnheim zurückkehren zu müssen. Vielleicht würde es ihr in ein paar Wochen lächerlich erscheinen, aber im Moment suchten sie Bilder von gurgelnd zusammenbrechenden Zwergen und hauchfeinen Spuren aus roten Tropfen auf lächelnden Porzellangesichtern heim. Die Sicherheitsmaßnahmen, die sie zu ergreifen gedachte, linderten nicht nur ihre Angst, sie lenkten sie auch von Gedanken und Erinnerungen ab, denen sie sich jetzt nicht stellen wollte.

Sie zerrte eine unförmige Tasche aus dem Koffer hervor und begann, Dinge hineinzuwerfen. Kleidung, Notizbücher, Geld, Toilettenartikel. Genug, um ein paar Tage zu überleben. Nachdem sie ihre Haare mit einem Handtuch trocken gerubbelt und ihrem bleichen Gesicht mit ein wenig Schminke einen Hauch von Lebendigkeit verliehen hatte, wollte sie schon mit ihrer Last nach draußen stapfen, als ihr Blick auf drei bleiche Rechtecke auf der Fußmatte unter dem Briefschlitz fiel.

Es handelte sich um zwei Briefe und eine gefaltete Notiz. Die beiden Briefe waren eher uninteressant. Einer stammte von ihrer Mutter, wahrscheinlich eine Einladung zu einem ihrer Salons. Der andere war eine Mitteilung der Universität. Die Notiz hingegen erwies sich als Überraschung:

*Liebe Svalris,*

*ich habe unser Gespräch im Zug sehr genossen und würde mich sehr freuen, mit Ihnen über Ihre Recherchen zu sprechen. Ich habe ein persönliches Interesse an Magie und wäre Ihnen dankbar, wenn Sie mir ein wenig über die Stadt an sich erzählen könnten.*

*Leider habe ich Sie hier nicht angetroffen, aber ich hoffe, dass Sie sich demnächst mit mir in Verbindung setzen. Ich wohne momentan im „Schlüssel“ in der Stahlfederstraße. Mein Angebot, Sie auf ein Bier einzuladen, steht nach wie vor.*

*Mit freundlichen Grüßen,*
*Findra*

Svalris war überrascht, wie vollständig die Zugfahrt aus ihren Gedanken verschwunden war. Immerhin hatte sie noch Stunden später über das Surren der Magie nachgedacht, die den dunkelhaarigen Zwerg umgeben hatte – und über seinen zornigen, gequälten Blick, als sie die Rede auf dieses Thema brachte. Andererseits: Angesichts der jüngsten Ereignisse war „Stunden zuvor“ in einem anderen Leben gewesen. Die Begleiterin des Magiers war ihr, obwohl sie weitaus gesprächiger gewesen war, weniger klar im Gedächtnis geblieben. Trotzdem glaubte Svalris sich daran zu erinnern, dass die Zwergin intelligent und sympathisch gewirkt hatte.

Die Journalistin beschloss, Findras Einladung nachzukommen. Das sollte sogar sicher sein, immerhin gab es keine offizielle Verbindung zwischen ihnen, die irgendjemanden zu ihr führen könnte.

Aber zuvor gab es andere Dinge zu erledigen. Sie stopfte noch ihre Nachtspiegelausgaben in die Tasche und hievte sie sich dann über die Schulter, um sie die Treppe hinunterzubugsieren.

Als sie wieder auf die Straße trat, waren die ersten Frühaufsteher auf den Beinen und im Herzen zusätzlicher Laternen erwachte nach und nach ein Glühen, das sich allmählich zu einem hellen, regelmäßigen Schein steigerte. Geschirrklappern und murmelnde Stimmen klangen aus den Fenstern und aus den kleinen Garküchen und Cafés drang der Geruch von gebratenem Schinken.

Als unverbesserliche Langschläferin erlebte Svalris Schwarzspiegel selten um diese Zeit, aber sie ahnte, dass es sich noch aus einem anderen Grund seltsam anfühlte, durch die morgendlichen Straßen zu wandern. Sie hatte etwas gesehen, auf das nichts sie hätte vorbereiten können, und nun war die vertraute Welt nicht mehr dieselbe. Sie würde einen Weg finden müssen, damit zurechtzukommen – sobald die plötzlich mit aller Macht in ihr Bewusstsein drängende Müdigkeit nicht mehr ihre Gedanken vernebelte. Gähnend und schlurfend bog sie um zwei weitere Ecken, bis sie das kleine Antiquariat erreichte. Ein paar Minuten später verließ sie es wortwörtlich erleichtert. Der befreundete Inhaber hatte zugestimmt, ihre Tasche für sie aufzubewahren, und hatte sich, was Antworten auf seine neugierigen Fragen betraf, auf später vertrösten lassen.

Svalris kehrte in ihr Dachzimmer zurück und beschloss, dass sie noch etwas Zeit hatte, bis die unbekannten Mächte, in deren Auseinandersetzung sie hineingestolpert war, die Verfolgung aufnehmen würden. Mit diesem Gedanken ließ sie sich voll bekleidet auf ihr Bett fallen und fiel in einen unruhigen, jedoch dringend benötigten Schlaf.

# *Kapitel 22*

## Drúdir

Drúdir wanderte ziellos durch das Universitätsviertel. Er wusste, dass Findra ihn erwartete. Sie war nicht zu dem nächtlichen Treffen eingeladen gewesen, und was Rúnwis enthüllt hatte, würde sie gewiss brennend interessieren. Aber Drúdir war gerade nicht in der Stimmung, mit ihr darüber zu sprechen. Schon gar nicht über die Entscheidung, vor die Rúnwis ihn gestellt hatte.

Sie hing zu eng mit den Fragen und Zweifeln zusammen, die ihm bereits seit Tagen keine Ruhe ließen und die zu persönlich waren, um sie mit einer Beinahe-Fremden wie Findra zu besprechen. Er schätzte Findra. Mehr als das. Er mochte sie. Und vielleicht war es das, was es ihm schwer machte, mit ihr über sein Anderssein und die damit einhergehenden Konflikte zu sprechen. Er wollte nicht wieder sehen, wie unwillkürliche Ablehnung in ihre Augen trat.

Um ihn herum traten gähnende Zwerge auf die Straßen und es wurden zusätzliche Lampen entzündet. Unterhaltungen flammten auf wie kleine Feuer, von deren Wärme er ausgeschlossen war.

Der Uhrmacher schüttelte den Kopf. *Sei nicht selbstmitleidig, Drúdir. Das Problem ist nicht die große, böse Welt, die dich ausstößt.* Er seufzte. Nein. Vor allem nicht im Augenblick. Sein größtes und drängendstes Problem war, dass Rúnwis und seine Freunde von ihm erwarteten, die Erinnerungen der Toten vom Tiefufer zu lesen, um ihnen Klarheit darüber zu verschaffen, ob sie indirekt dafür verantwortlich waren. Ein Teil von ihm sträubte sich dagegen, seine Fähigkeiten zugunsten von Zwergen zu verwenden, die jede einzelne seiner Fragen ausweichend oder gar nicht beantwortet hatten. Er schuldete ihnen nichts! Doch wenn sie ihn nicht belogen hatten, konnte jede Information über diese mysteriöse Waffe, von der Rúnwis gesprochen hatte – natürlich wieder, ohne Drúdir die geforderten Erklärungen zu geben –, von größter Bedeutung sein. Und natürlich war da die Möglichkeit, weitere Hinweise auf Kargan zu finden. Hinweise, die ihn zu dem Menschen und schließlich zu Fragars Mörder führen könnten. Drúdir wurde wieder schmerzhaft bewusst, wie schlecht seine Chancen standen. Selbst wenn er Kargan finden sollte, hätte er noch immer keine Beweise, die den Alchemisten mit Fragars Tod in Verbindung brachten. Und der Mensch würde ihm wohl kaum offenherzig erzählen, welche Informationen so kostbar waren, dass der alte Zwerg dafür hatte sterben müssen.

Manchmal fragte Drúdir sich, wieso er seine Zeit mit dieser wahrscheinlich fruchtlosen Suche verschwendete. Aber so viel an ihm auch unzwergisch sein mochte – seine Sturheit war es nicht. Und auch nicht der Pragmatismus, der ihn zu dem Schluss kommen ließ, dass die Rettung der Welt erst Punkt zwei auf seiner Liste zu erledigender Dinge war. Punkt eins war Frühstück.

Drúdir erinnerte sich an ein Teehaus gegenüber der Bibliothek, das ihm auf dem Weg zu Rúnwis' Versammlung aufgefallen war. Erleichtert, seine momentan eher schleichend vorangehende Jagd nach einem Mörder – und womöglich einer gefährlichen magischen Waffe – fürs Erste gegen eine leichter zu bewältigende Aufgabe eingetauscht zu haben, schlug er einen Bogen zurück dorthin, wo sich die Kuppel der Bibliothek über die anderen Bauten erhob. Obwohl er sich ohne Eile durch die schmalen Straßen bewegte, dauerte es nicht lange, bis er wieder vor der eleganten Fassade stand.

Nach wie vor bewunderte er das majestätische Bauwerk. Und nun, wo er genauer hinsah, erkannte er überall kleine Überbleibsel aus dessen Zeit als Varhamúl-Tempel. Da waren die verblichenen Mosaiken auf der Kuppel, die Wochentage und Tierkreiszeichen darstellten, unterbrochen von Bronzestreifen, die zusammen mit der Skulptur auf der Kuppel in einem oberirdischen Tempel als Sonnenuhr funktioniert hätten. Und die Skulptur selbst natürlich, die kaum als kleines Überbleibsel zählte. Drúdir staunte, dass sie nicht in einer privaten Sammlung verschwunden war, als die allgemeine Jagd auf religiöse Symbole begann. Aber irgendwie hatte der Gott, der hoch aufgerichtet auf der Kuppelspitze stand, überlebt. Drúdir musste die Statue nicht aus der Nähe sehen, um zu wissen, wie sie aussah: Hochgewachsen, mit alterslosen, edlen Zügen, die zwergenuntypisch bartlos und androgyn waren. Es gab sogar Wissenschaftler, die die These vertraten, dass Varhamúl in den Mythen lange als geschlechtslos dargestellt worden war.

Drúdir konnte von hier aus sehen, dass der Gott seine typischen Attribute, Stundenglas und Sense, in Händen hielt; immerhin war er auch die Gottheit des Todes. Was Drúdir jedoch stets an Varhamúlstatuen gleichermaßen fasziniert und abgestoßen hatte, waren die Gesichter. Stets bestanden die Augen durchgängig aus einem anderen Material, häufig Opal, Rubin, Malachit oder Obsidian, was dem Gesicht des Gottes etwas Fremdartiges verlieh – vor allem in Kombination mit dem mehrdeutigen Lächeln, das die größten aller zwergischen Künstler dem Stein entlockt hatten. Je nach Winkel und Lichteinfall war es melancholisch, spöttisch und in einigen Fällen sogar ausgesprochen bösartig. Aber immer wirkte es beunruhigend wissend.

Vielleicht waren es die Varhamúlmythen, vielleicht die Erinnerung an das Treffen, das erst vor Kurzem in der nahegelegenen Universität stattgefunden hatte, jedenfalls kehrten Drúdirs Gedanken zu dem Thema zurück, über das er schon die ganze Zeit gegrübelt hatte.

Das nachdrückliche Knurren seines Magens schien ihm mitteilen zu wollen, dass er genauso gut über einem gut gefüllten Teller weitergrübeln konnte. Also drehte er sich um und betrat das Teehaus, das trotz der frühen Stunde gut besucht war.

Der Rauch unzähliger Pfeifen kringelte sich über den zerkratzten Tischen und ließ sämtliche Konturen und Farben in der spärlich beleuchteten Gaststube verschwimmen. Auch die gedämpften Unterhaltungen der Gäste verschwammen zu einem gleichförmigen Gemurmel tiefer Stimmen.

Drúdir gab seine Bestellung auf. Das Frühstück, das wenig später vor ihm auf dem Tisch landete, war tatsächlich ausgezeichnet, aber es vermochte seine Stimmung nicht wirklich zu heben.

Er hätte nicht sagen können, was ihn aus seinem dumpfen Brüten zurückholte, aber als es schließlich geschah, stellte er fest, dass sich ein Fleck aus strahlendem Weiß unter die doch eher gedämpften Farben von Einrichtung und Gästen gemischt hatte. Drúdir sah genauer hin und identifizierte ihn als das bodenlange Spitzenkleid einer Zwergin. Kerzengerade saß sie an einem der Tische und rührte in einer tönernen Tasse. Sie saß halb von Drúdir abgewandt, weshalb er ihr Gesicht eher erahnte, als dass er es sah. Ihm fiel der beinahe metallische Glanz ihres Haares auf – ihre kunstvolle Frisur sah aus wie ein verschlungenes Ornament aus polierter Bronze – und die sonderbare Regelmäßigkeit ihrer Bewegung. Es schien, als zöge sie mit ihrem Löffel in immergleicher Geschwindigkeit vollkommen identische Kreise. Wenn sie sich in ihrer vornehmen Garderobe hier deplatziert fühlte, merkte man es ihr nicht an.

Nahezu alle Zwerge in der Gaststube musterten sie verstohlen, nur um rasch wieder die Blicke abzuwenden. Nur Drúdirs Augen verweilten länger auf der Fremden. Gewiss, sie wirkte kühl und unnahbar, aber Drúdir glaubte, auch etwas anderes in ihrer Haltung wahrzunehmen: Einsamkeit. Ein Gefühl der Fremdheit, das weit darüber hinausging, zum ersten Mal an einem Ort zu sein. Es war das Wissen, anders zu sein – so anders, dass es fraglich war, ob man je irgendwo heimisch werden würde.

Drúdir lauschte seinen eigenen Gedanken und fragte sich, ob er getrunken hatte oder ob irgendetwas mit Schwarzspiegel nicht stimmte. Seit er hierhergekommen war, ertappte er sich bei Gefühlen und Ideen, denen er lange jeden Platz in seinem Leben verwehrt hatte. Sei es die vorsichtige Faszination, die das Netz der Magie und Mythen von einst neuerdings wieder in ihm wachriefen, oder seien es Anwandlungen von Selbstmitleid und Sentimentalität.

Als hätte sie seinen Blick gespürt, wandte die Zwergin den Kopf. Der Pfeifenrauch, den der Luftzug zwischen der Tür und einem angekippten Fenster zwischen ihnen zum Tanzen brachte, ließ ihr Gesicht verschwimmen. Dennoch konnte Drúdir genug erkennen. Ihre Züge entsprachen trotz ihrer hohen Wangenknochen und sinnlichen Lippen nicht ganz dem Ideal: Ihre Augen waren groß, tiefliegend und von beklemmender Intensität. Außerdem wirkte ihr Gesicht beinahe blutleer. Drúdir wunderte sich, dass eine Zwergin, die bei ihrer Kleidung und Frisur offenbar weder Kosten noch Mühe scheute, diesen Makel nicht mit etwas Rouge behoben hatte. Aber das war einer dieser rationalen Gedanken, die sich schnell verflüchtigten, wenn er sich einer attraktiven Frau gegenüberfand.

Drúdir war – vielleicht, weil er sich im Grunde seines Herzens keine Hoffnungen auf irgendeine Form dauerhafter Beziehung machte und jede Zurückweisung nur das Unvermeidliche vorwegnahm – nie schüchtern gewesen, wenn es um Zwerginnen ging. Und im Laufe der Jahre hatte er aus ihren Reaktionen gelernt, dass er ihnen mit seinen dunklen Augen und seinem rebellischen, grüblerischen Wesen mysteriös und anziehend erschien. Anfangs zumindest. Rechnete man noch den Sympathievorschuss hinzu, den Außenseiter einander zu geben pflegten, standen seine Chancen nicht schlecht.

Also lächelte er die Fremde zwischen den Rauchschwaden hinweg an. Ein Lächeln flackerte auf ihrem Gesicht auf, verschwand und erschien wieder, wie das Licht einer kaputten Glühbirne. Es war diese Unsicherheit, die ihrem Gesicht die Unnahbarkeit nahm und ihn bewog, zu ihrem Tisch hinüberzugehen.

„Guten Morgen", sagte er. „Würde es Sie stören, Ihren Tisch mit mir zu teilen?"

„Wenn Sie ihn dem Ihren vorziehen", entgegnete sie. Sie hatte eine angenehme Stimme.

„Ja, ich denke das tue ich. Schließlich sitzen Sie hier. Mein Name ist Drúdir."

„Moryn", sagte sie nach einem kurzen Zögern, noch immer das nervöse Lächeln auf den Lippen. Aus der Nähe konnte Drúdir erkennen, dass ihre Augen tiefgrün waren und dunkler wurden, wenn sie lächelte. Direkt über ihrem Kopf hing eine Lampe, sodass ihre langen Wimpern sternförmige Schatten auf ihre Wangen warfen. Drúdir konnte nicht anders, als die perfekte Harmonie der Linien von Wangenknochen, Augenbrauen und Haaransatz zu bemerken. *Wie die Zeilen eines Gedichts*, dachte er. Und umso faszinierender, da es etwas in ihrem Gesicht zu geben schien, das sich der Betrachtung entzog. Es war nicht so, dass er sich spontan in die Fremde verliebt hätte. Er war sich der Möglichkeit durchaus bewusst, dass sie sich innerhalb der nächsten Minuten als dumm, langweilig oder desinteressiert erweisen konnte. Aber das schloss nicht aus, dass er ihr Gesicht nicht rein ästhetisch ansprechend finden konnte.

„Ich halte Sie nicht auf, oder?", erkundigte er sich besorgt. „Ich will nicht, dass Sie aus Höflichkeit einem aufdringlichen Fremden gegenüber zu spät zu einer wichtigen Verabredung kommen oder Zeit verlieren, die Sie lieber allein mit ihren Gedanken verbracht hätten."

Das Flackern wich aus ihrem Lächeln. Dafür gewann es eine ironische Komponente. „Bis zu meiner nächsten Verabredung habe ich noch ein paar Minuten. Ich bin froh, dass Sie mir helfen, sie mir zu vertreiben. Sind Sie von hier?", fügte sie an.

„Was glauben Sie?"

„Dass Sie zu den Zwergen, die nie wirklich Teil der Szenerie sind. Es fällt mir daher schwer zu beurteilen, ob Sie sich fremd fühlen oder fremd sind."

„Sie haben nicht zufällig meine Gedanken gelesen?", scherzte Drúdir und bemühte sich, sich sein Unbehagen angesichts ihres Scharfblicks nicht anmerken zu lassen.

„Das ist eine der wenigen Fähigkeiten, über die ich nicht verfüge."

„Eine der wenigen Fähigkeiten?"

„Mein Repertoire merkwürdiger Talente würde Sie überraschen."

Drúdir lächelte schief. „Dann passen wir wahrscheinlich gut zusammen. Auch ich habe Fähigkeiten, über die die meisten Zwerge den Kopf schütteln würden."

„So?"

„Ich habe ein phänomenales Gedächtnis für überflüssige historische Details, kann innerhalb von zwei Minuten sechzehn Typen von Insekten aus Draht formen und spiele Eulenrufflöte."

Ein distanzierter Teil seiner selbst lehnte sich zurück und begann, langsam und sarkastisch zu applaudieren. Offenbar musste er nicht auf seine Visionen zurückgreifen, um völlig neben der Spur zu erscheinen. Aber Moryn lächelte nur. Und warf einen Blick auf eine Uhr, die an einer dünnen Silberkette um ihren Hals hing. „Stehen geblieben", murmelte sie.

Drúdir warf einen Blick auf seine eigene Taschenuhr. „Sieben Uhr vierunddreißig."

„Danke. Es ist fast Zeit für mich, zu gehen." Sie versuchte, ihre Uhr aufzuziehen und zu stellen, aber Drúdir hörte bereits am Geräusch, dass sie keinen Erfolg haben würde.

„Die Feder ist ausgeleiert", erklärte er. „Ich bin Uhrmacher. Wenn Sie wollen, nehme ich die Uhr mit und repariere sie für Sie."

„Was wird mich das kosten, Drúdir?"

Etwas an der Art, wie sie seinen Namen sagte, ließ nur eine Antwort möglich erscheinen. „Eine weitere Verabredung, bei der Sie mir von Ihren merkwürdigen Fähigkeiten erzählen."

Er spürte doch tatsächlich, wie sein Herzschlag sich beschleunigte, als er auf ihre Antwort wartete. Sie kam mit einem kleinen Grinsen. „Packen Sie ein Drahtinsekt ihrer Wahl drauf, und wir sind im Geschäft."

Sie ließ die Uhr in seine hohle Hand fallen. Kühl und schwer ringelte sich die Kette in seiner Handfläche. „Ich frühstücke hier regelmäßig um diese Zeit", sagte sie. „Wie spät ist es jetzt?"

„Sieben Uhr achtunddreißig."

„Ich muss los. Aber ich bin froh, Sie getroffen zu haben, Drúdir."

„Wahrscheinlich bin ich der einzige Uhrmacher, der für den Preis eines Rendezvous repariert. Das ist so unzwergisch … ich muss ein Wechselbalg sein. Ein Trick der Elfen, um die zwergische Wirtschaft zu ruinieren."

Lachend erhob sie sich und wandte sich zum Gehen. Drúdir blickte ihr mit einem leisen Lächeln nach. Er hatte fast vergessen, dass es eine Welt jenseits von Morden, Visionen und Verschwörungen gab.

## *Kapitel 23*

# Findra

Findra stellte die Entscheidung, nach Schwarzspiegel zu kommen, mit jeder verstreichenden Stunde, die sie auf Drúdir wartete, mehr in Frage. Alles, was sie bisher herausgefunden hatten, war, dass Rúnwis und seine Freunde einen ausgeprägten Hang zur Geheimnistuerei hatten. Und auch Drúdir selbst schien wenig geneigt, sie ins Vertrauen zu ziehen. Was ihr einen kleinen Stich versetzte. Na schön, es fiel ihr viel schwerer als erwartet, sich nicht von seinen magischen Kräften eingeschüchtert und ein bisschen abgestoßen zu fühlen, aber davon abgesehen mochte sie den Zwerg. Allerdings könnte er ruhig etwas mehr Dankbarkeit für ihre Hilfe zeigen. Oder eher für das Angebot ihrer Hilfe, hatte sie doch bisher nicht viel zu seiner Suche nach Fragars Mörder beitragen können. Sie seufzte. Erst hier, wo sie offiziell keinerlei Autorität besaß, war ihr klar geworden, in welchem Umfang sie ihre bisherigen Ermittlungserfolge ihren Befugnissen als Polizistin verdankte. Scharfsinn und Menschenkenntnis brachten einem wenig, wenn man keinen Zugang zu Tatorten und Verdächtigen hatte.

Und natürlich stellte sie sich dieselbe Frage, die auch Drúdir umtrieb: Selbst wenn sie Fragars Mörder und sogar Beweise für seine Schuld fände … Würde dies etwas nutzen, wenn Zwerge in hohen Positionen ihn zu schützen versuchten?

Seufzend verschränkte Findra die Arme hinter dem Kopf und blickte zu dem orangefarbenen Rechteck auf, das das Laternenlicht vor dem Fenster an die Decke warf. Sie war vor vielleicht einer halben Stunde in ihr schäbiges, kleines Pensionszimmer zurückgekehrt, nachdem sie eine Weile ziellos durch die Straßen gelaufen war und sich eine Zeitung gekauft hatte. Die Schlagzeile über den Brand des mittlerweile berüchtigten Lagerhauses, in dem Grihin und seine Bande getötet worden waren, hatte ihr Interesse geweckt. Findra hatte in der Zwischenzeit einiges über die Tiefufer-Morde gelesen. In den Zeitungskolumnen wetteiferten zahllose Theorien um die Aufmerksamkeit der Leser. Einige behaupteten, dass sich das Geschehen nie so zugetragen hatte und dass es sich lediglich um einen ungewöhnlich blutigen Machtkampf zwischen verschiedenen Banden handelte. Andere machten – wenig überraschend – Agenten fremder Regierungen verantwortlich, die zuvor mit Grihin unter einer Decke gesteckt hatten und sich nun eines Mitwissers entledigten. Eine Theorie, die Findra ganz unterhaltsam fand, stammte von einem gewissen Kigri, einem Gastkolumnisten. Er erzählte von einem Zwerg, dessen in Geheimlabors entwickelte mechanische Prothesen ihm übernatürliche Kräfte verliehen und der nachts auf Verbrecherjagd ging. Wahrscheinlich glaubte nicht einmal Kigri selbst daran, aber er konnte schreiben und deshalb waren bereits zwei weitere Artikel von ihm gedruckt worden, in denen er seine Theorie weiter erklärte. Es gab sogar einen Kupferstich, wie diese Prothesen aussehen mochten.

Abgesehen davon, dass sie wusste, welche Theorien es eher aus Unterhaltungsgründen zu lesen galt, hatte Findra nicht die geringste Ahnung, was geschehen war, auch wenn Svalris‘ Andeutung, dass Magie involviert gewesen sein könnte, ihr Interesse geweckt und sie zugleich zutiefst beunruhigt hatte. Tatsächlich durchkämmte sie die Zeitungen vor allem in der Hoffnung, dass eine von ihnen mit einer vollkommen rationalen Erklärung für alle von Svalris beschriebenen Ungereimtheiten aufwartete. Die Welt, die Drúdir ihr indirekt zeigte – eine Welt, in der einige der brillantesten und bestvernetzten Gelehrten der Union darauf hinarbeiteten, eine Renaissance der Zauberei einzuleiten und das für ein realistisches Ziel hielten – bereitete ihr Sorge. Für Magier mochte das ja alles schön und gut sein, aber die Ereignisse der letzten Jahrhunderte hatten eines klar demonstriert: Wenn eine kleine Gruppe lernte, mystische Kräfte zu beherrschen, war es nur eine Frage der Zeit, bis sie sich zu den Herrschern über die gewöhnlichen Menschen und Zwerge aufschwangen. Mit bekannten Resultaten.

Da waren Findra Wissenschaft und Maschinen schon lieber. Im Augenblick mochten diese ziemlich konzentriert in den Händen einer kleinen Elite liegen, aber wenigstens war das nicht notwendigerweise der Fall. Und mit etwas Glück blieben ihnen noch ein paar Jahre, bis man Waffen entwickelte, die genauso verheerend waren wie die Kräfte der Magier, von denen sie in Wisdrins Bibliothek gelesen hatte. Genauso verheerend wie … Drúdirs Kräfte. Findra erinnerte sich nur zu gut an ihren Unglauben, als sie das Kapitel über seine Vorgänger gelesen hatte. Der Uhrmacher schien keine Ahnung zu haben, wozu er fähig war, und sie hatte keinen Grund gesehen, es ihm zu erzählen, schien er sich doch schon unwohl und isoliert genug zu fühlen.

Dennoch war es ihr seitdem nicht gerade leichter gefallen, sich in seiner Gesellschaft zu entspannen. Auch ihre Meinung, dass Magie zwar recht faszinierend, aber im Grunde genommen zutiefst destruktiv war, hatte dadurch nur Bestätigung erfahren.

Es klopfte leise an der Tür. „Entschuldigung?", fragte eine Frauenstimme. Sie klang vertraut, auch wenn Findra sie zunächst nicht einordnen konnte.

„Ich bin es, Svalris."

Findra setzte sich auf und schwang die Beine aus dem Bett. Endlich einmal gute Nachrichten. Sie wusste nicht, ob sie irgendetwas Nützliches erfahren würde, aber da Drúdir es nicht für nötig zu halten schien, endlich aufzutauchen, war die Journalistin ihre beste Chance, Untätigkeit und Langeweile zu entkommen.

Findra strich sich ein paar Haarsträhnen, die ihrem Zopf entkommen waren, hinter die Ohren und glättete ihren zerknitterten Rock. Wie stets hoffte sie, dass ihre Kleidung eher als etwas nachlässig wahrgenommen würde, und nicht als der Beweis ihrer nicht gerade rosigen finanziellen Situation (die durch ihre kleine Reise nicht gerade verbessert wurde). Sie öffnete die Tür.

Als Findra am Vorabend ihren Zettel in den Briefschlitz der Journalistin geworfen hatte, hatte sie sich wieder deren Gesicht vor Augen gerufen. Vor allem war ihr dessen sonderbare, kaleidoskopartige Wirkung im Gedächtnis geblieben. Svalris' Züge waren stets dieselben, aber ein einziger Blick oder eine Drehung des Kopfes konnten den Gesamteindruck völlig verändern. Findra war sich nicht sicher, ob sie sich an eine ungewöhnliche Schönheit erinnerte oder an eine Zwergin mit gleichzeitig auffälligen und unscheinbaren Zügen, der nur ein Funke wacher Intelligenz einen Hauch von Attraktivität verlieh.

Bei dieser Begegnung ließ Svalris' offensichtliche Erschöpfung das Pendel eher in Richtung letzteren Eindrucks ausschlagen. Dunkle Ringe lagen unter ihren geröteten Augen und sie war so blass, dass das eigentlich dezente Rouge, das die scharfen Kanten ihrer Wangen abmildern sollte, so dunkel und unecht erschien wie die Bemalung einer Marionette. Die Eleganz ihres dunkelroten Mantels und ihres einfach, aber geschickt hochgesteckten Haares hob die Makel noch hervor.

„Komme ich ungelegen?", erkundigte sich Svalris, trat aber bereits ein, als könnte sie sich nicht vorstellen, dass Findra sie zurückweisen würde.

„Nein, wirklich nicht", versicherte Findra. „Ich freue mich, dass Sie kommen konnten. Wollen wir vielleicht irgendwo hingehen? Die Gaststätte auf der anderen Straßenseite sieht nett aus. Zumindest nach einer geringeren Vergiftungsgefahr als bei der, die zur Pension gehört."

Svalris lachte. Es klang nervös und gekünstelt. „Ja, Sie haben zielsicher eine der schlechtesten Unterkünfte Schwarzspiegels bezogen – aber eine der wenigen, die halbwegs erschwinglich sind. Gehen wir. Ich bin halb verhungert. Ach ja, und duzen Sie mich ruhig."

Sie ging voraus und hielt Findra die Tür auf. Der Ermittlerin fiel auf, dass Svalris' Fingernägel, bei ihrer ersten Begegnung noch praktisch kurz geschnitten, aber doch zu perfekten Ovalen gefeilt, nun abgebrochen und eingerissen waren. Und hatte sie da nicht gerade eine frische Schürfwunde auf einer von Svalris' Handflächen gesehen?

Es ging Findra natürlich nichts an, aber so wie die Journalistin aussah, hatte sie eine ereignisreiche Nacht hinter sich. Umso verblüffender, dass sie hierhergekommen war.

Auf dem Weg nach unten unterhielten sich die beiden Zwerginnen über Schwarzspiegel und Svalris' nun fast abgeschlossenes Mathematikstudium. Svalris gähnte immer wieder, aber ihr Lachen war von beinahe überdrehter Fröhlichkeit. Es war diese sonderbare, getriebene Euphorie nach einer durchwachten Nacht, die urplötzlich in bleierne Müdigkeit umschlagen konnte. Findra kannte sie allzu gut.

Das kleine Gasthaus erwies sich als ein gemütlicher Ort, wo sie bei Fladenbrot und Gemüseeintopf ihr Gespräch fortsetzen konnten. Allerdings nicht lange, denn sobald Findra ihre morgendliche Zeitungslektüre erwähnte, versteinerte Svalris' Gesicht. Sie versuchte es zu verbergen, allerdings viel zu spät. Das Thema, das sie im Zug noch so fasziniert hatte, schien ihr plötzlich Angst einzuflößen.

Unwillkürlich beugte Findra sich vor. Wenn sie einen verängstigten, aufgewühlten Zwerg traf, empfand sie natürlich Mitgefühl, aber ihre erste, instinktive Reaktion war eine andere: Neugierde und der Impuls, seine Verletzlichkeit zu nutzen, um eventuell Lügen aufzudecken. Es war nicht der sympathischste ihrer Charakterzüge, aber Findra hatte in ihrem Berufsleben häufig davon profitiert. Genau wie von diesem speziellen Gesichtsausdruck, den sie beherrschte und der ihre Züge weich und ihre Augen groß und leuchtend machte. Sie sah aus, als würde sie nichts als naives Entsetzen darüber empfinden, wie einem so guten Zwerg etwas so Schreckliches hatte passieren können. Und allzu oft vergaß ihr Gegenüber das Rattern des rationalen Verstandes hinter dem hübschen, offenen Gesicht. Insbesondere, wenn er oder sie ohnehin schwer an einem Geheimnis trug. „Du siehst aufgewühlt aus", bemerkte Findra freundlich.

„Nein, ich bin nur etwas unkonzentriert und müde. Ich habe letzte Nacht schlecht geschlafen."

Svalris' Blick war etwas zu direkt, zu unablässig auf sie fixiert. Sie log. Die Frage war nur: Warum? Wenn die Journalistin persönliche Probleme hatte, ging das Findra nichts an. Aber warum war es gerade der Brand im Tiefufer-Lagerhaus, der eine solche Reaktion hervorrief? Sollte sich Svalris nicht eher über neuen Stoff für ihre Zeitschrift freuen?

„Hat es vielleicht damit zu tun", wagte Findra sich vor, „dass du zufällig Zeugin des Lagerhausbrandes geworden bist?"

Svalris starrte sie entsetzt an. Treffer.

„Wie kommst du darauf?"

Die dunkelhaarige Zwergin griff bereits nach ihrem über die Stuhllehne gehängten Mantel, als Findra ihr eine Hand auf den Unterarm legte.

„Entspann dich. Du warst dort. Na und?"

„Wer bist du?", zischte Svalris. Ihre Augen huschten wild hin und her.

„Findra", entgegnete sie. „Nur eine Zwergin, die hierhergekommen ist, um einem Freund mit einem kniffligen Problem zu helfen. Und das mit dem Lagerhaus … das war ein Schuss ins Blaue, wenn ich ehrlich sein soll. Ich habe deine Reaktion gesehen, als ich es zufällig erwähnte, und war einfach neugierig. Es tut mir leid. Ich denke manchmal viel zu wenig über die Gefühle anderer nach."

Svalris ließ sich wieder auf ihren Stuhl sinken, aber ihre Miene war kalt und hart geworden. Sie würde es Findra nicht verzeihen, dass sie mit ihren wie auch immer gearteten Ängsten spielte. Was ein Jammer war, denn nun war Findras Interesse wirklich geweckt. Die Ermittlerin spielte in Gedanken mehrere Gesprächsverläufe durch. Ausgesprochen wenige davon beinhalteten, dass Svalris ihr erzählte, was sie herausgefunden hatte. Wieso auch? Findra war eine Fremde, und hatte Svalris wenig Anlass gegeben, ihr zu vertrauen. Es sei denn …

Mit einem schlechten Gewissen Drúdir gegenüber und unter dem Versprechen, dass nichts davon seinen Weg in den Nachtspiegel finden würde – Findra war sich ihrerseits nicht sicher, ob sie der Journalistin hier vertrauen konnte, aber ihre Neugierde war stärker als ihr Zweifel – erklärte sie leise: „Mein Begleiter, Drúdir … er ist ein Magier. Wir sind hier, um den Mord an einem Freund von ihm aufzuklären, so lächerlich das auch klingt. Fragar Brarison, vielleicht hast du von ihm gehört. Drúdir glaubt, seine Fähigkeiten dazu nutzen zu können.

Aber wir haben das Gefühl, dass wir in eine Sache hineingeschlittert sind, von deren Ausmaß wir keine Ahnung hatten. Wahrscheinlich sind Zwerge in hohen Positionen involviert. Immerhin scheinen wir die einzigen zu sein, die Interesse an einer Aufklärung haben. Man hat mich sogar bedroht, damit ich die Sache ruhen lasse."

Svalris lauschte fasziniert. Aber sie war keineswegs so überrascht, wie Findra erwartet hätte.

„Ich wusste doch, dass Drúdir ein Magier ist!"

Das wiederum leitete die Enthüllung von Svalris' sonderbarem Sinn für Magie ein. Obwohl an sich wohl eher ablenkend als bedrohlich, machte er Findra ein wenig nervös. Einfach, weil es bestätigte, wie stark ihre vermeintlich vollkommen technik- und wissenschaftsbasierte Welt doch noch – oder vielmehr wieder – von der Magie von einst durchdrungen war.

Dann begann Svalris, eine völlig unglaubwürdige, aber nicht weniger fesselnde Geschichte zu erzählen, die genau der Kigri, dessen Kolumne Findra so unterhaltsam gefunden hatte, ihr erzählt hatte. Nachdem sie geendet hatte, saßen die beiden Zwerginnen einander schweigend gegenüber.

„Glaubst du das, was Kigri dir erzählt hat?", fragte Findra schließlich. „Es klingt wie aus einem Roman. Du weißt schon, einem der Sorte mit fünf Verschwörungen, einem bösen Zauberer und einer schmalzigen Liebesgeschichte. Wenn ich ehrlich bin: Ich mag die Dinger eigentlich."

„Ich auch", gab Svalris zu, kam aber dann auf ihre Frage zurück. „Ich wollte es zuerst nicht glauben – immerhin war es eine Geschichte aus zweiter Hand – aber das Siegel der Runenschmiede ist nicht übermäßig bekannt."

„Woher kennst du es?"

„Recherche über seltsame Themen ist mein Beruf. Wie dem auch sei ... alles, was ich in letzter Zeit gehört und erlebt habe – dazu gehört deine Geschichte, Findra – deutet darauf hin, dass hier in Schwarzspiegel irgendetwas ziemlich faul ist."

„Alles, was du in letzter Zeit gehört und erlebt hast?"

Svalris sah sie an, wieder mühevoll unterdrückte Panik in den Augen. „Sagen wir es so ... ich war mehr als in der Nähe, als das Lagerhaus niedergebrannt wurde."

Findra beugte sich vor. „Warum hast du dich nicht an die Behörden gewendet?" Als Vertreterin einer solchen Behörde war sie, ihre jüngsten Erfahrungen hin oder her, doch ein wenig gekränkt von diesem Mangel an Vertrauen.

Svalris lachte zynisch. „Wo die sich doch überschlagen, um den Mord an Fragar aufzuklären? Nach dem, was du erzählt hast, scheint irgendjemand ganz oben ein Interesse daran zu haben, bestimmte Dinge zu vertuschen."

„Sieh mich an: Ich bin hier, weil ich nicht die Absicht habe, diese Leute davonkommen zu lassen."

„Ich betrachte dich als die Ausnahme, die die Regel bestätigt."

Findra seufzte.

„Na schön. Aber was hast du eigentlich gesehen?"

„Es waren Zwerge ohne besondere Kennzeichen und in einfacher Kleidung, die das Lagerhaus niedergebrannt haben. Wahrscheinlich irgendwelche Arbeiter in finanziellen Schwierigkeiten, die von jemandem angeheuert worden sind. Einer trug ein Expansionisten-Abzeichen, aber das muss nichts zu bedeuten haben, mittlerweile hat Angrin so viele Anhänger, dass es beinahe eine statistische Notwendigkeit ist. Interessanterweise war außer mir noch jemand in diesem Lagerhaus, als sie es – unter Verwendung einer teuren, ungewöhnlichen Chemikalie, wie man mir versichert hat – angezündet haben."

„Du warst tatsächlich in dem brennenden Gebäude?"

Svalris nickte.

„Und wer noch?", fragte Findra.

Die Angst und Anspannung in Svalris' Gesicht wich für einen Moment der Befriedigung einer Zwergin, deren Geschichte sich einer unglaublichen Pointe näherte. „Ich war wirklich da. Ich … und zwei Elfen."

Findras Augen weiteten sich. Aber sie wartete vergebens darauf, dass Svalris fortfuhr. „Und weiter?", drängte sie, als sich die Stille unangenehm in die Länge zog.

Svalris lehnte sich zurück und sah sie mit einer Ruhe an, die nur gespielt sein konnte. „Ich glaube, du bist an der Reihe. Ich bin bereit, meine Geschichte zu erzählen – eine Geschichte, deretwegen ich um mein Leben fürchte. Im Gegenzug schuldest du mir ein paar weitere Details, findest Du nicht?"

Findra biss sich auf die Unterlippe. Mit ihrer Kenntnis Schwarzspiegels und seiner Bewohner konnte sich Svalris als wertvolle Verbündete herausstellen. Vor allem aber wollte Findra wissen, was sie verschwieg. Ihr Instinkt hatte sie selten getäuscht und sie spürte, dass sich hier eine wichtige Information verbarg. Wieder dachte sie schuldbewusst an Drúdir, der sicher kaum seine Zustimmung gegeben hätte, aber schließlich zuckte sie die Achseln und begann, bedächtig zu erzählen.

Es fühlte sich seltsam an, und selbst nachdem sie geendet hatte, war Findra nicht sicher, ob sie Recht daran getan hatte, Svalris ins Vertrauen zu ziehen. Doch die Geschichte, mit der die dunkelhaarige Zwergin sich revanchierte - der gehetzte Ausdruck in Svalris' Augen ließ Findra nicht daran zweifeln, dass sie die Wahrheit sagte – war es wert.

„Aber warum sind die Toten noch nicht in den Nachrichten?", fragte sie, nachdem sie zu Ende gelauscht hatte.

„Wahrscheinlich hält die Polizei es fürs Erste geheim, sei es, weil sie es vertuschen will, sei es, um ungestört zu ermitteln. Das Ganze hat sich in einer der abgelegensten Ecken der Stadt zugetragen. Natürlich muss es Zeugen gegeben haben, aber die Leute in der Gegend sind nicht sehr scharf auf Kontakt zu Polizisten, Journalisten und dergleichen."

„Und die Elfen? Die müssen doch jemandem aufgefallen sein."

„Das wundert mich auch. Ich habe auf dem Weg hierher mit ein paar Freunden gesprochen und sie meinten, sie hätten nichts von Elfen in Vierteln gehört, wo Elfen nichts zu suchen haben. Und das macht mir zugegebenermaßen Angst. Noch mehr Angst. Die beiden sind alles andere als unauffällige Gestalten. Wenn sie sich ungesehen durch die Stadt bewegen können …"

Findra schüttelte den Kopf. Wo waren sie nur hineingeraten?

Ein scharfes Klopfen unmittelbar neben ihnen ließ die Köpfe der beiden Zwerginnen jäh nach oben rucken. Wie ertappt blickten sie aus dem Fenster neben ihrem Tisch. Drúdir winkte ihnen zu. Findra hob angesichts seiner verblüffend heiteren Miene die Brauen. Drúdir schien ein Lächeln zu unterdrücken, das untypischerweise ohne jede Bitterkeit auskam.

Er verschwand vom Fenster, nur um wenig später an ihrem Tisch wieder aufzutauchen. Er runzelte angesichts Svalris' Anwesenheit die Stirn, schien aber fest entschlossen, sich davon nicht die Laune verderben zu lassen. Auf Findras Nicken hin schob er ihr gebrauchtes Geschirr zur Seite, um behutsam ein sonderbar geformtes Päckchen auf dem Tisch abzulegen. Schwungvoll schlüpfte er aus seinem schweren Ledermantel und ließ sich auf den freien Stuhl fallen.

„Was gibt es Neues von der Geheimloge der Möchtegernmagier?", wollte Findra wissen.

Drúdir blickte bedeutungsvoll zu Svalris hinüber. Dann wanderten seine Augen zu Findra zurück. Unglauben, Ärger und Resignation huschten über seine

Züge, als ihm dämmerte, dass Findra die Journalistin eingeweiht hatte. Aber als Findra für ihn zusammenfasste, was sie in seiner Abwesenheit erfahren hatte, wich all dies einem Ausdruck der Sorge. Nach einem letzten skeptischen Blick in das müde Gesicht der dunkelhaarigen Zwergin berichtete Drúdir, was er über Kargan erfahren hatte.

Die drei wechselten einen Blick. Dann sprach Findra aus, was sie alle dachten: „Glaubt irgendjemand von uns, dass das alles nicht irgendwie zusammenhängt?"

# *Kapitel 24*

## Kyrai

Phandrael lehnte sich in seinem Sessel zurück und platzierte seine langen Beine auf dem Beistelltisch. „So", sagte er aufgeräumt. „Jemand hat versucht, uns zu töten. Ich glaube, wir sind auf der richtigen Spur."

Kyrai warf ihm einen gereizten Seitenblick zu. „Wir haben sechs tote Zwerge, ein abgebranntes Lagerhaus und eine Zeugin hinterlassen, ohne wertvolle Erkenntnisse vorweisen zu können. Ich sehe darin nichts Positives."

„Wir wissen, dass jemand sehr daran interessiert ist, dass niemand mehr über das Ding erfährt, das die Zwerge im Lagerhaus getötet hat. Wir wissen, dass der Betreffende Zugang zu teuren, alchemistischen Substanzen hat. Wir kennen die Spur, die das Ding im schimmernden Netz hinterlassen hat und wissen, dass es definitiv magischer Natur ist. Die Chancen stehen gut, dass unser ehemaliger Kollege dahintersteckt."

„Zugegeben. Aber wir sind ihm trotzdem keinen Schritt näher gekommen."

„Sei nicht so ungeduldig." Phandrael wirkte durch und durch zufrieden. „Ich finde das Ganze ziemlich interessant. Zwerge beschützen Valedas …"

Kyrai spürte, wie ihr Gesicht versteinerte, als der ungleiche Kampf vor ihrem inneren Auge Revue passierte. Als Drasirah gegen eine Handvoll gewöhnlicher Zwerge anzutreten … Das war, als kämpfte sie gegen Kinder. Hässliche, mordlustige Kinder, die ihrerseits wohl kaum hätten Gnade walten lassen, aber trotzdem. Nicht, dass es während ihres Rausches gezählt hätte. Es war sonderbar, diesen Begriff für einen Zustand zu verwenden, in dem sich alle Emotionen außer vagem Staunen über die Schönheit des schimmernden Netzes und die tödlichen Kreisbögen, die ihre Gliedmaßen beschrieben, auflösten. Dennoch erschien die Bezeichnung Kyrai angemessen – vielleicht, weil diese Erfahrung einer anderen Art Rausch entgegengesetzt war. Einer Art, an der Phandrael wohl nichts auszusetzen hätte.

„Übrigens", sagte sie kühl. „Wenn wir das nächste Mal in eine solche Situation geraten, warte bitte ein bisschen ab, bevor du jemanden umbringst. Wir hätten womöglich ohne Blutvergießen entkommen können."

„Und diese Zwerge fliehen und allen von uns erzählen lassen? Ich glaube nicht, dass du das vor dir hättest verantworten können. Du weißt, wie wichtig unsere Mission ist."

Kyrai schwieg. Wusste sie das? Noch nie hatte man ihr so wenig über die Hintergründe einer Mission erzählt. „Nein", sagte sie langsam. „Ich glaube nicht, dass ich das weiß. Du?"

Phandrael schüttelte den Kopf. „Ich vertraue Shideris."

Kyrai hob eine Augenbraue. „Tatsächlich?" Sie selbst hielt Shideris für eine fähige Herrscherin – das Beste, was Cirdaya in Zeiten wie diesen passieren konnte. Das war jedoch keineswegs gleichbedeutend mit Vertrauen – im Gegenteil. Paradoxerweise achtete sie die Königin dafür, dass sie sie ohne zu zögern belügen, manipulieren und sogar opfern würde.

„Nein", gab der Elf lächelnd zu. „Nicht wirklich. Aber ich glaube schon, dass wir hier für die Sicherheit Cirdayas kämpfen."

„Interessiert es dich überhaupt?"

„Nicht so sehr, wie es vielleicht sollte", gestand Phandrael ein. Er schwang die Beine vom Beistelltisch und beugte sich vor, ein beunruhigendes Leuchten in den verblüffend blauen Augen. „Mich würde aber interessieren, was du eigentlich hier machst. Was bringt eine Tanataira zu den Drasirai, wenn es nicht eine ungesunde Faszination für Blutvergießen ist? Patriotismus? Ich glaube ni…"

Er konnte seinen Satz nicht beenden, bevor Kyrais zynisches Lachen ihn unterbrach.

In ironischem Entsetzen breitete er die Arme aus. „Was? Du bist nicht stolz, ein Land zu verteidigen, wo ehrenhafte Elfen die ritterlichen Ideale von einst hochhalten und der Magie der Welt ein poetisches Refugium bieten, einen Hort der Anmut, Würde und Moral …"

Der Elf, der Kyrai für die Drasirai rekrutiert hatte, hatte tatsächlich in ganz ähnlichen Worten über Cirdaya gesprochen. Hätte Kyrai nicht dergleichen erwartet, hätte sie wohl ein wenig grübeln müssen, welches Land er meinte. Als Nachfahrin einer der bedeutendsten Adelsfamilien hatte sie genug von der Elite der cirdayanischen Gesellschaft mitbekommen, um zu wissen, dass den Elfen der Insel nur zwei Prinzipien heilig waren: Ehre die glorreiche Vergangenheit – und tu, was du willst, aber sei dabei geschmackvoll angezogen.

Die beiden Elfen tauschten das leise Lächeln derer, die dies durchschaut und akzeptiert hatten.

Kyrai hatte gehofft, dass das Thema damit erledigt war, aber Phandraels eindringlicher Blick verharrte auf ihrem Gesicht. „Wie hat es deine Familie aufgenommen, dass du dich den Drasirai angeschlossen hast?"

„Sie haben es wohl für die beste Lösung gehalten", entgegnete sie kühl. Wer hätte das nicht, nachdem sich ihr zerstörerisches Potential zum ersten Mal manifestiert hatte? Gewiss, sie hatte ihren Onkel vor der Klinge eines Attentäters bewahrt, aber der Abscheu in seinen Augen, als er von den kaum mehr identifizierbaren Überresten zu ihr hinüberblickte, hatte sich tief in ihr Gedächtnis eingebrannt. Wahrscheinlich waren sie alle insgeheim erleichtert gewesen, als Kyrai sich selbst aus der Erbfolge entfernte.

„Was würde … oh." Phandrael starrte sie aus großen, faszinierten Augen an, als er verstand. Natürlich. Für ihn lag keine Schande in dem schmutzigen, kleinen Geheimnis, das eine gar nicht mal so kleine Minderheit der Elfen hütete. Dann grinste er. „Ich hätte es mir denken sollen. Wer so demonstrativ kontrolliert ist, wie die Tanataira … und natürlich. Die Kräfte des Abgrunds müssen stark in euch sein. Stark … und schwer zu unterdrücken, wenn ich mich nicht irre."

Kyrai erwiderte seinen Blick mit Unbehagen.

„Aber du hättest nicht zu den Drasirai gehen müssen. Und nicht viermal die Dryaden aufsuchen." Natürlich. Nur jemand wie Phandrael würde unverblümt die Sprache darauf bringen. „Meine Güte, deine Haut muss wie der Notizblock eines verrückten Künstlers aussehen."

Kyrai wusste nicht, was sie dazu bewegte. Vielleicht fühlte sie sich durch Phandraels Direktheit, die ihm einen Rauswurf aus jedem halbwegs respektablen Haushalt in Cirdaya eingetragen hätte, herausgefordert, ihn ihrerseits zu schockieren. Stumm stand sie auf und löste die Haken und Ösen, die ihr Kleid vorne zusammenhielten. Heute trug sie ein schlichtes, elfisches Gewand, dessen einzige Raffinesse in der Perfektion lag, mit der es ihr auf den feingliedrigen Körper geschneidert worden war. Keine der rüstungsartigen Korsagen, die sie sonst bevorzugte. So glitt es ihr nach wenigen Handgriffen von den schmalen Schultern. Ihr schwarzseidenes Unterkleid folgte. Raschelnd fiel es zu Boden.

Es war ihr tatsächlich gelungen, Phandrael zu überraschen. Sie hob das Kinn, während seine Augen über ihren Körper glitten. Selbst gemessen an dem cirdayanischen Ideal einer hellen, makellosen Haut war sie sehr blass, ihre Haut beinahe transparent. Die filigranen, ineinander verschlungenen Glyphen der Dryadenschrift hoben sich scharf davon ab. Da waren die Zwillingsornamente auf ihren Unterarmen, den Spannen ihrer Füße und ihren Oberschenkeln. Ein anderes Ornament setzte zwischen ihren Schulterblättern an und sandte lange, verschlungene Linien an ihren Rippenbögen entlang, bis sie sich in einem komplexen Knoten auf ihrem flachen Bauch trafen. Die Male auf ihren Schultern, ihren Handrücken und die winzig kleinen Glyphen auf ihren Augenlidern, die gewöhnlich entweder unter einem Schleier oder einem dezenten Lidstrich verschwanden, musste Phandrael bereits bemerkt haben.

„Das muss Stunden gedauert haben", staunte er.

„Tage", sagte sie mit einer Gelassenheit, die jeden Drasiron verblüffen musste. Sie alle betrachteten ihre Begegnungen mit den Dryaden als einen hohen Preis, den es für ihre Fähigkeiten zu entrichten galt. Kyrai erinnerte sich gut an jede einzelne Tätowierung, das Brennen in jeder Faser ihres von Dryadengift gelähmten Körpers und das beängstigende Lächeln Vadrýas.

Phandrael hatte sich nun ebenfalls erhoben. Er streckte eine Hand aus und berührte sie kaum merklich an der Schulter. Beinahe wäre Kyrai zusammengezuckt. Dann registrierte sie staunend, dass es der erste Körperkontakt zwischen ihnen war. Phandrael, den sie für vollkommen blind gegenüber den Emotionen anderer gehalten hatte, war sich die ganze Zeit ihres Wunsches nach Distanz, der noch über die elfischen Gepflogenheiten hinausging, bewusst gewesen und hatte ihn, was noch erstaunlicher war, durchgängig respektiert.

„Warum?", fragte er sanft. Er sah ihr nach wie vor unverwandt in die Augen. Etwas an seinem Gesichtsausdruck verriet ihr, dass er sie nicht verurteilen würde. Vielleicht hätte er sogar aufrichtiges Mitgefühl. Für Kyrai war diese Vorstellung seltsamerweise sehr viel beängstigender als seine Unberechenbarkeit und gutgelaunte Mordlust.

Die Elfe lächelte kühl. „Denk dir eine Erklärung aus. Von mir wirst du keine erhalten."

Sie bückte sich nach ihrer Kleidung, aber ohne jede Eile. Ihren Körper zu entblößen war für sie kein Anlass zur Verlegenheit, war es ihr doch immer schwergefallen, ihn als irgendetwas anderes als ein Werkzeug zu betrachten. Das war nicht immer der Fall gewesen, aber jede Erinnerung an die Zeit, bevor sie eine Drasirah gewesen war, drohte Scham und Verlust zurückzubringen.

Kyrai schloss den letzten Knopf ihres Gewandes. Als sie Phandrael ansah, war ihr Gesicht vollkommen gelassen. „Zurück zum Thema: Wie wollen wir unsere Zeugin finden? Es würde mich interessieren, wer sie ist und was sie am Tatort gesucht hat.“

# *Kapitel 25*

# Drúdir

Sie waren in die Pension zurückgekehrt und hatten sich in Findras winziges Zimmer zurückgezogen, da keiner von ihnen sich dabei wohlfühlte, in der Öffentlichkeit über ihre Erkenntnisse zu sprechen. Kaum hatte sich Svalris unaufgefordert auf das schmale Bett fallen lassen, holte sie das vertraute Klemmbrett aus der Tasche und begann, fieberhaft darauf herumzukrakeln. „Also, was wissen wir? Vor ein paar Monaten kommt Kargan in Schwarzspiegel an. Wenig später werfen ihn die geheimnistuerischen Bibliothekare hinaus und er findet mächtige Freunde. Ungefähr um diese Zeit wird ein geheimnisvoller Sarkophag mit dem Siegel der Runenschmiede aus der Stadt geschmuggelt. Vier Monate später wird Fragar ermordet, weil er zufällig etwas über Kargans Pläne wissen könnte. Vor ein paar Tagen scheint, woran auch immer Kargan gebaut hat, seinen Testlauf erfolgreich bestanden zu haben. Wahrscheinlich hat das auch das Interesse der Elfen geweckt, was wiederum Kargans mysteriösen Auftraggeber beunruhigt, der aber deutlich unterschätzt, wen Shideris da geschickt hat."

„Eine Anmerkung", warf Drúdir ein. „Die Elfen müssen wahrscheinlich bereits vor dem Tiefufer-Massaker oder sehr kurz danach eingetroffen sein. Das heißt, sie hatten schon vorher Grund, zu vermuten, dass hier etwas faul ist."

„Vielleicht", murmelte Svalris, eifrig weiterkrakelnd, „hetzt hier jemand absichtlich die Zwerge gegen die Elfen auf, um es eventuellen cirdayanischen Spionen schwerer zu machen."

„Als ob die radikalen Expansionisten irgendeine Ermunterung bräuchten", schnaubte Findra. „Oder als ob irgendein Zwerg Elfen ohne Misstrauen begegnen würde."

„Guter Punkt. Wie dem auch sei, die Frage ist: Für wen arbeitet Kargan. Und woran?"

„An einer Art Waffe", meinte Drúdir.

„Und eine effektive, soweit ich das aus der Betrachtung der Kreideumrisse sagen kann. Zerstörerisch und präzise zugleich. Ich habe nicht die geringste Ahnung, worum es sich handeln könnte."

Drúdir stellte fest, dass Svalris‘ ängstliche Anspannung einer tiefen, begeisterten Faszination gewichen war. Er hingegen fühlte sich eher wie ein Zwerg, der geglaubt hatte, eine Eidechse am Schwanz zu ziehen, nur um sich dann Auge in Auge mit einem Drachen wiederzufinden.

„Gut, damit können wir eingrenzen, für wen Kargan arbeitet“, sagte Findra. „Wer hat das Geld, um die Entwicklung und das Material einer solchen Waffe zu bezahlen? Und wer hat ein Interesse daran, sie zu besitzen?“

Letzteres, dachte Drúdir, war wohl keine wirkliche Einschränkung. Es gab wahrscheinlich kein waffenverrückteres Land als die Union – tatsächlich war die Begeisterung für Äxte und Schusswaffen das Einzige, was die Bürger der verschiedenen Staaten der Union zu vereinen schien. Abgesehen natürlich von ihrem Misstrauen und ihrer Abneigung gegenüber Nichtzwergen.

„Und wer“, fügte er hinzu, „hat den Einfluss, Kargans Akte verschwinden zu lassen?“

„Jeder, der der richtigen Person genug zahlt, vermute ich“, entgegnete Findra achselzuckend, sah dabei jedoch besorgt aus.

Drúdir verschränkte die Arme hinter dem Kopf und lehnte sich zurück. „Ideen?“ Er wandte sich an Svalris. „Du müsstest doch am besten wissen, wer infrage kommt. Kargan soll etwas über einen Zwerg gesagt haben, dem halb Schwarzspiegel gehört.“

„Kommt darauf an, wie er das meint. Wenn es nur um materiellen Reichtum und die daraus resultierende Macht geht, wären das entweder Wuthri oder Nainrar. Gemeinsam sind sie ungefähr doppelt so reich wie der Rest der Stadt zusammen, und ein Drittel der Schwarzspiegler arbeitet auf die eine oder andere Weise für sie. Nainrar ist darüber hinaus Abgeordneter im Stadtrat und zieht die Strippen diverser hochrangiger Politiker. Wuthri versucht wahrscheinlich, dasselbe zu tun, aber es fehlt ihm noch an Übung. Rein politisch sind die mächtigsten Männer wohl Falri und Hersdur von den Konservativen, Fringur von den Liberalen und neuerdings leider auch Angrin. Wobei ich die alten Generäle der Vereinigungskriege auch nicht außer Acht lassen würde. Und was Informationen und Verbindungen betrifft … Nun, da wäre wohl meine Mutter verdächtig. Sie kennt jeden und weiß wahrscheinlich genug, um einen Großteil der mächtigsten Zwerge dieser Stadt erpressen zu können. Die andere Hälfte tut freiwillig, was sie will.“ Svalris verdrehte die Augen.

„Und, hätte sie Interesse an einer geheimnisvollen magischen Waffe?“, erkundigte sich Findra.

Svalris schüttelte entschieden den Kopf. „Wieso auch? Für sie gibt es am Status Quo nichts auszusetzen. Tatsächlich hätte sie eher ein Interesse daran, dass alles bleibt wie es ist. Jede größere Veränderung würde wahrscheinlich dazu führen, dass Zwerge, zu denen sie einen perfekten Draht hat, von anderen abgelöst werden oder sich aus ihrem Einflussbereich wegbewegen.“

„Wenn wir sie von unserer Verdächtigenliste streichen können, weiß sie vielleicht etwas, das uns weiterhelfen könnte. Kannst du sie nicht unauffällig aushorchen?“

Svalris hob eine Augenbraue. Dann leuchtete ihr Gesicht auf. „Was, wenn ich uns eine Gelegenheit verschaffe, nicht nur sie, sondern alle unsere Verdächtigen auf einmal zu treffen?“

„Wie das?“

„Übermorgen gibt sie ein Abendessen, zu dem alle annähernd wichtigen Zwerge aus Industrie und Politik eingeladen sind. Der Ehrengast ist Angrin. Ich bin – offiziell als Berichterstatterin für den Nachtspiegel – eingeladen und könnte euch einfach mitbringen. Könnte sogar ganz unterhaltsam werden. Vanjir kommt auch.“

„Augenblick“, unterbrach Findra sie. „Die Vorsitzenden der ZSK und der GUU in einem Raum …“

Svalris grinste. „Keine Ahnung, wie meine Mutter sie unter Kontrolle halten will.“

Drúdir und Findra wechselten einen Blick. „Wahrscheinlich bringt es erst mal nichts“, sprach Drúdir aus, was sie beide dachten, „aber ich würde gerne die Gesichter zu den Namen kennen.“

Findra nickte.

„Dann ist es beschlossen. Ich werde gleich meine Mutter aufsuchen. Wobei, glaubt ihr, dass ich mich auf die Straße wagen kann?“

„Wegen der Elfen? Ich glaube kaum, dass sie dich identifizieren konnten.“

„Trotzdem.“

Drúdir warf Svalris einen Seitenblick zu. Es fiel ihm immer noch schwer zu glauben, dass auch sie über magische Fähigkeiten verfügte. Der Ärger, den er bei ihrer ersten Begegnung empfunden hatte, war einem Gefühl der Sympathie gewichen. Durch ihre Begabung, die sie über die gewöhnlichen Zwerge hinaushob, ohne sie jedoch zu einer vollwertigen Magierin zu machen, stand sie genauso im Dazwischen wie er, der zwar über immense Fähigkeiten verfügte, sie jedoch nicht nutzen wollte. Oder nur einen Bruchteil davon. Er warf einen Blick auf das Bündel, das er mit hinaufgetragen hatte und das nun auf seinem Schoß ruhte. Der Gedanke an die letzten paar Stunden, die er vollkommen versunken in seine Arbeit in einer gemieteten Werkstatt verbracht hatte, ließ ihn eine Ruhe empfinden, wie er sie lange nicht verspürt hatte. Vielleicht hatten Fragar, Wisdrin und Rúnwis Recht, wenn sie Zauberei nicht komplett verurteilten.

Wobei Rúnwis' jüngste Erfahrungen seine Meinung darüber geändert haben könnten. Der Gedanke holte Drúdir in die Gegenwart zurück. „Wollt ihr mit mir zu Rúnwis kommen? Ich möchte ihm erzählen, was du berichtet hast, Svalris – und ein paar klare Antworten von ihm fordern. Wir können kaum nach dieser Waffe und ihrem Besitzer suchen, wenn wir nicht wissen, worum es eigentlich geht."

„Und du glaubst, dass er es dir erzählen wird?"

„Wenn er es tut, werde ich im Gegenzug die Erinnerungen der Toten vom Tiefufer lesen", presste Drúdir zwischen zusammengebissenen Zähnen hervor. Er wusste, dass es theoretisch die Möglichkeit gab, die Totenscherben in erträgliche, aufschlussreiche Fragmente aufzuschlüsseln. Aber er hatte nicht die geringste Ahnung, wie das funktionieren sollte.

„Bist du sicher?", fragte Findra.

„Ich glaube schon. Gehen wir?"

„In Ordnung. Ich komme mit", sagte Svalris.

Die Journalistin hatte nicht nur wichtige Informationen beigesteuert, sie dabeizuhaben machte auch den Weg ins Universitätsviertel weitaus bequemer, da sie wusste, welche der schmalen Straßen und Brücken um diese Zeit am wenigsten überfüllt waren. Schneller als erwartet sahen sie die skulpturengeschmückten Fassaden der verschiedenen Fakultäten und die Kuppel der Bibliothek zwischen den engstehenden Häusern auftauchen.

Svalris hatte sich Drúdirs breitkrempigen Hut geliehen und trug ihn tief in die Stirn gezogen, aber ihren langen, entschlossenen Schritten war nichts von ihrer ursprünglichen Nervosität anzumerken. Sie war sogar wieder genug sie selbst, um Drúdir Seitenblicke zuzuwerfen, die ihn trotz seiner Sympathie für sie beunruhigten. Er fragte sich, ob nicht doch demnächst in einer Nachtspiegelausgabe ein Artikel über ihn und seine Fähigkeiten auftauchen würde.

Doch rasch wurden seine Gedanken davon abgelenkt. Die schmalen, mosaikgepflasterten Straßen des unterirdischen Schwarzspiegel waren um diese Tageszeit stets belebt und die Studenten der verschiedenen Fakultäten, denen sie sich gerade näherten, schafften es stets, aufgeregten Lärm zu verbreiten. Doch so voll hatte Drúdir das Universitätsviertel noch nie erlebt. Die voluminösen Taschen und modisch zerzausten Haare von Studenten wechselten sich mit den schwarzen Talaren der Professoren ab, gemengt in eine bunte Mischung von Zwergen. Da waren Arbeiter in ihren verwaschenen, graublauen Hemden und Lederjacken, doch Drúdir sah auch hohe Zylinder und auffällige, der neuesten Mode der Menschen entsprechende Damenhüte auf dem Meer aus Köpfen tanzen. Für einen Moment setzte Drúdirs Fähigkeit aus, Hintergrundgeräusche auszublenden. Das Stimmengewirr war betäubend. In einigen Stimmen lag freudige Erregung. Andere hingegen waren gereizt oder grimmig. Aber alle schienen sie von der allgemeinen Aufregung angesteckt. Drúdir war froh, seine magische Sicht mittlerweile nahezu vollkommen zu beherrschen. Die Wellen und Knoten im schimmernden Netz mussten sich mit verwirrender Geschwindigkeit bewegen.

Der Geruch nach frittierten Kartoffelspalten, Gemüseeintopf und frisch gebackenem Brot zog in seine Nase und als er sich auf die Zehenspitzen stellte, bemerkte er Stände, an denen Zwerge Essen verkauften. An anderen Ständen hingegen lagen Flugblätter aus. Schilder mit dem Hammer der GUU, der Krone der BdT (die „Bewahrer der Tradition“ hatten sich der Zentralisierung und Wiedereinführung der Monarchie verschrieben) oder dem stilisierten Dampfmaschinenquerschnitt der LF, der „Partei für liberalen Fortschritt“. Allein das Axt-Emblem der ZSK schien zu fehlen – bis sie um die Ecke bogen und Drúdir es auf zwei Bannern entdeckte, die den Eingang eines Universitätsgebäudes einrahmten. Dort schien sich auch das Gedränge zu konzentrieren.

Neben ihm stöhnte Svalris vernehmlich. „Oh nein, das hatte ich ganz vergessen.“

„Was?“, fragte Drúdir, obwohl er es bereits ahnte.

„Angrin hält heute einen Vortrag in der technischen Fakultät. Offenbar wollen die anderen Parteien das Feld nicht komplett der Konkurrenz überlassen.“

Die Journalistin deutete auf die Stände der anderen drei Parteien. Sie musste die Geste klein halten, um niemandem den Hut vom Kopf zu fegen.

Findra stieß ein frustriertes Seufzen aus. „Na da haben wir uns ja den idealen Zeitpunkt ausgesucht, um Rúnwis einen Besuch abzustatten. Und mir würde es reichen, Angrin bei diesem Essen zu sehen und zu hören. Je weniger ich von ihm mitbekomme, desto besser."

„Das Risiko, dass du ihn siehst oder hörst, ist gering", bemerkte Drúdir. „Hast du die Schlange vor dem Eingang gesehen?"

„Woher wissen wir, dass Rúnwis nicht mit da drin ist und wir ein paar Stunden warten müssen, bis er Zeit für uns hat?" Findra verdrehte bei der Vorstellung die Augen.

„Hoffen wir einfach, dass er sich wie viele der Wissenschaftler des Netzwerks über schnöde Politik erhaben fühlt. Apropos: Sind die Wahlen nicht erst in drei Monaten? Und seit wann nimmt jemand das Unionsparlament ernst? Ich dachte, die einzigen Zwerge, die der Unionsregierung und -legislative irgendeine Bedeutung zumessen würden, wären deren Mitglieder."

„Liest du eigentlich nie Zeitung?", fragte Svalris.

„Doch", entgegnete Drúdir.

„Dann sollten dir eigentlich die ganzen Diskussionen über neue Gesetze aufgefallen sein, die die Länderregierungen zugunsten einer stärkeren Zentralgewalt schwächen sollen. Ein gewisser Eldrir, der von der LF zur BdT gewechselt ist, hat sie angestoßen. Es war sogar dem Nachtspiegel einen Artikel wert – und wir sind eine Kulturzeitung."

„Die Diskussion zieht sich doch schon seit Jahren hin."

„Ja, aber neuerdings haben die Zentralisten sehr an Einfluss gewonnen. Die GUU hat die Erhaltung des Föderalismus vielleicht nicht von ihrer Agenda gestrichen, verkündet aber ihre Kompromissbereitschaft, und auch die LF ist nicht mehr ganz so entschlossen."

„Angrins ‚Gemeinsam zur Weltherrschaft' hat offenbar einen Nerv getroffen", fügte Findra augenverdrehend hinzu.

„Gemeinsam zur Weltherrschaft?"

„Naja, das bringt seine Propaganda ungefähr auf den Punkt."

Drúdir seufzte. Er war von der wachsenden Popularität der ZSK ungefähr genauso begeistert wie seine beiden Begleiterinnen, glaubte aber, dass nichts dieser

Partei so sehr schaden würde wie ein Erfolg bei den nächsten Wahlen. Binnen weniger Monate würden sie ihre Regierungsunfähigkeit bewiesen haben, davon war er überzeugt. Ihre Beteuerungen, die Menschen oder Elfen oder Kobolde oder Gnome oder alle zusammen wären an sämtlichen Problemen der Union schuld, würden irgendwann unweigerlich an Glaubwürdigkeit verlieren. Und dann würde sich zeigen, dass ihr Nationalismus und ihre unrealistischen Versprechungen sie genauso ungeeignet machten, einen Staat zu lenken, wie die innere Spaltung der GUU oder die berüchtigte Korruption der LF oder der Fakt, dass die BdT nie so recht im fünfzehnten Jahrhundert angekommen war.

„Wartet mal", murmelte Findra. Sie deutete auf eine weitere Zusammenballung aus Zwergenleibern. Deren Zentrum waren fünf Essensstände, auf deren Markisen die Axt der ZSK prangte, dicht über dem Schriftzug: „Die ZSK präsentiert einen Vorgeschmack auf den Reichtum aus den neuen Kolonien!"

„Schenken sie da tatsächlich gratis Kaffee aus?", fragte sie ungläubig.

„Nichts wie hin", murmelte Drúdir spöttisch. Den Stand noch an diesem Tag zu erreichen, wäre ein unmögliches Vorhaben. Wahrscheinlich hatte der kostenlose Luxusartikel genauso viele Zwerge angezogen, wie der Parteiführer – und sie alle waren fest entschlossen, sich möglichst früh eine große Tasse Kaffee zu sichern. An den anderen Ständen schien es Früchte mit einem Überzug aus Karamell zu geben, hergestellt aus dem Zucker der Gnomeninseln.

„Nein, das meine ich nicht. Was ich meine, ist, dass Angrin einen sehr großzügigen Sponsor gefunden haben muss, wenn er sich das leisten kann."

Drúdir wandte den Kopf. „Du meinst …"

„Es ergibt Sinn", bestätigte Findra seine Frage, noch bevor er sie zu Ende aussprechen konnte. „Wer braucht eine magische Waffe? Jemand, der einen Krieg führen will. Wer schafft es momentan, eine unerklärliche Massenbegeisterung für neue Kolonialisierungsfeldzüge und aggressive Außenpolitik zu erzeugen? Angrin."

„Ja, aber es könnten auch die Hammerschwinger sein. Hat deren Sektenführer nicht vor einem Monat erklärt, der Kampf gegen die Ausbeutung heilige jedes Mittel?"

„Aber wie wollen die die Entwicklung einer magischen Superwaffe finanzieren? Außerdem kann der durchschnittliche Hammerschwinger gerade mal seinen

Namen schreiben. Ich bezweifle, dass einer von ihnen sich mit Magie auskennt. Und wie passt der Sarkophag da rein?“

„Na schön, Angrin ist unser Verdächtiger Nummer eins. Gehen wir weiter?“ Die Masse aus Zwergen, die ihn umspülte, begann, an Drúdirs Nerven zu zerren.

Nach einigem Fluchen und Drängeln hatten sie sich endlich zur historischen Fakultät durchgekämpft, wo ein mürrischer Student – offenbar gegen seinen Willen dazu verurteilt, das Spektakel draußen zu verpassen und sich um Besucher zu kümmern – sie in Rúnwis Vorzimmer führte.

Wenig später kam Rúnwis herein. Er war zerzaust und unter seinen Augen lagen tiefe Schatten. Die Furchen in seiner Stirn schienen tiefer geworden zu sein. Drúdir empfand Mitgefühl, wenn er daran dachte, an welcher Schuld der Zwerg zu tragen glaubte, aber das hielt ihn nicht davon ab, sich gleich auf ihn zu stürzen. „Rúnwis, es ist Zeit, dass wir Klartext reden. Ich weiß, was ihr von mir wollt, aber ich werde nichts tun, wenn ihr nicht diese elende Geheimniskrämerei aufgebt. Ich will wissen, was in den Dokumenten stand, die Kargan …“

Der Professor starrte ihn entsetzt an. „Nicht vor diesen Fremden. Haben Sie etwa …“

„Ja, ich habe es ihnen erzählt. Ich vertraue Findra. Und Svalris hat Informationen, die …“

Fassungslosigkeit breitete sich auf den Zügen des älteren Zwerges aus. „Das ist ungeheuerlich. Ich hätte nicht gedacht, dass Fragars Lehrling sich so wenig um die Traditionen der magischen Zirkel schert.“

Drúdirs Augen verengten sich, aber Rúnwis hatte sich in Rage geredet. „Ihr Meister wäre enttäuscht von Ihnen. Und ich bin besorgt. Ein Zwerg von solchen Fähigkeiten und so wenig Verantwortungsbewusstsein … Ein Kargan ist genug. Ich habe Ihnen nichts zu sagen, bis Sie sich das Vertrauen unseres Kreises zurückverdient haben. Ihre Suche nach Kargan ist fürs Erste zu Ende.“

Zorn, der nicht zur Gänze der seine war, sang in Drúdirs Kopf. Die Wut über die Ungerechtigkeit von Fragars Tod, vervielfacht von dem erinnerten Schmerz, den Drúdir nicht von seinem eigenen unterscheiden konnte, richtete sich nun auf den Zwerg, der sich seiner Suche nach Gerechtigkeit in den Weg stellte. Seine Fingerspitzen kribbelten und das schimmernde Netz um ihn herum glomm auf wie weißglühender Stahl. Drúdir atmete tief durch und zwang seine aufgewühlten Emotionen zur Ruhe. Als er Rúnwis ansah, war sein Gesicht zu einer eisigen Maske erstarrt.

„Wie gut, dass Fragar in mir einen Lehrling hatte, der sich mehr um ihn als um Traditionen schert. Sollte Ihnen noch irgendetwas einfallen, was Sie mir mitteilen wollen, Möchtegernmagier, dann sagen Sie Bescheid und wir können weiter gemeinsam versuchen, diese Waffe zu finden, die Sie ungeschickterweise einem gewissenlosen Menschen in die Hände gespielt haben. Wenn nicht, ist das kein Verlust. Ich glaube, ich komme allein besser voran."

Drúdir wirbelte auf dem Absatz herum und stolzierte mit wehendem Mantel nach draußen.

# *Kapitel 26*

# Drúdir

Findra und Svalris mussten sich beeilen, mit seinen weit ausgreifenden Schritten mitzuhalten, als er die holzgetäfelten Flure entlang marschierte.

„Was war das gerade?“, fragte Findra in empörtem Ton.

Drúdir wehrte ihre Frage mit einer Handbewegung ab. Die unnatürliche Wut, die urplötzlich in ihm hochgezüngelt war, klang langsam ab. Noch immer kochte er innerlich, aber da war auch wieder ein distanzierter Teil seiner selbst, der sich besorgt Findras Frage anschloss.

Natürlich hatte Drúdir in den letzten Tagen öfter in sich hineingehorcht und sich gefragt, wo seine Erinnerungen und Emotionen aufhörten und die der Toten begannen. Und auch jetzt empfand er Unbehagen angesichts seiner jähen, ungerechtfertigten Wut, des Kribbelns der Magie in seinen Fingerspitzen und des Aufflackerns des schimmernden Netzes am Rande seines Sichtfelds. Und noch besorgniserregender war, dass es sich gar nicht mal schlecht anfühlte. Wut und Verachtung … es waren keine freundlichen Gefühle, aber sie brachten Zweifel und Einsamkeit zum Schweigen.

Sein Gesicht sprach wahrscheinlich Bände, aber Findra ließ nicht locker. „Ich weiß nicht, was mit dir nicht stimmt, Drúdir, aber der Auftritt gerade hat wenig mit dem Zwerg zu tun, den ich kenne.“

„Als ob du mich kennen würdest.“

„Ich kenne dich noch weniger, aber ich kann mich Findra nur anschließen. Das war irgendwie irrational“, warf Svalris ein.

Drúdir konnte ihr nicht widersprechen. Was seine Laune nicht gerade hob. „Und wenn schon. Er hätte uns sowieso rausgeworfen. Wieso also nicht gleich gehen?“

Findra seufzte. „Weil er uns so wahrscheinlich wochenlang nicht empfangen wird. Ich verstehe ja, dass du dich benutzt fühlst, weil er von dir wissen will, was passiert ist, ohne dir seinerseits zu vertrauen, aber er hat recht: Wir brauchen seine Informationen. Und wenn es stimmt, was du erzählst, steht mehr auf dem Spiel als dein Stolz.“

„Es ist keine Frage des Stolzes.“

„Worum geht es dann?“

Drúdir antwortete nicht. An die Stelle der unnatürlichen Wut war gewöhnlicher Ärger getreten, genährt von Scham über seinen jähzornigen Auftritt und Beunruhigung angesichts der Macht, die die Erinnerungen auch außerhalb seiner Träume über ihn zu haben schienen.

„Können wir das Thema wechseln?“, fragte er müde.

Findra und Svalris schienen beide noch einiges zu sagen zu haben, aber waren klug genug, vorerst darauf zu verzichten.

Drúdir unterdrückte ein Seufzen. Er hatte wieder einmal bewiesen, dass er sich aus gutem Grund von anderen Zwergen fernhielt. Diese ganze Miteinander-Sache lag ihm einfach nicht. Der Gedanke, noch tagelang mit Findra und Svalris zusammenzuhocken, aneinandergebunden durch die Jagd nach den Verschwörern, lastete plötzlich wie ein Gewicht auf seiner Brust.

Aber dann fiel ihm ein, dass bereits am nächsten Morgen eine Begegnung bevorstand, auf die er sich sogar freute. Er dachte an die Stunden, die er in der gemieteten Werkstatt verbracht hatte und die dort empfundene Ruhe. Und an Moryns flackerndes Lächeln. Er mochte ein Einzelgänger sein, aber das hieß nicht, dass er für die Schönheit von Lampenlicht auf messingfarbenem Haar unempfänglich war. Oder für die stolze Einsamkeit in der Linie eines schmalen, hochaufgerichteten Rückens.

Der Gedanke daran half ihm, während er sich durch die Masse von Angrins Anhängern, deren fanatischen Gegnern und all jenen, die gehört hatten, dass es kostenloses Essen gab, hindurch drängelte. Falls Angrin tatsächlich Teil der Verschwörung war, was durchaus sein mochte, konnte sich auch Fragars Mörder in dieser Menge herumtreiben.

Und viele der Zwerge, die ihn gerade als Strom von Leibern umgaben, könnten demnächst selbst zu Mördern werden. Wenn Drúdir über die Entwicklungen der letzten Jahre nachdachte, war es ein Wunder, dass die Auseinandersetzungen zwischen Hammerschwingern und Expansionisten nicht mehr Tote gefordert hatten – und die Wortführer beider radikaler Gruppierungen stachelten sie weiter und weiter auf. Es war nicht überraschend, dass die BdT die Eroberung neuer Kolonien befürwortete und die GUU zumindest nicht mehr allzu laut dagegen protestierte. Viele – vor allem diejenigen, die um ihren Besitz und ihre Privilegien fürchteten und wohl kaum in vorderster Front stehen würden – hielten einen Krieg, vielleicht mit den Elfen, ihren Feinden von einst, für eine ausgezeichnete Idee, um die Union wenigstens vorübergehend gegen einen äußeren Feind zu vereinigen.

Und wenn Drúdir sich nicht täuschte, würden viele dieser Zwerge ihnen begeistert folgen. Selbst Zwerge wie er, die die elfische Kolonialherrschaft nie erlebt hatten, wuchsen mit Vorbehalten gegen die hochgewachsenen Wesen auf; dem Bewusstsein einer Kränkung, die es zu rächen galt. Wobei es wohl der legendäre Rohstoffreichtum Cirdayas sein würde, der den Ausschlag gab.

Endlich ließen sie das Gedränge des Universitätsviertels hinter sich und blieben schließlich auf einer der zahlreichen Brücken stehen; unsicher, was sie jetzt tun sollten. Die drei Zwerge stützten sich auf das Geländer und blickten auf das schwarze Wasser des kleinen, kaum befahrenen Kanals hinab. Schließlich ergriff Findra das Wort. „Ich glaube, es ist an der Zeit, dass irgendjemand konstruktive Nachforschungen betreibt. Ich werde mich ein wenig über die mächtigen Zwerge dieser Stadt schlau machen und sehen, was ich über Kargans potenzielle Verbündete herausfinden kann."

„Ich kündige uns bei Sylra an, aber zuerst kann ich dich jemandem vorstellen, der alle Zeitungen des letzten Jahres gesammelt hat."

„Danke, Svalris. Das ist wirklich hilfreich." Findra warf Drúdir einen Blick zu, der ihm Anerkennung dafür abforderte, dass sie die richtige Entscheidung getroffen hatte, als sie die Journalistin ins Vertrauen zog. In der Tat erwiesen sich die Kontakte der Zwergin als wertvolle Ressource.

Drúdir zuckte die Achseln. „Braucht ihr mich dafür?"

„Hattest du etwas anderes vor?"

„Ja", entgegnete er nur. Es war eine spontan getroffene Entscheidung und er wusste, dass jedes Zögern fatal wäre. Er würde unweigerlich den Mut verlieren. „Ich werde eine Gondel zum Tiefufer nehmen und sehen, ob ich mich irgendwie in die Überreste des Lagerhauses schmuggeln kann."

„Aber ist es nicht völlig abgebrannt?"

„Die Totenscherben bleiben von dergleichen unversehrt – zumindest die wirklich relevanten."

Er konnte nicht glauben, dass er das tatsächlich zu tun plante.

„Sicher?" Er hatte bei Svalris vor allem mit Neugier gerechnet, aber ihr blasses Gesicht spiegelte nur Besorgnis. Dann erst fiel ihm ein, dass sie alles andere als gute Erinnerungen mit diesem Ort verband.

„Falls irgendjemand die Ruine beobachtet, wird er wohl kaum nach mir Ausschau halten“, beruhigte er sie. „Es stehen doch noch genug Wände, um mich bei meinem Vorhaben vor neugierigen Augen abzuschirmen, oder?“

„Das tun sie, aber sei trotzdem vorsichtig. Wenn jemand dich sieht, wissen sie, dass du ihnen auf der Spur bist. Und was du bist. Ich habe mit Findra gesprochen. Du willst es vielleicht nicht wahrhaben, aber deine Fähigkeiten werden unsere Gegner nervös machen. Sie haben bereits Fragar getötet und der war im Gegensatz zu dir keine Bedrohung.“

„Im Gegensatz zu mir?“ Drúdir schnaubte.

„Wach auf, Drúdir. Du bist der Geschichtskundigere von uns beiden. Hast du dir tatsächlich nie Gedanken über Grímryn, den treuen Schatten Lúnrins des Ersten, gemacht?“

„Sie hat Schwarzspiegel gegründet und im Jahr 129 die Schlacht von Halbhügel für ihn entschieden. Und?“

„Warum denkst du, wird sie in den Quellen, die Wisdrin mir herausgesucht hat, als Geisterruferin oder Helrúna bezeichnet? Und wie erklärst du dir, dass sich Lúnrins Feinde bei Halbhügel zurückgezogen haben – obwohl sie Lúnrins Heer, einem müden, kranken Haufen, von dem nicht einmal die Hälfte Dinge an den Füßen hatte, die man noch als Schuhe bezeichnen konnte, zahlenmäßig weit überlegen waren? Und sie haben sich nicht zurückgezogen. Sie sind in heller Panik geflohen.“

Drúdir wischte mit einer Hand durch die Luft. „Die Quellen aus dieser Zeit sind halb geschichtliche Überlieferung, halb Märchen. Und nahezu die komplette Sekundärliteratur ist reine Propaganda. Na schön, Grímryn hatte einen schlechten Ruf und sie hat ihn ausgenutzt. Das heißt noch lange nicht, dass sie tatsächlich Fähigkeiten wie die meinen hatte. Oder dass sich damit irgendetwas bewirken lässt.“

„Wenn du dir einmal die Mühe gemacht hättest, dich damit auseinanderzusetzen, würdest du nicht so sicher sein“, widersprach Svalris. „Du erinnerst dich an den Friedensvertrag von Nirimae? Drei Staaten bestanden auf der Ächtung von …“

„Eine Konzession an den Aberglauben der Bevölkerung“, widersprach Drúdir. Es hatte ihn während seiner Wanderungen oft frustriert, stets der einzige Geschichtskundige zu sein. Jetzt hingegen wäre das gar nicht so schlecht gewesen.

„Ich widerspreche nicht komplett“, schränkte er ein, „aber selbst wenn du Recht hast: Welche Bedeutung hat das schon für mich?“

„Schätze, das musst du selbst herausfinden. Ich finde das Ganze einfach nur faszinierend. Und irgendwie unheimlich, wenn ich an deine Vorgänger denke …“

„Ich glaube, du lässt dich trotzdem von deiner Faszination davontragen“, warf Findra, die dem Austausch bisher mit misstrauischer Miene gefolgt war, scharf ein. „Ganz abgesehen davon, dass die Probleme der Gegenwart ein wenig zu drängend sind, um die Geschichte der Hochkönigszeit zu diskutieren.“

Drúdir hoffte, dass mit der Suche nach Fragars Mörder schließlich auch die Parade von Zwergen enden würde, die ihm mit ihren endlosen Andeutungen auf die Nerven gingen. Wisdrin, Svalris und auch Rúnwis und seine Freunde, deren wissende Blicke seinem so konsequent auswichen … Er hatte genug davon! Und trotzdem war sein Interesse geweckt.

„Findra hat Recht“, sagte er und fuhr dann grimmig fort: „Erzähl mir von deinen Theorien, wenn ich wiederkomme, Svalris. Im Gegenzug könnte ich euch erzählen, wie die Realität aussieht und wieso jeder, der nur um der Macht willen diese Fähigkeiten freiwillig genutzt hat, nicht ganz bei Trost gewesen sein kann.“

„Ich glaube, für viele Zwerge gehört vor ‚um der Macht willen‘ kein ‚nur‘“, meinte Svalris.

Drúdir wünschte, er könnte ihr widersprechen. „Ich gehe dann mal“, sagte er.

„Sei vorsichtig“, bat Findra.

„Sobald mir irgendetwas Komisches auffällt, verschwinde ich“, versprach Drúdir, überrascht von dem, was er in ihrer Stimme fand: Ehrliche Sorge – um ihn!

„Nicht nur deswegen. Ich hätte beinahe auf dich geschossen, als ich dich in Fragars Werkstatt gesehen habe. Und ich bin ein Muster an Besonnenheit und Selbstbeherrschung.“

„Und du hattest eine Waffe, die dir womöglich die Hand abgerissen hätte.“

„Ja, das hat mit reingespielt. Und jetzt stell dir einen Zwerg vor, der nicht über meinen vorbildlichen Charakter verfügt. Oder besser noch eine ganze Gruppe. Steine und Latten gehen selten nach hinten los, womit sich schon alle Gründe für Zurückhaltung erledigt hätten …“

„Ich werde schon nicht riskieren, mit einem wütenden Mob auf den Fersen zurückzukommen. Ich habe es geschafft, meine Fähigkeiten jahrelang vor allen außer Fragar zu verstecken. Und das selbst, als sie mir noch unvertraut waren und ich sie nicht kontrollieren konnte.“

Findras Blick holte ihn in die Gegenwart zurück. Es war ihm schon häufiger aufgefallen. Ihr hübsches Gesicht blieb weich und freundlich, aber ihre Augen nahmen einen Ausdruck an, den er von Wisdrin kannte. Er fand es seltsam beruhigend. Mit Zwergen, die ihn studierten, konnte er umgehen. Mitgefühl und Freundlichkeit waren da schon komplizierter.

„Ihr wollt sicher los", sagte er. „Ich hoffe, dass ich was Nützliches finde. Ich werde mich unterwegs einfach mal umhören, was sich die Zwerge auf den Straßen so erzählen."

„Na schön." Svalris holte einen zerknitterten Zettel – offenbar eine Rechnung – aus der Tasche ihres Mantels, drehte ihn um und strich ihn glatt. Sie griff in die andere Tasche und seufzte. „Falscher Mantel. Hast Du einen Stift?"

„Warte mal."

Nach einigem Herumkramen in seinen Manteltaschen förderte er einen eleganten Füllfederhalter zu Tage, den er der Zwergin reichte.

„Schöner Füller."

„Selbst hergestellt. Der erste, der mir gelungen ist."

„Gute Arbeit", lobte auch Findra.

Svalris legte den Zettel auf das Brückengeländer und krakelte eine Adresse darauf. „Hier wohnt der Freund, dem ich Findra vorstellen werde. Aber nach acht sind wir sicher wieder in der Pension. Das sollte machbar sein."

Sie warf einen Blick auf die Objekte, die er bei der Suche nach seinem Füller herausgekramt und auf dem Geländer ausgebreitet hatte. Stumpfe Bleistifte, Krümel, zwei Rollen Kupferdraht, eine kleine Zange, ein Taschenmesser, zusammengeknüllte Zettel, eine Hand voll Haselnüsse …

„Was bewahrst du alles in deinem Mantel auf?"

„Wenn ich das Ding trage, bin ich zwanzig Pfund schwerer", entgegnete Drúdir nur. Sein Ordnungssinn hatte sich nie auf seine Manteltaschen erstreckt. Und irgendwie gehörte das Gewicht von allerlei Krimskrams für ihn dazu.

„Drúdir?"

„Ja?"

„Bitte sei spätestens um acht da. Ich bin in letzter Zeit ein wenig … angespannt", sagte Svalris leise.

„Nachvollziehbar", antwortete er ernst. „Deine Überzeugung, dass schreckliche Dinge nur anderen Leuten passieren, wurde gerade erschüttert. Das verändert alles."

„Erholt man sich davon?“, fragte sie halb scherzhaft.

Drúdir antwortete mit einem Achselzucken. „Ich nehme an.“ Er sprach nicht aus, dass er seine diesbezüglichen Erfahrungen aus der Erinnerung von Leuten hatte, bei denen diese Erkenntnis einem schmerzhaften Tod unmittelbar vorausgegangen war. Im Gegensatz zu Svalris hatten sie sich anschließend nicht mit den resultierenden Ängsten herumschlagen müssen, sondern sie an Drúdir weitergereicht.

Er wandte sich ab und machte sich auf den Weg zur nächsten Gondelstation.

Wenig später war er wieder zu Fuß unterwegs. Er erinnerte sich daran, was Svalris ihm über die Gegend erzählt hatte und auch seine eigenen Beobachtungen machten deutlich, dass diese Art der Fortbewegung in Tiefufer die bessere Idee war. Das unterirdische Schwarzspiegel mochte größtenteils den Angesehenen und Wohlhabenden gehören, aber nicht ausschließlich. Die Zwerge, die das pulsierende Handelszentrum am Laufen hielten, indem sie die Schiffe be- und entluden, die von den unterirdischen Flüssen aus- und einliefen, nahmen in der Regel die billigen Schaufelradflöße, die jede Stunde von einem Ende der Stadt zum nächsten fuhren, oder gingen zu Fuß. Eine Gondel würde hier nur Aufmerksamkeit erregen.

Den Hut tief in die Stirn gezogen und die Hände in den Taschen vergraben, wanderte er die schmalen Gassen entlang und überquerte klapprige Stahlbrücken, die unter seinen Schritten schwankten und schepperten. Es waren gewagte, fragil wirkende Konstruktionen, hoch geschwungen, um die Frachtschiffe passieren zu lassen – und ausgezeichnet dazu geeignet, sich einen Überblick zu verschaffen. Schnell hatte Drúdir das am äußersten Rand der Stadt gelegene Lagerhaus mit dem teilweise eingestürzten Dach und den ausgebrannten Fenstern identifiziert. Den Weg dorthin zu finden dauerte etwas länger, aber schließlich stand er vor den rußgeschwärzten Mauern; erleichtert, dass ihn unterwegs kaum jemand eines Blickes gewürdigt hatte.

Verstohlen sah er sich um, dann zwängte er sich durch eines der Fenster. Das Gitter, das es einst verschlossen hatte, war zu einer skurrilen, scharfkantigen Form zusammengeschmolzen, in der sich sein Mantel verfing. Fluchend befreite er das Kleidungstück aus den scharfen Zacken und kletterte ins dämmrige Innere des Gebäudes, das noch immer beißend nach Rauch roch. Doch ihm fiel es auch aus einem anderen Grund schwer, zu atmen. Bleierne Beklemmung breitete sich in ihm aus und in seinen Ohren erhob sich das vertraute, feine Sirren. Auch die nur zu bekannte Kälte ließ ihn trotz seines gefütterten Mantels frösteln.

Drúdir wollte eine seiner geflügelten Lampen herausholen, aber dann fiel ihm ein, dass das Licht Aufmerksamkeit erregen konnte. Er machte sich keine Illusionen darüber, ob die Verschwörer einen Magier tolerieren würden, der in ihrer Stadt Nachforschungen anstellte.

Also wartete er, bis sich seine Augen an das Zwielicht gewöhnt hatten und er die Skelette verkohlter Kistenstapel und den vielfach verdrehten Umriss eines mehrgelenkigen Hebekrans ausmachen konnte. Seine Schritte hinterließen deutliche Spuren in dem fettigen Ruß, der alles bedeckte. Wahrscheinlich würde der auch dunkle Schlieren auf seinem Mantel hinterlassen, aber selbst wenn es sich dabei nicht um Schwarz auf Schwarz handelte, hätte es Drúdir nicht weiter beschäftigt. Dazu war er viel zu fixiert auf das magische Netz, das nahezu ohne sein Zutun um ihn herum aufschien: wenige, intensiv leuchtende Linien, in ihre ungewöhnlich markanten und stabilen Formen gezwungen von der zerstörerischen Gewalt des Feuers und den Emotionen derjenigen, die zuvor hier gefangen gewesen waren. Dort, wo das Weißfeuer, wie die Elfen es genannt hatten, in die Lagerhalle gesickert war, hatten sich feine Fäden einer ihm bisher unbekannten Struktur mit den Objektauren verbunden … kein Zweifel, hier war mehr als bloße Chemie im Spiel gewesen.

Und natürlich waren da überall die Auren der Toten. Kokons aus Schatten mit den schmerzhaft grellen, scharfkantigen Scherben, die alles waren, was von den Zwergen geblieben war. Verbunden wurden diese durch eine Spur aus … nichts. Ein Raum ohne jede Magie, in den diese nur zögerlich zurückströmte. Bereits jetzt war er, wie alles an diesem magischen Abbild der Zerstörung, diffuser geworden. Magiefäden tasteten in ihn hinein, genau wie in die Räume, die die Toten hinterlassen hatten, den Fasern der sich langsam auflösenden Scherben entgegen. Aber noch immer konnte Drúdir mehr als genug erkennen.

Zögerlich streckte er eine von schimmernden Fäden umwobene Hand in den Raum ohne Magie. Fasziniert stellte er fest, wie die Bewegung der Magiestränge sich entschleunigte; die feinen Fäden sich aufdröselten, um sich dann teilweise in der Leere zu verlieren. Jäh war er von seinen magischen Sinnen abgeschnitten. Er taumelte. Nie hätte er sich träumen lassen, wie viel diese, ohne dass es ihm je aufgefallen war, zu seiner Wahrnehmung beigesteuert hatten. Entschlossen zog er die Hand zurück. Es war keine angenehme Empfindung, aber sie hatte ihn in seinem Vorhaben bestärkt. Er musste herausfinden, was hier geschehen war.

Der Uhrmacher atmete noch einmal tief durch. Dann ging er mit Schritten, die wie dumpfe Trommelschläge in der verlassenen Halle wiederhallten, auf die Aura zu, in der die am klarsten definierten Scherben schwammen – eine vage humanoide Form, die sonderbarerweise in der Luft zu schweben schien. Sie hing unter einem Kran, der sich wie ein toter Baum der rußgeschwärzten Decke entgegenstreckte. Auf dem Boden darunter erkannte er die subtilen Spuren, die gewaltsam vergossenes Blut dem schimmernden Netz einbrannte. Über Jahrtausende hinweg hatten Menschen, Gnome, Kobolde und Zwerge Blut eine besondere Bedeutung zugeschrieben – mit seinem metallischen Geruch hatte es unter den Zwergen als Zeichen ihres Bundes mit Súrún und Lohi gegolten, die die Zwerge aus Wasser und Kohle, aus Farben und Feuer geschmiedet und zum Leben erweckt hatten. Aberglaube, gewiss; aber ein machtvoller Aberglaube, der Blut zu einem Medium machte, das magische Energien länger als alles andere hielt. Und hier war reichlich davon in den verbrannten Boden gesickert.

Drúdir schloss die Augen. Die Scherben glühten ihm im bläulichen Weiß von Sternen entgegen – scheinbar eisig, aber er wusste, wie heiß sie brannten. Der Zwerg atmete tief durch; sagte sich wieder und wieder, dass er einen Weg finden würde, die fremden Emotionen auf Abstand zu halten.

„Ich bin Drúdir“, flüsterte er, „und ich fürchte mich nicht.“

Kaum hatte er sie ausgesprochen, schämte er sich seiner Worte. Dabei waren sie kaum mehr als ein Ausatmen, das in den Geräuschen, die von draußen hereindrangen, beinahe unterging. Er staunte über die Vielzahl an Lauten, die von außen in die stickige Stille dieses Raumes drängte, der einem Dutzend Zwergen zum Grab geworden war. Da waren das Stampfen und Rattern von Maschinen, das dumpfe Brummen der großen Ventilatoren, die sich nicht weit entfernt drehten; sogar Stimmen, die lachten und schwatzten. Das Leben ging weiter … Wenn auch nicht für den Zwerg, dessen Todesaura wie eine Ruine vor ihm aufragte. Drúdir wusste, vor wessen Überresten er wahrscheinlich stand und sein Mitgefühl hielt sich in Grenzen – noch. Ein weiteres Mal holte er tief Atem. Dann tauchte er eine Hand in die Dunkelheit und rief die Scherbe zu sich, die Grihins letzte Momente trug.

Diesmal gelang es ihm, die Bilder mehr auf Abstand zu halten, sie sozusagen in der dritten Person zu erleben. Trotzdem sah, fühlte und erfuhr er mehr als ihm lieb war.

## *Kapitel 27*

# Drúdir/Grihin

Grihin verlor. Die Karten, die er auf der Hand hatte, waren gar nicht einmal schlecht, aber er war unfähig, sich auf das Spiel zu konzentrieren. An sich war es überraschend, dass er nicht sehr viel mehr Geld verloren hatte, als das bescheidene Häufchen Kupfermünzen, das Hilrur gerade zu sich heranzog; einen sonderbaren Ausdruck des Unbehagens auf dem grobschlächtigen Gesicht. Vielleicht fürchtete er, dass der Verlust Grihins ohnehin grimmige Gemütslage noch weiter verdüstern könnte. Oder vielleicht war er ebenso abgelenkt von der Leiche, derer sie sich wohl noch ein paar Stunden lang nicht entledigen würden.

Grihin und seine Assistenten, wie er sie gerne nannte, hatten die Zeiten, in denen sie Unterschiede zwischen ihren Feinden gemacht hatten, weit hinter sich gelassen. Dennoch, ein Hauch des Widerstrebens war geblieben, wenn es sich bei einem ertappten Eindringling um eine Frau handelte. Insbesondere, wenn sie zierlich genug war, dass man sich beinahe fragte, wie ihr schlanker Hals das Gewicht ihrer üppigen Haarflechten hatte tragen können. Grihin schielte über den Fächer seiner Karten hinweg zu der Gestalt am Rande seines Gesichtsfelds hinüber. Diese spezielle Frau war nicht nur schön gewesen, sie hatte sich auch als ausgesprochen unheimlich herausgestellt. Tatsächlich ertappte er sich bei dem Wunsch, sie wäre mehr als die wenigen Meter entfernt, die sie von seinem Sitzplatz trennten.

War es ein Fehler gewesen, sie hierherzubringen? Stimmte es womöglich, was sie ihnen versichert hatte? Dass keiner seiner Feinde sie bezahlte?

Aber nach allem, was sie gesehen hatte, hatten sie sie so oder so töten müssen. Und natürlich war es naheliegend gewesen, vorher herauszufinden, ob sie ihm nicht doch den Namen eines Auftraggebers verschwieg. Darüber, dass sie irgendjemandem verraten könnte, was sie gehört und gesehen hatte, brauchten sie sich keine Sorgen mehr zu machen. Was jedoch Informationen betraf, war die ganze Sache ein Reinfall gewesen. Sie musste es irgendwie geschafft haben, ein schnell wirkendes Gift zu schlucken, bevor sie sie hierhergeschleppt hatten. Anders konnte er sich ihren raschen Tod nicht erklären. Oder die beiden winzigen Rinnsale aus seltsam dunklem, dickflüssigem Blut, die aus Wunden getropft waren, die eigentlich für riesige, rote Pfützen auf dem dreckigen Boden hätten verantwortlich sein müssen. Und warum, wo sie schon beim Thema waren, hatte sie eigentlich nicht geschrien?

„Sie sind dran", riss Hilrurs Stimme ihn aus seinen Gedanken.

Grihin knallte seine Karten auf den Tisch. „Ich muss was trinken."

„Ich hole etwas." Swishri wieselte von dannen, um zielsicher diejenige unter den unzähligen unbeschrifteten Kisten anzusteuern, die ein paar Flaschen von Grihins bevorzugtem Schnaps enthielt. Das Gedächtnis des feingliedrigen Zwerges war phänomenal. Das hatte Grihin erfahren, als er einem Händler aus dem Norden berauschende Kräuter aus den Trollländern hatte abkaufen wollen. Mitten im Gespräch war der Händler zusammengebrochen. Grihin war in Deckung gegangen, aber er hätte sich die Mühe sparen können. Der Zwerg, der seinem Beinahe-Geschäftspartner ein Messer in den Nacken geschleudert hatte – niemand anderes als Swishri -, hatte nur eine Rechnung von vor fünfunddreißig Jahren begleichen wollen. Er behauptete gerne, den Händler allein an seiner Stimme erkannt zu haben, die er nie vergessen hätte. Beinahe hätte Swishri es nicht überlebt, Grihin das Geschäft verdorben zu haben, aber schließlich war dieser zu dem Schluss gekommen, dass er die Fähigkeiten des Diebes gut gebrauchen konnte.

Der Bandenführer folgte Swishri mit den Augen, als dieser die Flasche holen ging. Ihm entging nicht, wie der Zwerg sich kurz versteifte, als er die Gestalt passierte, die mit ausgebreiteten Armen an der Wand zu lehnen schien. Der Kopf der Toten war nach vorne gesackt und ihr Haar hatte sich aus dem eleganten Knoten gelöst, sodass es ihr nun als langer, wirrer Vorhang vor das bleiche Gesicht fiel. Nur an einer Stelle teilten sich die Strähnen, um den Blick auf ein halb nach oben verdrehtes, dunkles Auge freizugeben. Wäre dieses offene Auge nicht gewesen, hätte Grihin sie für bewusstlos halten können – ein Eindruck, den die zornig roten Brandmale auf ihrem Oberkörper und die langen Nägel, die sie durch ihre Unterarme tief in die Wand getrieben hatten, noch verstärkten. Na schön, vielleicht war all das übertrieben gewesen, aber Ökonom, der er war, wollte Grihin die Leiche als warnendes Beispiel weiterverwenden. Ein Anblick wie ihrer würde den in letzter Zeit doch etwas unkooperativen Politiker, den er am nächsten Tag treffen würde, vielleicht davon überzeugen, dass es ausgesprochen unklug war, Grihins Geld zu nehmen, ohne eine Gegenleistung zu erbringen.

Swishri wich einem Grüppchen von Grihins Leuten aus, die im Kreis auf dem Boden lagerten und eine Flasche herumgehen ließen. Grihin hörte Hasdras helles, mädchenhaftes Lachen, das nicht so recht zu einer Zwergin passen wollte, die in den berüchtigten illegalen Arenen am Stadtrand mehrere Faustkämpfe gewonnen hatte.

„Scheiße, Vadrur, ich wäre fast über dich gestolpert", rief Swishri.

„Dein Fehler. Und ich wäre dir sehr verbunden, wenn du jetzt dein verdammtes Maul halten und über jemand anderen fallen könntest. Es ist gerade spannend." Vadrur senkte wieder seinen Blick auf sein Buch.

„Spannend? Das ist ein Vergleich verschiedener Systeme von Zahlen und Maßeinheiten in der kiarvanischen Geschichte! Was stimmt mit dir nicht?"

„Augenblick. Wir haben gerade tatenlos, na schön, in meinem Fall nicht tatenlos, dem da" – er wies in Richtung der gekreuzigten Leiche – „zugesehen und du machst dir Sorgen, weil ich mich für Mathematik interessiere?"

Kopfschüttelnd brachte Swishri die letzten Meter hinter sich und stellte die Flasche und einen wankenden Stapel Tonbecher auf den Tisch. Geistesgegenwärtig hielt Grihin die Becher fest. Er tat es beinahe ohne hinzusehen, denn Vadrurs Worte hatten seinen Blick wieder in Richtung der Toten gelenkt. Hatte sie sich gerade bewegt?

„Sicher, dass sie keinen Puls mehr hatte?", fragte Grihin mit einem nachlässigen Nicken.

„Hab's selbst überprüft", bestätige Hilrur. „Hundertprozentig tot."

Grihin antwortete nicht. Denn wie um seinem bulligen Stellvertreter zu widersprechen, rotierte das nach oben verdrehte Auge in seiner Höhle, bis es auf ihn fixiert war. Die Pupille weitete sich, als ob sie sich den dämmrigen Lichtverhältnissen anpassen wollte. Und weitete sich weiter, bis sie die Iris und das Weiß verschluckt hatte.

Obwohl es nun unmöglich war, genau festzustellen, in welche Richtung die Lei… das Wesen blickte, glaubte Grihin, ein kaltes, berechnendes Starren auf sich zu spüren. Und ihm wurde mit jäher Gewissheit klar, dass er dem Eindringling mit allem, was er getan hatte, in die Hände gespielt hatte. Wahrscheinlich hatte sie nicht gewusst, wo er und seine Bande sich verbargen … bis er sein vermeintlich hilfloses Opfer hierher gebracht hatte.

Mit leisem, metallischem Schaben und wie von einem geisterhaften Eigenleben erfüllt, schoben sich die Nägel aus den blassen Unterarmen und Handgelenken. Sie fielen mit einem verblüffend zarten Klimpern zu Boden. Die tiefen Löcher, die sie in den Armen der Frau hinterlassen hatten, schlossen sich spurlos. Auch die langen Brandwunden waren verschwunden. Wie hypnotisiert starrte Grihin auf schlanke, weiße Finger, die sich zu Fäusten schlossen und wieder streckten, als testete ihre Besitzerin ihre Funktionsfähigkeit. Dann kehrte der Blick des Bandenoberhaupts zu ihrem Gesicht zurück, gerade, als sie langsam den Kopf hob. Ihr Haar glitt zurück und offenbarte, dass ihr eben noch gerötetes, geschwollenes Gesicht in seinen makellosen Zustand zurückgekehrt war. Was Grihin jedoch noch mehr schockierte, war sein Ausdruck.

Schon bevor die Augen der unheimlichen Frau sich schwarz verfärbt hatten, waren diese makellosen Züge mit ihren erhaben geschwungenen Wangenknochen und vollen Lippen schwer lesbar gewesen. Aber nun konnte man alles hineindeuten. Eisige Wut. Konzentration. Oder vielleicht die Andeutung eines Lächelns.

Mittlerweile hatte sie auch die volle Aufmerksamkeit aller anderen im Lagerhaus erlangt. Erst nach einem Augenblick wurde Grihin sich des Grundes bewusst. Er hatte einen gellenden Schrei des Entsetzens ausgestoßen, als der erste Nagel fiel. In seinem Leben – einem untypisch langen Leben für einen Zwerg in seinem Betätigungsfeld – hatte Grihin viele schreckliche Dinge gesehen. Für viele davon war er selbst verantwortlich gewesen. Oft hatte er sich, ohne mit der Wimper zu zucken, Gefahren gestellt, die andere gelähmt hätten; fest davon überzeugt, allem gewachsen zu sein. Und das war er auch stets gewesen.

Aber das hier war etwas anderes. Es war der Einbruch von etwas in sein Leben, das so unbegreiflich, so fremd war, dass Angst sich wie eine erstickende Decke um ihn legte und ihn lähmte. Grihin hatte die letzten Jahrzehnte damit verbracht, Regeln für das Leben in Schwarzspiegel aufzustellen – und nun fand er sich einem Wesen gegenüber, dessen bloße Existenz alle Regeln brach.

„Was bist du?“, stieß er rau hervor.

Der undeutbare Gesichtsausdruck verwandelte sich in ein Lächeln. „Die Zukunft.“

Zuerst konnte Grihin das Surren und Klacken nicht zuordnen, das sich im nächsten Moment erhob. Es klang wie ein Schwarm von Wespen aus Stahl. Dann sah er, wie die glatte Haut des Wesens an seinen Armen zurückglitt. Geschwungene Klingen klappten sich aus und arretierten mit leisem Klicken.

*Wie ist das möglich?*, dachte ein kleiner, logisch denkender Teil Grihins. Wie konnte es sein, dass ihre Nägel nicht auf den Stahl gestoßen waren, der offenbar unter der Haut des Geschöpfes lag?

„Ducken Sie sich", sagte Hilrur ruhig. Grihin gehorchte, ohne zu zögern. Hinter ihm knallte es zweimal trommelfellzerfetzend. Die Schüsse hinterließen ein helles Pfeifen in seinen Ohren, aber er empfand eine beinahe euphorische Erleichterung. Es donnerte erneut. Zwei weitere Zwerge hatten Pistolen gezogen und feuerten.

Doch zu Grihins Entsetzen konnten die Kugeln nichts ausrichten. Vor ihm durchschnitten Klingen mit scharfem Surren die Luft. Das Geschöpf wirbelte in irrsinniger Geschwindigkeit auf sie zu, eingehüllt in einen Heiligenschein aus stählernem Glanz. Wie einer der Seraphim Varhamúls. Fast glaubte Grihin zu sehen, wie metallene Schwingen sich entfalteten, aber als die unheimliche Zwergin zum Stehen kam, war davon nichts mehr zu sehen. Für einen Moment verharrte sie, die zwei Klingen, die entlang ihrer Unterarme verliefen, unter Swishris Kinn gekreuzt.

„Was beim Abgrund willst du von uns?", schrie Swishri.

Eine gute Frage. Diese Kreatur wäre ihnen nie in die Hände gefallen, wenn sie das nicht von Anfang an beabsichtigt hätte. Was also wollte sie?

„Ihr erinnert euch an einen Zwerg in einer einsamen Straße? Der Sekretär eines wichtigen Mannes, der nicht gewillt war, sich den Forderungen eines erbärmlichen Diebes zu fügen?" Da war etwas Künstliches in der perfekten Symmetrie ihrer Züge, es war schon immer dagewesen. Trotzdem war es ein Schock, diese neue Stimme zwischen vollen, geschwungenen Lippen hervorkommen zu hören: Schnarrend und surrend, perfekt verständlich, aber ohne jede Ähnlichkeit mit der eines lebenden, fühlenden Wesens. „Sein und mein Meister sendet euch Grüße. Und den Tod."

Sie riss die Arme auseinander und Swishris Kopf fiel.

Hasdra stürzte sich, zwei Handäxte schwingend, auf die Fremde, doch die bewegte sich zu schnell. Mit tödlicher Präzision fuhr eine ihrer Klingen herab. Axt und Hand wirbelten durch die Luft. Die Kreatur fing die Axt auf und schleuderte sie einem Zwerg in den Kopf, der gerade von Neuem mit einer Pistole auf sie angelegt hatte. Die von einer rasiermesserscharfen Schneide gesäumte Handkante der anderen Hand zog sie der angreifenden Zwergin in einer fließenden Bewegung über die Kehle und vollendete die Drehung, indem sie vorhechtete, um einem anderen Angreifer die gestreckten Finger einer Hand tief in die Brust zu stoßen. Mit verheerenden Folgen, waren ihre Fingernägel doch zu schimmernden Klingen geworden.

Im nächsten Augenblick krachte es. Vadrur, der ganz in der Nähe zwischen zwei Kisten gekauert und eine Schrotflinte geladen hatte, hatte diese abgefeuert. Die winzigen Projektile brachten das lange Haar der schaurig schönen Gestalt zum Wehen, zerfetzten ihre Kleidung und Haut. Darunter wurde nur schimmernder Stahl sichtbar. Haarfeine Rinnsale aus dunklem, dickflüssigem Blut krochen über ihre blasse Haut wie Risse und als Grihin einen Blick auf ihr Gesicht erhaschte, sah er, dass eine der toten, schwarzen Linsen, die dem Geschöpf als Augen dienten, gesplittert war. Doch noch während er hinsah, erneuerte sie sich mit feinem Knistern. Die Kreatur wandte sich ab – mit einer so schnellen Drehung, dass ihr langes Haar in weitem Kreis um ihren Kopf wirbelte und Vadrurs Gesicht streifte. Für einen Moment verdeckte ihr Körper den des dunkelhaarigen Zwerges, aber eine Sekunde später konnte Grihin das Unglaubliche sehen – Haarspitzen, die zu winzigen Nadeln geworden waren, hatten Vadrurs Gesicht in eine blutige Masse verwandelt. Geblendet vom Blut, das ihm in die Augen rann, taumelte er zurück.

Ein Tritt des Maschinenwesens schleuderte ihn weiter nach hinten, auf die Trümmer eines Arbeitstisches, die wegzuräumen sie vergessen hatten. Ein scharfkantiges Holzstück durchbohrte seine Brust.

Grihin hatte genug gesehen. Er wirbelte herum und rannte. Der kleine, verborgene Tunnel, der sonst sein bevorzugter Fluchtweg gewesen wäre, entfiel. Selbst wenn das Ungeheuer nicht zwischen ihm und der Tür gestanden hätte, hätte es ihn in dem Tunnel mühelos einholen können. Also versuchte Grihin sein Glück mit dem Hauptportal, in der Hoffnung, sich in den verwinkelten Gassen verstecken oder vielleicht in einem der Kanäle wortwörtlich untertauchen zu können. Fast hätte er es geschafft. Fast.

Etwas Stumpfes – ein Wurfgeschoss der Kreatur, die keineswegs beabsichtigte, ihn entkommen zu lassen – traf ihn am Hinterkopf und es wurde dunkel um ihn herum.

Er wachte davon auf, dass eine schmale, unnachgiebige Hand ihn vom Boden hochriss. Schmatzend löste seine Wange sich aus einer Blutlache, die zu trocknen begonnen hatte und auch sein Haar nur widerwillig hergab.

Das Wesen zerrte ihn stumm in den hinteren Bereich des Lagerhauses zurück. Wobei „Zerren" das falsche Wort war. Vielmehr ging das Geschöpf mit Schritten, die zu schwer für seine zierliche Gestalt waren, ohne Eile über den besudelten Boden. Grihin wurde mitgeschleift, ohne dass es die scheinbare Zwergin – die

Klingen hatten sich wieder in ihren Körper zurückgeschoben – auch nur die geringste Mühe zu kosten schien. Grihin entging keineswegs, um was – oder wen – es sich bei den zusammengesackten Gestalten handelte, die sie auf ihrem Weg passierten. Entschlossen, nicht kampflos aufzugeben, zog er seinen Dolch – ein wirklich schönes Stück, mit einem Griff aus Jade und runenverzierter Klinge – und führte einen entschlossenen Stich dorthin, wo zwischen zwei Strähnen ihres Haares, das zur Hälfte in Dunkelrot getaucht war, ihr weißer Nacken sichtbar wurde. Er fühlte schon grimmigen Triumph in sich aufsteigen, als ihre freie Hand über ihre Schulter hinweg herabschoss und die Klinge zwischen zwei Fingern auffing. Eine rasche Drehung ihres Handgelenks schleuderte sie zwischen die aufgetürmten Kisten.

Wenig später ließ sie ihn unter dem Kran fallen. „Man hat mir befohlen, dein Ende aufsehenerregend zu gestalten", erklärte sie ohne jede Emotion, doch mit der Zwergenstimme, mit der sie noch vor wenigen Stunden um ihr Leben gefleht hatte.

Aus irgendeinem Grund machte das Grihin wütend. „Zeig wenigstens dein wahres Gesicht, Abscheulichkeit", fauchte er.

Sie zuckte die Achseln. Und verwandelte sich. Zuerst wurden ihre Augen wieder zu schwarzen Linsen, riesig in ihrem Gesicht. Dann zog sich, von ihren Augenhöhlen ausgehend, ihre Haut zurück und offenbarte schimmerndes Metall – eine makellose Maske. Mittlerweile war ihre Kleidung so zerfetzt, dass er auch einen guten Blick auf den Rest ihres Körpers hatte – Arme, Brust und Schultern waren von scharfkantigen, rüstungsartigen Platten besetzt, von denen an ihren Unterarmen zwei hochklappten, um wieder die langen Klingen entlang ihrer Unterarme herausschießen zu lassen. Hals und Taille jedoch bestanden aus drehbaren, sich überlappenden Segmenten. Irgendeinem seiner Leute musste es doch gelungen sein, sie zu verletzen, denn auf einer Hälfte ihres Gesichts klaffte ein Loch, in dem er einen Blick auf sich drehende Zahnräder erhaschte. Doch noch während er hinsah, floss das geschädigte Metall wie Wasser zusammen, kräuselte sich und erstarrte dann in alter Unversehrtheit.

„Du verstehst nicht, was du siehst?", fragte das Wesen leise und amüsiert, aber es schwang noch etwas anderes in seiner Stimme mit.

Seine Miene war Antwort genug.

„Dann wären wir schon zwei", sagte es. Seine nächsten Bewegungen waren so schnell, dass Grihin den Schmerz erst spürte, als die tiefen Schnitte bereits erfolgt waren. Es hatte Haut, Muskeln und Arterien an Achseln und Leisten durchtrennt, sodass sich nun ein wahrer Sturzbach an Blut auf den Boden ergoss. Ihm wurde schwindlig.

„Ich glaube, mein Meister wollte, dass du mehr leidest", erklärte die Kreatur, während sie seine Handgelenke mit einem Seil umschlang und es über den Haken des Kranes warf. Mühelos zog sie Grihin daran in die Höhe. Der raue Strick schnitt in seine Haut ein, doch er nahm es nur noch wie aus weiter Ferne war. Der beträchtliche Blutverlust und seine Angst hatten ihm schon halb die Besinnung geraubt. „Aber Zwerge finden große Mengen an vergossenem Blut aufsehenerregend genug und mir persönlich ist vollkommen egal, wie schmerzhaft dein Ende nun wird", fuhr das Geschöpf fort.

Bevor er das Bewusstsein verlor, sah Grihin, wie von Neuem Haut über das erbarmungslose Stahlgesicht kroch.

Für Grihin war das Gesicht, mit dem das Maschinenwesen sich als Zwergin tarnte, das einer Fremden, aber Drúdir ging es anders. Er kannte diese Züge nur zu gut. Sie gehörten der Frau, die ihm noch vor Kurzem den Glauben daran zurückgegeben hatte, dass es etwas Gutes, etwas Normales in seinem Leben gab. Moryn.

Drúdir begann leise und bitter zu lachen. Sein Lachen wurde lauter und schriller, bis es sich schließlich in einen Schrei verwandelte. Es war ein Schrei der Verzweiflung und Wut über die Hilflosigkeit und den Schmerz, den er hatte miterleben müssen, ein Schrei des Entsetzens über die Waffe, die die Verschwörer geschaffen hatten und des Verlusts und der Enttäuschung, die er selbst empfand. All diese Emotionen goss er in die Welt. Er sah, wie das schimmernde Netz um ihn herum gleißend hell wurde. Eine Explosion aus Licht raste die Fäden entlang, bis sie auf Wände und Decke des halb abgebrannten Lagerhauses trafen. Die Balken stöhnten und krachten. Dann fielen die ersten Steine. Drúdir brauchte einen langen Augenblick, bis er begriff, dass das Gebäude tatsächlich einstürzte.

Das war nicht ganz so unauffällig, wie er gehofft hatte.

Und sehr viel lebensbedrohlicher.

## *Kapitel 28*

# Findra

„Ich habe es wieder getan“, murmelte Drúdir düster, den Kopf so tief geneigt, dass ihm das wirre Haar als dichter Vorhang vors Gesicht fiel. Mit den Unterarmen stützte er sich auf die Tischplatte. Findra bemerkte, dass seine Finger seinen unangetasteten Bierkrug umschlangen wie die Arme eines Ertrinkenden einen rettenden Holzbalken.

Es waren die ersten Worte, die Drúdir gesprochen hatte, seit er vor wenigen Minuten hereingestolpert war, die Hände rußgeschwärzt und einen wilden, abwesenden Blick in den Augen.

„Was?“, fragte Findra.

„Zerstört. Magisch.“

„Wieder?“, hakte Findra nach. Sie schwankte zwischen Mitgefühl, brennender Neugierde – und der Ahnung, dass sie womöglich gar nicht wissen wollte, was er zu erzählen hatte.

Drúdir hob den Kopf und das Bernsteinbraun seiner Augen leuchtete zwischen den wirren, dunklen Strähnen hervor. „Als ich meine Fähigkeiten entdeckt habe, war es ganz ähnlich.“

„Du hast nie davon erzählt.“

„Weder dir noch jemand anderem“, bestätigte er.

„Möchtest du darüber reden?“

Er zuckte die Achseln. „Meinetwegen.“ Findra glaubte, so etwas wie widerstrebende Erleichterung in seiner Stimme wahrzunehmen, aber auch Trotz und Sorge. Stille trat ein.

Dann, den Kopf noch immer gesenkt, begann Drúdir zu erzählen: „Wahrscheinlich habe ich irgendwann erwähnt, dass meine Eltern tot sind. Sie waren anständige, technisch versierte Zwerge. Mitglieder der Maschinenbauer-Gilde. Keine der großen Pioniere der industriellen Revolution, aber sie verstanden, wie Dinge funktionierten. Vielleicht hatten sie sogar eine latente, technomantische Begabung, wenn man bedenkt, wie gut sie darin waren, Probleme in Maschinen zu erkennen und zu beheben, die anderen Experten Rätsel aufgegeben hatten. Es würde Sinn ergeben, immerhin bin auch ich ein Technomant – unter anderem.“

„Und wie waren sie persönlich?“, fragte Findra.

Drúdir blickte zu ihr auf und sie bereute die Frage, als sie den Ausdruck in seinen Augen sah.

„Entschuldigung“, sagte sie leise. „Bitte fahr fort.“

Drúdir nickte. Als er weitersprach, war seine Stimme so sachlich, als betete er mathematische Formeln herunter. „Nun, eines Morgens – ich war zweiundzwanzig und seit drei Jahren bei Fragar in der Lehre – machten sie sich auf den Weg zu einem Auftrag. Eine Weberei hatte ein Problem mit der Dampfmaschine, die die mechanischen Webstühle antrieb. Meine Eltern haben sich die Sache angesehen oder wollten es zumindest. Sie hatten sich dem Ding bis auf wenige Schritte Entfernung genähert, als es explodierte. Sie waren sofort tot, erschlagen von durch die Gegend fliegenden Trümmern. Außer ihnen gab es noch zwei weitere Tote und drei Verletzte.“

Er schwieg für einen Moment. Findra hörte ihn tief durchatmen. „Als ich davon erfuhr, wollte ich es nicht glauben“, sagte Drúdir. „Ich bin zur Fabrik gefahren. Als ich ankam, waren sie gerade dabei, die Toten in Särge zu legen. Der Fabrikbesitzer war gekommen. Er bot mir an, mir zu zeigen, wo sie gestorben waren. Ich war also da und wünschte mir, noch ein einziges Mal mit meinen Eltern sprechen zu können, sie wiederzusehen, und sei es nur eine Sekunde … und mein Wunsch öffnete eine Tür, wenn man so will. Plötzlich war da gleißendes Licht um mich herum, wabernde Fäden, die immer neue, komplexe Muster formten … oder die zu Scherben kondensiert in Hüllen aus Nichts schwebten. Ich brauchte keine Erklärung, um zu wissen, dass dies die Lücken waren, die der Tod eines Zwerges in die Welt reißt. Und ich weiß nicht wie, aber ich erkannte, welche dieser Formen meine Mutter gewesen war. Ich streckte die Hand aus. Natürlich widerstrebte es mir, in diese Leere zu greifen. Uns allen widerstrebt der Kontakt zu toten Dingen, schätze ich. Aber zugleich hoffte ich irgendwie, etwas von ihr festhalten zu können. Und eine Scherbe glitt auf meine Finger zu. Was ich dann sah, verfolgt mich immer noch. Sie ist gestorben, bevor sie begreifen konnte, was geschah. Ihre letzten Gedanken galten ihrer Aufgabe und der Tatsachte, dass sie gerne mit ihrem Mann zusammenarbeitete. Dafür begriff ich ihren Tod nur zu gut. Die Ungerechtigkeit und den Verlust … und die Unnötigkeit des Ganzen. Einer der Arbeiter hatte mir gesagt, dass die letzte Reinigung und Überprüfung der Maschinen viel zu lange zurücklag. Meine Eltern hätten vielleicht nicht sterben müssen, wenn irgendjemand vorsichtiger gewesen wäre – oder auch nur ehrlich. Niemand hatte sie gewarnt, dass die Maschinen nicht abgeschaltet und heruntergekühlt worden waren."

Er schüttelte den Kopf. „Wie ich sie in diesem Moment alle gehasst habe! Fragar, weil er mir keinen Trost anzubieten hatte. Meine Eltern, weil sie ohne jede Vorwarnung nicht mehr da waren. Und diese Fabrik, weil sie hier gestorben waren. Die Dummheit und den Leichtsinn der Zwerge, die für die Maschinen zuständig waren. Und in meinem ganzen Körper toste die Magie der Scherbe."

Drúdirs Blick hielt Findras fest und obwohl seine Augen ihr warmes Braun behielten, fühlte sie sich an deren geisterhaftes Glühen in Fragars Werkstatt erinnert. „Die Scherben der Toten sind ihre letzten Momente, ihr Schmerz, ihre Angst, ihre Reue … Aber sie sind auch pure, konzentrierte Macht. Und diese Macht habe ich, ohne zu wissen, was ich tat, um mich herum ausgeschickt. Der Fabrikbesitzer hatte sich zurückgezogen, um mich allein trauern zu lassen. Rückblickend betrachtet war das ein Glück. Ich machte – und mache ihn nach wie vor – für den Tod meiner Eltern verantwortlich. Ich weiß nicht, was ich in meinem damaligen Zustand, ohne eine Ahnung von der Stärke meiner Magie zu haben, getan hätte. Und selbst wenn ich ihn nicht verletzt hätte, hätte er wohl einiges zu erzählen gehabt. So raste meine Macht nur die Magiefäden entlang, verstärkte, verformte und zerriss sie. Es wirkte sich auf die physische Welt aus. In einem Radius um mich herum brachen Webstühle zusammen. Ich wollte jahrelang nicht glauben, dass ich dafür verantwortlich war. Wollte nicht wahrhaben, dass ich über Magie verfügte … Nicht, wenn sie nichts anderes tat, als mir den Tod zu zeigen oder zu zerstören. Aber jetzt muss ich es wohl glauben."

„Was ist passiert?", stellte Findra die Frage, die ihr von Anfang an auf der Zunge gebrannt hatte, die sie angesichts von Drúdirs Erzählung jedoch beinahe vergessen hatte.

„Ich habe Grihins Erinnerungen gelesen."

Findra zuckte in jähem Mitgefühl zusammen. Sie kannte die Details nicht, aber sie wusste genug, um diese Erfahrung niemandem zu wünschen. Schon gar nicht dem Zwerg, den sie, so sehr seine abweisende Art sie gelegentlich auch frustrierte, zu schätzen gelernt hatte. Seine Worte hatten sie daran erinnert, wie sehr sein Leben mit den Kräften verflochten war, die ihr immer noch als bedrohlich und unnatürlich erschienen. Aber sie hatten ihr auch etwas anderes vor Augen geführt: Es war keine Wahl gewesen, die Drúdir bewusst getroffen hatte. Wie einsam er sein musste, wenn er nach Jahren des Schweigens ausgerechnet sie ins Vertrauen zog!

„Das tut mir leid“, sagte sie. „Was hast du erfahren?“

Der Schmerz in Drúdirs Gesicht ließ sie den Blick abwenden.

„Es ist Moryn“, krächzte er.

„Moryn?“

Er ignorierte ihre Frage. „Wie ironisch“, murmelte er. „Wenn man bedenkt, dass ich sie für normal gehalten habe. Unbefleckt von diesem ganzen verrückten, übernatürlichen Mist …“ Er lachte heiser und freudlos.

Findra streckte eine Hand aus und legte sie ihm auf die Schulter. „Wer ist Moryn?“, wiederholte sie sanft.

„Eine Zwergin, die ich kennen gelernt habe – gerade gut genug, um eine Menge lächerlicher Sehnsüchte und Hoffnungen auf sie zu projizieren. Natürlich war ich nicht völlig naiv, ich habe damit gerechnet, dass sie sich als Enttäuschung erweist. Aber nicht als eine verdammte mechanisch-magische Massenvernichtungswaffe!“

Seufzend stieß er die Luft aus. „Sie hat sie getötet, Findra“, sagte er, eher zur Tischplatte als zu ihr. „Kannst du dir ihr Entsetzen vorstellen? Ihre Hilflosigkeit? Die Angst? Den Schmerz, wenn eine Klinge dir durch Haut und Sehnen bis auf die Knochen schneidet? Das Schwindelgefühl, wenn du schnell viel Blut verlierst … oder das Gefühl, in ein schönes Stahlgesicht zu schauen und zu wissen, dass du keine Gnade zu erwarten hast. Denn sie ist schön. Sonderbar, schrecklich schön.“

Wieder seufzte er. „Wahrscheinlich könnte man argumentieren, dass Grihin sein Ende – und vielleicht sogar Schlimmeres – verdient hat. Schließlich haben seine Erinnerungen mir gezeigt, unter welchen Umständen Moryn in sein Versteck gekommen ist. Aber wenn du in seinem Kopf bist, sein Ende aus seiner Sicht miterlebst … dann spielt Gerechtigkeit keine Rolle mehr. Du wünschst dir nur noch, dass es aufhört. Du sagst dir, dass es nicht real ist, aber das Problem ist: Es ist genau das.“

Er zog den Bierkrug heran und leerte ihn in einem Zug. „Und natürlich“, fuhr er aufgesetzt aufgeräumt fort, „stört mich, dass ich Moryn verloren habe. Oder besser gesagt meine Idee von ihr. Was irgendwie auf dasselbe hinausläuft. Oh, und ich muss mich bei dir entschuldigen.“

„Wieso?“

„Du hast mich gebeten, unauffällig zu sein. Schätze, das Gebäude einzureißen war da etwas kontraproduktiv.“

„Du hast was?“

„Ich hatte es ja schon angedeutet.“

„Bitte sag mir, dass das nicht wahr ist.“

Drúdir schüttelte den Kopf. „Tut mir leid. Aber das Gebäude war bereits durch das Feuer angegriffen, es gibt also eine plausible Erklärung. Und ich glaube nicht, dass jemand mich hat rausspringen sehen. Außerdem habe ich auf dem Rückweg diverse Umwege gemacht und mehrfach öffentliche Boote genommen, für den Fall, dass mir jemand gefolgt ist. Ich habe aber niemanden gesehen.“

Das beruhigte Findra nur wenig. Zum einen war es durchaus möglich, dass Drúdir, nicht geübt darin, Verfolger abzuschütteln, dennoch auf dem Weg zurück zur Pension beschattet worden war. Zum anderen wusste sie nicht so recht, was sie von dieser Demonstration magischer Macht halten sollte.

„Naja, es ist so oder so nicht zu ändern“, meinte sie mit einem betont gleichgültigen Achselzucken. „Hast du wenigstens etwas erfahren?“

„Oh ja“, entgegnete Drúdir. Er fasste mit ausdrucksloser Stimme seine Vision zusammen und fügte hinzu: „Was mir Sorgen bereitet – abgesehen davon, dass wir es mit einem übernatürlich starken, übernatürlich schnellen und scheinbar unverletzbaren Wesen ohne Gewissen zu tun haben – ist, dass es keinen Weg gibt, festzustellen, ob Moryn – oder besser gesagt, das Ding, das vorgegeben hat, Moryn zu sein, tatsächlich zufällig in diesem Café saß. Natürlich konnte sie nicht damit rechnen, dass ich sie anspreche, aber sie könnte durchaus dort gesessen haben, um die Bibliothek oder die historische Fakultät direkt daneben zu beobachten.“

Der Gedanke war Findra auch schon gekommen. „Wir können und sollten das auf gar keinen Fall ausschließen. Bist du sicher, dass sie nicht mehr über ihren Meister verraten hat?“

„Nur, dass er keineswegs amüsiert ist, wenn ein dahergelaufener Zwerg ihn einzuschüchtern versucht, indem er seine Untergebenen tötet.“

„Wer ist das schon? Aber es ist ziemlich aufschlussreich, dass er eine seiner kostbaren … Wie wollen wir sie nennen?“

Drúdir wiegte nachdenklich den Kopf. „Wie wäre es mit ‚Automate‘? Mein Alternativvorschlag wäre ‚betrügerisches Pseudozwergenmonstrum‘.“

„Meine Güte, du nimmst das ziemlich persönlich. Automate sollte funktionieren. Jedenfalls ist es ziemlich aufschlussreich, dass ein offenbar ausgesprochen ressourcenreicher Zwerg seine große Geheimwaffe losschickt, um eine Kränkung zu rächen."

„Stimmt", gab Drúdir zu. „Und mir ist noch etwas aufgefallen. Es muss nichts zu bedeuten haben, aber wenn du darüber nachdenkst, wie Mo… das verdammte Ding aussah, deckt sich das nicht mit der Vorstellung, die ich mir von ihrem Meister gemacht habe – oder damit, was ich allgemein von einem Zwerg erwarten würde, der eine Kriegsmaschine baut."

„Wie meinst du das?"

„Die traditionelle Zwergenrüstung ist dick, schwer und eckig. Wenn sie dekoriert ist, dann in der Regel entweder mit figurativen Gravuren oder den klassischen, perfekt geometrischen Knotenmustern. Und sie zielt darauf ab, einen ohnehin kräftigen Zwerg noch breiter und einschüchternder zu machen. Moryn dagegen … Sie ist nicht gerade eine Elfe, aber immer noch sehr zierlich für eine zwergische Kriegsmaschine. Und auch die Rüstungsplatten, wie ich sie jetzt mal nenne, wollen nicht so ganz passen. Da sind zwar typisch zwergische Runengravuren, aber die geschwungenen Formen, scharfen Grate und diese fließenden Bewegungen … Das erinnert mich teilweise eher an einen elfischen Panzerreiter von 930. Und auch ihr fixierter Gesichtsausdruck. Zwergische Maskenhelme oder Kriegerstatuen tragen samt und sonders grimmige Mienen zur Schau. Die Automate hingegen schaute gelassen. Immer."

Drúdir zog die Schultern zusammen als fröstelte ihn.

„Du glaubst also, einen elfischen Einfluss zu erkennen?"

„Es ist mehr eine Art Gefühl."

„Nun ja, Svalris wird in diesem Lagerhaus nicht gerade zufällig zwei Elfen getroffen haben."

„Aber sie haben jede Beteiligung geleugnet."

„Wir sollten aber auch bedenken, dass sich die cirdayanischen Adligen immer nur in ihrer Arroganz einig waren. Vielleicht haben wir es mit Angehörigen verschiedener Fraktionen zu tun. Oder Elfen, die einen Einzelgänger mit einer ganz eigenen Agenda jagen."

„Aber welcher verrückte Elf hilft einem Zwerg, Kriegsmaschinen zu bauen, wenn der naheliegendste Feind Cirdaya ist?"

„Einer, der ein Problem mit seinem Land hat, würde ich sagen."

„Aber ist das nicht ein bisschen extrem … Ach vergiss es, wir können es nicht ausschließen. Ich glaube, dir ist aufgefallen, dass ich nicht gerade enthusiastisch an das Gute im Zwerg oder in sonst wem glaube, aber ich schätze, dass mich trotzdem noch überraschen kann, wozu Hass und Dummheit manche Leute befähigen."

# *Kapitel 29*

# Die Automate

Er war nicht gekommen. Ein Stich der Enttäuschung durchzuckte Moryn, so sehr sie sich auch bemühte, das Geschehen rational zu betrachten. Ihr Auftrag band sie sowieso den Morgen lang an das Teehaus, daher hatte sie nichts weiter verloren als eine Uhr, ein paar Stunden Gesellschaft und die Gelegenheit, einen Zwerg aus der Nähe zu studieren. Und etwas von ihrem Vertrauen in ihr eigenes Urteilsvermögen; war sie doch sicher gewesen, dass er kommen würde.

Die Automate zog einen Taschenspiegel aus ihrer Handtasche und betrachtete nachdenklich ihr Gesicht – oder vielmehr das Gesicht, das sie der Welt präsentierte. Es fiel ihr schwer, sich damit zu identifizieren. Obgleich der Fremde es ihr für einen Moment leichter gemacht hatte. Er hatte sie behandelt, als wäre sie keine Maschine ohne Erinnerungen und Identität und ihr damit für einen Moment ein Gefühl dafür vermittelt, wie es wäre, ein Zwerg zu sein. Und er hatte sie an etwas erinnert. Sie hatte gehofft, heute herauszufinden, was es war.

Hätten solche Gesten in ihrer Natur gelegen, hätte Moryn unwillig den Kopf über sich geschüttelt. Stattdessen richtete sie ihren Blick wieder auf das Gebäude, das sie beobachten sollte. Sie achtete darauf, in Abständen zu blinzeln und einen regelmäßigen Atemrhythmus aufrechtzuerhalten. Es würde unnötige Aufmerksamkeit erregen, wenn jemandem auffiele, dass die attraktive Zwergin am Fenstertisch streng genommen nicht am Leben sein konnte.

Unauffällig ließ sie den Blick durch den Raum schweifen und sog all die kleinen Details im Verhalten der anderen Gäste in sich auf, die sie sich abschauen konnte, um ihre Haltung weiter zu perfektionieren. Sie ließ sich ein wenig zusammensacken und stützte das Kinn auf die Hände. Niemandem fiel das sanfte Surren und Schaben auf, mit dem sich die Segmente ihres Bauches unter ihrer dünnen Lage Haut übereinander schoben. Wie es sich wohl anfühlte, wenn das eigene Innere weich und nachgiebig war? Moryn erinnerte sich daran, wie sich Fleisch und Knochen unter ihren schweren Klingen teilte. Wie lebte man im Bewusstsein solcher Verletzlichkeit? Wie konnten Zwerge ohne regenerative Fähigkeiten, ohne mit Bedacht festgelegte Obergrenzen für ihr Schmerzempfinden es ertragen, ihre fragilen Körper Belastungen und Risiken auszusetzen? Und warum lag in der

Asymmetrie ihrer Züge, der Ungeschicklichkeit ihrer Bewegungen, der Vielzahl ihrer Bedürfnisse – Nahrung, Ruhe, Nähe, Sicherheit und was dergleichen noch war – trotzdem etwas, das eine sonderbare Melancholie in Moryn wachrief? Eine Ahnung von Verlust.

Die Automate verstand sich selbst nicht. Wenn sie etwas war, dann das Produkt jener zwergischen Sehnsucht, deren Manifestationen man in allen hochindustrialisierten Metropolen der Union begegnete: Dem Wunsch, seine organische Verletzlichkeit abzustreifen, der Welt seinen Willen aufzuzwingen, zu wachsen und sich weiterzuentwickeln, bis die Natur jede Macht über einen verloren hatte. Moryn war, wenn man über das Detail ihrer fundamentalen Unfreiheit hinwegsah, wahrscheinlich das höchstentwickelte Lebewesen Kiarvas. Zumindest, wenn man den Begriff „Lebewesen" großzügig auslegte.

Es surrte in ihrem Kopf, als ihre Augen sich scharf stellten und einen blonden, zerzausten Zwerg, der gerade die historische Fakultät betrat, vergrößerten, bis sie seine besorgt gerunzelte Stirn erkennen konnte. Es war Albin. Ein junger Künstler von zweifelhaftem Talent, aber mit einer sehr interessanten Verbindung zu Professor Rúnwis und seinem Zirkel von magieinteressierten Freunden, die Kargan gerne als „Hüter" bezeichnete. Der Meister hatte sie auf das Drängen des Alchemisten hin hierher geschickt, um das Treiben der geheimnistuerischen Gemeinschaft zu beobachten. Es wäre allerdings noch hilfreicher gewesen, wenn er Moryn mitgeteilt hätte, wonach sie eigentlich Ausschau halten sollte.

Interessiert stellte die Automate fest, dass sie voreingenommen zu sein schien, was Kargan betraf. Selbst scheinbar neutrale, rationale Aktionen seinerseits erregten in ihr Widerwillen und Gereiztheit – weitaus mehr als das Verhalten des anderen ständigen Begleiters ihres Meisters, obwohl es dieser war, der sie stets anstarrte, als rechne er damit, sie in der nächsten Minute dekonstruieren zu müssen. Für einen Moment spekulierte Moryn darüber, wie es sich wohl anfühlen mochte, wenn ihr Bewusstsein allmählich erlosch. Würde sie es bedauern? Wahrscheinlich, stellte sie fest. Es gab so viel über diese Welt und über sich selbst herauszufinden. Und außerdem, erkannte sie, würde es ihr widerstreben, in den Diensten ihres Meisters zu sterben. Gewiss, er war ihr Meister und für einen Teil von ihr war es unvorstellbar, sich seiner Kontrolle zu entziehen. Doch der Teil von ihr, der an Bord des *Bergfalke* erwacht war, dachte anders: Dieser Mann mit seinem aufgeblähten Ego verdiente noch nicht einmal ihre Aufmerksamkeit, geschweige denn ihre Loyalität. Der Welt wäre wohl besser gedient gewesen, wenn er es gewesen wäre, den sie vor ein paar Tagen hatte ausbluten lassen. Grihins Verwicklungen in Geschäfte, die allzu häufig Leben kosteten, und seine kalkulierte Grausamkeit hatten ihn zu einem gefährlichen Individuum gemacht, aber immerhin versuchte er nicht, seinen Einflussbereich weit über Schwarzspiegel hinaus auszudehnen. Natürlich hatte ihr Meister ihr bisher keine Details verraten, aber wenn er nicht gewollt hatte, dass sie den Umfang seiner Pläne erahnte, hätte er ein Maschinenwesen mit weniger leistungsfähigem Gehirn anfordern sollen.

Moryn verstand nicht so recht, warum, aber die Idee eines Krieges, der rasch auf den gesamten Kontinent übergreifen konnte – die Bündnissysteme, die ursprünglich den Frieden sichern sollten, könnten genauso gut ein Land nach dem anderen in den Konflikt hineinziehen –, bereitete ihr ein kühles, distanziertes Unbehagen. Wem, außer Zwergen wie ihrem Meister, war dadurch geholfen, wenn unzählige Kiarvaner sinnlos starben? Es widerstrebte ihr, sich dafür benutzen zu lassen. Doch sie hatte keine Wahl, wie sie verbittert erkannte.

Als hätten ihre Gedanken ihn heraufbeschworen, hallte ein Ruf durch ihren Kopf.

*Seraph 13, höre den Ruf deines Meisters und eile herbei!*

Eine archaische Wortwahl, die wohl einiges über die Zwerge verriet, die sie geschaffen hatten. Sie mochten an die Technik dieses Zeitalters glauben, aber zum Teil lebten sie noch in den Geschichten über die Zwergenkönige und Runenschmiede von einst. Und warum auch nicht? Immerhin hatten sie diese mit der Erschaffung von Moryn und ihren Schwestern sogar übertroffen.

Moryn legte ein paar Münzen auf den Tisch und erhob sich. Ihre leere Tasse wirkte seltsam einsam auf der großen Tischplatte – eine Erinnerung an ihre geplatzte Verabredung. Als ob sie eine gebraucht hätte. Das Rätsel um Drúdirs Abwesenheit würde sie wohl noch eine Weile beschäftigen.

Wenig später betrat sie den gelben Salon, wo die Verschwörer sich zu einem improvisierten Kriegsrat zusammengefunden hatten.

Diesmal beanspruchte der Meister das gesamte Sofa für sich. Sein Leibwächter stand wie üblich neben einer der Armlehnen, aber die anderen Gäste des Fabrikanten saßen auf gepolsterten Hockern um einen niedrigen Tisch herum.

Kargan, wurde von den zwergengroßen Stühlen wieder einmal gezwungen, seinen selbst für Menschenverhältnisse hochgewachsenen Körper zusammenzufalten. Er schien jedoch keinen Gedanken an die Unbequemlichkeit zu verschwenden. Vielmehr wirkte er viel zu wütend.

Da war auch ein Zwerg, den sie nicht kannte; ein schlanker, dunkelhaariger Mann in unauffälliger, aber gepflegter Kleidung, die vielleicht auf einen Sekretär hindeutete. Badyn beäugte ihn misstrauisch. Weder das kurz geschnittene, von grauen Strähnen durchzogene Haar der Generalin noch ihre steife Haltung wollten so recht zu ihrem eleganten, currygelben Kostüm passen, mit dem sie sich – wahrscheinlich unfreiwillig – ausgezeichnet in das Farbschema des Salons einfügte.

Angrin saß neben ihr auf seinem Hocker. Er machte einen besorgten Eindruck. Ebenso wie Eldrir. Es war erst das zweite Mal, dass Moryn dem älteren Regierungsbeamten begegnete und sie nutzte die Gelegenheit, ihn und seine Aura verstohlen zu studieren. Er war der ruhigste der Anwesenden, seine ernste Konzentration ein Gegensatz zu dem Ärger und der Sorge, die es Kargan unmöglich machten, still zu sitzen.

„Meister, hohe Verbündete, hier bin ich“, sagte Moryn mit ruhiger Stimme. Mehrere Augenpaare richteten sich auf sie. Stolz, anerkennend, unbehaglich, unsicher … es waren viele Emotionen vertreten, die meisten von ihnen mit anderen zu komplexen Gemischen gemengt.

„Setz dich.“ Eldrir deutete auf den Stuhl neben sich. Aus seiner Aura und winzigen Hinweisen in seiner Körpersprache schlussfolgerte Moryn, dass er ein heftiges Widerstreben gegen ihre Nähe niederkämpfte.

„Danke.“ Sie zog sich einen Stuhl heran und setzte sich. Der fremde Zwerg musterte sie mit Interesse. Was er wohl aus dem Kontrast zwischen ihrer unterwürfigen Begrüßung und dem gelassenen Selbstbewusstsein machte, mit dem sie sich durch den Raum bewegte? Oder war er von ihrem ansprechenden Gesicht abgelenkt? Der Gedanke amüsierte Moryn, wenn auch auf bittere Weise.

„Gibt es Neuigkeiten von Rúnwis und seinen Freunden?“, fragte Badyn.

„Sie haben sich in den letzten Tagen häufiger getroffen, aber ich hatte Anweisungen, Abstand zu halten.“

„Sie beobachtet sie auch?“, fragte der dunkelhaarige Zwerg.

„Nur zeitweise“, erklärte Badyn.

„Wir haben nun wirklich Wichtigeres zu besprechen“, erinnerte der Meister. Auch er wirkte besorgt. Nicht übermäßig, aber er hob sein Kinn etwas zu hoch, übertrieb es mit der verächtlichen Arroganz seiner Haltung. Etwas war geschehen.

„Was ist passiert?“, erkundigte sich Moryn.

„Wir haben soeben erfahren, dass die Elfen entkommen sind.“ Angrin warf dem Unbekannten – offenbar Überbringer der schlechten Nachrichten – einen ärgerlichen Blick zu. „Sie können übrigens gehen.“

Der Fremde neigte den Kopf und verschwand ohne ein weiteres Wort. Er glitt mit einem letzten neugierigen Blick auf Moryn aus dem Raum.

„Und offenbar“, fügte Eldrir ruhig hinzu, „ist jetzt noch jemand im Spiel. Ein mächtiger Zauberer.“

Wahrscheinlich hätten die meisten Zwerge bei den Worten „ein mächtiger Zauberer“ die Augen verdreht, zu sehr klangen sie nach Kindergeschichten oder billigem Theater. Aber etwas an Eldrirs sachlicher Ruhe verlieh seinen Worten dennoch einen bedrohlichen Klang.

„Könntet Ihr das näher erklären?“, fragte Moryn.

„Der Zwerg, den du gerade hast gehen sehen, ist Fahngrin, ein Privatdetektiv. Seine Leute beobachten gewisse Zwerge und Orte. Sie haben einen Zwerg gesehen, der offenbar ein ungesundes Interesse an unseren Aktivitäten entwickelt hat. Er hat sich unter dem Namen Drúdir Skadirson in einer Pension hier eingemietet. Laut Kargan war er Fragars letzter Lehrling. Scheinbar hat er es sich in den Kopf gesetzt, Nachforschungen über den Tod seines Meisters anzustellen und ist dabei auf eine wie auch immer geartete Verbindung zu Grihins Ende gestoßen.“ Eldrir hielt kurz inne, bevor er mit Bedacht fortfuhr. „Er ist in das Lagerhaus gegangen und hat einen Zauber gewirkt. Offenbar kehrt die Magie noch schneller zurück, als du befürchtet hast, Badyn. Soweit ich weiß, erfordert Nekromantie große Stärke und ist eine ergiebige Quelle des Wissens für den, der sie zu gebrauchen weiß. Er kennt nun die Wahrheit über unsere Geheimwaffe und womöglich unsere Identität. Es ist unser Glück, dass er bisher keine Schritte gegen uns unternommen hat. Es war, und ich kann das nicht anders ausdrücken, ein Fehler, Seraph 13 für persönliche Rache zu benutzen“, fügte der ältliche Zwerg an den Meister gewandt hinzu.

„Sehen Sie das so? Nun, das interessiert mich nicht besonders. Und immerhin wissen wir jetzt, dass er uns auf der Spur ist. Wir kennen seine Identität. Wir wissen, was er draufhat. Wo er wohnt. Und mit wem er zusammenarbeitet.“

„Eldrir hat trotzdem recht“, sagte Badyn scharf. „Ihr Leichtsinn gefährdet den Plan nicht zum ersten Mal. Aber wie dem auch sei, der Zauberer muss entfernt werden. Er hat mit Rúnwis und seinem Zirkel gesprochen. Er wusste bereits vor einigen Tagen viel zu viel. Jetzt könnte er noch umfassender informiert sein."

„Allerdings!", Kargan nickte nachdrücklich. „Wir können Drúdir nicht herumlaufen lassen. Und", er presste für einen Moment die Lippen zusammen und sah keinen von ihnen direkt an, „auch niemanden, mit dem er sein Wissen geteilt haben könnte. Er hat sich Seraph 13 nicht zufällig genähert!"

Moryn staunte über die Intensität ihrer emotionalen Reaktion, als Drúdirs Name fiel.

Badyn nickte. „Ich bin nicht glücklich darüber, aber Kargan hat recht. Ich würde die Sache jemandem vom Silberwurm anvertrauen, aber noch sind sie etwa einen Tagesmarsch entfernt und wir müssen schnell handeln."

„Ich finde auch, dass wir ihn ausschalten müssen, aber warum die Eile? Wer wird ihm glauben?"

„Es ist mir egal, wie wenig glaubwürdig ist, was er erzählt, aber ich will keine Gerüchte über meine Verwicklung in irgendwas. Tötet ihn. Schnell." Für Angrin schien die Sache damit entschieden, von einer Nachbemerkung abgesehen: „Aber nehmt vielleicht nicht wieder die Maschinenkreatur." Er winkte nachlässig in Moryns Richtung. „Das hat in der Vergangenheit nur Dinge verkompliziert."

Kargan überraschte sie alle. „Ich werde mich darum kümmern. Ich werde Drúdir an einen Ort locken, wo ich ihn ungesehen beseitigen kann. Für Rúnwis und seinen Zirkel gibt es ja bereits einen Plan, den ich einfach nur vorverlegen würde. Und Drúdirs Freundinnen sind kaum eine Herausforderung."

„Ich wäre mir da nicht so sicher. Eine von ihnen ist Sylras Tochter – und womöglich auch die von Hersdur vom BdT. Sie ist auf ihre Weise durchaus gefährlich, wenn sie das Ohr ihrer Eltern hat", gab Eldrir zu bedenken.

„Oder eine wertvolle Geisel, wenn Hersdur sich gegen unsere Machtübernahme sträubt", sagte Badyn nachdenklich. „Schätze, wir könnten sie, bis wir sie dafür brauchen, irgendwohin verschwinden lassen."

„Und Findra?"

„Ich habe Kontakt mit ihrem Vorgesetzen aufgenommen", sagte Eldrir. „Wahrscheinlich müssen wir in ihrem Fall nicht mal zu Gewalt greifen. Ihre Herkunft erlaubt es uns, ihr eine Geschichte über Verbindungen zu den radikalen Hammerschwingern und Amtsmissbrauch anzudichten. Baidur wird uns helfen. Und unsere Agenten unter den Hammerschwingern auch."

Der Meister kicherte leise. „Immer noch genial, wie ihr das eingefädelt habt … Wenn die Hammerschwinger wüssten, für wen ihr angebeteter Dagri wirklich arbeitet!“

„Ich mache ja mit, aber …“, setzte Angrin zum Protest an, aber Badyn schnitt ihm das Wort ab.

„Darum geht es jetzt nicht. Also, du traust dir zu, Drúdir auszuschalten, Kargan? Effektiv, unauffällig und ohne zu zögern? Bedenke, dass wir seine Fähigkeiten nicht kennen.“

„Ich werde damit fertig“, versicherte Kargan, grimmige Befriedigung in der Stimme.

„Gut, ich vertraue dir. Svalris‘ Verschwinden zu organisieren wird ein bisschen dauern, aber ich vermute, wenn Drúdir plötzlich weg ist, wird das seine Begleiterinnen lähmen. Und Rúnwis‘ Zirkel scheint immer noch fest entschlossen, nichts an die Öffentlichkeit dringen zu lassen, und wenn es sie das Leben kostet. Wenn wir uns klug verhalten, werden wir auch diese Krise in den Griff bekommen.“

„Sicher, dass wir nicht den Sera…“, begann ihr Meister.

Ein dreistimmiges „Nein“ schallte ihm entgegen.

„Geheimhaltung hat oberste Priorität“, führte Eldrir aus. „Wenn irgendjemand von unseren Waffen Wind bekommt, bevor wir uns die notwendige Unterstützung gesichert und den Krieg vorbereitet haben, gibt es wenig, das wir tun können.“

Der protzig gekleidete Zwerg funkelte ihn an, aber er erhob keinen Widerspruch.

Um sie herum debattierten die Verschwörer noch weitere Fragen, aber Moryns sonst so allgegenwärtige Aufmerksamkeit war beinahe völlig auf das Innere ihres eigenen Kopfes fixiert. Es klickte und klackte, als Zahnräder an ungewohnten Stellen einrasteten und bisher ungenutzte Strukturen, die eher an die eines organischen Gehirns erinnerten, aktiv wurden.

Wenigstens wusste sie jetzt, wieso nichts aus ihrer Verabredung geworden war: Drúdir hatte sie gesehen. Er wusste, was sie getan hatte.

Das war kein angenehmer Gedanke, aber schlimmer waren die Konsequenzen, die sich aus Drúdirs Aktivitäten ergaben. Moryns Meister und seine Verbündeten würden ihn auf keinen Fall weiterleben lassen, nicht mit seinem Wissen. Nicht in einem Stadium, in dem ihre Macht noch nicht gefestigt war und er womöglich jahrelang Zeit haben würde, um andere zu warnen und Verbündete zu sammeln. Nicht, wenn Kargan ihm aus irgendeinem Grund mit persönlichem Hass begegnete. Drúdir würde sterben.

Es sei denn, Moryn unternahm etwas.

Und das, beschloss sie, würde sie. Teils wegen des Zwerges, der noch am vergangenen Morgen mit ihr gelacht hatte. Teils, weil sie sich beweisen musste, dass sie es konnte. Weil sie, wie ihr jetzt klar wurde, mehr als eine vage Abneigung gegen das erbärmliche Exemplar der Gattung Zwerg empfand, das für sich in Anspruch nahm, ihr Meister zu sein. Weil sie keinen Sinn in dessen Plänen sah. Weil sie Drúdirs tiefe, angenehme Stimme ein weiteres Mal hören wollte.

Gewiss, es würde nicht leicht werden. Die Mitverschwörer ihres Meisters hatten darauf bestanden, dass es allen Automaten, mochten sie auch nur dem Meister gehorchen, unmöglich war, einen von ihnen zu verletzen.

Aber Moryn würde einen Weg finden. Hoffte sie.

# *Kapitel 30*
# Drúdir

Obwohl seine aufgewühlten Emotionen ihn lange nicht zur Ruhe kommen ließen, forderten Müdigkeit und die Erschöpfung nach dem Zauber schließlich doch ihren Tribut und Drúdir fiel in einen unruhigen Schlaf. Als der Morgen hereinbrach, glitt er in einen Dämmerzustand. In seinem Kopf hallten noch immer die wirren, dunklen Träume nach, die ihn die Nacht hindurch begleitet hatten. Dunkle, gesprungene Linsenaugen hinter wehendem Haar ... Ja, er wollte wieder einschlafen. So unangenehm seine Träume auch sein mochten; solange er hier vor sich hindämmerte, waren sie nichts als Träume. Würde er jedoch endgültig aufwachen, bliebe ihm nichts anderes übrig, als sich mit der dahinterstehenden Realität zu befassen.

Ein lautes Hämmern an der Tür zwang ihn genau dazu. „Was?“, rief er ärgerlich.

„Eine wichtige Nachricht für Sie.“

Stöhnend – er war auf seiner Flucht aus dem einstürzenden Gebäude gestürzt und hatte sich geschickt, aber eben leider über einige Trümmerstücke abgerollt – richtete Drúdir sich auf und schlüpfte in seine über einen Stuhl geworfene Hose. Er hoffte, dass sein nackter Oberkörper und sein ungekämmtes Haar dem Besucher eines deutlich machten: Weder hatte er mit ihm gerechnet, noch war er besonders glücklich über seine Anwesenheit.

Als er die Tür aufriss, blieb ihm wenig Zeit, den Neuankömmling in Augenschein zu nehmen: Ein kräftiger Zwerg, dessen Gesicht im Schatten eines breitkrempigen Hutes lag. Der Fremde trug einen abgewetzten Mantel und einen Ring. Letzteren sah Drúdir nicht. Stattdessen fühlte er das kalte, harte Metall mit seinem Wangenknochen kollidieren, als der Unbekannte ihm mit voller Wucht ins Gesicht schlug. Der Schlag ließ ihn benommen zurücktaumeln, was wohl auch in der Absicht des Zwerges gelegen hatte; erlaubte es ihm doch, die Tür zuzuschlagen und sich rasch zu entfernen. Aber nicht, ohne vorher etwas auf Drúdir zu werfen. Der Gegenstand war so leicht, dass Drúdir es kaum merkte, als er gegen seine Brust prallte und zu Boden fiel. Tatsächlich trat er sogar darauf, als er damit rang, sein Gleichgewicht wiederzufinden und zu verstehen, was gerade eben passiert war. Seine Nase hatte heftig zu bluten begonnen und er tastete, den Kopf in den Nacken gelegt, nach einem Taschentuch.

Er erwog, den Unbekannten zu verfolgen. Zunächst war es ein instinktiver Impuls; der Wunsch, die unerwartete Gewalt mit gleicher Münze heimzuzahlen. Dann schaltete sich sein Verstand ein und fand, dass es nicht uninteressant wäre, herauszufinden, wohin der Fremde verschwunden war. Aber zeitgleich wurde ihm bewusst, dass eine blutende Nase und ein unübersehbarer Mangel an Kleidung jede Verfolgung erschweren würden. Bis er sich auch nur seine Stiefel angezogen hätte, wäre der Angreifer schon über alle Berge.

Fluchend wühlte Drúdir in den Taschen seines Mantels, der an einem Haken an der Tür hing. Endlich stieß er in einer der zahlreichen Innentaschen auf ein Taschentuch, das er sich unter die Nase presste. Dann nahm er, da die Verfolgung des Unbekannten als Informationsquelle ausschied, die Botschaft in Augenschein, die dieser auf so unhöfliche Weise abgeliefert hatte. Es handelte sich um eine winzige, altmodischerweise mit einem Tropfen Siegelwachs verschlossene Rolle Papier.

Drúdir entrollte den Papierstreifen und las:

*Ich habe gehört, du suchst mich? Um 12:00 mittags, bei den Kugeltürmen. Sprich von Angesicht zu Angesicht mit mir und ich werde dir alles verraten, was du über Fragar wissen willst. Komm allein.*

*Bring jemanden mit, und ihr werdet mich nicht einmal zu Gesicht bekommen, bevor ihr sterben werdet. Hab keine Angst vor Verrat – ich selbst habe die verraten, für die ich die Seraphim gebaut habe, und gehe kein geringes Risiko ein, um mit dir zu sprechen.*

*K.*

Natürlich war es eine Falle, dachte Drúdir. Das Problem war nur, dass Kargan einen verdammt guten Köder ausgelegt hatte. Außerdem gab es berechtigte Hoffnung, dass der Alchemist ihn unterschätzte. Der alte Drúdir hätte eine solche Konfrontation nie gewagt – aus gutem Grund. Doch nun kochte in ihm die Rachsucht der Toten, deren Scherben ein Teil von ihm geworden waren. Seine Wahrnehmung des schimmernden Netzes war so akkurat wie noch nie und in seinen Fingerspitzen kribbelte noch immer ein wenig geraubte Macht. Er hatte eine Chance, das Treffen lebendig zu verlassen.

Eine derart winzige Chance, dass es Wahnsinn wäre, dieses Risiko einzugehen, erinnerte Drúdir sich selbst. Selbst wenn er bedachte, wie wertvoll Kargans Informationen sein mochten, erschien ihm die Idee noch immer selbstmörderisch, aber auch einer Überlegung wert.

# *Kapitel 31*

# Phandrael

Kyrais Schwert zischte und surrte melodisch. Die Drasirah bewegte sich ohne Hast, glitt vor und zurück und wich imaginären Schlägen aus. Nur ihre präzisen Schnitte erfolgten schnell genug, um schimmernde Fächer in die Luft zu malen. Einmal pfiff die Schwertspitze so dicht an der Wange des sitzenden Phandrael vorbei, dass er den Luftzug spürte. Er zuckte mit keiner Wimper. Kyrais Kontrolle über ihre Bewegungen war vollkommen.

Der Drasiron hatte noch vor wenigen Minuten sein Kartendeck gemischt und geistesabwesend Tricks vollführt, die jeden menschlichen Kartenspieler selbst in der halben Geschwindigkeit überfordert hätten. Nun jedoch ließ er die Karten nur noch träge durch die langen, schlanken Finger gleiten, während seine Aufmerksamkeit vollkommen auf Kyrai konzentriert war. Beim Kampf gegen die Zwerge hatte er ihre makellose Technik im Kampf mit Zwillingsdolchen beobachten können, aber die Waffe ihrer Wahl schien dieses geschwungene Langschwert zu sein.

Die zierliche Elfe vollführte die sechsundzwanzig partnerlosen Kata der Naithrasa-Schule formvollendet, bevor sie von vorne begann. Ihr weißblondes Haar war teilweise seinem Knoten entkommen und umtanzte ihr ruhiges, konzentriertes Gesicht. Es war eines der wenigen Male, dass Phandrael sie ohne Handschuhe und barfuß sah. Die dunkelgrauen Dryaden-Glyphen auf ihren Handrücken und Füßen wollten nicht so recht ins Bild passen, sah sie doch in ihrem schlichten, aber eleganten Übungsgewand sonst von Kopf bis Fuß wie die Elfendame aus, die sie theoretisch auch war. Tanataira … Jetzt, wo er es wusste, erkannte Phandrael einige der typischen Züge der Familie in Kyrais Gesicht.

Hinter ihm raschelte es, als Varyntai die niedrige Halle betrat, die sie zum Übungsraum umfunktioniert hatten. Mit einer fließenden Bewegung ließ Kyrai ihr Schwert zurück in die Scheide gleiten und begrüßte die Diplomatin.

„Bitte, lassen Sie sich nicht stören.“ Varyntai ließ sich auf dem niedrigen Sessel nieder, der Phandraels eigenem gegenüberstand. Ihre Augen verweilten länger als nötig auf den Karten, die zwischen seinen Fingern umherwirbelten. Ihr Gesicht war ausdruckslos, aber Phandrael hatte wider Willen genug Zeit mit Elfen wie ihr verbracht, bei denen noch die winzigste Geste eine Botschaft war.

Die Kartenspielereien, die Rhythmen, die er auf jede erreichbare Oberfläche trommelte, das Wippen seines Beines, sein federnder Gang … all diese Ausdrücke von Rastlosigkeit und überschüssiger Energie wurden in Cirdaya missbilligt. Dort eiferte jeder der stoischen Ruhe jener uralten Elfen nach, die nur dann einige wenige, vollkommene Bewegungen vollführten, wenn es sich nicht vermeiden ließ.

Aber Phandrael war nicht wie sie. In ihm brannte die ganze Energie der neuen Zeit, an die gerade jene bewunderten Elfen sich nicht anpassen wollten. Und er maß der Missbilligung anderer viel zu wenig Bedeutung bei, um sich auf irgendeine Weise zu verstellen. Eine Haltung, die, wie er festgestellt hatte, in vielen Fällen noch mehr Missbilligung und heftige Ablehnung hervorrief, aber auch widerwilligen Respekt. Denn weil es ihn nicht interessierte, was andere über ihn dachten; weil es ihm nicht in den Sinn kam, sich mehr als nötig anzupassen, besaßen all jene, um deren Gefallen sonst so eifrig gebuhlt wurde, keine Macht über ihn.

Gewiss, er arbeitete für Shideris, riskierte sogar sein Leben für ihre Ziele. Aber alles, was ihn an sie band, war sein Entschluss dazu. Und dieser könnte sich jederzeit ändern, wenn etwas anderes sein Interesse wecken sollte. Er lehnte auch die engen Bindungen einer Familie ab sowie die große Heuchelei, die allgemein anerkannte Moralvorstellungen darstellten. Der Drasiron bewegte sich außerhalb all jener Strukturen, die anderen heilig waren, und lachte über die, die nicht erkannten, dass all ihre kostbaren Regeln keineswegs göttergegeben waren.

Varyntai schien seine Gedankengänge zu erahnen – oder war sehr geübt darin, gleichermaßen wissend und interessiert auszusehen. Wahrscheinlich eine Mischung aus beidem. Mit ihrem schwarzen Haar und ihren leicht schrägstehenden, blaugrauen Augen war sie eine klassische Schönheit. Und Phandraels absolutes Gegenteil; nicht nur, was ihre tadellosen Umgangsformen betraf. „Ich störe nur ungern, aber ich habe eine Verabredung“, sagte sie.

„Und inwiefern betrifft das uns?“

„Der Zwerg, der auf eure Bitte hin das Gebäude am Tiefufer beobachten sollte, will sich mit mir treffen. Allerdings haben gewisse Beobachtungen Grund zu der Annahme gegeben, dass wir uns besser nicht hier treffen sollten.“

„Sie meinen, dass die elfische Botschaft seit vielleicht anderthalb Tagen observiert wird? Ich hoffe, dass es Ihnen nicht erst jetzt aufgefallen ist. Diese Zwerge stellen sich nicht gerade geschickt an.“

„Interessant, dass Sie das so gut beurteilen können." Varyntais Tonfall veränderte sich nicht, aber auch diesmal war der Sinn hinter ihren Worten deutlich zu verstehen. Sie wusste oder ahnte, wer ihre Gäste waren. Wahrscheinlich beruhigte es sie sogar, zu wissen, dass es sich bei Phandrael um einen Drasiron handelte.

„So interessant nun auch wieder nicht. Was hat er denn beobachtet?"

„Das will er mir persönlich sagen. Wollen Sie mich vielleicht auf eine Bootsfahrt begleiten? Dasselbe gilt natürlich auch für Kyrai."

„Ich ziehe mich nur schnell um." Die Drasirah hatte jedes Wort mitgehört und zog sich rasch zurück.

„Eine Freude, ihr zuzusehen", bemerkte Varyntai.

„Schätze, das ist zu erwarten. Schließlich ist sie eine Tanataira", entgegnete Phandrael, froh über die Gelegenheit, das Thema anzusprechen.

„Und eine Morvonai."

Phandrael hob die Brauen. Die Karten in seinen Händen begannen, sich schneller zu bewegen. Die Konkurrenz der beiden Familien war legendär. Natürlich hatte es hin und wieder Affären gegeben; der Reiz einer Beziehung mit dem Feind war einfach zu groß, wenn das eigene lange Leben langweilig wurde. Aber bisher hatte Phandrael noch nie von einem Kind aus einer dieser kurzen, zum Scheitern verurteilten Beziehungen erfahren.

„So? Wissen Sie was: Erzählen Sie mir, was Sie über Kyrai und Ihre Eltern wissen, und Sie bekommen etwas von mir, was Sie so schnell von keinem anderen Elfen erhalten werden."

Nun wanderte eine von Varyntais geschwungenen Brauen nach oben. „Und das wäre …"

„Das Eingeständnis, dass ich selbst keine Ahnung habe."

Varyntai lächelte. „Sie haben es geschafft, mich zu überraschen. Ich vermute, das ist eine Antwort wert." Sie machte eine kleine Pause. „Tatsächlich", begann sie dann in ihrer angenehmen, ruhigen Stimme zu erzählen, „rätseln viele noch heute, wie es zu Kyrais Geburt kommen konnte; sind ihre Eltern doch niemand anderes als Danara Morvonai und Ceraion Tanataira."

Selbst ein wenig am endlosen Geplänkel der alten Familien interessierter Elf wie Phandrael wusste genug, um angesichts dieser Ankündigung mehr als nur milde überrascht zu sein.

„Wie Ceraion und Danara zusammengekommen sind, ist ebenso überraschend wie rätselhaft. Deutlich weniger überraschend ist, dass sie sich bereits zwei Jahre später unversöhnlich gegenüberstanden. Natürlich blieb die Form stets gewahrt, aber ich bin nicht die Einzige, die vermutet, dass unter der Oberfläche ein unwürdiges Gezerre um das gemeinsame Kind stattfand. Ich behaupte nicht, dass die kleine Asande ihnen egal war, aber wahrscheinlich spielte auch eine Rolle, dass keiner von ihnen sein Kind dem Einfluss der Konkurrenz überlassen oder dieser in irgendeiner Form nachgeben wollte.“ Varyntai hielt nachdenklich inne, bevor sie fortfuhr: „Asande – oder Kyrai, wie sie sich offenbar lieber nennt – wuchs weitestgehend bei den Tanataira auf und wird, wie ich mich zu erinnern glaube, auch in irgendeinem Testament erwähnt. Aber sie verbrachte ebenfalls einige Jahre bei den Morvonai. Ich wage die Vermutung, dass sie sich unter anderem deshalb nie um politischen Einfluss bemüht hat, weil das bedeutet hätte, eine Seite zu wählen.“

Phandrael dachte über das Gehörte nach. Kyrais Abstammung bedeutete, dass sie, hätte sie sich in Position gebracht und die richtigen Allianzen geschmiedet, im Falle von Shideris‘ plötzlichem Tod womöglich als aussichtsreiche Kandidatin für den Thron gehandelt würde – natürlich nur, wenn sie keine Drasirah wäre. Was brachte eine Elfe wie sie dazu, Macht und Reichtum zugunsten einer Laufbahn aufzugeben, die sie wahrscheinlich das Leben kosten würde?

Er glaubte schon, dass Varyntai geendet hatte, als die Elfe zögernd hinzufügte: „Das ist mehr oder weniger alles, was ich über Kyrai weiß. Nun gut, sie hat in Síravan mehrere Jahre an der Akademie studiert. Bis sie – mehr oder weniger – verschwand. Enge Freunde hatte sie, soweit meine Quellen in Cirdaya informiert sind, nie, aber zumindest doch einige gute Bekannte. Diese haben allerdings nichts mehr von ihr gehört, seit sie vor fünfzehn Jahren eines Herbstes plötzlich nicht mehr an die Akademie zurückkehrte. Es gab ein paar widersprüchliche Gerüchte darüber, was sie von ihrer Familie entzweit hat, aber ich kann nicht beurteilen, welche davon einen wahren Kern haben sollten. Jedenfalls wurde sie seitdem nur noch sporadisch in Síravan gesehen.“

Womöglich kurz vor oder nach unerklärlichen Todesfällen, überlegte Phandrael.

Leiser, schleppender Applaus vom Eingang ließ sie aufsehen. „Ich gratuliere zu Ihrer umfassenden Informiertheit“, kommentierte Kyrai Varyntais‘ Vortrag. Phandrael staunte, wie schnell sie sich umgezogen hatte. Wenn sie verstimmt darüber war, dass sie sich hinter ihrem Rücken über ihre Vergangenheit unterhielten, zeigte sie es nicht. Andererseits hätte sie auch nichts anderes erwarten dürfen – nicht, nachdem sie ihnen ihren vollen Namen genannt hatte.

Die Diplomatin neigte mit einem leisen Lächeln den Kopf. „Ich tue mein Bestes." Sie erhob sich und strich sich eine dunkle Haarsträhne hinters Ohr. „Gehen wir?"

Kyrai hielt ihr die Tür auf und folgte ihr dann, Seite an Seite mit Phandrael, zu einer schmalen, mit dicken Vorhängen ausgestatteten Barke. „Zugegebenermaßen beneide ich Varyntai ein wenig darum, dass sie nicht persönlich von Tür zu Tür gehen, hinter Leuten herschleichen oder Dokumente wälzen muss, wenn sie Nachforschungen anstellt", sagte sie.

„Aber unsere Nachforschungen sind interessanter. Wo wir schon beim Thema sind: Wieso hast du ihr eigentlich deinen Namen genannt, wenn du mit deiner Vergangenheit abschließen wolltest?"

„Wer sagt, dass ich das will?"

„Niemand, der auch nur annähernd eine Perspektive für ein normales Leben hat, schließt sich den Drasirai an. Du hast meine Frage nicht beantwortet."

„Varyntai musste notwendigerweise erkennen, was wir sind. Und wahrscheinlich auch die Tanataira-Familienähnlichkeit. Wenn ich einen anderen Namen als den meinen angegeben hätte, würde das implizieren, dass Asande Tanataira sich für Kyrai, die Drasirah, schämt oder umgekehrt. Und das wäre eine falsche Schlussfolgerung. Jede meiner Entscheidungen war begründet und ich habe keinen Grund zur Scham … abgesehen von den offensichtlichen, die wir teilen."

Phandrael hob die Augenbrauen. Klang Kyrais Stimme gerade etwa so, als versuche sie, eher sich selbst als ihn zu überzeugen?

Von einem knatternden Motor einmal abgesehen, war die Barke der Botschafterin ebenso elegant wie komfortabel. Der schweigsame, rothaarige Elf, der sie lenkte, steuerte sie geschickt durch das Chaos auf den großen, belebten Kanälen, sodass sie ihre Verfolger abschütteln konnten. Schließlich legten sie an einem Steg an, die Vorhänge teilten sich und ein Zwerg in der sauberen, aber fadenscheinigen Kleidung eines Sekretärs oder Hafenbeamten glitt auf die Sitzpolster Varyntai und Kyrai gegenüber. Seine Augen huschten nervös zu den beiden fremden Elfen hinüber, und auch Varyntai schien ihm, obwohl er offenbar schon seit einer ganzen Weile für sie arbeitete, nicht gerade umfassendes Vertrauen einzuflößen. Aber seine ruhige Stimme, nach außen hin von den dicken Vorhängen gedämmt und vom Stampfen des Motors übertönt, verlor keinen Moment lang ihren sachlichen Ton, als er berichtete, was er vor weniger als zwölf Stunden beobachtet hatte.

„Und Sie haben es tatsächlich genau gesehen?“, hakte Kyrai nach.

„Ja, ich habe es riskiert, durch eines der Fenster zu schauen. Der Zwerg hat in meine Richtung geblickt, aber ohne mich zu sehen.“ Der Spion hob instinktiv die Hand zu einer Geste, die Phandrael das letzte Mal vor Jahrzehnten gesehen hatte: Die drei mittleren Finger der rechten Hand nach vorne abgespreizt; ein rituelles Handzeichen zur Abwehr böser Geister und feindseliger Magie. „Ich muss zugeben, dass mich das erschreckt hat. Was ich beobachtet habe, schien nicht von dieser Welt zu sein. Ich habe nicht erwartet, dergleichen zu sehen. Nicht in diesen aufgeklärten, vernünftigen Zeiten.“

Sein Blick schoss zu Phandrael hinüber, als der ein leises, aufrichtiges Lachen ausstieß. „Glauben Sie mir, diese Zeiten sind alles andere als aufgeklärt und vernünftig.“

Das brachte den Zwerg kurz aus dem Konzept, aber er fing sich schnell wieder. „Er sah aus wie ein Dämon … blauweiß glühende Augen – wie eine Flamme, die so heiß ist, dass sie wieder kalt aussieht, wenn Sie verstehen, was ich meine. Und dann waren da … Dinge in der Luft um ihn herum. Wie flatternde, ineinander verwobene Bänder. Und Kälte. Es muss tatsächlich kälter geworden sein, ich habe Atemwolken vor meinem Mund gesehen. Aber die Kälte ging auch tiefer. Ich werde erleichtert sein, wenn ich in meinem Leben nichts dergleichen mehr sehen muss. Und ich will nichts damit zu tun haben. Sofern Sie mir nicht versprechen“, er neigte den Kopf in Varyntais Richtung, aber in seinem Blick lag Stahl, „dass meine Aufträge in Zukunft nichts mehr mit … Magie zu tun haben werden, muss ich unser Arbeitsverhältnis beenden.“

Die drei Elfen konnten es sich bei aller Beherrschung nicht verkneifen, einen Blick zu wechseln. Was sie gerade gehört hatten, ließ nur einen Schluss zu.

„Das ist Ihr gutes Recht, aber ich versichere Ihnen, ich wusste nicht, dass solche … Kräfte involviert sein würden“, entgegnete Varyntai. „Sie sagten, Sie wären dem Zwerg gefolgt. Wohin ist er gegangen?“

„Können Sie ihn noch einmal beschreiben? Und ist er allein?“, fügte Kyrai hinzu.

Wenig später waren Phandrael und Kyrai zurück in der Botschaft. „So, ein Nekromant“, sagte Phandrael. „Und auch noch ein Zwerg. Das wäre dann der erste seit …“

„Grímryn.“

„Beunruhigender Gedanke“, grinste er. „Wir können also davon ausgehen, dass er weiß, was im Lagerhaus geschehen ist“, fuhr er sachlicher fort. „Seine Kooperation könnte nützlich sein. Und ich habe schon eine Idee, wie wir sie uns sichern.“

# *Kapitel 32*

# Drúdir

Die Kugeltürme am Hang des Schwarzspiegelberges waren Teil eines verfallenden Gebäudekomplexes, der noch etwas außerhalb der weitläufigen Außenbezirke der Stadt lag, wie ein paar Nachfragen Drúdirs ergeben hatten.

Ihr Name verriet Drúdir alles, was er über die Geschichte der Türme wissen musste: Um Munition für die Musketen der Zwerge zu liefern, waren während der Unabhängigkeitskriege überall in der Union solche Türme hochgezogen worden. Beinahe vollständig hohl, dienten sie dem Zweck, Blei aus großer Höhe in Wasserbecken tropfen zu lassen. Im kalten Wasser abgekühlt, bildete das Metall Kugeln, die nur noch minimal bearbeitet werden mussten, bevor man sie auf Menschen, Elfen oder, wenn man ungeschickt war, auf die eigenen Leute feuern konnte. Nach dem Krieg war der Bedarf jäh gesunken und wie so viele ihrer Art hatten auch die Türme von Schwarzspiegel langsam zu verfallen begonnen.

Von einem nahen Hügelkamm aus blickte Drúdir zu ihnen hinüber. Schlanke, graue Silhouetten, die einst ziegelgedeckte Dächer getragen hatten. Die Ziegel waren anderen Verwendungszwecken zugeführt worden, sodass die verbleibenden Dachsparren wie geborstene Kronen in den grauen Herbsthimmel ragten. Die beiden langgestreckten Hallen, die am Fuß der zwei Türme kauerten, sahen nicht viel besser aus. Was an Material nicht gestohlen worden war, wurde allmählich von der Natur zurückgefordert.

Obwohl der Zwerg in Drúdir angesichts von hastig hochgezogenen, anfälligen Bauten wie diesen den Kopf schüttelte, lag eine sonderbare Schönheit im Verfall des Fabrikgeländes, das allmählich unter wucherndem Efeu verschwand. Jetzt erst wurde Drúdir bewusst, wie lange es her war, dass er zum letzten Mal mehr als den kleinen Fleck Himmel gesehen hatte, der in dem natürlichen Oculus über dem unterirdischen Schwarzspiegel sichtbar wurde. Wie lange es her war, dass der schneidende, von Regen kündende Herbstwind ihm durchs Haar gestrichen und ihm die Mantelschöße gegen die Beine gepresst hatte.

Er drehte sich zu den Außenbezirken Schwarzspiegels um. Der Rauch unzähliger Schornsteine ließ die Häuser und Straßen vor seinen Augen verschwimmen, obwohl sie kaum mehr als fünf Kilometer entfernt lagen. Noch etwas weiter entfernt erkannte er den Bahnhof, wo Züge in die weiträumigen Hallen einfuhren. Dahinter stieg ein Luftschiff auf.

Drúdir folgte ihm mit den Augen, bis es zu einem Punkt am Horizont geworden war. Er war noch nie geflogen. Von dem Preis einmal abgesehen, widerstrebte es ihm, sich so völlig dem Wetter und den Flugkünsten anderer Zwerge auszuliefern. Andererseits war er auch neugierig, wie es wohl sein mochte, durch die Luft zu gleiten und zwischen Wolkenschleiern hindurch auf die Erde hinabzublicken. Er hatte sich halb vorgenommen, es vielleicht einmal zu versuchen, wenn Luftschiffreisen billiger und sicherer geworden waren. Nun konnte er nicht ausschließen, dass er nie Gelegenheit dazu bekommen würde.

Was machte er hier? Kam er wirklich der Einladung eines Mannes nach, der indirekt Fragars Tod verursacht hatte? Der einerseits behauptete, die Seiten wechseln zu wollen, andererseits aber mögliche Begleiter Drúdirs mit dem Tod bedrohte und seinen Laufburschen anwies, ihm ins Gesicht zu schlagen? Und der, nebenbei bemerkt, ein begabter Alchemist war, wenn man dem geheimnistuerischen Rúnwis glauben konnte. Nicht, dass es einer magischen Begabung und eines Vorrats von alchemistischen Substanzen bedurfte, um dieses Treffen tödlich für Drúdir enden zu lassen. Eine Kugel aus dem Hinterhalt würde vollkommen genügen.

Drúdir tastete unter seinen weiten Mantel. Die beiden Messer zu schleifen und an seine Oberschenkel zu schnüren, hatte sich halb lächerlich angefühlt, halb hatte es ihn mit unbehaglicher Erwartung erfüllt; war es doch das Eingeständnis seiner Ahnung, dass dies womöglich kein friedliches Treffen werden würde. Er war gar nicht mal so schlecht darin, die kürzere Klinge zu werfen. Aber ob ihm das von Nutzen sein würde, war fraglich.

Beinahe wünschte er, er hätte Kargans Warnung ignoriert und Findra mitgebracht. Im Gegensatz zu ihm war die Ermittlerin nicht nur bewaffnet und fähig, einen halbwegs gezielten Schuss abzufeuern, sie hatte auch bereits mehr und ernstere Kämpfe gesehen und erlebt als die gelegentlichen Kneipenschlägereien, in die Drúdir hineingestolpert war. Aber sie war so oder so mit Svalris unterwegs und Ort und Zeit des Treffens hatten es Drúdir nicht erlaubt, auf sie zu warten. Er war allein und im Moment noch in der Lage, den Türmen einfach den Rücken zuzuwenden und sicher zurückzukehren.

Er blickte am Berghang hinauf. Wenn er jetzt den Rückweg antrat, würde er womöglich nie erfahren, was Kargan zu sagen hatte. Vielleicht würde er noch einmal erfolglos versuchen, Rúnwis ein paar möglicherweise nutzlose Informationen aus der Nase zu ziehen, vielleicht bei diesem Abendessen, das Svalris' Mutter gab, und nach Verdächtigen Ausschau halten ... am Ende aber genauso wenig wissen wie zuvor. Ganz abgesehen davon, dass weder er, noch eine der beiden Zwerginnen sich sicher fühlen konnten – nun, wo er in seiner Unachtsamkeit Kargan zu ihnen gelockt hatte. Wer wusste, welche Vorkehrungen der Alchemist getroffen hatte, um sicherzugehen, dass niemand von ihnen mit seinem Wissen entkam? Was, wenn er, Findra und Svalris die nächsten waren, denen Moryn einen Besuch abstattete? Moryn – oder ihresgleichen. Kargan hatte von Seraphim gesprochen.

Drúdir seufzte, als ihm klar wurde, das Umkehren keine Option war, so selbstmörderisch und dumm sein Vorhaben ihm auch erscheinen mochte. Und das nicht nur aus rationalen Gründen. Der Zorn über die schiere Ungerechtigkeit des Todes, der Fragar ereilt hatte und das Bedürfnis, sich zu beweisen, dass die Hilflosigkeit des sterbenden Zwerges nicht seine eigene war, sangen ihre schrille, fordernde Melodie in seinem Kopf.

Er dachte an die Notiz, die er Findra hinterlassen hatte:

*Hallo Findra,*

*während du das hier liest, tue ich etwas sensationell Dummes und potenziell Tödliches. Wenn ich am späten Nachmittag nicht wieder da bin, reise so schnell wie möglich ab. Kargan weiß, dass wir ihm auf der Spur sind. Lass es nicht auf eine offene Auseinandersetzung ankommen.*

*Es war irgendwie nett, mit dir zu reisen. Grüß Svalris von mir.*

*Alles Gute*

*Drúdir*

Drúdir hatte das Gefühl, dass er das hätte besser machen können. Wie so vieles. Er stieß die Luft aus und straffte die Schultern. Seit er sich erinnern konnte, hatte er gezweifelt. Aber manchmal war es wohl einfach an der Zeit, seine Zweifel hinter sich zu lassen, loszumarschieren und zu hoffen, die Konsequenzen seiner Entscheidungen zu überleben.

Er warf einen Blick auf seine Taschenuhr. Noch vielleicht zwanzig Minuten. Natürlich wusste niemand, dass er hier war, aber wenn es jemand wüsste, könnte die betreffende Person wohl sagen, dass der Idiot, der seinem Tod entgegenging, zumindest pünktlich gekommen war. Er glättete sein dunkelrotes Hemd. Es war sein Bestes. Auch sein Haar war sorgfältig gekämmt, seine Stiefel geputzt. *Das Erscheinungsbild eines Zwerges, der seinem Bestatter nicht allzu viel Arbeit machen will*, dachte er düster.

Mit langen, ruhigen Schritten machte er sich an den Abstieg.

Wenige Minuten später waren seine spärlichen Kenntnisse über Kargan um den Fakt ergänzt worden, dass der Alchemist einen Hang zur Melodramatik hatte, der dem seinen ebenbürtig war. Nur paarte er sich mit einer Geschmacklosigkeit, die Drúdir die Nase rümpfen ließ. Sorgfältig stieg er über den vollständig skelettierten Arm hinweg, der mit Knochenfingern auf die mittlere der langgestreckten Fabrikhallen wies. Ob Kargan wohl einen ganzen Fundus makabrer Requisiten hatte?

Vor ihm gähnte das geborstene Tor. Eine sonderbare Euphorie ergriff ihn. Was er gerade tat, mochte genau die potenziell tödliche Dummheit sein, als die er es in seinem Brief an Findra bezeichnet hatte, aber immerhin handelte er. Seine Sinne schienen plötzlich schärfer. Die Farben und Texturen der physischen Welt, aber auch das schimmernde Netz brannten sich mit brillanter Klarheit in seinen Geist. Drúdir spürte plötzlich, was ihn von seinen Eltern, von Fragar und Grihin unterschied: Sie waren tot, nichts weiter als Erinnerungen an Schmerz und Hilflosigkeit. Aber er lebte. Und war nicht hergekommen, um zu sterben.

Drúdir zückte ein weiteres Mal seine Taschenuhr. Zwölf Uhr. Zeit, Kargan gegenüberzutreten.

Die Halle war flach und langgestreckt. Durch große Lücken im Dach und langgezogene, niedrige Fenster fiel das diffuse Licht des Herbsthimmels herein und beleuchtete einen von Staub und Vogeldreck bedeckten Steinboden. Rinnen im Boden glänzten, ausgekleidet von dem Metall, das einst glühend durch sie hindurchgeflossen war. Maschinen und Arbeitstische waren keine mehr da. Dafür hatte irgendjemand einen großen Haufen Müll in einer Ecke hinterlassen.

Drúdir nahm das alles nur am Rande war. Sowohl der Lichtstrahl, der durch ein Loch direkt über dessen Kopf fiel, als auch das spinnenwebenartige Muster des Magienetzes, das die hochaufgerichtete Gestalt mit mehreren Punkten überall in der Halle verband, lenkten die Augen des Zwerges auf den Mann, der mit dem Rücken zu ihm im hintersten Drittel der Halle stand.

„Ah, Fragars widerwilliger Lieblingsschüler", sagte Kargan mit vor Bitterkeit triefender Stimme und drehte sich zu Drúdir um. „Hast du wirklich geglaubt, ich wäre hier, um mit dir zu verhandeln?" Ein bösartiges Grinsen legte zu viele Zähne frei und verzerrte das eigentlich attraktive Gesicht des Alchemisten zur Grimasse.

*Töte ihn, töte ihn, töte ihn,* sangen die Toten in Drúdirs Kopf. Oder vielmehr sandten sie ihm ein Wirrwarr von Emotionen, aus denen er sich die eine herauspickte, die er ertragen konnte: Wut. Und irgendwie gelang es ihm, diese in eisige Entschlossenheit umzuwandeln.

„Nein", entgegnete er achselzuckend und betrachtete diesen Mann, dem der vorletzte Gedanke seines Meisters gegolten hatte. Kargan war vielleicht knapp über dreißig, mit glatt rasierten, markanten Zügen. Tiefliegende Augen starrten Drúdir mit brennender Intensität entgegen. Die Schulterpolster seiner eleganten, aber zerknitterten Kleidung konnten nicht verbergen, dass der Mensch trotz seiner überdurchschnittlichen Größe – er überragte den keineswegs kleinen Drúdir um vielleicht zweieinhalb Köpfe – keine besonders imposante Gestalt war, wirkte er doch schlaksig wie ein halbwüchsiger Junge. Sein dunkelblondes Haar war plattgedrückt, weil er offenbar mehrmals mit den Händen hindurchgefahren war.

„Aber ich dachte", fuhr Drúdir fort, „dass du dich vielleicht dazu überreden lässt."

„Wieso sollte ich?", fragte Kargan.

„Weil du etwas hast, was ich haben will: Informationen über Fragar und die Verschwörer hinter den Seraphim."

Kargan stieß ein schrilles Lachen aus. „Was könntest du mir im Gegenzug schon anbieten?"

„Relative Sicherheit." Drúdir trat einen Schritt auf ihn zu, das schimmernde Netz gleißend hell in seinen Augenwinkeln, ein Kribbeln der Macht in seinen Fingerspitzen.

„Sicherheit. Wovor?"

„Vor der Alternative: Ich töte dich und entreiße den Fragmenten deines Geistes alle Informationen, die ich brauche", bluffte Drúdir. Er wollte nicht töten, wusste nicht, ob er es ertragen könnte, sich selbst durch die Augen seines Opfers zu sehen. Aber anstatt sich etwas davon anmerken zu lassen, ging er weiter und ohne jede Hast auf Kargan zu, ein beunruhigendes Lächeln auf den Lippen. Kargan spielte den verrückten Magier, der sein unbedarftes Opfer in eine Todesfalle gelockt hatte? Drúdir konnte das auch. Fasziniert registrierte er, wie er instinktiv einen größeren Schritt machte, um einen der Punkte zu vermeiden, wo ein besonders heller, von Kargan ausgehender Magiefaden in einem komplexen Knoten unter einer der steinernen Bodenplatten auslief.

„Tatsächlich", sagte er, „flüstert mir Fragar – der Mann, der dir vertraut hat, dessen letzter Gedanke dir galt – zu, genau das zu tun. Aber ich bestehe nicht darauf. Ich will nur wissen, warum er sterben musste."

Kargan war einen Schritt zurückgewichen, aber nun schien ihm genau das bewusst zu werden und seine Augen verengten sich trotzig. Er trat wieder einen Schritt vor und breitete die Arme aus. Zwischen seinen Handflächen und dem Boden bildeten sich dicke Fadenstränge wie Säulen aus Feuer. *Er zieht Macht aus etwas*, erkannte Drúdir. Magiefäden schlangen sich um seine provisorischen Waffen.

„Ich habe dir nur eines zu sagen, Amateur", zischte Kargan. „Fragar mag dich für den Begabteren gehalten haben, aber der alte Narr hatte keine Ahnung."

Mit einem Schnalzen rissen die Gurte um Drúdirs Oberschenkel und seine Messer flogen in Kargans Hände, der sie auffing und spielerisch herumwirbelte, bevor er sie losließ. Sie blieben in der Luft schweben und schmolzen. Lächelnd stand der Alchemist da, Kugeln aus flüssigem Metall über seinen nach oben gekehrten Handflächen. Ein distanzierter Teil Drúdirs bewunderte die Geschwindigkeit, mit der der Mensch den Zauber gewirkt hatte. Ein weniger distanzierter Teil verfiel in helle Panik, als Kargan seine glühend heißen Geschosse auf Drúdir abfeuerte.

## *Kapitel 33*

# Badyn

„Ich erwarte äußerste Diskretion." Badyn starrte die vielleicht hundertfünfzig Zwerge, die ihr in dem verlassenen Speisesaal einer der Fabriken des Seraphimgebieters gegenübersaßen, streng an. „Sollte einem von euch betrunken auch nur ein einziges Wort herausrutschen, werde ich das als Verrat an unserer Vereinbarung betrachten und dementsprechend handeln. Ich habe die Macht, dafür zu sorgen, dass die Behörden sich genauer mit dem beschäftigen, was ihr in den Kolonien getrieben habt. Also: Bewahrt Stillschweigen."

„Aber wir wissen doch gar nich…", hob einer der Zwerge an.

„Der Zustand sollte euch doch nichts Neues sein", schnappte die Generalin. Sie war sich ihrer eigenen Doppelmoral durchaus bewusst. Es gab kein Drumherum Reden: Die Zwerge des „Silberwurms" waren Abschaum. Undiszipliniert, unmoralisch, von nichts getrieben außer ihrer Gier. Doch wären sie an den Hintergründen ihrer Befehle auch nur annähernd so interessiert gewesen wie an der großzügigen Bezahlung, hätte sie das für Badyns Pläne ungeeignet gemacht.

Aber so sehr die Anwesenheit von hundert kampferprobten, nicht für ihre Zurückhaltung bekannten Zwergen Badyn angesichts der Bedrohung durch die Drasirai auch beruhigte, wurde ihr beinahe schlecht beim Gedanken daran, dass dieser Haufen Teil des Militärs der Union war. Sie fielen nicht direkt in ihre Verantwortung, aber sie kam dennoch nicht umhin, sich für sie zu schämen.

Wenig später saß sie allein mit Eldrir, der während ihrer Ansprache stumm hinter ihr gestanden hatte, an einem der langen Tische.

„Das sind also die Zwerge, die uns helfen, eine neue Union zu errichten", sagte Badyn trocken.

„Sie, Angrin, Herr Größenwahn und seine Metallmonster. Ach ja, und das, was von dem Überläufer übrig ist", präzisierte Eldrir ruhig. Badyn fragte sich, was wohl nötig wäre, um den Politiker aus der Ruhe zu bringen.

Die Generalin schüttelte den Kopf und stützte ihn schwer auf die Hände. Sie war erschöpft. In letzter Zeit war sie das ständig. „Immer noch sicher, dass wir das Richtige tun?"

„Ich hoffe es."

Badyn blickte auf und sah ihr Gegenüber an. Eldrir war ein älterer Mann, wie es wohl Tausende gab: Ein Zwerg mit einem kurzen, gepflegten Bart und einem Gesicht, das mit dem Alter seine scharfen Konturen eingebüßt hatte. Kluge, helle Augen blickten gelassen hinter einer dünnrandigen Brille hervor. Sie erinnerte sich gut an ihre Verblüffung, als er seine Idee an sie herangetragen hatte, die zerrissene Union durch einen Krieg zu vereinen. Wobei er vermutlich nie damit gerechnet hatte, was für ein Monstrum von Plan sie zusammen mit ihren Verbündeten ausbrüten würden.

„Wie lange hast du dich schon mit der Idee getragen, bevor du mich angesprochen hast?“, fragte sie leise.

„Jahrelang“, antwortete er ernst.

„Warum?“

„Die Union“, diagnostizierte Eldrir, „war von Anfang an nie besonders stark. Selbst die Zwergenkönige von einst waren lediglich die Mächtigsten in einem Rat einflussreicher Zwergenfürsten. Kein Zwerg identifiziert sich mit der Union. Alle denken sie nur an ihren Teilstaat oder nur an ihre Partei, beziehungsweise die extreme Splittergruppe, zu der sie gehören. Staaten erwägen Handelsembargos gegen andere; an einigen Orten sind die Parlamente nicht mehr entscheidungsfähig, weil die Extremisten beider Seiten zu viele Stimmen haben … Du kennst die Lage, Badyn. Und du hast die Geschichte ebenso studiert wie ich: Wenn je etwas die Zwerge vereinigt hat, dann die Bedrohung von außen. Es ist kein neuer Gedanke, einen Krieg zu entfesseln, um von Problemen im Inneren abzulenken, aber in der Regel funktioniert es. Und durch neue Kolonien werden neue Reichtümer in die Union kommen. Vielleicht können wir es sogar so einrichten, dass sie halbwegs gerecht aufgeteilt werden.“ Er hielt kurz inne, bevor er fortfuhr. „Allein das sollte schon viele Probleme lösen. Machen wir uns nichts vor: Die Zwerge da draußen schreien ihre Parolen, beschwören ihre Prinzipien. Aber wenn sie sich erst einmal satt und sicher fühlen und ihre Feinde von einst verachten können, werden wir Frieden haben. Fürs Erste. Vor allem aber wird der Krieg mir einen Vorwand in die Hand geben, das Land umzustrukturieren. Wenn die Union wirklich als Staat funktionieren will, braucht sie eine starke Zentralgewalt. Und deine Motive?“

„Wir beide haben die Befreiungskriege erlebt, haben gesehen, was selbst die erbärmlichen Überreste der Magie von einst anrichten konnten. Wenn die Magie tatsächlich zurückkommt, werden es Elfen und Menschen sein, die davon profitieren. Und sie schielen bereits jetzt auf unsere Bodenschätze, unsere technischen Kenntnisse … Unsere einzige Chance ist es, sie zu schlagen, bevor sie an Stärke gewinnen oder sich formieren können."

„Bevor sie auch nur an einen Angriff denken?", fragte Eldrir mit sanfter Ironie.

Badyn zuckte die Achseln, als ob der Gedanke ihr nicht die eine oder andere schlaflose Nacht beschert hätte. „Bessere Chancen für uns." Sie sah Eldrir an. Obwohl ihr klar war, dass er der Letzte war, vor dem sie sich rechtfertigen musste, war es ihr ein Bedürfnis, die folgenden Worte auszusprechen: „Ich beschwöre hier keinen Krieg herauf. Ich sorge nur dafür, dass wir einen unvermeidbaren Krieg gewinnen." Sie seufzte. „Hier sitzen wir nun mit unseren guten Absichten und abstoßenden Verbündeten und warten."

„Wahrscheinlich noch mindestens ein Jahr."

„Wenn Herr Größenwahn, wie du ihn betitelt hast, nicht mit einem seiner Alleingänge alles ruiniert." Badyn ballte eine Hand zur Faust. „Wie kann er nur alles riskieren, auf das wir hingearbeitet haben?"

„Gute Frage. Aber wir brauchen ihn – es sei denn, du glaubst, er würde ein größeres Risiko werden, als all unsere äußeren Feinde es je sein könnten. Wenn erst alle Dreizehn aktiviert sind, wird es kaum jemanden geben, der ihm noch etwas entgegenzusetzen hat. Umso mehr, wenn Rúnwis tatsächlich verbirgt, was wir vermuten und unser schwieriger Verbündeter auch noch sie unter seine Kontrolle bringt."

Badyn wäre beinahe zusammengezuckt, als sie ihn genau die Sorge aussprechen hörte, die auch sie umtrieb. „Wir brauchen ihn", sagte sie nur. „So widerlich, machtgierig und unbedacht er auch ist, wir brauchen ihn. Und er braucht uns."

„Tut er das?"

Sie stieß die Luft aus. „Ich glaube, es ist ein bisschen zu spät, um sich jetzt noch Gedanken darüber zu machen."

Eldrir widersprach nicht. Stattdessen holte er seine Uhr aus der Tasche und zog sie auf. Beiläufig bemerkte er: „Laut Kargan sollte dieser Magier jetzt tot sein. Untypisch für ihn, dergleichen selbst zu erledigen."

„Vermutlich eine persönliche Sache."

Kargan – der ehrgeizige Alchemist war ein Mensch und somit ohnehin verdächtig, aber selbst wenn er ein Zwerg wäre, wäre Badyn ihm mit Argwohn begegnet. Die Generalin sah Eldrir an. Von all den Zwergen und … Wesen, die Schlüsselpositionen in ihrem Plan innehatten, vertraute sie nur ihm. Und auch das nur so weit, dass er die Interessen der Union verteidigen würde. Sollte das bedeuten, dass er sie verraten musste, würde er es wohl ohne zu zögern tun.

Genauso wie sie im umgekehrten Fall, musste sie sich eingestehen. Sie waren nur so lange Verbündete, wie sie sich einig darin waren, was das Beste für die Zwerge der Union war.

Es war ein trostloses Geschäft, für sein Land zu kämpfen. Oder, wie Eldrir wahrscheinlich korrigieren würde, für ein Land zu kämpfen, das nie so ganz begriffen hatte, dass es ein Land war.

# *Kapitel 34*

# Findra

Erschöpft stapften Findra und Svalris die schmale Gasse neben dem Kanal entlang. Findra entging nicht, wie voll es im Laufe des Tages auf den Straßen geworden war. „Hat das etwas mit der ‚Nacht ohne Lichter' zu tun?", fragte sie mit einer Handbewegung, die sowohl die Zwerge auf den Straßen als auch die Boote auf dem schwarzen Wasser umfasste. Sie hatte zwar schon von dem in der ganzen Union berühmten Fest gehört, aber kannte die Details nicht.

„Genau", bestätigte Svalris. „Die Nacht ohne Lichter verdankt ihren Namen winzigen Leuchtlebewesen, die durch die Tunnel nach Schwarzspiegel gespült werden und in der Nacht zu leuchten beginnen. Alle Laternen werden gelöscht und es sieht aus, als würde die Stadt auf einem See aus grünem Licht stehen."

„Das klingt beeindruckend. Warum wird es nicht größer angekündigt und beworben?"

„Es passiert nur alle paar Jahre und meist werden die ersten Tierchen erst wenige Tage zuvor gefunden. Langfristige Ankündigungen sind so gut wie unmöglich. Du und Drúdir, ihr habt Glück, dass ihr gerade jetzt hier seid, wenn euch schon ein trauriger Anlass herführen musste."

Ihre Worte lenkten Findras Gedanken wieder zu dem Zwerg, dem sie gerade begegnet waren. „Wie viel von seinen eigenen Worten, denkst du, glaubt Kigri?"

Svalris zuckte die Achseln. „Keine Ahnung. Ich würde auch nicht die Hand dafür ins Feuer legen, dass er es selbst weiß. Irgendetwas Nützliches in den Zeitungen?"

Sie hatte ganz vergessen, Drúdir zu erzählen, dass sie sich noch am Vortag bei einem anderen von Svalris seltsamen Freunden – einer zerzausten Zwergin, die inmitten von Türmen zerknitterten Papiers lebte – alles ausgeliehen hatten, was mit Angrin oder einflussreichen Industriellen in Schwarzspiegel zu tun hatte. Andererseits hatte es auch nicht viel zu erzählen gegeben. Ihre bisherigen Recherchen waren eher unergiebig geblieben.

Offenbar galt das auch für Svalris. „Nicht wirklich", seufzte die Journalistin. In diesem Moment erreichten sie Findras Pension und nickten der Zwergin an der Theke des Gastraumes zu, bevor sie die schmale Treppe hinaufstiegen.

„Hast du manchmal auch das Gefühl, dass wir keinerlei Fortschritt machen?“, fragte Svalris.

„Ich kenne das Gefühl von vielen Fällen“, entgegnete Findra, „aber das Bewusstsein einer Verschwörung inklusive mordlustiger Maschinenwesen ergänzt es noch um einen gewissen Druck.“

Sorge und Faszination mischten sich in Svalris Zügen. „Es ist schrecklich … aber irgendwie freue ich mich auch darauf, noch einmal direkt von Drúdir darüber zu hören.“

Findra hob eine Braue. Svalris sah sie an. „Warum hast du so ein Problem mit Magie? Du bist zu klug für abergläubische Angst.“

„Es ist nicht die Magie selbst, die mich beunruhigt. Es ist die Macht, die sie Einzelnen verleiht. Ich beginne allmählich, Drúdir zu vertrauen, aber wenn ich mir vorstelle, was andere Zwerge mit seinen Fähigkeiten tun würden, ist das kein schöner Gedanke.“ Wieder machte Findra eine umfassende Geste. „In der ganzen Union kämpfen Zwerge für Gleichheit und Aufstiegschancen für alle. Na schön, die meisten von ihnen stellen sich dabei ausgesprochen dumm an, aber sie haben zumindest eine Chance, eine gerechtere Union zu schaffen. Und nun stelle dir dasselbe in der Welt von vor dreihundert Jahren vor. Damals war nichts möglich, was nicht die Zustimmung der Magierpriester gefunden hat.“

Svalris nickte bedächtig, aber antwortete nicht. Sie mochte Findras Meinung nicht teilen, aber schien sie zu respektieren. Findra hatte ihr jedoch nicht die ganze Wahrheit gesagt. In ihre rationalen Bedenken mischte sich tatsächlich ein atavistischer Rest abergläubischer Furcht. Hinzu kam ein Widerwille gegen viele der Magiepraktizierenden, die ihr bisher begegnet waren. Dieser hatte wenig mit der Sache an sich zu tun, vielmehr gehörten sie alle einer Schicht von Zwergen an, die Findra mit einer Mischung aus Neid und Ärger betrachtete. Im Gegensatz zu ihnen hatte sie es sich nie leisten können, sich Wissen ohne einen gewissen, praktischen Zweck anzueignen. Als junge Zwergin hatte sie jede Information in sich aufgesogen, hatte sich die Wortwahl der Gebildeten angeeignet und gelernt, wissenschaftlichen und politischen Diskursen zu folgen, aber nur aus einem Grund: Um der Enge und dem Elend der Außenbezirke Nordkrones zu entkommen – und sich auf eine Arbeit vorzubereiten, bei der es darum ging, Zwergen zu Gerechtigkeit zu verhelfen. Welcher Nutzen lag darin, sich mit der Geschichte der Magie auseinanderzusetzen, wenn man seine geistigen Fähigkeiten auch darauf verwenden konnte, tatsächlich etwas zu bewirken?

Svalris würde dies aber wohl kaum verstehen können. Findra trug ihr das nicht nach. Sie beide waren Produkte ihrer Herkunft.

Die junge Ermittlerin klopfte gegen die Tür zu Drúdirs Zimmer. Ein unartikulierter Laut bedeutete ihr, hereinzukommen. Sie brauchte nur eine Sekunde, um zu erkennen, dass Svalris keineswegs damit rechnen konnte, in den nächsten Minuten Drúdirs Schilderungen zu lauschen.

Ein kleines, erschrockenes Geräusch hinter ihr machte deutlich, dass die Journalistin es ebenfalls begriffen hatte. Fassungslos starrten die beiden Zwerginnen in das karge Zimmer.

Von Drúdir war nichts zu sehen. Stattdessen aber saß eine gut gekleidete, hochgewachsene Gestalt auf dem Bett und schlang sich spielerisch einen langen Papierfetzen um die Finger. Auf das Knarren der Tür hin ließ der dunkelhaarige Mann ihn jedoch sinken und blickte auf. Seine Haltung veränderte sich minimal, wurde angespannt und sprungbereit. Es wäre Findra nicht aufgefallen, hätte sich dadurch der Winkel der langen Messerklinge, die der Elf in einer Hand hielt, nicht verändert, sodass der Stahl das Licht auffing. So blitzte er mit dem strahlenden Lächeln um die Wette, das sich auf den elfenbeinblassen, ebenmäßigen Zügen ausbreitete.

Als Findra die Flucht ergreifen wollte, schwang die Tür zu und wurde von der Elfe verriegelt, die reglos dahinter gestanden hatte.

# *Kapitel 35*

# Drúdir

Später sollte Drúdir sich daran erinnern, wie Fragar ihm von der Fadenvoraussicht erzählt hatte: jenem Blick, mit dem Magier die Impulse erkannten, die Absichten durch das magische Netz sandten, bevor man auch nur zur Handlung angesetzt hatte. Und auch über jenes unter magisch Begabten häufige Phänomen, das die Informationsverarbeitung ihrer Gehirne unter Stress zu einer Geschwindigkeit auflaufen ließ, von der Normalsterbliche nur träumen konnten. Nicht, dass diese notwendigerweise mit der körperlichen Schnelligkeit gepaart war, deren es bedurfte, um der vorhergesehenen Katastrophe tatsächlich zu entkommen.

Er sah die schimmernden Linien, die zwischen den Eisenkugeln und seinem Kopf verliefen und erkannte intuitiv, dass er ihnen nicht würde ausweichen können. Es war allein Kargans Wille, der sie durch die Luft lenkte, und der würde sie jeder Bewegung Drúdirs folgen lassen. Drúdir, in seiner Todesangst von allen Skrupeln befreit, hätte ein Messer nach ihm geworfen, aber leider flog dieses gerade in Form einer Kugel aus geschmolzenem Tod auf ihn zu.

Aber Kargan hatte ihn unterschätzt. Ihn und das, was er mit seinen Kräften bewirken konnte … oder was er hoffte, bewirken zu können. Seine Hand fand die richtige Manteltasche und er zog mit fliegenden Fingern die Kappe von seinem Füllfederhalter – einem Füllfederhalter, den er selbst in mühseliger Kleinstarbeit hergestellt und verziert hatte und mit dem er dementsprechend verbunden war. Wie Kargan goss er seinen Willen in das Objekt und schleuderte es auf den Alchemisten.

Es war ein erbärmlicher Wurf, aber das spielte keine Rolle. Pfeilgerade und durch seinen Willen beschleunigt folgte der Stift dem Pfad, den Drúdirs Absicht in das schimmernde Netz gezeichnet hatte und bohrte sich mit feuchtem Knirschen durch Kargans rechtes Auge tief in dessen Kopf.

Kaum hatte er sein unorthodoxes Geschütz abgefeuert, hatte Drúdir sich auf die Knie sinken lassen und nun rasten Kargans Kugeln über seinen Kopf hinweg. Er spürte den sengend heißen Luftzug in seinem Haar.

Ein dunkles Rinnsal floss aus Kargans durchbohrtem Auge. Sein Grinsen war längst erloschen. Er musste Drúdirs Absicht erkannt haben, aber zu langsam gewesen sein, um darauf zu reagieren. Eine seiner Hände hob sich zitternd, als wolle er sie vors Gesicht schlagen, aber noch auf dem Weg dorthin sackte sie kraftlos herab. Der große Mann stürzte nach hinten.

Drúdir brauchte ein wenig, um zu begreifen, was geschehen war. Er war – unglaublicherweise – noch am Leben. Kargan nicht. Seinetwegen.

Doch noch bevor er die Chance hatte, die Ereignisse auch nur annähernd zu verarbeiten, zog das schimmernde Netz wieder seine Aufmerksamkeit auf sich. Kargans Aura zerbrach in die so schmerzhaft vertrauten Scherben – und die Linien, die spinnennetzartig von ihm ausgegangen waren, lösten sich auf.

Und in diesem Augenblick begriff Drúdir. Diese Linien waren Abbild des Willens gewesen, mit dem Kargan die Knoten, über die er hinweggeschritten war, in ihrer hochkondensierten Form hielt – eingefrorene Explosionen, die nun nichts mehr daran hinderte, ihre zerstörerische Kraft zu entfalten.

Kargans Geschossen hatte Drúdir entgehen können. Dieser Falle nicht. Er wollte losrennen, aber es schien, als bewegte er sich durch Honig. Gerade einmal den Kopf konnte er ein wenig wenden.

Hinter ihm erklang ein dumpfes Krachen. Die erste Explosion? Sein träger Körper – so langsam im Vergleich zu seiner beschleunigten Wahrnehmung, seinen blitzschnellen Gedanken – drehte sich ein wenig weiter und was er nun sehen konnte, belehrte ihn eines Besseren.

Eine schimmernde Gestalt war durch die Decke gebrochen: Erhaben und fremdartig, ganz aus blitzendem Metall geformt. Er sah die scharfkantige Eleganz der Rüstung, das gelassene, schöne Gesicht mit seinen toten Augen aus dunklem Glas. Und die gewaltigen, fledermausartigen Schwingen aus unzähligen, dünnen Metallplättchen, auf denen Moryn herabglitt.

Als die Automate landete, breitete sich ein Netz aus gezackten Rissen um sie herum auf dem Steinboden aus. Ruhevoll und anmutig schritt sie voran – oder kam es Drúdir nur so vor? Immerhin schienen Boden und Wände wie in Zeitlupe zu explodieren.

Moryn erreichte ihn, bevor die Trümmer es taten, und zog ihn in eine kühle, glatte Umarmung, ihre Schwingen um seinen so viel verletzlicheren Körper gefaltet. Er hörte Steine auf seinen Schild aus lebendigem Metall prasseln, spürte heiße Winde durch den Raum fegen. Und dann, plötzlich, war da nur Stille. Nur noch ein einziges, winziges Trümmerstück prallte mit hellem Klang von einer von Moryns Schwingen ab, bevor es klackend über den Boden hüpfte.

Drúdir blickte auf. Moryns Linsenaugen waren so unmenschlich, wie er sie in seiner Vision gesehen hatte. Ihre Flügel falteten sich noch einmal schabend und klickend zu ihrer vollen, ehrfurchtgebietenden Spannweite auf, bevor sie sich an unzähligen Gelenken zusammenklappten und wieder in ihrem Rücken verschwanden. Zarte, helle Haut schob sich über die von den fliegenden Steinen verbeulten Rüstungsplatten und zuletzt schrumpfte auch das Schwarz in Moryns Augen auf Pupillengröße zusammen. Grihins Erinnerungen und die übernatürliche Stärke, die die Metallkreatur selbst riesigen Trümmerbrocken widerstehen ließ, ließen jähe, erstickende Panik in ihm aufsteigen. Doch zugleich registrierte er auch einen Ausdruck auf den plötzlich wieder so zwergenhaften Zügen, der nicht zu dem passen wollte, was er beobachtet hatte. Wer hätte gedacht, dass ein Wesen aus Panzerplatten und Magie so verletzlich wirken konnte?

„Drúdir …“ Moryn schien nicht zu wissen, was sie sagen sollte. Sie war nicht die Einzige.

„Warum hast du mich gerettet?“, fragte er schließlich. „Wolltest du deine Uhr zurückhaben?“

Die Beiläufigkeit seines Tonfalls schockierte ihn, doch er sprach weiter und versuchte, einen fadenscheinigen Eindruck von Normalität heraufzubeschwören, obwohl dieses Unterfangen zum Scheitern verurteilt war. Doch er brauchte diese Sekunden des Aufschubs, bevor er sich der Realität dessen stellte, was soeben geschehen war.

„Es geht mir um dich. Ich verstehe nicht, wieso, aber ich wollte nicht, dass Kargan dich tötet.“

„Ziemlich irrational für eine Automate.“

„Allerdings. Ich hatte gehofft, ich würde eine tiefere, zugrundeliegende Logik erkennen, wenn ich dich gerettet habe, aber offenbar ist das nicht der Fall.“

Drúdir hob eine Braue. „Bereust du es?“

„Nein.“

Moryns Augen hielten seine noch ein wenig länger fest, dann glitt ihr Blick über seine rechte Schulter hinweg – zu dem Teil des Raumes, den Drúdirs Blick bisher gemieden hatte. Die Zähne so fest zusammengebissen, dass sein Kiefer schmerzte, drehte er sich um.

Kargans Explosionen hatten das vordere Drittel der Halle, wo der Alchemist gestanden hatte, nahezu unberührt gelassen. Nur ein feiner Schleier aus Staub hatte sich auf dem Boden und der lang hingestreckten Gestalt niedergelassen. Drúdirs magische Sicht meldete sich. Sie zeigte ihm Magielinien, die nach der Entladung der Detonationen wieder allmählich zu ihrer stetigen, fließenden Bewegung zurückkehrten. Allein die dunkle Bahn, die Moryn hinterlassen hatte, zeichnete sich noch darin ab. Und die Silhouette aus Leere und Scherben, die Kargan gewesen war.

„Fragar meinte, ich hätte für den Füller Messing statt Silber verwenden sollen. Aber das liegt wohl im Auge des Betrachters." Drúdir kicherte hysterisch, als er auf Kargan zustolperte und schließlich neben dem Toten auf die Knie sank.

„Was hast du vor?", fragte Moryn.

Drúdir sah zu ihr auf. „Kannst du mir sagen, wer dich geschickt hat und was sie vorhaben?"

Moryn schüttelte unglücklich den Kopf. „Ich konnte dich retten, weil man es mir nicht explizit verboten hat. Meine Anweisungen, was Informationen betrifft, sind sehr eindeutig."

„Du tust das alles also nicht aus Loyalität?"

Der unverwandte Blick der Beinahe-Zwergin hätte ihn zurückweichen lassen, wäre nicht unmittelbar hinter ihm Kargans Leiche gewesen. „Ich weiß nicht, was sie getan haben, um mich zu erschaffen, aber ich ahne genug, um wenig Zuneigung für sie zu empfinden. Und das, was ich für sie tun musste, hat ebenfalls nicht dazu beigetragen."

Drúdir erinnerte sich nur zu gut an die Szene im Tiefufer-Viertel. „Wie lebst du damit?", fragte er mit einem Blick auf Kargan. Der Alchemist mochte ihm nichts als hasserfüllte Worte und glühenden Stahl entgegengeschleudert haben, aber er hätte dennoch lieber auf die Erfahrung verzichtet, einen Menschen zu töten. Erst allmählich sickerte die Ungeheuerlichkeit dessen, was er getan hatte, zu ihm durch.

„Ich lebe nicht", entgegnete Moryn, ohne jedes Selbstmitleid, aber mit einer sachlichen Endgültigkeit, in der etwas ungleich Tragischeres mitschwang. „Nicht mehr, vermute ich", fügte sie nachdenklich hinzu.

Drúdir blickte wieder in Kargans Gesicht, in das erloschene Auge. „Wenn du mir nichts über die Pläne deiner Schöpfer erzählen kannst, muss ich es wohl selbst herausfinden – oder zwingt dich das, mich zu töten?"

Moryn schüttelte den Kopf. Drúdir atmete tief durch. So notwendig es in diesem endlosen, panischen Moment auch gewesen sein mochte, er hatte Kargan getötet. Er verdiente, was nun bevorstand. Noch einmal holte er tief Luft. Dann legte er seine Hände auf Kargans noch immer warme Brust und stürzte sich in die Erinnerungen des Alchemisten.

Während der Sturm aus Bildern und Empfindungen, Gedanken und Wortfetzen um ihn herum tobte und ihn mit sich riss, wich Moryn nicht von seiner Seite, wandte nicht den Blick ab. Irgendwann – er verlor sein Zeitgefühl, als Realität und fremde Erinnerungen ineinanderflossen – hatte sie sich neben ihn auf den staubigen Boden sinken lassen, sorgfältig darauf bedacht, ihn nicht zu berühren. Später war er ihr dankbar dafür, absorbierte sie doch die Magie der Umgebung. Zwar war der gewaltige, schwarze Heiligenschein, der sie in seiner magischen Sicht umgeben hatte, als sie durch die Decke gebrochen war, zu einem winzigen Film aus Nichts auf ihrer Haut geworden, aber er bezweifelte, dass er seinen Zauber hätte aufrechterhalten können, wenn er damit in Kontakt gekommen wäre.

So kauerten sie nur nebeneinander – zwei junge Zwerge, die sich in einer zur Hälfte weggesprengten Halle über eine Leiche beugten. Um sie herum breiteten sich knisternd Eiskristalle aus, als Drúdirs Zauber die Wärme aus der Welt zog. Sie mussten ein seltsames Bild abgeben.

Bei all den Malen zuvor, bei denen er die Erinnerungen eines Toten berührt hatte, hatte Drúdir nur die eine, gleißende Scherbe gelesen, die im Augenblick des Todes entstand, aber in Kargans Fall nahm er alles auf, was er fand, so schmerzhaft es auch war. Er lernte Kargan in diesen wenigen Minuten gut kennen – einen ehrgeizigen, rücksichtslosen Mann, den er dennoch beinahe lieben musste, weil er ihn vollkommen verstand. Und da waren auch Momente, in denen er und der Alchemist einander gar nicht so unähnlich waren. War Kargans Zuneigung zu einer hübschen, gelockten Menschenfrau so anders als das Gefühl, das Moryns Blick in ihm ausgelöst hatte, als er noch nicht wusste, was sie war?

Als Drúdir schließlich wieder vollkommen in der realen Welt angekommen war, wusste er nicht, ob er weinen oder seine Frustration herausschreien sollte. Er hatte getötet, hatte es ertragen, sich selbst in diesem Moment durch Kargans Augen zu sehen – und noch immer kannte er nicht die Namen und Gesichter der Verschwörer. Da waren nur Bruchstücke; ein Labor in einer Wand des Berges, in die wabenartige Tunnel geschlagen waren, über und über bekritzeltes Papier … und der Moment, wo die erste der Automaten – oder Seraphim, wie Kargan sie aufgrund ihrer sechs rasiermesserscharfen Schwingen genannt hatte – die Augen aufschlug.

Moryn sah ihn unverwandt an. „Wie intensiv ihr Organischen fühlen müsst ….", murmelte der Automat.

Erst jetzt fiel Drúdir auf, dass sie nur ein dünnes, schwarzseidenes Unterkleid trug, zerfetzt, wo sich ihre Schwingen entfaltet hatten. Wahrscheinlich war es lange her, dass sie Hitze und Kälte hatte fühlen können, aber die eisige Herbstluft im Haar zu spüren, während er den dünnen Stoff von einer ihrer weißen Schultern rutschen sah, löste doch etwas in ihm aus. „Möchtest du meinen Mantel?", fragte er, auch, um sich von den Bildern abzulenken, die er eben durchlebt hatte. Er wurde besser darin, seine Distanz zu den Erinnerungen der Toten zu wahren. Beängstigend, traurig und aufwühlend bis zur Grenze des Unerträglichen blieben sie trotzdem.

„Nein, danke. Ich habe vor der Halle Kleidung liegen, mit der ich mich unauffällig unter Zwergen bewegen kann."

Moryns Worte riefen ihm wieder ins Gedächtnis, was sie war. Aber andererseits musste man vielleicht ein als Zwerg verkleidetes Maschinenmonster sein, um neben ihm sitzen zu bleiben, während er sich an magischer Leichenfledderei versuchte.

„Wir sollten gehen", sagte er.

„Wohin?"

Ihre Worte brachten Drúdir aus dem Konzept. Er wusste, dass er Findra und Svalris finden, die neuen Informationen mit ihnen teilen musste. Was sie dann tun sollten, wusste er nicht. Wie konnten sie in Schwarzspiegel bleiben, wenn ihre Feinde wussten, wo sie zu finden waren und über Ressourcen wie die verfügten, die ihn gerade aus verwirrend schönen Augen ansah? Er erwiderte Moryns Blick und registrierte von Neuem diese so zwergenhaft wirkende Unsicherheit darin. Er mochte nicht in der Lage sein, über seine nächsten Schritte hinauszudenken, doch ihre Ungewissheit und Orientierungslosigkeit musste um ein Vielfaches größer sein.

Wenn das bisschen Leben, an das sie sich erinnerte, bisher ausschließlich um ihre geheimnisvollen Schöpfer gekreist war … was hatte sie dann aufgegeben, um ihn zu retten?

# BUCH III:

# SCHERBENLICHT

It lieth, gazing on the midnight sky,
Upon the cloudy mountain peak supine;
Below, far lands are seen tremblingly;
Its horror and its beauty are divine.
Upon its lips and eyelids seems to lie
Loveliness like a shadow, from which shrine,
Fiery and lurid, struggling underneath,
The agonies of anguish and of death.

Yet it is less the horror than the grace
Which turns the gazer's spirit into stone;
Whereon the lineaments of that dead face
Are graven, till the characters be grown
Into itself, and thought no more can trace;
'Tis the melodious hue of beauty thrown
Athwart the darkness and the glare of pain,
Which humanize and harmonize the strain.

Aus: Percy Bysshe Shelley – *On the Medusa of Leonardo da Vinci in the Florentine Gallery*

# *Kapitel 36*

# Findra

Findra saß mit steif aufgerichtetem Rücken auf dem Bett, die Hände im Schoß fest zusammengepresst, um ihr Zittern zu verbergen. Es war ihr nur ein kleiner Trost, dass die Elfen ebenfalls alles andere als zufrieden mit der Situation wirkten.

Findra ließ ihren Blick durch den Raum schweifen. Der hochgewachsene, dunkelhaarige Elf lehnte an der Tür und ließ sein Messer zwischen seinen Fingern umhertanzen. Er warf es in die Luft und fing es wieder auf, so schnell, dass es aussah, als schlinge sich ein silbernes Band um seine ruhelose Hand. Es war ein hypnotischer Anblick – und ausgesprochen bedrohlich, obwohl er wahrscheinlich nur in elfenuntypischer Rastlosigkeit versuchte, seinen Händen etwas zu tun zu geben. Er hatte es nicht nötig, ihnen zu demonstrieren, wie es um ihre Situation stand.

Seine Gefährtin, die vor dem Fenster stand, war in allem sein Gegenteil. Sie war blass, zierlich und nur wenig größer als Svalris, mit beinahe transparent blasser Haut hinter einem Spitzenschleier. In ihrer absoluten Bewegungslosigkeit erinnerte sie an eine Skulptur aus Eis, die jemand als Menschen verkleidet hatte. Eine ihrer Hände war hinter ihrem Rücken verborgen. Darin hielt sie die Pistole, die sie Findra abgenommen hatte.

Der Teil von Findras Verstand, der nicht unausgegorene Fluchtpläne schmiedete, kam zu dem Schluss, dass es sich um die Elfen handelte, die sie und Drúdir bei ihrer Ankunft in Schwarzspiegel am Bahnhof gesehen hatten, bevor der Zufall sie auch mit Svalris zusammengeführt hatte. Keiner von ihnen hätte gedacht, dass sie sich unter diesen Umständen wiederbegegnen würden.

Wegen des Schleiers konnte die Zwergin es nicht deutlich erkennen, aber sie hatte das Gefühl, dass die hellen Augen der Elfe ihren Blick auffingen und ausdruckslos erwiderten. Eilig wandte sie sich ab und sah stattdessen Svalris an. Die Journalistin war totenbleich. Ihr schlaksiger Körper wurde von heftigem Zittern geschüttelt und sie schien unfähig, ihren Blick zu fokussieren. Findra musste daran denken, wie sie von ihrer ersten Begegnung mit den beiden Elfen erzählt hatte. Es hätte die Ermittlerin überrascht, wenn sie nicht völlig verängstigt gewesen wäre.

„Grüßt Svalris von mir. Alles Gute, Drúdir“, zitierte Phandrael zu Ende. „Wisst ihr, was für ein dummes und potenziell tödliches Unternehmen das ist, von dem euer Gefährte spricht?“

„Wenn er gewollt hätte, dass wir es wissen, hätte er eine Erklärung angefügt“, sagte Findra.

„Und du hast nicht einmal eine Vermutung?“ Es war dem Elfen anzusehen, dass er ihr nicht glaubte.

„Nein“, entgegnete sie.

„Es fällt mir schwer, das zu glauben“, sagte die Elfe mit ihrer hohen, kühlen Stimme und präzisen Betonung. Sie sprach, als würde sie jede Silbe mit einer Pinzette an die richtige Stelle setzen.

„Na schön, andere Frage: Wer seid ihr eigentlich und was tut ihr hier?“, fuhr der Elf fort.

Findra ertappte sich dabei, ihm instinktiv alles erzählen zu wollen, was sie wusste – und dann bei dem trotzigen Impuls, ihn keiner Antwort zu würdigen. Glaubte er, er könnte sie einschüchtern? Wenn er das glaubte, hatte er vollkommen Recht, und genau das machte Findra wütend.

„Warum sollte ich euch irgendetwas sagen?“

„Aus Gründen der Selbsterhaltung“, schlug er vor, ohne sein Lächeln zu verlieren.

„Hören Sie zu“, sagte Svalris mit verblüffend ruhiger Stimme. „Ich weiß nicht, was Sie hier wollen, aber ich kann mir nicht vorstellen, dass wir Ihnen irgendetwas zu sagen haben. Verschwinden Sie, und wir werden Ihre Gesichter vergessen. Wie sollten wir Sie auch ausfindig machen? Wir wissen nichts über Sie.“

„Ein großzügiges Angebot, aber nein danke. Und tatsächlich glaube ich, dass Sie eine faszinierende Geschichte zu erzählen haben.“

Findra unterdrückte ein Schnauben. Alles, was sie hatten, waren Bruchstücke von Informationen, die sich einfach nicht zu einem sinnvollen Ganzen zusammenfügen wollten. Aber offenbar war das noch umfassend genug, um dafür zu sterben.

Es galt, Zeit zu gewinnen. „Erzählen Sie uns Ihre eigene und vielleicht revanchieren wir uns.“

Der Elf vollführte ein besonders waghalsiges Kunststück mit seinem Messer und lachte sein unbeschwertes Lachen.

„Wir müssten Sie anschließend töten“, sagte die blonde Elfe sachlich.

„Und das ist ein Problem, weil …?“, fragte ihr Gefährte in einem Ton höflichen Unverständnisses.

Die Entgeisterung über seinen Kommentar überlagerte kurz, was seine Begleiterin zuvor gesagt hatte. War ihr Tod etwa noch nicht beschlossene Sache? Ging es vielleicht gar nicht so sehr um sie? Immerhin hatten ihre ersten Fragen Drúdir gegolten.

„Ihr seid Drasirai, oder?“ Svalris sprach so leise, dass Findra Mühe hatte, sie zu verstehen.

„Was bringt Sie auf den Gedanken?“, fragte die blonde Elfe mit kaum wahrnehmbarem Sarkasmus in der Stimme.

Svalris rollte die Augen in Richtung des versonnen lächelnden Mannes, der die Tür blockierte, und schien etwas sagen zu wollen, biss sich jedoch auf die Zunge. Was wahrscheinlich eine gute Idee war. Findra hatte Drasirai immer für eine Art modernen Mythos gehalten – Ausdruck der Mischung aus Faszination und Verachtung, mit der viele Zwerge Elfen zu betrachten pflegten. Allzu umfangreich war ihr Wissen über die Elitekämpfer nicht, aber eines war ihr vollauf bewusst: Die erste Assoziation der meisten Zwerge, wenn ihr Name fiel, war ‚Magie‘. Dicht gefolgt von ‚Wahnsinn‘. Ein Moment der Stille stellte sich ein, nur unterbrochen von schweren Schritten auf dem Flur.

Der Elf hob eine vollkommen geschwungene Augenbraue. „Fahren Sie fort.“

Findra blickte zu der Elfe hinüber. „Kommt bald der Moment, wo Sie ihn bewusstlos schlagen, und uns erklären, dass sie die ganze Zeit über für die zwergische Regierung gearbeitet haben?“, scherzte sie halbherzig.

„Der erste Punkt klingt durchaus reizvoll. Aber zurück zu unseren Frag…“

Sie unterbrach sich, als es an der Tür klopfte. „Findra?“, erklang Drúdirs erschöpfte Stimme, gedämpft durch das Holz.

Die Elfe nickte ihr betont zu. „Ja“, rief Findra und hoffte, dass ihre Stimme, die doppelt so hoch klang wie sonst, Drúdir Hinweis genug war, um wegzurennen und Hilfe zu holen.

„Bist du allein? Ich dachte, ich hätte Stimmen gehört. Und was machst du eigentlich in meinem Zimmer?“

Der dunkelhaarige Elf war ein paar Schritte von der Tür zurückgewichen, deutete übertrieben auf Svalris und nickte.

„Svalris ist bei mir", rief Findra. Sie wollte noch etwas hinzufügen – eine Warnung vielleicht – aber da wurde die Tür bereits geöffnet. Wobei „geöffnet" dem Prozess nicht ganz gerecht wurde. Die Tür flog vielleicht nicht aus den Angeln, aber der Tritt ließ sie mit solcher Wucht nach innen fliegen, dass nur ein geschmeidiger Schritt nach hinten den Elfen davor rettete, sie gegen die Stirn geschmettert zu bekommen. Er glitt in einen tiefen Stand, ein Bein angewinkelt, das hintere gestreckt und das Messer stoßbereit gehoben. Seine Augen weiteten sich erst alarmiert, dann breitete sich ein angespanntes Grinsen auf seinem Gesicht aus.

Auch seine Begleiterin glitt in die Mitte des Raumes – der jäh sehr klein wirkte, denn es war nicht Drúdir, der eintrat. Zumindest nicht sofort. Eine Zwergin mit messingfarbenem Haar sprang herein und ließ einen staubigen Mantel von ihren Schultern gleiten. Ihr anstößiger Mangel an Kleidung – sie trug nur ein dünnes, schwarzes Unterkleid – beschäftigte Findra weniger als einen Lidschlag lang, denn die blasse, entblößte Haut verwandelte sich in schimmernde Rüstungsplatten. Klackend und schnarrend entfaltete sich ein Paar riesiger Metallschwingen, um sich gleich wieder zusammenzulegen, sodass sie wie Skorpionstacheln hinter dem Rücken des Maschinenwesens aufragten.

Drúdir war hinter dem Geschöpf – dem Automaten? – eingetreten und hatte die Tür verschlossen.

Der Elf sah das Wesen andächtig an. „Ich hatte mich gefragt, wie du wohl aussiehst."

Es antwortete nicht. Nur zwei lange Metallplatten entlang seiner Unterarme hoben sich, sodass Klingen hinausschießen und arretieren konnten.

„Lasst die Waffen fallen", forderte Drúdir.

Die beiden Elfen wechselten einen Blick. Das lange Messer und Findras Pistole klapperten auf den Boden und wurden mit schmalen Füßen in die Raummitte geschoben.

„Alle", forderte das Wesen mit einer kühlen, surrenden Stimme. „Ich kann sehen, dass ihr unter eurer Kleidung noch sehr viel mehr tragt."

Die beiden Elfen bewegten sich schneller und koordinierter, als Findra es für möglich gehalten hätte, aber das Geschöpf kam ihnen noch zuvor, indem es sich in die Hocke sinken ließ und mit ausgebreiteten Schwingen im Kreis wirbelte. Die Elfe sprang über einen Flügel hinweg, aber entging nicht einem Tritt, der sie auf ein Knie sinken ließ. Ihr Begleiter bekam einen gepanzerten Ellenbogen in die Magengrube.

Anschließend waren sie weniger abgeneigt, sich von ihren Waffen zu trennen und Drúdir konnte endlich die Frage stellen, die auch Findra die ganze Zeit über umgetrieben hatte: „Wer beim Abgrund seid ihr eigentlich und was macht ihr hier?"

„Das unterliegt der Geheimhaltung." Der Elf klang ein wenig gepresst – wahrscheinlich Ergebnis des Schlages, den die Kreatur ihm gerade versetzt hatte. Zwar hatte er die Hände in der universellen Geste des Kapitulierens gehoben, aber sein Grinsen war schon wieder da. Er schien es zu genießen, sich in einer Situation zu befinden, die für ihn jederzeit tödlich enden konnte. „Ich möchte jedoch sagen, dass ich deine Arbeit bewundere", erklärte er an die Automate gewandt. „Und auch dich. Ein Meisterwerk aus Mechanik und Magie, die todbringende Gottheit einer modernen Ära!" Er sprach nicht ohne Ironie, aber die Wahrheit in seinen Worten sandte Findra einen Schauer über den Rücken. Die Ermittlerin blickte zu der Elfe hinüber.

„Glaubt er, was er sagt?"

Die grauen Augen erwiderten ihren Blick mit distanzierter Resignation. „Jedes Wort."

Findra staunte über ihren Gleichmut. Er hatte sie bereits überrascht, als die Elfe noch ganz Herrin der Lage gewesen war. Angesichts einer Kreatur wie der Automate gelassen zu scheinen, erforderte jedoch eine Selbstkontrolle, die jenseits dessen lag, was Findra sich vorstellen konnte. Angespannte Stille stellte sich ein.

„Vielleicht", sagte die Elfe schließlich leise an Findra gewandt, „sollten wir doch erwägen, auf Ihr Angebot zurückzukommen."

Sie sah zu dem Wesen auf. „Phandrael hat ganz Recht – du bist ein Kunstwerk. Und ich glaube, ich erkenne die Handschrift des Künstlers."

In der nächsten Sekunde lag eine schimmernde Klinge an der Kehle der Elfe. Dunkles Blut lief am Unterarm des Wesens herab. Es hatte es sich nicht die Zeit genommen, die dünne Lage aus Haut und Fleisch zurückweichen zu lassen, bevor es die Klinge herausschießen ließ „Du solltest besser nicht lügen", zischte die Automate. Ihre Stimme klang plötzlich viel weniger künstlich.

„Moryn …", sagte Drúdir leise. Es klang wie ein Flehen. Die Klinge kehrte in den Arm der scheinbaren Zwergin zurück, deren Haut umgehend darüber heilte.

„Es handelt sich möglicherweise um entscheidende Hinweise zu meiner Identität“, erklärte die Automate. „Ich würde ungern in die Irre geführt werden.“

„Ich verstehe, aber bitte lass sie unverletzt. Fürs Erste.“ Drúdir fixierte die Elfe. „Sie haben uns etwas zu erzählen? Dann fangen Sie am besten mit Ihren Namen an. Und vergessen Sie nicht, einen Grund anzufügen, wieso ich Ihnen eine versuchte Geiselnahme meiner Freundinnen verzeihen sollte.“

„Mein Name ist Phandrael“, sagte der dunkelhaarige Elf, „vielleicht habt ihr von mir gehört, wenn auch vielleicht nicht unter diesem Namen. Und das hier ist Kyrai“ – er nickte in Richtung seiner Begleiterin – „Wir sind hier, weil wir jemanden suchen. Einen Mann – einen Elfen – namens Valedas. Und ich glaube, ich weiß jetzt zumindest, wo er die letzten Monate über war.“

Er nickte zu Moryn, wie Drúdir das Geschöpf genannt hatte, hinüber.

Dann sah er Kyrai an.

„Darf ich es sagen?“

„Was?“

„Also wenn du es nicht sagen willst …“

„Was denn nun?“

„Ich nehme das mal als ein Nein. Ich wollte das immer schon mal sagen.“

„Was denn?“, fragte nun auch Svalris, ihre Stimme klang immer noch zittrig, aber auch hörbar ungeduldig.

„Das Schicksal zweier Länder und womöglich ganz Kiarvas hängt davon ab, dass wir ihn finden!“, verkündete Phandrael dramatisch und fügte hinzu: „Und abgesehen davon freue ich mich persönlich darauf.“

„Zweier Länder?“, fragte Drúdir. „Mit der Bezeichnung ‚Land‘ schmeichelst du der Union aber sehr.“

„Aber ‚Schicksal eines Landes und eines Haufens Zwerge mit ausgeprägter Stammesmentalität, die aus irgendeinem Grund einen Staat bilden‘ funktioniert einfach nicht. Ganz abgesehen davon, dass ich dergleichen als Elf nicht sagen darf.“

„Valedas …“, murmelte die Kreatur in der Zwergenmaske.

„Tatsächlich“, übernahm die blonde Elfe sachlich, „könnte es in unser aller Interesse liegen, Valedas ausfindig zu machen. Wenn er an der Schöpfung dieses … Ihrer Schöpfung, Moryn, beteiligt war, dann kann das auch für die Union nichts Gutes bedeuten. Ich kenne Valedas. Er hegt einen höchst irrationalen Hass auf Zwerge und die Union … und wenn Sie ein wenig mit unserer Geschichte vertraut sind, werden Sie wahrscheinlich wissen, dass irrationaler Hass bei Drasirai drastische Formen anzunehmen pflegt."

Phandrael lächelte.

„Valedas", widerholte Moryn nachdenklich. „Ich erinnere mich an den Namen."

„Ich auch", sagte Drúdir. „Beziehungsweise … Kargan hat es getan." Plötzlich sah er wieder aus, als sei ihm übel.

„Kargan hat es getan?", wiederholte Findra alarmiert. „Heißt das … dein Zettel …"

Drúdir sah sie an. Sie kannte diesen Gesichtsausdruck. Findra zog einen vorläufigen Schluss. Er gefiel ihr ganz und gar nicht.

„Ich habe dir und Svalris etwas zu erzählen."

Er wandte sich an Moryn, die er mit einer Mischung aus Unbehagen und vorsichtigem Respekt zu betrachten schien. „Und vor allem dir, Moryn. Ein paar Erinnerungen fügen sich allmählich zu etwas zusammen, das beinahe Sinn ergibt. Ich hoffe, ich kann dir bald helfen, mehr über deine Geschichte herauszufinden."

„Was ist los?", verlangte nun auch Svalris zu wissen.

„Das werde ich euch sicher nicht vor den Elfen erzählen."

„Wir können gerne gehen", bot Phandrael an.

„Ihr geht nirgendwo hin", schnarrte Moryn mit ihrer Maschinenstimme. Sie sah Drúdir an. „Berichte. Alles, was mich nicht persönlich betrifft."

Findra registrierte die feine Unsicherheit in der Stimme der Kreatur, wann immer sie ein Wort verwendete, das auf sie selbst verwies.

„Und die Elfen?"

„Sie wissen bereits zu viel über uns. Lassen wir sie auch den Rest erfahren – und dann durch ihre Taten bestimmen, ob wir sie leben lassen."

## *Kapitel 37*

# Drúdir

Ereignis folgte auf Ereignis, Enthüllung auf Enthüllung. Und Drúdir hetzte hinterher, handelte, ohne Zeit zu haben, etwas zu durchdenken. Noch an diesem Morgen hatte er nicht mit Kargans Boten gerechnet – geschweige denn mit den Ereignissen, die auf dessen Besuch folgen würden. Nun, nur wenige Stunden später, war Kargan tot, Moryn eine Art Verbündete und er mit einem verrückten elfischen Agenten auf dem Weg in das geheime Labor des Alchemisten.

Wahrscheinlich sollte er dankbar sein. Über diesen vollkommen unwahrscheinlichen Tag nachzudenken, würde ihn nur zwingen, sich mit Dingen auseinanderzusetzen, die er in die hinterste Ecke seines Bewusstseins verdrängt hatte. Dort waren sie fürs Erste gut aufgehoben. Doch handelte es sich nicht nur um quälende Gefühle, Gedanken und Erinnerungen, sondern auch um einige sehr konkrete Fragen, denen er sich früher oder später würde stellen müssen. Woher wusste er, dass er Moryn vertrauen konnte? Die Automate – noch immer fiel es ihm schwer, die verunsicherte Zwergin und den stahlglänzenden Todesengel miteinander in Verbindung zu bringen – konnte ihn von vornherein belogen haben und im Auftrag ihres Meisters, den sie ihm nicht nennen konnte, unterwegs sein. Und selbst wenn dies nicht der Fall war: Sobald sie einen expliziten Befehl erhielt, würde sie diesen befolgen müssen.

Und dann war da noch die Angelegenheit mit dem hochgewachsenen Elfen, der federnden Schrittes neben ihm herging, von hinten bedroht durch Svalris, die ihm in einiger Entfernung folgte und durch den Stoff ihrer Handtasche mit Findras Revolver auf ihn zielte. Drúdir hätte lieber Findra bei sich gehabt, die tatsächlich damit umgehen konnte, aber er brauchte Svalris‘ Ortskenntnis. So war Findra mit Moryn und Kyrai zurückgeblieben.

Wenigstens musste er sich nicht auf die zweifelhafte Deckung verlassen, die Svalris ihm gab. Seine Hand war, verborgen in einer Manteltasche, um den Griff eines Messers gekrampft, das er bereits durch einen magischen Faden mit Phandraels Niere verknüpft hatte. So unbeholfen er sich auch anstellen mochte, diese Waffe würde ihr Ziel finden.

Es war gar nicht so schwer gewesen. Je öfter er auf seine Magie zurückgriff, desto leichter fiel es ihm. Mittlerweile sah er feinste Fadenstrukturen und ein Gedanke reichte, um sie zu manipulieren. Ein Teil von ihm schien einen unfehlbaren Instinkt dafür zu besitzen, was es zu tun galt. Doch das bedeutete nicht, dass er es gerne tat. Immerhin wusste er nur zu gut, dass die Kraft, die er genutzt hatte, um seine Klinge auf Phandrael auszurichten, aus den Scherben stammte, in die Kargans Aura zerfallen war. Und da war noch so viel mehr ungenutzte Macht in ihm, die sich nicht so falsch und abstoßend anfühlte, wie sie es angesichts ihres Ursprungs tun sollte.

Er musste wieder an Wisdrins Worte denken, dass Leute wie er der Grund gewesen waren, wieso man nach den Magierkriegen die Magie verboten hatte. Allmählich erschloss sich ihm, warum.

Neben ihm wich Phandrael mit tänzelnden Schritten einem verfaulten Kohlkopf auf dem Straßenpflaster aus. Die plötzliche Bewegung ließ Drúdir zusammenzucken. Er und Svalris mochten den Elfen von zwei Seiten bedrohen, aber dieser zeigte nicht die geringste Angst.

Als habe er gespürt, wie sich Drúdirs nervöse Gedanken ihm zuwendeten, wandte der Elf den Kopf. „Glaubst du, dass Moryn dich auch attraktiv findet?“, fragte er im Plauderton.

„Nur weil ich ein Zwerg bin, bin ich nicht automatisch Maschinenfetischist“, entgegnete Drúdir mit einer Schärfe, die ihn selbst überraschte.

„Deine Indignation ist zur Kenntnis genommen“, grinste Phandrael. Drúdir setzte zum Widerspruch an, aber schloss den Mund dann wieder.

Der Drasiron fuhr fort: „Ich kann es gut nachvollziehen … Sie ist schön, nicht wahr. Und doppelt, wenn man ihren Entstehungsprozess bedenkt.“

Drúdir hatte dem Elfen gegenüber kurz Moryns vage Ideen, wie ihre Schöpfung ausgesehen haben mochte, zusammengefasst. Nun bezweifelte er, ob Phandrael ihn richtig verstanden hatte: „Jemand hat mindestens einen Zwerg geopfert, seine Erinnerungen gelöscht und ihn mithilfe dunkler Magie – der Sorte, die wahrscheinlich dämonischen Ursprungs ist – mit einem Haufen Maschinenteile verschmolzen, um eine gehorsame, gnadenlose Kriegsmaschine zu schaffen.“

„Eben“, entgegnete sein hochgewachsener Gesprächspartner gelassen und musste seine Schritte verlangsamen, als ein fassungsloser Drúdir einen Augenblick stehen blieb.

„Und selbst wenn", entgegnete Drúdir schließlich lahm, unfähig zu begreifen, wieso er dieses Gespräch überhaupt führte: „Ich habe Grihins Erinnerungen gelesen – ich habe gesehen, wie sie ein Dutzend Zwerge hingerichtet hat."

„Und?", fragte Phandrael.

„Könntest du jemanden lieben, den du hast töten seh… nein, antworte nicht."

Phandrael ignorierte seinen Einwurf und schloss genießerisch die Augen. „Du ahnst wahrscheinlich schon, dass ich im Laufe meines Berufslebens an allerlei interessanten Aktivitäten beteiligt war – teilweise nicht allein. Und glaub mir, nicht alle Drasirai geben sich so gefühlskalt wie Kyrai. Ich kannte einmal eine Elfe … gemeinsam haben wir ein wunderschönes Chaos geschaffen. Und anschließend hatten wir sogar noch ein wenig Zeit miteinander. Hast du je eine Frau in den Armen gehalten und eine brennende Stadt in ihrem Haar gerochen?"

Drúdir schüttelte in stummer Fassungslosigkeit den Kopf. „Vielleicht liegt es daran, dass ich Mord und Totschlag ein wenig zu häufig aus der Perspektive des Opfers erlebt habe", sagte er schließlich in eisigem Tonfall, „aber ich bin in Bezug auf dergleichen ein wenig unentspannt."

„Keine gesunde Einstellung, wenn man bedenkt, wie es gerade in Kiarva aussieht. Du beziehst magische Kraft aus den Scherben der Toten? Die nächsten Jahre sollten dir eine reiche Ernte einbringen."

„Wollten wir nicht gemeinsam den Krieg verhindern?"

Phandrael lachte. „Ja, das ist der Plan. Aber ich fürchte, wir werden ihn nur aufschieben können. Ich nehme an, dir sind die Entwicklungen der letzten Jahre nicht entgangen: Die Konkurrenz zwischen den Ländern, der immer aggressivere Ton der Ansprachen und in den Kolonien wird eifrig geübt, Angehörige anderer Spezies und Nationen als Wesen zweiter Klasse zu behandeln."

„Es sei denn, man braucht dafür keine Übung", warf Drúdir vielsagend ein.

„Tja, wir Elfen haben eben in allem einen Vorsprung." Phandrael sah sich um und betrachtete das technische Wunderwerk, das Schwarzspiegel war. „Nun ja, fast in allem. Wie dem auch sei: Dass deine Verschwörer überhaupt versuchen, einen Krieg auszulösen, liegt daran, dass sie glauben, die Zeit sei dafür reif. Und soll ich dir sagen, warum sie damit recht haben?"

„Lass mich an deiner Weisheit teilhaben", sagte Drúdir sarkastisch.

„Weil wir es wollen. Glaube einem Elfen, der viel von der Welt gesehen hat. Kriege sind nicht, wonach sie aussehen. Diejenigen, die euch zum Sterben losschicken, werden euch Geschichten von hehren Zielen auftischen, von Freiheit, die es zu verteidigen, Werten, die es zu verbreiten gilt. Alles Lügen."

„Ach wirklich?"

„Und wenn du tiefer gräbst", fuhr Phandrael fort, „findest du wirtschaftliche Interessen. Da geht es um Eisenerz oder Handelsrouten und vielleicht manchmal auch um persönliche Fehden zwischen Regierungsmitgliedern und den Ehrgeiz militärischer Führer. Aber das sind eigentlich auch nur Lügen, ein rationaler Deckmantel über dem, was tief in unserem Inneren liegt."

Er hielt jäh inne, tänzelte im Halbkreis um Drúdir herum und ging vor ihm in die Knie, sodass seine hellen Augen auf einer Höhe mit denen des Zwerges waren. „Wir wollen zerstören. Wir leben für das Gefühl, Dinge zu zerbrechen und uns einzuverleiben, zu sehen, wie wir unsere persönliche Spur der Verwüstung in die Welt schreiben. Für den Moment des Kampfes, wo plötzlich jeder weitere Moment des Lebens so kostbar wird wie Jahrhunderte und wir uns unseren Feinden verbundener fühlen als denen, die wir zu lieben vorgeben. Für die Schönheit einer Welt in Flammen."

„Ich glaube, mir wird schlecht", erklang eine trockene Stimme hinter ihnen. Svalris hatte sie eingeholt. Noch immer hatte sie ihr Misstrauen gegenüber dem Drasiron nicht abgelegt, aber Gewöhnung schien ihrer Angst den Stachel genommen zu haben. „Am besten, wir gehen weiter", schlug sie vor. „Bevor ich auf ihn schieße, nur um mir das nicht mehr anhören zu müssen."

Phandrael richtete sich auf und verneigte sich spöttisch vor der Zwergin. „Danke für diese wunderbare Bestätigung meiner Rede über die allgemeine kiarvanische Gewaltbereitschaft." Er schüttelte den Kopf. „Es ist traurig, wie Leute aus bloßer Furcht vor den Konsequenzen ihr wahres Wesen verleugnen."

„Und du fürchtest keine Konsequenzen?", fragte Svalris.

„Ich rechne mit Konsequenzen. Und ich akzeptiere sie. Eines Tages werde ich einem Gegner gegenüberstehen, der mir überlegen ist – oder einfach Pech haben. Aber ich werde in der Gewissheit sterben, dass ich gelebt habe."

Eine Weile gingen sie schweigend. Dann wandte Drúdir sich an seinen Begleiter: „Was du gesagt hast, überrascht mich. Seid ihr Elfen sonst nicht so friedlich und auf Ordnung und Erhaltung des Bestehenden bedacht?"

Phandraels Lächeln war von makelloser Bösartigkeit: „Wann immer eine Kultur ihr ganzes Streben auf Sicherheit und Kontrolle ausrichtet, ist es an der Zeit, sich eine Frage zu stellen: Was kompensieren sie?“

„Tja, allzu erfolgreich waren eure kompensatorischen Bemühungen ja nicht, wenn man ein paar Jahrzehnte in die Vergangenheit blickt“, bemerkte Svalris. Es ging ihr wohl wie Drúdir: Wann immer Phandrael etwas von sich gab, wünschte man sich, man hätte ihn nie gefragt. Aber zugleich hatte der Elf etwas an sich, was einen in seinen Bann zog. Eine fiebrige Intensität, die jedem seiner Worte eine sonderbare Glaubwürdigkeit verlieh und es einem schwermachte, wegzuhören.

„Denken noch mehr Leute wie du?“, fragte Drúdir. „Kyrai zum Beispiel?“

Wieder lächelte Phandrael. „Kyrai. Sie ist ex… lieber nicht.“

„Lieber nicht?“

„Eines der weniger bekannten Elfenprobleme: Man kann nicht ‚exquisit‘ sagen, ohne sich wie ein Klischee anzuhören. Aber andererseits … seht euch Kyrai einmal an. Sie wirkt so erstarrt in ihrer Vollkommenheit, so langweilig. Sie scheint gefühllos? Das ist sie wahrscheinlich zum Teil tatsächlich; die Drasirai-Magie hat auf ziemlich interessante Weise mit ihrer Persönlichkeit interagiert. Aber nicht so vollständig, wie sie es vielleicht sogar hofft, würde ich wetten. Wenn ihr sie also anseht, seht nicht das hübsche Porzellangesicht – achtet auf die feinen Risse. Es sind die Risse, die Leute und Dinge schön machen.“

„Und denkt sie wie du?“, fragte Svalris.

„Ich würde mich auf nichts verlassen, was Kyrai euch von ihren Überzeugungen erzählt. Vertraue niemandem, der vor sich selbst auf der Flucht ist.“

„Warum erzählst du uns das alles?“ Seine Offenheit machte Drúdir misstrauisch.

„Ich bin eben ein kommunikativer Mann. Und außerdem wisst ihr, dass wir hier sind, dass wir Drasirai sind und alles, was ihr wissen müsst, um mit uns zusammenzuarbeiten. Das ist bereits zu viel – aber nichts von dem, was ich euch gerade erzählt habe, macht es schlimmer.“

Svalris unterbrach sie, indem sie an einer Fassade hochdeutete. „Du meintest, du hättest in deiner Vision Häuser mit solchen Ornamenten unter den Dächern gesehen?“, fragte sie Drúdir.

Er folgte ihrem Fingerzeig und nickte. „Ja, ich erkenne sie wieder …“ Es war ein sonderbares Gefühl, mit einem Ort vertraut zu sein, an dem er noch nie zuvor gewesen war. Es handelte sich um ein sauberes Viertel. Überall sahen sie stabile, niedrige Häusern, deren Bewohner offenbar einigen Wohlstand genossen, ohne das Bedürfnis zu haben, ihn protzig zur Schau zu stellen. An den Kais des nahen Kanals, der wie ein schimmerndes, schwarzes Band zwischen ihnen verlief und das dunkelgelbe Laternenlicht der Nacht in unzählige Mondsicheln zersplitterte, dümpelten mit dicken Ketten und Vorhängeschlössern gesichert Privatgondeln vor sich hin.

Kargan hatte den Weg, den sie gerade nahmen, gut gekannt …

„Geradeaus", sagte Drúdir. „Und dann um die Kurve da."

Phandrael und Svalris folgten seinen Anweisungen. Wenig später standen sie am Stadtrand und blickten auf die weite, spiegelnde Fläche des Schwarzspiegelsees hinaus. Vielleicht fünfzig Meter entfernt reflektierte das Geflecht aus Kupferrohren, das sich zur nächsten Tunnelöffnung hinaufwand, die Lichter der Stadt. Für gewöhnlich war das dumpfe Brummen der Ventilatoren, die Schwarzspiegel mit frischer Luft von außerhalb versorgten, ein sanftes, stetiges Summen, an das man sich rasch gewöhnte, aber hier, so nahe an den gewaltigen Turbinen, war es nicht mehr zu überhören.

„Und jetzt?", sprach Svalris aus, was sie und Phandrael wohl beide dachten.

Drúdir zweifelte keine Minute lang daran, was zu tun war und deutete auf ein recht schäbiges kleines Ruderboot, das vor ihnen vertäut lag. Während die Gondeln, an denen sie vorbeigelaufen waren, allesamt tadellos gepflegt und teilweise sogar mit Motoren ausgestattet waren, blätterte der dunkelrote Lack dieses Bootes in dicken Fladen ab und Drúdir war nicht wohl bei dem Gedanken, sich dem Gefährt anzuvertrauen. Darüber hinaus war es, auch wenn jeder Dieb nur wenige Schritte entfernt attraktivere Beute finden konnte, ebenfalls mit einer Kette gesichert.

„Das ist … war Kargans."

*Nicht darüber nachdenken, Drúdir.*

„Und du hast ihm nicht zufällig den Schlüssel abgenommen?", fragte Phandrael.

Drúdir schüttelte den Kopf und zwang einen Ausdruck überlegener Gelassenheit auf seine Züge. „Ich brauche ihn nicht."

Er umfasste das Vorhängeschloss und schloss die Augen, rief sich das Echo der Konstruktion im schimmernden Netz vor Augen. Er spürte den Druck, der auf den einzelnen Teilen lastete, die Abnutzung, wo sie übereinander gerieben hatten. Sich in dieses Schloss hineinzudenken war schwer, immerhin handelte es sich um maschinengefertigte Massenware. Aber Kargan hatte dieses Schloss geöffnet, wann immer er in sein Labor wollte. Seine Ungeduld und Eile, die Teil der Aura des Schlosses geworden waren, gaben Drúdir den Ansatzpunkt, den er brauchte. Es erforderte mehr Kraft und Konzentration, als er erwartet hätte, aber mit einem leisen Klicken gab das Schloss schließlich nach.

Drúdir blickte auf und begegnete Svalris konzentriertem Blick. Drúdir rief sich ins Gedächtnis, dass sie gespürt haben musste, was geschah, ohne es jedoch sehen zu können wie er.

Er deutete auf die Vorderbank. „Setz dich." Für Phandrael mochte die temporäre Zusammenarbeit mit ihm sinnvoll sein, aber das hieß nicht, dass er dem Elfen vertraute.

Während Svalris Phandraels Rücken anstarrte, ruderte Drúdir sie über das dunkle Wasser. Er war ungeübt und es dauerte ein wenig, bis er einen Rhythmus fand. Doch schließlich erreichten sie ihr Ziel: Der Sims aus schwarzem Stein, der rund um den See verlief. In der Wand versenkte Metallschränke, die Drúdir an hochtechnisierte Sarkophage erinnerten, beherbergten Werkzeug für Wartungsarbeiten und an einer Stelle nahm ein kleiner Schuppen einen Großteil des Simses ein, aber hier, weit weg von den Tunneln, die nach draußen führten, traf man nur selten jemanden an – es sei denn, es galt, etwas zu reparieren. Es war wohl diese Abgelegenheit, die Kargan angezogen hatte.

Mit einer traumwandlerischen Sicherheit, die ihn selbst überraschte, führte Drúdir sie an dem schwarzglänzenden Stein der Höhlenwand entlang, vorbei an Rohren, die sich wie sonderbare Schlingpflanzen in anmutigen Kurven und Spiralen daran hinaufwanden – ein Urwald aus Kupfer, Bronze und Stahl, der die Stadt auf der Seeoberfläche mit der Welt draußen verband.

Schließlich erreichten sie eine schimmernd polierte Platte in der Wand, die nur minimal größer war als die Tür eines Werkzeugkabinetts. Über dem wuchtigen Schloss war eine Rune in das Metall graviert.

„Hier ist es."

Dieses Schloss war eine Handanfertigung – wahrscheinlich das Werk eines Mechanikers, der Tage daran gearbeitet hatte, die Wünsche seines anspruchsvollen Kunden zu erfüllen. Ironischerweise hatten seine Konzentration und Sorgfalt es so mit Magie aufgeladen, dass es kaum ein Hindernis für Drúdirs tastenden Geist darstellte. Eine magische Verriegelung oder Falle schien es nicht zu geben. Immerhin hatte Kargan kaum Grund gehabt, mit der Anwesenheit eines weiteren aktiven Zauberkundigen in der Stadt zu rechnen, geschweige denn mit einem, der das Versteck seines Labors kannte.

Lautlos schwang die schwere Tür nach innen auf und offenbarte eine rechteckige, in den Stein geschlagene Kammer mit einem großen Kamin, einem Schrank, der eine gesamte Wand füllte und einem langen, mit Papieren und verschiedensten Utensilien bedeckten Tisch. Drúdir fielen Löcher in der Decke auf. Offenbar hatte man die Kammerdecke hier mit den Sauerstoffröhren verbunden. Ein Wasserhahn, der aus einer Wand ragte, wies auf eine Verbindung zu einem der Wasserrohre hin.

Wenn sie noch eine Bestätigung gebraucht hätten, dass sie es mit einflussreichen Gegenspielern zu tun hatten, hätten sie sie hiermit gefunden. Die Stadtregierung Schwarzspiegels war ausgesprochen vorsichtig, wenn es um die Sicherheit ihres Röhrensystems oder neue Tunnel und Aushöhlungen in der Bergwand ging. Jedes derartige Projekt bedurfte diverser Genehmigungen, musste immer wieder begutachtet, kontrolliert und im Stadtarchiv dokumentiert werden. Drúdir bezweifelte, dass es irgendwo einen Hinweis auf dieses Labor gab.

„Warum hier?“, fragte Svalris. „Hier ist wohl kaum genug Platz, um einen automatischen Seraph zusammenzusetzen.“

„Ich vermute, es geht um die Baupläne und Recherchen“, spekulierte Phandrael. „Man kann so etwas Kompliziertes nicht schaffen, ohne sich die eine oder andere Sache zu notieren, aber wenn durch irgendeinen ungünstigen Zufall etwas davon im Besitz eines Verschwörers entdeckt würde, würde sich dieser in einer unangenehmen Situation wiederfinden. Die Seraphim selbst wurden wahrscheinlich anderswo zusammengesetzt, aber die Grundlagen wurden hier ausgearbeitet.“

„Inklusive der ersten Experimente“, fügte Drúdir tonlos hinzu. Er hatte eine schmale Tür in einen weiteren Raum aufgestoßen. Es handelte sich wieder um ein von einem langen Tisch dominiertes Labor, aber während der Tisch in der ersten Kammer mit krakeligen Notizblättern und Skizzen, mit mechanischen Bauteilen, Phiolen, Destillierkolben und anderem alchemistischem Gerät übersät war, herrschte hier sterile Ordnung. Die elektrischen Lampen spendeten ein hartes, weißes Licht und beschienen Regale und Tische, auf denen sauber etikettiert nicht nur alchemistische Utensilien lagen, sondern auch Werkzeuge, die ihn unbehaglich an Chirurgenbesteck erinnerten.

Drúdir hatte noch nie einen Operations- oder Obduktionssaal von innen gesehen, aber die blitzende Stahloberfläche des Tisches und die Rinnen darin ließen ihn die entsprechenden Schlüsse ziehen. Ein vorsichtiger Blick ins schimmernde Netz verriet ihm, was er rückblickend nicht hatte wissen wollen. Hier war ein Zwerg gestorben … nein, mindestens zwei Zwerge, deren Auren sich auf sonderbare Weise überlagerten und keiner Aura glichen, die er je zuvor gesehen hatte. Die Scherben, die durch die Dunkelheit trieben, waren nicht dicht kompensiert und scharf umrissen, sondern in Auflösung begriffen und auf sonderbare Weise miteinander verbunden. Und da waren noch Spuren einer anderen Aura, deren Strukturen ihm vollkommen fremd waren. Sie war offenbar stark genug gewesen, um das schimmernde Netz um sich herum so zu verformen, dass es nur langsam in seine ursprüngliche, ständig im Fluss begriffene und doch regelmäßige Form zurückkehrte.

Drúdir riss sich von dem Anblick los und konzentrierte sich auf die sichtbare Welt. Er versuchte, nicht daran zu denken, was hier geschehen war. In ihm mengten sich Mitleid, Entsetzen und Ekel – und ein Hauch grimmiger Befriedigung. Noch immer wusste er nicht, wie er mit Kargans Tod umgehen sollte, aber seine Tat kam ihm plötzlich weniger monströs vor.

„Sonderbar.“ Svalris war eingetreten. „Ich nehme Reste starker Magie wahr, aber sie fühlt sich seltsam an … als wäre sie nicht Teil dieser Welt.“

Drúdir sah sie überrascht an. Die Journalistin mochte das schimmernde Netz nicht sehen können, aber er sollte ihr Gespür dennoch nicht unterschätzen.

„Faszinierend“, bemerkte Phandrael, dessen Scheitel fast die Decke streifte. Anders als Drúdir und Svalris, die mit bleichen Gesichtern und zusammengepressten Lippen auf den Tisch mit dem entsetzlich eindeutigen Verwendungszweck starrten, zeigte die Miene des Elfen nichts als Neugier, gepaart mit einer verblüffenden Gelassenheit. Drúdir kannte den Drasiron bereits jetzt besser, als ihm lieb war, und staunte nicht über seinen Mangel an Mitgefühl. Dennoch war die völlige Abwesenheit von Besorgnis eine Überraschung. Es war nicht einmal das distanzierte, professionelle Interesse, das Drúdir von Kyrai erwartet hätte, sondern erinnerte an die offene Neugierde eines Kindes, das alles in sich aufnahm, ohne zwischen richtig und falsch, bedeutend und unbedeutend zu unterscheiden. Wobei … vielleicht nicht gerade die eines Kindes. Ein Blick in Phandraels Gesicht genügte, um das Aufkommen jedes Eindrucks von Unschuld und Naivität zu verhindern.

„Glaubst du, etwas Nützliches aus den Scherben herausfinden zu können?“, fragte er an Drúdir gewandt.

„Welche Scherben?“, entgegnete der Zwerg bitter. „Was auch immer sie mit ihren Opfern getan haben – viel ist nicht von ihnen übriggeblieben.“ Er verbarg die Erleichterung, die insgeheim in ihm aufstieg. Natürlich konnte das Wissen, welches ihm hier entging, ein Schlüssel zu den Plänen ihrer Feinde sein, aber etwas an diesen verdrehten, halb aufgelösten Auren ließ Drúdir zurückschrecken. Er wusste nicht, ob er den Versuch, sie zu lesen, unbeschadet überstehen würde. Kargans Experiment trug den Tod noch einen Schritt weiter, indem es begann, selbst die Seelenscherben seiner Opfer auszulöschen.

„Oh“, rief Phandrael entzückt. Er und Svalris hatten sich wie auf ein stilles Kommando in den anderen Raum zurückgezogen und begonnen, die Schriftstücke zu durchwühlen.

„Was ist?“, fragte er.

„Mir wird schlecht“, sagte Svalris zum zweiten Mal an diesem Tag. „Noch schlechter“, korrigierte sie sich.

„Was ist?“, wiederholte Drúdir.

„Eine Skizze Kargans. Diese Seraphim, wie er sie zu bezeichnen pflegte, sind nicht die einzigen Waffen, die er erschaffen hat.“

Drúdir überbrückte die kurze Distanz zu ihnen, während Svalris erklärte: „Ich habe dir von dem sonderbaren Brandsatz erzählt, mit dem die unbekannten Zwerge das Lagerhaus angezündet haben … Es handelt sich dabei um eine unter Alchemisten schon lange bekannte Substanz namens ‚Weißfeuer‘. Kargan hat die Rezeptur weiterentwickelt – und eine Waffe erfunden, die eine meterlange Flamme speit, die alles und jeden einäschert, noch bevor sie überhaupt begreifen, was geschieht. Und er hat sie ‚Barmherzigkeit‘ genannt.“

„Es ist zweifellos schneller und barmherziger als das normale Verbrennen“, warf Phandrael ein.

„Trotzdem … Wie krank kann man sein?“

„Gute Frage“, entgegnete Drúdir.

Was hatte er verbrochen, dass er den Weg von Zwergen und Menschen wie Kargan und dessen Auftraggebern kreuzen musste – und diesem Drasiron, wenn er schon dabei war, all die mordlustigen Verrückten aufzuzählen, denen er in jüngerer Vergangenheit begegnet war.

„Wartet einen Moment." Phandrael bückte sich in einer Ecke und hob etwas auf, das an einen klobigen Rucksack erinnerte. „Ich glaube, ich habe einen Prototyp gefunden."

Er strahlte und ließ eine Gasmaske, wie die Arbeiter in den Chemiefabriken sie manchmal trugen, um seinen Zeigefinger wirbeln. Drúdir überlegte, ob er durch den Raum hechten und dem Elfen die Waffe entreißen sollte. Man brauchte weder Prophet noch Genie zu sein, um angesichts eines impulsgesteuerten Drasiron mit einem Flammenwerfer ein gewisses Unbehagen zu empfinden.

Svalris schien denselben Gedanken gehabt zu haben. „Bitte reich ihn mir doch herüber, Phandrael", sagte sie betont höflich. Eine Beule bildete sich in ihrer Jackentasche, als sie die Finger anspannte. Sie mochte eine mit einer verunsichernden Situation konfrontierte Zwergin sein, aber sie war eine unsichere Zwergin mit einem Revolver.

Achselzuckend und ein wenig bedauernd reichte Phandrael ihr das Gerät. Dabei fiel sein Blick auf ein Dokument, das wohl unter dem Bauplan verborgen auf dem Tisch gelegen hatte. Es handelte sich um lose mit Fäden zusammengeheftete Blätter, oben etwas geknickt – wahrscheinlich Spuren eines Klemmbrettbügels. Drúdir erkannte die Skizze auf dem obersten Blatt sofort und riss Phandrael den Papierstapel mehr oder weniger aus der Hand. Svalris stellte den Flammenwerfer ab und nahm ein anderes Blatt zur Hand. Phandrael folgte ihrem Beispiel. Eine Weile lasen sie stumm, dann blickten sie beinahe gleichzeitig auf.

„Moryn …", flüsterte Drúdir betroffen.

„Oh Götter!", hauchte Svalris und hielt ihm, einen fassungslosen Ausdruck auf dem Gesicht, das Blatt hin, das sie eben gelesen hatte. „Rúnwis und seine Freunde beschützen das Versteck einer Norne. Kein Wunder, dass die Verschwörer dahinter her sind!"

# *Kapitel 38*

## Kyrai

Kyrai hatte sich bereits in den ersten Bericht versenkt, als Svalris den letzten Papierstapel auf den wackligen Holztisch fallen ließ. In ihrem peripheren Sichtfeld nahm sie wahr, wie Drúdir Moryn einen Stapel zerknitterter Blätter reichte. Die Drasirah las ein paar Zeilen, dann blickte sie auf. „Und ihr seid sicher?"

„Zumindest Kargan war wohl davon überzeugt", entgegnete Phandrael lässig. „Sicher, dass ich das nicht für dich tragen soll, Svalris? Es ist ziemlich schwer."

„Nein, danke", schnappte die Zwergin und balancierte etwas wie einen unförmigen Rucksack ins Nebenzimmer.

Ein Geräusch lenkte Kyrai von dem kurzen Dialog ab. Es klang wie eine Mischung aus einem menschlichen Klageschrei und dem Kreischen eines bremsenden Zuges. Moryn. „Ich erinnere mich nicht", sagte das Maschinenwesen leise. „An nichts davon. Ich glaube, ich habe zwar das Wissen der geopferten Zwerge, aber keine einzige persönliche Erinnerung hat überlebt."

„Dann war dein erstes bewusstes Erlebnis …"

„Ja. Jemand musste sich um die misslungenen Experimente kümmern und natürlich war es eine willkommene Gelegenheit, meinen Gehorsam zu testen."

Drúdir seufzte. Findra schüttelte stumm den Kopf und versuchte, der Automate unauffällig über die Schulter zu spähen. Ohne hinzusehen, hielt Moryn ihr die Blätter hin, die die Ermittlerin mit verlegener Miene entgegennahm. Sie verlor jedoch keine Sekunde, bevor sie sich darin vertiefte.

„Moryns Entstehungsprozess?", fragte Kyrai.

„Genau", entgegnete Phandrael.

Kyrai sah ihren zwergischen Verbündeten zu, wie sie sich mit großen Augen über die Aufzeichnungen beugten. „Man könnte meinen, er interessiere sie mehr als der Fakt, dass unter Rúnwis' Bibliothek ein mythologisches Wesen lebt", kommentierte sie.

„Es sind Zwerge. Sie mögen Maschinen. Oder mehr als mögen, wenn ich mir Drúdir so ansehe", antwortete Phandrael.

„Ich bewundere deine lebhafte Vorstellungskraft."

„Das hat nichts mit Vorstellungskraft zu tun. Drúdir hat vielleicht noch keine Ahnung, aber ich sehe es deutlich: Bald wird er nicht mehr klar denken können, wenn sie in der Nähe ist“, verkündete der Drasiron.

„Ich erkenne deine überlegene Expertise auf dem Gebiet an“, sagte Kyrai trocken.

Phandrael nickte zu Moryn hinüber. Weiche Haut bedeckte das blanke Metall und ihre Augenlinsen spähten durch Pupillenlöcher inmitten dunklen Grüns, aber zum ersten Mal, seit Kyrai sie in Zwergengestalt sah, verriet die Starre ihres Gesichts die Automate. Ohne zu blinzeln starrte Moryn ins Leere, und ein paar Mal glaubte die Elfe, ein ungesundes Knacken aus ihrem Kopf zu hören, als würde das komplizierte System, das sie am Laufen hielt, gewaltsam umsortiert.

„Sicher, dass sie die Maschine ist?“, fragte der Drasiron amüsiert.

Kyrai würdigte ihn keiner Antwort, aber ihre Augen verharrten auf Moryns Gesicht. Sie rief sich das gelassene, schimmernde Antlitz ins Gedächtnis, das sich dahinter verbarg, die spiegelnden Linsenaugen, die nichts preisgaben. Welche Ruhe fühlte ein Wesen, das aus nichts als logisch funktionierender Mechanik und Energieimpulsen bestand, aus dessen Geist man alle Erinnerungen und Emotionen gelöscht hatte? Wie wäre es wohl, eine Automate zu sein, die nichts über sich zu wissen brauchte, als dass alle Teile funktionsfähig waren – und in perfekter Harmonie arbeiten würden, wenn die Situation es erforderte? Kyrai unterdrückte ein Seufzen. Vielleicht waren Moryn und sie sich gar nicht so unähnlich, hatte Kyrai doch immer in dem Bewusstsein gelebt, dass irgendwo unter ihrer ansprechenden Fassade, die so viele täuschte, so etwas wie ein fataler Konstruktionsfehler verborgen war. Sie hatte den Verdacht, dass Phandrael zumindest ahnte, was in ihr vorging – was ihr den Gedanken noch mehr verleidete, weiter mit ihm zusammenarbeiten zu müssen.

Doch das spielte jetzt keine Rolle. Entschlossen drängte Kyrai diese Gedanken beiseite und sprach an, was sie alle beschäftigte: „Gehen wir einmal davon aus, dass Kargan recht hatte und Rúnwis und seine Freunde eine Norne verstecken.“ Die Sachlichkeit in ihrer Stimme nahm dem Satz kaum etwas von seiner Absurdität. Aber seit sie in Schwarzspiegel angekommen war, hatte die Drasirah gelernt, die Unglaubwürdigsten aller Theorien in Erwägung zu ziehen. „In diesem Fall ist klar, wie wir handeln müssen: Die Verschwörer werden die Norne unter ihre Kontrolle bringen wollen. Es ist illusorisch anzunehmen, dass ein Grüppchen Gelehrter sie wird aufhalten können. Nach allem, was wir wissen, könnte einer von ihnen bereits das Versteck der Norne preisgegeben haben und die feindlichen Truppen auf dem Weg zu ihr sein."

„Und was beabsichtigt ihr zu tun?", fragte Svalris. Die dunkelhaarige Zwergin war nach ihrer unerwarteten Wiederbegegnung mit den beiden Drasirai zunächst vor Angst wie gelähmt gewesen, aber nun schien sie wieder zu ihrem alten, sarkastischen Selbst zurückgefunden zu haben. „Ich bezweifle, dass Rúnwis euer Angebot, ihnen den korrekten Schutz einer Norne zu erläutern, so zu schätzen wissen wird, wie ihr euch das vorstellt."

„Rúnwis Rolle in der Angelegenheit ist beendet, sobald wir sie gefunden haben", erklärte Kyrai kühl.

„Und eure Rolle?", fragte Findra.

Die Drasirah betrachtete sie über ihre zusammengelegten Fingerspitzen hinweg. „Natürlich wäre es im Sinne unserer Regierung, wenn wir der Norne Fragen stellen könnten, aber ihr stimmt mir sicher zu, dass sowohl die königstreuen Elfen als auch die moderaten Zwerge ein Interesse daran haben, dass vitale Informationen über die Zukunft nicht in die Hände von Fanatikern fallen."

Die drei Zwerge gaben beinahe gleichzeitig ein verächtliches Schnauben von sich und murmelten etwas über die Ironie, Drasirai Fanatismus kritisieren zu hören. Verängstigt hatten sie Kyrai besser gefallen, aber es spielte keine Rolle. Überhaupt spielten wenige Dinge eine Rolle, wenn sie ganz zur Drasirah wurde – so nahe an von Emotionen unberührter Vollkommenheit, wie es einer Elfe nur möglich war.

„Daher sollte es unser höchstes Ziel sein, genau das zu verhindern", fuhr sie fort.

„Wie?", fragte Findra misstrauisch.

„Soweit ich weiß", lächelte Phandrael, „sind Nornen alterslos. Von unverletzlich oder unsterblich war noch nie die Rede."

„Natürlich ist das nur die Ultima Ratio", schwächte Kyrai ab. „Aber sollte es nötig werden, dürfen wir nicht zögern. Ein Feind, der über … Verbündete wie Moryn verfügt und jede Bewegung seiner Gegner voraussehen kann, ist ein nicht tragbares Risiko für Cirdaya – und für jede Form von Freiheit und Demokratie in der Union. Und ihr Zwerge mögt dergleichen doch."

Findra und Svalris tauschten einen Blick. Wie so viele Zwerge dieser Zeit waren sie vernunftgläubige Agnostikerinnen. Trotzdem wunderte ihr Unbehagen Kyrai nicht. Der Gedanke, ein Wesen zu töten, dessen Leben Jahrhunderte währte und das einst die Vertraute von Göttern gewesen war, wenn man den Mythen glaubte, war beunruhigend. Allein schon, wenn man bedachte, welches Wissen für immer aus der Welt verschwinden würde.

Genau deshalb gab es Drasirai. Elfen, die kalten Herzens Opfer und Nutzen gegeneinander aufrechneten und dementsprechend handelten. Kyrai blickte zu dem noch immer versonnen lächelnden Phandrael hinüber. Er mochte nicht die eisige, berechnende Professionalität der meisten Drasirai ausstrahlen, aber wenigstens auf eines glaubte sie sich verlassen können: An Kompromisslosigkeit war er ihr ebenbürtig.

„Euch ist klar, was ihr da gerade gesagt habt?“, fragte Svalris.

„Es könnte mir nicht klarer sein. Seid ihr für oder gegen uns?“

„Eine seltsame Frage, wenn man bedenkt, dass ihr mehr oder weniger unsere Gefangenen seid“, bemerkte Findra.

Kyrai schüttelte den Kopf. „Wie wollt ihr uns unter Kontrolle halten? Moryn wird nicht immer da sein, um uns zu bewachen. Und glaubt mir, wenn drei Zwerge uns dauerhaft festhalten könnten, wären wir nicht Drasirai geworden. Vielleicht könnte nicht einmal Moryn uns aufhalten. Jetzt, wo ich weiß, womit ich zu rechnen habe, hätte ich vielleicht keine guten Chancen, zu entkommen, aber ich könnte immerhin ein paar von euch töten, bevor sie bei mir angekommen ist. Und glaubt bitte nicht, Angst um unsere Leben würde mich und Phandrael von irgendetwas abhalten. Wir sind Drasirai der Königin.“

Findras Augen weiteten sich und sie setzte zu einer wütenden Antwort an, aber Kyrai sprach bereits weiter: „Im Augenblick habt ihr nur zwei Optionen: Entweder ihr tötet uns auf der Stelle. Oder aber ihr vertraut uns dahingehend, dass wir ebenso wenig einen Krieg wollen wie ihr. Und über sehr viel effektivere Methoden verfügen, ihn zu verhindern, als zwei zufällig in diese Sache hineingezogene Zwerginnen, ein unerfahrener Magier und ein Maschinenwesen, das sich in eine willenlose Marionette seines Herrn verwandeln wird, sobald dieser einen direkten Befehl erteilt.“

Drei zornfunkelnde Augenpaare richteten sich auf sie. Moryns Miene blieb emotionslos.

Phandrael kommentierte nur: „Man könnte meinen, eine Tanataira würde etwas diplomatischer vorgehen.“

Kyrai würdigte ihn keiner Antwort.

Der Drasiron zog sein Kartenspiel aus der Tasche, um es, beinahe ohne hinzusehen, immer wieder in die Höhe flippen und Drehungen beschreiben zu lassen. Eine Demonstration bemerkenswerter Fingerfertigkeit, die Kyrai nicht weiter beachtete. Sie war viel zu beschäftigt damit, ihren Blick zwischen den Gesichtern Drúdirs, Findras und Svalris' umherschweifen zu lassen.

„Ich appelliere an eure Vernunft: Wollt ihr wirklich, dass die Verschwörer sich mithilfe der Seraphim und der Norne zu Tyrannen aufschwingen, die schließlich ganz Kiarva beherrschen? Ihr habt aus euren Geschichtsbüchern gelernt, was elfische Kolonialherren diesem Land angetan haben. Nun stellt euch einmal vor, wie sie sich verhalten hätten, wenn sie keine Angst hätten haben müssen, eine Rebellion zu provozieren, weil sie sie jederzeit hätten niederschlagen können, noch bevor sie sich formiert hätte. Und es würde nicht nur Nicht-Zwerge treffen. Ich will die Norne nicht töten. Aber ich werde es tun, bevor sie zum Werkzeug kiarvaweiter Unterdrückung wird."

Phandrael warf seine Karten hoch in die Luft, um spöttisch applaudieren zu können.

Die drei Zwerge wechselten einen Blick. „Dass ich eine Drasirah behaupten höre, für die Freiheit zu kämpfen …", murmelte Findra mit einem bitteren Lachen.

„Ich dachte, du wärest in Geschichte bewandert, Zwergin", sagte Phandrael. „Wenn jemand in deiner Nähe zum Kampf für die Freiheit der Welt aufruft, empfiehlt es sich, in Deckung zu gehen."

„Danke, Phandrael. Ausgesprochen konstruktiv", seufzte Kyrai.

Trotz dieses wenig hilfreichen Einwurfs ihres Gefährten spürte die Drasirah, dass sie die Zwerge zum Nachdenken gebracht hatte. Sie mochten sie nicht mögen, jedem ihrer Worte misstrauen und sie für zu jeder Schandtat fähig halten. Kyrai wäre die Erste gewesen, die eingestanden hätte, dass sie damit vermutlich ganz richtiglagen. Aber die Zwerge hatten noch etwas begriffen: Genau diese Eigenschaften machte sie und Phandrael zu der Sorte Verbündeter, die sie brauchen würden, wenn sie übermächtigen Feinden wie den anonymen Verschwörern gegenübertraten.

Es war Drúdir, der schließlich, einen Ausdruck missmutiger Resignation auf dem müden Gesicht, die Hand ausstreckte. „Na schön. Gleichberechtigte Verbündete?"

Kyrais schmale, behandschuhte Hand verschwand fast zwischen den kräftigen Fingern des Zwerges, als sie sich unter misstrauischen Blicken seltsam feierlich die Hände schüttelten.

„Ähem“ – Moryns Anpassung an das Verhalten einer Zwergin mochte erstaunlich sein und dank einer verblüffenden Funktion ihrer Aura, die ihres Gegenüber zu kopieren, tagtäglich besser werden, aber gelegentlich merkte man ihr immer noch an, dass sie eine Automate war. So war ihr jetziges Räuspern ein präzise artikuliertes „Ähem.“

„Ja?“, fragte Drúdir, wieder mit einer Mischung aus Mitgefühl und Vorsicht in der Stimme.

„Ich habe Kargans Aufzeichnungen über die Erschaffung der Seraphim weitergelesen. Es könnte euch helfen, dasselbe zu tun. Kargan hatte Unterstützung von Valedas. Und aus einer anderen We…“

Mitten im Satz erstarrte sie. Ihre Augen wurden vollkommen schwarz und für einen kurzen Moment zog sich die Haut wie in einer Art krampfhaftem Zucken von einer Hälfte ihres Gesichts zurück, nur um kurz darauf zurückzukehren. Drúdir nahm ihr behutsam den Zettel aus der Hand.

„Ich nehme an, es liegt daran, dass sie uns gerade indirekt wichtige Informationen über ihren Meister gegeben und damit womöglich gegen einen Befehl hat“, sagte Svalris leise, während die vier sonderbaren Verbündeten das Maschinenwesen mit entsetzter Faszination beobachteten. Phandrael nahm dem mit zerrissener Miene zusehenden Drúdir die Blätter aus den Fingern und schlug sie weit hinten auf. Seine Augen weiteten sich.

„Ihr habt gedacht, die Norne wäre ein unvergleichlich magisches, gefährliches Stück lebender Mythos in unserer rationalisierten Welt … dann seht euch das an! Dann waren es wohl Texte über Verschmelzungszauber, die Valedas aus Xaravyra gestohlen hat. Wer hätte gedacht, dass er so weit gehen würde, ein Portal in eine andere Welt zu öffnen und sich selbst als Wirtskörper anzubieten? Ich glaube, dein Wissen ist gefragt, Kyrai Tanataira. Sie haben einen Dämon. Einen Fürsten der Daimoniyai, um genau zu sein. Ein alter Freund der Familie vielleicht?“ Der Elf lehnte sich lächelnd zurück, ohne Kyrais zornfunkelnden Blick zu beachten. „Mir scheint, wir haben dem Abgrund selbst den Kampf angesagt.“

Es dauerte ein wenig, bis Kyrai die wahre Bedeutung dessen begriff, was er gesagt hatte. Denn wenn etwas es vermochte, ihre eisige Ruhe zu durchbrechen, war es dieses eine Wort: Dämon.

# *Kapitel 39*
## Svalris

Als Svalris in den Spiegel blickte, war sie erschrocken, wie hager und erschöpft sie aussah. Zugleich überraschte es sie, dass sie nach wie vor über ihr Äußeres nachdachte, obwohl sie es mit mythologischen Wesen, intelligenten Automaten und elfischen Agenten zu tun hatte. Sie schüttelte den Kopf über sich selbst. Sie hatte erwartet, dass das Gefühl der Unwirklichkeit, das sie seit der Begegnung im Lagerhaus begleitete, sich allmählich verlieren würde. Wahrscheinlich wäre dies sogar der Fall gewesen, wenn ihr Verstand nicht jeden Tag von einer neuen, vollkommen unwahrscheinlichen Wendung überrollt worden wäre.

Drúdir hatte bei ihrer ersten Begegnung spöttisch bemerkt, wie wenig ihre Beschäftigung mit Magie doch zu ihrer geplanten Karriere als Mathematikerin passte, aber zu diesem Zeitpunkt war da noch kein Widerspruch gewesen, vielmehr schienen sich ihre Forschungsgebiete gut zu ergänzen. Denn tief in ihrem Inneren hatte Svalris das Gefühl gehabt, dass der zwergische Glaube an Fortschritt und Vernunft und die Vorstellung, dass Zwerge nichts weiter als besonders raffinierte Maschinen aus Fleisch und Knochen waren, etwas Wichtiges außer Acht ließen, auch wenn sie nicht den Finger darauf legen konnte, was es war. Seit sie zum ersten Mal einen humanoiden Automaten im Labor für experimentellen Maschinenbau gesehen hatte, war sie von dem feinen Unterschied zwischen Zwerg und Automat fasziniert gewesen. Sie glaubte, ihn unter anderem in der Vorstellungskraft und zwergischen Interaktion gefunden zu haben, etwa in der Art, wie Geschichten weitergegeben wurden, wuchsen und für jeden, der sie hörte, eine eigene Bedeutung entwickelten. Deshalb hatte sie begonnen, den Sagen von einst und den urbanen Mythen der Gegenwart nachzuspüren. Doch auch hier war ihr Ansatz so wissenschaftlich gewesen, wie eine auf Unterhaltung ausgerichtete Zeitschrift wie ihr „Nachtspiegel“ das zuließ. Sie war in den Geschichten versunken, auf die sie im Zuge ihrer Recherchen gestoßen war und hatte bereitwillig mitgespielt, wenn Kigri seine Verschwörungstheorien vor ihr ausbreitete. Abgesehen von einem vagen Interesse daran, wie wahre Begebenheiten sich mit jeder mündlichen Weitergabe veränderten, war ihr der Wahrheitsgehalt all dessen, was sie hörte, gleichermaßen gering und bedeutungslos erschienen.

Doch nun … nun waren Verschwörungen und angewandte Magie, Kämpfe auf Leben und Tod sowie Geschöpfe, die im Zuge der allgemeinen Aufklärung für inexistent erklärt worden waren, ein Teil ihres Lebens. Und ihr blieb nichts anderes übrig, als Magie nicht nur als eine sonderbare, faszinierende Form physikalischer Energie oder ein amüsantes theoretisches Problem zu betrachten, sondern als ein Mittel, mit dem andere die Welt nach ihrem Willen formten. Vor allem musste sie sich fragen, ob gerade die Geschichten, die sie für die haltlosesten von allen gehalten hatte – mit anderen Worten: religiöse Überlieferung – nicht doch ein Körnchen Wahrheit enthielten.

Es gab Nornen und … sie zögerte selbst in Gedanken, das Wort auszusprechen: Dämonen. Vielleicht sogar Götter und Engel, wenn man bedachte, dass es sich bei ihnen lediglich um besonders mächtige Wesen aus derselben Sphäre wie die Dämonen handeln konnte. Sie stützte sich mit beiden Händen auf das edle marmorne Waschbecken und blickte ihrem Spiegelbild in die geröteten Augen.

„Bist du verrückt geworden, Svalris, oder die Welt?"

Wenn Ersteres zutraf, konnte sie sich wenigstens damit trösten, dass Findra und Drúdir ihre Wahnvorstellungen teilten.

„Svalris?", rief eine tiefe, volle Frauenstimme von draußen. „In zehn Minuten treffen die ersten Gäste ein."

„Ja, ich komme gleich."

Svalris kämmte ihr Haar und schlang es zu einem Knoten. Es war noch ein wenig feucht, aber solange ihr keine Wasserrinnsale in den Kragen rannen, konnte sie damit leben.

Ihre Mutter empfing sie mit einem triumphierenden Lächeln, das ihre perfekten, weißen Zähne aufblitzen ließ. Wenigstens die hatte Svalris geerbt. Ansonsten schlug sie, wie ihr wieder bewusst wurde, wohl eher nach ihrem Vater, über dessen Äußeres sich höchstens sagen ließ, dass er auf eine steife, intellektuelle Weise nicht hässlich war, und ihrem menschlichen Großvater, dem sie einen zwergenuntypisch schlaksigen, knabenhaften Körper verdankte. Sie erinnerte nicht im Geringsten an ihre Mutter, bei deren Anblick niemand auf die Idee gekommen wäre, sie könnte ein Halbmensch sein und die aussah, als sei sie in ihrem dunkelorangefarbenen Samtkleid zur Welt gekommen – so perfekt passte es zu ihr. Sylra erschien mindestens fünfzehn Jahre jünger, als sie tatsächlich war, und bewegte sich voller Anmut und mit dem Selbstbewusstsein einer Frau, die wusste, dass sie atemberaubend aussah. Svalris blickte zu Drúdir hinüber, der auf dem plüschigen Sofa in der Wohnzimmerecke saß und sein Notizbuch umklammerte. Es war ungewohnt, ihn in Abendgarderobe zu sehen, aber er hätte sogar gut aussehen können, wenn er nicht sonderbar verloren gewirkt hätte. Sylras' Fähigkeit, jedem das Gefühl zu geben, in ihrer Gesellschaft genau am richtigen Ort zu sein, schien in seinem Fall versagt zu haben.

„Schönes Kleid", bemerkte Svalris, um kein unangenehmes Schweigen aufkommen zu lassen und bloß nicht den – vollkommen gerechtfertigten – Eindruck zu erwecken, dass sie ihre Mutter um ihre scheinbar mühelose Schönheit beneidete. „Sind das da Runenstickereien?"

„Ein Gedicht von Halfir dem Älteren." Sylra hob einen Arm, sodass Svalris die weiten Trompetenärmel bewundern konnte. Zusammen mit dem eckigen Ausschnitt ließen sie das Kleid aussehen, als hätte es in der Truhe einer Zwergenkönigin von einst wundersamerweise die Jahrhunderte überstanden.

„Ist der altzwergische Stil jetzt Mode?", fragte Svalris.

Ihre Mutter zuckte die Achseln. „Definitiv. Ich weiß nicht so recht, was ich davon halten soll, denn immerhin glaube ich, dass Angrin mit seinem Aufruf zur Rückbesinnung auf Traditionen dahinter steht. Andererseits ist das eine Tradition, mit der ich leben kann. Aber eigentlich wollte ich dir etwas anderes sagen." Sie machte eine Kunstpause. „Staune über mein organisatorisches Genie: Ich habe es auf deine Bitte hin geschafft, Rúnwis zum Kommen zu überreden."

„Danke! Ich bin beeindruckt."

Sylra lächelte und warf einen Blick auf die Uhr, die sie an einer filigranen Kette um den Hals trug. „Ich muss die Gäste begrüßen."

„Ich komme mit." Svalris griff nach ihrem auf dem Fensterbrett abgelegten Klemmbrett und winkte grinsend damit. „Mal sehen, welchen deiner Gäste ich mit unbequemen Fragen verschrecken kann."

„Untersteh dich! Das hier wird ein perfekter Abend!"

Sie schwebte nach draußen und Svalris und Drúdir folgten ihr etwas verlegen.

„Warum sind wir noch einmal hier?", fragte Drúdir im Flüsterton, als sie den großzügig geschnittenen Salon betraten.

„Um einen guten Blick auf alle potenziellen Verschwörer zu bekommen oder so. Allerdings fällt es mir gerade irgendwie schwer, mich zu erinnern, wieso uns das als guter Grund erschienen ist."

„Was für ein Zufall. Mir geht es ganz genauso."

„Denk immer daran. Du bist ein eifriger Jungreporter und nur auf der Suche nach dem neuesten Skandal."

„Sollte ja nicht schwierig sein. Sagte deine Mutter nicht, sie wolle einen perfekten Abend? Wie beim Abgrund will sie das erreichen, wenn sie Angrin und Vanjir einlädt – den größten Expansionisten und den entschlossensten Reformer … Ganz zu schweigen davon, dass sie mit Wuthri und Nainrar die beiden reichsten Industriellen und größten Konkurrenten der Stadt und vielleicht der Union an einen Tisch setzt."

„Perfekt und konfliktfrei sind für sie zweierlei. Tatsächlich ist heute ein Großteil ihrer Gäste gekommen, weil sie sehen wollten, wie sich die Mächtigen der Stadt an die Kehle gehen – und um herauszufinden, wer auf dem auf- und wer auf dem absteigenden Ast ist und dann entsprechende Bündnisse einzugehen. Du glaubst nicht, wie viel von der Schwarzspiegler Politik der letzten Jahre im Salon meiner Mutter entschieden wurde."

„Und du wolltest mit diesem Leben nichts zu tun haben?" Drúdir sah sie aufmerksam von der Seite an.

„Es passt nicht zu mir", entgegnete Svalris. „Ich habe kein Geschick für Politik und dafür, dekorativ und untätig daneben zu sitzen, bin ich auch nicht geschaffen."

Sie verharrten am Eingang des Salons und sahen den Gästen beim Ankommen zu. Während die wirklich bedeutenden Zwerge sich Zeit ließen, um ihren Auftritt mit niemandem teilen zu müssen, hätte keiner der weniger wichtigen Gäste ihre Gastgeberin vor den Kopf stoßen wollen, indem er zu spät kam. So war Rúnwis, der seinen Talar gegen ein schlecht sitzendes Jackett eingetauscht hatte, der Erste, der eintrat.

Drúdir trat sofort auf ihn zu. Eine Mischung aus Unbehagen und Entschlossenheit war ihm ins Gesicht geschrieben. „Professor?"

Rúnwis sah ihn an. Da er nicht damit hatte rechnen können, ihn hier zu treffen, dauerte das Wiedererkennen etwas länger. Dann jedoch schien er nur mühevoll den Impuls zu unterdrücken, einen Satz nach hinten zu machen.

Unauffällig glitt Svalris hinter Drúdir her. „Ich wollte mich für mein Auftreten bei unserer letzten Begegnung entschuldigen", sagte dieser gerade. Svalris staunte. So, wie sie den Uhrmacher aus dem Norden kannte, musste ihm die Entschuldigung ungeheuer schwer fallen, aber man merkte ihm kaum etwas von diesem Widerstreben an. Nur bei seinen nächsten Worten schwang dann doch etwas Kühle mit: „Sie schienen mir deutlich gemacht zu haben, dass ich nicht mehr willkommen bin, aber ich habe etwas über unseren gemeinsamen Bekannten gehört, das Sie betrifft. Besorgniserregende Neuigkeiten. Sie betreffen die Norne."

„Sind Sie verrückt, hier darüber zu sprechen?" Rúnwis sah sich hektisch um, wie um Lauscher zu identifizieren. Sein Blick blieb an Svalris hängen.

„Keine Sorge, sie ist vertrauenswürdig", versicherte Drúdir.

„Wie haben Sie herausgefunden, was wir verstecken?"

„Aus Dokumenten, die Kargan hinterlassen hat. Er ist übrigens tot." Drúdirs Augen zuckten bei diesen Worten zur Seite, als ertrüge er es nicht, Blickkontakt zu halten, während er sie aussprach.

„Tot? Wie?"

„Ich würde Ihnen die Details lieber ersparen, wenn Sie mir das gestatten."

„Die Details … das heißt, Sie …" Als Drúdir grimmig nickte, wich die Farbe aus dem Gesicht des Professors. „Haben Sie etwa …"

„Später", würgte Drúdir ihn ab. „Hören Sie zu, wenn Sie die Norne beschützen wollen, sollten Sie ihre wie auch immer gearteten Vorsichtsmaßnahmen verdoppeln. Ich kann Ihnen helfen, indem ich Ihnen sage, was Ihre Widersacher wissen. Sie müssen mich nicht mögen, müssen mir nicht vertrauen, aber Sie sollten mir zuhören. Wann und wo kann ich Sie treffen?"

„Kommen Sie morgen früh in mein Büro. Sie wollen es vielleicht nicht glauben, aber ich hatte erwogen, Sie meinerseits aufzusuchen. Obwohl … Sie sollten mich vielleicht noch heute Abend begleiten. Wenn unsere Feinde den Kalender auf dieselbe Art und Weise gelesen haben, dann haben wir womöglich recht und es ist nur noch eine Frage von Tagen … nein, Stunden!"

„Wovon sprechen Sie?", fragte Drúdir, als Rúnwis' erregtes Wispern sich in aufgeregtem Gestammel verlor.

Diesmal war es an dem älteren Zwerg, ihn zum Schweigen zu bringen: „Nicht hier. Wir werden uns hier verabschieden, sobald es möglich ist."

Drúdir nickte. „Ich habe vorher noch etwas zu erledigen. Und ich brauche Ihre Hilfe: Wahrscheinlich sind mindestens einer oder mehrere von Kargans Mitverschwörern hier. Wenn Ihnen irgendetwas auffällt, lassen Sie es mich wissen."

Rúnwis nickte und schien mit Mühe seine Aufregung niederzukämpfen. Offenbar erinnerte sich Drúdir plötzlich an seine Rolle, denn er begann, hektisch in sein Notizbuch zu krakeln. Er hätte sich die Mühe nicht machen müssen, denn in diesem Moment schwang die Tür auf und ein rothaariger Zwerg mit einem Backenbart und altzwergisch inspirierter Kleidung stolzierte herein, begleitet von zwei tadellos gekleideten, doch auffallend kräftigen Zwergen. Niemand achtete mehr auf den vermeintlichen Journalisten.

„Und hier kommt Angrin …“, murmelte Svalris grimmig. Sie wusste, dass sie nach dem Verständnis des Zwerges, der gerade von der breit lächelnden Sylra empfangen wurde, gar nicht existieren sollte, war sie doch zu einem Viertel Mensch. Sie fragte sich, wie ihre Mutter mit der Verachtung umging, die bei ihrem Anblick in Angrins Augen aufglomm. Übersehen hatte Sylra sie gewiss nicht. Sie mochte gelegentlich oberflächlich tun, aber man musste schon sehr dumm sein, um sich davon täuschen zu lassen.

„Dicht gefolgt von Wuthri und … Augenblick, ist das da Nainrar?“ Svalris kniff die Augen zusammen und glich die körnigen Zeitungsfotos aus ihrer Erinnerung mit den Gesichtern der beiden eintretenden Zwerge ab.

Wuthri und Nainrar, die beide in den letzten Jahrzehnten zu märchenhaftem Wohlstand gelangt waren, hatten nahezu identische Biografien. Beide stammten sie aus vielleicht nicht gerade ärmlichen Verhältnissen, aber waren doch weit von den gesellschaftlichen Kreisen entfernt zur Welt gekommen, denen die meisten Zwerge hier angehörten. Und genau das machte sie in dieser Runde ebenso zu Fremden, wie Svalris und Drúdir es waren – vielleicht sogar noch mehr, denn die Versammelten konnten sich darauf verlassen, dass die beiden Reporter nach getaner Arbeit und hungrigen Blicken auf das unerreichbare Niveau von Geld und Kultur wieder in ihre bescheidenen Existenzen zurückkehren würden. Sie waren keine Gefahr. Zwerge wie Wuthri und Nainrar hingegen, die die alten Adelsfamilien schon lange an Reichtum und so langsam wohl auch an Einfluss überflügelt hatten, drohten, das festgefügte System aus Hierarchie, Tradition und Beziehungen mehr zu erschüttern, als dies selbst der nominellen Einführung der Demokratie gelungen war.

Das alles ging Svalris durch den Kopf, aber auch, dass sich die beiden nicht nur einen ähnlichen Hintergrund teilten, sondern sich bei aller erbitterten Konkurrenz sogar äußerlich lächerlich ähnlich sahen. Beide waren sie dunkelhaarig und nicht gerade groß, mit üppig besticken Westen und kühn nach menschlicher Mode glatt rasierten Gesichtern – sonderbar, dass noch immer die Menschen in dem Ruf standen, die dynamischste aller kiarvanischen Spezies zu sein, obwohl in erster Linie zwergische Erfindungen den Kontinent verändert hatten.

Bald darauf schwang die Tür ein weiteres Mal auf und ein rundlicher Zwerg in betont einfacher Kleidung trat mit raumgreifenden Schritten ein. Sein dunkelblondes Haar hätte wahrscheinlich schon vor einigen Wochen dringend einen Schnitt gebraucht und wippte wild mit jeder seiner Bewegungen mit. Ein kampflustiges Funkeln glomm hinter den Gläsern seiner Brille auf, als sein Blick auf Angrin fiel, der sich in eines der dunkelgrünen Sofas hatte sinken lassen.

„Vanjir", raunte Svalris. Sie musterte den Zwerg mit trauriger Sympathie. Von einem Radikalen hatte Vanjir sich zu einem Mann entwickelt, der verzweifelt versuchte, mehr soziale Gerechtigkeit zu erzwingen und zugleich den labilen Frieden zwischen radikalen Reformern und Expansionisten zu wahren. Doch seine Partei löste sich vor seinen Augen auf. Seine Zuversicht konnte nur Fassade sein.

Sie ließ ihren Blick weiterwandern, über Angrin, Nainrar und Wuthri. Beide Fabrikbesitzer würden gewiss von einem Krieg profitieren, wären sie es doch, die das zwergische Heer mit Waffen versorgen würden. Aber wer würde sich zur Entfesselung eines Krieges verschwören, nur um Gewinn daraus zu schlagen? Na schön, es hatte Svalris Spaß gemacht, das Ganze einmal durchzurechnen und sich zu überlegen, was sie an der Stelle eines Verschwörers getan und welche Angriffe sie als General der Union angeordnet hätte. Aber auch wenn Svalris die Vereinigungskriege nicht miterlebt hatte, hatte sie doch genug darüber gehört, um zu hoffen, dass ihr eine solche Erfahrung erspart bleiben würde. Sie spürte Wut in sich aufsteigen. Wie konnten die Verschwörer es nur wagen, anderen – egal ob Zwerge oder nicht – die schreckliche Realität des Krieges aufzwingen zu wollen?

Ihre Augen waren nur noch vage in die Richtung der drei Zwerge gerichtet, ohne sie wirklich zu sehen. Deshalb bemerkte sie zunächst nicht, wie ein kräftiger Zwerg mit raspelkurzem, graufleckigem Haar eintrat und leise mit Nainrar sprach. Drúdir hingegen entging er keineswegs.

Erschrocken sah Svalris, wie dem jungen Uhrmacher alle Farbe aus dem Gesicht wich. Klatschend schlug sein Notizbuch auf dem Boden auf. Drúdir und Svalris bückten sich gleichzeitig danach. „Was ist denn?", wisperte sie.

Stumm deutete Drúdir auf die Füße des Neuankömmlings. Im Unterschied zu den meisten Gästen trug dieser schwere, knöchelhohe Stiefel mit auffallenden, filigran verzierten Silberschnallen. Verständnislos starrte die Journalistin ihren Begleiter an.

# *Kapitel 40*

## Drúdir

Drúdir blieb länger auf dem Boden kauern als notwendig, die Handflächen auf den weichen Teppich gepresst, als könne er dadurch die Festigkeit des Bodens in seine Gliedmaßen zwingen. Für einen Moment wusste er nicht, was er tun würde. Sich auf Fragars Mörder stürzen? Sich zitternd zurückziehen? Oder sich gar zwischen Sylras geschmackvollem Interieur übergeben?

„Was ist mit ihm?“, wiederholte Svalris drängend.

„Ich erkenne seine Schuhe … und jetzt, die Art wie er läuft. Dieser Zwerg hat Fragar getötet.“

Drúdirs Sicht flackerte zwischen der physischen Welt und dem Spektrum der Magie hin und her, ohne dass er irgendeinen Einfluss darauf gehabt hätte. Die Fäden seiner Aura flackerten in gleißenden Farben und peitschten wild durch die Luft. In seinem Kopf vermengten sich die Stimmen und Erinnerungen der Toten mit seinen eigenen Gedanken zu einem betäubenden Crescendo.

*Töte ihn!*

*Lauf!*

*Egal was, aber tu irgendetwas!*

Drúdir atmete tief durch und richtete sich auf, als ihm bewusst wurde, dass er wohl kaum hier hocken bleiben konnte. Sein verlegener Blick in die Runde verriet ihm jedoch, dass kaum mehr als eine Minute vergangen sein konnte. Er wandte sich von der Gestalt des Zwerges, den er als Fragars Mörder identifiziert hatte, ab, bis er das Chaos in seinem Kopf wenigstens halbwegs zur Ruhe gezwungen hatte.

„Drúdir“, flüsterte Svalris, „was auch immer du tust, warte ab. Jetzt ist nicht der Zeitpunkt.“

Die Angst in ihrer Stimme ließ Drúdir überrascht aufblicken. „Ich hatte keineswegs vor, mich hier und jetzt auf ihn zu stürzen.“

Obwohl ein fremder Teil von ihm der Idee nicht abgeneigt war. Die Scherbe Grihins vielleicht? *Sieh mal, die silbernen Gabeln auf diesem Tablett … stoß ihm eine davon ins Auge. Zerschmettere sein Gesicht mit der schweren Blumenvase da. Lösch ihn aus. Mach deutlich, dass niemand ungestraft deine Freunde verletzt!*

„Die Magie um dich herum … Verdammt, Drúdir, kontrolliere dich!“

„Was ist denn?"

„Deine Augen haben gerade weißblau aufgeleuchtet."

Der Schreck holte ihn in die Realität zurück. „In Ordnung. Ich hatte nur einen komischen Moment … keine Ahnung wieso, das könnte mit der Gegenwart des Mannes zusammenhängen, den ich aus Fragars Sicht als meinen Mörder gesehen habe. Wie dem auch sei, jedenfalls habe ich mich wieder unter Kontrolle. Was tun wir jetzt?"

„Beobachten. Fragen stellen. Unauffällig sein. Die lästigen Reporter spielen."

Drúdir nickte; klammerte sich an die Anweisungen, die sie ihm gab. „Gut, gut, das mache ich."

Er drehte sich zu einer Zwergin mit kunstvoll hochgestecktem, rotem Haar und wogendem Dekolleté um und setzte ein beflissenes Lächeln auf. „Verzeihen Sie, Madam? Verraten Sie mir, wer Ihr Kleid entworfen hat? Es ist für das Magazin, das in ein paar Monaten alle lesen werden."

Er notierte die Antwort der Zwergin und Svalris löste sich nach einem letzten besorgten Blick von seiner Seite, um sich dem dicht gedrängten Kreis aus Schmeichlern zu nähern, der sich um Nainrar gebildet hatte. Drúdir entging nicht, dass die Zwerge der alteingesessenen Familien, unschwer zu erkennen an den klassischen Schnitten ihrer Kleidung und der Selbstverständlichkeit, mit der sie sich hier bewegten, den Politiker und die beiden Industriellen mit verächtlichen Blicken bedachten, wann immer diese wegschauten, aber auch sie standen um die drei herum. Auch Drúdirs Interviewpartnerin löste sich von ihm, um zu ihnen hinüber zu flattern. Allein Vanjir stand etwas verloren da. Er versuchte sich an einem bitter-ironischen Lächeln, aber auf Drúdir wirkte er vor allem resigniert.

Drúdir reckte den Hals, um Fragars Mörder in der teuer gekleideten Menge auszumachen, aber es wollte ihm nicht gelingen. Der Zwerg, den zu finden er nach Schwarzspiegel gekommen war, war verschwunden. Die einzige Spur, die Drúdir hatte, war der Mann, dem er offenbar eine wichtige Botschaft ins Ohr geraunt hatte. Nainrar.

Neidisch starrte er Svalris an, die es irgendwie geschafft hatte, sich zu Nainrar durchzudrängen und nun lächelnd mit ihm plauderte. Wahrscheinlich war es ihr nicht einmal bewusst, aber sie sah faszinierend aus, wie sie im Schein der elektrischen Leuchter lächelnd dastand, das Klemmbrett in der Armbeuge, den Hals gereckt und eine Augenbraue skeptisch hochgezogen. Drúdir fühlte sich an einen schillernden Vogel erinnert, der sich zwischen Hühner verirrt hatte und deren Treiben belustigt verfolgte. Vielleicht wimmelte Nainrar Svalris deshalb nicht sofort ab.

Drúdir nutzte die Abgelenktheit des Geschäftsmannes, um ihn unauffällig zu mustern. War es Nainrar gewesen, der die Materialien und das Geld für Moryns Konstruktion zur Verfügung gestellt hatte? Der Kargan dazu ermutigt hatte, die Experimente durchzuführen, von denen er aus den Aufzeichnungen des Alchemisten wusste? In den Erinnerungen des Menschen hatte er leider weder den Namen, noch das Gesicht seines Gönners gefunden, nur vagen Ärger angesichts dessen Mischung aus Arroganz und Unwissen. Und Moryn gehorchte diesem Mann, tötete auf seinen Befehl hin.

Moryn … durfte man das Resultat der widernatürlichen Verschmelzung einer Maschine mit den Körpern geopferter Zwerge schön finden? Er ertappte sich bei dem Eingeständnis, dass es nicht nur ihre zwergische Maske war, die er bewunderte. Wie konnte man auch von ihm, einem zwergischen Uhrmacher, verlangen, nicht über die meisterhafte Metallverarbeitung, die unzähligen winzigen Rädchen in ihrem Inneren zu staunen, die sich mit solcher Harmonie und Effektivität bewegten? Er musste an Phandraels Worte denken. Natürlich hatte der Elf trotzdem vollkommen unrecht!

In einer anderen Situation hätte er wohl länger über das Thema nachgedacht, aber so kehrten seine Gedanken immer wieder zu dem Zwerg zurück, den er an Nainrars Seite hatte treten sehen. Mittelgroß und breitschultrig, bewegte er sich mit einem Selbstvertrauen, wie man es einem schlicht gekleideten Zwerg in einer solchen Runde nicht zugetraut hätte. Der weite Schnitt seines Gehrrocks war gut geeignet, einen durchtrainierten Körper und verborgene Waffen zu kaschieren und die Art, wie sein Blick durch den Raum geglitten war, verriet ständige Wachsamkeit. Doch Drúdir brauchte diese kleinen Anzeichen nicht, um sich sicher zu sein.

Fragars Mörder musste Nainrar etwas wirklich Bedeutendes mitgeteilt haben, denn gerade erhob sich der Fabrikbesitzer unter unzähligen Entschuldigungen in Richtung Sylras und zog sich hastig zurück. Drúdirs Beine zuckten. Er wollte Nainrar folgen, hoffte, dass er ihn zu dem Zwerg führte, der seinen Mentor getötet hatte … Den Zwerg, mit dem alles angefangen hatte. Ein Teil von Drúdir schrie danach, ihn in der Tradition der alten Duelle herauszufordern, damit alles ein Ende hatte. Aber damit wäre selbst dann nichts gewonnen, wenn er durch irgendeinen gnädigen Zufall triumphierte. Drúdirs Mission in Schwarzspiegel war längst viel mehr als nur die Suche nach dem Zwerg, der das Messer geführt hatte.

Dennoch. Er wollte wissen, wohin Nainrar so hastig unterwegs war.

In diesem Moment bat Sylra alle zu Tisch. In den nächsten beiden Stunden aß Drúdir Gourmetspeisen, von deren Geschmack er keine Notiz nahm und notierte Klatsch und Tratsch, der ihm später wie Sätze in einer anderen Sprache vorkommen sollte. Die ganze Zeit über stand ihm das wettergegerbte, unscheinbare Gesicht des namenlosen Zwerges vor Augen.

Als sich die Gäste schließlich zwanglos plaudernd von ihren Tischen erhoben und Rúnwis ihn am Ärmel zupfte, schrak er zusammen. „Kommen Sie mit mir?“, fragte der Gelehrte in beinahe resigniertem Ton.

Drúdir brauchte ein wenig, um sich an ihr nur wenige Stunden zurückliegendes Gespräch zu erinnern. „Oh ja, natürlich.“

Svalris, die an ihre Seite geglitten war, sah sie mit Bedauern an. „Ich bleibe noch hier und finde heraus, was man sich so über Nainrar erzählt. Später suche ich noch einmal Bekannte auf, denen eine andere Sorte Gerüchte zu Ohren gekommen sein könnte. Ich werde nicht ruhen, bis ich nicht alles herausgefunden habe, was es über ihn und seinen Schatten zu wissen gibt.“

„Danke“, sagte Drúdir.

Svalris schielte zu Rúnwis hinüber und sah Drúdir bittend an. Er wusste, wie sehr es sie, die Magieforscherin, schmerzen musste, auf die Gelegenheit zu verzichten, Rúnwis über die Norne sprechen zu hören.

„Ich habe ein gutes Gedächtnis“, besänftigte Drúdir sie. „Und Findra würde mich sowieso umbringen, wenn ich nicht alles Wort für Wort wiedergeben würde.“

Rúnwis zuckte zusammen, als er ihn so leichtfertig von der Preisgabe seines Geheimnisses sprechen hörte, aber ihm war wohl klar, dass er Drúdirs Hilfe und Informationen brauchte.

„Bis später dann. Wir sehen uns in der ‚Glocke‘“, verabschiedete sich Svalris. Sie hatten es für eine gute Idee gehalten, die Pension zu wechseln, in der sie wohnten.

„Ja, bis später.“

Drúdir und Rúnwis verließen den hell erleuchteten Palazzo kurz nacheinander. Der Professor hatte darauf bestanden, nicht gleichzeitig zu gehen, um keinen

Verdacht zu erregen. Drúdir fragte sich, ob es nicht längst zu spät dafür war, aber er sagte nichts.

Sie trafen sich wie verabredet in einer schmalen, von roten Laternen beleuchteten Gasse und machten sich langsam auf den Weg zur Universität. Nach einem misstrauischen Blick in alle Richtungen wisperte Rúnwis: „Also, was haben Sie herausgefunden?"

Rasch fasste Drúdir ihm zusammen, was er wusste. Selbst im gedämpfteren Licht der farbigen Abendlaternen – blaugrün in der Straße, in die sie eingebogen waren – konnte er sehen, wie ein Ausdruck des Entsetzens über das Gesicht des Gelehrten huschte, gefolgt von Misstrauen.

„Woher wissen Sie das?"

Er war stehen geblieben, die Linien seines Gesichts wie in Stein gemeißelt. Drúdir erkannte, dass Rúnwis ihm nichts verraten würde, wenn er nicht seinerseits preisgab, woher er diese Informationen hatte. Wären ihre Rollen vertauscht gewesen, hätte auch er dem Fremden kein Wort geglaubt. So blieb ihm nichts anderes übrig, als zu berichten: Von Kargans Tod, dem Bündnis mit den Drasirai und dem Elfen, der sich aus unerfindlichen Gründen auf die Seite der Verschwörer geschlagen hatte. Über Kyrai und Phandrael verriet er nur das Nötigste. Er brachte den beiden Drasirai keine Sympathie entgegen, aber sie hatten eine Abmachung und Drúdir nahm sein Versprechen ernst. Über Moryn zu sprechen, fiel ihm aus anderen Gründen schwer. Er endete bei dem Wiedererkennen von Fragars Mörder unter Sylras Gästen und den Plänen der Verschwörer, in die Bibliothek einzudringen. Schließlich zog er die Abschriften aller die Norne betreffenden Dokumente, die er entwendet hatte, aus der Tasche und drückte sie Rúnwis in die Hand, woraufhin dieser sie schnell in seiner Jacke verschwinden ließ. Anstatt weiterzugehen, hielt der ältere Zwerg inne und fixierte Drúdir mit hartem Blick.

„Warum sollte ich Sie ins Vertrauen ziehen? Das Geheimnis, das wir hüten, ist gefährlich. Diese Männer mögen wissen, dass wir den Weg zur Norne schützen und dass er sich morgen öffnen wird, aber na und? Wer sagt, dass sie es zu ihr schaffen? Und würden wir unsere Sache nicht noch mehr gefährden, wenn wir noch mehr Zwerge ins Vertrauen ziehen würden? Wobei: Es wäre schön, wenn es lediglich Zwerge wären. Wie konnten Sie dieses Wissen nur mit Elfen teilen? Ach was, nicht nur mit Elfen, mit Drasirai!"

Bei der Nennung dieses Namens bemerkte Drúdir in seinen Augen dasselbe Aufleuchten, dass er auch in ihnen gefunden hatte, als er Moryn beschrieben hatte: Eine Mischung aus Ekel und Faszination, wie sie für Zwerge typisch war, die die Gefahren der Magie kannten und sich ihrem Bann doch nicht entziehen konnten. Er schüttelte nur den Kopf: „Lesen Sie diese Papiere. Die Verschwörer mögen noch nicht mit Sicherheit wissen, wie sie zu der Norne gelangen, aber sie wissen, dass der Eingang zu ihrer … Höhle oder wo auch immer sie lebt, in Ihrer Bibliothek liegt. Sie haben Sie monatelang beobachtet. Sie kennen Ihren Namen und die aller Ihrer Freunde. Und selbst wenn Sie alle heute noch fliehen würden: Glauben Sie wirklich, Sie könnten sich vor Zwergen verstecken, die Wesen – oder Maschinen – wie die Seraphim kommandieren? Die so einflussreich sind, dass sie Kargans Akte verschwinden lassen konnten, und die, wenn Nainrar wirklich zu ihnen gehört, ausreichend Geld haben, um jeden zu bestechen? Und dann fragen Sie sich noch eines: Würden Sie das Geheimnis um die Norne bewahren, wenn jemand Ihnen oder jemandem, der Ihnen am Herzen liegt, eine Pistole an den Kopf hielte? Ich habe gelesen, was diese Leute getan haben, um die Seraphim zu erschaffen. Es gibt nichts, wovor sie zurückschrecken würden."

Rúnwis sah ihn an. Die Falten in seinem Gesicht schienen sich binnen Sekunden tiefer in seine Haut gegraben zu haben. „So, wie Sie es darstellen, macht es dann wohl auch keinen Sinn mehr, Sie einzuweihen. Welchen Schutz können Sie gegen diese Verschwörer aufbieten?"

„Unterschätzen Sie mich nicht", entgegnete Drúdir mit mehr Überzeugung, als er tatsächlich aufbrachte. „Ich bin nicht länger der Zwerg, der seine Fähigkeiten am liebsten verleugnen würde. Und ich bin nicht allein. Die Drasirai sind zu Erstaunlichem in der Lage – und vor allem fest entschlossen, alles zu tun, um die Interessen ihrer Königin zu wahren, die sich in diesem Fall mit unseren decken. Und darüber hinaus: Selbst wenn die Verschwörer nicht wüssten, wo sie die Norne finden, würde ich sie aufsuchen wollen. Ich weiß nicht, wie lange Moryn ihre Herren noch täuschen kann – auf eine direkte Frage wird sie ihnen wahrheitsgemäß antworten müssen. Und anschließend losziehen, um uns alle zu töten, nehme ich an. Ich brauche das Wissen der Norne, um herauszufinden, wie ich die Verschwörer finden und aufhalten kann, solange ich noch dazu in der Lage bin."

Seine grimmige Ansprache fand ein unerwartetes Ende, als er Rúnwis kichern sah.

„Was?“, fragte er, ertappte sich aber bei einem selbstironischen Halblächeln.

„Entschuldigung. Sie meinten selbst, dass Ihre – unsere Feinde – über nahezu unbegrenzte Macht verfügen. Und im nächsten Moment scheinen Sie Ihnen ganz allein entgegentreten zu wollen.“

Drúdir zuckte die Achseln. „Ich war immer eher ein Einzelgänger.“

Rúnwis schüttelte noch einmal mit einem leisen Lachen den Kopf, aber diesmal lag Bedauern darin. „Und was die Norne betrifft, erwartet Sie wohl eine Überraschung.“

Etwas in seinem Blick und Tonfall ließ Drúdirs Kopf alarmiert hochrucken. „Was?“

„Wir sind fast in der Universität. Da kann ich Ihnen alles erklären.“

Drúdir glaubte nicht, dass es ihm gelungen war, Rúnwis‘ Sympathie oder Vertrauen zu gewinnen, aber wenigstens eines schien dem älteren Zwerg klargeworden zu sein: Er würde ihn nicht ein weiteres Mal ohne eine Erklärung abwimmeln können.

Er war bereits ein paar Schritte weitergegangen, als ihm auffiel, dass Rúnwis stehengeblieben war. Er drehte sich um und begegnete dem müden, nachdenklichen Blick seines widerwilligen Begleiters. „Der erste und einzige starke Zwergenmagier seit Jahrzehnten. Ich frage mich, ob es nicht so sein soll …“, murmelte Rúnwis. „Immerhin würde sich damit wohl ein Kreis schließen.“

„Was?“, fragte Drúdir und fühlte sich allmählich wie ein Trottel, weil er diese Frage immer wieder wiederholte.

„Ich habe nur laut gedacht.“

Wenig später saßen sie in Rúnwis‘ tadellos aufgeräumtem Büro. Es war seltsam gewesen, um diese Zeit durch die Flure des Universitätsgebäudes zu gehen. Zwar drang noch immer unter der einen oder anderen Tür Licht hervor, aber man hatte die elektrische Beleuchtung ausgeschaltet und der einzige Zwerg, dem sie auf dem Flur begegneten, war eine verhutzelte Frau, die im Schein einer altertümlichen Grubenlampe, die an ihrem Putzwagen hing, den Boden wischte. Rúnwis‘ Blick glitt über sie hinweg, als wäre sie nicht da, was Drúdir ärgerlich das Gesicht verziehen ließ.

Im Büro angekommen, war Drúdir zu rastlos, um lange in dem weichen Sessel sitzen zu bleiben. Stattdessen stand er auf und trommelte mit den Fingern einer Hand gegen die Holzvertäfelung der Wand, während Rúnwis mit knappen, abgehackten Bewegungen die Gaslampen an den Wänden anzündete. Auf Drúdirs fragenden Blick hin meinte er nur, dass das Universitätsgebäude nur tagsüber Elektrizität beziehe.

Schließlich ließ er sich in einen Sessel fallen. „Setzen Sie sich doch. Sie machen mich nervös."

„Und das hat ausschließlich mit meiner Position im Raum zu tun?"

„Nein, vielmehr hängt es damit zusammen, dass Sie dazu neigen, Ihre Nase in Dinge zu stecken, die über Ihren Horizont gehen."

„Bis ich gekommen bin, hatten Sie keine Ahnung …"

Rúnwis winkte ab. „Nun setzen Sie sich schon. Ich habe eingesehen, dass ich Sie nicht mehr loswerde. Aber geben Sie mir ein paar Minuten. Ich will das noch zu Ende lesen."

Mit einer Miene, deren Ernst schnell Entsetzen wich, studierte er Kargans Aufzeichnungen. Am Ende verbarg er sein Gesicht hinter den zerknüllten Papieren, die er in den offenen Händen hielt, sodass Drúdir, der ihn ungeduldig beobachtete, nur noch sein wirres, braunes Haar sehen konnte. Schließlich blickte er auf.

„Versprechen Sie mir, dass Sie mir alles mitteilen, was die Norne Ihnen anvertraut."

„Sie lassen mich zu ihr?"

„Das hatte ich doch gesagt."

„Sie haben in erster Linie bedeutungsvoll und unzusammenhängend vor sich hingemurmelt. Was hatte es mit dieser Sache auf der Straße auf sich? Mit dem Kreis, der sich schließt. Und der Überraschung, die mich erwartet?"

Rúnwis lehnte sich zurück. „Was wissen Sie über die Geschichte Schwarzspiegels?"

„Die Stadt wurde von dem ersten Großkönig des alten Zwergenreiches gegründet, als Regierungssitz, Handelszentrum an der Grenze zu den südlicheren Ländern und vor allem als wichtiges Zentrum des Varhamúl-Kultes. Aus den Ordenshäusern mit ihren Bibliotheken entwickelte sich schließlich die Universität und seitdem gilt die Stadt als Hort der Gelehrsamkeit."

„Wissen Sie, wer die erste Bürgermeisterin Schwarzspiegels war?"

Drúdir schüttelte den Kopf. „Unterstand die Stadt nicht direkt dem König?"

„Ja, aber er ist in der ganzen Union herumgereist. Wenn er gerade nicht da war, war seine Statthalterin niemand anderes als die ebenfalls an der Gründung der Stadt beteiligte Grímryn, sein treuer Schatten und die einzige andere bekannte Zwergin mit Ihren Fähigkeiten, Drúdir. Sie erreichte eine beängstigende Meisterschaft in diesen, die weit über das hinausging, was Ihnen derzeit möglich ist. Sie war es, die als Erste mit der Norne sprach. Einige behaupten, sie habe sie heraufbeschworen. Jedenfalls war sie es, die ihr Refugium schuf – einen Ort, dessen Tor sich einmal im Jahr für wenige Tage öffnet. Zu einem Datum, welches sie hieraus kennen sollten.“ Er winkte müde mit den Notizen. „Kargan hat sich verrechnet, aber nicht so sehr, wie ich gehofft hatte.“ Er unterbrach sich. „Kargan … Haben sie wirklich …?“

Drúdir senkte den Blick. „Hören Sie, ich will nicht darüber reden. Aber ich versichere Ihnen: Wenn es irgendeine Möglichkeit gegeben hätte, wie wir beide unversehrt hätten gehen können, ich hätte sie ergriffen.“

Rúnwis sah ihn unverwandt an, Misstrauen in den von dunklen Ringen umgebenen Augen. „Haben Sie seine Erinnerungen gelesen?“

„Sie haben mich in sein Labor geführt, aber mehr auch nicht. Ich weiß selbst nicht, wie es sein konnte, dass mir die Gesichter seiner Mitverschwörer entgehen konnten, aber es ist geschehen. Aber selbst wenn … wie hätten wir ohne Beweise irgendetwas bewirken können?“

„Ich glaube nicht, dass Ihre Elfenfreunde Beweise verlangt hätten“, bemerkte Rúnwis trocken. „Sind Sie übrigens sicher, auf sie zählen zu können? So wie ich viele ihrer Art kenne, sind sie einem Krieg gegen die ach so minderwertigen Zwerge sicher nicht abgeneigt.“

„Nicht, wenn sie ihn nicht gewinnen können. Die ach so minderwertigen Zwerge haben jetzt ach so tödliche mechanische Seraphim.“

„Und diese Wesen …“

„Sie haben die Tiefufer-Akten gelesen. Glauben Sie mir, die bleiben hinter der Realität zurück. Also, zurück zu unserem Plan.“

„Na schön, verlieren wir keine Zeit.“, sagte Rúnwis. „Ich rufe die Hüter – so nennen wir Eingeweihten uns – zusammen. Wenn Sie Findra und Svalris vertrauen, können Sie sie gerne holen. Ich hätte nichts gegen Verstärkung. Aber keine Elfen. Das ist meine Bedingung.“

Drúdir nickte ernst. Als er sich eine Haarsträhne aus dem Gesicht streichen wollte, verwandelte Müdigkeit die Geste in ein ungeschicktes Wischen und er spürte, wie es ihm zunehmend schwerer fiel, sich zu konzentrieren. Aber obwohl Erschöpfung seine Gedanken trübte, ließ Aufregung sie nicht zur Ruhe kommen. In wenigen Stunden würde er einem mythologischen Wesen gegenüberstehen und es nach einer nicht weniger legendären Kreatur fragen – und womöglich herausfinden, wie sich ein Krieg verhindern ließ, der den ganzen Kontinent zu verschlingen drohte. Vor allem aber konnte die Norne ihn zu dem Zwerg führen, den er heute identifiziert hatte.

Der Gedanke erfüllte ihn mit grimmiger Genugtuung, aber auch mit Angst. Der Zwerg würde ihn nicht freundlicher empfangen als Kargan. Drúdir wusste nicht, was er mehr fürchtete: Fragars Mörder – oder sich selbst, wenn er ihm gegenüberstand.

# *Kapitel 41*

# Phandrael

Phandrael sah sich verstohlen um, bevor er sich von dem Dach fallen ließ und federnd hinter den drei Zwergen landete. Sein höfliches Hüsteln ließ sie herumwirbeln. Binnen eines Lidschlags starrte der Elf auf eine Revolveröffnung, schlagbereit erhobene Hände und einen sehr spitzen Bleistift. Offenbar hatten die Zwerge nun auch auf einer instinktiven Ebene begriffen, wie ernst ihre Lage war. „Phandrael", seufzte Drúdir. „Warum um eine Ecke biegen, wenn du auch von einem Dach springen kannst?"

„Ja, wieso?" Phandrael grinste und zog sein Kartenspiel aus der Tasche. Er ließ die Karten durch seine Finger tanzen und setzte zu einer spöttischen Bemerkung über den Bleistift an, mit dem Svalris sich hatte verteidigen wollen, aber offenbar hatten die neuen Verbündeten der Drasirai nicht lange gebraucht, um ihn kennen zu lernen.

„Komm zum Punkt!", bat Svalris. „Wir sind alle müde."

„Ich hatte fest damit gerechnet, dass ihr Kyrai und mich früher oder später hintergeht. Und wie ich sehe, habe ich mich nicht getäuscht."

„Wer sagt, dass wir euch hintergehen?", fragte Svalris. Sie gestikulierte vage in Richtung eines Kanals, der im Laternenlicht mehr als gewöhnlich schimmerte. „Wir könnten uns auch nur die Leuchtkrebse ansehen. Nacht ohne Lichter und so weiter."

„Dann habt ihr sicher nichts gegen ein bisschen Gesellschaft."

Nervöse Blicke schossen zwischen den dreien hin und her. „Betrachtet das Ganze doch vernünftig: Was auch immer ihr vorhabt, ihr könnt ein bisschen Rückendeckung gebrauchen."

„Rückendeckung … oder einen Pfeil im Rücken", murmelte Findra.

„Ich dachte, das hätten wir schon geklärt", heuchelte Phandrael Enttäuschung.

„Was ich vorhabe, muss ich alleine tun", sagte Drúdir schlicht.

„Deshalb auch Findra und Svalris."

„Sie begleiten mich nur ein Stück weit. Ich will dich nicht enttäuschen, Phandrael, aber der Zwerg, zu dem wir unterwegs sind, hat sich ziemlich explizit dazu geäußert, wer erwünscht ist und wer nicht. Keine Ahnung, wieso er in dem Punkt so spezifische Vorstellungen hat. Du vielleicht?"

„Er weiß von uns?"

Phandrael hätte nicht gedacht, dass der scheinbar so verschlossene Drúdir derart mit Geheimnissen um sich werfen würde. Und es gefiel ihm nicht.

„Er hat darauf bestanden, dass nur Svalris und Findra mitkommen."

„Er muss mich nicht notwendigerweise sehen."

Drúdir lenkte ein. „Na schön. Bleib in einiger Entfernung und komm uns zu Hilfe, wenn nötig."

„Und woran erkenne ich das?"

„An einigen ziemlich lauten Schreien, schätze ich. Ist Kyrai auch in der Nähe?"

Phandrael nickte. „Ja, sie folgt uns."

„Wieso haben wir sie nicht bemerkt?", fragte Findra.

Er lächelte wieder. „Magie."

Sie beide verdankten den Dryaden einen Zauber, der sie vielleicht nicht unsichtbar machte, aber die Blicke derjenigen, die nicht wussten, wonach sie Ausschau zu halten hatten, von ihnen ablenkte. Es war ein Abstieg gegenüber der echten Unsichtbarkeit, über die Magier damals verfügt hatten, als die Magie noch um ein Vielfaches machtvoller gewesen war. Dennoch sollte man diese Fähigkeit nicht unterschätzen. Findra schüttelte den Kopf. Noch immer schien sie nicht so recht fassen zu können, dass die Vergangenheit mit aller Macht in das rationalisierte Kiarva der Gegenwart zurückdrängte. Inklusive allerlei interessanter Artefakte.

„Hast du eigentlich Näheres über diesen mysteriösen Sarkophag herausfinden können, Svalris?", fragte er.

Die Journalistin schüttelte den Kopf. „Leider nicht. Haben du und Kyrai eigentlich die ganze Zeit da draußen gelauert?"

„Nein, eigentlich führt uns eine konkrete Sache her."

Er hatte es ihnen noch ein wenig verschweigen wollen, da die unvermeidliche Aufregung jedes weitere Gespräch unausweichlich zunichtemachen würde, aber nun, da das Stichwort gefallen war, reichte er Findra stillschweigend das Dokument, das über Varyntai in seine Hände gelangt war. Es handelte sich um ein handgeschriebenes, mit Korrekturen versehenes Blatt Papier. Es stammte aus einer der Zeitungsdruckereien der Stadt. Während die drei Zwerge sich darüber beugten, spuckten die Druckerpressen der Stadt den Text – oder Variationen davon – bereits tausendfach vervielfacht aus.

Findra war blass geworden. „Aber …“

„Sie haben auch ein Bild von dir“, sagte Phandrael.

„… geständiger Hammerschwinger nennt Kontakt in Nordkroner Polizei … teilt radikale Gesinnung … steht im Verdacht, in Schwarzspiegel mit radikalen Hammerschwingern Kontakt aufgenommen zu haben, womöglich im Zusammenhang mit geplanten Anschlägen während des Parteitags der ZSK … bewaffnet und möglicherweise gefährlich … jeder ihrer Begleiter ist auch verdächtig … bitten um Informationen …“, las Drúdir murmelnd mit. „Findra, es tut mir so leid. Ich hätte nicht gedacht, dass sie versuchen, deinen Ruf in den Dreck zu ziehen.“

„Schau mich an“, schlug Phandrael aufgeräumt vor. „Ich werde seit Jahren für einen Terroristen gehalten und komme ganz gut damit zurecht. Allerdings wirft dieser kleine Artikel – oder besser gesagt, was dahinter steht – einige konkrete Probleme auf …“

„Zum Beispiel, dass ich jederzeit verhaftet werden könnte!“, fauchte Findra. „Und sollte ich dem auf wundersame Weise entkommen, ist mein Ruf trotzdem für immer ruiniert.“

„Wenn heute alles nach Plan läuft, wissen wir in ein paar Stunden, wer dafür verantwortlich ist“, sagte Svalris tröstend.

„Und dann?“, stellte Findra die Frage, die die drei wahrscheinlich bisher so gut es ging verdrängt hatten. „Was machen wir dann? Wenden wir uns an die hiesige Stadtwache: ‚Oh, entschuldigen Sie, aber wir klagen die einflussreichsten Bürger dieser Stadt an, sich mit einem abtrünnigen Drasiron und einem menschlichen Alchemisten verschworen zu haben, um eine Armee von Maschinenwesen zu bauen und Kiarva in einen Krieg zu stürzen, weswegen wir Ihnen sehr dankbar wären, wenn Sie etwas unternehmen könnten – vorausgesetzt, Sie stehen nicht auf deren Gehaltsliste.‘ Oder stürmen unsere elfischen Verbündeten rein und räumen zu zweit mit wohlverteidigten Verschwörern auf?“

„Sehr wohlverteidigt“, warf Phandrael ein. „Seit einigen Tagen ist der Silberwurm hier stationiert. Wir versuchen noch, herauszufinden, auf wessen Befehl hin, aber wir glauben nicht an einen Zufall.“

„Genau mein Punkt!“ Findra unterbrach ihn beinahe. „Was, wenn wir das alles hier auf uns nehmen, um uns dann in ein oder zwei Jahren während einer Feuerpause zuzunicken und zu sagen: Haben wir alles kommen sehen? Vorausgesetzt, wir leben dann noch, was ich, um ehrlich zu sein, für unwahrscheinlich halte. Beim Abgrund, ich wünschte, ich hätte nie von dem Ganzen erfahren. Und wo wir schon beim Thema Abgrund sind: Was bitteschön haben wir einem verdammten Dämon entgegenzusetzen.“ Findra blieb mit hängenden Armen stehen. „Monolog beendet. Irgendwelche ermutigenden Worte?“

Drúdir und Svalris wechselten einen Blick.

„Gerade nicht, fürchte ich.“

„Tut mir leid, Findra.“

Sie sahen Phandrael an. Der zuckte die Achseln. „Wir bekommen vielleicht Gelegenheit, ‚Barmherzigkeit‘ auszuprobieren.“

Findra stöhnte.

„Wir sind da“, sagte Drúdir leise und unbehaglich. Er deutete auf die Kuppel der Bibliothek. „Halt dich im Hintergrund, Phandrael“, bat er. Der Drasiron nickte. Mit geübtem Blick überprüfte er den Vorplatz. Einige wenige Zwerge – Nachtschwärmer auf dem Weg nach Hause – waren dort noch unterwegs. Waren es nicht ein wenig zu viele, ihr Gang zu gemächlich? Und diese Zwerge, die auf den Stufen des Laborgebäudes herumlungerten, was führte sie her? Der Elf verharrte in der schmalen Gasse, durch die sie gekommen waren, und sah Drúdir, Findra und Svalris zu, wie sie, unbewusst die Nähe der anderen suchend, den Platz überquerten. Dann zuckte er die Achseln, gab Kyrai, die sich unbemerkt hinter ihnen gehalten hatte, ein Zeichen, und folgte ihnen.

# *Kapitel 42*

## Svalris

Das Misstrauen, das ihnen entgegenschlug, war beinahe mit Händen zu greifen, aber Svalris ließ sich den Moment des Triumphes dennoch nicht nehmen. Sie würde Zeugin eines Toröffnungsrituals werden, wie es das letzte Mal vor Jahrhunderten stattgefunden hatte. Ihre Augen huschten zwischen Rúnwis' Freunden – den „Hütern", wie sie sich laut Drúdir selbst nannten - hin und her. Gerade machten sie die letzten Bibliotheksbesucher und das Reinigungspersonal in den verwinkelten Räumen der Bibliothek ausfindig und scheuchten sie unter allerlei fadenscheinigen Vorwänden hinaus, um daraufhin mit vereinten Kräften die schweren Türflügel zuzuziehen. Mit einem dumpfen, endgültig klingenden Schlag fielen diese ins Schloss und wurden von Rúnwis gewissenhaft verschlossen.

„Die Seiteneingänge sind auch zu", meldete die Zwergin, die sich als Esdis vorgestellt hatte. Sie sah aus, als habe sie sich auf dem Weg zur Bibliothek frisiert, aber ihr blasses Gesicht war wach und neugierig. Im Gegensatz zu ihr schienen die übrigen Hüter eher widerwillig als aufgeregt, aber sie alle teilten den zielstrebigen Ernst, mit dem sie sich durch die Bibliothek bewegten, die Fenster verhängten, den Mosaikboden der zentralen Halle fegten oder sich in verblüffend neu aussehende Bücher vertieften, um anschließend flüsternd zu diskutieren.

Drúdir und Findra standen untätig in ihrer Mitte. Obwohl der hochgewachsene Drúdir für gewöhnlich ein Zwerg von einiger Präsenz war, wirkte er etwas verloren, wie er nervös mit einem Fuß auf den Mosaikboden tippte, die Arme um den Körper geschlungen als wäre ihm kalt. Findra hingegen schien die Lügen, die die Zeitungen am nächsten Tag über sie verbreiten würden, noch immer nicht verwunden zu haben.

„Wir sind so weit", sagte Brúnir, ein kräftiger, einfach gekleideter Zwerg. Svalris glaubte, ihn schon einmal auf dem Universitätsgelände gesehen zu haben, aber das konnte genauso gut Einbildung sein.

Rúnwis nickte nervös. „Herrschaften, bitte nehmen Sie ihre Positionen ein." Er sah Drúdir an und schien etwas sagen zu wollen, bedeutete ihm schließlich jedoch nur mit einem Nicken, in die Mitte des Raumes zu treten.

„Was haben sie vor?", fragte die Ermittlerin leise. Unbehaglich ließ sie ihren Blick über die fünf Zwerge schweifen, die sich aufgestellt hatten. Svalris folgte ihrem Blick. Ein Professor in leicht derangierter Abendgarderobe, eine angehende Wissenschaftlerin, ein Arbeiter, ein exzentrischer Künstler und ein Zwerg, der wie ein Bankangestellter aussah … Nicht gerade die Sorte Zwerge, die man sich vorstellte, wenn man an die Teilnehmer eines magischen Rituals dachte.

„Schätze, wir müssen uns überraschen lassen", wisperte Svalris zurück. Sie kannte die Theorie, wusste, dass sich die Zwerge mit dem magischen Netz und miteinander verbinden und ihre Kräfte bündeln würden. Doch jede Kultur und jeder magische Zirkel hatten ihre eigenen Methoden und Riten gefunden, um dies zu erreichen.

Sie lehnte sich vor, um aufzuschnappen, was Rúnwis Drúdir erklärte, aber der Gelehrte sprach zu schnell und leise. Schließlich überreichte er Drúdir ein silbernes Objekt. Zuerst war sie nicht sicher, um was es sich handelte, dann erkannte sie einen kunstvoll gestalteten Schlüssel, dessen Griff von einer beinahe spannenlangen Querstange abgeschlossen wurde.

Drúdir nickte knapp und trat in die Mitte des Raumes, dorthin, wo die dünne Stahlsäule, welche die ewige Flamme hielt, im Boden verschwand.

Rúnwis bezog so Stellung, dass alle Hüter zusammen nun die Ecken eines imaginären Fünfecks bildeten. Jetzt erst fiel Svalris auf, dass einige der bronzenen Objekte in den Händen der Skulpturen in den Säulen, die die Balustrade über ihnen trugen, neuer zu sein schienen als andere. Hatte man mit ihnen bei der Säkularisierung des Tempels Attribute ersetzt, deren magisch-religiöse Bedeutung zu offensichtlich gewesen war?

Svalris nahm sich vor, Nachforschungen anzustellen. In diesem Moment kniete Drúdir auf einem der Zahnräder nieder, die das Mosaik abbildete. Er kauerte mit dem Rücken zu ihr, sodass sie nicht sehen konnte, was er tat, aber als er sich aufrichtete, hatten sich mehrere Mosaiksteine aus dem Boden gelöst und ein Schlüsselloch freigegeben.

Nicht nur Svalris hielt den Atem an, als Drúdir den uralt aussehenden Schlüssel in dem Loch drehte. Er musste beide Hände zur Hilfe nehmen und seine Schultern spannten sich an. Endlich rastete geräuschvoll ein Mechanismus ein. Ein dumpfes Rumpeln erschütterte die Halle und das Kreischen von rostigem Metall ließ alle Anwesenden zusammenzucken. Svalris' Blick glitt nervös über die Gesichter der Hüter. Im flackernden Schein des Feuers in seinem gigantischen Glastropfen – jemand hatte die elektrische Beleuchtung gelöscht, sodass das Drahtseil, das sich zwischen Boden und Decke spannte, kaum zu sehen war und die „Ewige Flamme“ zu schweben schien – waren ihre Mienen kaum zu deuten. Allein Findras Unbehagen war selbst in dem unsteten Licht nicht zu übersehen.

Drúdir machte einen kleinen Satz nach hinten, als sich das Mosaik-Zahnrad unter seinen Füßen zu drehen begann und den Boden in mehrere Segmente teilte. Sie senkten sich ab und glitten in die Wände des runden Schachtes, der sich unter der ewigen Flamme geöffnet hatte. Die dünne Stahlsäule, die den Glastropfen hielt, verschwand darin. Svalris glaubte, schmale Stufen zu erkennen, konnte sich aber nicht vorstellen, wo diese hinführen sollten. Soweit sie wusste, war die Bibliothek auf einem von mehreren massiven Steinsäulen getragenen Plateau erbaut, unter dem sich jedoch das unergründliche, kalte Wasser des Schwarzspiegelsees befand … Es sei denn, jemand hätte die Karten gefälscht, um einen Keller zu verbergen.

Eine Bewegung am Rand ihres Blickfelds zog ihre Aufmerksamkeit auf sich. Rúnwis bewegte die Arme wie ein Dirigent und, so als hätten sie es tausendmal geübt, begannen die fünf Zwerge zu sprechen. Svalris war ein wenig überrascht, dass sie nicht sangen wie die Magier der Überlieferung, aber es spielte wohl keine Rolle. Beschwörungen und dergleichen waren letztlich bedeutungslos, sie halfen den Zauberern lediglich, ihre Kräfte und Konzentration zu bündeln – oder sich, wenn es sich um weniger begabte Magier handelte, überhaupt erst in einen Zustand zu versetzen, der es ihnen erlaubte, das schimmernde Netz wahrzunehmen.

Wenn man bedachte, dass man überhaupt erst seit einigen Jahren wieder von einem nutzbaren magischen Netz sprechen konnte, wäre Svalris keineswegs überrascht, wenn die Kräfte der Versammelten – Drúdirs natürlich ausgenommen – nicht viel größer als ihre eigenen wären.

Mit halbgeschlossenen Augen lauschte sie den altzwergischen Mantren, die die fünf in perfekter Gleichzeitigkeit intonierten. Sie spürte die Spannung um sich herum steigen. So vage, wie ihr Gefühl für Magie war, konnte es jedoch genauso gut Einbildung sein …

Die gleißende Feuersäule, zu der die ewige Flamme explodierte, belehrte sie eines Besseren. Bläulich weiße Flammen, ähnlich dem unheimlichen Licht in Drúdirs Augen, strömten in die Tiefe und zur Kuppel hinauf. Wo sie Boden oder

Decke erreichten, teilten sie sich in vielfach verästelte Stränge, die einen Baldachin aus unirdischem Licht über ihnen bildeten und die Form der Wendeltreppe unter ihnen nachzeichneten.

Drúdir warf ihr und Findra einen Blick zu. Das Feuer spiegelte sich in seinen geweiteten Augen, aber deren Iris zeigte ihr übliches Braun. Sein Gesicht war wachsbleich und seine Lippen fest zusammengepresst. Er war ihr selten so normal erschienen wie in diesem Moment.

Aber dann straffte er die Schultern, schloss die Augen und ließ den Atem ausströmen. Noch bevor er die Augen wieder öffnete, wusste Svalris, welche Farbe sie nun haben würden – ihr unheimliches Glühen strahlte durch seine geschlossenen Lider hindurch. Findra sog scharf die Luft ein.

Stumm wandte sich Drúdir ab und stieg in den Schacht hinunter. Svalris biss sich auf die Unterlippe, als die bleichen Flammen über ihn hinwegtanzten, aber er schien sie nicht einmal zur Kenntnis zu nehmen. Erst in diesem Moment fiel ihr auf, dass die Luft mit der Beschwörung des Feuers nicht wärmer geworden war.

Mit einer Mischung aus Sorge und entsetzter Faszination sah sie Drúdir allmählich in dem Schacht verschwinden. Wieder kreischte und knarrte der Mechanismus. Jäh zog sich das Feuer zurück, bis die ewige Flamme in tiefem, dämmrigem Blau brannte. Nur einige wenige Flämmchen tanzten über dem Schacht. Nach dem gleißenden Licht von gerade eben erschien ihr das Zwielicht der Bibliothek beinahe dunkel. Die Hüter verstummten. Ihre Haltung entspannte sich sichtlich. Esdis stieß ein kleines, ungläubiges Lachen aus. „Wir haben es wirklich getan!“, murmelte sie kopfschüttelnd.

Brúnir ging zu einem der Buchhalterzwerge hinüber, um ihm auf die Schulter zu klopfen.

In diesem Moment flog die Eingangstür aus den Angeln. „Findra Ramnasdottir?“, donnerte eine Gestalt vom Eingang. „Leisten Sie Widerstand gegen ihre Verhaftung?“

„Ich …“ Svalris sollte nie erfahren, was Findra sagen wollte, denn ein schrilles Kreischen vermengte sich mit dem ohrenbetäubenden Lärm der Kugeln, die donnernd Splitter aus den Säulen schlugen. Svalris brauchte eine Weile, um zu begreifen, dass sie es war, die schrie.

# *Kapitel 43*

# Findra

Der korrekt gekleidete Hüter wirbelte auf dem Absatz herum und rannte los, um dem Pandämonium aus Lärm und Pulverdampf zu entkommen, in das sich die eben noch so ruhige und würdevolle Halle verwandelt hatte. Auf Höhe der Säule, hinter der Findra Deckung gesucht hatte, wurde sein Kopf wie von einem Hammerschlag nach vorn geschleudert. Warme Tropfen ließen sich auf Findras Gesicht nieder. Entsetzt sah sie, wie er bäuchlings noch ein paar Meter weiterschlitterte, während sich um ihn herum eine dunkle Lache ausbreitete.

Findra begriff nicht, was geschah. Das hier hatte nichts mit einer Verhaftung gemeinsam. Diese Zwerge waren gekommen, um zu töten. Sie lugte hinter ihrer Säule hervor. Vier, sechs, zehn Zwerge stürmten herein und draußen waren noch mehr.

Albin hob die Arme über den Kopf. „Bitte, ich habe nichts damit …" Er kam nicht dazu, seinen Satz zu beenden. Er fiel auf die Knie, während sich die Rüschen seines Hemdes jäh mit dunklem Rot vollsogen.

„Mörder!", brüllte Rúnwis. Das zuvor sorgfältig zurückgekämmte braune Haar war dem Gelehrten in die Stirn gefallen und die Augen hinter den wirren Strähnen waren weit aufgerissen. Er vollführte eine Handbewegung, als wolle er einen Vorhang zur Seite reißen und ein metallenes Skalpell löste sich aus der Hand einer der Skulpturen und grub sich tief in den Kopf eines der Angreifer. Die gleiche Geste riss einen weiteren von ihnen von den Füßen.

Findra zog ihre eigene Waffe und zielte. Sie erinnerte sich an das mulmige Gefühl, mit dem sie sie geladen hatte, als würde sie damit das Unglück heraufbeschwören, auf das sie sich vorbereitete. Seit sie der Stadtwache beigetreten war, hatte sie verzweifelt gehofft, sie nie einsetzen zu müssen. Aber all diese Ängste und Skrupel zählten jetzt nicht.

Sie drückte ab. Der Knall ging beinahe im Lärm unter, aber sie spürte deutlich den Rückstoß in ihrem Handgelenk. Einer der Angreifer fiel auf die Knie und umklammerte seinen Oberarm, wo ihr Schuss ihn gestreift hatte. Sie hatte eigentlich auf seinen Nebenmann gezielt.

Der brach jedoch jäh zusammen, als hätte ihre bloße Absicht ihn gefällt. Einen weiteren Uniformierten ereilte das gleiche Schicksal. Und im nächsten Moment erkannte sie, wer ihr da zu Hilfe gekommen war. Schwarzer Stoff verhüllte die Gesichter der Neuankömmlinge von den Augen abwärts, aber Findra musste nur ihre schmalen, hochgewachsenen Silhouetten sehen, um Phandrael und Kyrai zu erkennen. Einer der großen Nachteile der modernen Schusswaffen war, dass ihnen schnell die Munition ausging, und eine Situation wie diese ließ keine Zeit zum Nachladen. Die beiden Elfen lösten das Problem, indem sie leergeschossene Waffen nachlässig fallen ließen und neue hervorzogen, aber auch deren Kammern waren schnell geleert, sodass die Drasirai sich nun in einem Wirbel aus schwarzgekleideten Gliedmaßen und blitzendem Stahl in den Kampf stürzten. Scharfkantige Metallsegmente, die ihre Hände und Unterarme umhüllten, verliehen ihren Schlägen verheerende Wucht.

Die drei verbliebenen Hüter hatten sich mittlerweile formiert und streckten den Uniformierten, die noch immer auf sie feuerten, die Handflächen entgegen. Mit sonderbar abwesenden Mienen sangen sie eines ihrer Mantren und wichen synchron zurück. Was auch immer sie taten, es musste funktionieren, denn obwohl um sie herum Kugeln einschlugen, blieben sie unversehrt. Kaum hatten die Hüter eine der Türen erreicht, die aus der Halle in die Bibliothek führten, wirbelten sie herum und rannten los, wohl auf dem Weg zu einem der Hinterausgänge.

Eine Hand krallte sich in Findras Jacke. Die leergeschossene Pistole wie eine Keule gehoben, wirbelte sie herum. Sie fand sich Auge in Auge mit Svalris wieder, die auf die fliehenden Zwerge deutete. „Hinterher", rief sie über den Lärm hinweg.

„Aber Drúdir …", begann Findra.

Sie sah ihre eigene Hilflosigkeit in Svalris' graugrünen Augen gespiegelt.

„Wenn du irgendeine Idee hast, was wir für ihn tun können: Bitte."

Etwas wirbelte durch die Luft. Reflexhaft fing Findra es auf – und ließ es angewidert fallen. Es handelte sich um eine Zwergenhand, sechsfingrig wie ihre eigene. Ein sonderbar distanzierter Teil ihrer selbst registrierte den sauberen Schnitt und den Mangel an Blut – als wäre die Wunde kauterisiert worden. Nie hätte sie gedacht, dass die Drasirai mit ihren kurzen Klingen so sauber durch Sehnen und Knochen schneiden konnten.

Die dumpfen Laute, die von Schmerz, Zorn oder Anstrengung kündeten, hatten eine neue Qualität angenommen. Ein langer, schriller Schrei des Entsetzens erhob sich über den Lärm. Findra blickte sich um und sah, wie eine Gestalt riesige, bronzene Schwingen entfaltete, in denen sich die blauen Flammen spiegelten, die noch immer über dem Tunneleingang loderten.

Moryn! Findra konnten nur hoffen, dass sie auf ihrer Seite war.

Zumindest machte die Automate keine Anstalten, Kyrai anzugreifen, die mit wehenden Rockschößen auf die Wendeltreppe zusprintete. Im Gegenteil, als einer der Eindringlinge sich von hinten auf sie stürzen wollte, nahm das Maschinenwesen die Verfolgung auf, glitt jedoch aus und schlitterte in ihn hinein, was ihn wiederum mit Kyrai kollidieren ließ. Ineinander verkeilt stürzte das Trio die Treppe hinab. Die blauen Flammen loderten noch einmal auf, um dann jedoch jäh zu erlöschen. Grollend schloss sich der Eingang.

Die Ewige Flamme kehrte zu ihrem orangefarbenen Schein zurück – ein gnädigeres Licht als das kalte Blau, das jedes Detail der Szene in grausamer Klarheit ausgeleuchtet hatte. Zugleich verlieh das feurige Orange Phandrael etwas Dämonisches, als er sich über dem vorerst letzten Angreifer aufrichtete. Sein verschleiertes Gesicht unter der Hutkrempe hätte auch nur Dunkelheit sein können. Die Reflektion der Ewigen Flamme hüllte seine gepanzerten Unterarme in Feuer. Der Elf warf einen gehetzten Blick über seine Schulter, dann rannte er los; scheinbar ohne auch nur einen Gedanken an die Norne, Drúdir oder Kyrai zu verschwenden.

„Beeilt euch", rief er Findra und Svalris zu. „Vielleicht holen wir Rúnwis ein!"

Svalris war bereits losgerannt. Es versetzte Findra einen Stich, Drúdir zurückzulassen, aber was konnten sie tun? Sie sprintete hinterher und schlitterte hinter Svalris durch die Tür. Plötzlich waren sie von hohen Regalen umgeben. Matt glimmende Glühbirnen waren in weiten Abständen an der Decke angebracht und verwandelten die vollständige Finsternis, die sonst in der Bibliothek geherrscht hätte, in ein düsteres Zwielicht. Der Klang rennender Schritte vor ihnen wirkte zwischen den kunstvoll geschnitzten Regalen, die sonst nur ehrfürchtiges Wispern gewohnt waren, wie ein Sakrileg.

Phandrael hielt kurz inne, um die Tür mit zwei Trittleitern zu verbarrikadieren, dann rannte er weiter.

„Was ist", keuchte Findra, die mühevoll zu ihm aufschloss, „mit Drúdir und Kyrai?"

„Keine Ahnung", gab der Elf zurück. Noch immer war sein Gesicht verhüllt, aber zum ersten Mal seit sie ihn kannte, wirkte er nicht, als könne er jederzeit in überdrehtes Gelächter ausbrechen. „Sie könnten überlebt haben, ein einzelner Zwerg ist kein Gegner für Kyrai und schon gar nicht für Moryn. Wenn die Norne eine gewisse Kontrolle über das Portal hat, kann sie sie vielleicht zurückbringen – vorausgesetzt sie will das."

„Aber gehört sie nicht ... theoretisch... zu den Guten?" Findra stieß die Worte ohne echte Hoffnung hervor, hatte sie doch zunehmend das Gefühl, dass „die Guten" nicht existierten und nie existiert hatten.

Ihre Frage entrang Phandrael nun doch ein Lachen. „Eine Daimoniya? Glaub mir, deren Verständnis von Gut und Böse ist meinem ähnlicher, als dir lieb ist."

Sie schlitterten um eine Kurve und fanden sich Auge in Auge mit Rúnwis, Esdis und dem verbliebenen Hüter. „Drúdir?", fragte Esdis knapp.

Svalris schüttelte den Kopf. „Das Portal und der Tunnel haben sich geschlossen."

„Dann sind sie jetzt auf sich allein gestellt", sagte Rúnwis mit emotionsloser Stimme.

„Sitzen wir in der Falle?", erkundigte sich Phandrael.

Der Professor schüttelte den Kopf. „Nein. Die Varhamúl-Priester hatten immer mächtige Feinde. Es gibt einen Weg hinaus, aber wir müssen schnell sein."

Er wirbelte auf dem Absatz herum und wieder einmal spurteten sie zwischen den Regalen entlang. Findra hatte schon bald die Orientierung verloren, aber ihr Gefühl, dass sie einen Bogen schlugen, bestätigte sich, als sie sich eine Wendeltreppe hinaufkämpften. Aus den rautenförmigen Fenstern konnten sie auf die Stadt hinabblicken. Den Platz vor der Bibliothek, über den gerade zweifellos Verstärkung für ihre Verfolger heranstürmte, konnte sie von hier aus nicht einsehen, aber die Laternen in den angrenzenden Straßen herum hatten allesamt begonnen, hektisch zu pulsieren – ein Alarmsignal. Ihr unsteter Schein beleuchtete die Silhouetten von Zwergen, die auf die Straßen getaumelt waren.

Schon einen Moment später bereute Findra ihren Blick zur Seite, denn nur Phandraels geistesgegenwärtig ausgestreckter Arm bewahrte sie davor, auf den glatten, ausgetretenen Stufen das Gleichgewicht zu verlieren.

„Danke.“

„Keine Ursache. Es wäre ein schlechter Schnitt, drei von fünf Gruppenmitgliedern zu verlieren.“

„Noch wissen wir nicht …“ Ihr Protest, der vor allem sie selbst überzeugen sollte, ging in ihrem Keuchen unter, aber Svalris, die vor ihr rannte, musste sie gehört haben, denn sie schüttelte verzweifelt den Kopf. Sie schien nicht daran zu glauben, dass sie Drúdir je wiedersehen würden. Was wahrscheinlich für ihren Realismus sprach.

Noch war Findra mit jeder Faser ihres Seins darauf fixiert, ihren Verfolgern zu entkommen, aber ein Teil von ihr hatte ebenso sehr die Hoffnung aufgegeben wie ihre Gefährtin. Wenn sie das hier irgendwie überlebte, würde sie sich Folgendem stellen müssen: Drúdir war tot, verschlungen von Magie, die nie einen Weg in diese Welt hätte finden dürfen. Und mit ihm war so gut wie jede Hoffnung gestorben, den Verschwörern etwas entgegenzusetzen.

*Wenigstens,* dachte Findra, *hatte der Schacht auch Kyrai verschlungen.* Maskiert wie die Elfen gewesen waren, würde sich ihre Beteiligung nicht nachweisen lassen und somit zumindest nicht den Anlass für den Krieg liefern, den sie hatten verhindern wollen. Als ob das noch eine Rolle spielte! Die Ereignisse waren vorgezeichnet gewesen, seitdem Moryn mit dem Attentat im *Bergfalke* zum ersten Mal ihre Kampftauglichkeit und ihren Gehorsam unter Beweis gestellt hatte. Wie hatten sie nur glauben können, sie könnten etwas ausrichten? Für einen Moment spielte Findra mit dem Gedanken, ihre Pistole nachzuladen und auf ihre Verfolger zu warten, um wenigstens einen von ihnen mitzunehmen, wenn sie starb.

Vor ihr stolperte Svalris und nun war es an ihr, sie aufzufangen. „Vorsichtig“, mahnte sie überflüssigerweise. Aber da trat Rúnwis schon eine eisenbeschlagene Tür auf und die sechs stolperten in die nach Rauch und Mineralien schmeckende, kühle Luft des Bergesinneren. Sie standen auf dem Dach der Bibliothek. Mit sonderbarer Distanz bemerkte Findra, dass die Kanäle nun bereits unverkennbar aus sich selbst heraus leuchteten. Die Nacht ohne Lichter … Hatte sie sich tatsächlich noch vor Stunden darauf gefreut, das berühmte Naturschauspiel zu sehen?

„Was für ein Desaster!“, stieß Brúnir hervor, und wirbelte zu ihnen herum. „Wir hätten das nie tun dürfen!“, schrie er Findra und Svalris an. „Und wer, beim Abgrund, bist du?“ Das ging an Phandraels Adresse.

Der Drasiron liftete in einer angedeuteten Verbeugung seinen Hut. „Wir wurden einander nicht vorgestellt. Belassen wir es dabei."

„Du bist ein …"

Der Elf hob einen in Stahlsegmente gehüllten Finger an die hinter schwarzem Stoff verborgenen Lippen. Trocknendes Blut hatte seltsame Muster auf das Metall gemalt. „Unwissen wird dein Leben nicht schützen – nicht vor solchen Feinden –, womöglich aber meines."

Brúnir setzte zu einer hitzigen Antwort an, aber Rúnwis schnitt ihm das Wort ab. „Still! Das ist jetzt nicht die Zeit dafür!"

„Ähem", Findras Stimme kratzte in ihrer Kehle. „Was genau tun wir hier?"

„Entkommen."

„Wie genau? In diesem Moment rennen sie sicher schon die Treppen hinauf", sagte Svalris. Ihre Augen flackerten wild hin und her.

Rúnwis' Lippen verzogen sich zu einem grimmigen Lächeln, das in sonderbarem Widerspruch zu seinem starren Blick stand. „Mit etwas göttlicher Hilfe." Er deutete zur Kuppel hinauf, um die sich, wie Findra jetzt erst feststellte, in weiten Bögen eine Treppe nach oben schlängelte. Sie endete auf dem kleinen Plateau, wo Varhamúl mit seinem rätselhaften Lächeln über die Dächer der Stadt hinwegblickte. Rúnwis wandte sich um und machte sich an den Aufstieg. Sie folgten ihm.

Diesmal waren die Stufen nicht ausgetreten. Wären sie nicht von Vogeldreck bedeckt gewesen, der durch den natürlichen Oculus herabgefallen war, über dem bleich der Morgen dämmerte, hätten sie genauso gut gestern aus dem Stein gemeißelt worden sein können. Mit ausgebreiteten Armen hielt Findra das Gleichgewicht, denn die Treppe war beunruhigend schmal und der Blick nach unten trug nicht dazu bei, ihren Schritten Sicherheit zu verleihen. Sie vermied es so gut es ging, ihre Augen von den Stufen abzuwenden. Aber einmal glitt ihr Blick doch in die Tiefe, angezogen von dem Stimmengewirr der Zwerge, die sich auf dem Platz vor der Bibliothek versammelt hatten. Ein paar von ihnen schienen nach oben zu deuten. Steinsplitter, die kaum einen Meter entfernt von ihr aufspritzten, verrieten ihr, dass die vorgeblichen Stadtwächter Verstärkung erhalten hatten. Findra hoffte nur, dass sie keinem Hirngespinst Rúnwis' auf dieses Dach gefolgt war. Zugleich konnte sie sich kaum vorstellen, dass er mit irgendeinem Weg aufwarten würde, auf dem sie es je wieder lebendig verlassen konnten.

Endlich konnte sie Esdis, die die Nachhut gebildet hatte, hinter sich auf die Plattform ziehen.

Die Hüterin wandte sich an Rúnwis, der sich keuchend am Schaft von Varhamúls Sense festhielt.

„Glaubst du wirklich, dass das funktionieren kann?“, keuchte sie.

Der Professor schüttelte den Kopf. „Nicht wirklich.“

„Oh“, machte Svalris.

Findra wünschte, Esdis hätte nicht gefragt.

„Aber es ist einen Versuch wert.“

Rúnwis straffte den Rücken und umschloss die Klinge von Varhamúls Sense mit einer Hand. „Zumindest sterben wir mit schöner Aussicht.“

Findra riskierte von Neuem einen Blick über die Dächer der Stadt hinweg, die sie bei ihrer Ankunft so beeindruckt hatte. Nun, wo die Kanäle von kleinen Leuchttierchen glommen und den Unterseiten der unzähligen polierten Messingrohre einen grünlichen Glanz verliehen, wirkte die Stadt auf dem Wasser wie ein Bild aus einem Traum.

„Denn das bedeutet es, ein Zwerg zu sein“, murmelte Rúnwis und Findra erkannte, dass er zitierte, „mit den Füßen dem Unten verbunden zu bleiben, sein Blut zu geben, wenn nötig, und den Blick zum Himmel zu richten, auf dass er das Unsichtbare enthülle.“

Er schloss die Hand und zuckte kurz zusammen. Als er die Finger spreizte, verlief ein langer Schnitt über seine Handfläche und ein roter Tropfen lief an der geschwungenen Klinge entlang, um schließlich an der Spitze der Sense hängen zu bleiben.

Ein Laut, der unpassender nicht hätte sein können, ließ Findra über die Schulter sehen. Phandrael lachte leise und ungläubig – und nahm wie in einer Geste der Ehrerbietung seinen Hut ab.

Rúnwis stieß ein erleichtertes Seufzen aus. „Wir sind gerettet.“

Die Luft über Varhamúl begann zu schimmern. Findras Sicht verzerrte sich sonderbar, als sie den Gott ansah. Das seltsame Phänomen wuchs in die Höhe, bis es beinahe aussah, als würde eine Säule aus stillem Wasser das Dach der Bibliothek mit dem Oculus verbinden. Findra musste an die ewige Flamme denken, die unter ihnen schwebte. Durchaus ironisch, wenn man bedachte, dass sie den Triumph der Wissenschaft über die Magie symbolisierte.

Das Schimmern verschwand und sie konnten sehen, was zuvor durch Magie verborgen gewesen war: Ein Stahlseil reichte aus der Höhe hinab – nein, mehrere. Eine Art Flaschenzug. Ungefähr auf ihrer Höhe baumelte eine Traube aus Gurten daran.

Mit fliegenden Fingern legten die sechs sie an. In diesem Moment wurde die Falltür angehoben und uniformierte Zwerge stürmten auf das Dach. Eine Kugel schlug einer der Skulpturen an der Dachkante einen Finger ab. Die ersten beiden stürzten. Zwei Wurfmesser Phandraels hatten sich in ihre Kehlen gegraben. Weitere Schüsse krachten und etwas Schweres, Weiches ließ Findra zurücktaumeln. Wäre nicht der Gurt um ihre Hüfte gewesen, hätte der Schlag sie von der Kuppel geschleudert. Stattdessen pendelte sie einen Moment lang unkontrolliert in der leeren Luft, das erschrockene, schmerzerfüllte Keuchen Brúnirs in den Ohren. Der Hüter presste beide Hände auf seinen Bauch, wo sich seine Jacke gerade mit Blut vollsog.

Findra sah nicht, was Rúnwis tat, aber offenbar hatte er einen Mechanismus aktiviert. Es fühlte sich an, als würden sämtliche Organe in ihrem Körper nach unten gepresst, als sie mit irrwitziger Geschwindigkeit nach oben sausten.

Es schien ewig zu dauern und dann wieder auch nur einen Moment. Schließlich endete ihr rasanter Aufstieg mit einem Ruck und sie pendelten in ihren schmerzhaft einschneidenden Gurten neben einer Plattform, die sich knapp unterhalb des Oculus aus dem Berg schob; zu klein, als dass man sie von unten hätte sehen können. Eine dunkle Tunnelöffnung klaffte im schwarzen Stein.

Einige entschlossene Beinschwünge halfen ihnen auf das winzige Plateau, auf dem sie schließlich dicht gedrängt standen.

„Herrschaften“, sagte Rúnwis, „ich habe den Eindruck, wir leben noch.“

„Nicht alle“, sagte Phandrael.

Findra wandte sich um. Svalris, die Brúnir aus seinem Geschirr geschnitten hatte, schüttelte traurig den Kopf.

# *Kapitel 44*

# Drúdir

Wie in Trance stieg Drúdir die Stufen hinab. Er registrierte, dass sich diese Wendeltreppe im Gegensatz zu denen, die man in Türmen fand, von rechts nach links drehte. Das war durchaus sinnvoll, denn jeder Eindringling, der von oben herabgestürmt kam, würde weniger Raum zum Ausholen haben.

Als hätten seine Gedanken ihn heraufbeschworen, erklang hinter ihm gedämpfter Lärm. Aufgeregte Stimmen und fernes Krachen. Doch all das erschien ihm weit weg … Um ihn herum verschlangen sich die Magiefäden zu fremdartigen Strukturen und zupften an seiner Aura, als wollten sie sie auflösen. Die Welt, die er zurückgelassen hatte, die Ängste und Zweifel, die an ihm gefressen hatten, zerfaserten wie halberinnerte Träume.

Tiefer und tiefer, Windung um Windung ging es hinab. Unmöglich tief. Er musste weit unter dem Wasserspiegel sein. Drúdir fragte sich halbherzig, wie das funktionieren konnte. Mittlerweile umgab ihn absolute Dunkelheit, aber er bemerkte es kaum. Er orientierte sich nur an den Magiefäden, die die Form der Wendeltreppe nachbildeten; eine endlose Spirale, die ihn tiefer und tiefer hinabführte … und plötzlich endete.

Die fremdartigen Magiefäden zogen sich jäh aus seiner Aura zurück wie Schneckenfühler unter der Berührung eines Fingers. Binnen eines Lidschlags kehrte sein Bewusstsein aus dem merkwürdigen Dämmerzustand zurück, in den sein Weg in die Finsternis es versetzt hatte. Für einen Moment wusste er nicht, wo er war, warum und wie er hierhergekommen war. Weder konnte er etwas in der Dunkelheit erkennen, noch seine Sinne nach dem schimmernden Netz ausstrecken.

Das Gefühl absoluter Verwirrung war stark genug, um ihm das Gleichgewicht zu rauben. Obwohl er seinen Sturz mit den Händen abfing – der Boden war kühl und glatt wie Glas – schlug er hart mit einem Knie auf. Um ihn herum zischte und stampfte es.

„Wenn sich deine Verwirrung etwas gelegt hast, wirst du in der Lage sein, den Zauber in der Wendeltreppe gebührend zu bewundern“, sagte eine leise, amüsierte Frauenstimme. Sie sprach das Zwergisch der gebildeten Klassen mit uhrwerkartiger Präzision. „Hätte er dich nicht zur Entspannung gezwungen, hätte sich alles in dir gegen die Magie aufgelehnt, die dich hergebracht hat und auf eine Weise mit ihr interferiert, die dir nicht gut bekommen wäre. Um deiner Frage zuvorzukommen: Ja, meinesgleichen beherrscht Magie, die in das Bewusstsein eingreift. Eine komplizierte Angelegenheit, zweifellos, aber kein Ding der Unmöglichkeit."

Grüne Zwillingslichter schienen vor ihm in der Schwärze auf, erloschen für so kurze Zeit, dass er es sich auch eingebildet haben könnte, und kehrten dann zu ihrem Glanz zurück. *Augen*, dachte Drúdir. *Blinzelnde Augen.* Vorsichtig richtete er sich auf und zuckte zusammen, als das Wesen weitersprach. Seine Stimme erklang irgendwo vor ihm, doch von wo genau schien sich alle paar Sekunden zu ändern.

„Aber das hättest du womöglich sogar ahnen können, immerhin hast du bereits einen Bruchteil dessen gesehen, wozu meinesgleichen fähig ist. Wie sonst hätten so mittelmäßige Zwerge wie die, deren Verschwörung dich und deine Freunde so nervös macht, etwas wie die dreizehn Seraphim konstruieren können? Ich frage mich, was die tatsächlichen Seraphim von diesem Namen halten würden … Verzeih meine Redseligkeit, aber ich glaube, ich kann gewisse mildernde Umstände für mich in Anspruch nehmen. Und letztlich ist es das Glück deiner kurzlebigen Spezies, dass ich derart mitteilungsfreudig bin. Hast du es etwa für einen Zufall gehalten, dass die industrielle Revolution in Nornírwatar ihren Anfang genommen hat? Wie undankbar von ihnen, die Stadt trotzdem umzubenennen."

Langsam tauchten zwei weitere Augenpaare aus der Dunkelheit auf. Drúdir hatte einmal jemanden behaupten hören, er müsse einem anderen Zwerg nur in die Augen sehen, um zu wissen, was dieser fühlte. Er fragte sich, ob der Betreffende seine Behauptung angesichts dieser sechs scheinbar in der Leere schwebenden Augen revidieren würde. Drúdir erschauerte, als ein weiteres Licht aus der Dunkelheit auftauchte; dieses Mal ein mattes, dunkelrotes Pulsieren.

„Ich frage mich, was du jetzt empfindest, junger Zwerg. Noch vor einigen Jahrhunderten wärst du dein ganzes Leben lang auf diesen Moment vorbereitet worden, aber so muss es dich wohl schockiert haben, von meiner Existenz zu erfahren. Eure Welt ist ärmer geworden ohne Magie, aber daran sind wir wohl nicht ganz unschuldig."

„Wir?", krächzte Drúdir.

„Das ist eine weitaus komplexere Frage, als das winzige Wörtchen ‚Wir' vermuten lässt. Alliterationen; so eine nette Spielerei, die nur in den Sprachen dieser Welt funktioniert. Ich nehme einmal an, du weißt, woran dein Volk noch vor ein paar Jahrzehnten geglaubt hat?"

Drúdir nickte. Im Gegensatz zu ihm musste die Norne in der Dunkelheit sehen können, denn sie fuhr fort: „Nun, wie das mit religiöser Überlieferung so ist, lagen sie falsch. Ihre Unwissenheit wurde nur noch von denjenigen in den Schatten gestellt, die die Existenz von Göttern, Engeln und Dämonen – oder den Wesen, die sich hinter diesen Begriffen verbargen, leugneten."

Allmählich wurde der Raum heller. Kleine Lampen – sie erinnerten an Glühbirnen, zumindest wenn man darüber hinwegsah, dass sie keinen Glühfaden enthielten – verbreiteten ein schummriges Licht.

„Der Abgrund ist real, Drúdir", raunte das Geschöpf und wie um seine Worte zu unterstreichen, wurde es endlich hell genug, um Drúdir einen Blick auf seine Umgebung zu gewähren. Um ihn herum schälten sich Umrisse aus der Dunkelheit: Zahnräder und Kolben, Drähte und Röhren bildeten eine gigantische, unangenehm organisch anmutende Maschine, deren Funktion der Zwerg nicht einmal ansatzweise nachvollziehen konnte. Im Zentrum der Konstruktion, umschlossen von einem Käfig aus Draht, hing ein Stein, der in einem schwachen, dunkelroten Licht pulsierte. Er war wie ein menschliches Herz geformt und spiegelte damit die Form des dunklen, zusammengeschrumpelten Dinges wieder, das in ihm eingeschlossen war wie ein Insekt in Bernstein.

Die Maschine nahm die gesamte, der Wendeltreppe gegenüberliegende Wand der Kammer ein. Der Raum selbst war ein klaustrophobischer Würfel aus spiegelglattem Obsidian. Die sechs Augenpaare, die in der Dunkelheit geglüht hatten, gehörten zu drei archaisch anmutenden Masken aus dunklem Stahl, die ihn in starrer Gelassenheit beobachteten. Sie waren vollkommen identische Abbilder einer Zwergin mit breiten, klugen Zügen und dichten Haarflechten.

„Drei …", murmelte Drúdir, als er sich an die Überlieferung erinnerte.

„Ja, die Mythen lagen nicht vollkommen falsch", entgegnete die rechte Maske, „ich habe tatsächlich drei Gesichter. Ich kenne die Vergangenheit …" – die mittlere Maske übernahm – „die Gegenwart …", „und die Zukunft", endete das rechte Gesicht. „Wobei ich allerdings zugeben muss, dass ich keine Visionen von der Zukunft habe. Ich bin lediglich umfassender informiert als jeder andere, dem du je begegnen wirst. Meine Prognosen bewahrheiten sich meist."

Allmählich begann am Rand seines Sichtfelds wieder das schimmernde Netz aufzuflimmern, aber beinahe wünschte Drúdir sich, er wäre blind für die Welt der Magie geblieben. Die Strukturen, in deren Zentrum das Herz der Norne pulsierte, waren zu komplex und fremdartig, als dass er sie begreifen könnte. Nein, nicht vollkommen fremd. Er hatte etwas Ähnliches schon einmal gesehen. In Kargans Labor. Er war nicht sicher, ob es diese Assoziation oder die verwirrende Fremdartigkeit war, die dieses flaue Gefühl in seinem Magen auslöste.

„Und ich berichte von dem, was ich sehe", fuhr die Norne mit unveränderter Gelassenheit fort. „Gerade für dich habe ich eine schöne Geschichte parat, die nicht nur einiges Licht in diese Verschwörung bringen wird, die dich in den letzten Wochen so beschäftigt hat, sondern nebenbei auch die Fluktuationen in der Magie dieser Welt erklären wird. Kurz, ich werde dich nicht nur darin einweihen, wieso das letzte Jahrhundert kiarvanischer Geschichte so verlaufen ist, wie es verlaufen ist, sondern auch in die Existenz einer Welt jenseits deiner eigenen. Und den Fakt, dass ihr alle – na schön, diejenigen von euch, die es geschafft haben, unsere Aufmerksamkeit zu erregen – die Marionetten von Göttern und Dämonen seid. Habe ich dein Interesse geweckt?"

Es dauerte, bis Drúdir seine Stimme wiederfand. „Warum solltest du mir das alles erzählen?"

„Weil ich genau deswegen hier bin. Es ist meine Aufgabe, Zwergen zu erzählen, was sie wissen müssen. Wenn ihr vom Abgrund – oder den lichten Gärten – redet, denkt ihr, sofern ihr sie nicht komplett als Aberglauben abtut, an zwei einfach strukturierte Welten, die eine besiedelt von Göttern und Engeln, die andere von Dämonen. Nun, das stimmt so nicht. Es handelt sich vielmehr um zwei Adressen in derselben Straße. Und es gibt keine Götter und Engel. Nur Dämonen – zumindest würdest du sie eher mit Dämonen vergleichen, wenn du sie näher kennen würdest -, die verschiedenen Fraktionen angehören. Ich habe mich vor drei Jahrtausenden für die falsche entschieden, was mir dieses Exil hier eingetragen hat. Nein, nein, du musst mir nicht dein Mitgefühl beteuern. Ihr Sterblichen seid ein unterhaltsames Völkchen. Was du wissen solltest, ist, dass eure und unsere Welt verbunden sind, umschlungen vom selben Netz der Magie. Von dem wir, im Gegensatz zu euch, jedoch mehr als dilettantischen Gebrauch machen können. Für uns ist Zaubern so natürlich wie Atmen, die Magie so sehr Teil für uns, dass einige von uns weitgehend unabhängig von ihren Körpern sind. Du hast auf dem Weg hierher selbst erlebt, was unsere Zauber bewirken können oder hättest es zumindest getan, wenn sie nicht deinen Geist manipuliert hätten. Die Magie, die das bewirkt hat, dieser ganze Ort und ich sind aus einem einzigen Grund hier: Um die Sterblichen zu warnen, wenn Dämonen den Pakt brechen und in eure Welt eindringen."

„Den Pakt?"

„Du hast sicher schon gesehen, wie sich die Magiestrukturen hier unterscheiden, nicht wahr? Dämonenmagie hat in dieser Welt verheerende Wirkung, ebenso wie ein physischer Angriff einen Dämon schwer verletzen könnte. Es sei denn, sie suchen sich einen Wirt. Am besten, du fragst Kyrai danach."

„Was hat Kyrai mit all dem zu tun?"

„Oh, frag sie einfach. Sie weiß mehr über dämonische Magie, als sie preisgeben möchte. Jedenfalls haben wir Dämonen einen Pakt geschlossen, die Welten weitgehend getrennt zu halten. Als Wächterin des Paktes bin ich ein Sonderfall. Einer der unseren wurde – vielleicht gegen seinen Willen, vielleicht mit seiner Zustimmung – in eure Welt gerufen. Von ebenjenen Verschwörern, die du suchst. Wenn du sie findest, findest du auch Valedas, oder, präziser ausgedrückt, das, was aus ihm geworden ist. Das müsste deine elfischen Verbündeten freuen, vorausgesetzt, sie überleben die daraus resultierende Begegnung."

Verwirrt vom Redefluss der Norne starrte Drúdir die drei Gesichter an.

„Überfordere ich dich? Das wäre enttäuschend."

„Nein, nein", wehrte er ab und stellte, wie um zu zeigen, dass er mitdachte, die Frage, die ihn umtrieb, seit das Zwielicht die Norne enthüllt hatte: „Wieso die Maschine? Diese Technologie kann es zur Zeit des letzten überlieferten Besuches bei dir doch noch nicht gegeben haben?"

„Du sagtest es bereits: Des letzten überlieferten Besuches. Tatsächlich war Frandor der Erfinder bei mir. Im Austausch gegen diese Maschine habe ich ihn an meinem Wissen teilhaben lassen – ein gutes Geschäft für beide Seiten, nicht wahr. Ein interessanter Mensch, dieser Frandor … der letzte Runenschmied, der sein letztes, großes magisches Werk für eine Chance austauschte, Teil der industriellen Revolution zu werden. Er würde sich im Grabe umdrehen, wenn er wüsste, was diese Verschwörer, hinter denen du her bist, mit seiner Erfindung angestellt haben."

„Mit welcher Erfindung?“

„Svalris hat dir doch von dem Sarkophag erzählt. Es gab eine Zeit, in der die Dämonen den Pakt noch nicht geschlossen hatten. Aus dieser sind noch einige Fragmente von Herzsteinen in dieser Welt erhalten geblieben. Sie sind nicht so mächtig wie sie es einst waren, aber können noch immer einiges bewirken. Das Fragment, das Kargan genutzt hat, um Xatanares zu rufen, ist klein und schwach. Deswegen brauchte er den Sarkophag, um Xatanares an Valedas‘ Körper zu binden und seine Kräfte zu verstärken.“ Die Norne gab einen seltsamen Laut von sich, den Drúdir als Kichern identifizierte. „Das Ganze ist ein wenig anders gelaufen, als Valedas, dessen Vorschlag die Verschmelzung war, es sich vorgestellt hat. Aber ich bin bereit, ihm zuzugestehen, dass nicht viele Sterbliche solche Visionen haben – hatten? – wie er. Ihr seid langweiliger geworden, seit die Magie geschwunden ist.“

„Du hast gesagt, du wüsstest, was mit der Magie passiert ist?“

„Natürlich. Wie könnte es anders sein, schließlich sind wir Dämonen verantwortlich. Während in eurer Welt die Magierkriege endeten, begannen in unserer Auseinandersetzungen, die diese geradezu harmlos erscheinen ließen. Dabei wurden Kräfte entfesselt, die du dir nicht einmal vorstellen kannst. Als die mächtigsten Dämonen des Abgrunds einander bekriegten, wurde das magische Netz unserer Welt nahezu zerrissen. Aber interessanterweise scheint in diesem Universum ein Mechanismus zu existieren, um solche Schäden zu beheben. Fäden aus eurem Netz haben die Lücken gefüllt, bis sich unseres regenerieren konnte. Deshalb hat sich die Magie in eurer Welt so drastisch verringert. Aber sie kehrt wieder zurück; nun, wo das magische Netz unserer Welt wieder an Stärke gewinnt und weniger Fäden aus eurer an sich zieht. Du bist einer der Ersten, die es bemerken, weil die Zauber, für die du eine Begabung hast, auch bei einem relativ schwachen, losen Netz beeindruckende Resultate erzielen.“

„Gut, das erschließt sich mir. Danke für die Information. Aber ich bin hergekommen, weil …“

„Ach ja, die Identität deiner Verschwörer. Bist du sicher, dass du sie aufhalten willst?“

„Natürlich! Wem wäre mit einem Krieg geholfen?“

„Glaubst du wirklich, dass du ihn vermeiden kannst? Die Verschwörer – diejenigen von ihnen, denen es nicht um Profit geht – haben gute Argumente. Dieser

Kontinent steuert auf einen Krieg zu. Er ist nicht unausweichlich, aber wahrscheinlich. Mit den Seraphim – die sie binnen Tagen zu erwecken in der Lage sein werden – könnten ihn die Zwerge gewinnen. Ohne sie sieht es für dein Volk nicht allzu gut aus. Aber einige Zwerge würden bestimmt profitieren. Die Elfen übrigens noch mehr, wenn auch wahrscheinlich auf eine andere Weise, als sie es selbst glauben. Ich weiß nicht so recht, ob sie jemals begriffen haben, welchen Fortschritt sie den Kriegen in ihrer Geschichte verdanken. Wie sonst willst du in einer Gesellschaft von Unsterblichen dafür sorgen, dass eine Generation die andere ablösen und eigene Wege finden kann? Die bemerkenswert regelmäßigen Bürgerkriege in Cirdaya sind nichts weiter als ein Selbstreinigungsmechanismus der elfischen Gesellschaft. Verzeih, wenn ich zynisch klinge. Es ist leicht, die Opfer aus den Augen zu verlieren, wenn man in großen Zusammenhängen denkt."

„Und genau darum geht es mir", sagte Drúdir. „Irgendjemand muss sich für die Opfer interessieren. Und ein ‚nicht unvermeidlich' reicht mir vollkommen, um alles in meiner Macht Stehende zu tun, um diesen Krieg zu verhindern."

Er hätte beinahe die Augen verdreht, als ihm bewusst wurde, wie er sich anhörte. Wie ein Held aus einem der dünnen Romanheftchen, die zu Millionen aus den Druckereien gekarrt wurden – zumindest würde dies jemand glauben, der nicht wusste, dass die Opfer, für deren Sache er eintrat, in seinem Kopf von Rache und Zerstörung flüsterten.

Die Augen der Norne leuchteten auf. „Ja, ich sehe, dass du entschlossen bist. Und das ist gut – auch wenn es nicht garantiert, dass du Erfolg haben wirst. Ich sagte ja bereits, ich kann die Zukunft nicht vorhersagen. Ich habe eine gewisse Erfahrung damit, wie sich Dinge in der Regel entwickeln, aber mehr auch nicht. Es ist bemerkenswert, dass in manchen Situationen Nationen berechenbarer sind als Individuen."

„Wirst du mir sagen, wer die Verschwörer sind?", stellte Drúdir endlich die Frage, derentwegen er hergekommen war.

„Ja."

Drúdir konnte es kaum fassen. Nun würde ihm so einfach die Antwort präsentiert werden? Nun ja, vielleicht nicht ganz so einfach, denn wie sich herausstellte, holte die Norne gerne etwas weiter aus.

„Es begann mit einer schicksalhaften Begegnung. Kargan fand einen Zwerg, der seine Forschungen finanzieren würde – und dieser fand einen Politiker, der nur zu interessiert an einem Krieg war. Als Valedas sich ihnen anschloss und sich bereit erklärte, Xatanares an sich zu binden, um dessen Kräfte präzise lenken zu können, war klar, dass die dreizehn Seraphim schon bald Realität werden würden. Und schließlich fanden sie auch die militärische Unterstützung, die sie brauchten. Sechs Verschwörer mit verschiedenen Zielen und Visionen – mittlerweile nur noch fünf, und auch Valedas ist nicht mehr der Mann, als der er sich ihnen angeschlossen hat, obwohl er viel dazu beitrug, ihre Pläne zu dem zu machen, was sie sind. Wäre er nicht gewesen, würde Kargan Xatanares noch immer als Energiequelle für die Fabriken seines Förderers nutzen. Wie demütigend für einen von uns …"

„Warum sollte sich ein Elf ausgerechnet Zwergen anschließen? Immerhin ist es ein Krieg mit Cirdaya, den sie auslösen wollen?"

„Ich habe dir bereits dargelegt, wie Cirdaya von einem Krieg profitieren könnte. Shideris plant, das Land nach außen hin zu öffnen und zu modernisieren. Valedas wollte das nicht zulassen. Ein Krieg mit der Union würde Cirdayas Abschottung und die konservativen Kräfte in der Regierung stärken. Vielleicht sogar so weit, dass Shideris' Tage an der Macht gezählt wären. Es war Valedas' Plan, die Zwerge im Vertrauen auf ihre Seraphim angreifen zu lassen – und diese dann auf ihre vermeintlichen Meister zu hetzen. Aber ich hatte ja schon angedeutet, dass seine Erwartungen sich nicht erfüllt haben. Er hatte nicht damit gerechnet, wie stark Xatanares ist und wie neugierig darauf, zu erfahren, wie sich die Pläne der Zwerge entwickeln. Ganz zu schweigen davon, dass der Mann, in dessen Namen Kargan Xatanares gerufen hat, auch einige Kontrolle über ihn ausübt, so wie es immer mit Dämonen und ihren Beschwörern ist. Du kannst ihn ja danach fragen, wenn du ihn unter seinem Hügel findest – auch wenn die Person, die dir antworten wird, weder Valedas noch Xatanares ist."

„Und die anderen Verschwörer?"

„Die Verfolgung deiner Freundin Findra verdankst du El…"

Die Worte der Norne brachen ab, als unter Stöhnen und Fluchen, Klirren und Scheppern etwas die Wendeltreppe hinabstürzte und in die Halle gespien wurde. Jäh erinnerte Drúdir sich an die fernen Laute, die er bei seinem Abstieg gehört hatte. Riesige, metallene Flügel entfalteten sich. Moryn und Kyrai richteten sich beinahe gleichzeitig auf und wandten sich ihrem Gegner, einem uniformierten Zwerg, zu. Der begann, mit zwei Pistolen zu feuern. Die Schüsse hallten ohrenbetäubend in dem kleinen Raum wieder. Obsidian splitterte und Metall kreischte. Drúdir sah aus dem Augenwinkel, wie Kyrai ihrem Angreifer ein Messer in die Brust schleuderte. Aber dann geschah das Unwahrscheinliche: Eine letzte, ungezielte Kugel traf das dunkelrote Pulsieren unter den drei Masken der Norne. Brüllend schlang Drúdir die Arme um den Kopf, als überall um ihn herum in gleißenden Explosionen Magiestränge rissen und sich verformten. Das schrille Kreischen einer Frau vermengte sich mit Drúdirs Schrei, als das verzerrte Netz sich um sie zusammenzog und an ihren Auren riss.

Ihm wurde schwarz vor Augen.

# *Kapitel 45*

## Badyn

„Weißt du, was ein Déjà-vu ist?“, fragte Badyn, die ihre Stimme nur mit Mühe zur Ruhe zwang.

„Ja?“, entgegnete ihr meistgehasster Verbündeter halb verwirrt, halb defensiv.

Badyn erklärte es ihm dennoch: „Das Gefühl, etwas schon einmal erlebt zu haben. Und warum habe ich nur das Gefühl, in dem wiederkehrenden Albtraum gefangen zu sein, immer wieder aufs Neue vor dir zu stehen und eine Erklärung für das neueste Desaster zu fordern?“

Die letzten Worte schrie sie beinahe.

„Ich dachte, du hast den Silberwurm angeworben und mir geraten, auf die Dienste dieser Zwerge zurückzugreifen.“

„Bei Aufgaben, für die sie geeignet sind! Verdammt, sie hatten es dort mit Magie zu tun!“

„Ich hätte also lieber den Teil unserer Truppen einsetzen sollen, der mit solchen Situationen vertraut ist … Ach ja, da fällt mir ein: Es gibt keinen solchen Teil.“

Badyn atmete langsam aus. Letztlich konnte sie sich nicht vor der Verantwortung für dieses Desaster drücken. Ihre Gegner hatten sie überrascht, indem sie früher agiert hatten als erwartet. Wer hätte gedacht, dass Drúdir und seine Freunde den sonst so vorsichtigen Rúnwis zu einem derart extremen Schritt würden bewegen können? Andererseits hätte Kargans Tod ihnen schon Lehre genug sein müssen. Badyn konnte nur den Kopf über sich selbst schütteln. Wie konnte sie Monster erschaffen und einen Krieg vorbereiten, um den Bedrohungen zu entgehen, die aus dem Wiedererstarken der Magie erwuchsen, und dann einen Magier unter ihren Feinden nicht als die große Bedrohung betrachten, die er war?

Hinter ihr wurden schwungvoll die Türen aufgeworfen und Angrin stürmte herein. „Habe ich das richtig verstanden? Der Gang zur Norne ist blockiert und alle unsere Feinde entweder entkommen oder tot?“

„Du hast vergessen, die Kollateralschäden zu erwähnen. Zwei von Rúnwis‘ Freunden, denen sich nicht mehr als illegale Experimente mit vergleichsweise harmloser Magie nachweisen lassen …“

Angrin winkte ab. „Gib mir einen Tag, und die ganze Union wird sie als Hammerschwinger-Terroristen kennen.“

„… und sieben Zwerge des Silberwurms. Ein weiterer ist spurlos verschwunden, zwei verletzt“, fuhr Badyn ungerührt fort. „Auch von Seraph 13 gibt es keine Spur. Zudem wurde die Haupthalle der Bibliothek verwüstet. Und die Stadtwache ist natürlich nicht erbaut, dass die Angreifer ihre Uniformen trugen. Eldrir wird dafür sorgen, dass die Leichen auf dem Weg in die Obduktionshalle versehentlich falsch deklariert und gleich kremiert werden, sodass sie nicht identifiziert werden können, aber alles in allem handelt es sich um ein ausgewachsenes Desaster.“

„Nichts davon wird eine Rolle spielen, wenn wir erst mit den Seraphim als Retter der Union in Erscheinung treten“, sagte der Gebieter der halbmechanischen Wesen mit einem ironischen Lächeln, das Badyn ihm am liebsten vom Gesicht geschlagen hätte.

„Seraphim, von denen wir einen verloren haben“, hielt sie stattdessen dagegen.

Sein Kopfschütteln ließ dünne, braune Haarsträhnen um seine Schläfen tanzen. „Valedas meinte, er könne Nr. 13 immer noch spüren, wenn auch nicht lokalisieren. Er macht sich Sorgen, weil er sie in den letzten Wochen immer schwächer gespürt hat, hält sie aber für weitestgehend intakt und einsatzfähig. Und er meinte auch, dass es nur noch eine Frage von Tagen ist, bis wir die anderen zwölf auf einen Schlag erwecken können.“

Badyn nickte knapp. „Gut, bereite alles dafür vor. Aber wir werden uns nicht ein weiteres Mal von unseren Feinden überrumpeln lassen. Wir werden eine groß angelegte Jagd auf sie beginnen und von jetzt an werden die Männer des Silberwurms die Werkstatt bewachen. Auch, damit sie aus Schwarzspiegel verschwinden und nicht womöglich ausplaudern, wie sieben von ihnen ums Leben gekommen sind.“

„Dann wäre das ja geregelt. Ich habe ein paar Reden vorzubereiten. Wenn wir uns geschickt anstellen, können wir die Ereignisse zum Anlass nehmen, ein paar Rechtsreformen durchzudrücken, über die ich schon eine Weile nachgedacht habe. Ihr kennt die Pläne.“

Badyn presste die Lippen zusammen. Die Gesetze, von denen Angrin sprach, waren ihr sehr wohl bekannt und obwohl sie sie nicht guthieß, würde sie nicht widersprechen. Es waren harte Gesetze, die viel von dem unterwanderten, was die Revolutionäre, die die Union in eine Demokratie verwandelt hatten, erreicht hatten, aber in Zeiten des Krieges würden sie ihnen zugutekommen. Wenn dieser erst gewonnen und das Land in diesem Prozess geeinigt war, konnten sie die Rechtsreform immer noch zurücknehmen und den Staat schaffen, den die Gründer der Union vor Augen gehabt hatten.

„Na schön. Ich werde deine Version öffentlich unterstützen."

„Danke."

Angrin zog die Tür hinter sich zu und Badyn blieb mit dem Fabrikbesitzer zurück. Sie erschrak über die offene Feindseligkeit in seinem Blick. Vielleicht war sie gerechtfertigt, hatte sie ihre Verachtung doch oft nicht verhehlen können und nicht zuletzt erwogen, ihn lieber zu töten, statt mit ihm als Verbündeten mit ihrem riskanten Plan fortzufahren. Aber sie hatte es nicht getan. Ihre Ziele waren alle Opfer wert, die ihr Plan gefordert hatte und noch fordern mochte. Sollte ihr Bündnis bröckeln, wären all diese Zwerge umsonst gestorben.

Würde der Gebieter der Seraphim sich gegen sie wenden? Das Gesicht zur neutralen Maske erstarrt, forschte Badyn in seinen unscheinbaren Zügen. Noch nicht, entschied sie schließlich. Es ließ sich einiges gegen den Zwerg sagen, der ihr gegenübersaß, aber er hatte stets einen sicheren Instinkt dafür bewiesen, was in seinem Interesse lag. Seine letzten Aktionen hatten eindrucksvoll unter Beweis gestellt, zu welcher impulsiven Idiotie sein verletzter Stolz ihn verleiten konnte. Badyn hielt es sogar für ausgesprochen wahrscheinlich, dass er versuchen würde, sich ihrer zu entledigen. Aber nicht, bevor er nicht ihr strategisches Talent und vor allem ihren Einfluss im Militär der Union voll ausgeschöpft hatte. Im Augenblick machte beides sie unersetzlich.

„Wissen wir, was genau passiert ist?", fragte er schließlich.

Sie schüttelte den Kopf. „Eldrir hat es geschafft, unsere überlebenden falschen Stadtwächter aus der Reichweite seiner Kollegen zu bringen, aber wir hatten noch keine Gelegenheit, sie zu befragen. Er meinte jedoch, dass sie alle zutiefst verwirrt und traumatisiert seien. Offenbar haben sie – Zitat – Ausgeburten des Abgrunds gesehen – Zitat Ende."

„Ausgeburten des Abgrunds? Nr. 13?"

„Ich habe mir die Halle angesehen. Das ist nicht die Handschrift deines Seraphs, wie wir sie in den letzten Wochen so oft bewundern konnten." Sie versuchte erst gar nicht, sich die Spitze zu verkneifen. Warum noch vorgeben, dass es mehr als Kalkül war, was ihre Allianz zusammenhielt?

Knapp beschrieb sie, was sie an der Szene mit Besorgnis erfüllte. Die Hinweise, dass hier noch andere Magie am Werk gewesen war als die, die die Hüter heraufbeschworen hatten, und die Berichte über die hochgewachsenen, maskierten Gestalten, die den Zwergenmagiern zu Hilfe gekommen waren. Sie zweifelte keine Sekunde lang, dass es sich bei ihnen um die Drasirai handelte. Und wenn sie die Zeichen richtig deutete, stand ihnen stärkere Zauberei zu Gebote, als dies den Berechnungen ihrer Experten zufolge möglich sein sollte.

Wenn der Rückstrom der Magie in ihre Welt schneller erfolgte als angenommen, würden wohl auch sie schneller handeln müssen. Badyn hatte gehofft, das Heer der Union noch über ein Jahr lang vorbereiten zu können, aber wie es schien, würde sie diese Zeit nicht haben.

Schließlich verabschiedete sie sich mit der Anweisung: „Lass die elfische Botschaft beobachten. Varyntai darf die Stadt nicht verlassen. Ich muss ein paar Telegramme verschicken."

# *Kapitel 46*

## Drúdir

Wieder kam Drúdir in völliger Dunkelheit zu sich, nur lag er diesmal der Länge nach auf kaltem, rauem Stein. Die Luft, die er keuchend einsog, war feucht und abgestanden. Sein ganzer Körper schmerzte, aber wenigstens formte das schimmernde Netz um ihn herum nicht mehr die verwirrenden Knoten der Dämonenmagie, die ihn im Heiligtum der Norne umfangen hatten. Desorientiert war er trotzdem. Zumindest wusste er aber, dass er nicht allein war. Da war Kyrais Aura, die ihn beunruhigend an Kargans eingefrorene Explosionen erinnerte: Fäden, die gegen die rigide Struktur aufbegehrten, die ihnen aufgezwungen war. Dicht daneben machte er Moryns strahlenden Glanz aus, der sich scharf gegen die Dunkelheit des magiefreien Raumes um sie abhob.

„Moryn? Kyrai?“, fragte er.

Kleidung raschelte. „Drúdir?“ Das war Kyrais helle Stimme. „Bist du unverletzt?“

„Ja. Du?“

„Nur Kratzer. Moryn?“

„Voll funktionsfähig“, entgegnete die Automate aus der Dunkelheit.

„Wirst du versuchen, uns zu töten oder auszuliefern?“, fragte Kyrai sachlich.

„Ich hatte den Befehl, mich auf die Norne zu konzentrieren und alles aus dem Weg zu räumen, was mich daran hindern wollte, sie meinen Meistern zu bringen.“

Drúdir atmete auf, auch wenn ihm in diesem Moment bewusst wurde, dass sein Überleben davon abhing, dass Moryns Meister ihre Befehle weiterhin unpräzise formulierten. Sollte Moryn, egal wie widerwillig, versuchen, ihn zu töten, hätte er ihr nichts entgegenzusetzen.

Er stemmte sich in die Höhe. Seine Beine zitterten, als wäre er Meile um Meile gerannt, aber sie trugen sein Gewicht. „Wo sind wir?“, fragte er.

„Ich weiß es nicht.“

„Immer noch im Berg“, sagte Moryn. „Die Zusammensetzung des Steins ist dieselbe.“

„Dann stimmt es also“, murmelte Kyrai.

„Was?"

„Varyntai hat schon seit Jahren Gerüchten über ein geheimes Tunnelsystem in den Bergflanken nachgespürt. Sie ist fest davon ausgegangen, dass es existiert, aber niemand schien etwas Konkretes über seinen Umfang oder seine Eingänge zu wissen."

„Angeblich wurde es parallel zur Gründung der Stadt begonnen und immer wieder von verschiedenen Gruppen im Geheimen genutzt und erweitert", steuerte Drúdir bei. „Was ist oben passiert, nachdem ich heruntergestiegen bin?"

Kyrai seufzte leise. „Mehrere Zwerge, anscheinend ausgebildete Kämpfer, sind in die Bibliothek eingedrungen. Sie haben vorgegeben, zur Stadtwache zu gehören und Findra verhaften zu wollen, aber die Tatsache, dass sie gleich darauf das Feuer eröffnet haben und nicht einmal besonders überrascht schienen, dass der Raum in blauen Flammen stand, lässt mich daran zweifeln."

„Moryn?"

„Ich kann nichts dazu sagen."

„Was ist mit Findra, Svalris und den Hütern?"

„Es tut mir leid, Drúdir", sagte Kyrai.

Er wirbelte in Richtung ihrer Stimme herum. Wahrscheinlich hätte er sie gepackt und geschüttelt, wenn er sie nur hätte sehen können. „Was ist passiert?"

„Phandrael und ich sind ihnen zu Hilfe gekommen, aber die Angreifer waren in der Überzahl und die magischen Fähigkeiten der Hüter … nun, sie haben keine Dryadenmagie, um sie zu verstärken. Ich kann mir nicht vorstellen, dass sie entkommen sind."

„Das heißt …" Er beendete den Satz nicht. Wieso aussprechen, was offensichtlich war? Verzweifelt wandte er sich in die Richtung, aus der er zum ersten Mal Moryns Stimme gehört hatte. „Hast du noch etwas gesehen, bevor ihr die Treppe heruntergefallen seid, Moryn?"

„Nichts, was Kyrais Version der Ereignisse widersprechen würde."

Drúdir presste eine zitternde Hand vor den Mund und erstickte so einen unartikulierten Laut, der halb Würgen, halb Schluchzen war. Er konnte es nicht fassen, dass Findra und Svalris tot waren, und zugleich zweifelte er keine Sekunde daran. Hatte er nicht immer alle verloren, an denen ihm lag?

„Trauere später, Drúdir", erklang Kyrais Stimme kühl und kontrolliert aus der vollkommenen Finsternis. „Zunächst einmal müssen wir aus diesen Tunneln entkommen. Währenddessen erzähle mir bitte, was dir die Norne erzählt hat. Gab es Hinweise auf die Verschwörer."

„Ihr Drasirai nehmt eure Arbeit wirklich ernst", höhnte er. „Und ich muss dich leider enttäuschen. Die Norne wurde zerstört, bevor sie Namen nennen konnte.

„Wir Drasirai *sind* unsere Arbeit", korrigierte Kyrai ungerührt. „Und vielleicht hat die Norna dir ja trotzdem etwas von Bedeutung erzählt, auch wenn es vielleicht nicht offensichtlich war. Am besten erzählst du mir alles, bevor du es vergessen kannst. Und denk daran, es ist in deinem eigenen Interesse. Es könnte uns helfen, die Zwerge zu finden, die deine Freunde auf dem Gewissen haben … die Zwerge und den Elfen?"

„Ganz richtig, Valedas hat euch verraten. Wahrscheinlich geht jedes verlorene Leben dieser Nacht genauso auf sein Konto wie auf das der anderen Verschwörer."

Drúdirs Zähne schmerzten, so fest biss er sie zusammen.

„Die elfische Sprache kennt zahlreiche Floskeln, Redewendungen und rituelle Formeln", sagte Kyrai scheinbar zusammenhanglos. „Eine davon ist ‚Taré Shanrah ja tanar-skavyn briah skaryar miré Cirdeth i Byrda Vanyori' – Ich werde deinen Namen sprechen, während ich meine Klinge im Körper deines Mörders drehe. Rache hat nichts mit Gerechtigkeit zu tun und ist langfristig gesehen eine schlechte Idee. Aber wenn es das ist, was du brauchst, um dich auf den Beinen zu halten, dann denk an den Tod, den diejenigen verdienen, die Fragar, Findra, Svalris und sogar die Hüter geopfert haben, um ihre Pläne zu verwirklichen. Die Unschuldige geopfert haben, um willenlose Automaten zu erschaffen."

Ein Faden, der ihre Auren einen Lidschlag lang verband, verriet, dass die Elfe an Moryn dachte.

„Vorsichtig", sagte Moryn leise. „Noch stehe ich nicht unter Befehl, jedwede Bedrohung für meinen Meister zu eliminieren, aber wenn er erfolgt, werde ich euch suchen müssen – und finden."

Drúdir schüttelte den Kopf. „Oh ja, ich vergaß ja völlig, dass wir nur noch so lange zu leben haben, bis die Verschwörer präzise zu formulieren lernen. Moryn?"

„Ja?"

„Kannst du … deine Ohren deaktivieren oder so?"

Ihrem Ton nach hätte er sie genauso gut nach der Uhrzeit fragen können. „Ja. Erledigt. Tipp mich an, wenn ich wieder lauschen kann."

Rasch beschrieb Drúdir Kyrai seine kurze, rätselhafte Begegnung mit der Norne. Die Elfe war eine gute Zuhörerin und half ihm mit klugen Fragen, sich noch die kleinsten Details ins Gedächtnis zurückzurufen. Schließlich endete er und bedeutete Moryn, ihnen wieder zu lauschen.

„Wer hätte gedacht, dass ich ein Gespräch, in dem eine dämonische Wesenheit mir enthüllt, dass die Welt nie war, wofür ich sie gehalten habe, je für Zeitverschwendung halten würde. Wir sind den Verschwörern keinen Schritt nähergekommen", seufzte er. „Und zu allem Überfluss wird mir niemand glauben. Dämonen und Götter ... und wir in das Ganze verstrickt! Ein Teil von mir wartet immer noch darauf, aufzuwachen." Er hielt inne. „Du nimmst das alles sehr gelassen."

„Ich weiß ein wenig über den Abgrund ..." Kyrai wirkte seltsam verlegen. „Es hat seinen Grund, dass die Norne mich erwähnt hat."

„Du weißt etwas über die Experimente Valedas'?", fragte Moryn scharf.

„Nein, nichts über seine Experimente. Und hätten wir nicht längst beginnen sollen, einen Weg aus diesen Tunneln zu suchen?"

„Punkt. Aber denk bloß nicht, dass mir entgangen wäre, wie du mir ausgewichen bist", entgegnete Drúdir.

Er griff in seine Manteltasche und schalt sich einen Idioten, als seine Finger auf eine seiner schwebenden Lampen stießen. Wie hatte er sie nur vergessen können? Seine wiederholten Stürze hatten sie ein wenig verbeult. Die zierliche Maschine erhob sich mit unsicheren Flügelschlägen in die Luft und warf ihren zittrigen Schein auf die verlorenen Gesichter der drei.

Sie standen in einem langen, geraden Gang, der sich vor und hinter ihnen in der Dunkelheit verlor. Er war so schmal, dass Drúdir die unregelmäßigen Seitenwände mühelos hätte berühren können, ohne auch nur die Arme vollends auszubreiten. Der Scheitel Kyrais, die kaum größer als ein hochgewachsener Zwerg war, streifte die Decke. Für einen Moment umfing Drúdir ausgesprochen unzwergische Panik angesichts der Enge des Ganges, auf dem zweifellos Tonnen von Gestein lasteten, aber es gelang ihm, sie fürs Erste zu unterdrücken.

„Wie finden wir einen Weg hinaus?", fragte er mit einer Prise falscher Zuversicht. Seine Stimme verlor sich auf sonderbare Weise.

„Du bist der Zwerg", gab Kyrai zurück. Ihr Ton war ruhig, aber die vollkommene Starre ihres Gesichts verriet ihm, dass sie ihre Beherrschung mühevoll herbeizwang.

Moryn hingegen schien nicht im Geringsten angespannt, soweit man so etwas von einem Geschöpf sagen konnte, dessen Gesichtsmuskeln an Drähten hingen, deren Steuerung komplett seiner rationalen Kontrolle unterlag. Aber ihre Worte bestätigten ihm, dass es sich keineswegs um falsche Zuversicht handelte.

„Wir folgen den Magieströmungen", verkündete die Automate. „Magie wird von Bewusstsein und Emotion geformt und zu ihnen hingezogen. Wir selbst sind magieaffin genug, um für ein paar Turbulenzen im schimmernden Netz zu sorgen, aber wenn wir uns die Makrostrukturen angucken, werden wir sehen, dass die größeren Strömungen durch die Anwesenheit großer Gruppen bewusster Individuen, vor allem wenn diese sich als Mitglieder einer Gemeinschaft verstehen, minimal umgelenkt werden. Das sollte uns an Schwarzspiegel heranführen. Und außerdem wurden diese Gänge mit Magie gebaut, und somit von den Absichten ihrer Erbauer geprägt. Lernt hinzusehen und die Chancen stehen gut, dass wir einen Ausweg finden."

Drúdir und Kyrai wechselten einen Blick. „Es sollte funktionieren."

„Es wird funktionieren", sagte Moryn. „Ich sehe es." Mit der sparsamen, regelmäßigen Eleganz, die Drúdir bereits bei ihrer ersten Begegnung aufgefallen war, schlängelte sie sich an ihnen vorbei und ging voraus. Nach ein paar Schritten jedoch sah sie ihn über die Schulter hinweg an. Drúdir zuckte zusammen, als er sah, dass ihre Augen wieder zu ausdruckslosen, schwarzen Linsen geworden waren. In seinem Inneren vermischten sich Abscheu und Mitgefühl mit einer seltsamen Faszination. Die Perfektion der Mechanik war atemberaubend, und zugleich hob der Kontrast zu ihrer kalten Präzision die Schönheit von Moryns zwergischen Zügen hervor.

„Es könnte nicht schaden, wenn auch du dir die Ströme ansiehst, Drúdir. Es ist Zeit, dass du lernst, besser mit deinen Fähigkeiten umzugehen", schlug sie vor.

Drúdir nickte unbehaglich. Er mochte Rúnwis gegenüber erklärt haben, dass er den Verschwörern alles entgegenwerfen würde, was er an magischen Begabungen aufzubieten hatte, aber mehrere Jahre der Verleugnung ließen sich nicht mit einem Achselzucken abschütteln. Dennoch entspannte er seine Augen und ließ das schimmernde Netz um sich herum aufscheinen. Kyrai war seine Reaktion nicht entgangen, denn ein tastender Faden schob sich aus ihrer Aura zu ihm hinüber – Spiegelbild ihrer Neugier.

Bald schon stellte er fest, dass er sich zwar nicht mit Moryns Selbstbewusstsein durch die Tunnel bewegte, aber dass er an den seltenen Weggabelungen meist doch dieselbe Abzweigung wie sie gewählt hätte. Hier und da waren vereinzelte Runen in die Steine gehauen, aber es handelte sich um Abkürzungen, deren Bedeutung in Vergessenheit geraten war.

Schließlich fragte Kyrai: „Du hast tatsächlich all die Jahre lang nie darüber nachgedacht, dich systematisch in Magie zu üben?"

Er schüttelte den Kopf. „In Cirdaya mag es anders sein, aber wir Zwerge haben Magie in schlechter Erinnerung. Im besten Fall war sie ein Grund für Stagnation, im schlechtesten eine Waffe, die nur allzu oft gegen uns eingesetzt wurde. Wenn sie nicht verschwunden wäre, würden wir wohl immer noch mit primitiven Werkzeugen für diverse Feudalherren schuften und anschließend der verlogenen Predigt eines Magierpriesters lauschen. Das ist ein Erbe, mit dem ich nichts zu tun haben will … wollte."

Diesmal waren es Fäden seiner Aura, die in ihre hinüberzüngelten. „Und hattest du nie Bedenken dabei, deine Aura umformen zu lassen, nur um magische Stärke zu gewinnen? So etwas kann die Persönlichkeit verändern!"

Moryn neben ihm horchte auf. Natürlich. Sie, die gegen ihren Willen in eine biomechanisch-magische Monstrosität verwandelt worden war, war verständlicherweise neugierig.

Kyrais Antwort bestand aus einem bitteren, kleinen Lachen. „Eben."

Sie schien nichts weiter sagen zu wollen, doch Drúdir ließ nicht locker: „Ich möchte wissen, mit wem ich unterwegs bin. Und wovon die Norne gesprochen hat."

Die Elfe stieß leise seufzend die Luft aus. Drúdir blickte in seiner normalen Sicht – der Übergang von einer Sicht in die andere erschien ihm mittlerweile beinahe so natürlich wie atmen – zu ihr hinüber. Ihr Gesicht war blass, ihre grauen Augen starr nach vorn gerichtet.

„Na schön", sagte sie, „aber ich fürchte, dazu muss ich etwas weiter ausholen."

„Wir haben schließlich Zeit", murmelte Drúdir grimmig.

Kyrai schwieg und er dachte schon, sie hätte es sich anders überlegt, als sie schließlich doch begann: „Die Elfen Cirdayas blicken auf eine lange Zaubereitradition zurück. Sie wurde von Elfen begründet, die tatsächlich mit den Gött… mit den Wesen des Abgrunds sprachen und von ihnen lernten, das schimmernde Netz zu manipulieren. Und selbst, nachdem die Welten getrennt wurden, waren einige von ihnen noch immer von der anderen Seite fasziniert. Wahrscheinlich galt für diese Wesen dasselbe, denn als einige Elfen sich ihnen als Gefäße anboten, fuhren sie in ihre Körper ein. Es gibt viele Geschichten über diese Besessenen und es ist praktisch unmöglich, Mythos und historische Wahrheit auseinanderzuhalten. Gesichert ist jedoch, dass diese Besessenen, in deren Aura und in der ihrer Nachkommen immer noch ein Rest dämonischer Magie zurückblieb, die stärksten magischen Blutlinien des Landes begründeten. Und da es sich bei dieser Magie um ein wertvolles Instrument im Kampf um die Macht handelte, waren zwei Entwicklungen wohl unvermeidlich: Die Familien, die von einem Besessenen abstammten, wurden die mächtigen Adelsfamilien, die heute Cirdaya beherrschen, und sie waren bemüht, ihr Blut rein zu halten. Tatsächlich wirst du im cirdayanischen Hochadel wenige Elfen finden, die nicht miteinander verwandt sind – nicht, dass das zu irgendeiner Form der Rücksichtnahme anregen würde."

„Augenblick mal, ich fasse zusammen: Die Elfen, die Cirdaya regieren, haben ihre magischen Kräfte mit Dämonenmagie gestärkt und bewahren sie durch Inzest?"

„Das ist ein wenig extrem formuliert, aber es trifft den Kern der Sache. Als sie stark war – und es vielleicht bald wieder wird – befähigte Magie zu Außergewöhnlichem, und wir Elfen nehmen unseren Perfektionsanspruch sehr ernst."

„Und was hat das mit dir zu tun?"

„Ich habe mich doch vorgestellt, nicht wahr? Asande Kyrai Tanataira vyn Morvonai – Tochter zweier verfeindeter Familien, die zufälligerweise auch zwei ungebrochene Linien von Dämonennachkommen verkörpern. Das Abschwellen der Magie hat zwar dazu geführt, dass man ein halbes Jahrhundert lang wenig davon gemerkt hat, aber meine Kräfte sind weit überdurchschnittlich. Doch es ist die Magie des Abgrunds. Sie ist mächtig, aber interagiert auch auf undurchsichtige Weise mit den kognitiven oder … emotionalen Prozessen, die die Aura des Nutzers beeinflussen." Sie hielt kurz inne. „Die meisten Drasirai nutzen Dryadenmagie, um die bereits vorhandene Magie besser wahrnehmen und nutzen zu können. Auch bei mir funktioniert sie auf diese Art und Weise, aber sie hilft mir auch, meine Kräfte zu kontrollieren, zu unterdrücken … und womöglich anzustauen und zu sammeln."

Drúdir fragte sich, wie viel sie ungesagt gelassen hatte. Er würde sich selbst nicht als Kapazität auf der Ebene des Unausgesprochenen betrachten, aber er ahnte, was in ihren Worten mitschwang – die Erinnerung an das Erlebnis, das den Verwandlungsprozess ausgelöst hatte, an dessen Ende Kyrai, die Drasirah, stand. Drúdir wusste wenig über die rätselhaften Geschöpfe, die in den Wäldern Cirdayas lebten, und ihren Handel mit den Drasirai, aber doch genug, um zu ahnen, was es bedeutete, sich ihren Klauen auszuliefern.

„Du hast ‚eben' gesagt", sagte er bedächtig. „Heißt das, du nimmst billigend in Kauf, dass die Dryadenmagie deine Persönlichkeit verändert, weil das dir hilft, deine Gefühle und damit deine Magie zu kontrollieren?"

„Meine Gründe sind komplex", entgegnete sie kühl. „Begnüge dich damit: Die Glyphen verleihen allem, was ich tue, eine höhere Effektivität und das ist es schließlich, was dich an deinen Verbündeten interessieren sollte."

Die nächsten Stunden lang marschierten sie schweigend. Hin und wieder blickte Drúdir auf seine Taschenuhr, die beständig weitertickte. Sie war ein sonderbares Stück Normalität in diesem vom spärlichen Schein der unruhig flatternden Lampe erhellten Gang, den er mit seinen merkwürdigen Gefährten teilte. Die beständige Bewegung der Zeiger erinnerte ihn daran, dass das Leben außerhalb des schwarzen Steins, der sie verschluckt hatte, weiterging. Irgendwo, vielleicht nur wenige hundert Meter entfernt, unterhielten sich Zwerge, aßen, arbeiteten … oder lasen Zeitungen, die zweifellos Lügen über den Tod seiner Freunde verbreiteten – ein Gedanke, den Drúdir entschlossen von sich schob. Ebenso wie die Angst vor dem, was ihn erwarten mochte, wenn er die Tunnel verließ. Zunächst einmal musste ihm das überhaupt gelingen.

# *Kapitel 47*

# Kyrai

Das Maschinenwesen führte sie zielsicher durch den Tunnel. Kyrai selbst hatte es aufgegeben, in den Magieströmungen nach den winzigen Verzerrungen zu suchen, in denen Moryn wie in einem offenen Buch zu lesen schien. Drúdir schien sie ebenfalls wahrzunehmen. Wie ungewöhnlich, eine derartige Begabung in einem Zwerg zu finden. Auch die Norne musste etwas in ihm gesehen haben. Wenn die Legenden wahr waren, sprachen solche Wesen nicht mit jedem.

Kyrai selbst hatte kaum etwas von der unterirdischen Kammer mitbekommen, bevor die verirrte Kugel die Norne und die sie umgebenden Zauber hatte kollabieren lassen. Kyrai wäre bereit gewesen, das Geschöpf zu eliminieren, bevor sein immenses Wissen in den Händen der Feinde ihres Landes zur tödlichen Waffe wurde. Trotzdem bedauerte sie sein Ende. Eine uralte Dämonin sollte nicht auf diese Art und Weise sterben müssen … wenn sie dann überhaupt gestorben war. Kyrai war mit Geschichten über die Welt der Götter und Dämonen aufgewachsen und wenn es eines gab, was man aus diesen lernte, dann Folgendes: Die Sterblichen wussten nichts über sie. Wer konnte sagen, ob die Norne sich nicht regenerieren würde oder in ihre eigene Dimension heimgekehrt war?

Womöglich wusste es Valedas. Kyrai rief sich das ernste Gesicht ihres einstigen Mitstreiters vor Augen. Sie hatte gewusst, wie weit er für seine Überzeugungen zu gehen bereit war, aber nie hätte sie erwartet, dass er sich mit einem Dämon verschmelzen würde! Andererseits war sie wohl die Falsche, um sich ein Urteil darüber zu erlauben. Sich den Nadelklauen der Dryaden zu überantworten mochte vielleicht weniger extrem sein, aber im Grunde genommen war es nicht viel anders. Von der Asande Kyrai Tanataira, die sich vor fünfzehn Jahren dem Aufnahmetest der Drasirai gestellt hatte, war wenig übrig. Drúdir hätte sie nicht danach fragen müssen, um sie an diesen Umstand zu erinnern. Was sie getan hatte, unmittelbar bevor sie ihm in die Tiefe gefolgt war, würde sie eine Weile verfolgen; bewies es doch, was sie bereits geahnt hatte: Ihr letzter Besuch bei den Dryaden war ein Fehler gewesen. Sie war mächtiger geworden, aber um welchen Preis? Ihre Emotionen – und damit ihre wilde, machtvolle Dämonenmagie – waren wie von ihr abgeschnitten. Sie war stark, sicher, kontrolliert … oder wäre es, wenn sie nicht insgeheim ahnte, dass all die Konflikte und Leidenschaften, die sie verdrängt hatte, keineswegs verschwunden waren, sondern in den verborgenen Winkeln ihres Bewusstseins, in die sie sie verbannt hatte, beängstigende Blüten trieben.

Als sie im Foyer der Bibliothek um ihr Leben kämpfte, hatte Kyrai einen winzigen Blick darauf erhascht, wie zerstörerisch ihre Fähigkeiten und Gefühle sich Bahn brechen konnten. Nur mit Mühe hatte sie sich wieder unter Kontrolle bringen können – hatten die Jahre, in denen sie ihre Emotionen verleugnet hatte, sie unfähig gemacht, mit ihnen umzugehen, wenn sie doch einmal ihrem magischen Gefängnis entkamen? Eine Sekunde lang glaubte Kyrai, wieder verbranntes Fleisch zu riechen, wieder das fassungslose Gesicht des Zwerges zu sehen, dessen Hand durch die Luft wirbelte; abgetrennt von einer unsichtbaren Klinge. Was würde sie tun, falls ihr die Beherrschung eines Tages vollends entglitt?

Kyrai fragte sich, ob Vadrýa genau das beabsichtigt hatte. Die Dryaden behaupteten zwar, dass auch sie nur eine vage Ahnung hätten, wie ihre Glyphen die Aura und damit den Geist eines Drasiron beeinflussen würden, aber die Elfe schloss nicht aus, dass sie logen und ganz eigene Pläne verfolgten.

Wahrscheinlich lagen diejenigen, die den Drasirai Wahnsinn unterstellten, ganz richtig. Wer begab sich schon freiwillig unter die Klauen von Geschöpfen, deren Motive vollkommen im Dunkeln lagen? Doch so seltsam es auch klang, war es in Kyrais Fall die verantwortungsvollste Entscheidung gewesen. Ihr zerstörerisches Potenzial musste kontrolliert werden – halb, um unschuldige Leben zu retten, halb, damit sie den Anblick ihres Spiegelbilds ertrug. Ob auch andere Drasirai aus ähnlichen Motiven heraus gehandelt hatten? Sie wusste es nicht.

Kyrai musste an Phandrael denken und fragte sich, ob er entkommen war. Sie wünschte es ihm. Genau wie den Zwergen. Aber so sehr sie sich auch bemühte, konnte sie sich kein realistisches Szenario vorstellen, in dem ihre Verbündeten den Kugeln ihrer Angreifer entgingen. Wenn sie nicht mit Moryn und dem namenlosen Uniformierten die Wendeltreppe hinabgestolpert wäre, würde wohl auch ihr Blut in die haarfeinen Ritzen zwischen den Mosaiksteinen der Halle laufen. Ihr Leichnam wäre möglicherweise der Beweis, den die Verschwörer brauchten, um ihren Krieg zu beginnen – oder auch nicht, wenn es stimmte, dass Moryns Zwillingsseraphim noch nicht einsatzfähig waren.

Kyrai heftete ihren Blick wieder auf die Automate. Von hinten waren nur ihr Haar und ihr am Rücken von rasiermesserscharfen Schwingen zerfetztes Kleid zu sehen. Allein die absolute Regelmäßigkeit ihres Ganges und die Abwesenheit von Atemzügen, die ihren Brustkorb bewegten, verrieten die Maschine. Wieder musste Kyrai an die Mühelosigkeit denken, mit der Moryn sie und Phandrael besiegt hatte und ihre Fähigkeit, jedweder Magie zu widerstehen. Sie konnte sich nicht vorstellen, dass Moryn, wenn sie zu den Verschwörern zurückkehrte, konkreten Fragen entgehen würde. Bis dahin sollte sie einen Plan haben, wie sie mit ihr fertig würde.

Kyrai duckte sich, als der Gang niedriger wurde. Er beschrieb eine scharfe Kurve. Bildete sie es sich nur ein, oder war es wärmer geworden?

Nein, die Luft hatte sich tatsächlich erwärmt und schmeckte ein wenig nach Ruß. Sie streifte mit den Fingern über eine der rauen Tunnelwände. Das kaum merkliche Vibrieren, dass sie durch ihre Fußsohlen gespürt zu haben glaubte, war hier deutlicher wahrzunehmen.

Drúdir drehte sich zu ihr um. „Wir haben es gleich geschafft", sagte er. Anstatt Erleichterung zeigten sein Gesicht und seine Augen nur tiefe Erschöpfung. Bald würde der Tod seiner Freunde ihn mit voller Wucht treffen, ahnte Kyrai. Sie musste an ihre Worte über Rache denken. Sie konnte nur hoffen, dass der Wunsch nach Vergeltung ihn lange genug auf den Beinen hielt, aber das war keineswegs gewährleistet. Die Geschichten waren voll von denen, die erlittenes Unrecht und unerträgliche Verluste in Explosionen destruktiver Energie umwandelten, aber auf jeden dieser Besessenen kamen Unzählige, die weitgehend unbemerkt zusammenbrachen.

Der Gang vor ihnen beschrieb eine letzte Kurve, bevor er vor einer rostigen Metalltür endete, die nur von einem simplen Riegel verschlossen wurde. Ein kräftiger Stoß Moryns ließ die uralte Stahlplatte mit einem schrillen Kreischen aufschwingen. Das Gemisch von Gerüchen, das Kyrai mit Schwarzspiegel verband, schwappte ihr entgegen – zusammen mit geisterhaftem, grünem Licht. Eine Vielzahl von Stimmen und Musikfetzen hallte zu ihr hinüber.

Staunend traten sie auf den schmalen Steinsims am Rand des Sees, auf den sich der Geheimgang geöffnet hatte. Kyrai fragte sich, ob nicht der Gang, durch den sie aus dem brennenden Lagerhaus entkommen waren und der auf ganz ähnliche Art und Weise geendet hatte, auch ursprünglich Teil des uralten Tunnelsystems gewesen war. Aber der Anblick, der sich ihnen bot, war zu außergewöhnlich, als dass sie diesem Gedanken lange nachgehangen hätte.

„Die Nacht ohne Lichter", raunte Drúdir.

Kyrai hatte von dem unregelmäßig stattfindenden Fest der Zwerge und seinem Anlass gehört, aber nie hatte sie sich vorgestellt, was sich jetzt vor ihren Augen ausbreitete. Die Laternen Schwarzspiegels waren gelöscht worden – sie waren nicht mehr notwendig. Die Zahl der winzigen Leuchtkrebse in den Kanälen hatte sich vertausendfacht. Der ganze See schien aus wogenden Schleiern grünen Lichts zu bestehen, über denen die steinernen Bauten wie auf seltsamen Wolken schwebten. Schlanke, von Baldachinen überdachte Boote trugen Gruppen von Zwergen über die Seeoberfläche. Man hatte allen Zierrat abmontiert oder hinter Glas zur Schau gestellte Motoren abgedeckt, wie es dem Brauch entsprach. Eine Geste der Demut vor dem *Gyfta Ardrúrig*, dem Geschenk des Berges, vor dessen Schönheit selbst das zwergische Handwerk verblasste.

Plötzlich verstummte die Musik, die zu ihnen herüberklang, und auch die Gespräche schienen leiser zu werden. In der nächsten Sekunde wurde ihr klar, was die Zwerge Schwarzspiegels hatte innehalten lassen, denn ein Ton klang über den See; so tief, dass sie ihn in ihren Knochen spürte. Weitere gesellten sich hinzu, sodass schließlich ein einziger machtvoller Akkord in der Luft hing. Darüber formten hellere, aber nicht weniger berührende Töne eine Melodie.

„Die Orgel des alten Súrúntempels", wisperte Drúdir.

Kyrai staunte. Es war leicht zu vergessen, dass nicht nur die Elfen Cirdayas über altehrwürdige Traditionen verfügten und dass sie keineswegs ein Monopol auf künstlerische Leistungen hatten. Schwarzspiegel, die unterirdische Festung der alten Zwergenkönige und nun eine Stadt der Erfinder, war eine steingewordene Erinnerung daran.

Stimmen erhoben sich überall in der Stadt und vereinten sich zu einem Chor. Selbst Drúdir summte halblaut mit. Er hatte eine angenehme Stimme, tief und melancholisch.

„Kennst du das Lied?", fragte Kyrai Moryn.

Die Automate wandte ihr den Kopf zu. Es war das bleiche, vom grünlichen Licht des Sees beleuchtete Gesicht einer Zwergin und während Kyrai hinsah, zog sich das Schwarz der Linsen aus ihren Augen zurück, als sich die Illusion von Iris und Pupille darüber schob. Hätte Kyrai nicht gewusst, was hinter der Maske steckte, hätte sie Trauer in den symmetrischen Zügen zu lesen geglaubt. Für einen sonderbaren Moment lang wollte sie die Hand ausstrecken und versuchen, diesem Wesen so etwas wie Trost zu spenden, auch wenn sie in dieser Hinsicht nur wenig anzubieten hatte.

„Ich glaube schon, aber ich weiß nicht woher." Auch Moryn summte nun und obwohl ihre Stimme durchaus angenehm war, lag in der perfekt abgemessenen Länge und Höhe der Noten etwas, das die Maschine in ihr mehr entlarvte, als ihr Stahlgesicht es getan hatte. „Doch ich vermute, ich sollte das Singen lieber anderen überlassen", fügte sie hinzu.

Drúdir sah sie an, Mitgefühl in den braunen Augen. Kyrai betrachtete die zwei, wie sie auf dem schmalen Sims standen. Oberflächlich betrachtet handelte es sich um zwei junge, nach den Maßstäben ihrer Spezies gutaussehende Zwerge, beide gezwungen, mit unangenehmen Wahrheiten über sich selbst umzugehen und vom Rest ihrer Art entfremdet. Sie gäben ein schönes Paar ab, wenn da nicht das unangenehme Detail wäre, dass ein Wort von Moryns Meister genügen würde, um Drúdirs Tod zu besiegeln.

Schließlich unterbrach der Zwerg den Blickkontakt. „Wir sollten gehen", sagte er. „Keine Ahnung wohin, in unsere Pension können wir wahrscheinlich nicht zurück und sie machen sicher Jagd auf uns. Aber wir sollten los."

„Ich weiß, wohin", offerierte Kyrai. „Varyntai hat für genau diesen Moment vorgeplant, aber wir werden schwimmen müssen."

Wenig später stahlen sie und Drúdir sich triefend und schlotternd eine schmale Gasse entlang. Sie hatten sich von Moryn getrennt, um ihr nicht das Versteck preiszugeben, das Varyntai für solche Gelegenheiten vorbereitet hatte. Kyrai hatte vorgegeben, nicht zu hören, wie Drúdir und die Automate wispernd ein Treffen vereinbarten. Sie würde später versuchen, den Zwerg davon abzubringen.

Schließlich kamen sie bei dem schlichten Schuppen am Stadtrand an – ein auf hölzernen Pfählen errichteter, behelfsmäßiger Lagerraum. Der Schlüssel war unter dem kleinen Anlegesteg befestigt. Rasch zogen sie sich ins Innere des Häuschens zurück, auch wenn sie sich kaum vor neugierigen Blicken hätten fürchten müssen. Das Schauspiel draußen auf dem See nahm die Aufmerksamkeit aller Zwerge zu sehr in Anspruch und es waren außerdem so viele Menschen in die Stadt gekommen, dass selbst Kyrai mit der Menge verschmelzen könnte, wenn sie nur ihr silbriges Haar verbarg.

Der Schein von Drúdirs treuer schwebender Lampe beleuchtete einen Stapel von Koffern in der Mitte des Raumes. Kyrai erkannte ihren eigenen, aber auch

Findras von Schnur und Hoffnung zusammengehaltenes Gepäck und Drúdirs Werkzeugkasten. Varyntai musste schnell reagiert haben, als sie von den Ereignissen in der Bibliothek erfuhr. Oben auf dem Stapel lag ein verschlossener Umschlag, den Kyrai aufriss und mit zusammengekniffenen Augen entzifferte.

Als sie aufschaute, begegnete sie Drúdirs bangem Blick. „Was?“, fragte er.

Sie lächelte – zum ersten Mal seit Tagen, wie es sich anfühlte. „Gute Neuigkeiten.“

# *Kapitel 48*

# Drúdir

Den Hut tief in die Stirn gezogen, bewegte sich Drúdir durch die Straßen, als könne jederzeit eine Kugel aus dem Nichts heranpfeifen. Er musste sich zwingen, weder zu schleichen, noch zu rennen. Vor allem, nachdem er die ersten Steckbriefe an die Pfähle gepinnt fand, an denen die Schwarzspiegler ihre Gondeln vertäuten. Glücklicherweise war er nie fotografiert worden und die Phantomzeichnung und Beschreibung, mit der man sich stattdessen behalf, hatten wenig Ähnlichkeit mit ihm.

Auch sah ihm niemand ins Gesicht. Für diese Tage, in denen der Schwarzspiegelsee sich in ein Meer aus grünem Licht verwandelt hatte, kam das geschäftige Treiben der Stadt zur Ruhe und wurde von einer Mischung aus Verzauberung und exzessiver Feierlaune abgelöst. Besucher überschwemmten die Stadt und auch die Einheimischen hielten es nicht in ihren Häusern aus. Wäre Drúdir so kaltblütig wie seine elfischen Verbündeten gewesen, hätte er wohl voller Zuversicht an den Kanälen entlangschlendern können; sicher, im Trubel unsichtbar zu sein. Doch es dauerte wohl ein wenig, bis man sich daran gewöhnte, gesuchter Staatsfeind zu sein.

Wahrscheinlich hätte er damit rechnen sollen, dass die Zwerge, auf die er Jagd machte, an irgendeinem Punkt den Spieß umdrehen würden. Wie die Chancen verteilt waren, machten die Steckbriefe nur allzu deutlich. Die Schwarzspiegler Stadtregierung hatte eine hohe Belohnung auf Findra, Svalris und ihn ausgesetzt. Wer diese Zwerge dazu brachte, in die Staatskasse zu greifen, hatte Einfluss. Als ob das nach dem Angriff auf die Bibliothek durch vorgebliche Polizisten, an deren Identität kein Zweifel laut geworden war, noch in Frage gestanden hätte.

Aber wenigstens waren Findra, Svalris und Rúnwis wie durch ein Wunder verschont geblieben. Auch Phandrael hatte überlebt. Leider hatten nicht alle von Rúnwis‘ Freunden dasselbe Glück gehabt. Drúdir konnte nicht anders, als sich für ihre Tode verantwortlich zu fühlen.

Wie hatte sein Leben, das aus Reisen durch die ganze Union, gelegentlichen Affären und schnurrenden Mechanismen bestanden hatte, zu diesem blutigen Chaos werden können? Und was beim Abgrund trieb er hier?

Er tastete nach den beiden Gegenständen, die er in dem über seine Schulter geschlungenen Stoffbeutel trug. Eine hölzerne Schachtel ... und ein paar zerknitterte Papierseiten, die ihm viel schwerer erschienen, als die Logik gestattete. Er fürchtete sich vor dem Moment, in dem er sie in feingliedrige Hände legen würde, in denen stählerne Sehnen über Spulen liefen.

Was war ein erbärmliches, kleines Geschenk, wie das in seinem Beutel gegen ein gestohlenes Leben? Und warum bestand er stur darauf, seinen eigenen Problemen noch eines hinzuzufügen? Was er hier tat, war verantwortungslos und unvernünftig. Und trotzdem lief er weiterhin mit wehendem Mantel an dem grünschillernden Kanal entlang. Moryn hatte ein Anrecht auf dieses Wissen, so schmerzhaft es auch sein mochte. Und er wollte sie noch einmal sehen.

Er sah sein Ziel, lange bevor er es erreichte. Die Stahlkonstruktion erhob sich einige Meter über den Dächern der Stadt: Reihe um Reihe geschwungener Ränge, die von kunstvoll verschlungenen Säulen gehalten wurden, welche aus dem leuchtenden Wasser ragten. Die neue Tribüne für die traditionellen Bootsrennen war ein Geschenk Nainrars an die Stadt gewesen und zugleich ein Symbol für die Möglichkeiten, die die neuen Technologien eröffneten. Drúdir fragte sich, ob Moryn diesen Treffpunkt vorgeschlagen hatte, um noch einmal seinen Verdacht zu bestätigen, dass der Fabrikbesitzer hinter der Verschwörung steckte.

Die oberen Ränge waren von Zwergen, aber auch vereinzelten Menschen, Gnomen und Kobolden überfüllt, die die Aussicht über den leuchtenden See genossen, aber Drúdir war nicht dorthin, sondern zu einer der niedrigeren Plattformen unterwegs. Hier standen nur kleine Grüppchen von Besuchern herum oder hatten sich mit Picknickkörben auf den freien Sitzen niedergelassen. Einige Pärchen lehnten an der Brüstung, hielten Händchen oder unterhielten sich mit nervösen Mienen. Es war ein guter Ort, um sich zu treffen. Sie konnten in der Menge untergehen, ohne zugleich fürchten zu müssen, dass man sie belauschte. Auch Drúdir trat an das polierte Geländer und blickte über die Dächer Schwarzspiegels hinweg und auf die grünschillernden Kanäle, über die Gondeln und Fähren glitten. In den Straßen herrschte geschäftiges Treiben.

Rhythmisches Stampfen und der Geruch von Qualm ließen ihn den Kopf zu einer der Tunnelöffnungen wenden, aus denen ein unterirdischer Fluss in den See mündete. Ein Dampfschiff glitt heraus. Es schien eine Maschine zu transportieren. Drúdir erhaschte einen Blick auf poliertes Messing, Röhren und Druckanzeigen.

Vielleicht ein von der Fakultät für experimentelle Technik in Auftrag gegebener Prototyp, der nun untersucht und getestet würde …

Trotz allem, was hier geschehen war, war seine Faszination für Schwarzspiegel ungebrochen. Halb Relikt der Vergangenheit, halb Enklave einer beschleunigten Zukunft war es einer der schönsten Orte, die er je besucht hatte.

„Drúdir …“ Moryns Stimme riss ihn aus seinen Gedanken.

Er drehte sich zu ihr um. Das letzte Mal, als er sie gesehen hatte, hatte sie ein von stählernen Schwingen zerfetztes Kleid getragen und ihn mit Augen aus schwarzem Glas angesehen; so dunkel, dass es im spärlichen Licht ausgesehen hatte, als wären da nur leere Höhlen unter den anmutig geschwungenen Brauen. Nun hingegen stand er einer elegant gekleideten Zwergin gegenüber, die ihm ein zurückhaltendes Lächeln schenkte. Er erinnerte sich an ihre erste Begegnung, die stolze Einsamkeit, die sie ausgestrahlt hatte. Damals hatte er keine Ahnung gehabt, wie allein sie tatsächlich war. Er ertappte sich bei dem seltsamen Wunsch, das Grün aus ihren Augen verschwinden und das polierte Metall unter ihrer Haut auftauchen zu sehen, nur um ihr zu zeigen, dass er den Blick nicht abwenden würde. Noch immer geisterten die Erinnerungen Grihins und die Schlagzeilen über den Absturz des Luftschiffs *Bergfalke* durch seine Gedanken. Er wusste, wozu Moryns segmentierte Hände fähig waren. Doch nach der Lektüre von Kargans Notizen mengte sich Mitgefühl in die Mischung aus Enttäuschung und Entsetzen, mit der er sie zuvor betrachtet hatte. Mitgefühl … und Staunen.

„Ich hätte fast nicht erwartet, dass du kommst“, sagte Moryn.

„Ein klügerer Zwerg wäre nicht gekommen“, gab er zu.

Sie neigte in einem Nicken den Kopf. „Danke.“

„Ich war es dir schuldig. Du hast mir das Leben gerettet. Zwei Mal.“

„Du hast mich auch gerettet, gewissermaßen. Ich glaube, ich habe die Interaktion mit Zwergen gebraucht, um mich zu erinnern, dass ich nicht nur Maschine bin.“

Drúdir räusperte sich. „Kyrai und Svalris haben Varyntai und Kigri gebeten, Nachforschungen anzustellen.“ Er zog die zusammengefalteten Papiere aus der Tasche. „Es ist nicht sicher, aber sie haben begründete Vermutungen, wer die Zwerge auf der Barke mit dem Sarg, das Rohmaterial für die Seraphim, gewesen sind. Und sie haben auch eine Vermutung, wer von ihnen … Teil von dir geworden sein könnte.“

Nervös betrachtete er Moryns Gesicht, als sie die winzigen, krakeligen Notizen studierte. Was empfand sie in diesem Moment?

„Sie könnten die Adressen ihrer Angehörigen in Erfahrung bringen“, sagte er, als sie geendet hatte und ihn mit starrem Gesicht ansah. Kein Atemzug verließ ihre Lippen und sie blinzelte nicht. Die Vernachlässigung der kleinen Routinen, die zu ihrer Zwergenmaske gehörten, verriet ihm mehr, als jeder Aufschrei es getan hätte.

„Warum?“, fragte sie in ihrer schnarrenden, zirpenden Maschinenstimme. „Ihre Gesichter würden mir nichts bedeuteten. Meine Schöpfer haben mir alle Erinnerungen genommen. Und Konzepte wie Familie, Zuneigung und Identität sind mir noch immer eher fremd. Außerdem ahne ich, wie sie reagieren würden, wenn sie wüssten, was ich bin.“

„Wer“, korrigierte Drúdir.

Ihre Blicke begegneten sich.

„Es mag sein“, sagte er, „dass du ein ‚Was‘ warst, kurz nachdem die Verschwörer dich geschaffen haben, aber etwas Zwergisches ist übriggeblieben. Und auch wenn deine Erinnerungen nicht weit zurückreichen, existieren sie doch. Du hast Erfahrungen gemacht, Beziehungen geknüpft, Verluste erlitten, über dich selbst nachgedacht, gezweifelt … Du bist eine Person, Moryn. Und wenn deine Konstrukteure es schaffen, dich vom Gegenteil zu überzeugen, haben sie gewonnen.“

„Das Leben war einfacher, als ich noch mehr Maschine war.“ Sie hielt kurz inne, dann zeichnete sie mit zwei feingliedrigen Fingern Anführungszeichen in die Luft. „Das Leben.“

Drúdir bewunderte sie. Er hatte immer mit einem Gefühl des Andersseins und der Isolation gekämpft. Wie viel schlimmer musste es für sie sein? Wieder spürte er diesen sonderbaren Impuls, sie anzusehen, in die Arme zu schließen, ihr zu zeigen, dass er keine Angst und keinen Abscheu vor ihr empfand, aber zugleich wäre das nicht ganz ehrlich gewesen.

Grihins Erinnerungen waren zu präsent. Und er fühlte sich schuldig dabei, ein Geschöpf schön zu finden, dessen Erschaffung zwei Leben gekostet hatte und das nichts anderes als eine Waffe hatte werden sollen.

Also schenkte er ihr nur ein unsicheres Lächeln. „Erinnerst du dich an unsere erste Begegnung.“

Sie nickte.

Er griff in seine Tasche und reichte ihr die Uhr, die sie ihm damals gegeben hatte. „Sie sollte jetzt einwandfrei funktionieren."

Ihr Kopf ruckte in die Höhe. Er hatte es tatsächlich geschafft, sie zu überraschen. Und er war noch nicht fertig. Nachdem er die Uhr in ihre Hand hatte gleiten lassen, holte er ein weiteres Objekt aus den Tiefen seines Mantels und präsentierte es ihr auf seinen aneinandergelegten Handtellern.

Es war eine metallene Blütenknospe mit einem winzigen Drehschlüssel an der Seite. „Es ist zwar nicht das versprochene Drahtinsekt, aber ich dachte, dass Blumen für eine schöne Frau nur angemessen sind. Zieh sie auf."

Moryn folgte seiner Anweisung, die präzisen, regelmäßigen Bewegungen untypisch langsam. Kaum hatte sie den Schlüssel losgelassen, tickte und schnarrte es im Inneren der Blüte und die Spule darin begann sich zu drehen. Haarfeine Drähte zogen die Blätter aus hauchdünnen Kupferplatten auseinander und offenbarten den Mechanismus im Inneren. „Ich weiß, dass die Tradition echte Blumen verlangt, aber ich habe kein Händchen für Pflanzen … oder sonstige organische Dinge, wo wir schon beim Thema sind. Schrecklich kompliziert – sie wollen Wasser, Sonne oder sozial adäquates Verhalten, und selbst nach ihrem Tod sind sie noch anstrengend. Wenn du damit überfordert bist, ein Zwerg zu sein, mach dir keine Sorgen. Mich überfordert es auch. Und bitte, bitte unterbrich mich, bevor ich noch mehr Schwachsinn rede."

Moryn unterbrach ihn. Sie beugte sich vor. Ihr von unten vom grünen Wasser beleuchtetes Gesicht war dem seinen so nahe, dass er das leise Ticken hinter ihren Schläfen hören konnte. Wieder staunte er über die Kombination aus Können, Wissen und magischer Macht, die nötig gewesen war, um das Räderwerk ihres Inneren zu schaffen. Kühl und weich berührten ihre Lippen die seinen.

Dann sah sie ihn aus unlesbaren, dunkelgrünen Augen an. „Danke, Drúdir", sagte sie leise. „Keine Ahnung, wie all das enden wird, aber danke."

Ohne ein weiteres Wort wandte sie sich ab und ging in ihrem regelmäßigen Gang davon, den schmalen Rücken, der nichts von den in ihm zusammengefalteten, stählernen Schwingen verriet, stolz aufgerichtet. Ihre Hände waren so behutsam um seine Uhrwerkblume gefaltet, als hielte sie einen kleinen Vogel.

Drúdir blickte ihr nach. „Tja …", murmelte er, als er ihre Gestalt nicht mehr ausmachen konnte. „Gratuliere, Drúdir. Dein Leben ist gerade noch verrückter geworden."

Zurück im Schuppen erwartete ihn Kyrai, steif auf einer der Decken sitzend, die Varyntai bereitgestellt hatte. Ihre grauen Augen flackerten kurz zu ihm hinüber. Wenn sie überrascht war, Drúdir lebend zu sehen, ließ sie es sich nicht anmerken. Zu seiner Verblüffung war sie nicht allein. Eine rotblonde, sommersprossige Zwergin saß ihr im Schneidersitz gegenüber, den Oberkörper weit vorgeneigt und das Kinn in eine Hand gestützt.

Wie mit ihrer Haltung wies sie auch in ihrer Kleidung radikal das von den Menschenfrauen der südlicheren Länder inspirierte Auftreten vieler Zwerginnen zurück. Statt mehrlagigen Röcken trug sie von Rußflecken übersäte Lederhosen und klobige Stiefel. Eine zerknitterte, dunkelgrüne Bluse steckte halb in ihrem Gürtel, zusammen mit einem paar ölverschmierter Handschuhe und einer messingglänzenden Schutzbrille.

Ihre Züge waren eher gewöhnlich, aber ihre charakteristische Garderobe half Drúdir, sich an den Zeitungsartikel zu erinnern, neben dem ihr Gesicht ihm zum ersten Mal begegnet war.

„Wyndra Garidottir?“, fragte er.

Sie nickte.

Drúdir sah sie mit einer Mischung aus Ehrfurcht und absoluter Verblüffung an. Es gab wenige Zwerge in der Union, die nicht von der Erfinderin gehört hatten.

„Aber was …“

„Rúnwis“, entgegnete sie knapp. „Ich habe kein Wort über die Lügen geglaubt, die sie in der Zeitung über ihn geschrieben haben, und als er von den Außenbezirken aus Kontakt mit mir aufgenommen hat, hat sich das bestätigt.“ Der skeptische Blick der Erfinderin wanderte an ihm und Kyrai auf und ab. „Ich muss zugeben, dass er in der Wahl seiner Freunde ein wenig exzentrisch ist, und mir ist nicht entgangen, dass seine Probleme erst angefangen haben, als er euch kennengelernt hat. Aber er hat mich gebeten, euch zu helfen und ich finde, dass ich ihm diesen Gefallen schulde. Ihr habt nicht zufällig vor, mir zu erzählen, was hinter all dem steckt?“ Erwartungsvoll sah die Erfinderin sie an. „Nein? Dachte ich mir. Nun, wie dem auch sei: Wer von euch hat Lust, mit mir den Prototyp eines Unterseeboots zu testen?“

Sie grinste sie herausfordernd an.

Drúdir war zwischen Entzücken und Besorgnis hin und her gerissen. Er sollte mit der legendären Wyndra zusammen in einer ihrer Erfindungen fahren … Allerdings hätte er dabei ein ausgereifteres Modell vorgezogen.

„Ist es sicher?", sprach Kyrai aus, was er nicht über die Lippen gebracht hätte. Wenn es darum ging, anzudeuten, dass das Handwerk eines Artgenossen nicht makellos war, wurden selbst Zwerge behutsam.

„Ich zwinge euch nicht, einzusteigen", schoss Wyndra zurück. „Jetzt, wo die Nacht-ohne-Lichter-Hysterie ein wenig abgeklungen ist, patrouillieren zunehmend Stadtwächter durch Schwarzspiegel und suchen nach einigen ganz bestimmten Zwergen und Hinweisen auf die Identität von zwei großen, vermummten Fremden." Sie warf Kyrai einen vielsagenden Blick zu. „Wenn es euch sicherer erscheint, hierzubleiben, bis sie die Schuppentür aufbrechen, bitte. Ich werde Rúnwis eure Ablehnung überbringen. Soll ich ihm sonst noch etwas ausrichten?"

Drúdir schüttelte den Kopf. „Nicht nötig, wir werden uns selbst bei ihm für die Rettung bedanken. Kann ich das Boot sehen?"

„Ich zeige es euch. Ich habe es sowieso viel zu lange unbeaufsichtigt gelassen." Wyndra sprang auf und winkte ihnen ungeduldig, ihr zu folgen.

Obwohl sie alles andere als ein Muster an Höflichkeit war, kam Drúdir nicht umhin, ihr eine gewisse spontane Sympathie entgegenzubringen. Er bewunderte sie für ihren technischen Sachverstand und ihre Weigerung, sich von Fehlversuchen entmutigen zu lassen. Außerdem erinnerte sie ihn in ihrer Gewissheit, sehr gut in dem zu sein, was sie tat, ein wenig an Findra und Svalris, die ihm in den letzten Wochen beide ans Herz gewachsen waren.

Das Boot, was neben dem kleinen Steg tief im leuchtenden Wasser lag, erinnerte an eine lange, schlanke Gondel aus blitzendem Messing. Angetrieben wurde es offenbar durch eine Art Schraube. Rasch verluden sie den Teil ihrer Besitztümer, den sie für unverzichtbar hielten, in die Gondel und ließen sich dann in die Sitze sinken.

„Was sollen wir mit unserem restlichen Gepäck machen?", fragte Drúdir.

„Varyntai schickt uns alles nach. Sie weiß wohin, immerhin gehört das sichere Haus ihr", antwortete Kyrai angespannt. Es musste ihr schwerfallen, alle Kontrolle über die Situation in die Hände einer zwergischen Erfinderin zu geben und zu hoffen, dass deren ungetestetes U-Boot tat, was man von ihm erwartete.

Als Letzte ließ sich Wyndra auf den vordersten Sitz der bedenklich schwankenden Unterseegondel fallen. Drúdir versuchte, einen Blick darauf zu erhaschen, was sie tat, aber die hohe Lehne ihres Sitzes blockierte seine Sicht. Das Boot unter ihm zuckte und begann dann, begleitet vom dumpfen Rumpeln des Motors, zu vibrieren. Surrend senkte sich die Glaskuppel über ihren Köpfen herab und arretierte.

Drúdir hörte, wie Kyrai hinter ihm scharf die Luft einsog. Wyndra murmelte etwas Unverständliches. Wieder durchlief ein Zittern die Gondel, als mit lautem Geräusch ein Hebel einrastete und das Vibrieren und Motorengrollen eine andere Qualität annahm.

Dann begann das grüne Wasser um sie herum zu steigen. Drúdir konnte nun aus nächster Nähe die winzigen Leuchtalgen erkennen. Wenig später hatte der See sie vollkommen verschluckt.

# *Kapitel 49*

# Findra

„Zwei Paare." Findra legte ihre Karten offen auf den Tisch. „Wie sieht es bei dir aus?"

Phandrael zeigte ihr eine Pik Sieben und eine Herz Drei. Findra zog einen Stapel Krisplinge – dünne, frittierte Kartoffelscheiben, die nicht nur eine beliebte Knabberei unter Zwergen waren, sondern sich auch eigneten, um Münzen und Spielchips zu ersetzen – zu sich heran. „Damit habe ich mit Abstand am meisten."

„Ich habe keine Lust mehr", sagte Esdis. „Hast du vor, sie alle allein zu essen?"

Findra schüttelte den Kopf. „Bedient euch."

Trotz ihrer Frage knabberte die Zwergin nur lustlos an einem Krispling. Phandrael hingegen zeigte keine solche Zurückhaltung. Er aß Krisplinge, wie er kämpfte: Elegant, enthusiastisch und effektiv. Und er hatte dabei keine Konkurrenz zu fürchten. Als Einzigem von ihnen schien die Erinnerung an die Ereignisse in der Bibliothek dem Elfen nicht auf den Magen geschlagen zu sein.

„Wir sitzen jetzt seit einem Tag hier." Rúnwis hatte den in die Hände gestützten Kopf so tief gesenkt, dass Findra nur seinen zerwühlten, von grauen Strähnen durchzogenen braunen Haarschopf sehen konnte. „Varyntai hat uns geschrieben, dass Drúdir, Kyrai und Moryn leben, wie auch immer sie das geschafft haben, und meinte, meine Nachricht sei übermittelt worden. Aber wir haben seit gestern nichts mehr von ihnen gehört."

„Vielleicht warten sie nur den besten Zeitpunkt ab, um zu entkommen."

„Oder sie sind schon gescheitert und ich habe mit meiner Bitte auch Wyndra verdammt", sagte Rúnwis düster.

Esdis seufzte. Findra wusste nicht, ob es dem erlittenen Verlust geschuldet war oder der Tatsache, dass sie nun schon seit zwei Tagen in einem winzigen, heruntergekommenen Wohnhaus im äußersten Norden des oberirdischen Schwarzspiegel aufeinander hockten. Sie tat Findra leid. Im Gegensatz zu ihr und Svalris hatte sie bei der Schießerei enge Freunde verloren und die Anwesenheit der Zwerge, die sie wahrscheinlich tief in ihrem Inneren für alles verantwortlich machte, war ihr wohl kaum ein Trost. Ähnliches galt für Phandraels Präsenz. Immer wieder huschten die Blicke der beiden Hüter misstrauisch zu dem Elfen hinüber.

„Noch können wir das nicht wissen“, widersprach Svalris.

Wie um ihre Worte zu bestätigen, klopfte es an der Tür.

„Wer ist da?“, fragte Rúnwis.

„Ich bin es“, drang eine vertraute Stimme durch das von mehreren abbröckelnden Lackschichten überzogene Holz.

Findra sprang auf. „Drúdir!“ Bis jetzt hatte sie es sich, trotz der optimistischen Maske, die sie ihren Gefährten zuliebe aufgesetzt hatte, nicht erlaubt, an seine Rückkehr zu glauben.

Erleichtert entriegelte sie die Tür. Drúdir, eine rothaarige Zwergin und Kyrai drängten sich hastig in die Diele, bevor jemand sie sehen konnte. Jetzt, am späten Nachmittag, herrschte in dem ärmlichen Außenbezirk wenig Betrieb, da die meisten seiner Bewohner entweder in den Fabriken noch weiter außerhalb oder aber im Stadtinneren arbeiteten. Auch ein Mensch, mit dem man Kyrai in Mantel und Hut leicht verwechseln konnte, wäre hier kein allzu ungewöhnlicher Anblick. Dennoch war keiner von ihnen gewillt, ein Risiko einzugehen. Nicht nach den Ereignissen in der Bibliothek.

Findra konnte einen seltsamen Moment lang nicht glauben, dass der Zwerg, der ihr mit langen Schritten entgegenkam, tatsächlich Drúdir war. Der schwere Mantel, die langen, dunklen Haare, die hellbraunen Augen … all das stimmte, aber da war etwas irritierend Fremdes. Erst einen Herzschlag später begriff Findra, was es war. Sie hatte viel Zeit mit Drúdir verbracht, hatte neben ihm gesessen, als er vor sich hinbrütete, hatte ihn ruhig, verzweifelt, wütend und bitter amüsiert gesehen. Aber nun sah er sie zum allerersten Mal ohne Trotz, Vorsicht oder Distanz an. „Ich bin froh, euch wohlauf zu sehen“, sagte er lächelnd.

Dann wandte er sich an Rúnwis und Esdis und seine Miene verdüsterte sich. „Varyntai hat mir geschrieben, was nach meinem Abstieg geschehen ist. Es tut mir leid.“

„Mir auch“, entgegnete Rúnwis, „glaub mir, mir auch.“

In seiner Stimme klang nichts als Bitterkeit, aber in seinem Blick lag etwas Flehendes, als hoffte er, Drúdir würde ihm erklären, dass alles nur ein böser Traum gewesen sei. Findra war dieses Gefühl nur zu vertraut. Gelegentlich fühlte auch sie sich, als könnte sie jederzeit keuchend aus dem Schlaf fahren.

Drúdir atmete sichtlich auf, als Wyndra Rúnwis‘ Aufmerksamkeit auf sich lenkte: „Laut Varyntai werdet ihr nicht offiziell gesucht, aber sie hält es für sehr unwahrscheinlich, dass man nicht trotzdem nach euch Ausschau hält. Sie hat jemanden gefunden, der euch über den Graurücken-Pass und die Nebenflüsse des Grünbands nach Skanvien bringen könnte. Von dort aus könntet ihr nach Cirdaya weiterreisen und würdet dort Asyl finden. Sie kann euch auch nach Norden bringen, aber bezweifelt, dass ihr irgendwo in der Union sicher wäret. Dasselbe Angebot gilt auch für euch, Findra und Svalris, auch wenn die Elfen wohl sehr verstimmt wären, wenn ihr ihr Angebot von Asyl in Cirdaya ausschlagen würdet. Offenbar haben sie großes Interesse an dem, was ihr zu erzählen habt."

„Ich gehe in den Norden", sagte Rúnwis entschlossen. „Bring mich aus der Stadt raus und ich reise zur Grenze des Trolllandes."

„Ich komme mit", fügte Esdis hinzu. „Ein Zwerg, der einmal in Cirdaya war, kann kaum damit rechnen, bei seiner Rückkehr freundlich aufgenommen zu werden."

„Ich bewundere deinen Optimismus", bemerkte Phandrael, der hinter ihnen im Türrahmen lehnte. Die Lässigkeit seiner Haltung wurde ein wenig dadurch beeinträchtigt, dass er dabei den Kopf einziehen musste. Immerhin war dieses Haus für Zwerge gebaut worden. „Was sagt dir, dass wir es schaffen, die Verschwörer zu Fall zu bringen?"

„Entweder ihr besiegt sie und ich kann zurückkehren oder aber sie gewinnen und sind dann so mächtig, dass Rúnwis und ich ihnen egal sein werden. So oder so, mit maximal einem Jahr des Versteckens sollte es getan sein." Ihre Stimme verriet keine Emotion.

„Es tut mir leid." Drúdir klang hilflos. „Ich hätte euch nicht in diese Sache hinein…"

Rúnwis hob eine Hand. „Hast du aber. Allerdings hast du uns zu nichts gezwungen. Und letztlich wäre nichts von all dem geschehen, wenn es Kargan nicht gelungen wäre, uns auszuspähen und zu bestehlen."

Er wandte sich an Wyndra: „Wann können wir abreisen?"

„Das Boot steht bereit. Ein paar eurer Besitztümer – gebt mir eine Liste mit – werden euch nachgeschickt."

„Gut." Er wandte sich mit einem herausfordernden Blick an Drúdir. „Du hast nicht erwartet, dass wir bleiben, oder?"

Der schüttelte den Kopf. „Wahrscheinlich werde ich mir binnen Kurzem wünschen, ich wäre auch geflohen." Er sah Findra und Svalris an. „Wollt ihr …"

Für einen Moment erlaubte Findra sich, dem Gedanken nachzuhängen. Was, wenn sie tatsächlich all das blutige Chaos, die ständige Angst und Ungewissheit hinter sich lassen könnte? Aber zugleich wusste sie, dass Angst, Trauer und das Gefühl des Versagens ihr folgen würden. „Kommt nicht infrage."

„Svalris?"

„Dito."

„Dann viel Erfolg bei eurem Vorhaben, was auch immer es ist", sagte Wyndra. Nach einem letzten, langen Blick auf die Zurückbleibenden öffnete sie die Tür und verschwand. Esdis folgte ihr, ohne sich umzusehen. Rúnwis war der Letzte. Auf der Schwelle drehte er sich noch einmal um. „Ich muss zugeben, ich wünschte, unsere Wege hätten sich nicht gekreuzt, aber ich hoffe dennoch, dass ihr alles wohlbehalten übersteht. Drúdir …"

„Ja?"

„Seien Sie vorsichtig. Sie beherrschen die Magie, aber die Magie kann auch Sie beherrschen."

Da war es wieder, dieses sarkastische Lächeln, das eine Mauer zwischen ihm und dem Rest der Welt hochzog. „Sie sind Wissenschaftler. Beglücken Sie die Welt mit neueren Entdeckungen." Dann jedoch trat er einen Schritt vor. „Wenn all das überstanden ist und ich Sie irgendwie, mit irgendetwas ansatzweise entschädigen kann … lassen sie es mich wissen."

Rúnwis nickte. Und zu Findras Überraschung flackerte ein Lächeln über seine Lippen. „Entsetzen und den Umstand, dass der Preis viel zu hoch war, hin oder her … als ein Zwerg, der jahrzehntelang über Magie geforscht hat, komme ich nicht umhin, ein gewisses, ehrfürchtiges Staunen angesichts der Dinge zu empfinden, deren Zeuge ich dank Ihnen werden durfte. Alles, was die Hüter je getan haben, ist ein armseliger Schatten dessen, wozu Sie fähig sind."

„War das ein Kompliment oder eine Warnung?", fragte Drúdir, als die Tür hinter dem zerzausten Gelehrten zugefallen war.

„Beides, vermute ich", entgegnete Phandrael. „Die schönsten Dinge sind in der Regel die zerstörerischsten."

Erstaunlicherweise lächelte Drúdir beinahe verträumt. „Wahrscheinlich."

„Also, was machen wir jetzt?", fragte Svalris. „Ich nehme an, wir setzen den Kampf fort, wenn man es als Kampf bezeichnen kann, in Verstecken zu hocken und Zeitungen zu durchkämmen. Ihr solltet übrigens die hier lesen."

Sie winkte mit einigen zusammengerollten Zeitungsblättern. Die paar fettgedruckten Runen der Überschrift, die Findra sehen konnte, verrieten ihr, dass es der Artikel war, den sie bereits mit einiger Besorgnis gelesen hatte.

„Wieso?“, fragte Drúdir.

„Weil der vermeintliche Anschlag auf die Bibliothek der ZSK und ihrem radikalen Flügel noch einmal Auftrieb gegeben hat“, erklärte Findra. „Sie haben sich mit den Konservativen verbündet. Und gerade diskutiert das Parlament des Südlandes Gesetze, die einen ganzen Haufen Freiheiten beschneiden. Es wurden übrigens auch mehr Mittel für das Militär bewilligt. Weil die Schießerei in der Bibliothek den Hammerschwingern zugeschrieben wird – ohne dass erklärt wird, worum es ihnen eigentlich gegangen sein soll – und weil einer der führenden GUU-Politiker sich vor ein paar Tagen dazu hat hinreißen lassen, vorsichtige Sympathie mit seinen radikaleren Parteigenossen zu bekunden, hat die GUU an Vertrauen und Einfluss verloren. Und damit eine der Parteien, die sich am stärksten für friedliche Außenbeziehungen ausgesprochen hat – zumindest der vernünftigere Teil von ihr.“

Findra lauschte ihren eigenen Worten und fühlte sich für einen Moment fast, als würde sie ein Geschichtsbuch lesen. Was machte es schon, dass die weitere Transformation der Union, die sie vor ihrem inneren Auge ablaufen sah, erst noch stattfinden musste? In diesem Moment erschien sie ihr unaufhaltsam.

„Verdammt“, sagte Drúdir. „Nicht unerwartet, aber … verdammt“, wiederholte er. Offenbar fühlte er dieselbe Hilflosigkeit.

„Wir haben keine Ahnung, ob die ZSK sich die Situation nur zu Nutze macht oder ob ein Großteil ihrer Führung oder auch die gesamte Regierung mit in der Verschwörung drinhängt“, sprach Svalris aus, was sie alle beschäftigte. „Es könnte sogar sein, dass wir uns von Anfang an getäuscht haben und wir nicht gegen eine kleine Gruppe mächtiger Zwerge kämpfen, sondern gegen einen Großteil der Eliten unseres Landes. Mitsamt ihrer stumpfsinnigen Anhängerschaft.“

„Stumpfsinnige Anhängerschaft“, wiederholte Phandrael spöttisch. „Habt ihr Zwerge es nicht sonst so mit dem freien, vernünftigen Wahlvolk, dessen wohlbedachte Entscheidungen alle Staatsmacht legitimieren?“

Svalris‘ graugrüne Augen waren dunkel vor Erschöpfung. „Ich weiß, um ehrlich zu sein, nicht, ob ich das Volk besonders mag.“ Wieder winkte sie mit der Zeitung. „Ihr glaubt nicht, was in den Kommentaren steht. Diese Leute freuen sich darüber, dass – ich zitiere – endlich ‚entscheidungsfreudige Zwerge durchgreifen und klare Botschaften an die inneren und äußeren Feinde der Nation senden'. Warum versuchen wir eigentlich, sie vor den Verschwörern zu retten, wenn ein hübscher Krieg gegen den Rest der Welt und die Unterdrückung aller kritischen Stimmen genau das zu sein scheint, was sie wollen?"

„Als Vertreter des Rests der Welt habe ich einiges zu dem Thema zu sagen", meinte Phandrael. Findra fragte sich, wie der besagte Rest der Welt sich fühlen würde, wenn er wüsste, wer sich gerade zu seinem Sprecher aufgeschwungen hatte.

„Wir hören es uns später an", sagte sie energisch und straffte den Rücken, als könnte sie die bleischwere Hoffnungslosigkeit vertreiben, indem sie allen Optimismus und Tatkraft vorspielte. „Wir können nicht wissen, wer alles in der Verschwörung mit drinhängt, aber wir wissen, dass wir handeln müssen, bevor sie im gegenwärtigen Klima mehr Verbündete finden. Immerhin haben wir einen Hauptverdächtigen."

„Nainrar", sagte Drúdir düster.

„Genau. Es ist die beste Spur, die wir haben, also sollten wir ihr folgen."

„Und ich weiß auch schon, wie", meldete sich unerwartet Kyrai zu Wort.

Svalris sog scharf die Luft ein. Als sie sich zu ihr umdrehten, deutete sie auf die neueste Zeitung: „Ich glaube, das hier könnte die Situation ein wenig ändern."

# *Kapitel 50*

# Phandrael

Phandrael wandte nicht den Kopf, als verzerrt das dumpfe Läuten der Trauerglocken zu ihm herüberdröhnte. Behutsam stieg er über den zusammengesackten Körper einer älteren Zwergin hinweg. Sie war, einen Staubwedel in der Hand, zusammengebrochen. Er musste den Kopf tief senken, um sie zu sehen, da die Gasmaske seine Sicht nach unten und zu den Seiten hin begrenzte. Er hörte auch nur gedämpft. Lediglich sein eigener Atem klang ihm viel zu laut in den Ohren. Der Drasiron neigte nicht zur Nervosität, aber diese Einschränkungen seiner Wahrnehmung zerrten an seinen Nerven. Schon zwei Mal hatte er sich mit einem hektischen Kopfrucken zu beiden Seiten hin umgesehen, überzeugt, dass dort, knapp außerhalb seines drastisch reduzierten Blickfelds, eine Bedrohung lauerte. Dennoch bewegte er sich ohne Hast und hielt Dolch und Pistole in entspannten Fingern. Hektik tötete. Und abgesehen davon müsste jeder Gegner, der ihm gefährlich werden wollte, ebenfalls eine Gasmaske tragen. Das Pulver, dass er von einem von Svalris' Kommilitonen, einem aufstrebenden Chemiker, erhalten und durch die Wartungsklappe in das Kaminrohr hatte rieseln lassen, hatte mit den heißen Kohlen reagiert. Das dabei entstehende Gas rief offenbar schon bei geringster Konzentration Bewusstlosigkeit hervor. Beiläufig fragte Phandrael sich, wie gründlich es wohl erprobt worden war. Er hatte genug über Arzneimittel und Gifte gelernt, um zu wissen, welche Gratwanderung ihre Dosierung darstellte. Wer konnte wissen, ob die beiden Zwerge, über deren schlaffe Körper er hinweggestiegen war, tatsächlich unbeeinträchtigt wieder aufwachen würden?

Phandrael mochte diese neuartige Waffe nicht, die jeden unmittelbaren Kontakt zum Gegner überflüssig machte, aber er erkannte ihr Potenzial. Und war der Meinung, dass sie sich momentan in den falschen Händen befand – denen der Zwerge. Svalris hatte sich geweigert, ihm den Namen des Zwerges zu nennen, der ihnen auf verschlungenen Wegen einen hermetisch versiegelten Kasten mit dem Gift hatte zukommen lassen, aber er würde ihn schon noch herausfinden.

Wenn der Aufenthalt in Schwarzspiegel ihm eines vor Augen geführt hatte, dann dies: Selbst wenn man die wiedererstarkende Magie mit in Betracht zog, von welcher zuerst und vor allem die Elfen Cirdayas profitieren würden, hatte die technische und militärische Überlegenheit der Zwerge besorgniserregende Ausmaße angenommen. Und das, während die Elfen gerade einmal begannen, mit Handfeuerwaffen herumzuexperimentieren. Unbemerkt waren Zwerge wie der, durch dessen Villa er gerade schlich, zu den eigentlichen Schlüsselfiguren der Schlachten von morgen geworden. Was in den Fabriken Nainrars und Wuthris über die Fließbänder rollte, würde die Kriege der nächsten Jahrzehnte prägen, sei es, weil die Zwerge versuchten, ihre technische Vorherrschaft in politische und territoriale Macht zu verwandeln, sei es, weil sie sich durch den Verkauf von Waffen an beide Seiten bereichern würden.

Aber auch Zwerge, die Geschichte machten, waren vor Unglücksfällen nicht gefeit. Vor allem nicht, wenn, wie er insgeheim vermutete, Zwerg-Maschine-Hybriden wie die faszinierende Moryn mit von der Partie waren.

Der Zeitungsartikel, den Svalris ihnen vorgelesen hatte, hatte sie alle schockiert, immerhin war damit ihre einzige Spur gestorben. Der Tod des Industriellen hatte sogar Drúdir, Svalris und Findra von der Titelseite verdrängt. Nainrar war von einer der Barken, auf denen die Elite der Stadt die Nacht ohne Lichter feierte, in den Schwarzspiegelsee gestürzt und erst Stunden später wieder an die Oberfläche getrieben worden.

Phandrael glaubte nicht an einen Zufall. Es hätte nur einen einzigen Stoß gebraucht, um Nainrar über die Reling zu befördern. Und was dann geschehen sein mochte, stand ihm lebhaft vor Augen: Moryn, die an den Rumpf des Bootes gekrallt auf Nainrars Sturz lauerte, um ihn dann in die unergründlichen Tiefen des Sees hinabzuziehen.

Der Elf überlegte kurz, wie viele Zwerge wohl im Laufe der Jahre dieses Schicksal – wenn auch ohne Beteiligung eines mechanischen Seraphs – geteilt haben mochten. Ein falscher Schritt im Rausch und schon trieb ein weiterer Körper zwischen den steinernen Säulen, die die prunkvollen Gebäude der Stadt trugen, und wurde von den bleichen Fischen und Krabben gefressen …

Doch relevanter war die Frage, warum Nainrar hatte sterben müssen. War er seinen Mitverschwörern lästig geworden? Oder hatten diese Feinde, von denen sie nichts wussten? Hing Nainrars Tod mit der Verschwörung zusammen? War er überhaupt ein Teil davon gewesen? Seine Verbindung zu Fragars Mörder mochte darauf hindeuten, doch es gab noch immer Raum für Zweifel.

Aber so sehr sie alle nach Antworten auf diese Fragen gierten und von der neuen Entwicklung überrascht worden waren, in der Praxis hatte sich nur eines verändert: Phandrael hatte bei seinem Einbruch in Nainrars Villa weitaus weniger Zwerge vergiften müssen als erwartet. Seine Verwandten und Mitarbeiter waren im Rathaus der Stadt versammelt, von wo aus noch immer die Glocken herüberhallten. Dort nahmen sie Abschied von einem der reichsten und einflussreichsten Zwerge der gesamten Union und spekulierten zweifellos über sein Testament und die Zukunft seines Unternehmens.

Amüsiert dachte Phandrael, dass womöglich ausgerechnet er der Erste sein würde, der eine Kopie von Nainrars letztem Willen in Händen hielt. Er hätte die Gelegenheit genutzt, das Dokument zu verfälschen und so hoffentlich ein wenig Unfrieden in die Geschäftswelt der Union zu bringen, wenn er nicht gewusst hätte, dass bei irgendeinem angesehenen zwergischen Notar zweifellos eine beglaubigte Kopie lag. Wenn diese Zwerge eines waren, dann gründlich. Das war einer der Gründe für ihren Erfolg. Das, und die Dynamik der frühen Jahre der industriellen Revolution. Damals waren viele fähige Zwerge aufgestiegen wie die Feuerwerksraketen, die die Union in alle Ecken Kiarvas exportierte, während in vielen anderen Länder Bildung und Erfolg den Abkömmlingen der Mächtigen von einst vorbehalten blieben – wenn auch nirgendwo so sehr wie im traditionsversessenen Cirdaya.

Wenn er so darüber nachdachte, erschien Phandrael seine eigene Haltung zu der Insel der Elfen als die einzig vernünftige: Er war ein kritischer Patriot – kritisch, wenn es nötig war, auf die Fehler seines Landes hinzuweisen, und patriotisch, wenn es für die Insel zu töten galt. Nicht nur um der reinen Zerstörung willen, sondern auch und insbesondere, wenn er damit eine von Zwergen dominierte Zukunft abwenden konnte.

Nun gut, Schwarzspiegel hatte ihn positiv überrascht. Man konnte der Symmetrie der wuchtigen Zwergenbauten, den beinahe organisch wirkenden, stampfenden und qualmenden Maschinen, in die sie solche Hoffnungen setzten, und ihren tiefen Gesängen eine gewisse barbarische Schönheit nicht absprechen. Auch ihre Stein- und Metallverarbeitungskunst war unübertroffen. Aber letztlich hatten sie kein Interesse an Kultur. Ihnen ging es nur darum, dass Dinge funktionierten.

Als Phandrael sich vor der mit kunstvollen Knotenmuster-Beschlägen versehenen Bürotür Nainrars auf ein Knie sinken ließ und begann, in deren Schloss herumzustochern, musste er sich jedoch eingestehen, dass sie darin gut waren. Das Schloss war eine Eigenproduktion Nainrars, wie er an der eingravierten Naudhiz-Rune über ineinandergreifenden Zahnrädern erkennen konnte – eine dieser modernen Konstruktionen, die angeblich einen unfehlbaren Schutz gegen Einbrecher boten.

Es hielt ihn immerhin beinahe für eine halbe Stunde auf, wie seine zunehmend nervösen Blicke auf seine Taschenuhr ihm bestätigten. Doch endlich gab es nach und die Tür schwang unter dem Druck seiner Hand auf, gebremst nur von dem dicken, dunkelgrünen Teppich, mit dem das Büro ausgelegt war. Der Raum sah genauso aus, wie Phandrael ihn sich vorgestellt hatte: Er wurde von einem wuchtigen Schreibtisch mit einem dieser neumodischen Apparate mit Wählscheibe, durch die man angeblich mit weit entfernten Leuten sprechen konnte, dominiert. An den Wänden standen kunstvoll geschreinerte Schränke mit den unberührt wirkenden, ledergebundenen Büchern, deren Besitz von einem Zwerg in Nainrars Stellung einfach erwartet wurde. Dazwischen hingen gerahmte Patente und Urkunden für gewonnene Preise und Spenden für öffentliche Projekte. Schließlich entdeckte Phandrael den hinter einem großformatigen Kupferstich der ersten von Nainrar entworfenen Dampflokomotive verborgenen Safe.

Der Elf starrte das Codeschloss feindselig an. Wenn die zwergischen Schlosser so weitermachten, woran er bei dem geheimnistuerischen, sicherheitsbesessenen Volk kaum zweifelte, würde er in ein paar Jahren wohl auf Dynamit angewiesen sein, um auch nur einen zwergischen Küchenschrank zu öffnen. Dynamit … oder Magie. Er verfügte nicht über die unglaubliche Sensibilität für die Schwingungen des schimmernden Netzes, die Drúdir auszeichnete, oder Kyrais durch Dryadenglyphen gestärkte und kanalisierte Dämonenmagie, aber er hatte im Laufe der Jahre geschickt zu nutzen gelernt, was ihm zur Verfügung stand.

Während zahlreiche Elfen nach dem Abschwellen der Magie die Zauberkunst ganz aufgegeben hatten, hatte er lediglich an seinen Methoden gefeilt und es dadurch geschafft, sich mit Ausdauer, Intelligenz und der Fähigkeit, um Ecken zu denken, deren bloße Existenz den meisten seiner Art entging, den einen oder anderen übernatürlichen Vorteil zu verschaffen. Na schön, die Reihe von Dryadenglyphen, die parallel zu seiner Wirbelsäule verlief, hatte auch noch einiges dazu beigetragen. Er erinnerte sich nur zu gut daran, wie eines dieser fremdartigen Baumwesen mit ihren in die Länge gezogenen, verdreht wirkenden Gliedern und ihrem rätselhaften Lächeln sie ihm in den Rücken gestochen hatte. Das Gift hatte ihn nicht nur gezwungen, vollkommen gelähmt die brennenden Schmerzen zu ertragen, es hatte auch seine Sinne verwirrt und Realität, Erinnerung und Fantasie zu einem gefühlt endlosen Albtraum verschmolzen.

Wenn Phandrael an diese Stunden in den Byrianel-Hainen dachte, geschah es mit einem leichten Zusammenzucken, aber auch mit Faszination. Sich jedoch wie Kyrai wieder und wieder den Nadelklauen der Dryaden auszuliefern, wäre ihm nicht in den Sinn gekommen.

Doch so hoch der Preis für die magischen Tätowierungen auch gewesen war – abgesehen davon, dass sie ihn noch furchtloser gemacht hatten, hatten sie seine magische Sicht um ein Vielfaches geschärft, was ihm nun zu Gute kommen würde.

Tatsächlich wäre ein mechanisches Schloss ein weitaus größeres Hindernis gewesen als ein Zahlenschloss, dessen Kombination Nainrar mit Sorgfalt ausgewählt und unzählige Male eingetippt hatte. Trotzdem hatte er es schwerer als Drúdir. Dieser unverschämt begabte Zwerg hätte nur einen der herumliegenden Dienstboten einsammeln, töten, und die Magie seiner Aurascherben nutzen müssen, um das Schloss technomantisch zu knacken. Nicht, dass Drúdir das tatsächlich getan hätte. Noch trennten ihn einige Jahrzehnte und schmerzhafte Erfahrungen davon, ein Zwerg zu sein, dem dergleichen zuzutrauen war. Phandrael hoffte zwar, dass er nie einem vollauf mit seinen Fähigkeiten vertrauten Drúdir gegenüberstehen würde, aber zugleich gefiel ihm der Gedanke, dass der Zwerg sein Potenzial entfaltete. Es lag so viel Schönheit in Zerstörung …

Phandrael zog eine Lupe, die der Uhrmacher ihm geliehen hatte, aus der Tasche, und nahm das Schloss in Augenschein. Segensreicherweise waren die Augengläser seiner Gasmaske makellos geschliffen und sauber, sodass er über perfekte Sicht verfügte.

Waren einige Runen und Zahlen auf den sechs Ringen aus Zeichen mehr abgenutzt? Tatsächlich glänzte die Bronze bei vieren deutlich mehr. Nun galt es nur noch, sie in der richtigen Reihenfolge zu drücken.

Phandrael schloss die Augen und entspannte sich. Es war ihm immer schon schwergefallen, das magische Netz bewusst im Detail zu sehen. Er kam wunderbar zurecht, es am Rande seines Blickfelds zu erahnen, nahezu unbewusst schimmernde Schlieren zu sich heranzuziehen oder Bewegungen anhand des

Schattens, den sie in der Sphäre der Magie vorauswarfen, zu erahnen. Die Muster und Bewegungen der Fäden bewusst zu analysieren, lag ihm weniger.

Als wabernder Glanz um ihn herum aufschimmerte, hielt er gar nicht gezielt nach etwas Ausschau, sondern drückte, ohne groß nachzudenken, sechs der Kreissektionen ein. Er hielt den Atem an. Wenn er die falsche Kombination eingegeben hatte, würde es ihm wohl auch bei späteren Versuchen kaum gelingen.

Doch seine Sorge war unbegründet. Das dicke Leder der Gasmaske schluckte das Klicken des Schlosses, aber die dicke Tresortür schwang auf und offenbarte den Blick auf eine Reihe von Schubladen, die er eine nach der andern aufzog. In der obersten ruhten nach Farbe und Größe sortierte Edelsteine auf schwarzem Samt. Phandrael ließ einige der unauffälligeren Steine in seine Taschen gleiten, zusammen mit einigen vielversprechend aussehenden Konstruktionszeichnungen, die er in der Schublade darunter fand. Er hatte jedoch schon fast die Hoffnung aufgegeben, tatsächlich zu finden, was er suchte, als ihm endlich die unbeschriftete Mappe in die Hände fiel. Wahrscheinlich sprach ihre magische Signatur ihn auf einer unterbewussten Ebene an, denn Phandrael triumphierte bereits, bevor er sie überhaupt geöffnet hatte. Er ließ die Mappe in die dafür mitgebrachte Tasche gleiten und richtete sich auf.

Er hatte sich noch nicht komplett umgedreht, als ein Geräusch aus dem Flur seine Hände zu Dolch und Pistole fliegen ließ. Im nächsten Moment schwang die Tür des Büros nach innen und er blickte seinerseits in eine Pistolenmündung – allerdings nicht für lange. Der Zwerg, der hereinstolperte, hatte sich ein feuchtes Tuch um Nase und Mund geschlungen, doch auch wenn sich das Gas laut Svalris‘ Kommilitonen mittlerweile größtenteils verflüchtigt haben musste, machte es seine Bewegungen langsam und unkoordiniert. Er starrte den Eindringling, der ihm zuvorgekommen war, mit einer Miene verwirrten Entsetzens an. Dennoch schaffte er es, seine Waffe abzufeuern. Phandrael verdankte es nur seiner Magie, die seine Gedanken und Reaktionen um ein Vielfaches beschleunigte, dass er der Kugel mit einer raschen Drehung seines Körpers entgehen konnte.

Eine Hand auf die Platte des niedrigen Schreibtisches gestützt, flankte er darüber hinweg. Seine Stiefel trafen den Zwerg mit voller Wucht an Gesicht und Brust und schleuderten ihn zurück. Allerdings hatte Phandrael seinen Schwung falsch berechnet – verdammter Zwergentisch –, sodass er beinahe über seinen Gegner hinwegwirbelte. Dennoch kam er sicher auf und sorgte mit zwei raschen

Schlägen auf Hals und Handgelenk des zu Boden Taumelnden dafür, dass dieser seine Waffe verlor und so schnell nicht wieder auf die Füße kommen würde.

Nun erst nahm der Drasiron den Besiegten näher in Augenschein. Der Fremde war nicht bewusstlos, aber sein behelfsmäßiger Mundschutz war verrutscht und die Kombination aus Schlägen und den Resten des Gases, die in der Luft hingen, ließen ihn nur benommen zu der maskierten Gestalt hinaufblinzeln, die sich über ihn beugte.

Die grauen Augen des Zwerges waren von feinen Fältchen umgeben, seine Haut sonnengebräunt; das von Grau durchzogene Haar militärisch kurz geschoren. Seine korrekte Kleidung war weit geschnitten, verbarg jedoch nicht einen selbst für einen Zwerg außergewöhnlich kräftigen Körper. Die Hand, die Phandrael abfing, bevor sie zu einer Tasche huschen konnte, war schwielig und von kleinen Narben bedeckt. Dieser Zwerg war ein geübter Kämpfer, soviel stand fest. Der winzige Moment des Zögerns, bevor er geschossen hatte, war wohl eher der Desorientierung durch das Gift in der Luft geschuldet gewesen, als irgendwelchen Hemmungen, zu töten.

Phandrael ahnte, wen er hier vor sich hatte, und ein Blick auf die Füße des Angreifers räumte zwar nicht jeden Zweifel aus, aber war Grund genug, eine Entscheidung zu treffen. Unter anderen Umständen hätte er den Zwerg mitgeschleift – er würde noch lange den Informationen nachtrauern, die mit Fragars Mörder (den erst Drúdir eindeutig als solchen identifizieren sollte) im Jenseits verschwanden – aber der Schuss, den dieser abgefeuert hatte, konnte einfach nicht unbemerkt geblieben sein. Phandrael hätte ihn nie unauffällig aus der Stadt schaffen können.

„Wer bissu…“, murmelte der Zwerg.

„Die schlechte Nachricht: Mein Name ist Phandrael Ecthradaen, Drasiron der Königin und situationsbedingt dein Feind. Die gute Nachricht“ – die Maske verbarg sein bösartiges Lächeln – „du brauchst dir nichts davon zu merken.“

Sein Dolch fuhr herab. Noch während die Klinge sich in das Fleisch des Zwerges fraß, rief Phandrael wieder das schimmernde Netz herbei. Was nun folgte, war der schwierigste Zauber, an dem er sich je versucht hatte. Als sich der Elf schließlich aufrichtete, die zusammengerollte Jacke seines Gegners in der Armbeuge, schwankte er von der mentalen Anstrengung.

Es würde nicht leicht sein, den Zauber auf dem Weg zurück aufrecht zu erhalten, dachte Phandrael, als er sich etwas später in die Unterwassergondel sinken ließ. Wyndra hatte sie ihnen geliehen – im Tausch gegen eine astronomische Geldsumme und seine Armschienen aus Halyrium, einem nur auf Cirdaya vorkommenden Metall, das Zwerge über alles schätzten.

Der Drasiron kam nicht umhin, beim Gedanken an das Chaos, das er in Nainrars Villa hinterlassen hatte, eine unwillige Grimasse zu ziehen.

Trotzdem war es ein erfolgreicher Tag gewesen.

# *Kapitel 51*

# Drúdir

Die aufgeregten Stimmen im Flur und das Schlagen von Türen kündigten Phandraels Ankunft an. Drúdir gab seinen vergeblichen Versuch auf, ein wenig Schlaf zu finden, und verließ den winzigen Raum. Der Flur war ähnlich schmal, und so streifte Phandraels wehender Mantel die Wände, als der Elf ihm geduckt entgegenkam. In einer Hand hielt er ein unförmiges Objekt.

Ein schrilles Pfeifen in Drúdirs Ohren und eine Erschütterung im schimmernden Netz, die dem Drasiron vorauseilten, ließen jeden einzelnen Muskel in seinem Körper verkrampfen. Drúdir bereitete sich auf schockierende Neuigkeiten vor. Aber für das, was folgte, war er dennoch nicht bereit.

„Ich fürchte, ich habe dich um deine Rache betrogen, Drúdir", sagte Phandrael mit schiefem Lächeln. Mit einem Schwung seines Handgelenks entfaltete er die zusammengerollte Jacke, die er in der Armbeuge gehalten hatte. Ein unförmiges Objekt malte eine dunkle Spur auf die schimmelfleckigen Dielen.

Ein Würgen hinter Phandrael verriet Drúdir, dass Svalris es ebenfalls gesehen hatte. Er wich unwillkürlich zurück, als der Kopf von Fragars Mörder vor seinen Füßen zu liegen kam.

„Wie? Warum?", stieß Findra, die hinter ihm den Flur entlangkam, die Fragen hervor, die auch ihm durch den Kopf gingen. Drúdir hörte sie laut und langsam atmen, als sie sich zur Ruhe zwang.

„Warum?", wiederholte Svalris.

„Ich konnte schlecht den ganzen Zwerg mitbringen. Und ich brauchte etwas, womit ich den Zauber verbinden konnte. Ich dachte, du würdest mein Mitbringsel mehr zu schätzen wissen, Drúdir. Du hast es dir noch gar nicht richtig angesehen."

Nun erst wagte Drúdir, seine magische Sicht auf Phandraels makabres Geschenk zu richten. Er wusste nicht, was schlimmer war. Der abgeschlagene Kopf des Zwerges oder die Stimme in seinem Kopf, die vielleicht die eines Toten war, vielleicht aber auch ein grimmiger Teil seiner selbst, die von rachsüchtigem Triumph sang und von einer vagen Enttäuschung darüber, dass nicht er es gewesen war, der Fragar Gerechtigkeit verschafft hatte.

Aber als er den Magieknoten um den Kopf studierte, gesellte sich noch Staunen hinzu. Es war Phandrael gelungen, die Fäden zu einem Kokon zu weben. In dessen Inneren trieben Scherben umher, deren Gestalt ihm entsetzlich vertraut war.

„Sind das alle Scherben seiner Aura?" Er staunte über den ruhigen Klang seiner Stimme.

„Die deutlichsten. Viele sind mir praktisch zwischen den Fingern zerfallen."

„Kannst du etwas damit anfangen?", fragte Findra in einer Stimme, die höher klang als sonst.

Drúdir blickte mit gequälter Miene zu ihr auf und nickte. „Raus. Alle. Ich will keine Zuschauer."

Sie zogen sich zurück. Er kniete an Ort und Stelle auf dem Flurboden nieder und schloss die Hände um den Kopf.

Suchend blickte er in das bleiche, blutleere Gesicht des Zwerges, den zu finden er sich geschworen hatte, und wusste nicht, was er empfand.

Er kannte die Schritte dieses Zwerges, hatte als Fragar seine Hände an den Seiten seines Halses gespürt und seine raue, tiefe Stimme gehört, bevor ihm schlagartig kalt wurde und er auf den Dielen seiner Werkstatt nach Luft rang.

In seinen Gedanken war der Mörder zu einem Monster gewachsen, einem Drachen, den es zu erlegen galt. Das Gesicht, in das er nun blickte, gehörte einem recht durchschnittlichen Zwerg, der seine Jugend lange hinter sich hatte. Der Tod hatte seine Züge zu einer hässlichen Grimasse verzwerrt, aber zugleich verlieh er ihm eine Verletzlichkeit, die Drúdir daran erinnerte, dass er auch nur ein Mann gewesen war.

Was war es, was ihn auf die Seite der noch immer schattenhaften Verschwörer verschlagen hatte? Was brauchte es, um einen Zwerg dazu zu bringen, einen anderen ohne zu zögern zu ermorden, nur, weil er womöglich zu viel wusste? Geld? Überzeugung? Drúdir selbst hatte getötet. Wo verlief die Grenze, die ihn von Zwergen wie dem trennte, dessen Kopf er mit den Händen umschloss?

„Warum?", fragte Drúdir tonlos. Phandraels grausige Trophäe antwortete nicht. Noch nicht. Drúdir atmete tief durch; versuchte, die Übelkeit zu ignorieren, die allein der Gedanke an den bevorstehenden Zauber in ihm hervorrief. Aber da waren auch jene dunkleren Impulse, die der Tod von Fragars Mörder in ihm auslöste, die es ihm trotz allem einfacher machten, als es im Lagerhaus der

Fall gewesen war. So erleichtert ein Teil von Drúdir auch war, dass Phandrael ihn davon befreit hatte, diesem Zwerg eines Tages gegenüberzustehen und eine Entscheidung zu treffen, mit der er möglicherweise kaum hätte leben können, fühlte ein anderer Teil sich doch um seine Rache betrogen – und empfand eine dunkle Befriedigung bei dem Gedanken daran, den Überresten des Toten dessen Geheimnisse zu entreißen und sich die in seinen Scherben gebundene magische Macht einzuverleiben.

Es waren Empfindungen, derer Drúdir sich schämte, aber er konnte sie nutzen, um die Prozedur durchzustehen. Noch einmal blickte er den Flur hinunter, um sicherzugehen, dass niemand ihm zusah. Dann schloss er die Augen.

Magielinien flackerten um ihn auf. Die Aurenfragmente in ihrem Kokon leuchteten grell und klar umrissen; scharfkantig wie Spiegelscherben. Auf ein kaum merkliches Nicken Drúdirs hin löste der Kokon sich auf und die Scherben verschmolzen, eine nach der anderen, mit seiner Aura. Die meisten waren kurze Bilder aus dem Leben Gádans, bevor er mit den Verschwörern in Kontakt kam. Gádan war von Gewalt geformt worden; erst als einer der vielen jungen Kämpfer, die die Elfen aus den Zwergenländern vertrieben, dann als Teil der Vorhut von Zwergen, die die Inseln im Süden besetzten – einer Truppe aus all denjenigen, die sich nach den Vereinigungskriegen nicht mehr in die Gesellschaft integrieren ließen. Aber da waren auch Visionen, die Drúdir die jüngere Vergangenheit zeigten.

*… die Metallkreatur kniete in einem mit goldenen Tapeten geschmückten Salon auf dem Boden, ihr weißes Kleid wie Blütenblätter um sie ausgebreitet. Ihr langes, gerade aus einem Knoten gelöstes Haar fiel ihr in weichen Wellen über die Schultern und ihre Haut sah im warmen Lampenlicht weniger blutleer aus als sonst. Gádan starrte sie an, ohne sich die Mühe zu machen, seine Abscheu zu verbergen. Er hatte nichts gegen Zwerginnen, nichts gegen Maschinen. Aber es widerte ihn an, sie durch Elfenmagie miteinander verschmolzen zu sehen.*

*Badyn schielte zu Gádan hinüber. Es war wieder einer dieser Blicke. Als überlegte die Zwergin, ob sie in einem Kampf mit ihm bestehen könnte. Wahrscheinlich nicht. Sie war eine Strategin und Organisatorin. Dennoch verriet allein schon ihre Haltung, dass er sie nicht unterschätzen sollte. Gádan kannte den Blick, der gelegentlich über ihr Gesicht geisterte. Er hatte ihn bei Zwergen gesehen, die sich trotz klaffender Wunden aufgerichtet und ihren Feinden entgegengeworfen hatten. In Badyns Fall vermengte er sich mit der gequälten Miene einer Frau, die zweifelte. Sicher nicht an der Sache, aber vielleicht an der Methode. Und ganz sicher an ihren Bundesgenossen. Wie auch nicht? Angrin war ein Blender, Kargan ein Opportunist und obendrein ein Mensch und*

*Eldrir, dieser Bürokrat, dem Leidenschaften und Überzeugungen fremd zu sein schienen, völlig undurchschaubar. Und Gádans Auftraggeber … nun, er war zweifellos ein Zwerg mit einer Vision. Einer Vision seiner eigenen, künftigen Größe. Es war die einzige Sorte Vision, an die Gádan nach den Befreiungskriegen und der Unterwerfung der Gnome noch glauben konnte. Es war Gier, die Zwerge, Menschen und Elfen gleichermaßen antrieb. Und Gádan gratulierte sich selbst dazu, in den Dienst eines Mannes getreten zu sein, der seine Ansprüche mit ungewöhnlichen Mitteln zu verteidigen wusste.*

*Badyn hingegen schien das anders zu sehen. Wenn Gádan sich nicht täuschte, gehörte sie zu diesen seltenen Zwergen, die eine Ausnahme von der Regel darstellten. Es schien Angst zu sein, die sie motivierte, Angst vor einem Schlag der Elfen. Er verstand sie besser, seit er gesehen hatte, was Magie bewirken konnte. Besser die Herrschaft gieriger, verdorbener Zwerge, die er wenigstens verstehen konnte, als die gieriger, verdorbener Elfen …*

Wie aus weiter Ferne drangen Stimmen an Drúdirs Ohren, die er als die Findras und Phandraels identifizierte.

„… Chancen standen gut, dass er es verdient hatte.“

„Das tut nichts zur Sache. Verdammt noch mal, Gesetze wurden erfunden, damit wir eben nicht durch die Gegend laufen und Leute enthaupten.“

„Darf ich dich daran erinnern, dass die Organisationen, die damit betraut sind, diese Gesetze durchzusetzen, momentan lieber Jagd auf uns machen, als einen Krieg zu verhindern? Entschuldige, Findra, aber die Ordnung, die du zu vertreten glaubst, existiert nicht. Sie hat womöglich nie existiert. Und das ist es, worum es dir eigentlich geht, nicht wahr? Dass die ach so geordnete, demokratische, gesetzestreue Union einen verrückten Elfen braucht, um ein paar gefährliche Köpfe abzuschneiden …“

Drúdir tastete einem haarfeinen Assoziationsfaden nach, der die Erinnerung, die er soeben gesehen hatte, mit der nächsten verband.

*Das Gesicht des Elfen unter der Glasplatte schimmerte totenbleich. Seine Augen waren geschlossen, aber ihr hellgrüner Glanz durchdrang seine Augenlider. Auch die Tätowierungen auf seiner Haut strahlten wie weißglühendes Metall. Erst Badyns Ausbruch hatte es Gádan erlaubt, sie als die Male eines Drasiron zu identifizieren.*

*Drähte versanken in Valedas‘ Schädel und an den Wänden seines Sarkophags schnurrten komplizierte Mechanismen, blinkten kleine Lampen und glühten eingravierte Runen in einer anderen Art von Licht. Auch an den Wänden und auf dem Boden des Raumes glühten überall okkulte Zeichen. Wie Aderstränge verbanden weitere Drähte Valedas‘ Sarkophag mit seinen Schöpfungen.*

*Die gleißenden Augen öffneten sich. „Morgen ist es soweit", sagte Valedas – oder die Kreatur, die einst Valedas gewesen war. „Mein Werk ist vollbracht. Es wird ein wenig dauern, bis die Seraphim all die Magie in sich aufgenommen haben und genauso unzerstörbar wie Seraph 13, aber leichter zu kontrollieren sind. Wenn der Prozess schließlich beendet ist, werden wir unaufhaltsam sein."*

*„Danke", entgegnete die Stimme von Gádans Auftraggeber, der hinter ihm stand und die Reihe der zwölf Gestalten verschiedener Größe entlangblickte, die im Halbkreis um Valedas herumstanden, die Augen geschlossen und die Arme vor sich auf gewaltige Schwerter gestützt. Ein dreizehntes Schwert lehnte am Sarkophag. Es erwartete die Rückkehr seiner Besitzerin.*

*Die Waffen waren nichts als Dekoration; dazu geschaffen, die stählernen Engel noch eindrucksvoller zu machen, die sich, wenn sie erst einmal aktiviert waren, unter den Gesichtern von Menschen, Elfen und Zwergen verbergen würden.*

*„Gádan." Offenbar hatte sein Auftraggeber sich vom Anblick der Kreaturen losgerissen. „Wir haben alles besprochen. Geh und sieh zu, dass Nainrars Erben nichts von dem finden, was er über uns hat sammeln können."*

*Ohne ein Wort zog Gádan sich zurück. Er hätte sich lieber besser auf diesen Auftrag vorbereitet.*

Hätte Drúdir klarer denken können, hätte er sich diese letzte Erinnerung erspart. Aber noch bevor er begriff, worum es sich bei dem winzigen, perfekten Ornament aus Magie gewordenem Schmerz handelte, war die Scherbe schon mit seiner Aura verschmolzen:

*Alles um Gádan verschwamm. Er rang nach Atem. Sein ganzer Körper schmerzte von der Attacke des Eindringlings, der ihm zuvorgekommen war. Die große, hagere Gestalt wurde durch ihre Maske jeder Menschlichkeit beraubt. Die Maske … natürlich. Wie hat er nur so dumm und unvorsichtig sein können, zu glauben, dass lediglich irgendwo in der Villa ein gewöhnlicher Brand schwelte. Im nächsten Moment kniete der Fremde schon über ihm.*

*„Wer … bissu?" Gádans Stimme war ebenso schwach wie seine unbeholfenen Schläge gegen diesen gesichtslosen, übermächtigen Gegner.*

*Er hörte ein Lächeln in der verzerrten Stimme. „Die schlechte Nachricht: Mein Name ist Phandrael Ecthradaen, Drasiron der Königin und situationsbedingt dein Feind. Die gute Nachricht: Du brauchst dir nichts davon zu merken."*

*Erst der sengende Schmerz ließ Gádan begreifen, dass der Dolch des Elfen sein Ziel gefunden hatte.*

Drúdir ließ Gádans Kopf los, als könnte er sich so der Intensität der fremden Erinnerungen entziehen. Wie bereits bei Grihin und Kargan durchlebte er sie nicht, als wären es seine eigenen, aber er war weit davon entfernt, ein unbeteiligter Zuschauer zu sein. Er wusste, was Gádan getan hatte, aber die Echos von Schmerz, Angst, Verwirrung und schrecklichem Begreifen ließen ihn dennoch eine entsetzliche Nähe zu dem Zwerg fühlen. Eine Nähe, in die sich trotz allem ein Hauch von rachsüchtiger Befriedigung mengte. Das Echo Fragars, das in seinem Inneren überlebt hatte, schien zur Ruhe gekommen. Auch das Kribbeln der Scherbenmagie in seinen Fingerspitzen fühlte sich nicht länger fremd und beängstigend an. Vielmehr hieß ein Teil von ihm nun die Macht willkommen, was wiederum einen anderen Teil beunruhigte. All diese Empfindungen vermengten sich mit den Erinnerungen des Toten, die Drúdir noch lange bis in seine Träume verfolgen würden.

Es dauerte ein wenig, bis der Tod Gádans nicht mehr seine Gedanken lähmte. Als er jedoch begriff, was er gesehen hatte, traf ihn die Erkenntnis mit voller Wucht. Noch während er sich schwankend aufrichtete, rief er nach den anderen.

Sie hatten keine Zeit mehr.

# *Kapitel 52*

# Badyn

Immer wieder blickte Badyn auf die Uhr. Es war nur noch eine Frage von Stunden, bis die stählernen Seraphim erwachen würden. Und notfalls den Plan ausführen, an dem sie seit Tagen gefeilt hatte. Sollten ihre Gegner versuchen, ihre Absichten – oder was sie dafür hielten – an die Öffentlichkeit zu bringen, die dafür noch nicht bereit war, würde ihnen nichts anderes übrig bleiben, als die Macht über die Union, die sie friedlich hatten erlangen wollen, an sich zu reißen.

Die Seraphim würden Schlüsselpersonen in der zwergischen Regierung ausschalten. Die Zeitungen würden die Bevölkerung mit beruhigenden Lügen füttern. Und Badyn würde herausfinden, wie stark ihr Rückhalt im Heer tatsächlich war.

Sie machte sich keine Illusionen über die kommenden Jahre. Der Widerstand, mit dem sie ohnehin gerechnet hatten, würde um ein Vielfaches stärker sein. Es würden Jahre der Überwachung, gewaltsamen Unterdrückung und Beschneidung eben jener Prinzipien sein, die sie eigentlich hatte verteidigen wollen. Und sie würden den Krieg so früh wie möglich beginnen müssen, um von den inneren Spannungen abzulenken.

Alles in Badyn rebellierte gegen dieses Szenario, aber sie hatte es dennoch bis ins Detail geplant. Die Gesichter der Zwerge, die als Erstes sterben würden, flackerten vor ihrem inneren Auge auf. Politiker, Militärs, Journalisten, Gewerkschaftsführer … Es waren viele Zwerge darunter, die sie respektierte, sogar einige, die sie Freunde nannte. Aber wenn die Existenz der mechanischen Seraphim und die Umstände ihrer Schaffung – vor allem das Bündnis mit Valedas und der dämonischen Macht, der der Elf als Wirt diente – ihre Ohren erreichten, bevor sie sich vorbereiten, sich erklären und ihre Macht sichern könnte, würden sie dies als Verrat betrachten und ohne zu zögern zum Schlag gegen sie ausholen. Und es würde ein potenziell fataler Schlag sein. Das konnte sie nicht zulassen.

Die Generalin schüttelte den Kopf. Die Feinde, die sich noch immer ihrem Zugriff entzogen, waren wie aus dem Nichts aufgetaucht und noch immer wusste Badyn nur viel zu wenig über sie und ihre Motive. Allein die der Drasirai waren durchschaubar, aber was diese tun würden, um den Willen ihrer Königin zu vollstrecken, blieb ein Rätsel. Nachdem Badyns Familie von den magiebegabten Kämpfern getötet worden war, hatte sie sich geradezu obsessiv mit den Drasirai auseinandergesetzt und sich auf jeden Informationsfetzen gestürzt, den sie hatte finden können. Der jahrtausendealte Ritterorden schien sich jedoch nur durch drei Dinge auszuzeichnen: Königstreue, Geheimniskrämerei und die ungeheure Vielfalt seiner Anhänger. Kein Drasiron war wie der andere, aber alle waren tödlich.

Doch auch die Zwerge bereiteten ihr Sorgen. Nun gut, Findra und Svalris mochten gewöhnliche Zwerginnen sein, die irgendwie Wind von der Sache bekommen hatten – bei dem Leichtsinn ihres meistgehassten Mitverschwörers kein Wunder – aber Badyn wusste weniger über sie, als ihr lieb war. Und Drúdir … nun, alle Magie sorgte dafür, dass sich ihr die Nackenhaare aufstellten, aber Drúdirs Fähigkeiten ganz besonders. Die Geschichtsschreiber mochten zur Übertreibung neigen, aber selbst ein äußerst skeptischer Leser erhielt ein beängstigendes Bild dessen, wozu ein fähiger Nekromant unter den richtigen Umständen in der Lage war. Wenn sie doch nur genauer wüsste, wie sich solche Magier aufhalten ließen!

So konnte sie nur hoffen, dass ein von einem Dämon besessener Elf und beinahe hundert Soldaten Schutz genug für die Fabrik waren, in deren untersten Hallen die Seraphim auf ihr Erwachen warteten.

# *Kapitel 53*
# Drúdir

Drúdirs langes Haar bildete einen Vorhang zwischen ihm und der Welt, was ihm nur zu willkommen war. Er wollte weder der Hoffnungslosigkeit ihrer Lage, noch den beiden Elfen in die Augen sehen. Mittlerweile waren zwei Stunden vergangen, seit sich Gádans Erinnerungen als ein Reinfall und die Dokumente, die Phandrael gestohlen hatte, als Seite um Seite unverständlicher Diagramme und Zahlenkolonnen herausgestellt hatten. Nun saßen Drúdir, Phandrael und Kyrai, dampfende Teepötte vor sich, in der schäbigen, kleinen Küche. Ihre Augen hingen blicklos an den Motten, die um die geflügelte Lampe auf dem Tisch kreisten.

„So …", sagte Drúdir schließlich, als das Schweigen drückend wurde. „Habt ihr einen Plan, wie ihr aus dem Land kommt?"

„Den gibt es, aber noch ist Aufgeben keine Option", sagte Kyrai.

„Und was genau wollt ihr einer Gruppe mächtiger Verschwörer mit einem ganzen verdammten Staat hinter sich und unaufhaltsamen Maschinenmonstern unter ihrem Befehl entgegensetzen?"

„Entschlossenheit, Todesverachtung und Stil", entgegnete Phandrael, dasselbe Lächeln in der Stimme, das auch Gádans letzte Erinnerung gewesen war. Drúdir zuckte zusammen. Es entging Phandrael nicht, denn als Drúdir aufblickte, begegnete er den strahlend blauen Augen des Elfen. Gádan schrie in seinem Hinterkopf. Für eine Sekunde hatte Drúdir das Gefühl, aufspringen zu müssen. Fliehen, angreifen, was auch immer. Aber auf keinen Fall konnte er mit diesem Mann am Tisch sitzen bleiben. Dann war der Moment vorbei und der Zwerg senkte den Blick.

Im nächsten Augenblick schwang die Tür auf. Findra verharrte im schmalen Türrahmen, Svalris im Schatten hinter ihr.

„Es sieht ziemlich hoffnungslos aus, nicht wahr?", sagte Findra.

„Warum das Offensichtliche leugnen?", fragte Drúdir düster.

„Alles, was wir wissen, ist, dass morgen alles vorbei sein wird … und das, obwohl wir nun die Namen der Verschwörer kennen."

„Wenigstens die werden an die Öffentlichkeit gelangen", sagte Svalris. „Ich habe Briefe an alle großen Zeitungen des Landes aufgegeben. Die beiden in

Schwarzspiegel ansässigen müssten sie in ein paar Stunden erhalten und der neue Nachtspiegel geht gerade in Druck. Natürlich schlampig gesetzt und lektoriert, aber wir alle müssen für die Freiheit der Welt Opfer bringen."

„Zusammen müsste es für Eldrir, Badyn und Angrin nicht allzu schwierig sein, die Informationen zu unterdrücken. Ganz zu schweigen davon, dass es um eure Glaubwürdigkeit nicht zum Besten steht", gab Kyrai zu bedenken.

„Du vergisst einen wichtigen Aspekt: Wenn es etwas gibt, wobei Regierungen regelmäßig versagen, dann ist es die Unterdrückung von Informationen. Wenn sie einen Artikel nicht mögen, verbieten sie seinen Druck oder seine Lektüre, was nur das Interesse steigert und seine Verbreitung geheim stattfinden lässt – statt, wie ich es machen würde, alles mit ähnlichen, aber völlig unglaubwürdigen Artikeln zu überschütten, in deren Flut die Wahrheit untergeht", sagte Svalris.

Findra fügte hinzu: „Und was unsere Glaubwürdigkeit betrifft … ich schätze, der Anblick der Seraphim könnte helfen." Ihre aufgesetzte Trauermiene wich einem aufgekratzten Grinsen. In ihrem bleichen, übernächtigten Gesicht sah es beinahe unheimlich aus. Die blonde Zwergin schwenkte einen Stapel Papiere, die Drúdir als Blätter aus der Mappe identifizierte, welche Phandrael entwendet hatte und die eine solche Enttäuschung gewesen waren.

„Wir haben herausgefunden, was für Daten Nainrar gesammelt hat", erläuterte Findra. „Es handelt sich um Aufzeichnungen über den Verbrauch von Kohle und Elektrizität in einem gewissen privaten Kraftwerk, das an eine Fabrik in einem Hügel hier ganz in der Nähe angeschlossen ist. Tatsache ist, dass die dort offiziell verbrauchte Kohle und generierte Energie nicht annähernd den Zahlen entsprechen, die Nainrar von einer Spionin innerhalb der Fabrik seines Konkurrenten erhalten hat. Wahrscheinlich hat diese auf Nainrars Anweisung hin noch ein wenig mehr nachgeforscht und hat so viel herausgefunden, dass Nainrar dafür sterben musste. Wahrscheinlich war das, was Gádan ihm bei Sylras Abendessen zugeflüstert hat, eine letzte Warnung."

Drúdir hielt die Augen krampfhaft offen, um sich von einem weiteren Erinnerungsfetzen Gádans abzulenken. Die Zwergin, die für Nainrar spioniert hatte und dabei erwischt worden war, war für die Erschaffung der Seraphim geopfert worden. Vielleicht waren es Reste von ihr, die in Verschmelzung mit ausgeklügelter Mechanik und dämonischer Magie das Wesen bildeten, an das zu denken Drúdir nicht aufhören konnte.

Wo war Moryn gerade? Was tat sie im Dienst ihrer Schöpfer? Und wie lebte sie damit, nun, da ihr Bewusstsein vollends erwacht schien?

„Die Norne hat es selbst gesagt“, übernahm Svalris. „Das Erste, was Kargan und sein Sponsor mit dem Dämon getan haben, war, seine Kräfte als Energiequelle für ihre Maschinen zu verwenden. Und allein eine riesige Menge an Energie kann das hier“ – Findra winkte unterstützend mit den Papieren – „erklären. Denn die Kohle, die verheizt wurde, kann allein unmöglich so viele Maschinen und Generatoren antreiben.“

„Nainrars Spionin hat sogar einen Grundriss der Fabrik und vor allem ihrer unteren Ebenen eingefügt. Beschriftungen hätten allerdings nicht geschadet“, fügte Findra hinzu.

Selbstzufrieden verschränkte die Journalistin die Arme. „Der letzte Verschwörer hat ein Gesicht: Wuthri, der reichste Zwerg der Union – und höchstwahrscheinlich bald der reichste Mann Kiarvas, wenn man bedenkt, was er im Kriegsfall einnehmen würde.“

„Einnehmen wird.“ Findras Euphorie über ihre Entdeckung schien geschwunden. „Wir sind fünf. Wenn wir uns stellen, werden sie uns eher erschießen, als Wuthris Fabrik nach mythologischen Wesen zu durchsuchen.“

„Und deshalb werden wir uns zu fünft darum kümmern“, sagte Kyrai entschlossen.

„Du glaubst doch nicht tatsächlich, sie würden die Fabrik unbewacht lassen.“ Svalris klang ungläubig.

„Das definitiv nicht. Der Silberwurm ist im Nachbarort stationiert. Normalerweise bricht überall, wo diese Truppe ist, die Hölle los, aber es ist verdächtig still dort. Ich nehme also an, dass sie in der Fabrik sind und die Seraphim bewachen. Wir müssen mit schwer bewaffneten, kampferfahrenen Zwergen rechnen, die gut dafür bezahlt werden, dass es niemand auf die unteren Ebenen schafft.“

„Und wie sollen wir dann dorthin kommen, bevor die Seraphim erwachen?“, fragte Drúdir.

Kyrai sah ihn an, zum ersten Mal, seit er sie kannte, einen gehetzten Ausdruck in den grauen Augen. Er widersprach der Ruhe in ihrer Stimme. „Es gibt … Mittel.“

Phandrael sah sie von der Seite an und stellte eine Frage in seiner schnellen, singenden Muttersprache. Kyrais Antwort klang gereizt, schien ihn aber zufriedenzustellen. Drúdir blickte zu Svalris hinüber, die hilflos die Arme ausbreitete, anscheinend unfähig, sich einen Reim auf die elfischen Worte zu machen.

Phandrael lächelte sie an. „Du wirst besser schlafen können, wenn du dir nicht den Kopf darüber zerbrichst. Hoffe einfach, dass du es nicht sehen musst."

„Es freut mich, dass es dich offenbar amüsiert, aber ich glaube, wir haben Besseres zu tun, als mit düsteren Andeutungen um uns zu werfen", sagte Kyrai scharf. „Legen wir uns nun einen Plan zurecht? Varyntai hat uns Informationen über alle mächtigen Zwerge der Stadt zur Verfügung gestellt. Es sind mit Sicherheit auch Aufzeichnungen über Wuthri dabei. Ich werde sehen, ob ich etwas Nützliches finde."

„Ich kann helfen", bot Svalris an. „Ich kann ausgezeichnet auf Cirdayanisch lesen."

„Gut. Kommst du, Phandrael?"

Der Elf hatte sich halb erhoben, als Drúdir ihn aus einem Impuls heraus aufhielt. „Ein Wort noch."

Svalris, Findra und Kyrai verschwanden im engen Flur. Wenig später hörte er ihre Schritte auf der knarzenden Treppe. Phandrael ließ sich wieder auf seinen Stuhl sinken und sah Drúdir mit erwartungsvoller Miene an. Irgendwie hatte sein Kartenspiel wieder einen Weg in seine Hände gefunden und er mischte den Stapel, ohne den Blick vom Gesicht des Zwerges abzuwenden. Der seinerseits zwang sich ebenfalls, nicht wegzusehen, bis die fremden Emotionen angesichts seines Verbündeten zur Ruhe kamen.

„Was?", fragte Phandrael.

„Ich habe gerade erfolgreich den Impuls niedergerungen, dir mit einem dieser Messer da", Drúdir winkte in Richtung des Blocks, in dem zwei uralte, längst stumpfe Küchenmesser steckten, „ein oder zwei Augen aus dem Kopf zu hebeln – ein kleines Abschiedsgeschenk Gádans."

„Du wärst tot gewesen, bevor du mich erreicht hättest."

„Das hat mir geholfen, mich zu beherrschen."

Phandraels Zähne blitzten auf, als er grinste.

„Naja, das war es eigentlich." Drúdir wollte schon aufstehen und sich abwenden, doch diesmal war es der Drasiron, der ihn aufhielt.

„Bleib noch ein bisschen." Die Intensität seines Blickes verlieh Phandraels Grinsen eine beunruhigende Note. Drúdir würde nie begreifen, wie ein Mann, der sich erwiesenermaßen einen Dreck um die Emotionen anderer scherte, zugleich den Eindruck vermitteln konnte, ihn besser zu durchschauen als er selbst. Es waren nicht nur sein Drasirai-Training und seine nervösen Ticks, die es einem schwermachten, sich in Phandraels Anwesenheit zu entspannen.

„Was hat sich zwischen dir und Moryn entwickelt?“, fragte der Elf in seiner allerunschuldigsten Stimme.

Drúdir wollte ihm entgegenschleudern, dass ihn das verdammt noch mal nichts angehe, oder das da nichts sei, aber damit hätte er nur lauthals verkündet, wie sehr ihn das Thema aufwühlte. Stattdessen entschied er sich für die ehrliche Antwort: „Keine Ahnung.“ Und aus einem verrückten Impuls heraus fügte er hinzu: „Sie … scheint mich zu mögen. Und du hast es selbst gesagt. Sie ist schön. Verstörend schön.“

Ein Bild von Moryn geisterte durch seine Gedanken, wie sie nach seiner Rettung vor Kargans Explosionen wieder Zwergengestalt angenommen hatte. Ihr Profil, beleuchtet von dem Sonnenlicht, das durch die geborstenen Glasfenster hereinfiel, und ihre täuschend verletzlichen, weißen Schultern, auf denen sich der umhertanzende Staub niederließ. Für einen Moment gelang es Drúdir zu vergessen, dass nur wenige Meter hinter ihr Kargans Leichnam gelegen hatte.

Er schüttelte den Kopf über sich selbst. „Aber ich neige nicht dazu, mich zu belügen: Das hier ist die Realität. Und in der funktionieren derartige Beziehungen nicht – selbst wenn ich ernsthaft darüber nachdenken würde, was ich nicht tue.“

Wieder grinste Phandrael über den zwischen seinen Fingern tanzenden Karten. „Wir alle belügen uns selbst die ganze Zeit über. Du, deine Freunde, Ich, Kyrai … Hatte ich schon erwähnt, dass ich mich frage, was sie mit ihrer Beherrschtheit kompensiert? Ich glaube schon. Jetzt allerdings habe ich eine Vermutung. Und wenn es mit unserem Glück so weitergeht, werde ich es wohl bald mit Sicherheit wissen. Aber zurück zu dir und Moryn: Dass das hier real ist, heißt noch lange nicht, dass irgendjemand von dir verlangt, vernünftig zu handeln. Und wer bleibt schon angesichts eines solchen Wesens rational?“

Drúdir schnaubte. „Falls es dir nicht aufgefallen ist: Moryn und ich stehen auf verschiedenen Seiten. Und selbst wenn wir beide irgendwie überleben sollten und sie einen Weg fände, sich zu befreien: Hast du eine Vorstellung davon, was ich gesehen habe, als ich in Grihins Erinnerungen eingetaucht bin?“

„Eine ziemlich präzise sogar.“

„Das müsste deine Frage dann doch überflüssig machen. Es gibt einfach Bilder, mit denen sich romantische Empfindungen nicht vermischen sollten. Wenn du wüsstest, was für Träume mich nachts hochschrecken lassen – nun ja, manchmal. Häufig habe ich auch Träume, die einfach nur aus den traumatischen Erinnerungen der Toten zusammengestückelt sind. Oder ich kann gar nicht schlafen."

Noch immer wollte ein Teil von Drúdir sich entweder auf Phandrael oder aus dem Raum stürzen, aber einen anderen drängte es, von den unpassenden Gedanken zu berichten, die ihn umtrieben. Der Drasiron mochte auf den ersten Blick die allerunwahrscheinlichste Wahl für ein solches Gespräch sein, doch andererseits: Wenn es einen Zuhörer gab, der kein Recht hatte, zu urteilen, dann ihn.

„Hm … nachvollziehbar. Trotzdem. Irgendwie gefällt mir die Vorstellung von euch beiden. Natürlich nicht, solange ihr noch auf verschiedenen Seiten steht."

„Du glaubst tatsächlich, dass es eine gute Idee …"

„Du hast mich falsch verstanden. Ich halte es sogar für eine ausgesprochen schlechte Idee. Aber sie hat ihren Reiz."

Drúdir seufzte. „Ich will gar nicht wissen, wie viele solche Ideen du im Laufe deines langen Lebens ausprobiert hast."

Erst jetzt fiel ihm auf, dass er keine Ahnung hatte, wie alt Phandrael war. Er vermutete, dass er zumindest nach Elfenmaßstäben jung war, aber er konnte sich auch vollkommen täuschen.

„Du wärst überrascht", sagte Phandrael mit einem Anflug von Melancholie, die Drúdir überraschte. „Die meisten Experimente müssen eine Weile laufen, damit man Resultate sieht." Er seufzte. „Weißt du, Drúdir, manchmal beneide ich dich."

Drúdir fiel aus allen Wolken. „Du? Mich? Einen mit nutzlosen magischen Kräften ausgestatteten, sozial weitgehend inkompetenten Zwerg?"

„Manchmal. Es geht mir nicht um deine Fähigkeiten und – Verzeihung – definitiv nicht um dein Erscheinungsbild. Worum ich dich beneide, ist, dass es, trotz deiner Versuche, alles, was keine Ansammlung von Zahnrädern oder Buchstaben ist, auf Abstand zu halten, Personen und Ideen gibt, die dir etwas bedeuten. Nein, lach nicht. Das nehme ich dir nicht ab."

„Du riskierst dein Leben für die Politik deiner Königin und behauptest, es gäbe nichts, was dir etwas bedeutet?"

„Mein Leben bedeutet mir nicht gerade viel. Allgemein kommen mir die meisten Leben reichlich banal vor. Und das ist das Problem. Ich hatte in den letzten Tagen viel Zeit zum Nachdenken. Unter anderem über all die Drasirai, die ich im Laufe meines Lebens kennengelernt habe. Wir sind eine inhomogene Gruppe all derjenigen, die sich durch einen fehlenden Platz in der elfischen Gesellschaft, magische Kräfte, Flexibilität in ethischen Fragen und Loyalität zu unserer Königin auszeichnen – aber darüber hinaus gibt es eine Gemeinsamkeit, die ich nicht teile. Die meisten Drasirai werden von einer Leidenschaft getrieben. Sei es der Glaube an die Werte Cirdayas – was auch immer diese sein mögen, mir ist das immer schleierhaft geblieben – oder, was häufiger der Fall ist, Hass auf die Welt, eine spezifische ethnische Gruppe oder auch sich selbst, der sie dazu bringt, immer wieder ihr Leben zu riskieren …"

„… und ohne zu zögern zu töten", warf Drúdir ein.

„Ja, auch das. Nun, die Sache ist die: Ich tue alles, was die anderen Drasirai auch tun. Aber nicht, weil ich, abgesehen von einer vagen Faszination für Chaos und Zerstörung" – Phandraels Lächeln verriet nicht, ob er diese Worte ironisch meinte – „einen überwältigenden Grund oder Drang habe, dergleichen zu tun. Vielmehr fehlt es mir an Gründen, es nicht zu tun. Ich genieße die Aufregung, gehe ganz im Moment auf und kann mich sogar ein Stück weit mit den Gründen identifizieren, aber irgendwie mangelt es dem Ganzen an Bedeutung." Ununterbrochen tanzten die Karten um Phandraels Finger. „Wahrscheinlich bin ich so ungefähr der Drasiron, den zu reizen am sichersten ist. Ich könnte meinen Feind töten oder aber das Interesse verlieren. Und selbst wenn jemand eine Person verletzen würde, die mir nahesteht …" Phandrael zog die Herz-Dame aus dem Stapel und hielt sie hoch. Dann jedoch machte er eine rasche Handbewegung und die Karte war verschwunden. „Aber da fällt mir ein: Es gibt niemanden, der mir nahesteht."

„Warum erzählst du mir das?"

Der Elf zuckte die Achseln. „Weil ich das Bedürfnis habe, mir eine Last von der Seele zu reden? Weil ich es genieße, dich verwirrt zu sehen? Nach allem, was du weißt, könnte ich mir das alles genau deshalb ausgedacht haben. Such dir einen Grund aus. Und ich vermute, wir sollten jetzt nach oben gehen, und uns an der Planung beteiligen, bevor wir am eigenen Leib erfahren, wie Kyrais Magie aussieht."

Er erhob sich, drehte sich jedoch, nachdem er sich durch den niedrigen Türrahmen geduckt hatte, noch einmal um. „Bitte glaube nicht, mich bedauern zu müssen. Ich habe meine Mittel und Wege, mir meine Aufregung zu verschaffen und will mein Schicksal nicht wirklich dauerhaft an das einer Idee oder einer anderen Person binden. Ich bin nur manchmal neugierig, wie Personen denken, die dazu in der Lage sind."

„Sei unbesorgt", entgegnete Drúdir. „Ich kenne eine ganze Reihe von Leuten, die mein Mitleid mehr verdienen, und wenn ich mich nicht täusche, werden sie es binnen kürzester Zeit einfordern."

Etwas wirbelte an seinem Ohr vorbei und grub sich in die Wand. Drúdir zuckte zusammen.

„Erschreckt!", erklang Phandraels triumphierende Stimme aus dem Zwielicht des Flurs, während Drúdir das Wurfobjekt in Augenschein nahm. Es handelte sich um eine Spielkarte, auf die drei Worte gekrakelt waren:

*Jathrades Elytti*

*Ch'Ashvaenta*

Den Namen kannte er nicht, auch wenn er Rhúvisch klang – was zu Ch'Ashvaenta passte, einer berühmten Handelsstadt im Süden des mehrheitlich von Menschen bewohnten Landes. Vielleicht war es sogar die Hauptstadt, auch wenn Drúdir nicht die Hand dafür ins Feuer legen würde, dass er sich da richtig erinnerte. „Was soll das?", fragte er.

„Bevor er geflohen ist, habe ich ein paar Worte mit Rúnwis gewechselt. Aus unerfindlichen Gründen scheint er mich nicht zu mögen und war daher eher verschlossen, aber das Gespräch mit ihm hat mich an eine Begegnung vor fünfzehn Jahren erinnert. Solltest du überleben und erwägen, dich endlich damit auseinanderzusetzen, welches Potenzial in deinen Fähigkeiten liegt: Jathrades Elytti ist die Person, mit der du sprechen solltest."

Phandraels leichte Schritte knarzten schon auf der Treppe, als Drúdirs Stimme ihn aufhielt. „Phandrael?"

„Ja?"

„Warum?"

Er musste das beunruhigende Lächeln des Elfen nicht sehen, um zu wissen, dass es da war. „Neugierde, Drúdir, Neugierde. Und eine vage Faszination für Chaos und Zerstörung."

# *Kapitel 54*

# Kyrai

Nur von ihrer magischen Sicht geleitet waren Drúdir, Phandrael und Kyrai den Fuß des Kupferkrone-Berges hinaufgestiegen und verharrten nun in Sichtweite eines der Seiteneingänge der Fabrik. Vor dem bleichen Lichtschein ihrer Lampe zeichneten sich die Silhouetten von sechs Zwergen ab, die dort gerade ihre Position einnahmen. Sie hatten Glück gehabt und waren wenige Minuten vor der Wachablösung eingetroffen.

Sie wechselten einen Blick. „Bereit?", fragte Kyrai. Sie war froh, dass die Dunkelheit auf dem abgeholzten Hügel und der Schatten ihrer Kapuze ihr Gesicht verbargen. Für ihre Begleiter musste ihre Stimme vollkommen normal klingen, doch in ihren eigenen Ohren vibrierte sie wie eine Harfenseite im Flageolett. Die unnatürliche Ruhe ihrer Dryadenmale mochte ihre Emotionen unterdrücken, doch sie brachte sie nicht vollständig zum Verstummen. Sie lauerten am Rande ihres Bewusstseins, bereit, sie an brennenden Marionettenschnüren tanzen zu lassen.

Der Gedanke an das, was sie im Laufe der Nacht womöglich würde tun müssen, schnürte ihr die Kehle zu. Nein, nicht „würde tun müssen", korrigierte sie sich. Es war ihre Entscheidung – eine bewusste Entscheidung gegen das Scheitern. Dennoch machte ihr der Preis Angst, den dies fordern könnte.

Kyrai ahnte, dass sie sterben würde. Das war nicht nur eine reelle Möglichkeit, weil sie es mit schwer bewaffneten, professionellen Gegnern zu tun hatten, die darüber hinaus gewarnt waren. Vielmehr zweifelte sie, ob sie, sollte sie ihre … besonderen Fähigkeiten entfesseln, überhaupt noch den Willen aufbringen würde, einer Kugel oder Klinge auszuweichen.

Es hatte seinen Grund, dass Drasirai selten lange lebten. Man vertraute sich nicht den Klauen der Dryaden an, um ein neues Leben zu beginnen. Man tat es, um es der Welt im Sterben heimzuzahlen. Und warum eigentlich nicht hier und jetzt? Der Zweck war besser als viele andere, für die Kyrai sich im letzten Jahrzehnt hergegeben hatte. Welche verworrenen persönlichen Gründe, welcher grundlegende Schaden es auch waren, die sie zu der Elfe gemacht hatten, die sie war, war sie doch Cirdayanerin. Die Elfen der Insel mochten überhebliche, gewissenlose Nationalisten sein, aber sie waren das einzige Volk des Kontinents, bei dem sich diese Eigenschaften mit einem gewissen Stil verbanden. Und das war Grund genug, einen Krieg zu verhindern, der die Insel zweifellos in Schutt und Asche legen würde.

Phandrael schien auf seine unheimliche Art ihre Gedanken zu lesen. „Seid ihr bereit?“, fragte er.

„Das bin ich.“

Drúdirs Silhouette zuckte die Achseln. „Wieso nicht? Eigentlich können wir uns entspannen. Entweder erwischen die da drinnen uns – oder Findra und Svalris bringen uns um, wenn sie aufwachen.“

Auf Drúdirs Drängen hin hatten sie die Zwerginnen mit einer Schlafdroge aus Kyrais Gepäck in tiefe Bewusstlosigkeit versenkt.

„Das ist die richtige Einstellung“, entgegnete Phandrael.

Kyrai war froh über Drúdirs Entscheidung gewesen, die beiden zurückzulassen. Findra mochte schon mordlustigen Zwergen gegenübergestanden haben und mit ihrem kleinen Revolver umgehen können, aber für das, was sie im Berg erwartete, war sie nicht bereit. Für Svalris galt dies umso mehr. Ihre Intelligenz würde nichts daran ändern, dass sie nur gefährlicher Ballast wäre. Kyrai wollte keinen durch den Tod seiner Gefährtinnen verstörten Drúdir mitschleppen. Ihr war bereits nicht wohl dabei, mit dem Zwerg selbst zusammenzuarbeiten. Noch immer war er weit davon entfernt, das ganze tödliche Potenzial seiner Magie zu entfalten und unerfahren im Kampf. Ein Risiko.

„Sch…“, machte Drúdir mit erstickter Stimme und deutete zum Himmel. Kyrai duckte sich unwillkürlich und sah aus verengten Augen auf. Doch statt einer Bedrohung sah sie nur die Silhouette eines vorbeigleitenden Luftschiffes, das schließlich den Blick auf einen hellen, abnehmenden Herbstmond freigab. Drúdir sog hörbar die Luft ein. Unwillkürlich tat Kyrai es ihm gleich. Sie roch Rauch, ein scharfes, chemisches Aroma, heißes Metall und die eher organischen Ausdünstungen der nahen Stadt, aber auch das Harz der Bäume um sie herum und den Geruch regenfeuchter Erde. Überall umwehten sie die schimmernden Schleier der Magie und verbanden alles miteinander.

„Nehmen wir uns einen Moment Zeit und erfreuen uns der Tatsache, dass wir lebendig waren“, flüsterte der Zwerg. Der Sarkasmus in seiner Stimme täuschte keinen von ihnen.

Phandrael seufzte leise und sehnsuchtsvoll. „Nehmen wir uns einen Moment und erfreuen uns der Tatsache, dass wir womöglich gleich sterben werden. Immerhin können wir für einen Moment die Illusion genießen, das Leben wäre kostbar und bedeutungsvoll."

„Wie erhebend", spottete Drúdir.

„Natürlich ist es das. Wer würde schon für eine Wahrheit in den Kampf ziehen wollen?"

„Zurück zur Sache", sagte Kyrai scharf. Ihre düsteren Vorahnungen machten es ihr schwer, zu warten. „Wir haben die Wachablösung gesehen. Wenn wir sie jetzt ausschalten, sollten wir ein paar Stunden haben, bis jemand die Leichen findet."

„Also gut", seufzte Drúdir.

„Bist du sicher, dass du sie nicht mit deiner Magie erledigen kannst?", fragte Phandrael.

„Vielleicht", entgegnete Drúdir, „aber ich glaube nicht, dass wir es darauf ankommen lassen sollten. Außerdem weiß ich nicht, wie leise und sauber ich töten kann … und ob ich das überhaupt über mich bringe, wenn ich nicht angegriffen werde."

Phandrael deutete mit dem Daumen auf die unförmige Last auf seinem Rücken. „Ich glaube, ‚leise und sauber' können wir früher oder später sowieso vergessen. Aber du hast Recht. Besser, wir fangen noch nicht damit an. Bögen."

Der Zwerg reichte ihm und Kyrai die Kurzbögen, die er für sie getragen hatte. Beide Elfen trugen auch Schulterhalfter mit den neuesten Pistolen, die es auf dem Markt zu kaufen gab, doch für diesen Zweck war nichts geeigneter als die scheinbar so anachronistischen Bögen, die sie nun routiniert spannten. Jeder von ihnen steckte fünf Pfeile vor sich in den weichen Waldboden.

„Ich die linken drei, du die rechten", sagte Kyrai. Sie verfiel unwillkürlich in Cirdayanisch. Irgendwie fühlte man sich besonders elfisch, wenn man aus dem Hinterhalt mit einem Pfeil auf Zwerge anlegte. Sie wechselte in die magische Sicht, während sie einen Pfeil auflegte. Ihre Absicht verband ihn in einer schimmernden Linie mit dem Magieknoten, der den Kopf ihres Zieles repräsentierte.

„Einverstanden", entgegnete Phandrael in der gleichen Sprache. „Drei, zwei, eins …"

Fwump-Fwump, Fwump-Fwump, Fwump-Fwump.

Die sechs Zwerge brachen zusammen.

Drúdir gab einen würgenden Laut von sich. Die Fäden seiner Aura zogen sich wie in einem Krampf zusammen.

„An-teles neremèia", murmelte Kyrai. *Es war notwendig.* Das inoffizielle Motto der Drasirai. Phandrael wiederholte ihre Worte.

„Los", zischte sie und sie hasteten auf den Seiteneingang zu, den die Zwerge bewacht hatten. Einer von ihnen stöhnte noch, als sie ihn erreichten. Phandrael beugte sich über ihn. Eine Messerklinge blitzte im Lampenlicht auf. Stille.

Drúdir sog scharf die Luft ein, als wolle er gleich in Tränen ausbrechen. Kyrai packte ihn an den Schultern, von einem sonderbaren Ärger erfüllt. Wann hatte sie zum letzten Mal aufrichtiges Mitgefühl empfunden? Und warum beneidete sie Drúdir um diese Schwäche?

„Es war notwendig", wisperte sie eindringlich. „Es steht zu viel auf dem Spiel."

„Ich weiß", presste der Zwerg hervor. „Trotzdem. Ihr seid Monster."

„Dein Glück", entgegnete Kyrai leise und fragte sich zugleich, ob sie Monster genug waren, um Wuthris Plan zu durchkreuzen. Sie deutete auf die Toten. „Wenn du deine Kräfte stärken willst, solltest du es schnell tun."

„Du solltest nur zu gut wissen, dass das nichts mit Wollen zu tun hat", entgegnete Drúdir mit einer Schärfe, die im Widerspruch zu dem Ausdruck hilfloser Verzweiflung stand, der für einen Moment über seine markanten Züge huschte. Dennoch bauschten sich die Schöße seines Mantels, als er sich zwischen den zusammengesunkenen Gestalten auf ein Knie niederließ, den Kopf senkte und die Arme ausbreitete. Für eine Sekunde glühte es geisterhaft zwischen den Haarsträhnen auf, die ihm ins Gesicht gefallen waren. Er verharrte einen Moment vollkommen reglos, um dann schwankend und unter gewisperten zwergischen Flüchen auf die Füße zu kommen.

Zeitgleich richtete sich Phandrael auf. „Der hier hatte den Schlüssel in der Tasche."

„Dann also auf ins Verderben", seufzte Drúdir.

Obwohl es mitten in der Nacht war, hätte Wuthris Fabrik von den Schritten und Stimmen der Arbeiter widerhallen müssen. Doch die gewaltigen Maschinen standen still. So kurz vor der Erweckung der Seraphim ging Wuthri kein Risiko ein. Er hatte den hohlen Berg unter dem Vorwand, Gänge und Hallen seien einsturzgefährdet, evakuieren lassen. Zumindest war es das, was auf einem an eine

Wand gepinnten Zettel stand. Eine von dessen oberen Ecken hatte sich gelöst, sodass er nun im leichten Luftzug flatterte. Die geisterhafte Stille hing so schwer in den spärlich von rötlicher Notbeleuchtung erhellten Gängen, dass Kyrai das Rascheln deutlich hören konnte. Nur hin und wieder hallten die schweren, ruhigen Schritte entfernter Patrouillen zu ihnen hinüber. Drúdir bemühte sich, leise zu gehen. Dennoch fragte sich Kyrai, warum er nicht längst die Wachen auf den Plan gerufen hatte. Zwerge!

Der Kupferkrone-Berg war von einem Labyrinth aus Gängen durchzogen, viele von ihnen uralt und wahrscheinlich mit dem Tunnelsystem verbunden, das all die hohlen Berge der Umgebung vernetzte. Andere hingegen – im Gegensatz zu den mit Runen und Knotenmustern geschmückten älteren Gängen eckig und schnörkellos – waren wahrscheinlich in den Stein geschlagen worden, als Wuthri in den Berg einzog. Zusammen bildeten sie ein derart umfangreiches und komplexes System, dass selbst die zahlreichen Wachen nicht überall zugleich sein konnten.

Kyrais behandschuhte Hände glitten über ihren Körper, kontrollierten den Sitz ihrer Schärpe. Sie hatte alle Tarnung aufgegeben. Statt eines ihrer üblichen steifen Kleider im menschlichen Stil trug sie nun eine schwarze Bluse unter einer locker geschnürten, mit einer eingenähten Lage aus winzigen Metallplättchen versehenen Lederkorsage und ihre scharfkantigen Plattenhandschuhe und Armschienen. Grob gewebte Hosen, wuchtige Stiefel und ein beachtliches Waffenarsenal vervollständigten ihre Ausrüstung. Ihr Gesicht verschwand komplett unter schwarzem Stoff.

Mit schnellen, sicheren Handgriffen zog sie ihr Schwert, das sie bisher vertikal an der Seite getragen hatte, sodass es unter ihrem weiten, dunkelroten Cape verschwinden konnte, aus der Schärpe. Sie schob es so zurück, dass es nahezu waagerecht auf ihrem Hüftknochen ruhte, der Handschutz vor ihrer Körpermitte. Es war nicht das Schwert der Tanataira, das sie unter anderen Umständen wohl geerbt hätte. Kyrai war froh darüber. Sie machte sich keine Illusionen darüber, dass jene Klinge im Laufe der Zeit wohl öfter Zwecken gedient hatte, die alles andere als ritterlich waren. Trotzdem musste sie nicht noch dazu beitragen und das Schwert dann auch noch zu allem Überfluss an Zwerge verlieren, falls ihr Plan misslang.

Sie und Phandrael hielten sich dicht hinter Drúdir, der sie, mehr von den Erinnerungen Gádans und vielleicht noch der Zwerge vom Eingang als von den Grundrisszeichnungen aus Nainrars Tresor geleitet, zielsicher durch die Gänge führte. Er schritt trotz seiner erbärmlichen Bemühungen um Geräuschlosigkeit entschlossen aus, den Kopf gesenkt, die Augen über dem Schal, der seine untere Gesichtshälfte verbarg, halb grimmig, halb abwesend. Er wandte sich scharf nach links und legte eine Hand an eine orange lackierte Stahltür. Klickend gab das Schloss seiner Technomantie nach und die schwere Tür schwang auf. Eine Wendeltreppe aus Stahlgitterwerk führte in die Tiefe. „Ein Fluchtweg. Er bringt uns fast bis ganz unten."

„Nur mal so interessehalber gefragt", meinte Phandrael, nachdem er die Tür hinter ihnen zugezogen hatte, „Wie sollen dutzende Zwerge im Fall eines Feuers oder Einsturzes über eine Wendeltreppe entkommen, die selbst für Elfen eng ist?"

Drúdir schnaubte. „Sparmaßnahmen. Das Gesetz schreibt Fluchtwege vor, aber sagt nichts über deren Kapazitäten aus. Und Schächte in dieses Gestein zu sprengen, ist verdammt schwierig. Es hat schon seine Gründe, dass die Hammerschwinger so viel Zulauf haben."

Windung für Windung ging es in die Tiefe. Das Stahlgitter unter ihren Füßen bot ihren Stiefelsohlen sicheren Halt, doch der dumpfe Widerhall der Treppe machte es selbst den leichtfüßigen Elfen schwer, den Abstieg geräuschlos zu bewältigen. Hier und da erhellten orange Lampen die Dunkelheit, doch viele von ihnen waren bereits ausgebrannt.

Schließlich erreichten sie den grob behauenen Steinboden vor der letzten Stahltür. Kyrai streckte ihre magischen Sinne aus und sprach beinahe gleichzeitig mit Drúdir: „Da draußen ist jemand … nein, sie sind zu zweit." Die Fadenkokons bewegten sich auf und ab. Wahrscheinlich waren es Wächter, die vor der Tür auf und abmarschierten.

„Willst du dich darum kümmern?", fragte Phandrael.

Kyrai nickte. „Mach die Tür auf und tritt dann zurück", forderte sie Drúdir auf.

Der Zwerg gehorchte schweigend. Kyrai wartete, bis der Zwerg vor der Tür genau den richtigen Abstand zu dieser hatte und trat dann ruhig in den dämmrigen Gang, den gesenkten Kopf von ihrer Kapuze überschattet, sodass es in Kombination mit ihrem Schleier wohl aussehen musste, als sei darunter nur Schwärze.

Der Wächter wirbelte herum, seine Hand fuhr zu seiner Waffe. „Wer …“

Er kam nicht dazu, seinen Satz zu beenden. Das Ziehen des Schwertes und der Schnitt von Schläfe zu Schläfe waren eine einzige Bewegung. Mit einem erstickten Laut näherte sich sein Kollege von der anderen Seite. Kyrai machte einen tiefen Ausfallschritt. Ihr Schwert malte einen zweiten silbernen Fächer in die Luft, gefolgt von einem Bogen aus schweren, roten Tropfen. Sie richtete sich wieder auf und stand in einem Moment perfekter Stille da, das Schwert schlagbereit über den Kopf gehoben, während ihr von ihrer Bewegung gebauschtes Cape langsam zur Ruhe kam. Dann schüttelte sie in einer raschen Bewegung das Blut der Toten von der Klinge und ließ sie wieder in die Scheide gleiten. Ein rascher Blick in das magische Netz verriet ihr, dass sie nun allein in dem Flur waren.

„Ihr könnt rauskommen“, sagte sie, während sie die Brosche ihres Capes löste, wie sie es längst hätte tun sollen, und es zusammengerollt in eine Ecke legte. Es würde sie nur behindern. Wieder sank Drúdir neben den Toten auf die Knie, um Kyrai dann mit einem Ausdruck in den Augen anzusehen, dessen Anblick sie sich lieber erspart hätte.

Mit zusammengepressten Lippen deutete er nach links. „Da lang. Durch die Halle und in den Gang direkt gegenüber. Weiter weiß ich nicht.“

Es war ein unheimliches Gefühl, sich durch die schattenerfüllte Halle zu bewegen. Maschinen ragten wie Skelette von Ungeheuern um sie herum auf. Hämmer schwebten in der Luft, als könnten sie jederzeit auf ihre Köpfe herabfahren. Mit leisem Quietschen pendelte ein Flaschenzug im Luftzug.

Doch in diesem Moment flammten um sie herum grelle Lichter auf. Eine Sirene gellte scharf in ihren Ohren. Sie waren entdeckt worden. Wahrscheinlich hatte man die Toten am Eingang gefunden.

„Nun, das hat doch verblüffend lange funktioniert“, kommentierte Phandrael aufgeräumt.

„Wir müssen schnell sein“, stieß Drúdir überflüssigerweise hervor und rannte los. Kyrai und Phandrael folgen ihm.

Da trat ihnen eine Gestalt in den Weg. Schlitternd kamen sie zum Stehen. Kyrai brauchte nur die Silhouette des Fremden zu sehen, um zu wissen, wem sie gegenüberstanden. Valedas. Der Drasiron trug einen perfekt sitzenden Anzug und sein rötliches Haar umrahmte sein schmales, aristokratisches Gesicht in seidigen Strähnen. Amüsiert musterte er sie aus hellen Augen. Er sah genau so aus, wie

Kyrai ihn im Gedächtnis hatte. Nur die Dryadenglyphen, deren markante Wirbel sich über dem Kragen seines Hemdes seinen Hals hinauf und über eine Hälfte seines Kiefers wanden, waren nicht mehr in den subtilen Sepiatönen von einst auf seine Haut gezeichnet. Stattdessen glühten sie jetzt wie von einem inneren Feuer erhellt.

„Ihr seid weit gekommen", sagte er in perfektem Zwergisch. Seine volle Stimme war sanft und zurückhaltend wie eh und je, aber von einem merkwürdigen Widerhall begleitet. „Gewiss, ich habe eure Präsenz gespürt, sobald ihr den Berghang betreten habt, aber dennoch ist es keine geringe Leistung. Und ein ungewöhnliches Bündnis." Er fixierte sie einen nach dem anderen. „Ein Elf, der die Welt anzünden würde, nur um die Farben der Flammen zu sehen. Eine Drasirah mit Dämonenkräften. Und ein Zwerg, der über Tod und Maschinen gebietet. Wie schade, dass ihr euch auf dieses Himmelfahrtskommando eingelassen habt. Ihr hättet dort draußen viel bewirken können."

Kyrais Augen huschten an Valedas' schmaler, aufrechter Gestalt auf und ab. Er schien unbewaffnet zu sein. Aber wer brauchte schon Waffen, wenn er über die Kräfte eines Dämons gebot? Und zu allem Überfluss erklangen nun unzählige rennende Schritte aus den umliegenden Gängen.

Sie sah Drúdir und Phandrael an. „Lauft", flüsterte sie. „Und schaut nicht zurück. Das wird unästhetisch."

Phandrael kicherte. „Es sieht dir ähnlich, dich mit einem Euphemismus zu verabschieden." Noch während er sprach, sprintete er los. Valedas machte keine Anstalten, ihn aufzuhalten. Als Drúdir dicht an ihm vorbeirannte, erkannte Kyrai auch, wieso. Der Zwerg stolperte und fand mit rudernden Armen sein Gleichgewicht wieder. Dabei glitten seine Fingerspitzen durch Valedas' Körper hindurch.

„Ein Trugbild!", stieß Kyrai hervor. „Findet den echten Valedas und reißt dem Verräter sein verdammtes Herz heraus!"

„Mit Vergnügen."

„Ts, ts", machte Valedas-Xatanares. „Was sind das für unbeherrschte Worte von der Drasirah, der Kontrolle über alles geht."

Drúdir und Phandrael schlugen die Tür hinter sich zu, die aus der Halle hinausführte.

„Und hier sind wir nun", sagte die Illusion im Plauderton. „Wir haben noch einen Moment zu zweit, bevor Wuthris neues Wachpersonal dich in Stücke reißt. Selbst du wirst wohl kaum dreißig Zwergen entgegentreten können."

Kyrai schloss für einen Moment die Augen. Es erfüllte sie mit sonderbarer Erleichterung, dass der Albtraum, der sie jahrelang begleitet hatte, nun endlich wahr werden und sie von der dumpfen Furcht erlösen würde.

„Aber das musst du auch nicht", fuhr Valedas-Xatanares fort. „Ich mache dir ein Angebot. Es ist genau auf dich zugeschnitten, denn ich kenne dich. Sieh dir die Seraphim an, die wir geschaffen haben. Ihre stählerne Perfektion. Sie fühlen nicht. Sie sind makellos, effizient, erlöst von Zweifel und Selbstverachtung. Und bei ihnen musste ich in aller Eile und mit minderwertigem Material arbeiten."

Er mochte von einem Dämon besessen sein, aber etwas von Valedas war noch übrig. Das machte die Verachtung deutlich, mit der er von Zwergen sprach.

„Du könntest mein Meisterwerk werden", sagte er sanft. „Stell es dir vor: Du hättest die vollkommene Kontrolle, müsstest deine Magie nicht mehr fürchten. Du könntest der Überlegenheit der Zwerge ein Ende setzen, zu einer wahren Albhara Eleyah unseres Volkes werden."

„Des Volkes der Dämonen?", fragte sie mit einer hochgezogenen Braue, während sie die Hände vom Schwertgriff löste und an die Seiten sinken ließ. Waffengewalt würde ihr nicht weiterhelfen. „Oder von Cirdayanern, mit denen ich mich nicht so recht identifizieren kann, wenn sie sind wie du?" Sie schüttelte den Kopf. „Und was ist das überhaupt für ein überholter Begriff, Albhara Eleyah – Elfe des Lichts." Sie lachte leise. „Er geht noch auf die Zeit zurück, in der die Menschen glaubten, es gäbe zwei Sorten von uns, nicht wahr? Die Elfen des Lichts und die Dunkelelfen. Du müsstest nur zu gut wissen, was für ein Schwachsinn das ist. Dunkelelfen sind eine Fiktion … oder wäre es vielleicht besser zu sagen, dass die Lichtelfen eine Fiktion sind? Eine Lüge, die wir Dunkelelfen uns selbst erzählen, um zu ertragen, wer wir sind … "

Mit jedem Wort löste sich einer der magischen Knoten, in denen die Dryade Kyrais eigene Magie und die Leidenschaften, die sie speisten, gebunden und angestaut hatte. Die Elfe spürte Euphorie und Zorn, Trauer, Hass und Begehren – all die Gefühle, die sie so lange unterdrückt hatte – mit überwältigender Intensität. Phandrael hatte recht. Es lag eine sonderbare Schönheit darin, sich seinen Leidenschaften zu überlassen, ohne an die Konsequenzen zu denken. Eine sonderbare Schönheit in Zerstörung. Wenn er wüsste, was nun geschehen würde, wäre er wohl sehr enttäuscht über das entgangene Schauspiel.

„Wende dich ab, Illusion", sagte Kyrai leise mit einer Stimme, die fremd in ihren eigenen Ohren klang. So viel schien in ihr mitzuschwingen. „Ich sagte bereits: Das wird unästhetisch."

Die Schritte hinter ihr wurden lauter. Sie wirbelte zu den Zwergen herum, die hinter ihr aus drei Eingängen in die Halle strömten und eine straffe Formation bildeten. Gewehrläufe richteten sich auf sie. Es waren alte Waffen, jede mit nur einem Schuss. Ein Fehler. Wenn Wuthri sie mit seinen neuen, mehrschüssigen Gewehren ausgestattet hätte, wären die Chancen gerechter verteilt gewesen.

„Du hast mein Angebot ausgeschlagen", sagte Valedas. „Und nun wirst du sterben. Du hast versagt, Kyrai."

Er verblasste und sengender Zorn – zum Teil auch darüber, dass ein Teil von ihr sein Angebot beinahe in Erwägung gezogen hätte – löschte alle Klarheit und Distanz aus.

„Hände hinter den Kopf!", brüllte der vorderste Zwerg. „Wir sind bereit, zu töten."

Kyrai bleckte die Zähne zu einem Lächeln. Ein Luftzug an ihrem Gesicht verriet ihr, dass sie ihren Schleier verloren hatte, aber es war ihr egal. Ihr war alles egal. Sie breitete die Arme aus. „Dann sind wir schon einunddreißig oder so", sagte sie. Ihre Stimme steigerte sich zu einem Kreischen: „Wer von euch will zuerst sterben?", schrie sie, ohne einen Gedanken daran zu verschwenden, dass sie in Elfisch verfallen war. Wieso auch? Ihre Worte lösten sich ohnehin in ein schrilles Kreischen auf, das wie der schaurige Ruf einer Banshee selbst durch das Sirenengeheul schnitt.

Der letzte Widerstand löste sich auf. Kyrai fühlte nicht länger Emotionen, wirkte nicht länger Magie. Sie war Leidenschaft. Sie war Magie. Sie war Zerstörung.

# *Kapitel 55*

# Phandrael

Phandrael hatte von seiner Faszination für Chaos und Zerstörung gesprochen. Er konnte sich nicht beschweren, dass er nicht auf seine Kosten kam. Hinter ihm starrte Drúdir mit auf die Schläfen gepressten Händen auf die Stelle, wo der breite Gang sich in drei schmalere Tunnel teilte, und durchforstete seine gestohlenen Erinnerungen nach dem richtigen Weg; offenbar bemüht, den Tumult hinter ihnen zu ignorieren. Der Drasiron hingegen linste durch den Spalt zwischen den Türen. Der Anblick übertraf alles, was er sich ausgemalt hatte.

Kyrai machte keine Anstalten, ihre vielen Waffen zu benutzen. Sie brauchte sie nicht. Vor ihr hatten drei Gruppen von Zwergen eine doppelreihige Formation bezogen. Die erste Reihe feuerte und ließ sich dann auf die Knie fallen, um ihren Hintermännern die Gelegenheit zu einer zweiten Salve zu geben. Diese Zwerge gingen kein Risiko ein.

Doch Kyrai neigte sich, noch immer einen Laut auf den Lippen, der halb Lachen, halb Kreischen war, in einer anmutigen Bewegung unmöglich weit zur Seite, bis ihr gesamter Körper beinahe den Boden berührte. Kugeln pfiffen wirkungslos über sie hinweg. Phandrael glaubte schon, sie würde stürzen, als sie sich jäh in die Luft katapultierte und so dem zweiten Hagel von Geschossen entging. Erst Phandraels magische Sicht verriet ihm, wie das möglich war. Kyrai hatte die nicht durch die Auren ihrer Angreifer gebundenen Magiefäden zu einigen wenigen, dicken Strängen verwoben, die wie die Wurzeln eines Baumes bei ihr zusammenliefen, sie in die Höhe rissen oder als breite Schlingen ihren Körper hielten, wenn sie sich zurück oder zur Seite beugte.

Lange Haarsträhnen hatten sich aus ihrem Zopf gelöst und wehten wie in Zeitlupe um ihren Kopf. Kyrais feingliedriger Körper hingegen bewegte sich mit irrsinniger Geschwindigkeit in einem entsetzlichen, anmutigen Tanz.

Die Zwerge kamen nicht dazu, nachzuladen. Schreie des Entsetzens gellten aus ihren Reihen, als ihre Körper auseinanderbrachen oder sich wie aus dem Nichts tiefe Schnitte in ihre Haut kerbten. In seiner magischen Sicht konnte Phandrael sehen, dass es zu dünnen Strängen gewundene Magiefäden waren, die ihnen die tiefen Wunden schlugen. Sie versanken in der Haut von Kyrais Armen.

Jede ihrer Bewegungen ließ sie durch die Luft schnellen, sich um die Glieder der Zwerge schlingen und diese, wann immer Kyrai mit einer eleganten Bewegung eine Schlinge zuzog, sauber abgetrennt zu Boden fallen, die Schnittstelle durch die Hitze der konzentrierten Magie kauterisiert.

Kyrais Tanz wurde noch schneller. Ihre Füße berührten nicht mehr den Boden, sie wirbelte in der leeren Luft um ihre eigene Achse. Als ihr Kopf sich für einen Moment Phandrael zuwandte, konnte er sehen, dass auch ihre Augen sich wie die Valedas‘ oder Drúdirs verfärbt hatten. Doch statt in unheimlichem Glanz zu erstrahlen, waren sie von Wirbeln aus Schwarz und Rot erfüllt. Die dunklen Schlieren verwandelten sie in Seen aus Finsternis, die in dem blassen, zarten Gesicht der Elfe riesig wirkten.

Der letzte Angreifer brach zusammen, als ein durch die Luft peitschender Magiestrang seinen linken Oberschenkel durchtrennte. Sterbende oder verstümmelte Zwerge wanden sich auf dem Boden. Auch Kyrai hielt jäh mit ausgebreiteten Armen in der Luft inne. Nur ihr Haar bewegte sich noch um ihren Kopf wie durch Wasser. Für einen Moment war sie von strahlendem Glanz umgeben, als die aus ihrem Griff entlassenen Magiefäden in ihren üblichen, chaotischen Zustand zurückkehrten.

Hinter Phandrael erklang ein Würgen. Drúdir hatte sich übergeben. Im Gegensatz zu Phandrael hatte er den Blick abgewendet, doch das hatte wohl nicht gereicht, um ihn vor dem magischen Echo von Kyrais Zauber und dem dutzendfachen Tod, den sie heraufbeschworen hatte, zu bewahren.

„Was beim Abgrund …?“

„Die Magie des Abgrunds selbst. Kyrai ist eine Dämonennachkommin, wie du sich sicher erinnerst“, antwortete Phandrael, ohne das fassungslose Staunen aus seiner Stimme zu verbannen. „Und das ist nichts gegen das, was Valedas-Xatanares tun kann, wenn er sich nicht mehr auf die Seraphim konzentrieren muss. Wir sollten ihn schnell finden.“ Er tastete nach seiner unförmigen Last, deren Träger ihm mittlerweile schmerzhaft in die Schultern schnitten. „Weißt du jetzt, welchen Weg wir nehmen müssen?“

Drúdir deutete stumm auf den rechten Gang.

„Hast du dich erinnert?“

„Nein. Es ist einfach der Gang, aus dem die Auren von vier Zwergen auf uns zukommen, wohl angelockt von den Schreien. Du platzierst keine Wachen in einem Gang, in dem es nichts zu bewachen gibt."

„Klingt logisch. Soll ich ..." Er war schon dabei, den Schlauch an der Seite des Kanisters auf seinem Rücken zu entrollen, als Drúdir den Kopf schüttelte.

„Spar dir das Zeug für die Seraphim auf. Ich glaube, mit diesen Zwergen kann ich fertig werden ... oder sie zumindest so weit schwächen, dass sie keine Herausforderung mehr für dich sind. Halte dich bereit."

Phandrael ließ den Kanister von den Schultern gleiten und zückte zwei Pistolen. In diesem Moment tauchten die vier Zwerge aus dem Zwielicht des Ganges auf. Natürlich waren auch sie bewaffnet, aber das schien Drúdir egal zu sein. Er streckte ihnen die Arme entgegen und begann, vor sich hinzumurmeln. Um ihn herum breiteten sich knisternd Eiskristalle auf dem Boden aus.

Die ersten Zwerge griffen sich an Brust und Kehle, wie von unsichtbaren Geschossen getroffen. Eine von Phandraels Pistolen feuerte, die andere nicht. Achselzuckend schleuderte der Elf sie einem der Angreifer ins Gesicht und schickte rasch noch ein Wurfmesser hinterher.

Die beiden Zwerge, die die Nachhut gebildet hatten, brachen nun auch mit schreckerfüllten Mienen zusammen, ohne den Elfen, der auf sie zukam, auch nur zu bemerken.

Wenig später stiegen Phandrael und Drúdir über ihre Leichen hinweg. Der Drasiron warf dem Zwerg einen Seitenblick zu. „Was hast du getan?"

„Ich habe Totenscherben gewaltsam aufgelöst und mit ihren Auren verbunden. Es hat sie gezwungen, die letzten Augenblicke der Toten zu durchleben. Deshalb haben sie keine Gegenwehr geleistet. Sie glaubten, bereits im Sterben zu liegen."

„Raffiniert", lobte Phandrael.

„Halt die Klappe. Du widerst mich an. Diese ganze verdammte Welt widert mich an. Und vor allem ich mich selbst."

„Weißt du", ignorierte Phandrael seine Worte, „in meiner Zeit als Drasiron habe ich eines gelernt: Du ziehst mit halbwegs hehren Idealen in den Kampf, klammerst dich an sie, sagst dir, du würdest an deinen kostbaren Prinzipien festhalten, selbst wenn du bereits einen Kompromiss zu viel eingegangen bist. Aber irgendwann ist die Erkenntnis unumgänglich: Du bist genau wie deine Gegner geworden, vielleicht sogar schlimmer als sie, weil du ihnen anders nie wirst ebenbürtig sein können."

„Und wie verhält man sich in einem solchen Moment?", fragte Drúdir beißend.

Phandrael zuckte die Achseln. „Ich habe mir nie groß Gedanken darüber gemacht. Ich fand es irgendwie befreiend."

„Psst", zischte Drúdir. „Wir sind da."

Links von ihnen zweigte ein Gang ab, ein paar Meter dahinter endete der breite Korridor, den sie nun entlangeilten, in einer runenverzierten Flügeltür. „Dahinter sind die Seraphim – und Valedas-Xatanares. Seine Aura verzerrt die umgebende Magie so, dass ich kaum etwas erkennen kann", sagte Drúdir und deutete darauf. Dann wies er mit grimmiger Miene auf den abzweigenden Gang. „Und an den hier erinnere ich mich. Von hier aus kommt man in ein geheimes Büro Wuthris. Er hat Gádan die belastenden Dokumente gezeigt, die er dort über jeden seiner Mitverschwörer aufbewahrt."

Phandrael straffte die Schultern. „Wir sollten später dort vorbeischauen. Aber gehen wir die Dinge der Reihe nach an: Bist du bereit, dich einem Dämon und Maschinenmonstern zu stellen?"

„Bist du es?"

Der Elf tätschelte lächelnd den Flammenwerfer. „Ich kann es kaum erwarten, ihnen etwas Barmherzigkeit zu erweisen – tatsächlich waren sie der Grund für Kargans Entwurf, wenn man seinen Aufzeichnungen glauben kann. Erst in Kontakt mit der speziellen Metalllegierung der Seraphim entfaltet die Chemikalie ihre volle Hitze und Brennkraft."

Drúdir senkte den Kopf. Phandrael seufzte. Er ahnte, was dem Zwerg durch den Kopf ging. „Natürlich, diese Seraphim waren – sind – auch nur Opfer der Verschwörer. Aber Valedas meinte, dass sie noch willfähriger sein würden als Moryn. Und selbst die kann einem direkten Befehl nicht zuwiderhandeln. Du hast gesehen, was sie im Tiefufer-Lagerhaus getan hat, nur um die verletzte Eitelkeit ihres Herrn zu rächen. Und wir wissen nicht, was den Dämon motiviert, der Valedas beherrscht. Wahrscheinlich will er die Kiarvaner bloß zu seiner Unterhaltung kämpfen und sterben sehen, zumindest wäre das mein Motiv. Du siehst, wieso wir sie stoppen müssen."

Drúdir winkte ihn an sich vorbei. „Geh schon."

Phandrael trat an ihm vorbei. „Kannst du die Tür öffnen?“

„Sie ist magisch gegen meine technomantischen Fähigkeiten gesichert.“

„Dann solltest du besser zurücktreten.“

Der Drasiron richtete die Düse des Schlauches auf die Tür. „Drei, zwei, eins.“

Ein nahezu unsichtbarer Feuerstrahl schoss auf die vielleicht dreißig Meter entfernte Tür zu.

Eine Hitzewelle fegte ihnen entgegen. Unwillkürlich schloss Phandrael die Augen und rang für einen beängstigenden Augenblick vergeblich nach Atem. Als er die Augen wieder öffnete, tropfte rund um ein rundes Loch in der Tür glühendes Metall zu Boden.

„Effektiv“, kommentierte Drúdir kleinlaut.

„Oh ja.“ Von Neuem entließ Phandrael einen Strahl kaum sichtbarer Flammen, während er stetig auf die aufgeschmolzene Tür zuging. Dahinter konnte er nun die zwölf im Halbkreis stehenden Gestalten der Seraphim erkennen, wie sie sich auf ihre gewaltigen Schwerter stützten. Sie waren schrecklich und erhaben zugleich, und für einen Moment versetzte es ihm einen Stich, solche Schönheit zu zerstören. Dennoch ging er unbeirrt weiter. Ein tiefes Brüllen, das unmöglich der Kehle eines Zwerges oder Elfen entstammen konnte, ertönte. Es ließ den Berg erzittern und brachte Phandraels Knochen zum Vibrieren.

Jäh erstarb der Flammenstrom. Die Chemikalie, die ihn genährt hatte, war aufgebraucht. Achtlos ließ Phandrael den Flammenwerfer fallen und duckte sich durch die geschmolzene Tür in die Halle.

Die Seraphim waren bis zur Unkenntlichkeit zusammengeschmolzen, doch der Sarkophag, der sich vor ihnen erhob, war unversehrt. Der Dämon in seinem Inneren musste sich und seinen Wirt mit einem Zauber geschützt haben.

„Einen Schild aus Dämonenmagie zu durchdringen, geht über meine Kräfte“, sagte Phandrael. „Aber du könntest es schaffen.“

„Ich werde sehen, was ich tun kann“, entgegnete Drúdir. „Geh du in Wuthris Büro. Lass alles, was die Mitverschwörer belastet, offen liegen, aber entferne verdammt noch mal alles, was an Plänen für die Seraphim, Beschwörungsrituale oder neue Waffen herumliegt. Vernichte es!“

„Warum sollte ich das tun?“

„Warum ziehen wir jetzt gegen Wuthri, Badyn und Angrin in den Kampf? Glaubst du wirklich, dass ein Elf besser mit dieser Macht umgehen würde? Was, wenn jemand dieses Wissen nutzt, um deine verehrte Königin zu stürzen? Kiarva hat genug elfische Herrschaft gesehen. Ich weiß nicht, ob wir einen Krieg abwenden können, aber vielleicht können wir verhindern, dass er mit Waffen ausgefochten wird, die hunderte Unbeteiligte auf einmal auslöschen können."

„Du schenkst mir so viel Vertrauen?"

„Das tue ich nicht. Sollte mich der Verdacht überkommen, dass du mich hintergangen hast, werde ich aus den Scherben deines toten Geistes erfahren, ob du mich betrogen hast", knurrte Drúdir, der sich dem kunstvollen Sarkophag zugewandt hatte. Tastende Fäden aus seiner Aura züngelten darüber hinweg.

Hinter der Glasscheibe konnte Phandrael ein Gesicht erkennen. Es war identisch mit jenem, das die Illusion in der Maschinenhalle getragen hatte, nur war es, im Gegensatz zu der eisigen Gelassenheit, die der besessene Elf dort zur Schau getragen hatte, vor Anstrengung verzerrt. Die Glyphen auf seiner Haut glommen nur noch schwach. Hatte es ihn geschwächt, zuerst seine Magie in die Seraphim und die Illusion zu gießen und sich dann auch noch vor Kargans alchemistischem Feuer zu schützen? Es war ihre einzige Hoffnung. Das, und dass Drúdir schnell lernte.

Phandrael wandte sich um und rannte den Gang hinauf. Er hoffte nur, dass sein Verrat den Zwerg nicht allzu sehr enttäuschen würde.

# *Kapitel 56*

# Drúdir

Allein schon der Anblick der fremdartigen Strukturen der Dämonenmagie ließ Drúdir flau im Magen werden. Er versuchte, ihre Knoten zu entwirren, während Valedas-Xatanares seinen ganzen Willen in die Waagschale warf, um sie in ihrer Form zu halten. Um ihn herum barsten die geschmolzenen Gestalten der Seraphim, als die Kälte, die Drúdirs Zauber stets begleitete, sie jäh herunterkühlte.

Ein Schrei ließ ihn herumfahren. Ein Zwerg war aus einem Seiteneingang in die Halle gestolpert. „Du … du … du hast alles vernichtet!“, stieß Wuthri hervor. Drúdir sah ihn an und war für einen Moment fassungslos. Konnte es wirklich sein, dass dieser unscheinbare Zwerg für Fragars Tod verantwortlich war? Dass er einen Kontinent in einen Krieg stürzen wollte, nur um seine Gier und sein Geltungsbedürfnis zu befriedigen? Konnte eine derart banale Gestalt etwas so entsetzlich Schönes wie Moryn schaffen?

Wuthris Überraschung bei Drúdirs Anblick wich schnell einer Grimasse, die wohl ein höhnisches Lächeln sein sollte. „Aber ich werde nicht zulassen, dass ein dahergelaufener Zwerg, der zufälligerweise ein bisschen zaubern kann, meine Pläne ruiniert. Ein Seraph ist bereits früher erweckt worden … und sie steht direkt hinter mir.“

Er trat zur Seite. Stahlblitzend und erhaben, mit ausgebreiteten Engelsschwingen und einem gewaltigen Schwert in den segmentierten Händen trat Moryn aus der Dunkelheit.

„Töte ihn, Seraph 13!“, forderte Wuthri die Automate auf, ohne sie auch nur anzusehen. Dafür konnte Drúdir seine Augen nicht von ihr abwenden. Moryns Gesicht war wieder die makellos symmetrische Maske aus Metall, ihre Augen spiegelnde Linsen, die keine Emotion verrieten.

„Drúdir …“ In ihrem Flüstern mischte sich metallisches Schnarren mit ihrer warmen Zwergenstimme. „Es tut mir so leid.“

Wuthri blinzelte verwirrt. „Seraph 13 …? “

Er sollte seinen Satz nicht beenden, denn in einer flirrend schnellen Bewegung wandte das Wesen, das er bisher für seine gehorsame Schöpfung gehalten hatte, sich zu ihm um. „MEIN NAME IST MORYN!“, donnerte sie und stieß sich kraftvoll vom Boden ab.

Für einen Moment schwebte sie als eine Vision finsterer Majestät über ihnen, dann fuhr sie herab. Drúdir schloss die Augen. Keiner seiner Zauber würde die Aura aus Nichts überwinden, die Moryns Körper umgab und alle Magie absorbierte, um sie in veränderter Form dem System aus Technik und Zauberei einzuverleiben, das die Automate in Bewegung hielt. Und sich ihr mit Kugeln oder Klingen in den Weg zu stellen, war aussichtslos.

Ein Krachen neben ihm ließ ihn aufsehen – direkt in die unergründlichen Linsenaugen Moryns. Sie war auf dem Sarkophag Valedas‘ gelandet.

„Drúdir …“, flüsterte sie. „So sonderbar und unvollständig meine Existenz auch gewesen sein mag, hat sie mir doch auch ein Geschenk gemacht.“ Der letzte Rest von metallischem Schnarren war aus ihrer Stimme gewichen. Stattdessen klangen ihre Worte weich und sehnsuchtsvoll. Drúdir musste an ihren Kuss über den Wassern des Schwarzspiegelsees denken, den suchenden Ausdruck in ihren Augen, ihre behutsam um die mechanische Blüte gefalteten Hände.

„Es tut mir leid“, wiederholte sie.

„Moryn, ich …“

Er wusste nicht, was er sagen sollte. Es spielte auch keine Rolle. Mit einem Schrei wie berstendes Metall riss Moryn ihr Schwert hoch über ihren Kopf und ließ es mit gewaltiger Wucht herabsausen.

Das Glas des Sarkophagdeckels splitterte unter der Klinge. Sie nagelte Valedas-Xatanares die in einer verblüffend menschlichen Abwehrgeste gehobenen Hände an die Brust und fuhr tief in den zierlichen Elfenleib ein.

Die Augen des Besessenen gleißten noch einmal in blendendem Grün auf, dann erloschen sie. Das schimmernde Netz um ihn herum verwandelte sich in ein beinahe unerträglich helles Chaos aus zerrissenen, durch die Luft peitschenden Fäden und fremdartigen Strukturen, als ein Portal sich öffnete und den seines Wirts beraubten Xatanares zurück in seine Welt sog. Drúdir taumelte zurück. Er wusste nicht, ob es die magische Explosion war, die ihn für einen Moment nicht mehr klar sehen ließ, oder die Erkenntnis, was die Automate getan hatte.

Sie hatte es ausgenutzt, dass Wuthri nicht explizit gesagt hatte, wen sie töten sollte, und statt Drúdir den besessenen Elfen durchbohrt. Doch wenn es Xatanares war, der Moryns untotes Leben gespeist hatte, dann konnte sein Tod nur eines bedeuten. Drúdir sah auf. Was auf dem zerstörten Sarkophag kauerte, war keine bronzehaarige Zwergin mit grünen Augen, die dunkler wurden, wenn sie lächelte; war keine erhabene, mechanische Todesbotin. Nicht einmal die Dunkelheit und Scherben einer Totenaura verrieten, dass die stählerne Engelsgestalt je lebendig gewesen war.

„Neeeeeeein“, heulte Wuthri, dessen Pläne sich nun in Nichts auflösten.

Seine Stimme vermengte sich mit Drúdirs rauem Aufschrei.

„Du …“ Wuthri schienen die Worte zu fehlen. Stattdessen zog er eine Pistole, richtete sie auf ihn und feuerte.

Doch er hatte nicht mit den Kräften gerechnet, die Entsetzen, Zorn und die Energie unzähliger Totenscherben in Drúdir freisetzten.

Eine Handbewegung und die Kugeln fielen wirkungslos zu Boden. Vielleicht war es diese Demonstration von Macht, vielleicht auch der Ausdruck in Drúdirs Gesicht, der Wuthri herumwirbeln und die Flucht ergreifen ließ. So oder so kam der gescheiterte Verschwörer nicht weit, bevor Drúdir ihn erreichte.

# *Kapitel 57*

# Phandrael

Phandrael stieß die Tür auf – und zuckte zusammen, als eine bleiche Gestalt ihm das Gesicht zuwandte. Kyrai stand ihm gegenüber. Noch immer waren ihre Augen von der wirbelnden Dunkelheit von eben erfüllt. Rot und Schwarz tanzten miteinander wie Schwaden von Blut und Tinte.

Hinter der Drasirah klaffte ein Loch in der Wand, wo sie die Tresortür mit konzentrierten Magiefäden aufgeschmolzen hatte. Stumm hob Kyrai eine Hand. Asche rieselte zwischen ihren Fingern zu Boden. Allmählich zog sich die Dunkelheit aus ihren Augen zurück und sie begann, am ganzen Körper zu zittern. „Die Pläne für die Seraphim, die Dämonenbeschwörung, Wuthris neue Waffen“, sagte sie und sah ihn herausfordernd an.

„Warum?“, fragte Phandrael.

„Du hast gesehen, was ich getan habe.“ Ihre Stimme ging in ein Schluchzen über. „Niemand sollte über solche zerstörerische Macht verfügen, egal ob technischen oder magischen Ursprungs.“

„Und Shideris …“

„Richte ihr aus, dass ich defekt bin. Mich weigere, zu funktionieren.“

„Du bist eine Elfe, keine Maschine.“ Er sah Kyrai an, die sich unter seinem Blick zusammenfaltete. Die Chaosgöttin, die eben noch mit Fingerzeigen Zwergenleben ausgelöscht hatte, glitt an der Wand herab, als hätte alle Kraft sie verlassen. Haltloses Schluchzen schüttelte ihren schmalen Körper. „Und das macht es so verdammt schmerzhaft, nicht wahr“, beendete Phandrael leise seinen Satz.

„Mach schon“, stieß Kyrai hervor. „Ich habe Shideris verraten, oder nicht?“

Phandrael packte sie und riss sie auf die Füße. „Oh nein, ich werde nicht versuchen, dich zu töten. Noch ist unsere Mission nicht zu Ende.“

„Ich kann ni…“

Phandrael fühlte für einen sonderbaren Moment das Bedürfnis, sie in die Arme zu schließen, ihr zu helfen, die beiden gegensätzlichen Kyrais, die er gesehen hatte, miteinander zu versöhnen. Doch er wusste, dass sie für sein Mitgefühl unerreichbar war. Also rammte er ihr stattdessen eine Faust ins Gesicht. Kyrai mochte am Boden zerstört sein, aber die Instinkte einer Drasirah hatten sie nicht verlassen. Prompt stand sie geduckt da und er spürte kalten Stahl an seiner Kehle. Für einen Moment fürchtete Phandrael, sie würde zustechen, aber dann ließ sie die Waffe sinken.

„Na also. Brich zusammen, wenn wir hier raus sind. Stirb, wenn du willst, aber nirgendwo, wo deine Leiche Cirdaya kompromittieren könnte."

Kyrai starrte ihn aus geröteten Augen an und erleichtert stellte Phandrael fest, dass die Qual darin Zorn gewichen war. Sehr gut.

In diesem Moment gellte ein Schrei zu ihnen hinüber. „Oh, das klingt nicht nach Drúdir", sagte Phandrael. „Sehen wir uns die Sache doch genauer an, bevor wir verschwinden."

Er wandte sich ab, verließ das Büro und ging den Flur hinunter. Erleichtert hörte er, dass Kyrai ihm folgte.

Der Anblick, der sich hinter dem Loch in den runenverzierten Türflügeln bot, hätte ihm beinahe einen spontanen Applaus abgenötigt. Von dem skrupelgeplagten Drúdir, den er kennengelernt hatte, war wenig übriggeblieben. Stattdessen stand ein Rachedämon vor Moryns erstarrter Gestalt, umgeben von Raureif. Die Arme des Zwerges waren über einer zusammengekrümmten Gestalt auf dem Boden ausgestreckt, seine Augen von eisigem Licht erfüllt. Ein Blick in das schimmernde Netz verriet Phandrael, was geschah: Drúdir zwang gleißende Scherben in Wuthris Aura und ließ ihn Tod um Tod durchleben.

„Schade", sagte Kyrai neben ihm. „Ich hatte irgendwie gehofft, er würde sich seine Unschuld bewahren."

Ihre Stimme klang vollkommen tot.

„Ich glaube, er kann mildernde Umstände geltend machen." Phandrael nickte zu der anmutigen Skulptur hinüber, die noch vor Minuten Moryn gewesen war.

„Oh", sagte Kyrai leise.

Als hätten ihre Stimmen ihn in die Wirklichkeit zurückgeholt, wich Drúdir von Wuthri zurück. Das blaue Glühen erlosch und Wuthris zuckender Körper kam zur Ruhe. Der teuer gekleidete Zwerg machte dennoch keine Anstalten, aufzustehen, sondern blieb wimmernd am Boden liegen.

Erst allmählich fixierte Drúdirs Blick sich auf Phandrael und Kyrai und huschte dann zu Wuthri zurück.

„Lass dich nicht stören", sagte Phandrael aufgeräumt. „Kyrai und ich wollten uns nur verabschieden. Mach dir keine Sorgen um die Dokumente. Sie sind verni..."

In diesem Augenblick hallte eine fremde Stimme durch die Gänge – der megafonverstärkte Bass eines Zwerges. „Hier spricht die Polizei Schwarzspiegels. Legen Sie alle Waffen nieder und warten Sie mit erhobenen Händen."

„Tja, ich fürchte, wir müssen dich das allein erklären lassen, Drúdir. Vergiss die Karte nicht, die ich dir gegeben habe."

„Leb wohl, Drúdir", sagte auch Kyrai.

Seite an Seite wichen die beiden Elfen in die Schatten des Ganges zurück. Sie würden schon einen Weg finden, die Fabrik ungesehen zu verlassen.

# *Kapitel 58*

# Findra

„Ich verstehe das nicht", sagte Findra. „Wollen sie nicht herausfinden, was passiert ist?"

Drúdir hob den Kopf von den Armen. „Hm?"

„Jeder halbwegs mitdenkende Zwerg hätte alles getan, um zu verhindern, dass wir miteinander sprechen, um uns einzeln zu befragen und Widersprüche in unseren Geschichten entdecken zu können. Stattdessen sperren sie uns drei in eine Zelle und lassen uns stundenlang in Ruhe. Es ist, als wollten sie, dass wir mit einer Lügengeschichte aufwarten."

„Da könntest du ganz richtig liegen", meinte Svalris. „Sie haben bereits mit der Verschwörung einiges zu verarbeiten, und ihr wisst ja, welche Angst Magie den meisten Zwergen einjagt. Ich glaube, sie wollen von uns gar nichts hören, was sie daran hindern wird, sich eine beruhigendere Version der Ereignisse zurechtzulegen. Abgesehen davon geht es ihnen wahrscheinlich weniger um die Wahrheit als vielmehr darum, wie sie sich vertuschen lässt. Immerhin könnte der Ruf unzähliger Zwerge, die auch nur im Geringsten mit den Verschwörern zu tun hatten, in Mitleidenschaft gezogen werden."

„Was hast du noch mal an die Zeitungen geschickt?", fragte Findra.

„Die Namen der Verschwörer, Informationen über ihre Zusammenarbeit mit Valedas und die Tatsache, dass sie an einer magischen Waffe arbeiten, ihren Plan, einen Krieg zu beginnen, sowie die Verbindung zu den Tiefufer-Morden – die auffälligerweise direkt auf die Ermordung von Wuthris Sekretär folgten – und dass sie für die *Bergfalke*-Katastrophe verantwortlich sind und so weiter … Wahrscheinlich wird es von vielen als verrückte Verschwörungstheorie abgetan, aber es wird hoffentlich genügen, wenigstens Ruf und Karriere der Verschwörer zu ruinieren."

„Oh, ich glaube, das ist Ihnen bereits gelungen, zumindest in den Kreisen, die zählen", bemerkte jemand von der Tür her. Die Zwergin, die eintrat, war nicht unter denjenigen gewesen, die, schließlich überzeugt von Svalris' und Findras Lügen über eine geplante Sabotage-Aktion militanter Hammerschwinger, die Durchsuchung von Wuthris Fabrik angeordnet hatten. Sie war hochgewachsen, mit einem langen, kupferfarbenen Zopf und trug ein gut sitzendes, schieferfarbenes Kostüm.

„Wer sind Sie?“, fragte Findra.

„Mein Name ist Tinris. Ich bin die Sekretärin von – und zugegebenermaßen auch die graue Eminenz hinter – Fringur, dem Vorsitzenden der LF. Ich glaube, wir können einander helfen.“

Findra hob die Brauen. Die politische Philosophie der LF – die Ablehnung jedweder Regeln und Verpflichtungen für Unternehmer – war ihr nicht unbedingt sympathisch, aber im Moment konnte sie es sich nicht leisten, wählerisch zu sein, was ihre Fürsprecher betraf.

Die Zellentür öffnete sich ein weiteres Mal und Vanjir von der GUU trat ein. „Das sehe ich genauso.“

Svalris blickte zwischen den beiden hin und her. „Aaaaugenblick. Die LF und die GUU an einem Tisch – und das auch noch in der Gesellschaft von drei angeblichen radikalen Hammerschwingern.“

„Schreib noch die BdT auf die Liste.“ Ein grauhaariger Zwerg mit hoher Stirn und ausgeprägten Wangenknochen trat ein. Er kam Findra sonderbar bekannt vor und kaum eine Sekunde später wusste sie auch, warum. „Ich wünschte aber, du hättest erst mit mir gesprochen, bevor du alle Informationen der Presse gegeben hast, Svalris. Nicht nur, weil es uns jetzt mehr Handlungsspielraum verschafft hätte, sondern einfach, weil du mir hättest vertrauen können. Ich hätte dir zugehört. Soviel schuldet jeder Vater seinem Kind. Und Sylra hätte mich umgebracht, wenn ich auch nur angedeutet hätte, ich würde die Vorwürfe gegen dich glauben. Warum nur konntest du nie Hilfe von mir akzeptieren?“

Svalris schien nicht zu wissen, was sie sagen sollte, aber Tinris befreite sic aus der Verlegenheit. „Ich fürchte, die Agenda unseres konspirativen Treffens sieht keinen Raum für Familienfragen vor. Immerhin müssen wir den Zwerg stürzen, der nur zu gerne der neue Hochkönig der Union geworden wäre.“

Sie wandte sich Findra, Svalris und Drúdir zu. Die beiden Zwerginnen hingen an ihren Lippen, doch Drúdir erwiderte ihren Blick mit einer bleiernen Gleichgültigkeit, die Findra Angst machte.

Sie hatten ihm jedes Wort über die Ereignisse unten in der Fabrik beinahe gewaltsam entreißen müssen und der Schmerz und Schock, die aus seiner Miene sprachen, hatten Findra sogar fürs Erste die Wut vergessen lassen, die sie empfunden hatte, als sie aus ihrem Drogenschlaf erwacht war und seinen Verrat bemerkt hatte. Gerade hingen seine Freiheit und vielleicht sogar sein Leben in der Schwebe und er brachte nicht einmal genug Interesse auf, um auch nur Tinris' Blick zu erwidern.

„Ihr wollt also Angrins Verrat öffentlich machen, so sein Ansehen zerstören und braucht dazu unsere Hilfe", sagte Findra.

„Das ist der Plan", sagte Vanjir. „Wir mögen uns sonst in nichts einig sein, aber wir alle wollen Angrin aufhalten." Er sah mit ironischem Lächeln Svalris' Vater an. „Und sei es nur, weil er ein Emporkömmling aus einfachsten Verhältnissen ist."

„Worüber wir uns hingegen nicht einig sind", seufzte dieser, „ist, was mit seinen Mitverschwörern passieren soll."

„Wie bitte?", fragte Findra fassungslos. „Soll das heißen, Badyn und Eldrir sollen damit davonkommen, dass sie einen verdammten Krieg entfesseln wollten?"

„Nun ja, ihr müsst zugeben, dass Eldrir gute Arbeit leistet", sagte Tinris. „In den ersten Jahren der Industrialisierung war er es, der die ersten Anzeichen der Verstädterung erkannt und Städtebau und Verwaltung so umstrukturiert hat, dass Chaos und Massenelend, wie man es in den Menschenstädten sehen konnte, ein annehmbares Maß nicht überschritten haben."

„Annehmbar …" murmelte Findra kopfschüttelnd und fing einen anerkennenden Blick Vanjirs auf.

„Und aus Dankbarkeit wollt ihr ihn im Amt halten?", fragte Svalris skeptisch.

„Mit Dankbarkeit hat das wenig zu tun", erklärte Vanjir. „Sie wollen einfach einen so begabten Organisator nicht verlieren. Das gleiche gilt für Badyns strategisches Talent." Er warf Svalris' Vater einen missbilligenden Blick zu. „Für den BdT ist Krieg schließlich immer eine Option. Das einzige, was diese Zwerge gestört hat, ist, dass Angrin ihnen ihre Wähler abgeworben hat. Badyn und Eldrir im Amt zu halten wäre aber illusorisch. Es geht darum, ihnen die Hinrichtung oder lebenslange Haft zu ersparen und zu hoffen, sie vielleicht in ein paar Jahrzehnten vorsichtig auf die Bildfläche zurückholen zu können."

„Bitte, Vanjir", entgegnete der grauhaarige Zwerg. „Wir sollten nicht vergessen, dass Badyns Motive nicht so verwerflich waren wie die Wuthris oder Angrins. Sie hat wirklich geglaubt, dass die Elfen mit dem Wiedererstarken der Magie zur Bedrohung werden würden und dass wir ihnen zuvorkommen sollten. Und vielleicht hat sie recht. Vielleicht habt ihr keineswegs einen Krieg verhindert, sondern uns nur die Möglichkeit genommen, ihn zu gewinnen. Die Verschwörer hätten es nie gewagt, auch nur daran zu denken, wenn die Stimmung in der Bevölkerung anders gewesen wäre. Mach dir keine Illusionen, Vanjir. Das Volk – sofern man bei diesem zersplitterten Land überhaupt von einem Volk sprechen kann – glaubt nicht an deine Vision von gerechter Umverteilung. Aber es hat an Angrin und seine Versprechen von Kriegsbeute geglaubt."

„Ihr wolltet also den Krieg gewinnen, um dann von Wuthri beherrscht zu werden? Denn genau das wäre dabei herausgekommen. Mit der Macht der Seraphim und eines Wesens aus dem Abgrund hinter sich wäre er de facto Herrscher geworden und jeder andere entweder Marionette oder Leiche", schaltete Drúdir sich bitter in das Gespräch ein.

„Ja, wir sind alle sehr dankbar, dass ihr das abgewendet habt – und auch, dass wir jetzt endlich eine Handhabe haben, um ein paar entschieden zu einflussreichen Industriellen mit der Auflösung des Silberwurms ihren Einfluss auf das Militär zu nehmen, also vielen Dank", sagte Tinris ungeduldig. „Aber weiter im Text: Wir haben Beweise für die Schuld sämtlicher Verschwörer – und einiger weiterer Zwerge, denen sie in der neuen Regierung und der Heeresleitung Schlüsselpositionen zugedacht haben und die offenbar bereits zugestimmt hatten."

„Und der Plan ist momentan" – Vanjirs Stimme troff vor Verachtung – „nur die Unbequemsten von ihnen aus dem Weg zu räumen, die anderen aber im Amt zu lassen, um dann von ihrer Erpressbarkeit zu profitieren."

Tinris stöhnte demonstrativ, aber sagte dann sachlich: „Hersdur hat einen wichtigen Punkt angesprochen: Wahrscheinlich hätten die Verschwörer einen Großteil der Bevölkerung hinter sich gehabt. Das ist immer so, wenn Leute glauben, der Krieg würde anderswo stattfinden und sie würden von seinen Folgen verschont bleiben. Deshalb werden wir gar nicht da ansetzen. Was wir uns propagandistisch zu Nutze machen, ist ihre Verbindung mit Valedas, ihre Nutzung von Magie und vor allem die Beteiligung am Absturz des *Bergfalke*. Und hier kommt unser Angebot an euch: Vollständige Rehabilitierung, vielleicht sogar öffentliche Auszeichnungen. Ihr werdet die unschuldig verfolgten Helden sein, die gegen alle Widerstände die Verschwörung aufgedeckt haben. Alles, was wir dafür von euch wollen, ist, dass ihr keinen der Mitwisser belastet, die wir im Amt lassen werden, und dass ihr unsere Version der Ereignisse stützt."

Sie sah Drúdir direkt an: „Und als kleine Freundlichkeit werden wir nicht weiterverfolgen, wieso Wuthri so verstört war, als wir ihn gefunden haben. Er hat beunruhigende Dinge vor sich hingemurmelt, wirklich. Außerdem werden wir nicht untersuchen, welche magischen Experimente Rúnwis und seine Freunde durchgeführt haben, was wahrscheinlich eine enorme Erleichterung für sie sein wird. Ich könnte mir vorstellen, dass die meisten Zwerge in nächster Zeit noch schlechter auf Magie zu sprechen sein werden. Natürlich werden wir auch völlig vergessen, dass ihr mit elfischen Spionen zusammengearbeitet habt."

Die Drohung war offensichtlich. Es war nur zu gut möglich, dass die Enthüllung der magischen Aspekte der Verschwörung eine regelrechte Hexenjagd auslösen würde. Es könnte für Drúdir, Rúnwis und seine Freunde nicht nur beruflich das Aus bedeuten, wenn ihre magischen Umtriebe ans Licht kämen. Für die Zusammenarbeit mit den Drasirai galt dasselbe. Andererseits: Wahrscheinlich war es nur ihre Kontrollierbarkeit durch diese Informationen, die die Politiker lieber mit ihnen zusammenarbeiten ließ, statt sie mindestens ihrer Glaubwürdigkeit und Freiheit zu berauben.

„Haben wir eine Wahl?", fragte Svalris.

„Sieht nicht so aus", entgegnete Findra. „Drúdir?"

Er zuckte nur die Achseln. „Meinetwegen. Ich habe nur eine Bedingung: Macht öffentlich, dass ich zu Unrecht verfolgt wurde, aber haltet ansonsten meinen Namen aus der Öffentlichkeit raus. Ich will keine Aufmerksamkeit."

„Das ist akzeptabel", sagte Vanjir.

Hersdur öffnete demonstrativ die Zellentür und winkte sie nach draußen. „Wollen wir die Details vielleicht an einem angenehmeren Ort besprechen?"

Einige Stunden später saßen Svalris, Findra und Drúdir zusammen in einem großzügig eingerichteten Hotelzimmer.

„Geht es nur mir so oder habt ihr auch das Gefühl, dass bei der Rettung zweier Nationen vor einem verheerenden Krieg und einem unmoralischen Alleinherrscher mehr herauskommen sollte als die Erleichterung, mit seinem Leben und seiner Freiheit davongekommen zu sein?", seufzte Svalris.

„Immerhin wird die Auflage des Nachtspiegels steigen", sagte Findra. Sie sah Drúdir an: „Und in der ganzen Aufregung habe ich fast vergessen, wütend auf dich zu sein. Obwohl ich es jetzt wieder bin. Du hättest uns die Wahl lassen sollen, dich zu begleiten."

„Hätte ich? Ihr habt ja gesehen, wie das Moryn bekommen ist. Und was hättet ihr schon groß erreichen können?"

„Darum geht es nicht", sagte Findra.

„Um was denn dann?"

„Wir hätten bei dir sein sollen."

Drúdir blickte auf. „Das würdest du nicht sagen, wenn du mich gesehen hättest."

„Sei kein Idiot, Drúdir", widersprach Svalris. „Du scheinst zu glauben, dass jeder dich wegen deiner Magie oder aus sonst einem Grund hassen, fürchten oder ignorieren muss, aber ich sage dir eines: Ein logischer Schluss sieht anders aus."

„So, wir sind jetzt also beste Freunde, weil wir gemeinsam in dasselbe traumatische, übernatürliche Chaos verwickelt waren, oder weil ihr mich bemitleidet?"

„Wir sind Freunde, weil wir einander – von deinem kleinen Trick mit dem Schlafmittel einmal abgesehen – gegenseitig unterstützt haben. Und weil wir ein paar Eigenschaften teilen, die den meisten Zwergen nicht vergönnt sind. Die Fähigkeit zum klaren Denken zum Beispiel. Und jetzt erspare uns deinen Sarkasmus und akzeptiere, dass wir für dich da sind."

Die Überraschung, die für einen Moment den toten Ausdruck aus Drúdirs Augen vertrieb, war zugleich traurig und schön anzusehen. Um seine Betroffenheit zu verbergen, bückte er sich rasch nach einem kleinen Papierquadrat auf dem Boden, doch als er sich aufrichtete, segelte es ihm aus den Fingern. Findra fing es auf. Es handelte sich um eine Spielkarte, auf die jemand etwas gekritzelt hatte.

„Was ist das?", fragte sie, während sie ihm die Karte zurückgab.

„Ach, bloß Müll." Drúdir wandte sich dem messingglänzenden Papierkorb in der Zimmerecke zu, aber hielt dann doch inne und betrachtete das Pappquadrat mit undurchschaubarer Miene, bevor er es wieder in die Tasche gleiten ließ. „Oder vielleicht doch nicht."

*ENDE*

# *Dramatis Personae & Glossar*

**Zwerge in Nordkrone**

Baidur – Polizeipräsident

Bildrin (Naudhiz) – Archivar der Spionageabwehr

Briris – Cousine Fragars, Teil des Nordkroner Netzwerks

Drúdir Skadirson – Uhrmacher aus Nordkrone

Findra Ramnasdottir – Ermittlerin in Nordkrone

Fragar Brarison – Uhrmacher und Experte für Magie, Lehrer Drúdirs und Kargans

Wisdrin Halison – ehemaliger Lohi-Priester, Bibliothekar in der „Sprakar-Godwis-Historig-Rúnhalar“

**Die Verschwörer**

Angrin – Parteivorsitzender der ZSK

Badyn – Generalin, Veteranin der Befreiungs- und Vereinigungskriege

Eldrir – Wirtschaftsminister der Union, BdT

Der Fabrikbesitzer – beherrscht die Automaten

Gádan – Leibwächter

Kargan – sehr ehrgeiziger Mensch, genialer Alchemist, ehemaliger Schüler Fragars

**Zwerge in Schwarzspiegel**

Albin – Hüter, schreibt Theaterstücke

Aisrir – Sekretär Wuthris

Brúnir – Hüter, einfache Herkunft

Dagri – Politiker, führt radikalen Flügel der GUU (Hammerschwinger)

Esdis – Hüterin, Studentin der Naturwissenschaften

Fahngrin – Spion für Wuthri

Falri – einflussreicher konservativer Politiker

Finri – Kommilitone Svalris‘

Fringur – Politiker, Parteivorsitzender der LF

Grihin – beherrscht das organisierte Verbrechen in Schwarzspiegel

Hasdra – Zwergin aus Grihins Bande

Hersdur – Politiker (BdT), Svalris' Vater
Hilrur – Zwerg aus Grihins Bande
Jinri – Polizist, schuldet Svalris einen Gefallen
Kigri – gelegentlicher Mitarbeiter Svalris'
Moryn – Zufallsbekanntschaft Drúdirs
Nainrar – reicher Geschäftsmann
Rúnwis Jalrisson – Kopf eines geheimnistuerischen Zirkels innerhalb des Netzwerks, angesehener Historiker
Svalris – Tochter Sylras und Hersdurs, hat gerade Mathematikstudium absolviert, bringt kleine Fachzeitschrift für Mythenforschung und Magiegeschichte heraus
Swishri – Zwerg aus Grihins Bande
Sylra – Halbmensch, einflussreich & gut vernetzt
Tinris – Politikerin (LF), Assistentin Fringurs
Vadrur – Zwerg aus Grihins Bande
Vanjir – Politiker (GUU), früher radikal, jetzt gemäßigt
Wuthri – reicher Geschäftsmann
Wyndra Garidottir – Erfinderin

**Elfen**
Asande Kyrai Tanataira vyn Morvonai – Drasirah
Phandrael Ecthradaen – Drasiron
Valedas – abtrünniger Drasiron
Varyntai Ralaidán – Botschafterin in Schwarzspiegel
Shideris Varadana – Königin Cirdayas

**Sonstige**
Die Automate – Wesen aus Metall, Magie und Teilen geopferter Zwerge
Die Norne – dämonische Entität mit großem Wissen
Vadrýa – Dryade, tätowiert Drasirai mit magischen Zeichen
Xatanares - Dämon

**Orte**

Kiarva – Kontinent, auf dem die Handlung spielt

Die Union – Nordkiarvanische Bundesrepublik aus Kleinstaaten, überwiegend von Zwergen bewohnt

Nordkrone – Stadt im Norden der Union (Bundesstaat: Grüntal)

Schwarzspiegel – teils unterirdische Stadt im Süden der Union (Bundesstaat: Südland)

Cirdaya – Insel im Norden Kiarvas, mehrheitlich von Elfen bewohnt, Monarchie, fortschrittsskeptisch

Aridúna – Staat im Nordosten Kiarvas, von Elfen und Menschen bewohnt, Elfen in industrialisierter menschlicher Gesellschaft assimiliert

Rhúvien – zentralkiarvanischer, mehrheitlich von Menschen bewohnter Staat

Die zerbrochenen Inseln – von Gnomen, Menschen und Kobolden bewohnte Inseln, als Kolonien zwischen verschiedenen anderen kiarvanischen Staaten aufgeteilt

## Mythologie

**Zwergische Götter**

Barud – Gott des Wassers und Schlafes

Lohi – Gott des Feuers und Handwerks

Súrún – Göttin der Erde

Varhamúl – Gott der Zeit und des Todes

**Jenseitsvorstellungen**

Lichte Gärten – Welt der Engel, Götter und guten Geister

Abgrund – Welt der Dämonen

Zwischenwelt – Welt der Toten, Seelen werden wiedergeboren, wenn sie noch etwas zu erledigen haben, lösen sich auf, wenn sie ihres Daseins müde sind

# Allgemeines

**Währung in der Union**

Kupfri (100 Kupfrir = 1 Silbar)

Silbar (100 Silbrar = 1 Gulde)

Gulde

**Parteien in der Union**

GUU (Gerechte Umverteilung Unionweit) – für Arbeiterrechte und größere Autonomie der Bundesstaaten

LF (Liberaler Fortschritt) – für Wirtschaft ohne staatliche Eingriffe

BdT (Bewahrer der Tradition) – für Wiedereinführung der Monarchie und Zentralisierung

ZSK (Zwergische Stärke für Kiarva) – nationalistisch, für Expansion und Kolonialisierung

Hammerschwinger – extremer, gewaltbereiter Flügel der GUU

Expansionisten – extremer, gewaltbereiter Flügel der ZSK

**Zeitrechnung der Zwerge**

N.Chro. = „Nach der Chronik" (bezieht sich auf die älteste bekannte Chronik, die die Jahre von der Krönung des ersten Zwergenkönigs Dúrgan ausgehend rechnet)

V.Chro. = „Vor der Chronik"

**Drasirai**

Elfen, die dank magischer Tätowierungen über stärkere Magie verfügen als andere. Die Veränderungen in ihrer Aura können unvorhersehbare Effekte auf ihre Psyche haben.

**Dryaden**

Cirdayanische Waldnymphen mit einer Begabung für Glyphenmagie, haben ein Bündnis mit Shideris geschlossen.

# Danksagung

Vielen Dank an:

… Arne, der Phandrael seine Karten lieh

… meine inspirierenden Freunde

… Eva Niemann, die die undankbare Aufgabe übernommen hat, „Drúdir“ nach den kleinen Fehlern zu durchkämmen, die meine Beta-Leser und ich übersehen haben

… meine bewundernswerten Eltern

… Holger Kliemannel und Anja Bagus, denen „Drúdir“ seine Veröffentlichung bei „Edition Roter Drache“ verdankt

… Joerg Schlonies, der das geniale Titelbild geschaffen hat

… Anne-Cathrin Rost, mit deren Hilfe ich den Text noch einmal um ein Vielfaches verbessern konnte


**Zitate:**

Seite 5: Edgar Allan Poe (1981): *Ausgewählte Gedichte*. Berlin: Verlag des Bibliographischen Bureaus, S. 65 f.

Seite 103: E.T.A. Hoffmann (2004): *Der Sandmann*. Stuttgart: Reclam 2001, S. 34.

Seite 255: Percy Bysshe Shelley (1997): *On the Medusa of Leonardo da Vinci in the Florentine Gallery.* London: Romantic Circles (www.rc.umd.edu), abgerufen am 09.08.2016.

**Über die Autorin:**

**Swantje Niemann** wurde 1996 in Berlin geboren und ist, abgesehen von mehrmonatigen Sprach- oder Studienaufenthalten in England und Norwegen, mehr oder weniger dortgeblieben.
Derzeit studiert sie Kulturwissenschaften an der Europa-Universität Viadrina in Frankfurt (Oder). Sie liest und schreibt mit Begeisterung und bloggt auf ihrem persönlichen Buchblog „Cygnus-Reviews" über Literatur, ist aber auch Teil des Redaktionsteams von „Literatopia" und schreibt für das „Phantast"-Magazin. Außerdem trainiert sie Kendo und spielt Harfe.

www.swantjeniemann.wordpress.com
FB: SwantjeNiemannAutorin
Twitter: @NiemannSwantje

**Im Frühjahr 2019 kehrt**

**Drúdir**

**mit einem neuen Abenteuer zurück!**

Ein Wink des Schnecksals führt den alten Schneckenreiter und sein Tier nach Clockville, in die Stadt der Uhren, und zwar genau zu dem Zeitpunkt, der sich nicht ermitteln lässt. Denn gerade dort stehen sämtliche Uhrwerke still und drohen den geregelten Alltag der Uhrlinge in Chaos und Kuchen versinken zu lassen.

Zum Glück jedoch weiß der weise Reiter stets Rat und kennt die passende Geschichte für jedes Problem. Er erzählt den Bewohnern von seinen phantastischen Abenteuern, märchenhaften Königreichen, dampfbetriebener Luftfahrt, murrenden Trollen, Bibliotheksnaslingen, lebendigen Wolken und zaubernden Drachen und hilft damit den Uhrlingen ganz nebenbei dem Geheimnis der verschwundenen Zeit auf die Spur zu kommen.

Bleibt bloß die Frage, ob sie es rechtzeitig lüften werden, um ihre geliebte Stadt vor der aufquellenden Teigüberschwemmung zu bewahren …